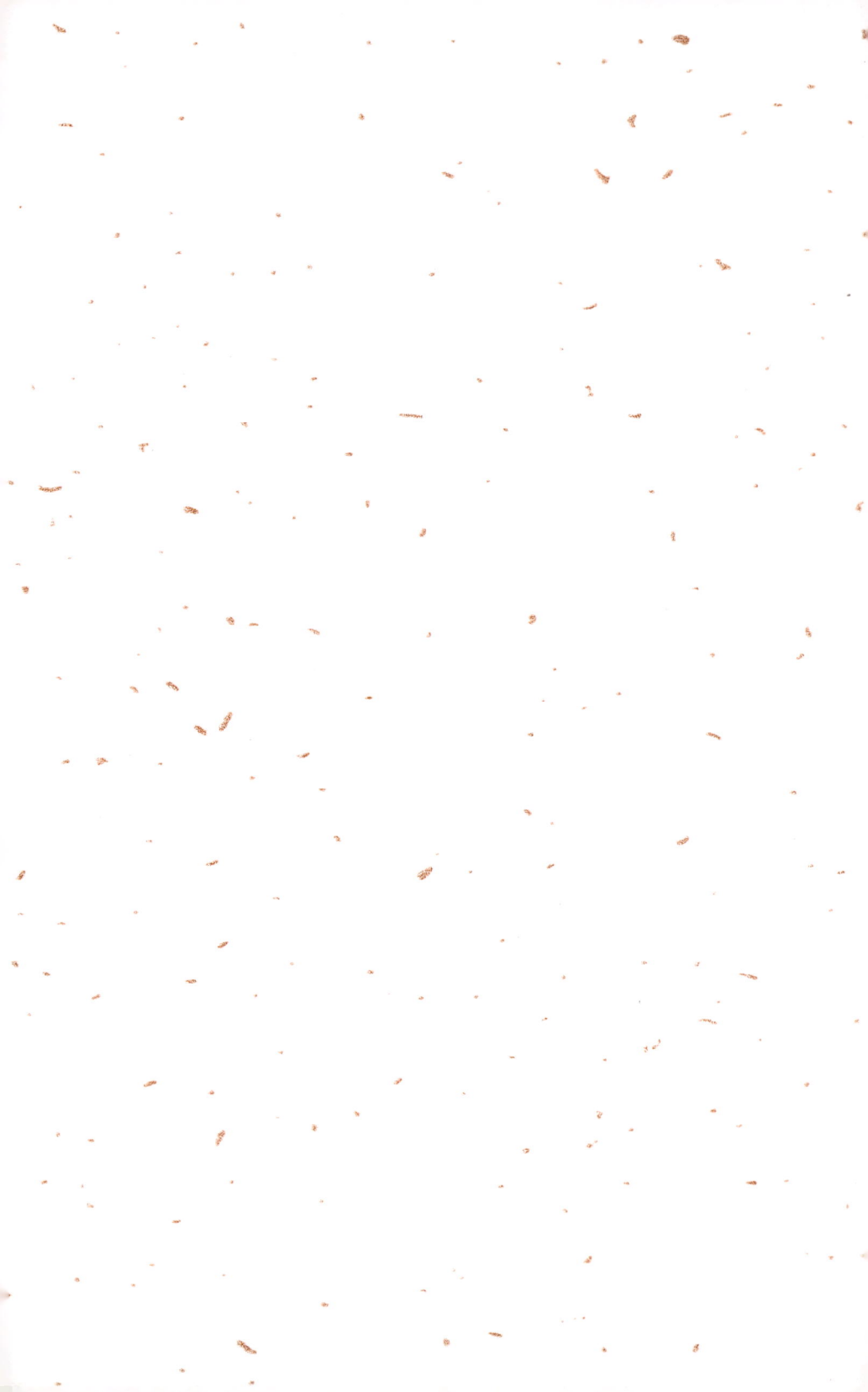

你别从军了，
跟我回去，
我杀猪养你！

巫玉

团子来袭 著

上册

青岛出版集团 ｜ 青岛出版社

图书在版编目（CIP）数据

逐玉 / 团子来袭著. -- 青岛 ： 青岛出版社，2025.

ISBN 978-7-5736-3258-6

Ⅰ．Ⅰ247.5

中国国家版本馆CIP数据核字第2025AB9428号

	ZHU YU	
书　　名	逐　玉	
作　　者	团子来袭	
出版发行	青岛出版社（青岛市崂山区海尔路182号）	
本社网址	http://www.qdpub.com	
邮购电话	18613853563	
责任编辑	郭红霞	
校　　对	王子璠	
装帧设计	王晶璎	
照　　排	梁　霞	
印　　刷	三河市良远印务有限公司	
出版日期	2025年5月第1版　2025年5月第1次印刷	
开　　本	16开（640mm×920mm）	
印　　张	35.5	
字　　数	581千	
书　　号	ISBN 978-7-5736-3258-6	
定　　价	69.80元（全2册）	

编校印装质量、盗版监督服务电话 4006532017　0532-68068050

目录

上 册

目录

下册

第一章
招　赘

　　腊月的天飘着雪，院子里，一口大锅正烧着热水，雪粒子还没落进锅里，就先被热气给融化了。地上的积雪被踩化了，一片泥泞，锅炉旁边用板凳架起一张门板，上边平铺着半扇猪肉。

　　樊长玉手起刀落，砍下一条猪后腿，案板震颤，骨头碴子和肉末子齐飞。她手上那把砍骨刀，刀背宽厚，通体漆黑，唯有刀尖铮亮如雪，光是瞧着就利得吓人。

　　案板上还放了开边刀和剔骨刀，一样的黑铁刀身、雪亮白刃，俨然和她手上那把砍骨刀是一套。

　　今日镇上的陈家杀过年猪，宴请了左邻右舍和族亲，很是热闹。

　　围在屋内火塘旁烤火的远亲觑一眼在院中忙活的樊长玉，低声议论起来："樊二家刚过完白事，怎的陈家请了长玉这丫头片子来杀猪？"

　　"陈家跟樊二家的交情好着呢，哪里忌讳那么多……"说话的人许是想起樊家的凄惨，声音都不自觉地低了下去，还往外瞟了一眼。

　　细雪如絮，院中操刀分割猪肉的年轻女子穿一身半旧的素净袄裙，身量高挑儿，乌发绾起，露出半张白净姣好的侧脸，乌睫微垂，半遮住那双偏圆的杏眸，乍一瞧只是个骤失双亲孤苦无依的可人闺女，模样生得是一等一的好，毕竟她娘当年跟着她爹来镇上那会儿，还因容貌太出挑，被嘴碎的妇人暗地里议论说是从窑子里出来的，这姑娘的样貌随了她娘，可那提刀砍骨的架势……

"哐哐当当"一阵巨响，那模样委实凶残！

甭管多粗的骨头，就没见过她剁第二刀，那把子力气大得，真是跟她爹一模一样！

往外瞟的人眼皮一抖，赶紧收回了视线，继续长吁短叹："这也是个苦命的闺女。樊二夫妻俩死在山贼手里了，家中只剩两个丫头片子。樊大又是个没良心的，一心只想着霸占兄弟的家产，长玉姐妹俩的日子过得难哪！本以为宋砚考上了举人，长玉若嫁过去，日子就能好些，谁知道这桩婚事也黄了。长玉那丫头倒是硬气，走她爹的路子，靠杀猪养家糊口，愣是把樊家又撑了起来，陈家请她来杀猪也算是照拂生意了。"

临安镇说小不小，说大不大，樊家夫妻遇害那事，这一月里其实早就在镇上传遍了，但这杀过年猪，不少乡下或邻镇的远亲也会过来一起吃顿饭，总有不知内情的，此事便被人带着点儿怜悯地拿出来再说一遍。

不知情的听到这些隐情，自是悲天悯人一番，连声说"造孽"。

却又有人将嗓音压得极低地道："我怎么听说，是樊家大丫头克死了她爹娘？你瞧她那一身力气，莫说姑娘家，就是个小子也比不过她的手劲儿。据说她胞妹打娘胎里生下来就病弱，也是被她克的。宋家就是去合八字，算出了她是天煞孤星的命，才忙不迭地上门去退的婚……"

火塘边上的议论声便多了起来，嘀嘀咕咕，一片低语。

"当真？"

"我觉得八成是真的，你看这十里八村，哪儿还找得出第二个力气大得跟她一样的姑娘……"

也有替樊家说话的："你知道宋家那八字是去哪儿算的？樊二本就有一身牛力气，人家姑娘像爹怎么了？"

这话其实也有道理。宋家赶在这当口退亲，明眼人都瞧得出是什么意思。

老话说升官发财死老婆，宋砚中了举，将来那是要当官的人，哪里还会娶一个屠户女？

…………

院中放置案板的地方离正屋不远，樊长玉被迫听了一耳朵议论自己的话，面上倒是瞧不出什么情绪。

爹娘已过世一月有余，对于宋家的薄情寡义，她早看开了。

宋老爹是个考了几十年科举的穷秀才，病死后，宋家连一具棺材都买不起，宋母带着宋砚跪在街头给路过的行人磕头，求他们帮忙买一具薄棺葬了丈夫，磕破了头都没人帮衬，她爹娘瞧见了，心中不忍，帮忙买了棺下葬。

宋母感激涕零，言施棺之恩无以为报，主动提出让她和宋砚定亲，说等宋砚高中就娶她过门享清福。

杀猪比起读书，到底是门低贱营生，她爹娘看宋母说得恳切，宋砚又懂事上进，以为是结一桩善缘，给她寻了个好归宿，便同意了。

后来两家成了邻居，她爹娘时常帮衬那对孤儿寡母，宋母一心想让儿子考科举，又交不起束脩，在宋砚考上县学前，束脩都是樊长玉爹垫付的。

宋砚倒也争气，前几年就考上了秀才，今年秋闱又中了举人，不少乡绅争相巴结，县令都对其青眼有加，听说有招他为东床快婿之意。

宋母的态度就变得微妙起来，似乎觉得她一个杀猪匠的女儿，配不上自己的举人儿子。

她娘觉得宋母不似从前那般好相与了，怕对方误会他们挟恩求报，遂提出婚事作罢，宋母又死活不肯，说她们宋家人不是那等忘恩负义之辈。

等她爹娘意外身亡，不知从哪儿传出谣言，道是她命硬，克死了双亲。

宋母上门退亲，用的也是这套说辞，说找算命的看过了，她和宋砚八字不合，真要结成连理，不仅克宋砚，她上边没双亲了，还会继续克宋母。

宋砚于是顺理成章地同她解除了婚约，忘恩负义的骂名是半点儿没沾，只有她樊长玉成了人人避之不及的天煞孤星。

樊长玉打住思绪，吐出一口浊气，一堆糟心事，不想也罢。

分割完猪肉，她拿了杀猪的工钱，正屋的门都没进就向主人家告辞。年节里都讲究个吉利，她家里刚办完丧事，陈家不介意这些，请了她来杀猪，她心中却有数。

主人家没强留，在她临走时，又提了一桶猪下水给她。

这是乡里不成俗的规矩：请人杀了猪，除了给工钱，还得再送一块猪肉给杀猪的匠人，不过大多数时候都以猪下水代替。

樊长玉拎着猪下水回家前，先去药铺抓了两服药，一服给胞妹，一服给她救回来的那个男人。

昨日她接了桩去乡下杀猪的生意，回来的路上，在雪地里捡了个浑身是血的人，瞧着像是遭了山贼。

因着自己爹娘也是死在山贼手上，樊长玉动了恻隐之心，把人背了回来。

不承想，镇上的医馆都不敢收治这个半只脚都踏进鬼门关的人，她又不能直接把人扔到大街上，只得死马当活马医，将人带回去，请改行当木匠前当了十几年兽医的邻家大叔试着治治。

人被治成什么样了，樊长玉不清楚，不过目前还没断气就是了。

这方子也是邻家大叔开的。

樊长玉抓好药就往家走。

樊家的宅子坐落在城西那一片民巷里，房子挨着房子，很是拥挤。

巷子里阴暗潮湿，靠墙根的地方还长了青苔，两侧的宅子年份久了，墙灰斑驳，木质的门窗陈旧破败，散发着一股腐朽的味道。

大抵是冤家路窄，樊长玉刚走进巷口，就迎面碰上了宋家母子。

二人身上皆是新裁剪的冬衣，料子极好，宋母的耳朵上还戴了金耳饰，神色间再不复以往的凄楚唯诺，颇有几分神气。

宋砚考中举人后，乡绅富商们送银子、送宅子的都有，宋家如今自是风光。

都说人靠衣装马靠鞍，宋砚一身鸦青色绣竹叶纹的长衫，满身书卷气，清雅逼人，也不复从前的寒酸，颇有了几分清贵公子的味道。

樊长玉才从陈家杀猪过来，背着装杀猪刀的皮质褡裢，打了补丁的旧袄上沾着杀猪时溅到的血沫子，一手拎着药包，一手拎着装猪下水的木桶，瞧着实在是有些狼狈。

宋母不动声色地避了避，还拿起手帕在鼻前扇了扇，手上竟也戴了金戒指，当真是富贵了。

巷子狭窄，母子二人都没说话，樊长玉也没多看几眼，就跟没瞧见那对母子似的，拎着桶径直往里走："看路咧——"

擦身而过的瞬间，装着猪下水的那个桶不巧擦过宋砚那身新衣裳，桶壁上的血水瞬间在上面留下一大片污迹。

宋母看着樊长玉扬长而去的背影，脸都绿了，骂道："不长眼的丫头，这可是杭绸的料子！"

宋砚眼中看不出情绪，只说："母亲，算了。"

宋母满脸晦气："也罢，再过几日，咱就搬离这穷酸地儿了！"

樊长玉刚到家门前，一个5岁大的雪团子就闻声从邻家蹿了出来："阿姐，你回来了！"

雪团子生得粉雕玉琢，甚是可爱。她张开双臂想抱樊长玉，笑起来时能看到嘴里缺了一颗牙。

樊长玉单手提溜住胞妹的后领："别碰，我这身衣裳脏。"

小长宁便听话地止住脚步，看到长姐手上拿了许多东西，主动把药包接了过来。

她长一双和樊长玉相似的杏眼，只是年岁尚小的缘故，眼角看起来更圆些，两颊也肉嘟嘟的，像个胖瓷娃娃。

邻家大娘闻声出来，瞧见樊长玉，笑道："长玉回来了。"

邻家是对老夫妻，当家的男人姓赵，是个木匠，白日里得外出给人打各种器具，抑或是去集市上摆摊子卖竹筐，晚间才回来。

两家人的关系极好，樊长玉每逢出门，放胞妹一人在家又不放心，都会把幼妹放在邻家大娘这儿。

她"欸"了声，从装猪下水的桶里拣出用棕榈叶穿好的猪肝递过去："大叔好这一口，您拿去炒了给大叔做个下酒菜。"

大娘也没跟樊长玉见外，笑着接过后，又道："昨夜你背回来的那个年轻人醒了。"

樊长玉闻言一愣，说："那我一会儿过去看看。"

她父母亡故，家中只余自己和幼妹，贸然让一外男住进来不妥，昨夜把那人带给邻家大叔医治后，便顺带向邻家借了一间屋，把那人暂且安置在了那边。

小长宁仰起头道："那个大哥哥可漂亮了！"

漂亮?

樊长玉哭笑不得，摸了摸她头上的鬃鬃："哪有用漂亮来形容男子的？"

不过昨日她捡到那人时，对方一张脸糊满了干涸后发黑的血迹，几乎看不出个人样，加上把他背回来时已是傍晚，她急着求医，也没顾上帮他擦个脸，确实还不知那人长啥样。

樊长玉回屋换下了那身杀猪穿的衣物才去了隔壁。

冬日的暮色总是来得格外早，酉时未过，天便已暗了下来。

樊长玉进屋时，室内光线昏沉，她只瞧见床上有一团隆起物。

屋子里，草药味、血腥味和汗味混杂在一起，散发出一股不可名状的味道。

天气严寒，赵叔和赵大娘约莫是怕这人熬不过来，还在屋子里燃了炭盆，热气将那味道蒸得更厉害了。

樊长玉抓猪猡时，猪圈都去过，对这味道倒是没太大反应，进屋后只皱了皱眉，便去桌前点油灯。

一豆橙色的暖光照亮了这方狭小的空间，樊长玉回身再往床边看去，瞧见了那人的模样，微微一愣。

她算是明白长宁为何要说他"漂亮"了。

烛光灼灼，给简陋破败的屋子洒上了一层暖光，床上的人安安静静地躺着，那张洗净血污的脸，苍白又清俊，出奇地好看。

他瞧着颇为年轻，身材清瘦却并不显得单薄，许是失血过多的缘故，这会儿又睡了过去，长睫覆在眼睑上，在灯下拉出一片扇形的阴影。他的鼻梁很挺，干裂的薄唇哪怕在昏睡中也抿得紧紧的，看起来是个颇为执拗的性子。

这样一张脸配上他那具伤痕累累的躯体，像是被严冬霜雪压断了枝丫却依旧峥嵘挺拔的松柏，又似一块裹着石衣被凿得千疮百孔的璞玉，总叫人觉得可惜。

不知是被灯火晃到眼睛，还是被盯着太久的缘故，那人长睫颤动，缓缓掀开了眼皮。漆黑如墨的一双眸子，里面却半分情绪也无，微微上挑的眼尾，带了几分天生的凉薄。

樊长玉半点儿没有偷看被人抓包后的不自在，平静地问："你醒了？"

男人没有应声。

樊长玉看他的唇干裂得厉害，以为他是伤势重，口中又干，不想说话，便问："要不要喝点儿水？"

他缓缓地点了点头，终于开口："你救的我？"

嗓音哑得如同沙砾在破锣上划过，同他那张清月新雪般的脸极不相称。

樊长玉去桌边给他倒了杯水递过去："我瞧见你倒在山野雪地里，就把你背了回来，真正把你从鬼门关拉回来的，是赵大叔。"

她顿了顿，又补充道："你现在就住在他家，他以前是个大夫。"虽然是个兽医。

男人强撑着坐起来，用手接过有豁口的粗陶杯。那只手的手背上覆着各种擦伤，难见一块完好的皮肉。他喝了几口水，便掩唇轻咳起来，乱发散落下来，露出的那截下颌愈显苍白。

樊长玉说："你慢点儿喝。我瞧着你不是本地人，先前不知你姓甚名谁，也不知你家住何处，便没帮你报官，你是在虎岔口遭了山贼吗？"

他止住轻咳声，垂下眼，大半张脸都隐匿进了烛火照不到的阴影中："我姓言，单名一个'正'字。北边打仗了，我是从崇州逃难过来的。"

临安镇只是蓟州府下的一个小镇，樊长玉长这么大，连蓟州都没出过，对如今的时局也不甚清楚，不过入秋的时候，官府征过一次粮，估摸着就是为了打仗。

她的眼皮跳了跳：打仗逃难过来的，又是孤身一人，那家中多半是遭了不测。

她问："你家中可还有亲人？"

男人闻言，握着粗陶杯的那只手的指节因用力过度而泛白，他沉默许久后才沙哑地吐出几个字："没有了。"

果然是家破人亡。

樊长玉才经历过丧父丧母之痛，明白他这一刻的心境，抿了抿唇，道："抱歉。"

男人说了句"无事"，不知怎的又咳了起来，好似喉咙被卡住了，他越咳越厉害，手中的杯子都握不住，摔碎在地，一副要把脏腑都给咳出来的架势。

樊长玉一时间也有些手足无措，反应过来后忙叫赵大娘，又上前帮他拍背顺气。

他身上有很多处刀剑砍刺的伤，从肩胛到胸膛那一片全缠了纱布，怕勒着伤口，只松松套了件宽大的里衣。

此时这一番撕心裂肺的咳嗽，让衣襟松散开来，缠着纱布的腰腹肌肉在昏黄的烛火里块块分明，因咳得太过用力，撕裂了伤口，纱布上又慢慢洇出血来。

樊长玉更大声地朝屋外喊："大娘，你快叫赵叔回来看看。"

赵大娘在外边应了一声，匆匆出门去找老伴儿。

男人一直撕心裂肺地咳着，原本苍白的脸涨得绯红，咳到最后，他伏在床边，吐出一口瘀血。

樊长玉吓了一跳，怕他支撑不住，摔到地上，忙扶住他的肩膀："你怎么样？"

对方的额前已冷汗密布，脖颈儿至胸膛那一片也被汗湿透，整个人恍若从水里捞出来的，身上散发出浓重的血腥味，碎发凌乱地散落在额前，模样狼狈又惨烈："好些了，多谢。"

他用手背拭去唇角的血迹，半靠着床柱喘息，露出脆弱的脖颈儿，像是垂死之际放弃了挣扎的野兽。

他眼下的情况，可不像他自己说的那样好些了。

樊长玉看着男人，又下意识地想起了刚捡到他时，他半昏迷间强撑着掀开眼皮看自己的那一眼，眼神如同濒死的野狼的眼神。

等赵木匠终于从外边赶回来，男人已脱力昏了过去，气若游丝。

樊长玉像个遭了灾荒的老农，坐在门口苦着张脸寻思：这人要是死了，自己是好人做到底，送佛送上西，买口薄棺给他葬了，还是随便挖个坑把人给埋了？

她摸了摸兜里仅剩的几个铜板，觉得还是选后者吧，她和胞妹还得吃饭，刨个坑把人埋了就够意思了。

又过了一阵，赵木匠才一脸沉重地从屋子里走出来，什么话都没说，先去堂屋倒了杯冷茶喝。

樊长玉寻思着，人八成是活不了了，道："赵叔，你也别自责，人要是实在救不回来，那也是他自己的命数，等咽了气，我把人背去山上，找个风水好点儿的地方埋了就是。"

赵木匠被茶水呛了一下，咳了好一会儿才缓过劲儿来："你胡说什么？人还活得好好的呢！"

樊长玉愣住，随即颇为尴尬地挠挠头："他先前咳得吐了血，大叔你诊脉出来又拉着个脸，我还以为人不行了呢。"

赵木匠说："那年轻人底子好，这口瘀血吐出来，命就算是保住了。但也只是保住了命，日后能不能彻底恢复，还得精细调养，再看他的造化。"

言外之意便是那个年轻人大抵会成个肩不能扛手不能提的废人。

他问樊长玉："你可知他是哪里人？家中可还有亲眷？"

樊长玉想起从男人那儿问出的身世，又跟个遭灾老农一样坐回了门槛上："他说他是从北边逃难过来的，家里人都死光了，逃到这里又遇上了山贼，眼下怕是无处可去。"

赵木匠老两口儿对望一眼，张了张嘴，无言。

救人一时也就罢了，一直养着个病秧子就不是那么回事了，那人伤势这般重，且不说药多昂贵，多一副碗筷就多一张嘴。

一阵沉默后，赵木匠问她："你自个儿怎么想的？"

樊长玉捡了根木棍儿在地上画了两圈才道："人在山野雪地里我都背回来了，总不能现在把人赶走吧。"

赵大娘替她急："你爹娘过世了，宁娘身体又不好，一直吃着药，再养一个闲人，你这得多难？"

樊长玉也觉得自己捡了个麻烦回来，但眼下别无他法，于是道："先让那人养着伤吧，等他的伤好些了，看他自己有什么打算。"

屋内，被赵木匠施了一套针的男人刚悠悠转醒便听到这番对话，那双墨玉般的眸子轻轻一转，朝房门处看去。

暗下来的天幕上又下起了大雪，被屋内的烛火照出一层暖光，瞧着似乎也没那般冷了。

少女穿一件杏色的旧袄蹲坐在门槛处，手肘撑在膝上，一只手托着雪腮，一只手捏着根小棍儿在地上胡乱戳戳点点，秀气的眉轻轻拢起，似乎做了个什么为难的决定。

那对老夫妻在叹气。

男人的视线在那女子的脸上停驻了片刻，收回目光后，他缓缓合上眼，强行压住了涌上喉间的咳意。

晚间回去，樊长玉趁胞妹熟睡后找出了藏在房梁上的木匣子。

匣子被打开，里边是几张盖着大印的地契和一把铜板。

地契是爹娘留下的，铜板是樊长玉自个儿杀猪挣的。

说起来，她家原本也还算殷实，眼下日子过得这般紧紧巴巴，源于她爹年前花了大笔银子置办猪棚。

她爹是镇上有名的屠户，觉得老是从猪贩子手里买猪不划算，打算在乡下自己弄个猪棚，雇人帮忙养猪。哪想到猪棚还没盖起来，他们夫妻就

· 9 ·

双双出事了。

办丧事花光了家中所有能拿出的银钱，没了进项，樊长玉不得已才出去杀猪维持生计。

她也不是没想过变卖几亩田地应急，但本朝律法规定：父母亡故，若无父母生前的契书字据，家中女儿不可分家产。若亡者膝下无子，则家产归双亲、手足。

樊长玉是个女儿家，过户不了爹娘留下的房地，也没法儿抵押变卖换银子。

她大伯是个赌鬼，在外边欠了一屁股赌债，一心想拿她家的房产、田地去还赌债，时不时就来闹一次，逼她交出房屋地契。

樊长玉自是不肯。且不说那宅子是她和爹娘生活了十几年的地方，里边的一草一木，她都是有感情的，要是连个栖身的地方都没了，她带着胞妹流落街头吗？

她怕胞妹年幼，被人哄骗着说漏了嘴，藏地契的地方连胞妹都没告诉。

她把匣子里的铜板倒出来数了数，一共是三百七十文，都是她这些日子杀猪，刨去日常开销后存下来的一点儿钱。

其实就算不收留那男子，她家中也快揭不开锅了。

帮人杀猪赚钱不是长久之计，腊月里有不少人家杀过年猪，生意才好，到了年后，就没什么生意了，樊长玉盘算着把家里的猪肉铺子重新开起来。

她在心里算了一笔账——

腊月里的活猪十五文一斤，买一头八十斤的猪，本钱得花一贯两百文。

杀完后约莫还有六十斤肉，全按鲜肉价卖，一斤三十文，一头猪能净赚六百文。

若是再把猪头和猪下水卤一卤，当卤菜卖，价格只会往上走。

年节里，家家户户都少不得待客，但普通人家家中的调味料少有齐全的，做不出什么像样的好菜，大多会去街上买些熟食，卤肉在这时节颇有市场。

想法是好的，难的是，她眼下连买一头猪的银子都拿不出。

樊长玉幽幽地叹了口气，把铜板收进袖袋里，只将地契装进匣子里放回了房梁上。

她得想想法子，先凑出买一头猪的钱。

次日一早，樊长玉把长宁放赵大娘那儿，自己怀揣着那三百多文钱和一根银簪出了门。

簪子是她及笄那年爹娘买给她的，足足花了二两多银子。

她把这簪子典当了，应该就能凑到买猪的钱了。

她进了当铺，岂料掌柜的拿着她的簪子眯着眼打量半天后，只伸出三根手指："三百文。"

樊长玉一口气差点儿没上来，瞪大眼："这簪子是足银的，只值三百文？"

掌柜的道："簪子虽是银的，但分量不重，样式也过时了，我晓得你家中艰难，这样吧，叔给你五百文，不能再多了。"

"一两银子，少一分我都不当。"

掌柜的把簪子往柜台上一放："那你还是拿回去吧。"

樊长玉还指望典了这簪子去买猪，没想到这黑心掌柜的压价竟这般狠，她没再跟掌柜的多费口舌，收起簪子就往外走。

掌柜的也没料到这闺女竟是个倔脾气，说不还价就不还价了，只得喊道："哎……回来回来，一两银子就一两银子，就当叔可怜你，倒贴银子收了你这簪子，大清早的，做了你这单生意，也算是开个张……"

走出当铺，樊长玉身上多了一两银子。

为了打听卤肉在市面上的价钱，她先去卖熟食的那条街上转了转。

今日恰是赶集的日子，时辰虽还早，但集市上已颇为热闹，不少乡下来的农家人带了山货来集市上卖，换了钱又采买年货回去。

樊长玉逛了一圈，发现卖熟肉的铺子主打的都是烧鸡、烧鹅一类，卤猪肉卖得最多的是猪头肉和猪耳朵，猪下水卖得最少。

一位胖大娘见樊长玉一直在打量自己摆在店外的吃食，吆喝了声："姑娘买烧鸡吗？"

樊长玉问："这猪头肉怎么卖？"

胖大娘道："姑娘好眼力见儿，这猪头肉是昨夜刚卤的，卤了整整一晚，香着呢！五文一两，姑娘要多少？"

那就是五十文一斤，但很多时候，商贩都会故意把价往高了喊，留个砍价的余地。

樊长玉为了试探对方，故意道："这么贵……"

胖大娘立即道："大过年的，这集市上啥肉没涨价？我这里卖得算是最实惠的了，姑娘要是真想买，二两我给你算九文钱。"

樊长玉猜测胖大娘大多数时候应该都是按这个价卖的，这样算下来，卤猪头肉约莫四十五文一斤。

她用这样的法子，接下来又去不同的熟肉铺子问清了卤猪耳朵和卤猪下水的价。卤猪耳朵是最贵的，六十文一斤。不过杀一头猪只有两只猪耳朵，想来是物以稀为贵。

相比之下，卤猪下水就没那么值钱了，二十文一斤。

猪下水原本也没多少人吃，富人不喜吃，穷人又不会处理，没弄好会有一大股子味。

肉铺里都不卖这东西，真要买，用不了十文就能拎回去一大桶。

樊长玉心中有了数，出了卖熟食的那条街便是肉市，再往边上，还有个买卖牲畜的瓦市。

肉市比卖熟食的那条街更热闹。樊长玉家在这边有个地段极好的猪肉铺子，眼下其他猪肉铺子全都开着，案板和铁钩上都摆满了猪肉，只有她家的铺子大门紧闭，门口的地儿已叫其他摆摊子的小贩占了去。

樊长玉瞧着，心里颇有几分不是滋味，驻足盯着自己那个闭门的猪肉铺子看了一会儿，心说：我很快就会重新把铺子开起来的。

她揣着钱转头去了买卖牲口的瓦市。

瓦市这边就杂乱得多，猪羊牛马都在这里叫卖，行走的人，脚下一不留神就会踩到一坨不知是什么牲畜拉的粪便，气味也很不好闻。

摊主大多是穿短褐的中年男人，身边拴着几头猪或者羊，砍价时喊的都是行话，外行人根本听不懂。

她一个模样俏丽的年轻女子出现在这边，很是打眼。

一些牲口贩子吆喝着问她买什么，樊长玉一概不予理会。她从前跟着她爹来这边买过猪，知道从牲口贩子手中买东西多半讨不着好。

今日赶集，不乏乡下农人养了猪，不愿意低价卖给猪贩子，自个儿赶到集市上来卖的，开的价钱再怎么也比牲口贩子的便宜。

只是樊长玉看了一圈都没瞧见中意的。她爹杀猪十几年得出的经验，挑猪时得挑臀圆、尾巴粗短的，这样的猪皮厚膘肥，杀出来才是上等好肉。

樊长玉在打算先去别处转转时，却瞧见在角落里有一个干瘦黝黑的老伯。

老伯的脚边站着一头膘壮的肥猪，猪的前肢和脖颈儿上套着绳索，似在等卖，只是猪身上脏兮兮的，这会儿时辰又尚早，瓦市这边还没多少买家，几乎无人上前去问价。

老伯目光殷切地望着来往的人，却没敢张嘴吆喝，瞧着像是个不善言辞的。

樊长玉上前问道："老伯，你这猪怎么卖的？"

终于来了个人问价，老伯颇有些紧张，只道："家中等着卖了这猪过年，猪贩子去乡下收猪，开的十文一斤，我这把老骨头才自个儿赶着猪来了镇上，姑娘要买，给十二文一斤就是。"

樊长玉没料到猪贩子去收猪时竟把价压得这般低，前边几个猪贩子已经把价钱喊到了活猪十八九文一斤，买家费老鼻子劲儿才能跟他们砍到十五文一斤。

老伯给的这价钱，当真是天上掉馅儿饼了。

亏得这会儿瓦市人不多，否则猪早就被人买走了，樊长玉忙道："我买！"

瓦市有专门称重的大秤，那头猪过了秤，樊长玉给了老伯一两银子零八十文，赶着那头猪往城西的家走。

肉市这边早已开张，她这会儿杀猪去卖，只赶得上尾市，人没多少不说，还得被压价，不如今天回去准备周全了，明早再杀了猪拿过来卖。

出了瓦市，樊长玉再赶着一头猪走在路上，就颇有几分招摇过市的味道了，引得不少人频频看来。

得亏樊长玉脸皮厚，碰上相熟的人问话，她还大大方方地给自己拉客，说这是明日要杀了拿去肉铺里卖的猪，届时记得过来照顾生意。

赶巧碰上了从前常在她爹的铺子里买肉的酒楼厨子采买食材回去，对方听说她家的猪肉铺子明日就重新开张，瞧着赶回去的那头猪又很是膘壮，当场就跟她预订了二十斤，给了两百文的定金。

樊长玉回家时红光满面。巷子狭窄，她拿竹棍儿赶着猪，吆喝声和猪猡的哼唧声儿乎整条巷子的人都能听见。

一只毛色近乎雪白的矛隼从自家屋宅那边飞出，掠向高空，樊长玉抬头望了一眼，觉得有几分奇怪。

冬日里白雪覆盖，乡下倒是常见鹰隼去偷农人家养的鸡兔，这镇上又没人养这些，那只隼落在自家附近做什么？

这条巷子两边屋舍拥挤，是早些年官府统一盖的房子，家家户户都是两层。

此时巷尾的一间阁楼里，男人半坐在靠窗的床上，身披一件灰扑扑的旧袄衣，依旧难掩那一身清贵之气。

床脚的炭盆边上搁着一块熄灭的细长炭棍儿。

床边放置的他自己原本的那身里衣已被撕得缺了一角。

窗户半开着，冷风灌进来，拂动男人的衣襟和长发。

那张清月新雪般的脸，不是樊长玉救回来的那男子是谁？

巷子里传来的聒噪声让他侧头朝外看去，模样姣好的女子眉眼含笑地走在消融了冰雪的窄巷里，身上穿着昨夜他见过的那件杏色的对襟短袄，像是一丝暖光突兀地浮现在沉寂古旧的画卷中。

不过她手上用竹条赶着的是……一头猪？

猪猡的叫声再一次验证了它自己的身份。

男人的神色变得有些微妙。

他见过诗书满腹的名门淑女，也见过英姿飒爽的将门虎女，赶着猪猡的女子，他生平还是头一回瞧见。

那女子已行至这边，从窗户再看不见，不过他已听到了对方胞妹迎出去时欢喜的惊呼声："阿姐，哪儿来的这么大一头猪啊？"

那女子的声音带着笑意又满含朝气："当然是买的！"

外边的声音嘈杂起来，似这家的大娘也过去帮忙赶猪了。

男人没再去细听那些嘈杂的话音，合上眼小憩，他需要尽快养好这一身伤。

樊长玉对这些半点儿不知。她把猪赶进自家屋后的偏棚里关上后，提着昨日给陈家杀猪时对方送的那一桶猪下水，去巷外的水井旁打水再清洗了一遍。

猪肉当天杀才鲜，她赶回来的那头猪得留着明早杀，做卤肉是来不及了，今晚先把这桶猪下水卤上，明日不单卖，只作为买猪肉的添头。

客人买她一斤鲜猪肉，她就送一两卤猪下水。

樊长玉今日逛了一圈集市，看到了不少卖熟食的店。店铺多，说明买的人多，相对地，食客的选择也多。

她贸然开始卖熟肉，不一定有人愿意花这个钱来尝试她家的卤味好不好吃，毕竟价钱摆在那里。

樊长玉想了想，猪下水便宜，用来当添头引客再合适不过，这东西花钱不一定有人买，但免费送应该还是有很多人乐意要的。

铺子重新开张，这样既能吸引人来买猪肉，又能给自己后边卖卤肉造势。

客人尝过这免费的卤下水，便知晓她家的卤子好不好，这样回头她开始卖卤肉，喜欢的自然会再来买。

樊长玉洗完猪下水，回家撸起袖子就开始生火，往锅里加上水，找出杂七杂八的香料装进干净的布袋里，和姜蒜一起扔进去煮着制卤。

她家灶上的东西很齐全，她娘是个讲究人，在吃食上一向精细，从前家中又殷实，备这些东西不难。

樊长玉跟着她娘学过许多菜式，不过都做得平平，唯独这卤味，大抵是因为她从小就喜欢啃卤猪蹄，所以学得格外好。

她提刀切割卤下水时，因为杀猪砍骨习惯了，动作也是大开大合，菜刀重重地砍在砧板上，那架势，贼来了都得吓得落荒而逃。

一个时辰后，樊家的厨房里飘出了浓郁的卤肉香味，左邻右舍都在家中吸起了鼻子，心道：谁家炖的肉？竟这般香。

香味往高处飘，赵家和樊家的房子又是紧挨着的，男人在阁楼里闻到的香味格外浓。

他滚了一下喉结，沉沉地闭上眼。

是身体太虚弱了，他从受伤到现在，还没吃过一顿像样的饭。

樊长玉找了个笤箕把卤得浓香四溢的猪下水捞起来沥干水分，调料香和肉香融合得恰到好处，卤上的酱色也极为漂亮，比白日她在熟食铺子里瞧见的那些卤味强多了。

长宁眼巴巴地扒着灶台看，发现卤的都是猪下水，有些失望："没有猪耳朵……"

她喜欢吃猪耳朵。

樊长玉用筷子在猪大肠和猪肚上轻轻一戳就戳出个洞来，可见已经煮得软烂透味。

她道："今晚先吃肥肠面，明日卤猪耳朵。"

听完这番话，长宁的一双眼这才又亮了起来。

趁着灶上火正旺，樊长玉舀起卤汤后，洗干净锅，重新烧水，下足了五人份的面。

她交代长宁："你去赵大娘家说一声，让他们晚间别煮消夜，待会儿一起吃肥肠面。"

长宁乖乖应"好"，小跑着去隔壁传话。

煮个面费不了多大工夫，樊长玉提前在四个大海碗、一个小碗里搁上调料，为了让面更香些，还挖了一勺熬制好的猪油放进去，淋上煮面的滚汤，猪油和调料都在碗里化开，香味瞬间就飘出来了。

樊长玉做得简单，捞了面条倒进碗里，铺上一层切成小段的软糯肥肠，再撒点儿葱末，就算完了。

要是她娘煮面，还得熬上一锅高汤，用高汤代替面汤，味道那才叫一个香。

樊长玉把胞妹的那一碗放到桌子上，让她先吃，自己将那三大碗肥肠面端去了隔壁。

连接阁楼和底楼的是木质楼梯，当楼板上传来稳健而轻盈的脚步声时，谢征便睁开了眼。

须臾，门外响起了那女子的声音："你醒着没？"

谢征道："门没闩。"

他的嗓音还是哑的，但比昨日已好上许多。

樊长玉用胳膊顶开门，一手拿着油灯，一手端着一碗热气腾腾的汤面走了进来："我方才听大娘说，今晨一只大隼从天而降，一头扎进了楼下那间屋子的窗户里，把窗都给砸坏了，怎会有这等怪事？"

谢征抿紧唇，没有应声。

他也没料到那只海东青蠢成那般，听到他的哨声，一头就扑了下来。

樊长玉觑了一眼他的脸色，发现他的脸虽然依旧苍白，但气色已比昨天好上不少。

她已习惯了对方沉默寡言的性子，把油灯放到桌上，道："幸好那猛禽并未伤人，楼下那间房的窗户得等大叔得闲了再修，你现在住的这阁楼虽窄了些，但也清静。"

谢征终于低低地"嗯"了声，算是回应。

樊长玉端着面递过去："我煮了碗面，你将就着吃吧。"

谢征已经闻到了香味，铺在面碗上的那一层他从未见过的东西，散发的正是之前飘满了整条巷子的肉香。

那味道勾得他腹中的饥饿感愈盛，接连喝了好几天苦得令人作呕的药汁和寡淡无味的白粥，眼前这碗面说是佳肴也不为过。

他道了谢，接过面碗，挑起一箸便吃起来。

面滑汤浓，面用的不是什么好面粉，但此刻谢征只觉得比他从前吃的任何面都要好吃，铺在面上边的肉软糯弹牙，一口咬下去，滋味更是香醇。

饶是他自诩吃过不少山珍海味，竟也尝不出这是什么东西。

谢征问："这是什么？"

樊长玉正准备赶回去吃自己那碗肥肠面，听他问起，便答："肥肠。"

谢征挑面的手一顿，听到那个"肠"字，他心中已有了几分不祥的预感。

樊长玉看他似乎不太清楚肥肠是什么，便说得更直白了些："就是猪大肠。"

他的脸色瞬间变了。

樊长玉见过不喜欢吃猪下水的，但这人方才吃下去的神情也不像是觉得这东西难吃的样子，此刻脸色难看成这样，她实在是想不通其中的缘由，于是困惑地道："你怎么了？"

"没事。"

这句话谢征答得有点儿艰难。

他不动声色地深吸了好几口气，才平复了那股反胃感。

樊长玉还惦记着自己的肥肠面——再不回去吃，面怕是要坨了，便道："那我先回去了，你吃完了，把碗放在边上的柜子上，晚些时候大娘会上来收。"

房门轻响，接着是对方下楼梯的声音。

谢征看着自己手上的那碗面，眉头紧锁，犹豫着要不要继续吃。

他并非娇生惯养的人，从前行军艰难时，树皮草根也啃过，独独没吃过畜生的大肠。

猪大肠？那不就是装猪粪的吗？

光是想想，谢征就觉得难以下咽，但念及自己这一身伤，这碗面又是这两日她们端给他的最有油水的东西，谢征挣扎再三，最终还是重新挑起了面，僵硬地往嘴边送。

天将降大任于是人也，必先苦其心志，劳其筋骨……

肥肠还挺香。

这天夜里，一向很少做梦的谢征见鬼地梦到了救他的那女子，梦里，那女子欢快地赶着一头猪，走着走着，突然抽出一把大刀，划开了猪肚子，扯出一条长长的猪肠，看着他道："这就是肥肠，我做给你吃。"

梦里和梦外的猪叫声重叠，蓦地让谢征惊醒过来，他这才发现自己躺在床上。

隔壁的猪还在嚎，谢征看了一眼窗外，天才蒙蒙亮。

不过楼下已经传来了动静，约莫是老两口儿起了，过去帮那女子杀猪。

想到自己方才做的梦，谢征的脸色极不好看。

赶猪、杀猪、猪大肠……跟那女子有关的一切似乎都少不了猪。

他按了按眉骨，重新合上眼，努力屏蔽外边尖锐刺耳的猪叫声。

再忍耐几日吧，海东青已带了信回去，他的旧部们很快就会找来，用不了多久，他就能离开这里了。

他会留下一笔丰厚的钱财给那女子和那对老夫妻作为报答。

樊家后院里，樊长玉已把猪用粗绳绑在了杀猪凳上。她随了她爹，有一身蛮力，几个汉子才能按住的猪，她一人就能摁住。

家中这条杀猪凳不是木质的，而是她爹专门找人打的一条石凳，把猪绑上去后，任猪怎么挣扎都挪动不了分毫，也省了摁猪尾的麻烦事。

又长又利的放血刀径直从猪颈下方捅进去，刀把几乎没进肉里，尖利的猪嚎声瞬间没了，猪血顺着刀口流出来，石凳下方的木盆足足接了一满盆。

杀猪都讲究个一刀毙命，猪血也要放得越多越好。

过来帮忙的赵大娘瞧见猪血盆子，当即就笑开了："这盆猪血够吃好几天了。"

樊长玉没应声，抽出放血刀，神色罕见地冷峻，脸上和袖子上都溅到了几点血沫子。

每逢杀猪下刀，她就像变了一个人，叫人轻易不敢靠近，大抵是因为杀生的人身上特有的那股子戾气。

放干了猪血，樊长玉解开绳索，把猪拖到烧着热水的大锅边上，舀起

· 18 ·

已经烧开的水，把猪毛烫了一遍后，才开始用刮毛刀刮毛。

长宁在门边探头探脑地往院子里看，赵大娘道："宁娘去外边玩，小孩子莫看这些，不然夜里做噩梦。"

长宁小声说了一句"我才不怕"，还是磨磨蹭蹭地往外走了。

樊长玉刮完猪毛，又用水将猪冲洗了一遍，几乎没让赵木匠和赵大娘帮忙，自己就把猪拉起来挂到了院中柱子的铁钩上，再用开边刀将猪劈作两半，一半继续用铁钩挂着，另一半则扛到用两条板凳架起的门板上分割。

赵家老两口儿看得目瞪口呆，讷讷地道："这闺女还真是随了她爹……"

樊长玉分割完猪肉，急着用板车拉去肉市卖，昨日溢香楼的李厨子订的那二十斤肉便托赵木匠帮忙送过去。

她想了想，给李厨子也装了些卤下水，倒不是图日后做对方的卤味生意，人家是酒楼大厨，她没那个班门弄斧的心思，纯粹是感谢李厨子照顾生意。

到了肉市，樊长玉算是去得早的，只有几家铺子开了门，屠户们正在往铺子门口摆今日要卖的猪肉。

有相熟的人瞧见她，不免惊讶："哟，长玉也要把你家的猪肉铺子开起来了？"

樊长玉爽利地应"是"。

她打开自家铺子紧闭了一月有余的大门，里边收拾得干干净净的，一切物件都还是在他爹生前习惯摆放的位置，不过落了一层薄薄的灰。

想起爹，樊长玉心口一阵泛酸，她知道眼下不是伤怀的时候，很快止住了情绪，打水来将铺子里里外外都擦了一遍，才开始往案板上摆今晨杀的猪肉，昨夜卤好的下水也摆了上去。

一直到辰时六刻，集市上才零零星星地有了几个人来买菜。

樊长玉家的肉铺地段好，加上旁的铺子里站着的都是身形健壮的汉子或大娘，她一个姑娘家立在那里，一些买菜的大娘似觉得她比较好还价，路过时都会问一句"这肉怎么卖"。

樊长玉就笑吟吟地跟对方说了价钱，又道今日铺子重新开张，买一斤猪肉送一两卤下水，图个喜庆。

大娘们一听说买鲜肉还能送卤肉，不免意动，大多会在樊长玉这儿买块猪肉。

这刚一开市，就成了好几单生意的，邻近的几个猪肉铺子也只有樊长玉一家。

对面肉铺的屠户瞧得眼红，嚷道："樊二闺女，做生意不能坏了规矩，这集市上卖肉的都是一个价，你卖肉送添头是什么意思？"

樊长玉知道这人从前就跟自己的爹不对付，她倒也不怵对方，口齿伶俐地道："郭叔这可就冤枉我了，我这铺子里卖的肉跟大伙儿不是一个价钱吗？怎就坏了规矩？送添头是因为我家的铺子今日重新开起来，图个吉利，哪条行规说了不行？郭叔莫不是瞧着我没了爹娘，觉得我一个孤女好欺负？"

对方争不过樊长玉，一张黄脸憋得通红："好一张利嘴，我说不过你！"

边上同樊家交好的屠户帮衬道："行了，老郭，长玉丫头今日只卖一头猪，你跟个小辈斤斤计较什么？"

顶着个欺负小辈的名头也不好听，郭屠户喝道："行，今日你就继续送你这添头吧，明儿可就不许了！"

樊长玉原本也只打算送一日添头，明日这卤味可是要拿来卖的，她道："自然。"

郭屠户这才作罢。

光等着人上前来问，肉卖得还是颇慢，对面的郭屠户的鼻子都快被气歪了，有心去他的肉铺里问问价的人，瞧着他那副凶神恶煞的样子，都没敢去问。

只送一日添头，樊长玉想着得尽量把名气打出去。

等集市上来来往往的人多起来了，她当机立断地开始吆喝："卖肉咧——买一斤猪肉送一两卤下水！"

这吆喝很见效，当即就有不少人围了上来，问猪肉怎么卖。

樊长玉一边跟人讨价还价，一边手脚麻利地砍切肉块，适当做出一副忍痛的表情让几文钱，早市还没过半，她铺子里的猪肉就被抢着买光了，效果比樊长玉预想中的还要好。

对面的郭屠户那张脸，已经臭得跟他家的茅厕板有得一比了。

樊长玉视若无睹，整理了一番自家肉铺，把刀具塞到褡裢里，背在身上，关上铺子门，揣着鼓囊囊的钱袋子，打算去瓦市再买两头猪。

她路过郭屠户家的铺子时，对方凶神恶煞地道："明日再送劳什子添头，可别说老子欺负你个孤女！"

樊长玉从鼻孔里冷冷地"哼"了一声，不予理会。

明日她可不送了，她卖！

走在路上，樊长玉粗略算了一笔账：这头九十斤重的猪，除去猪头和下水，肉占七十斤左右，全按鲜肉价卖的，今日的毛利算下来也有两贯钱出头。猪头和猪下水明日卤来卖了，还有一笔进项！刨去买猪的本钱，这头猪净赚了一贯多钱！

樊长玉感受着怀里的钱袋子那沉甸甸的重量，步子都变得轻快了些，被郭屠户找碴儿的那点儿不快也全被她抛到了九霄云外。

她刚走出肉市，还没进瓦市，就听见身后有人急呼自己的名字："长玉！长玉！"

樊长玉回头一瞧，竟是赵木匠，他一路疾跑过来，满面焦急之色。

樊长玉忙问："发生什么事了？赵叔。"

赵木匠气都喘不匀了："你快回家去瞧瞧，你大伯带着赌场的人砸了你家的门，翻箱倒柜地找地契，我跟你大娘这把老骨头哪里拦得住？！"

北风卷着细雪，严寒彻骨，大街上来往的行人都缩着脖颈儿，将手笼在袖子里，樊长玉手提一把黑铁刀身的砍骨刀，手背青筋暴起，疾步走在风雪中。

城西民巷口已围了不少看热闹的人，叫骂声、打砸声、劝诫声和孩童的啼哭声混在一起。

有人眼尖，瞧见了樊长玉，道："长玉回来了！"

看清她手上提着一把砍骨刀，又不免倒吸一口凉气："长玉这丫头还要跟她大伯动刀子不成？"

"那也是樊大不做人，樊二夫妻俩尸骨未寒，他就想着拿人家孤女的房地去填自己的赌债，也不怕夜里做梦时樊二夫妻去找他……"

"赌坊这些人可不是善茬儿，长玉一个姑娘家，拿了把刀也不一定能喝退他们啊……"

樊家门前已是一片狼藉，摔碎的瓶瓶罐罐和倒地的桌椅板凳从门口一直延伸向屋内，几个五大三粗的汉子还在屋内打砸器物，翻找东西，床上的被褥都被扔到了地上。

长宁被赵大娘抱在怀里哭得歇斯底里，赵大娘亦哭红了眼，只能徒劳地喊着：“别砸！别砸啊！”

但根本没人听她的。

樊大点头哈腰地跟在一个赌坊管事模样的人身边，捂着自己的一只手，满脸堆着笑道：“金爷，只要拿到了地契，我去官府过了户，这宅子就是我的了，我有钱还赌债的，有钱还的。”

被唤作金爷的人没给樊大一个正眼，“哧”了声：“今儿要是找不着地契，我就先把你这只手砍了拿回去交差。”

樊大把自己的那只手捂得更紧些：“能找到的，能找到的……”

门口传来一声震得人耳膜发疼的怒喝：“都给我住手！”

这一声穿透力极强，成功地让屋内所有人都把目光投向了门口。

那女子满身风雪，眼神冷得像她手中那把砍骨刀雪亮的刃口，透着一线天光的门楣似乎都变得低矮起来。

长宁哭着喊：“阿姐……”

樊大瞧见樊长玉，眼神则有些闪躲，弓着腰立在赌坊管事身边，没敢吱声。

倒是赌坊管事金爷觑了眼樊长玉手上的杀猪刀，不以为意地笑了声：“哟，是樊家大姑娘啊。”

樊长玉冷眼扫过满屋的狼藉，面皮绷得死紧：“带着你的人给我滚出去！”

金爷抬了抬眼皮，似觉得她一个孤女太过狂妄：“赌坊都是按规矩办事，樊大说这宅子是他的，赌坊只负责拿地契抵他的赌债，你们自家的私事，赌坊可管不着。”

樊长玉尖刀一样的目光刺向樊大：“这宅子是你的？”

樊大心虚，不敢看樊长玉，打起了感情牌：“大侄女，大伯也是被逼得没法子了，大伯欠了赌坊银子，今日若是再不还银子，大伯的一只手就要没了。老二和弟媳去了，你和宁娘又没个兄弟，将来嫁了人，若是不想被婆家欺负，还得有娘家的兄弟撑腰。你就先帮帮大伯，把地契拿出来，替大伯偿了赌债，大伯往后便拿你和宁娘当亲生女儿看待，你堂兄也就是你们的亲兄长，以后嫁了人，娘家就是你们的倚仗……”

樊长玉可不信他这番鬼话，冷笑道：“要拿宅子抵赌债，你拿你自家的宅子抵去，拿我家的宅子抵债，什么狗屁道理！你那赌鬼儿子跟你一个德行，将来不被人追着剁手便是好的，我倚仗他？”

樊大被骂了个没脸，指着樊长玉道："你心肠就这般歹毒？这样咒你堂兄？你堂兄还要说亲，抵了宅子，你堂兄拿什么娶媳妇？你和宁娘两个丫头片子，将来都是要嫁人的，拿着这宅子做什么？"

樊长玉怒极反笑："我爹娘留给我和宁娘的东西，你管我怎么处置。"

樊大见樊长玉是铁了心不给地契，也不再打亲情牌了，凶相毕露："樊二又没有儿子，他死了，他的房产田地就是闹到官府去，那也是归我的。你一个要嫁人的丫头片子争什么？争到你未来的夫家家里去？"

"莫不是因为克死你爹娘，又被宋家退了亲，顶着个煞星的名头怕不好嫁人，你才想着把家产留给自己当嫁妆？你那病秧子妹妹也被你克得没几年活头了吧？哪个不怕死的敢娶你这煞星？"

没人看清樊长玉是如何动作的，定睛时，她手中那把杀猪刀已被掷了出去，刀身几乎是贴着樊大耳朵擦过的，重重地钉入他身后的墙壁，被砍断的几根碎发飘飘然落到了地上。

樊大吓得脸都白了，两腿抖得跟筛子一样，张着嘴，却愣是发不出声。

屋内的赌坊管事金爷和他带来的一众打手原本只是看戏，瞧见这一幕，似乎意识到眼前这女子是个狠主儿，不免正色了几分。

樊长玉抬眸，死死地盯着樊大："我爹娘留下来的家产，都是给长宁看病抓药的，你今日最好带着赌坊的人立马给我滚，否则……赌坊只要你一只手，我剁了你全家再下去见我爹娘！"

"你！"樊大狠狠打了个寒战，被樊长玉那个眼神看得心头发毛，没敢再与之对视，结结巴巴地道，"那……那咱们就上官府说理去，看官府是把这家产判给你还是判给我！"

他又堆着笑，弓着腰对大马金刀坐在椅子上的赌坊管事道："金爷，你看这……能不能再宽限我两日？"

赌坊管事冷"哼"一声："汇贤赌坊收债可没有这样的先例，传出去，别人还以为咱们赌坊没人，收不上债来了呢！"

他冷睨樊大一眼："或者你想用你的右手抵债？"

樊大的冷汗瞬间就掉下来了，他连声道："不想，不想，可是这丫头……"

他看了一眼樊长玉，心中依然发怵。

赌坊管事只冷笑一声："确定是你的东西，带来的弟兄们就能直接找了。"

比起要樊大一只手，他自然还是更想要能换钱的宅子。金爷对着赌坊的一众打手道："愣着做什么？继续找地契啊！"

一众打手又开始翻箱倒柜地找东西，樊长玉咬紧牙关，拳头捏得"嘎巴"作响。

金爷笑道："樊大姑娘可别怪我，赌坊的规矩就是这样。"

赵大娘看着这一幕，心中焦急似火在烧，又似想起什么，赶紧往外走。

她没去别处，而是挤过门口看热闹的人群，去拍了宋家的门："宋砚，樊大带着赌坊的人去长玉家抢地契了，你是读圣贤书的人，樊二夫妻曾待你不薄，你好歹出来替长玉说句话啊！你是举人老爷，赌坊那边再怎么也会给你几分薄面的！"

整条巷子的邻居都知道樊家出事了，独独宋家紧闭大门，任赵大娘将那门拍得震天响，里边也没传出半点儿话音。

拍门拍到最后，赵大娘都忍不住哭着破口大骂："宋砚，你书读狗肚子里去了？当年你老子死的时候，穷得一口棺材都买不起，也不想想是谁给你老子买棺下葬的？你就不怕你老子在地底被那棺材压着了骨头？"

赵大娘的声音尖利又凄楚，骂得整条巷子的人都能听见。

一门之隔，宋母气得直哆嗦："那嘴上不积德的泼妇！你都和樊家那丫头退婚了，她家那一摊子烂事跟你有什么干系？我非得出去骂骂那泼妇不可！"

一直伏案看书的人终于开口唤了声："母亲。"

宋母这才停住脚步："算了，算了，那贼婆就是想拖咱们家下水，我出去就着了她的道了！砚哥儿，你也别出去，你是要考取功名的人，莫要再跟那一家子人牵扯上。"

同樊家只有一墙之隔的赵家阁楼上，谢征自然也听到了隔壁那般大的动静和赵大娘的哭骂。

对方似乎人多势众，那女子孤身一人，老夫妻俩也帮不上忙。

窗外灰蒙蒙的天在午后放了晴，凝在檐瓦上的冰霜被日头一照，映出一层没什么温度的浅淡金光。

谢征照着日光的脸上同样没什么温度，嘴角往下抿着，似乎心情糟糕透了。

那群渣滓还真是吵得人耳朵疼。

他用结着血痂的苍白的手拄着放在自己床头的一双拐，艰难地下了地，这双拐是赵木匠今日才做好拿给他的。

身上的伤还没好，骤然下地，原本用纱布缠好了的伤口又慢慢渗出了血，他却浑然不在意，双拐拄在地上，每一步都走得极稳。

今日不解决隔壁那几个闹事的渣滓，他怕是没心情午憩了。

与此同时，樊家已被赌坊的打手们翻了个底朝天，甚至连地砖都被用棍子挨个儿敲了一遍。

长宁瑟缩着躲在樊长玉身后哑声哭泣，樊长玉一手护着胞妹，半垂着脸，让人看不清她这一刻的表情。

一名打手在供奉樊长玉爹娘牌位的桌上翻找，将那牌位都打翻在地，正要一脚踏上去踩碎，看里边有没有藏东西的暗阁时，后领突然被揪住，紧跟着，一股巨力将他狠狠地掷了出去，摔在门口，后脑勺儿砸在门槛上时，大汉整个人都还是蒙的。

屋内的其他人也蒙了。

樊长玉已站在方才大汉站的位置，沉默地看着摔在地上的爹娘牌位，穿堂而过的冷风卷起她鬓角的碎发。她的掌心往下滴着血珠，是先前强忍时被她自己的指尖刺破的。

"我再给你们一次机会，滚还是不滚？"

她的嗓音出乎意料地平静，但莫名其妙地叫人毛骨悚然。

赌坊的人面面相觑，樊大却已倒腾着两条腿，悄悄退到了门边，之前樊长玉扔的那一刀实在是让他心有余悸。

金爷收债多年，还是头一回被人这般下脸面，外边这么多人看着，他今日若是不能收了债回去，丢的就是整个赌坊的脸。

他起身，踹了站在自己边上的一个打手一脚："死了不成？给我继续砸，老子在临安镇上收债这么多年，还怕了个丫头片子不成？"

一群打手也是这样安慰自己的，可瞧瞧还躺在门口的那名同伴，心中不由得还是有些发怵。

这丫头一身怪力，当真邪门儿。

一群人对了个眼神，一拥而上，樊长玉都没抬头，脚尖挑起方才那打手飞出去时落在自己脚边的木棍，一手握住，抡圆了一个横扫，几名打手被打中腹部，当场蜷着身子摔出去，吐出一口饭渣来的都有。

樊长玉没给这群人反应的时间，手中长棍舞得虎虎生风，扫、挑、劈、砍……与其说她用的是棍法，不如说她耍的是一把没有刀刃的长柄刀。

赌坊的打手们一个个被她打得哭爹喊娘，破沙袋一样被扔出了樊家大门，围观众人的吸气声此起彼伏。

樊大瞧见樊长玉使出这一套刀法，脸色变得惨白惨白的，跟只鹌鹑似的缩在了角落里。

金爷见势不妙，想跑，然而还没跑出大门，一把黑铁砍骨刀就从后方飞来，稳稳地扎入他前方的门板，差一点儿就削掉了他的鼻子。

金爷咽了咽口水："樊大姑娘，误会，都是误会……"

人群外传来呼喝声："官差来了！让路让路！"

惯常为非作歹的一群人，在此时听见官差来了，却齐齐松了一口气。

赵木匠领着官差大汗淋漓地赶回来："光天化日之下，欺负一孤女，你们还有没有……"

赵木匠瞧见在樊家大门外倒地呻吟的赌坊打手和被一把砍骨刀拦在门口的金爷，"王法"两个字卡在了他的喉咙里。

刚拄着拐从赵家阁楼走下来的谢征瞧见这一幕，面上也多了几分诧异。

他先前就觉得这女子吐息绵长，不亚于练家子，没想到对方还真是。

围观的人都在瞧热闹，没人注意到谢征，眼见麻烦已解决了，他瞥了一眼自己被伤口渗出的血染红的衣襟，面无表情地往回走，额角却已全是细密的冷汗。

宋家刚打开大门走出的蓝衫读书人，瞧见外边的官差后，往樊家看了一眼，神情莫名其妙，随即也退回去，重新掩上了大门。

屋内，樊长玉收敛了盛怒之下被逼出的那一身戾气，跪下，一言不发地捡起摔在地上的爹娘牌位。

她手上的血沾到了牌位上，她便用袖子去擦。

这一套长柄刀法是她爹教的，但是她爹从来不许她在人前使用。

她爹说，只有到了万不得已，有性命之虞的时候才可用，否则可能会惹来麻烦。

她今日破例了，但不是因为性命之虞，而是为了爹娘的牌位。

樊长玉抱着牌位，闭上通红的一双眼。

爹爹，莫怪长玉。

有了官差介入，接下来，事情的发展就变得平和多了。

樊长玉打伤了赌坊不少人，但对方私闯民宅，毁坏她家中的器物在先，官差训了赌坊闹事的几人一顿，只让金爷赔偿樊长玉家中的损失，并未让樊长玉赔偿赌坊几人的药费。

樊大小声嚷着按律樊长玉家的宅子得归他，官差睨了樊大一眼，道："一码归一码，你若要讨宅子，就写状纸递去衙门，请县令大人评断。"

樊大瞬间不敢吱声了。

赌场的人葫芦串似的相互搀扶着离开了樊家，樊大也灰头土脸地跑了，看热闹的众人这才慢慢散去。

樊长玉对着官差头子道："谢谢王叔。"

王捕头也算是她爹生前的故交，赵木匠大老远跑去请他来，就是想让他帮衬樊长玉一把。

王捕头道："今日是他们不占理，我秉公执法，也不算偏袒你。但樊大若真去县衙递了状纸，你家这宅子怕是就保不下来了。"

樊大之所以一直没去县衙递状纸，一则是打官司麻烦，二则是请状师也得花不少银子。

但他知晓硬逼樊长玉也没用后，为了拿房屋地契偿还他自个儿的赌债，保不准转头真告去县衙。

樊长玉脸上带着深深的疲惫和灰败："能想的法子我都想了，也托人问过状师，都说我不能过户我爹娘留下的宅地。"

状师是专门替人写状纸打官司的，对本朝律法滚瓜烂熟。

王捕头毕竟办案多年，见多识广，沉思片刻后道："或许还有个法子。"

王捕头离去后，樊长玉抱着胞妹和赵木匠夫妇坐在一片狼藉的屋内，半晌无言。

好半天，赵大娘才讷讷地道："招赘……这哪是件容易的事？我活到这把岁数，只听过有钱员外家的独女招赘，像咱们这样一穷二白的人家，谁会愿意来倒插门？"

樊长玉没有应声。

王捕头给出的法子，便是让她赶紧招个上门夫婿，这样一来，她爹就算有了儿子，家产自是归她。

但在宋家退婚，她那天煞孤星的名头传出去后，她嫁人都难了，更别说招赘。

她先前托人问过的那些状师，约莫也是知晓她家中的情况，才没提这个法子，因为他们压根儿没觉得招赘对她来说也算个法子。

毕竟世人都以入赘为耻，男子一旦入赘，就是连祖宗姓氏都放弃了，在哪儿都抬不起头来。别说寻常人家，便是那些游手好闲的地痞无赖，都轻易不愿入赘。

赵木匠布满老茧的手搭在膝头，皱巴巴的一张脸愈显苍老，他叹了口气，说："这成亲是一辈子的大事，也不能胡乱找个人就把堂拜了，不然将来苦的还是长玉丫头自个儿。"

赵大娘一听，便更替樊长玉心酸。旁的姑娘嫁人，哪个不是爹娘千挑万选，把对方的人品、家底摸透了，才风风光光出嫁？樊长玉已没了爹娘，眼下急着找人入赘，莫说考量对方的人品，只要对方的模样不是歪瓜裂枣便算好的了。

她正要揩泪，忽而想起了什么，目光一顿，抬起头看向樊长玉："你救的那年轻人，他有家室了没？"

话一说出口，她便先自己否定了："应当是没有的，你先前说他是从北边逃难过来的，家中只剩他一人了。"

樊长玉自是听出了赵大娘的言外之意，却愣了好一会儿。

赵大娘看她没什么表示，只得把话挑明："他拖着那一身伤，不是无处可去吗？要不……大娘帮你问问那年轻人的意思？"

可能是心中已有了撮合的想法，赵大娘再看樊长玉，越看越觉得她和那年轻人相配：长玉自个儿是个有本事的，将来就算那年轻人当真成了个废人，她一人也能把家撑起来。

而且今日赵大娘去宋家求助吃了对方的闭门羹，对宋砚那忘恩负义的东西恨得牙痒痒，一想到那年轻人模样长得比宋砚还周正，她心中就更为满意。

樊长玉这会儿脑子里乱糟糟的，闻言只道："大娘，您先别去问，您让我自个儿先好生想想，想好了，我自己去问。"

赵大娘知道樊长玉一贯是个有主意的，得了她这话，也不再多言，和老伴儿帮着樊长玉把屋子收拾了一番后，便先回了家。

长宁有午憩的习惯，之前又哭得累了，睡着后便被樊长玉抱到了床上。

樊长玉自个儿也和衣躺了上去，看着帐顶，脑子放空。

宋砚、那自称"言正"的男子，二人交替在她的脑海里浮现。

说起来，她跟宋砚虽是青梅竹马又自幼定亲，关乎二人的回忆却少得可怜。

宋砚总是很忙，考上县学前便一直寒窗苦读，两家虽然都住一条巷子里，但为了不打扰宋砚读书，她很少去找他，即使去了，多半也是爹娘让她去宋家送什么东西，有时是肉食，有时是点心。

那时候宋母待她很是和颜悦色，还说宋砚努力读书，都是为了考取功名以后让她享福。

后来宋砚考上了县学，县学包食宿，他在家的日子便更少了，樊长玉见他一次也更难。

有一回她跟着爹去县城赶集，宋母给宋砚做了一身新衣裳，托他们给宋砚带去。

那是樊长玉第一次去县学，只觉得那里的书塾盖得可真气派。

门房传话后，宋砚出来见她，她把宋母给他做的新衣递过去，他神色淡淡地道谢。路过的同窗笑着问宋砚她是谁，他答是舍妹。

那天回去，樊长玉心里一直闷闷的，她能感觉到，宋砚其实并不希望她去找他。未婚妻是个杀猪匠的女儿，大抵让他在同窗面前很难为情吧。

其实从那时起，她就想过，宋砚若是不喜欢她，她便和宋砚解除婚约，但爹娘似乎很喜欢宋砚，觉得他上进。

宋母那时候也很喜欢她，常在人前说，等宋砚高中，就有脸让宋砚把她娶回去了，外人无不夸她好福气。

樊长玉便只私下同宋砚说过解除婚约的事，当时宋砚正在温书，闻言，抬起那双少有波澜的眸子问她："婚姻大事，父母之命，媒妁之言，你就是这般当作儿戏的？"

樊长玉觉得他这话应当是拒绝同她解除婚约的意思。知道了对方的态度，她就再也没提过这事。

再后来，便是她爹娘过世，宋母上门，以那套八字不合的说法退亲。

可能是爹娘离世耗尽了她所有的悲伤，也可能是两人原本就没多少感情，她现在再想起宋砚，竟一点儿也不觉得难过。

至于被她救回来的那个叫"言正"的男子，她对他的了解就更少了。

对方对她同样知之甚少，贸然在对方重伤和无处可去之际问对方愿不愿入赘，多少有几分挟求报和乘人之危的意味在里边。

她和宋砚的婚约就是当年她爹娘对宋家有恩，由此定下的。

樊长玉不愿再经历和宋砚那场婚约一样的糟心事，但眼下确实又别无他法。

她思来想去：要不还是跟那个叫"言正"的男子商量一下，问他愿不愿假入赘吧？

自己只要能保住家产就行，对方伤好后，是去是留随意。

他若要走，樊长玉自然不会拦着。她救他一命，他假入赘帮她渡过难关，至此算是两清。

他若要留……樊长玉想了想对方那张清月新雪般的脸：她好像也不亏？

赵家阁楼上，刚从海东青脚上取下信纸的谢征突然打了个喷嚏。

他不耐烦地拧起一对剑眉，心道：自己莫非感染了风寒不成？

毛色纯白的海东青两只铁钩般的爪子紧紧地抓着木质窗沿，微微侧着头，用一双充满智慧的豆豆眼盯着自己的主人。

谢征展开信纸，看清信上所书内容后，脸色瞬间难看了起来，随即嘴角多了几分冷冷的嘲意。

那人果真是一日未见自己的尸首，一日难安，这么快就派了人去徽州接手自己的势力，派去的还是那一位。

那封信被扔进了床角的炭盆里，很快化作一片灰烬。

谢征靠坐在床头，从大开的窗户吹进的冷风吹动了他额前的碎发，却吹不动他满脸的阴霾。

接手了他在徽州的兵权的那一位，怕是比京城那人更想让他死，眼下他的旧部们自身难保，万不敢轻举妄动，以免让那位野狗一般闻到了味道摸过来。

在伤好之前，他只能先蛰伏此地，从长计议。

谢征瞥了一眼自己的衣襟上新染上的血迹，面上的神情更不耐烦了。

"咕？"久未等到指示的海东青往另一边歪了歪脑袋，继续用那双豆豆眼盯着自己的主人。

"滚吧。"

谢征不耐烦地闭上眼，一张好看的脸因过分苍白，罕见地显出几分脆弱来。

海东青似乎经常听他说这句话，得到了指令，立马心满意足地拍拍翅膀飞走了。

谢征果真染上了风寒。

樊长玉酝酿了一下午见了他要说的话，晚间还特意炒了两个小菜，切了一盘卤好的猪头肉，一起给他送过去。岂料这次在阁楼门外叫了好几声，里边都没人应。

她担心里边的人出了什么意外，直接推门而入，这才发现那人就躺在床上，不过脸上浮着一层不正常的红晕，整个人都昏昏沉沉的。

樊长玉忙叫了赵木匠来，赵木匠给人把完脉后，对着自己那本残破的医书翻了半天，开了张最保守的治风寒的方子。

樊长玉大晚上的去关了门的药铺拍门抓药，拿回来煎了给他灌下去后，没过多久，他就出了一身汗。

赵木匠给谢征擦汗换药时，发现他的伤口似乎裂开过，纱布上染了不少血迹，心中还有些奇怪。

谢征再次醒来已是第二天上午。

他的烧已经退了，头也不再昏沉，只是喉咙干疼得厉害。

为了方便他自己倒水，那对老夫妻特意在他的床边放了一张圆凳，上边摆了茶壶和粗陶杯。

谢征撑着身子半坐起来，正要给自己倒杯水喝，房门忽地在此时打开了，那名女子端一个大碗进来，见状，道："茶水是冷的，你才退了热，别喝，我给你煮了一碗猪肺汤。"

赵木匠说猪肺汤有清热、止咳、润肺的功效，昨日杀的那头猪正好还剩了一桶下水，樊长玉便拿猪肺煮了汤。

谢征哑声向她道谢。因着这次的食物不是什么肠了，他接过后，没有半点儿心理负担地喝了起来。

但汤刚一入口，他的脸色就变得怪异起来。

在樊长玉的注视下，他默默咽下了那口猪肺汤，问："这是你煮的？"

樊长玉点头："是啊，怎么了？"

虽然她是第一次煮这劳什子猪肺汤。

谢征端着碗，却不再喝，道："没什么。"

他只是有点儿难以相信，这碗猪肺汤和之前的肥肠面，竟然是出自同一人之手。

樊长玉还在劝："你趁热喝完吧，赵叔说猪肺汤止咳润肺，对你的身体有好处。"

谢征沉默了一会儿，才道："有些烫，我晚点儿再喝。"

他本以为话说到这份儿上，眼前的女子也该走了，怎料对方却拉过一把椅子坐了下来："我好像还没告诉过你我的名字。我姓樊，叫长玉，镇上的人都是直接叫我的名字，往后你也可以这么叫。"

谢征轻轻地点头。他听过那大娘唤她，在此之前便已知晓她的名讳。

他不接话，屋内便又陷入了静默。

强行跟人唠嗑儿，樊长玉也有点儿窘，但想到自己此行的目的，只得硬着头皮继续问："你先前说你姓言，名正，是哪个言？哪个正？"

谢征答："'言之有理'的'言'，'正人君子'的'正'。"

似是觉得樊长玉不曾读过书，不一定能明白自己说的是哪两个字，他用手蘸了杯中的冷茶，在床边的圆凳上一笔一画地写下端正清秀的"言正"两个字。

这两个字都是从他原本的姓名中各取一偏旁部首。

他的食指很是修长，指节分明，修竹一般，本应是一双执笔极为好看的手，但指腹和指背都有深浅交错的伤痕，难以想象在此之前他都经历过什么。

哪怕以指尖为笔，他写下的字也遒劲有力，樊长玉莫名其妙地看得出了神。

直到写完"正"字的最后一横，对方低沉沙哑的嗓音响起——"这两个字"，她才骤然回神，再开口时却有了几分迟疑："你从前也是个读书人吧？"

他这一手字写得极好，瞧着似比宋砚的字还具风骨些。

谢征却道："一介武夫罢了，哪里敢妄称读书人？"

他这话听着似在自谦，却莫名其妙地带了几分狂妄的嘲弄意味，似乎极不喜欢那些所谓的读书人。

樊长玉松了一口气，又问："那你从前是做何营生的？"

谢征眉头微不可察地皱了皱，觉得她今日颇有几分刨根儿问底儿的味道，但念及对方救了自己，又愿意收留自己养伤，问清楚些倒也在情理之中。

他稍做思量，道："算不得什么正经营生，曾在镖局给人做事。"

怎料那女子脸上突然就浮现出几分惊喜之色："这倒是有缘了，我爹年轻时也是在外边走镖的！"

谢征："真巧……"

好在对方没继续问他关于镖局的事，两手交握着，似乎颇有些紧张，又问了他一个问题："那你成亲了吗？"

谢征审视起眼前的女子，被他盯着，她的面上似有几分窘迫，独独没有羞怯。

他一时间也琢磨不透她问这话的意思，如实道："未曾。"

樊长玉的手都快被自己掐红了，她终于破罐子破摔，彻底豁出脸面去，道："那个……我想请你帮个忙。我家中遇到了一些麻烦，我爹娘过世后，大伯一心想占了我家的房地，昨日硬抢地契不成，接下来怕是会去官府递状纸了。若由官府判，我爹娘膝下无子，那房地当归属我大伯，要想保住房地，而今唯一的法子，便是我赶紧招赘个夫婿。"

谢征的眼皮狠狠一跳："你想让我入赘？"

樊长玉忙道："是假入赘。"

她将自己的打算细说与他："你与我拜堂成亲后，对外称是入赘，以此保住我爹娘留下的家产。我家中尚有薄资，等过户了房地，银钱上也就能周转开了，我会给你请镇上最好的大夫，用最好的药给你治伤，等你伤好后，是留是去都随你。"

谢征抬眸，上挑的眼尾让他身上那股凉薄感愈重："你就不怕我离开后，你大伯再来向你索要房地？"

樊长玉道："房地过户后，任他如何闹，我也不怵他。再者，到时候你离开，我只说你是有事出远门一趟，旁人也不知真假。"

谢征意味不明地说了句："你考虑得还真是周到。"

樊长玉没听出他这话是褒还是贬，尴尬地询问："那个……你意下如何？"

"容我想想。"他半垂眼帘，神色不明，似真的在考虑。

樊长玉不免有点儿紧张，回想了一下自己方才说的那些话，虽说了等他伤好后去留随他，却没说他走的话，自己能给他什么；他留下的话，自己又能再许他什么。

她赶紧又思量了一番，补充道："你伤好后若要离开，我会给你足够的盘缠。你若无处可去……"

她觑了一眼对方苍白的脸色和满身的伤，因着昨日那身里衣又被浸了血，赵木匠寻不到衣物给他换，就把他自己那件破破烂烂的粗布麻衣先给他套上了。

他那双手，除了各种擦伤，还覆着一层厚茧和许多皲裂的口子，瞧着从前过的也不是什么好日子，眼下当真是又病又穷，樊长玉便豪言许诺道："放心，以后我杀猪养你！"

谢征："……"

他脸上这一刻的神情当真是精彩极了。若是有识得他的人在场，光是听见这话，只怕都已想好了自个儿是个什么死法。敢大言不惭地说养他的，普天之下，大抵也只有眼前这女子了。

不过她若是知晓自己真正的名讳，怕是也不会同自己说出这样一番话来，甚至任自己死在雪地里也不会搭救。思及此处，谢征眼中已带了几分嘲意，问："为何？"

樊长玉没懂他的意思："什么？"

他这会儿倒是出奇地耐心，似乎颇想知晓她说出养自己那话的缘由："你同我非亲非故，我这一身伤若是好不了，十有八九会成为一个废人。你养我，图什么？"

樊长玉很实诚地回了句："你好看啊。"

谢征愣在当场，没料到竟然是这么个肤浅的理由，好一会儿，他才皱着眉头问："只是因为这个？"

樊长玉眨巴眨巴眼，仿佛在说"不然呢"。

谢征自然知晓自己的容貌不差，但被人这般直白地夸好看，这还是头一回。他道："天底下容貌出众的人何其多。"

樊长玉说："可我从雪地里背回来的人恰巧就是你啊。"

她的本意只是回答对方那句"天底下容貌出众的人何其多"，怎料说完，她发现对方看自己的眼神越发奇怪了。

樊长玉后知后觉地意识到自己这话颇有些让人误会的成分在里边，赶紧继续解释："我的意思是，一切或许都是有缘法的……"

她这个看脸的，刚好就捡回了个模样顶好的，才觉得若是他往后无处可去，又和自己合得来，将就着过也不错。要是对方无意，她肯定也不会强求，毕竟强扭的瓜不甜不是？

奈何对方没给她解释完的机会，皱着眉打断她的话道："伤好后，言某会自行离去，不会过多叨扰姑娘。"

他的眼角眉梢俱是冷淡之色，仿佛已认定樊长玉对他有非分之想。

樊长玉有口难言："也好……"

对方似乎不想再跟她有半点儿瓜葛，也不愿有任何亏欠，再次冷淡地开口："姑娘且提一愿，救命之恩，他日必报。"

樊长玉心灰意冷地摆摆手："你愿意假入赘，帮我保住家产，便是帮了我大忙了。"

她再也不乱说话了，让人误会了多不好。

怎料她却听到一句："假入赘姑且只算报答收留之恩。"

樊长玉愕然抬头，看着对方那张顶顶俊美的脸，不确定地道："你的意思是，你同意假入赘了？"

谢征微微点头。

樊长玉差点儿喜极而泣："咱们可签下契书为证，定个入赘期限，期满我立马写和离书与你，绝不强留。你若要提前离开，我也奉上盘缠与和离书，绝不阻拦。"

这样总不至于让他再担心自己对他有非分之想，到时候扣着不放人了。

谢征："倒也不必如此……"

他敛眸，再次询问："姑娘的心愿是？"

樊长玉想了想，说："我想早些把我爹留下的猪棚经营起来，以后最好是能养一百头猪。"

谢征："……"

这愿望还真是朴实无华，并且又是关于猪的。

谢征沉默了两息："姑娘可往大了说。"

樊长玉心说：一百头猪，至少也值一百多两银子了，在镇上置一所二进的宅子也才百余两，这愿望还小了？

她昧着良心再次说了一个数："那两百头？"

谢征："……"

罢了，将来走时，他多给她些银两吧。

樊长玉见他沉默，以为是自己狮子大开口了，尴尬地道："老话说救人一命，胜造……胜造一座塔，我其实也不图你报恩的……"

谢征听到她说的那句"救人一命，胜造一座塔"，眼皮微微跳了一下，打断她的话："言某会记着姑娘的恩情。"

他都这样说了，樊长玉也不好再继续这个话题，问："那……既然你已同意假入赘，还有什么想问我的吗？"

临窗而坐的人只轻轻摇头，似乎并未把这场所谓的入赘放在心上。

樊长玉想想，觉得也是，反正都是假的，他们俩又不是真成亲，把对方祖宗十八代都打听得清清楚楚完全没必要。

她道："大婚可能会有点儿仓促，估摸着就这两日。"

谢征只道："你安排便是。"

他鸦羽般的眼睫半垂，盖住了眼中所有的深色："不过我的户籍文书也叫山贼拿走了，想来还得去官府补个户籍。"

樊长玉道："这个不难，你既入赘我家，回头把户籍添到我家就行。"

双方已达成了一致意见，樊长玉便不再多留，起身回去筹备成亲的事，临走前看到他那碗猪肺汤还没怎么喝，提醒道："汤应该已经凉了，你喝掉吧。"

谢征："嗯……"

她似乎不知道自己煮的猪肺汤味道很奇怪？

屋内只剩谢征一人，他打开窗户，看向雪后初晴的天际，眸色渐深。接手他的兵权的那位是条疯狗，找不到他的尸首，怕是很快就会彻查逃去附近州府的流民。

他编造得了一个假身份，却伪造不了户籍文书，若是蓟州官府也开始清查无户籍的流民，他很快就会暴露。依本朝律法，男子若是入赘，可改为入赘地的户籍。

这才是他同意假入赘的真正原因。

至于那名女子……他的视线下意识地落到了放在一旁的猪肺汤上。

他已准了她一个心愿，让他假入赘，她亦有所图，他也不算再亏欠她。

想起她那句理直气壮地说出的"你好看啊"，他那好看的眉头不自觉地皱起：呵，肤浅。

他将手指放到唇边，吹出一声清越的哨声，不消片刻，一只毛色纯白的海东青便从高空俯冲直下，稳稳地落到了窗沿上。

谢征把碗递过去："吃掉。"

海东青用那双黑豆眼瞅了瞅碗中煮熟的猪肺片，倔强地侧过了头。

谢征一个眼神扫过去，海东青才委委屈屈地叼起一片猪肺吞了下去。

也是赶巧，樊长玉这头刚商定假入赘之事，王捕头就偷偷派人给她报信来了，说是樊大果真找人写了状纸递去县衙，只怕县令不日便要审理此案了。

赵木匠老两口儿得知此事后，急得嘴上都起了燎泡，樊长玉倒是沉得住气，说："大婚一切从简，到时候请街坊邻居们一起吃个饭，让大伙儿都知晓我招赘便是了。"

为了不让老两口儿太过担忧，也怕叫旁人瞧出破绽，她没同他们说这场招赘是假的。

赵大娘愁道："那喜服也来不及做了啊……"

樊长玉没当回事："穿件红衣凑合就行了吧？"

她兜里卖猪肉的银子和赌坊那日闹事后赔偿的银子加起来也才三两，这点儿钱总得花到刀刃上。

不过她自个儿还有新衣穿，准备入赘给她的那人可没有，他原本的衣裳被砍得破破烂烂的，养伤期间都是套一件宽松的里衣，再披件赵木匠的旧袄，成亲那天再怎么还是得给他裁一身新衣裳。

樊长玉咬牙花了半贯钱，去布庄买了一匹赭红色的料子，托住在巷子里的裁缝娘子给他做一身新衣裳。

买这暗红的料子，樊长玉也是有考量的：做成衣裳，成亲那天能当喜服穿，平日里也可当寻常衣物穿。

裁缝娘子听说樊长玉要成亲，笑着说了一通吉利话，知道樊长玉家中不易，无论如何也不肯收工钱，只道做这身喜服就当是随礼了，不过这尺寸还得去量一量。

樊长玉有心让赵大叔帮忙，奈何赵大叔出门帮着采买大婚要用的各式物件去了，她只得自己上了阁楼："成亲当日，你没件像样的衣裳，我量个尺寸，让人给你裁一身。"

谢征顺从地点了点头。

为了更准确地量出尺寸，他没披赵木匠那件旧袄，只着一件里衣，把后背露给樊长玉。

樊长玉张开拇指和食指，从他的左肩一直量到右肩，隔着一层单薄的里衣，指腹接触到的肌肤温热结实。

虽然之前他重伤咳血那次，自己帮他拍背顺气也算接触过了，但那会儿人命关天，她心无杂念，这会儿可能是两个人谁都没说话，房间里安静到彼此的呼吸声都清晰可闻，莫名其妙地让她觉得有几分难为情。

她一面怕对方又误会自己对他有非分之想，尽量减少同他的肢体接触，一面努力忽略指尖传来的温度，专心记尺寸。

"一尺五。"量好了尺寸，她忙把那件旧衣递给谢征，让他自己披上，颇有几分唯恐避之不及的意思，心里直犯嘀咕：这人看着清瘦，没想到肩背倒是宽厚，衣裳尺寸都跟自己爹的差不多了。

离开前，她同对方说起明日成亲的大概流程："吉时定在了明日下午，你下楼不便，到时候赵叔背你下去。"

婚同"昏"，黄昏便是吉时。

对方不知何故，拒绝得干脆利落："不必，我自己拄拐下楼。"

樊长玉担忧地道："会不会撕裂伤口？"

"无碍。"

樊长玉见他坚持，便随他了，回家继续筹备大婚。

宴请宾客是少不了的，她拿出一两银子去买了一头猪，关于掌勺的厨子，赵大娘帮她去邻里间走了一趟，请了擅做菜的婶子明日过来帮忙，还有喜糖、糕点也得备一些。

说是一切从简，但林林总总的开支算下来，她手上的三两银子，愣是花得一文钱都不剩。

樊长玉一直忙到亥时都没来得及喘口气，赵大娘膝下无儿女，帮她筹备婚礼就跟替自家闺女操心似的，跟着她忙里忙外。

等长宁入睡了，赵大娘才神神秘秘地塞给她一本小册子。

樊长玉瞅了一眼就赶紧合上了，半是尴尬半是窘迫："他伤成那样，这个就用不着了吧……"

赵大娘瞪她一眼："总有用得着的时候。"

樊长玉只得硬着头皮把那册子收下了。

裁缝娘子是个手巧的，当天夜里就赶好了喜服送过来。樊长玉原本只想替谢征做一身，没想到裁缝娘子想方设法地省下布头，愣是给她也做了一身同色的。

裁缝娘子笑着道："成亲的新人哪能穿不一样的衣裳？我瞧着那匹料

子剩下的还能再给你做一身，便赶工做了出来，手艺不好可不许嫌弃。"

樊长玉以前在裁缝娘子那里做过衣裳，留有裁衣尺寸。

樊长玉心中五味杂陈："多谢方姨。"

裁缝娘子催促道："快去换上，让我和你大娘瞧瞧，要是不合身，现在还能再改改。"

布料不够，裁缝娘子将喜服设计得极为简单，跟寻常衣物瞧着没甚区别，不过样式大方。

樊长玉进屋换上后出来，赵大娘和裁缝娘子瞧着都说好看，裁缝娘子打趣道："明日那盖头一盖，就是个貌美如花的新娘子喽！"

樊长玉问："既是招赘，那盖头不是该给新郎盖上吗？"

裁缝娘子和赵大娘都笑作一团："你这丫头……"

樊长玉纯粹只是好奇，毕竟真要让那厮盖上盖头入赘给自己，她怕对方当场翻脸。

提起新郎官，裁缝娘子倒是好奇起来："听说你那招赘的夫婿是在虎岔口遭了山贼被你救回来的，长得俊不俊？"

樊长玉还没来得及开口，赵大娘就先替她回道："明日拜堂时你不就能瞧见了吗？"

裁缝娘子笑着说"是"，又打趣了两句，才归家去了。

赵大娘独自跟樊长玉说话的时候，想着这闺女明日就要成家了，又忍不住替她心酸："那些大户人家的闺女，成亲当天才叫人从绣楼上背下来，坐上花轿，一路吹吹打打地去夫家……"

樊长玉没伤感起来，反倒想起了自己同言正说，明日让赵大叔背他下楼，他冷着脸当场拒绝的情形。

他拒绝的原因，该不会就是这个吧？

这一夜灯火迟迟未熄的，除了樊家，还有几户之隔的宋家。

宋母起夜，见儿子房里还亮着灯，叩了叩门，道："砚哥儿，都这么晚了，该歇着了。"

房内传出男子平和的嗓音："我温完这卷书便睡。"

宋母半是心疼儿子，半是欣慰，说了句"别看太晚"，便回房去了。

屋内，烛光高照，宋砚手持书卷，却半晌未翻动一页。

砚台笔墨早就被打翻在地，一室狼藉。

他握着书卷的那只手，亦用力到指节泛白。

她，要成亲了？

樊长玉大抵是头一个自己成亲这天，还得一早起来杀猪备卤菜的新娘子。

之前被杀了卖的那头猪，剩下的猪下水和猪头肉也被她做成了卤味，两头猪加起来，卤肉总算是切够了两盆，前来帮忙的婶子们闻着味，都说香。

快到中午了，她才被赵大娘催着回房间换喜服梳妆。

她也是问了赵大娘才知，入赘的婚俗分为两种：一种是新郎官坐花轿被抬去新娘子家中，俗称"抬郎头"；另一种则和正常嫁娶没什么两样，新郎官前一天住到新娘子家，新娘子则从外祖家出嫁，坐花轿一路吹吹打打地回自个儿家，算是全了新郎官的脸面。

樊长玉两者都不用，一来是她已没了租花轿的钱，二来新郎官就在隔壁，人一下楼就能直接拜堂，哪里还用费这些工夫？

请来的全福太太去新房铺了床，又来帮她梳头。

"一梳梳到底，二梳白发齐眉，三梳子孙满堂……"

樊长玉坐在梳妆台前，听着全福太太念的《十梳头》和外边鼎沸的人声，恍惚间竟有种自己这是真要成亲了的错觉。

外边的宾客议论得最多的便是今日的新郎官，奈何赵大娘是个嘴严的，任妇人们怎么打听，都不肯透露半点儿风声。

一些妇人围坐在一起嗑瓜子，不免私底下猜测："你们说赵家老两口儿这般帮樊长玉藏着掖着的，莫不是那新郎官长得歪瓜裂枣，丑得没法儿见人？"

"我听说那新郎官伤着了腿，不良于行！"

立即有人吸气："那不就是个跛子？"

边上的人给了接话的妇人一手肘，示意她小声些，随即才压低声音道："樊家这毕竟是招赘，真要是个齐全人，能来倒插门？"

一众人不免有些慨叹，又有人说起宋砚："看样子，樊家和宋家当真是交恶了，今儿整条巷子的人都来了，独独不见宋家人。"

"嘁，要我说，宋家不来吃这喜酒还好些，宋砚是这十里八村出了名的俊俏后生，他一来，把人家新郎官衬得一无是处，樊家面子上也不好看！"

　　众人七嘴八舌地议论着，等吉时一到，纷纷围去赵家大门前等着看新郎官，樊长玉这个新娘子顶着红布盖头出来后反倒无人问津。

　　今日委实是天公不作美，从下午就开始飘雪，到这会儿，院墙上已覆上了一层薄雪，地上因着一直有人走动，倒是还没积上雪，只余一片湿痕。

　　挂在赵家大门前的鞭炮"噼里啪啦"地炸响，伸长了脖子朝里张望的众人，瞧见从打开的房门里伸出一双拐时，心中就叹了句"果然"。

　　樊长玉招赘的当真是个瘸子。

　　随着双拐的移动，新郎官一只脚跨出房门，半截赭红色的衣摆出现在了众人的视线里。

　　飞雪如絮，落在那衣摆上瞬息便化了，只留一抹淡得几乎瞧不清的湿痕。

　　门外喧闹的宾客莫名其妙地屏住了呼吸。

　　新郎官的另一只脚也跨出房门后，他整个人终于从屋内的暗影中走出。雪粒子落在他用红发带扎起的墨发间，而墨发红衣间的那张脸，俊美清秀，肤色似比落雪还白上几分，他淡淡地往门外扫过的一眼，冷漠又疏离。

　　看清他容貌的宾客们无不倒吸一口凉气。

　　他们活到这把岁数，还是头一回瞧见模样这般俊俏的后生，莫说宋砚，便是那戏班子的台柱小生，也不及这新郎官一成好看。

　　剑眉星目，面若冠玉，当真是生成了神仙样子。

　　一阵死寂后，再次人声鼎沸，并且热闹远胜先前。

　　"这新郎官长得可真俊哪！"

　　"我就说长玉那般好模样的闺女，找的夫婿不可能差到哪儿去！"

　　"先前谁说新郎官是个歪瓜裂枣的瘸子来着？这模样比起宋砚差了？"

　　谢征挂着双拐，面无表情地穿过喧嚷的人群，微不可察地皱了皱眉，似觉得这群七嘴八舌的妇人太过吵闹。

　　他拐个弯儿，进了樊家的大门。还在院子里嗑瓜子拉家常的人瞧见他，不免也站起来看热闹，嘈杂的人声里，最多的便是夸赞他容貌的。

　　就连后厨帮忙备菜的几个妇人，听说新郎官长得顶顶俊俏，都没忍住出来瞧上一瞧。

谢征强压着眉宇间的那份不耐烦，一路被人围观着往正屋去拜堂。

他不经意地往前方檐下扫了一眼，瞧见了穿着一身跟他同色的喜服，趁着没人注意，在人群后把盖头挑起一角偷偷往外瞧的樊长玉，视线原本已掠过了她，却又突然倒了回去，颇有几分诧异。

他知道她的模样不差，却还是头一回瞧见她上妆的样子。

红布半掩下，那双杏眸望着这边，眼里氤氲着笑意，腮边抹了薄薄的胭脂，虽然那上胭脂的手法拙劣了些，却还是不掩她的好颜色，涂了口脂的唇不似平日里那般浅淡，衬得香腮如雪，一眼瞧去只觉得明艳不可方物。

对方的视线同他对上，她一愣之后，似乎也反应过来这是自己的成婚现场，连忙做贼心虚一般把盖头放了下去，规规矩矩地站好。

明明是个美人胚子，但她的举动……总是那般异于常人。

谢征被宾客们的吵嚷声闹出来的那份不耐烦，突然就少了那么一点儿。

这场婚事也不是一直都那么无趣又冗杂。

他拄着拐进了正屋，全福太太将系着花球的红布一头递给他，另一头递给了樊长玉。

主持婚仪的长者高唱：“吉时已到，新人拜堂!

“一拜天地——”

樊长玉盖着盖头瞧不见，由赵大娘扶着朝外站好了，才跟谢征一起对着天地拜了一拜。

“二拜高堂——”

她和谢征皆是父母双亡，高堂上便只放了牌位，二人对着牌位又是一拜。

“夫妻对拜——”

这一拜，樊长玉低头的时候，恰好有风吹进来，险些吹飞她头上的喜帕，她下意识地伸手去拽，却有一只大手先她一步把喜帕按回了她的头上，她用脚指头都想象得到这画面肯定不怎么好看。

宾客间已传出笑声，“瞧瞧这新郎官，舍不得让大家瞧新娘子呢!”

喜帕阻断了樊长玉的视线，她看不清谢征这一刻面上是何神情，不过她自己听着这些打趣是挺尴尬的，只盼他不要介意。

“礼成——送入洞房!”

伴着这一声喊，她和谢征总算牵着红布，被送入了一早布置好的新房。

说是新房，其实也简陋得很，无非就是门窗上贴了红纸剪的"囍"字，床上铺了颜色喜庆的床单被褥。

全福太太说了一堆吉利话后，才让谢征掀了樊长玉头上的盖头。

樊长玉只觉得眼前骤然一亮，屋内的人影也清晰起来。先前在外边，樊长玉掀了个盖头角偷瞄被抓包后就忙将盖头放下去了，没看太真切，这会儿人就在自己一步开外，樊长玉瞧着一身红衣的谢征，再次感慨，人果然还是得靠衣装。

他穿着今日这一身，要是走在大街上，只怕得瞅迷糊好些个大姑娘。

全福太太笑道："瞧瞧，好生标致的新娘子，和新郎官当真是天造地设的一对！"

边上的妇人都捂着嘴笑。

樊长玉尴尬地配合着弯了弯嘴角。

谢征的神色一直淡淡的，叫人瞧不出他究竟在想什么。

全福太太带着屋内的妇人们从盘子里捡了花生、红枣，从二人的头顶撒下，边撒边道："枣生贵子。"

这些东西砸在身上还是有些疼的，樊长玉适时地出声："多谢各位婶子，不过我夫婿身上有伤，撒果子也只是图个吉利，今日便先到这里吧。"

这话一说出来，不免又有人打趣："哟，长玉丫头这就护着夫婿啦？"

樊长玉厚着脸皮任她们打趣，送走一屋子人后，才问谢征："没伤到吧？"

谢征目光不明地看着她："并未。"

樊长玉放下心来，又道："我还得出去见见外边的宾客，你安心在房里休息，若是饿了，就先吃点儿桌上的糕点垫垫。"

这些话应当是新郎官对新娘子说的，眼下从樊长玉口里说出来，怎么听怎么觉得怪异。

谢征沉默一息后，微微点了点头。拖着一身伤硬撑这么久，他的脸上确实带了再明显不过的倦意。

樊长玉去外边招呼宾客。她家中毕竟没有长辈了，又是招赘，席间几乎没人劝她喝酒，大家热热闹闹地吃了顿饭，瞧着天色晚了，便陆陆续续告辞。

散了席，樊长玉在收拾桌椅板凳时，才发现门口的桌子上不知是谁放了一方锦盒。

她问帮忙收拾的赵大娘："大娘，这是谁家送的礼？"

赵大娘也有些疑惑："随礼的簿子开席前就写完了，方才还没瞧见这盒子呢，不知是谁家后边补送的，怎么也不说一声？"

樊长玉打开盒子，瞧见装在里边的是一对泥人娃娃时，脸色瞬间就冷了下来。她反手便把盒子扔进了赵大娘刚扫拢的垃圾堆里，泥人娃娃当场就被磕坏了。

赵大娘瞧见樊长玉这反应，认出被摔坏的一男一女两个泥娃娃，当场就变了脸色，对着宋家的方向狠啐了一口："那狼心狗肺的东西，你有难时，他躲得比谁都干净，今日成亲还送这东西来硌硬你？"

樊长玉道："大娘别气了，跟不相干的人计较什么？"

她动怒也不是因为被那泥人勾起了什么不好的回忆，只是觉得硌硬。

那泥人还是宋砚他爹过世那一年，她看他郁郁寡欢才送他的，那时她才多大，不过七八岁。

这些年，樊长玉自问爹娘待宋砚不薄，但爹娘去世后，马不停蹄地上门退亲的是他，自己被樊大带着赌坊的人为难，闭门不见的也是他。

今日她大婚，他又送这么一对泥人过来，他想说什么？

因为这点儿不快，樊长玉一直到晚间自家人用饭时，面上都没什么表情。

谢征身上有伤，不便挪动，饭菜是她送去房里的："你身上有伤，我挑了些清淡的菜给你。"

谢征从她进门就发现了她的神色有异，不过并未多问，只半敛了眸子，淡淡地道谢。

等彻底收拾完，已快亥时，赵大娘要抱熟睡的长宁去隔壁，樊长玉直言不用："爹娘过世后，宁娘一直跟我一起睡的，不然夜里魇着了，总是哭闹。"

赵大娘道："平日里就罢了，这新婚当夜，不管怎么着，小夫妻俩还是得睡一间房，不然不吉利。"

言罢，赵大娘不给樊长玉再说话的机会，就抱着长宁出了屋子。

白日里还喧闹的院子，这会儿冷清得厉害。

屋檐下方高挂着喜庆的红灯笼，在茫茫雪夜里洒下一片昏黄的光晕。

樊长玉抱着膝头坐在门口的台阶上，看着夜幕下大片大片落下的飞雪出了一会儿神，才起身进屋。

既然是假成亲，樊长玉自然不可能当真跟人睡同一间屋子。

不过家中的棉被都被收在了新房里，那间屋子原先是她自己睡的，后来爹娘过世，长宁不敢独自睡，便挤了过去，眼下改做婚房后，隔壁房间还没来得及铺床。

因着是自己住了十几年的房间，她习惯性地直接推门而入，这一进去，才发现谢征在更换衣物。他已经脱下了外袍，背对着她，褪了一半的里衣半截挂在臂弯里，半截垂至腰间。

那是一具很漂亮的身体，纱布遮掩间，裸露出的肌肤在喜烛下呈现出好看的蜜色，肌肉隆起的形状也很是明显。

因她突然推门而入的举动，对方微微侧过头来，玉雕似的一张脸上，冷淡的表情在此刻显得禁欲又蛊惑。

樊长玉傻愣愣地看了数息，直到对方不悦地皱起长眉，将褪了一半的里衣重新拢好，问她"有事？"，她才骤然回神，意识到自己像个贪图良家少女美色的流氓，脸上一烫，忙转过身："抱歉，我一时没适应，忘了敲门，我只是进来拿床被子。"

"你拿便是。"她身后传来的这道嗓音冷淡又清亮。

樊长玉尽量目不斜视地从柜子里取出两床棉被，抱在怀中后，头也没敢转地走出房门，转过了墙角，才如释重负地呼了口气。

自己当真是丢人丢到姥姥家了！他可千万别再误会。

谢征耳力过人，自然听到了她的吐气声。他的眼中没什么情绪起伏，听见对方的脚步声走远后，他才解开缠的纱布，继续给撕裂得比较狠的几道伤口上药。

这药是绑在海东青脚上送来的金创药，千金难求，药性极烈。

药粉与伤口接触的瞬间，他便痛得绷紧了一身筋骨，手臂青筋凸起，额角沁出细密的冷汗，牙关咬得太紧，口中甚至传出了淡淡的血腥味。

为免将血沾到床上，他坐在屋内的一张木凳上，两手紧握成拳，静放于膝头，挺直的背脊上慢慢滚落裹着血污的汗珠，瞧着不似治伤，像是受刑。经历着这般非人的痛楚，汗珠子从他的眼皮上坠下时，他却连眼都不曾眨一下，映着烛光的眸子一片阴沉。

这一身伤和这非人的痛楚，他终归是要还回去的。

屋外的脚步声忽然去而复返，谢征抬起一双尚未收敛戾气的眸子望向门口。

樊长玉抱着两床厚被走出新房没多远，觉得不对，抬起头往院墙外扫了一眼，两坨硕大的黑影立马缩回了院墙下方。

樊长玉："……"

樊大和他媳妇，便是化成灰她也认得。

这二人是听说了她招赘的事，怕她随便找个外乡人做戏骗他们，大半夜的不睡，特地来爬她家墙头听墙根？

此刻樊家院墙外，樊大和他那虎背熊腰的妻子刘氏各自攀在一架木梯上，头低过院墙，小声交谈着。

"你看，我就说那丫头是随便找个人假入赘唬咱的吧！新婚当晚就分了房睡！你在慌个什么劲儿？"刘氏凶自家男人道。

樊大一想到拿这宅地又有望了，神色间也难掩激动，道："再看看！再看看！"

二人再次鬼鬼祟祟地将半个头探过院墙时，却见樊长玉抱着厚被进了隔壁房间后又出来了，去厨房端了一盆水回了新房，仿佛刚才只是去隔壁房间放个棉被。

樊大夫妻俩不免忐忑起来。

难不成他们猜错了？

樊长玉端着一盆热水，再次没敲门走进新房后，对上赤着上身坐在桌旁的那人投来的冰碴子一样的视线，用眼神朝院外示意，半是尴尬半是无奈地道："我大伯和大伯母约莫是觉得我随意招了个人入赘骗他们，在外边听墙根。"

谢征收回目光，整个人重新趴回圆桌上。

他刚上过药，蚀骨的剧痛从皮肉破碎的地方顺着神经传遍了全身，激得他额前、肩背、腰腹全是冷汗，眼下所有的精力大都用在忍痛上了，没心思再管樊长玉的去留。

他绷紧肩背，汗湿的碎发胡乱地贴在额前，眼皮上都坠着汗珠，牙关紧咬，像是一匹几经毒打却始终不肯被人驯化的野狼。

樊长玉还是头一回完整地瞧见他身上的那些伤，没了纱布的遮掩，原本皮开肉绽的伤口有的已经结了血痂，有的被撕裂，血肉模糊，除此之外，他身上隐约还可见许多旧伤。

樊长玉不免又想起了自己的爹，她爹身上也有很多这样的旧伤，看来走镖当真是拿命去搏的营生。

她放下水盆，走过去，蹙眉问："我能帮你什么吗？"

半趴在桌上的人未曾抬头，苍白的指尖捏起一瓶药往后递去："剩下的药粉全撒在背上的几道伤口上。"

他一向谨慎，海东青带来的药早被他换到了那老丈买的伤药的瓶子里。

樊长玉拿过药瓶，照做了，几乎是在药粉接触伤口的那一瞬间，他肩背的肌肉绷得更紧，磐石一般，约莫是实在难挨，他扭头直接咬住了堆放在桌上的衣物。

她皱了皱眉，心说：他上次上药时，反应似乎没这般大啊。想到许是今日成婚累着了，她心里有点儿过意不去。

她看了一眼地上那些染着血和汗渍的纱布，从柜子里取出一匹素棉布来。

这是爹娘过世后，家中为了办白事买的布料没用完的。她用剪子把白布裁成长条，方便一会儿给他包扎。

过了片刻，谢征浑身绷紧的肌肉才松弛了几分，他吐出咬在口中的衣物，缓缓抬眼朝樊长玉看去。

"好些了吗？"樊长玉见状，忙放下了手中的剪子。

谢征很忌讳旁人瞧见自己治伤的模样，那时的他像是一条谁都可以取走性命的孱弱野狗，但他再狼狈的样子，眼前的女子都见过。

长久以来的习惯被打破，他心中下意识地排斥，只冷淡地道了谢。

樊长玉瞥了一眼他身上的那些伤，大度地没跟他计较：或许是太疼了，他才心情不好的吧。

谢征拿起桌上的衣物往身上套。血和汗糊在后背上的滋味并不好受，但良好的教养让他做不到在女子跟前衣不蔽体而泰然处之。

樊长玉瞧见了，忙叫住他："你身上出了汗，还有不少血污，先擦一擦，回头我给你找身我爹的衣裳。"

正好她方才打了盆水进来，本是拿给他洗漱的，这会儿倒是派上了用场。

身前谢征能自己擦拭，后背却还得让樊长玉帮忙，她擦得比他自己胡乱抹的那两下细致得多，拧干的帕子小心地避开了伤口，一点点擦去血污和之前敷药留下的褐色药渍。

她的指节偶尔会不小心碰到他的后背。她的手算不得柔嫩，却又明显区别于他自己那布着茧子的手，似有细小的电流从被她的指节擦过的地方蔓延开去。

从未经历过的酥痒让谢征下意识地皱起了眉。

樊长玉见状，便停下了手上的动作："碰到你的伤口了？"

他抿紧唇，神色愈显冷淡："没有。"

给他擦完后背，一盆水已被血污和药渍染得浑浊。樊长玉拿过自己裁好的布带给他缠上，这下指尖不可避免地接触到他的更多肌肤，许是才上过药出了汗的缘故，他身上的温度比先前任何一次都高。

樊长玉站着，他坐着，偶尔她低头去绕布带时，她的长发垂落下来，轻轻扫过他的肩颈。

酥，痒，麻。

谢征的眉头几乎拧成个"川"，他不动声色地往边上避了避。

"好了。"樊长玉没发现他的异常，将布袋打好结后直起身来，忙活半天，她自个儿的脑门儿上也出了一层细汗。

她从箱子里翻出一件她爹从前穿的旧衣给他后，才端着水盆去外边倒掉。

屋檐下的红灯笼在冷风里轻晃着，墙外那两坨狗熊似的黑影在瞧见她出来后，又齐齐缩到了墙头下方，自以为隐藏得极好。

樊长玉也配合地假装没发现，斥骂道："哪家的野猫？又来我家偷肉吃！"

她端着水盆走过去，又从水缸里舀了两大瓢冷水兑进盆里后，才用力往院墙外一泼："下次再叫我逮到了，看我不教训这畜生！"

院墙外，樊大夫妻俩被兜头淋成了落汤鸡，冻得直打哆嗦，却又怕被发现，大气儿都不敢喘一下。

直到院子里的脚步声走远了，樊大才一边哆嗦，一边"呸呸"地吐出不小心吃进嘴里的水，皱着个脸问："那死丫头泼的什么水？这是股啥味啊？"

刘氏用袖子抹了一把满脸的水渍闻了闻："一股子血腥味，还有股汗味。"

夫妻俩一愣，随即更用力地"呸呸"吐起来："去他的，那不就是他

· 49 ·

们的洗澡水吗？"

湿透的袄衣叫寒风一吹，更是冻得他们牙齿都打战。

这夜墙根是没听着，回去后，樊大夫妻俩染上了风寒重症，病得数日下不得床且不提。

樊长玉怕再生什么变故，思量再三，还是去新房打了个地铺睡，谢征对此并未多说什么。

樊长玉入眠很快，谢征尚在闭目养神时，她的呼吸声已变得绵长。

民间的习俗，成亲当晚的喜烛得燃上一整夜，为了做给外人看，樊长玉也就没熄烛火。

一直燃烧的喜烛的烛芯忽而炸了一下，发出一声轻响时，谢征才微微侧过头往地铺上看去。

三尺暖光铺地，那女子整个人蜷缩在几床厚被中，乌发披了满枕，脸上的肌肤在昏黄的烛光下呈现出暖玉一般的色泽。

谢征收回目光，轻轻地合上了眸子。

醒着时，她带着一身粗鄙的市井气，再好的容貌都能叫人忽略了去，睡着了倒是还可一看。

意识到自己在想她好不好看的问题，谢征突然睁开眼，眉头狠狠皱起。

她的容貌是美是丑，与他何干？

只待伤好些，他便要离开此地，今后同这女子还会不会有交集都难说。他打住思绪，侧过身，面朝床里，重新合上眸子。

樊长玉有自己的作息习惯，到点便醒了。

她坐起来，发现自己睡在地上，身边不见长宁，几步开外的床铺上躺着个男人时，还蒙了好一会儿，随即想起自己昨日成了亲，才松了口气。

外边天刚蒙蒙亮，屋内的喜烛还剩一小截燃着，烛台下方堆积着斑驳的烛泪。

樊长玉轻手轻脚地起身。她昨夜是和衣而眠的，倒是省了穿衣的尴尬和麻烦，将打地铺的被子收起来后，便出了房门。

昨夜风雪未停，这一宿过去，今晨院中已覆了厚厚一层积雪，墙头和墙外的枯枝都是白的。

樊长玉搓了搓手，先去檐下拿了柴火把火塘烧起来，放上吊罐，温一罐水用于洗漱，再拿了扫帚把院中的积雪都扫拢。

听到隔壁传来长宁的哭声，她又忙去把胞妹抱了回来。

长宁平日里很听话，只是爹娘故去后，她醒来若是没看到樊长玉，便会哭上一会儿。

樊长玉哄好了胞妹，让她坐在凳子上，自己拿着梳子给她梳头。

不知是不是自幼身体不好的原因，长宁的头发不似樊长玉那般又黑又密，反而细软偏黄，加上碎发多，扎两个小鬏鬏都颇为费事。

樊长玉还有些手生，以至于长宁头上的鬏鬏每天都丑得不重样。

樊长玉给胞妹梳完头发，让她去洗脸时，长宁摸摸自己左边的鬏鬏，又摸摸自己右边的鬏鬏，总觉得不太对劲儿，拿着自己的洗脸帕去脸盆旁，对着水面一照，才发现今天的鬏鬏歪得格外离谱儿。

她拨了拨鬏鬏说："阿姐，头发扎歪了。"

樊长玉干咳两声："我一会儿用过饭还得去县衙一趟，没时间给你重梳了，今天先将就着好不好？"

小长宁很好哄，当即就没再提要求了。

樊长玉重新打了水送去房间，发现屋内的人似乎醒了有一会儿了，已经穿戴整齐，正靠坐在床头。

自己和胞妹的对话，想来多半也被他听了去，樊长玉有几分窘。

她把脸盆放到床边的圆凳上，递给他一条干净的棉布帕，说起自己让他假入赘时许下的承诺："我一会儿就去县衙过户房地，顺便帮你补办户籍，再替你请个大夫回来。"

谢征闻言却道："不必请大夫，我身上的伤，自行休养即可。"

他身上的伤已上过金创药，只须再静养，等伤口的肉长好。

樊长玉挠挠头问："那你有什么缺的？我替你买回来。"

对方还是摇头，倒是让樊长玉不好意思起来。

这跟先前承诺的不一样，好像假入赘是她占了便宜。

她想着要不待会儿去县城，在衙门办妥正事后，回来时给他买点儿补品，让他好生补补身子。

草草用过早饭，樊长玉便出了门。因着现在家中不止胞妹一人了，她没再把胞妹放到赵大娘家中去，只在出门前交代长宁，若遇到什么事，可以去隔壁找赵大娘帮忙。

岂料她前脚刚走，在巷子附近盯梢的小混混儿后脚便跑去了赌坊通风报信。

砸门声"哐哐"响起时，谢征随手从屋角找出一册书，刚兴味索然地翻了两页，那懒洋洋的眉宇间藏着几分无聊透顶带来的不耐烦，心情实在算不得好。

从镇上去县衙不远，脚程快些，走上两刻钟也就到了。

樊长玉运气好，碰上熟人也要去县城，便搭了对方的牛车，到县衙时，衙役们刚上职。

她向门口的守卫报了王捕头的名讳，不消片刻就被人领着进了衙门后面的值房。

"巡街遇上流民、乞儿，通通带回衙门大牢，眼瞅着年节就这几天，眼睛都放亮点儿！"

里边，王捕头似在训话，樊长玉便没贸然进去，在门外静等。

王捕头交代完，余光瞥见候在门外的樊长玉，扬了扬手，捕快们便拿上衙门佩刀，三三两两地往外走，瞧着似是去街上巡逻。

樊长玉这才进门，道："王叔今日瞧着颇忙，叨扰王叔了。"

外边寒气重，屋子里燃着炭盆，暖烘烘的，她的眼睫上很快就凝了一片水珠。

王捕头给她倒了杯驱寒的姜茶，道："没什么忙不忙的，每年这几日都这样，不过今年大概是因为山贼太过猖狂，害了不少人命，上边对外乡人查得严，没有户籍、路引的，都被抓进了大牢里，这两日又在清查流民、乞儿。"

樊长玉一听，想到言正如今就没户籍，不由得握紧了一双冻得通红的手。

王捕头看她似有难言之隐，问："你今日来是为过户你家中房地的事？"

樊长玉点头。

王捕头道："我先前忘了与你说，樊大的状纸已经递上去了，官司结案前，这房地不能转户。不过你也别担心，你既然已招赘，即便上了公堂，县令大人也会把你爹娘留下的家产判给你的，只是麻烦些罢了。"

樊长玉未料到其中还有这样复杂的流程。

她想起自己昨晚朝院墙外泼的那盆水，问："那若是对簿公堂那日，我大伯没去呢？"

王捕头看了她一眼，道："那状纸就作废了，并且此举有无视律法、扰乱公堂之嫌，得打他个二十大板以儆效尤！"

樊长玉顿时后悔：自己昨夜应该把那一缸冷水全泼到墙外去的。

王捕头问她："你问这个做什么？"

樊长玉轻咳一声："好奇问问。"

她捧着热乎乎的茶杯，指尖不自觉地摩挲杯壁："还有一事，得请王叔帮忙。"

王捕头道："你只管说。"

樊长玉这才将谢征的身世说了："我夫婿身上的银钱和户籍文书全叫山贼拿走了，眼下他入赘我家了，我想替他补办个户籍。"

王捕头脸上的笑容便收了起来，半晌他才道："撞在这当口，补办户籍还真不是件容易事。"

但是，等樊长玉和樊大对簿公堂，她既说自己招赘，县太爷肯定会问她那赘婿是哪里人氏，若无户籍证明身份，说不定她那赘婿也得被抓进大牢，到时候怕是她房地没了，夫婿还得遭难。

王捕头在值房内来回走了两圈，最终狠狠一跺脚，对樊长玉道："你跟我来。"

管清平县户籍这一块的主簿是王捕头好友，靠着这层关系，他才帮樊长玉补办了夫婿的户籍。

樊长玉对王捕头千恩万谢，王捕头却只道："你莫要同外人说起，不然我也没好果子吃。当年你爹对我有过救命之恩，今日帮你，算是还了你爹的恩情吧……"

樊长玉连忙保证，"您帮了我这么大的忙，我感激还来不及，又怎会嘴上没把门，去外边胡说？"

王捕头想起故人，多有感慨："你爹真是个怪人，以他的身手，当年完全可以进衙门做事，他非要去杀猪。"

樊长玉道："我爹早些年在外边走镖，我娘一直担惊受怕，我爹金盆洗手后，为了让我娘放心，才只想做个稳当的营生。"

这些都是她从前听她爹娘说的。

王捕头也知道故友的性子，叹了口气，没再说什么。

樊长玉辞别王捕头后，去胞妹最喜欢的那家糖果铺子买了一包饴糖。

她原本还想着，过户房地后，卖掉乡下的几亩地置换银钱，顺道买些年货回去，买猪和猪苗的钱也有了，但计划赶不上变化，暂时过户不了房地，眼下她兜里仅有的，便是昨日前来喝喜酒的左邻右舍随的份子钱，这些钱加起来还不到一两银子。

樊长玉打算给言正买的补品自然也买不起了，但她又不好空着手回去，瞧见路边的小贩在卖头绳、发带之类的东西，便花了几文钱给他买了条墨蓝色的发带。

除了大婚那日，他几乎没束过发。

樊长玉猜测是没有发带的缘故，大婚的红发带平日里用又不合适，还是给他买一条吧。

樊长玉付钱时，前方一个衣衫褴褛的人疾步往这边跑来，惊惶之中，甚至撞倒了几个摊位，追在他身后的几个官差边跑边喊："站住！"

那人哪儿敢停，继续没命地往前跑，几个官差也疾步追了上去。

樊长玉本以为那人犯了什么事，边上却有人"啧"了一声："都说新官上任三把火，刚接手徽州的那位节度使不愧是魏家人，打着剿匪的旗号，却不派兵去围剿那些山贼匪寇，反倒把火烧到了北边逃难来的流民身上，这些背井离乡的逃难的流民何其无辜……"

原来那些官差追的是流民，樊长玉想起王捕头的话，心中不由得觉得有些怪异。

她看了说话的人一眼，那人和他边上几个同伴穿的都是样式一致的长衫，这长衫樊长玉也见宋砚穿过，那是县学的统一服饰，看样子，这几个人都是县学的书生。

那人的同伴冷嘲道："魏氏父子只手遮天，皇权衰落，整个大胤朝早就跟朽木一样烂到根子里了！眼下徽州的兵权也落到了魏氏父子手中，依我看啊，这大胤朝改姓魏得了！"

樊长玉长这么大虽然还没出过清平县，但也知晓他们口中的魏氏父子是何人。

他就是当朝宰相魏严。十六年前承德太子亲征死于锦州后，老皇帝也悲伤过度而驾崩，他扶持幼帝上位，把持朝政十余载，如今大胤百姓都只知宰相，不知皇帝。

其子魏宣更是自比太子，手上不知沾了多少忠臣良将的血，说是恶贯满盈亦不为过。

平民百姓只顾为生计奔波，听到的消息都是官府特地放出来的，其中各种内幕，还是这些要考取功名、分析时局的读书人知道得多一些。

樊长玉不免竖起耳朵继续听。

先前说话的那个书生道："没了武安侯镇守西北大关，这天下还能太平多久都是个未知数，他魏严便是有那心，只怕也没那胆往龙椅上坐！"

武安侯谢征的名号，在本朝也称得上如雷贯耳，只不过风评褒贬不一。

他生父乃是当年随承德太子亲征锦州，万箭穿心却挂军旗不倒，站着死去的护国大将军谢临山。

他舅舅则是权倾朝野十余载的魏严。

这样的身世，本身就已极具争议，偏偏他又是他舅舅养大的，朝臣们便都视他为魏党。

谢征的手段也的确铁血残暴至极，跟他舅舅如出一辙。

他十七岁那年夺回锦州的成名一战，世人迄今提起还心惊胆战，据闻他攻下锦州后屠城，麾下的八百亲骑，甲胄全被鲜血染红，世人从此称他那八百亲骑为血衣骑。

北族人对他更是闻风丧胆，自前朝便被北族占了去的辽东十二郡亦是他收回的。

凭借身上的赫赫战功，他弱冠之年便被封为武安侯。

以武安天下，历朝历代，得此封号的仅他一人。

魏严手上就是有他这么一把锐不可当的刀，才能居宰相之位，架空皇权，把持朝政至今。

朝臣们一面抨击谢征是魏党，一面又指望他镇守疆域。

甚至有人断言：他若驻守边疆，则天下可安；他若意在朝野，则乾坤将乱。

此刻樊长玉骤然听到那书生说"没了武安侯镇守西北大关"，心中觉得奇怪，有人先她一步问了出来："武安侯怎么了？"

那书生道："你们还不知？崇州一战后，武安侯生死不明，不过他在徽州的兵权都已叫魏宣接管了去，想来他已殒。"

在场的人不免一阵哗然，最多的是质疑那书生所言真假。

世人皆憎武安侯这把魏严的手中刀，也惧他视人命如草芥，杀人如麻，但同样不可否认的是，他乃大胤朝西北一柱。

这一柱折了，不知大胤朝中还有何人能顶起西北这片天。

书生被众人七嘴八舌质问得回答不过来，负气道："你们若觉得我所言是假，那便自己打听去，看西北是不是刚换了节度使！"

樊长玉听了一耳朵家国大事，回家路上都忧心忡忡的。

蓟州挨着崇州，若是战火蔓延到蓟州，她带着胞妹，还不知往哪儿逃难去。

想到言正就是从崇州逃难过来的，樊长玉觉得自己回去了可以问问他，说不定他知晓一些关于武安侯在崇州战场上的事。

崇州不过是一个反王叛乱，怎的就让大胤战神都折在那儿了？

再转个弯儿就要到巷子口了，她碰上一名住在巷子里的妇人，热络地打招呼："陶婶这是去买菜？"

妇人点了点头，欲言又止，神色瞧着颇有几分怪异。

樊长玉觉得奇怪，正要继续往家走，那妇人却神色微妙地道："赌坊的人又去你家了，你夫婿……"

眼前的人影一晃，樊长玉从墙边抄起根扁担就疾步冲到了巷子里。

妇人没料到樊长玉性急成这样，喊道："你夫婿没伤到，是赌坊的人被他打瘸了！"

奈何樊长玉已经跑远了，没听清。

她远远便瞧见自家门口又围了不少看热闹的人，心顿时一紧，握着扁担的手都用力了几分，喝道："让开！"

围观的人看到她提着根扁担冲了过来，连忙往两边退。

恰好此时那赌坊小头目金爷拄着根长棍，凶神恶煞地咧着嘴从被拆掉了大门的樊家大门口走了出来，看到气势汹汹的樊长玉，尚不及反应，就被一扁担给打得侧飞出去，倒地不起。

樊长玉用手中扁担拄地，看向自家院子里，正想放狠话，却见一众赌坊打手面露惊恐地望着自己，拖着条腿往外爬的姿势也改为了往里缩。

里边屋檐下方的太师椅上还坐着个手持拐杖、面色阴沉的冷峻男人。

进退两难的赌坊打手瑟瑟发抖地在院中挤作一团，一个个五大三粗的彪形大汉，在此时却仿佛成了地里黄的凄惨小白菜。

樊长玉不敢置信地看了看坐在檐下的男人：这些人都是他打的？

他伤成那样，走路都得靠拐杖，还能动武？

门口看热闹的邻居以为樊长玉还想再把人打一顿，赶紧劝道："长玉别打了，你夫婿已经把人打过了，这一个个的，腿都折了！还不知要赔多少药钱呢！"

樊长玉听说要赔钱，忙一把将倒地装死的金爷揪着衣领给提了起来。

金爷吓得面如土色，挂着摔出的两管鼻血告饶道："樊大姑娘，樊大姑娘，您大人有大量，饶了我吧，我再也不敢了！"

他将两手挡在脸前："不能再打了啊……"

樊长玉虎着脸指着自家被拆掉的大门："狗仗人势的东西，我家大门都被你们拆了，怎么赔？"

得赶紧清算自家的损失，最好是让他们折了腿也别妄想让自己赔医药费什么的！

她的视线再往里，却发现院中除了几个挤作一团面色惶惶的赌坊打手，竟没摔碎什么瓶瓶罐罐！

檐下的男人坐在太师椅上，面色虽苍白，可周身气势逼人，压迫感十足，身后的房门也好好的，显然赌坊这些人压根儿没进屋。

樊长玉的目光只得在男人身上来回巡视了几圈，瞧见他的衣襟上沁出一点儿血时，终于又找到了发作的由头，继续凶道："我夫婿有伤在身，你们人多势众，欺负他一个，把他打成这样，外伤就不说了，内伤还不知有多严重，看大夫得花多少银子！"

金爷一双手赶紧伸进衣兜里掏，摸出一把碎银角子和铜板，全递给樊长玉："我赔钱，我赔钱！樊大姑娘放我走吧！"

樊长玉："……"

她只是想吓唬赌坊这些人而已，但事态的发展好像有点儿不太对？

她这一分神，也就松了拎着金爷衣领的手，后者吓得魂不附体，把碎银角子和铜板放在地上后，赶紧连滚带爬地跑了。

院子里瑟瑟发抖的打手们见状，愣了一息后，也纷纷从自己的衣兜里掏出些铜板放在地上，然后拖着条瘸腿，麻利地滚出了樊家大门。

围观的众人看怪胎一样看着樊长玉和她那病弱苍白的赘婿。

赌坊的打手们不仅收赌债，还经常在大街上转悠，收各种保护费，这还是头一回有人从他们手中拿走银钱。

樊长玉也有点儿蒙。

等围观的众人散去了，她才指着像是被一脚踹断了门轴往里倒的大门问："这门是他们拆的吧？"

檐下的人点了头，樊长玉才舒了一口气：总算没冤枉人！

她心情微妙地捡起地上的碎银和铜板，走过去问："我瞧你身上的纱布渗出血了，伤口又裂开了吧？"

谢征没作声。

樊长玉想起赌坊那些人全都是瘸着条腿走的："你有伤在身，今后若是再遇上这样的事，能忍就忍忍，尽量等我回来了处理……"

对方还是不说话，樊长玉也有点儿尴尬，毕竟这些麻烦都是因自己而起的，她道："伤口反复裂开，遭罪的还是你自己。"

谢征终于开口："他们太聒噪了。"

日光斜照过来，以他的鼻梁为分界线，他的上半张脸笼罩在檐下的阴影中，下半张脸映着日光，因为苍白，显出几分冰雪似的剔透来，清冷淡漠，当真是极好看的一张脸，但脾气实在算不得好。

樊长玉听到他的理由，一时间也有些语塞。

谢征似乎并不想多言，起身回了房间。

小长宁怯怯地从厨房里探出半个脑袋来唤樊长玉："阿姐。"

樊长玉走过去摸摸胞妹的头，问："有没有被吓到？"

长宁点头又摇头，说："大哥哥……姐夫好厉害！"

樊长玉听到她对男人的称呼，一愣，猜到应该是赵大娘教她这么叫的，道："打坏人厉害？"

小长宁点头："那些人说姐夫是小白脸儿，还骂姐夫是个瘸子，姐夫就把他们的腿全给打瘸了！"

小长宁说起这些，一双眼晶亮："阿姐，小白脸儿是什么意思啊？是说姐夫的脸很白吗？"

樊长玉想起自己方才说的那些话，心情忽而变得有些复杂，对胞妹道："这是骂人的话，宁娘不许说，知道吗？"

小长宁乖乖点头。

樊长玉给了她买回来的那包饴糖，让她就在院子里玩，别跑远，自己去找了家里常备的伤药，行至谢征的房门前，稍稍迟疑，抬手敲了敲门。

"何事？"里边传来男人冷淡又有磁性的嗓音。

樊长玉说："我给你拿了点儿药。"

里边好一会儿没动静。

樊长玉抿了抿唇，终究还是说了出来："抱歉，我早该想到的，你入赘我家，他们肯定会说很多难听话……"

房门突然被打开，樊长玉的话戛然而止。

对方刚才似在处理伤口，此刻外袍披在肩头，里衣的系带只系好了下面几根，最上边的还没来得及系上，露出好看的锁骨和一小截结实的胸膛，那张漂亮得极具攻击性的脸上的神色不太好看："你是觉得打折他们一条腿还不够？"

樊长玉赶紧摇头。

谢征的眼皮半抬起："几个渣滓的话，我还不至于放在心上。我说了，是他们太过聒噪。"

他转身进屋，樊长玉跟了进去，下意识地问："要我帮忙吗？"

对方突然扭头，意味不明地看了她一眼，把里衣的最后一根系带也系上了："我已处理好了。"

樊长玉："……"

弄得好像她给他上药图他什么一样！

她手上还拿着新买的发带，现在送给他，倒显得她似乎真对他有什么非分之想，在对方的目光扫来时，她面无表情地把发带绑到了自己高高扎起的马尾上："这是我给自己买的发带。"

墨蓝色并不适合女子，但她绑上后倒是显得出奇地英气。

谢征的神色有些微妙。

樊长玉自认为扳回了面子，她不是个气性大的，把药瓶子放到桌上后，说起自己今日去衙门的事："王叔同我说，樊大向县衙递了状纸，结案前，房地我暂时过户不了。想来赌场那边也记恨上次丢了脸，跟樊大通气后，才想用这样的方式逼走你。"

在赌场那群人的眼里，他是个外乡人，在临安镇人生地不熟，又有伤在身，再好拿捏不过。

如果是普通人，被这么找上门一顿吓唬，早就被吓破胆了。

她的赘婿一跑，那她这场招赘也就白忙活了，房地届时还是归樊大。

对她说的这些似乎并不关心的人却突然道了句："《大胤律·立女户》一篇应再添加一则，孤女亦可立女户。"

樊长玉知道守寡的妇人可以自己当家立户，但孤女当家立户还真是闻所未闻。

像她这般父母双亡的，通常都是族亲收走房地，再由收走了房地的族亲养到说亲嫁人。

只是怎么个养法，就得看族亲有没有良心了，良心被狗吃了的能直接把人家姑娘卖进青楼，更多的是把孤女呼来喝去，当奴仆使唤，等孤女到了出嫁的年纪，族亲又跟卖牲口一般，谁给得起钱就把孤女嫁给谁。

她爹娘刚过世那会儿，樊大夫妻俩就上门说要带她和长宁走，以后把她们当亲女儿照看，樊长玉哪里不清楚那夫妻俩是什么货色，说什么也不肯，这才有了后边樊大屡屡上门抢地契的事。

她显然没把对方的话当回事："律法都是在京城当大官的那些人定的，那些官老爷，家中哪个不是三妻四妾，儿女成群？要绝户也轮不到他们。便是家中遭了难，只剩个孤女，借住的亲戚也是有头有脸的人物，吃穿上短不着。官老爷们都不知道民间孤女过的是什么日子，又怎会替孤女立法？"

谢征沉默了。在落难之前，他确实连听都没听过民间孤女的事。

樊长玉看他不语，以为是自己将他的话怼回去太狠，抓了抓头发，艰难地找补："不过若是有当官的知道民间孤女的处境，肯为孤女立法，那也是一桩好事。"

谢征却是在考虑孤女立女户的可行性："朝中对女户减轻了徭役赋税，孤女若可自立为户主，当和女户一样。只是孤女若出嫁或招赘，家中添了男丁，便不可再免徭役赋税，文书经办颇为繁杂。"

樊长玉听得云里雾里："你对《大胤律》知道得这么多？"

谢征自知说得太多了，敛了眸子，道："走南闯北，见闻多些罢了。"

樊长玉并未怀疑什么，从怀中的衣袋里摸出那张户籍文书："对了，你的户籍文书办下来了。县城的官差们现在看到流民乞丐就抓，没有户籍路引的外乡人进城也会被下大狱。如今补办户籍可不易，王叔也是托了关系才替你补办上的。"

谢征听得这些，眸色当即就深了几分："官差在抓流民？"

樊长玉点头："我回来时还亲眼瞧见了呢，听说是西北换了个节度使，怕年节里山贼匪寇打家劫舍才下的令。"

她说着，突然抬起头看向谢征："我还听说，武安侯死在了崇州战场上，你是从崇州逃难过来的，可知这话是不是真的？"

"不知。"

樊长玉便叹了口气："武安侯要是真死了，那还挺可惜的。"

对方苍白的脸上多了一抹似嘲非嘲的笑，问："有何可惜？"

天光从门窗透进来，整间屋子都很亮堂，少女脸上的朝气和明媚越发压不住，她理直气壮地道："自然可惜，大胤朝数百年里，又出了几个武安侯？"

樊长玉掰着手指头跟他数："塞北咽喉锦州是他夺回来的，打了几十年，折损了不知多少良臣名将的辽东十二郡也是他收复的。锦州一战虽饱受争议，可当年锦州被北族夺取，城中的中原人不也惨遭屠戮吗？

"谢老将军站着死以全体面，却被北族人挂在城楼上曝尸。文官们口诛笔伐，斥责武安侯冷血残暴，但十六年前死在锦州的那些将士和百姓不无辜吗？凭什么他们上下嘴皮子一碰，就能代那些死去的人轻飘飘地揭过北族的罪孽？没了武安侯，西北这块地不知还有谁能守住。"

谢征听过太多大义凛然声讨他锦州一战的言论，这还是头一回有人替自己说话。他的心中有些怪异的感觉，他忍不住重新审视起眼前的女子："你倒是敢说。"

樊长玉很不解地看着他："当官的怎么说是他们当官的事，咱们百姓又不傻。武安侯在军政上的手段固然残暴，但也没那些文人说的那般罪大恶极。咱们百姓不骂那些搜刮民脂民膏的贪官污吏，骂杀敌杀太狠的武安侯？这脑袋得是出了多大的毛病啊！"

谢征："民间不都以他的名号止小儿夜啼吗？"

樊长玉不太好意思地道："我爹杀猪的样子太凶了，镇上的人也经常拿我爹的名字吓唬小孩儿呢。"

谢征："……"

他抬手按了按眉心，半晌无言，心底的戾气和阴郁倒是在这一刻奇迹般地消散了几分。

午间用饭时，樊长玉先给她爹娘的牌位上了一炷香。谢征之前听她提起过她爹，便也扫了一眼堂屋靠墙的供桌上供奉着的牌位，看清上面的名字后，突然问了句："你大伯是不是叫樊大牛？"

樊长玉有些诧异："你怎么知道？"

谢征道："你爹的牌位。"

樊长玉看了眼自己爹的牌位上的"樊二牛"三字，瞬间明白了他的意思。

- 61 -

她道："我爹本名是叫二牛，不过他小时候走丢过，长大了自己再寻亲找回来的，后来镇上的人给我爹取了个绰号叫'樊老虎'，大家伙就都称呼他的绰号了。"

谢征只是淡淡点头，目光扫过她母亲的牌位，却见她母亲连个姓氏都没有，牌位上的名字叫梨花，瞧着像是乡下人随意取的名字。

他不由得问："你和你胞妹的名字是请人取的？"

这夫妻俩瞧着可不像是会取长玉、长宁这样的名字的人。

樊长玉把菜都端上桌子，道："不是，是我娘取的。"

提起自己的娘亲，她的眉眼间有小小的自得："我娘可厉害了，能识文断字，还会调香制粉。别的屠户杀了猪，身上都有一大股味，我们家的衣物，洗干净后都会用我娘调的香熏一遍，从来没有异味。"

谢征冷淡的眼中有了些许诧异："你外祖家颇富裕？"

识文断字和调香制粉任何一项单拿出来，都不是简单人家能做到的，偏偏这两样还叠加在一起，樊长玉的外祖家得是颇有底蕴的大户人家。

樊长玉摇头："我没见过我外祖，我娘是我爹早些年在外边走镖时遇到的，她也不是什么大户人家的小姐，只在别人的府上当过丫鬟。"

梨花听起来的确是个丫鬟名。

若是望族出身的丫鬟，会这些倒也不奇怪。

樊长玉说："可惜我笨，从前跟着我娘学认字，一看书就头痛，调香制粉也没学好，不然现在也多个赚钱的门路。"

谢征想起她抢棍打人的场景，意味不明地说了句："可能你在旁的事上更有天赋些。"

樊长玉颇为赞同地点头："我也觉得，我要是没跟着我爹学杀猪，这会儿指不定已经被收走房地，带着宁娘露宿街头了。"

小长宁正在努力地撮一颗肉丸子，闻言，瞪圆了一双湿漉漉的葡萄眼："宁娘不要住街头。"

樊长玉帮胞妹把她撮了半天也没撮起来的肉丸子撮到她的碗里："咱不住街头，咱今后还得在县城再置办个大宅子。"

长宁这才放心了，继续用筷子跟碗里的肉丸子斗智斗勇，时不时同樊长玉说几句话。

相比这姐妹二人用饭时的"叽叽喳喳"，谢征动筷后就没再说话，当真是"食不言，寝不语"。

他的吃相也很斯文。樊长玉就不了，杀猪是个体力活儿，她平日里体力消耗大，吃得自然也比寻常女子多些。

她直接端起个大海碗扒饭，长宁有样学样，几乎快把整张脸埋进饭碗里了。

一大一小两个人的动作出奇地一致，吃完放下碗时，再满足地喟叹一声，似乎这顿饭都变得更香了些。

谢征生平还是第一次看到女子这般用饭，神色很是微妙。

午后，樊长玉找了赵木匠帮忙修家中坏掉的大门，她自己则揣着银子去集市买猪。

为了成亲应付樊大，她刚开张的肉铺又关门了三日，再不开起来，之前用卤下水打出名声就是白忙活了。

临走前，谢征突然问她："你母亲能识文断字，家中可有纸墨笔砚？"

樊长玉说："有啊，你要用？"

谢征点头："借用一二。"

樊长玉便去找出了她娘以前买的文房四宝。因着放得久了，纸张都有些泛黄，砚台豁了个大口子，羊毫笔已经散成了扫帚。

谢征看到摆在自己跟前的文房四宝，沉默了一息，才向她道了谢——总归比用木炭在布料上写好用。

樊长玉没问他要纸笔干吗，想着他是识字的，兴许是腿上有伤，在家太过无聊，才想练练字什么的。

樊长玉出门后，谢征便在房里研墨落笔。墨质并不好，研出来在水中化不匀。

他忍着把手上散成扫帚的毛笔和墨炭扔到窗外的冲动，耐着性子在赵木匠修好大门前写出了一篇时文，托赵木匠帮忙把这篇时文拿去附近的书肆卖："春闱在即，时文在各大书肆应当卖得火热，劳烦替我去书肆走一趟，且看那边收不收这类时文。"

赵木匠不识字，但看得出谢征那一笔字极好，惊讶地道："小兄弟竟也是个读书人？"

谢征只道："我年少时读过几天书，走镖时走南闯北，有了些见闻，如今有伤在身，又无黄白之物，才想试试能不能写时文赚些银两。"

皇室势微，西北动乱，他这几篇时文传出去，又能在天下读书人之间掀起一片声讨魏氏的巨浪，那父子二人有得忙了，自然再无暇顾及他的下落。

一些消息也能通过时文隐晦地传递给他的旧部们。

海东青在城镇里出现，终归太过扎眼，若是被有心人搜寻到，必定会引来麻烦。

赵木匠听他这般说，顿时忍不住眼眶一热："你是个好孩子。长玉那丫头命苦啊，你伤在野地里都能被她救回来，大抵也是你们俩的缘分吧，你能这般心疼她，我跟她大娘也就放心了……"

谢征知道这老伯误会自己说想赚钱是心疼那屠户女了，有心辩解一二，眼下却又找不到更好的解释，只能沉默以对。

他的反应在赵木匠看来却是默认了。

他心中的异样感更重，怕樊长玉也误会，在樊长玉归家后特地表现得更冷淡了些，奈何他那张脸平日里也没什么多余的表情，樊长玉又是个神经大条的，压根儿没发现他的反常。

是夜。

樊长玉铺好了北屋的床，让胞妹先睡后，又去厨房卤好了明日要卖的猪肉，想到言正身上有伤，夜里怕是会畏寒，遂把灶里烧剩的红炭装在炭盆子里给他送了过去。

对于自己住了十几年的房间，她短时间内还是没改掉直接进门的习惯，这一进房门，才发现对方又衣衫半解地在上药。

不过樊长玉这次没顾上尴尬，因为那人整个后背都是晕开的血迹，雪白的里衣上也沾了不少。

白日里她想帮他上药，却被他拒绝，她本以为他身上的伤没裂开多少，哪里料到严重成这样？

谢征在她推门而入时就皱起了好看的眉，正欲穿好衣物，却被一双温热有力的手按住了肩膀。

皮肉相贴那瞬间的战栗让他的眉头皱得更紧，他下意识地想拨开按在自己肩上的那手，却被对方制住，按在原地，动弹不得。

谢征呼吸一窒，漂亮的眸子里有了些许错愕，不知是在错愕眼前女子这一身力气，还是在错愕她竟胆大至此："你……"

"你什么你？你不要命了？请人帮忙上个药对你来说就难成这样？"

樊长玉看到他后背上那些裂开的伤口，没给他好脸色：不知这人在倔什么，他这一身伤反反复复，得花多少银子去治？

拿起桌上的药瓶往他背上的血口子上撒时，她忍不住嘀咕："一个大男人，矫情什么？"

谢征额角的青筋狠狠一跳，按在他肩头的那只女子的手还没挪开，他半个肩膀都像是被烙铁烙过，眉头拧得死紧："男女授受不亲。"

樊长玉说："你在野地里还是我背回来的呢！授不受的，早就亲过了！"

话一说出口，整个房间都陷入了静默。

樊长玉也意识到自己说错话了。她平日里最恨读书，偏偏这人还要文绉绉地同她说这些话，她烦躁地抓了抓头发："不是说我亲过你……哎……"

谢征的眼皮也开始跳，在她再次语出惊人前打断了她的话："我知道你的意思。"

樊长玉赶紧点头："你知道就行。"

怕他误会自己对他有什么想法，她咬了咬牙，昧着良心撒谎："你放心，我对你没企图，我……我还没放下我的前未婚夫呢！我们毕竟是青梅竹马，他那么好看，又那么聪明，是整个县里唯一考上举人的，我哪能说放下他就真放下他？"

说完这番话，樊长玉鸡皮疙瘩抖落一地。

眼前的人神情不名，只说了句："节哀。"

樊长玉："……"

宋砚还没死呢！

第三章
女　霸

第二日，樊长玉一大早就带着鲜猪肉和卤肉去了自家的猪肉铺子。

早市上已经有商贩走卒在叫卖，裹着厚袄，挎着个篮子买菜的大娘阿婆们在各个摊位前挑挑拣拣，讨价还价。

樊长玉把东西摆上案板后，照常同与自己父亲交好的几个屠户打招呼，对方却应得有几分勉强。

樊长玉心中正奇怪，一个买菜的大娘约莫是看到她摆在摊位上的猪头肉还冒着热气，香味也勾人得很，问她："你这卤猪头肉也是添头吗？"

樊长玉以为这大娘是听说了她之前送卤下水才这般问的，不好意思地道："大娘，这猪头肉可不便宜，卤料也贵，哪里能送？"

大娘努了努嘴，视线又落到了一旁的卤下水上："这卤下水总是送的了吧？"

她道："之前我这铺子重新开张时，为了图个喜庆，送过一天，如今不送了，您若要买，二文钱便能买一两。"

大娘瞬间变了脸色："人家其他肉铺都送，你这竟还要给钱？"

樊长玉心中更觉得奇怪："您是说，这条街的猪肉铺子买肉都送卤下水？"

大娘道："我还骗你不成？你自个儿看看不就知道了？"

"拿好，慢走咧！"

正好对面的郭屠户那边成了一单生意，吆喝声引得樊长玉看去，只见那买肉的妇人手上不仅拎着猪肉，还拿着一包用油纸包起来的卤下水。

郭屠户发现了樊长玉在看他，直接扭过脸，继续摆弄他的摊位上的猪肉去了。

郭屠户的案板角落处摆了一个大盆，隔得远，樊长玉瞧不见里边装的是什么，现在想来应该是卤下水了。

樊长玉瞪大了眼，这老不要脸的，之前她送添头的时候，对方眼馋得只差没冲过来当场掀了她的摊位，还一再禁止她日后再送添头，结果转头自己倒是用这法子招徕起生意了。

她再看左邻右舍的铺子，放肉的案板上也放了个装卤肉的盆子，难怪方才自己跟他们打招呼时，他们的神色不太对劲儿。

大娘问："你这儿到底送不送啊？不送我去别的铺子买了！"

樊长玉当即道："送！"

反正猪下水不值什么钱，买的那些卤料也不只卤下水，还卤猪头肉，她就当继续用下水做添头，给卖卤肉造势了！

大家一起卖猪肉时，一些买菜的人分辨不出好坏，拿卤下水当添头这可就不一样了，颜色、香味那是骗不了人的！

这对她的生意反而更有利些！

大娘早就盯上了樊长玉铺子里的卤肉，别处卤得灰扑扑的，也没什么香味，她这里的卤肉颜色红亮，一看就是好货。

一听樊长玉也送添头，大娘脸上顿时笑开了花："给我来五斤坐臀肉！"

樊长玉手脚麻利地砍了五斤坐臀肉，过了秤，拿给大娘，又切了五两卤下水给她。

大娘拿过卤下水闻了闻，直呼"香得很"，走前不忘道："你这添头做得好，回头我让街坊邻居也来你这儿买肉！"

樊长玉笑着应"好"，说下次再给大娘多送点儿添头，大娘拎着肉，喜滋滋地走了。

附近买肉的人见那大娘从樊长玉铺子里买了鲜肉，也拿了一包卤下水走，她铺子里的卤下水颜色又好看，不免也上前问价，最后无一例外地在樊长玉的铺子里买了肉。

远处买肉买菜的见围在樊长玉铺子前的人多，下意识地觉得她铺子里的东西好些，也挤过来看。

早市还没过半，樊长玉铺子里的鲜肉和卤肉就被哄抢一空，只剩半个卤猪头还没卖完。

反观其他肉铺，为数不多的几单生意还是樊长玉铺子里的肉卖完了，买肉的人才退而求其次去他们那里买的。

郭屠户见自家铺子好不容易有人来了，使劲儿推销案板上的猪肉："您瞧瞧，上等的五花肉，我还送卤下水呢！"

买菜的人探头一看他那盆里灰扑扑的卤下水，当即就撇嘴摇起了头："人家樊记肉铺送的添头，那卤下水油光红亮，你这莫不是水煮后只放了点儿盐？"

"我明儿啊早些来，还是去樊记买。"买菜的人放下那块掂起来看过的猪肉，直接走了。

郭屠户的一张脸难看得很，他看了看自己铺子里的猪肉，又看了看盆子里的卤肉，气得一脚把旁边的凳子都踢翻了，嘴里低声骂着脏活。

这动静自然被旁边几个铺子的人看在眼里。

樊长玉家的肉铺跟郭屠户的正对着，她也瞧见了这一幕。

边上同樊家交好的屠户娘子小声同她道："大伙儿其实也不想送什么添头。"

毕竟一家送的时候，生意是好，但是整条街的肉铺都开始送添头了，自家的味道又没有特别出众，生意就跟原先单卖猪肉的时候没甚区别了，还得白搭一副卤下水。

屠户娘子继续道："但那姓郭的心眼子比蜂窝孔还多，前些天他三令五申不准你送添头，结果第二日他自己就开始送了，也不嫌丢人。咱们几家过去同他说道，他蛮不讲理，直接往地上一躺讹人，他家中又有个在县令身边当师爷的舅舅，大家伙儿拿他没法子，又不能眼睁睁看着他用添头把生意都抢走，这才都送起了卤下水。"

樊长玉知道这位娇子同自己解释这么多，是不想自己误会他们，便道："我晓得的，娇子。"

屠户娘子见郭屠户今日吃了瘪，心中也暗暗高兴，瞄了郭屠户那边一眼，忍不住幸灾乐祸道："还好长玉你回来了，且看他那点儿盐水煮下水还能送几日。"

郭屠户仗着家中有个在县衙当师爷的亲戚，一向目中无人，在这条街做生意的商贩们早就看不惯他那副嘴脸了。

从前也就樊长玉的爹不怕事，敢一直压着郭屠户，樊长玉的爹娘出事后，姓郭的又把自己当成了这条街的土霸王，成日吃五喝六的。

樊长玉没多给对面的郭屠户眼神，卖完最后半个卤猪头后，数起了自己抽屉里的铜板。

今日杀的这头猪只有八十多斤，鲜肉和卤肉一共卖了两贯三百多文，刨去一贯买猪的本钱，她净赚了一贯三百多文！

樊长玉把铜板用细绳穿了起来，掂了掂那沉甸甸的分量，心情都轻快了起来。

房地很快就能过户，肉铺的生意也慢慢步上了正轨，她和胞妹往后的日子会越来越好的！

等她攒够了钱，她就带胞妹去京城求医！听说天底下最好的东西都在京城，最好的大夫也在那里。

樊长玉收拾好铺子，便带着钱去了集市上，给家中一大一小两个"药罐子"抓了药后，又买了一些制卤汤需要的香料，再留出一贯买猪的钱，便又只剩几百文了。

樊长玉浅浅地叹了口气，当真是当家才知柴米油盐贵。

她挑挑拣拣买了些年货往家走，还没进巷子里，就瞧见一只雪白的矛隼从自己家那边飞向了高空，和之前看见的那只似乎是同一只。

樊长玉心中奇怪：那只矛隼难道经常在这边找吃的？

经常来……那自己有机会逮到吧？

海东青瞬息便飞没了影儿，但樊长玉已经在心里盘算着，逮到它拿去集市上能卖多少钱了。

到了家，她推开院门，一眼就瞧见男人房间里的窗户半开着，他披着一件玄色旧袍坐于案前，长发披散，神情沉静，结了痂的瘦长手指捏着一支毫笔，正在专注地书写什么。

窗外种有一株红梅，是从前她爹种给她娘的。今年大抵是因为这梅树也知晓故人不在了，入冬以来，只结了一个小花苞。

满枝的霜雪中，独枝头一抹艳色，饶是如此，竟也不及屋内人容貌的十分之一二。

细雪被风吹进窗内，有的还落到了男人的发间，墨发下的眉眼，实在是清冷又精致。

樊长玉的时候微微一窒，在男人抬眸看来时，她也没急着收回目光，继续大大方方地望着他问："你开着窗不冷吗？"

谢征的视线同她的相接，发现对方依旧盯着他，丝毫没有回避的意思，眉头微不可察地皱了皱，避开了她的目光，道："屋中昏暗，开了窗光线好些。"

他的嗓音一如既往地冷淡。

樊长玉"哦"了一声，把手中的东西拿回正屋放下后，又去看了看午憩的胞妹，才给他弄个炭盆子送过去。

大抵是房中一直开着窗的缘故，樊长玉进屋后，只觉得里边冷得跟屋外没什么两样。

她瞥了一眼已放了不少写满字的纸张的案上，忍不住问："你在写什么？"

写了这么多，怕不是冻了一上午，他不冷的吗？

谢征写完最后一个字，收了笔，却因为没有笔枕，只得将蘸了墨汁的毛笔暂且搁到砚台的缺口处。

他淡淡地道："时文。"

樊长玉知道时文是什么，从前宋砚就经常省吃俭用去买，一卷就要三百文。

她惊讶地道："你还会写时文？"

谢征继续用糊弄赵木匠的那番话搪塞她："走南闯北有些见闻罢了，小地方的书肆，卖的书卷也良莠不齐，写点儿能唬人的东西，书肆就收了。"

樊长玉听得一愣，心说：那些买时文的书生未免也太倒霉了。

想到宋砚以前省吃俭用买到的时文可能就有这样的，她暗地里突然又有点儿爽。

她轻咳一声，这才想起他的伤来："下雪天路上湿滑，便是扫干净了雪，地上可能也有薄冰，你身上的伤口昨日才裂开过，贸然拄拐出去太危险了……"

她连珠炮似的说了这么多，只是担心他？

谢征微怔，随即敛了神色道："我托邻家老丈带过去卖的。"

樊长玉的面色稍微好些，但想到他写时文的缘由，还是抿了抿唇，道："你既然已同意假入赘，我便会兑现承诺，让你好好养伤，眼下拮据只是因为房地尚未过户，你……没必要做这些。"

让一个重伤之人拖着病体顶着寒风绞尽脑汁地写时文挣钱补贴家用，樊长玉心中过意不去。

冷风灌进屋子，谢征未束的长发亦被拂动，他看着眼前蹙着秀眉的女子，淡漠的神色中多了几分微妙。

他不想叫眼前的女子误会，说："闲着无事，写时文解乏而已，不是你想的那样。"

他越是这般说，樊长玉反而越坚定了心中的猜测。

毕竟谁会大冷天的吹着寒风写时文解乏？一时间，她的心情格外复杂。

她抿紧了唇，说："你别担心我穷，我养得起你的！"

她说完这句话就离开了房间，徒留谢征一人坐于案前，瘦长的手指按了按眉心，目光幽深复杂，似在思考一件让他颇为头疼的事。

接下来数日，樊长玉铆足了劲儿杀猪、制卤、卖肉。

她铺子里的卤下水色香味俱全，一直被拿来当添头送，整条街没一家铺子的生意能比过她的去。

一些人当天没买到她铺子里的肉，宁愿等到第二天再来买。好几日，樊长玉铺子里杀上两头猪都能卖得干干净净。

这般红火的生意自然引得整条街卖肉的都眼红，郭屠户见所有客户都跑到樊长玉的铺子去了，又不乐意了，厚颜无耻地嚷着送添头是给肉铺平添负担，让大家伙儿都别送了。

其他人虽看不上郭屠户那做派，但樊长玉靠着添头拉走了大半客源也是事实，其他人虽没明显表态，但也算是默认了郭屠户的提议。

樊长玉好脾气地同意了大家都不再送添头。

倒不是她好拿捏，而是现在樊记卤肉的名声早打出去了，她压根儿不需要再用送添头的法子来为自己拉拢客户，辛辛苦苦洗出来的下水，卤好了也值二十文一斤呢，能卖谁送啊？她不如卖这些人一个人情，毕竟都是在一条街上做生意的，抬头不见低头见。

整条街开肉铺的都眼巴巴地等着生意恢复到和从前一样，怎料不送添头后，樊长玉铺子的生意虽不如以前火热了，但依旧是整条街上最好的。

甚至因为卤肉的名气传出去了，镇上的人都不去卖熟食的那条街买卤肉了，专程来樊长玉的铺子里买。

买卤肉的人太多，樊长玉铺子里的卤味常常供不应求，她索性在肉铺门口架起一口大锅，案板上卖昨天夜里卤好的肉，大锅里现卤现煮。

这无心之举，却让铺子的卤肉生意更上了一层楼。

那卤肉的味道实在是香，卤水在锅里"咕嘟咕嘟"直冒泡，处理干净的猪头和猪下水被卤出一层漂亮的酱棕色，锅里边放的八角、香叶、果皮这些香料也瞧得一清二楚。

从集市上路过的人，没有一个不被这香味勾得上前来问价的。

现卤现卖，买的人看到锅里全是真材实料，就连讲价都没之前樊长玉直接卖熟肉时讲得厉害了。

自己杀的猪头卖光了，樊长玉为了不浪费那一锅卤水，还常去隔壁肉铺买几个猪头回来洗干净了现场卤。

生意最好的时候，她铺子里一天能卖出七八个卤猪头。

市场上的鲜猪头二十文一斤，做成卤味后，猪头和猪耳朵合在一起算，约莫五十文一斤，算下来，一个卤猪头，她至少能净赚一百八十文。卖出七八个就能净赚近一贯五百文，再加上鲜猪肉还能净赚一贯，几乎每日的进项都稳定在两贯钱左右。

钱袋子日渐鼓起，这日，樊长玉财大气粗地打算给家里人都做一身新衣。

她先去当铺赎回自己当掉的那根簪子，掌柜的见了她，却讪笑道："那根簪子已经被卖掉了……"

樊长玉顿时就急了："不是让您替我先留着吗？"

掌柜的无奈地道："这……来我铺子里典当的，哪个不说这么一句？我哪能都替这些人留着？我也得养家糊口啊！"

樊长玉抿唇说了句"抱歉"，又问："那您记得那簪子卖给谁了吗？"

掌柜的想了想，说："你典当那天，就被一个姑娘买走了。那姑娘穿得好生体面呢！像是从县城来的。"

樊长玉的一颗心沉到了谷底。

整个清平县说大不大，说小不小，去找一个素不相识的人谈何容易？赎回簪子怕是无望了。

掌柜的看了一眼她的脸色，推销起他货柜里的其他首饰："要不你看看这根簪子，也是银铸的，样式比你那根还好看呢！"

樊长玉一言不发地离开了当铺。外边风雪正大，她在门口的台阶上坐了一会儿，还是压不下心口那股难受劲儿。

虽然决定当掉那根银簪时，她就有过银簪兴许再也找不回来的心理预期，但当这预期变成事实的时候，她还是忍不住有些难过。

爹娘买给她的及笄簪子，没了。

樊长玉狼狈地抹了一把眼，垂头丧气地往家走。

城西巷子这会儿热闹得很，倒也不是什么大事，宋家要搬迁了。

整个清平县今年中举的只有宋砚一个人，县令都亲自请他去家中吃过饭，那些乡绅富商更是上赶着巴结。

县令送了县城的一处宅子给宋砚，对外称是为了让他有更好的条件读书，考上进士，为整个清平县争光。

宅子已经收拾好了，宋砚和宋母便择了今日搬过去。

这巷子里出了个举人，不管樊家和宋家如何交恶，其他人还是不愿跟宋家撕破脸的，今日都出来相送。

樊长玉走到巷子口，就见街边停了两辆颇为气派的青篷马车，再往里走，便瞧见了站在家门口跟一众邻里话别的宋家母子。

宋砚穿着一身靛蓝色的袍子，长身玉立，和乡亲们告别时，温和的眉眼间满是书卷气。

宋母亦穿得极为体面，抹了头油，插着金钗，听着一溜串的奉承话，竟还能挤出几滴眼泪来，做出一副舍不得离开这里的样子。

樊长玉今日心情不佳，只当没瞧见那母子二人，绕开人群，往自个儿的家走，身后却传来男子温和的嗓音："樊姑娘留步。"

众人见他叫住樊长玉，不免神色各异。

樊、宋两家退婚后，几乎是老死不相往来了，樊长玉招赘了夫婿，宋砚似乎也快成为县令的东床快婿了，还能跟樊长玉有什么牵扯？

众人心思各异，好奇的有，看热闹的有，想听点儿八卦的也有。

樊长玉闻声回过头，就见宋砚捧着一方锦盒从人群那头走来，在她三步开外站定。

他有着斯文的长相，举手投足间都带着一股书卷气："宋砚和家母住在这里多年，受令尊照料颇多，当年的施棺之恩，宋砚一直铭记在心。今日乔迁，这些就当是宋某的一点儿心意。"

那锦盒四四方方的，做工精美，瞧着还不小，不知里边装的是些什么。

樊长玉都快给气笑了，自宋家退婚以来，她樊家遇到什么事，他宋家都摘得干干净净，今日搬迁，才当着左邻右舍的面拿出这么个锦盒来，不就是做给众人看的吗？

她面露嘲意："这是什么？"

宋砚答："宋某和家母的一点儿心意。"

樊长玉反手一挥，那方锦盒就摔在了地上，里面滚出来一锭锭元宝，围观的人发出一片倒吸气声。

住在这巷子里的都不是富裕人家，可能一辈子都没见过元宝长什么样，此刻瞧着那些白花花的银子，才算是开眼了。

宋母当即就尖声道："你这是作甚？"

她平日里努力维持着一副官太太的样子，这段时间也听了恭维，突然被樊长玉这般下脸面，脸色岂止"难看"二字能形容。

衣裳虽换成了锦缎，可她操劳了十几年，以至于身材干瘦矮小，脸上也没什么肉，非但撑不起那一身衣裳，因消瘦而突起的颧骨反而加重了那股子刻薄。

樊长玉讥嘲道："宋举人这礼物太贵重了，我是万万不敢收的。您老拿着算命批文来找我退婚，我一个子儿都没收你们宋家的，反而宋老秀才当年的棺材是我爹买的，宋举人后来的束脩也是我爹垫的，一些颠倒黑白嚼舌根子的都能说是我爹施以小恩小惠，逼宋举人娶我这个屠户女。"她冷笑一声，"我爹娘尸骨未寒，可禁不起这样的诋毁。"

宋母当即就色厉内荏地道："外人说的，干我们母子何事？"

樊长玉垂眸看着地上的银元宝，嘴角勾起："我又没说是您指使那些人这样说的，您急什么？"

宋母禁不住樊长玉这样激，又被这么多街坊邻居瞧着，脸上一阵青一阵红，喝道："你到底是什么意思？"

樊长玉道："为免那些黑心肝的人再搬弄是非，今日就请街坊邻居们都做个见证。宋举人的这些元宝，我是万万不敢收的，但我爹娘过世，胞妹年幼体弱，夫婿也一身伤病，家中的确急缺银钱，今日便同宋举人算一笔账，我爹替你家买棺的钱，替你垫付的那几年束脩，一文不少地还我不难吧？"

她笑了笑，不无讽刺地道："也省得宋举人和宋老夫人听了些风言风语，就觉得我樊家挟恩图报。像上次樊大带赌坊的人砸了我家，邻家大娘哭着到宋举人家门口去求助，宋家大门都哭不开。"

旁人不说这些，只是给宋家一块遮羞布罢了，眼下这块遮羞布直接被樊长玉扯了下来。宋母的脸色已不能用难看来形容，她看了一圈街坊邻居暗中鄙夷的神色，只觉得脸上火辣辣的，臊得慌，樊长玉这话就差指着她的鼻子骂宋家忘恩负义了。

砚哥儿可是要考状元的人，若是被这粗鄙的杀猪女诋毁，耽搁了前程，那可是要了她的老命了！

宋母哆嗦着正要出声，却听见一直沉默的儿子对那杀猪女说了句："你来寻我，我便不会无动于衷。"

"砚哥儿！"宋母白眼一翻，差点儿没晕过去。

樊长玉也皱起了眉，心道：宋砚在大庭广众之下说这样的话是发什么疯？

然而未等她说什么，人群外便传来一道稚嫩的声音："姐夫，好多人啊！"

男子的嗓音很是冷淡："你别跑远。"

樊长玉回过头，就见胞妹在自家门口踮着脚往这边张望，男人约莫是怕她自己出来看热闹走丢了，才跟了出来，漂亮的眉头一直皱着，似觉得小孩儿麻烦。

他穿着成婚那日的那身赭红色衣裳，长发被简单束起，宽大的袍袖垂下，将单拐遮住了大半，眉眼清冷，面色如雪，半靠在门扉处，姿态散漫，不知出来了多久，亦不知把她和宋家母子的对话听去了多少。

樊长玉跟他的视线对上，他的面上看不出情绪，只唇角似挑非挑，却又不是一个笑的弧度。

"那就是长玉招赘的夫婿吧？"

"大婚那日我瞧过一眼，这么些日子不见，瞧着倒是更俊了些！"

"这上门赘婿和前举人未婚夫对上，可有的看了！"

巷子里的妇人们瞧见了谢征，又看看宋砚，不免低声议论起来。

长宁也看到了长姐，当即就拽着谢征的袖子一路小跑了过来："阿姐！"

她头上的两个鬏鬏随着她的跑动一颤一颤的，一张圆脸嫩白，穿着件厚实的袄衣，整个人看上去像一颗长出了短小四肢的雪球。

地上结了薄冰，很容易滑倒，樊长玉忙道："你慢些跑，你姐夫腿上有伤，当心摔着！"

"姐夫"两个字说出口，樊长玉自己都有点儿不自在。

她去看谢征的脸色，对方的一张脸清隽淡然，对她的称呼并没有特别的反应，仿佛经常被这样叫一般。

长宁确实经常叫他"姐夫"，只是樊长玉不太习惯教长宁这么喊。

长宁已跑到樊长玉跟前，心虚地吐了吐舌头，伸出短胖的小手，抱住了她的一条腿，带着敌意看向对面的宋家母子。

她是故意拉着姐夫跑过来的，这两个坏人要是敢欺负阿姐，姐夫能一拐杖把他们的腿也给打瘸！

她只是没告诉阿姐自己这个聪明绝顶的主意。

樊长玉半点儿不知胞妹心中的小九九，摸了摸她的发顶，看向谢征道："你伤还没好，出门多有不便，没必要由着宁娘胡闹……"

她这话说得很客气，但在旁人眼中，就是一副体恤夫婿的模样了。

不少人的目光在宋砚和谢征之间打转，心说：论样貌，还是樊长玉招赘的这夫婿强些；但论本事，还是宋砚强些，毕竟举人老爷可不是谁都考得上的。

谢征垂眸看着她隐隐还有些红的眼眶，只说了句"不妨事"，好看的凤眸却微微眯了眯。

她哭过？

为了她那个前未婚夫？

那看样子，她是真没放下。

出息。

北风肆虐，拂动他垂落在身前的长发，他懒洋洋地抬起眸子，朝樊长玉身后的那蓝衫男子看去，目光虽散漫，但给人的压迫感却极强。

和谢征的视线一对上，宋砚只觉得像是被野狼盯住了一般，汗毛都不自觉地竖起。他下意识地避开了对方的视线，心口却还是有一阵阵的紧缩感，像是侥幸从豺狼口中脱身的猎物在战栗。

谢征没跟那对母子多费口舌，简明扼要地说了句："还钱。"

不止宋家母子和围观的人群，就连樊长玉都蒙了一瞬。

谢征极不喜欢把一句话说第二遍，见那对母子没反应，好看的凤眸里已带了几分不耐烦："人家父母死了就想赖账？"

长宁紧张地抿着小嘴，却难掩激动地看着她姐夫的拐杖。

姐夫要打人了吗？

总算反应过来的宋砚和宋母骤然听到他的后半句，宋母险些没给气得当场背过气去。

这樊家夫妻俩的嘴，当真是一个比一个厉害，她家这头还没说什么呢，对方就又给她扣了顶赖账的帽子！

宋母气得直哆嗦，被两个妇人扶着才站稳："我家何时说了不还？"

她又唤宋砚："砚哥儿，把银子数一数，还给他们！"

宋母哪怕当年一贫如洗，死了丈夫，在街边叩头求人施一口棺材时，都没觉得像今天这般丢脸过。

她说完这句话，就先往巷子外去了，像是一刻也不想在这里多待。

脸面这东西就是这般，没有的时候，任别人怎么揉搓，你都不觉得有什么；一旦有了头脸，再被下了面子，心里可就难受极了。

樊长玉也没料到他几句话就把宋母气成了这般，有些诧异地朝他看去。

对方只给了她一个淡淡的眼神。

樊长玉莫名其妙地从他那个眼神里读出了点儿"你没出息，我替你要债"的意思来，神色很是茫然。

樊长玉的爹当年施棺给宋家，除了一口棺材，还有买寿衣和办丧事的钱，当初给的一共是十两银子。

宋砚的束脩，乡学的夫子收的是一年二两银子，宋砚在乡学读了五年才考上县学，县学的夫子们知晓他家贫，商议后免了他的学费。她爹帮忙垫付的束脩也是十两银子。

宋砚把那两个元宝递给樊长玉时，一只骨节分明的大手直接替樊长玉接过了银两，宋砚抬眼看去，是她招赘的那夫婿。

对方的神色冷冷的，只说了句："两清了。"

是啊，从此他就同她两清了。

宋砚看着樊长玉，心中苦涩，但那男人没给他和樊长玉对视的机会，把两个元宝交给樊长玉时，淡淡地睨了他一眼，直接同樊长玉说了句："回吧。"

同为男子，宋砚很确定，那个眼神里没有任何敌意，只有纯粹的嫌弃，像只护崽的老母鸡。

樊长玉作为被护的那只崽子，一直到进了家门都还没反应过来。

大门一关上，男人的眼角眉梢都不再掩饰那份嫌弃："这种货色，也值得你念念不忘这么久，还为他哭？"

樊长玉想起自己撒的谎，有口难言，气短地道："我何时哭了？"

谢征最讨厌麻烦，自然也不喜欢管闲事，只是看在这女子救过自己的分儿上，才不想看她在那样一个男人身上继续犯蠢，此刻听她狡辩，也懒得再多说。

正好此时邻家赵大娘赶了过来："我听说宋家人走前还装模作样地拿银子给你，这是做给街坊邻居们看的吧？那母子俩恶心起人来当真是一套一套的！你成婚那日，他还送了对劳什子泥人过来……"

赵大娘话说到一半，看到谢征的时候，后悔了，用手捂着嘴，把后面的话都咽了回去。

谢征什么都没说，只用那双刻薄又凉薄的凤眸扫了樊长玉一眼，眼神里分明带了点儿"你继续狡辩"的嘲弄意味。

樊长玉憋屈地没应声。她也没想到自己情急之下的一句谎话会成为笑柄，被这人鄙视这么久。

一直到谢征进屋去了，赵大娘才歉疚地看向樊长玉："大娘这嘴上没把门儿……"

樊长玉面上有些疲惫，只道："没什么的。"顶多被那家伙鄙视一番罢了。

她招呼赵大娘去火塘旁烤火，赵大娘坐下后忍不住道："那姓宋的今日又来这么一出，可别影响了你们夫妻的感情才好。"

樊长玉心说：她跟那嘴上刻薄不饶人的家伙能有感情就怪了。

她本想说实话，但眼下房地的官司还没结案，为免节外生枝，她只道："不会。"

赵大娘突然问："你夜里还是跟宁娘睡北屋？"

樊长玉"嗯"了一声，赵大娘的眉头就皱了起来，道："要不今晚让宁娘过来跟我睡？"

听出她的弦外之音，樊长玉差点儿被自己的口水呛到，忙说"不用"。

赵大娘不免嗔怪地瞪了她一眼："你同你夫婿是拜了天地的正经夫妻，

你在忸怩个什么劲儿？"

樊长玉搬出老借口："他身上有伤。"

赵大娘眼一瞪："我给你的那册子你没看？法子多了去了……"

再往后面说，赵大娘自己都不太好意思了，只叹了口气，道："大娘是替你急。你那夫婿，样貌比宋砚的还出挑，又是个能识文断字的，他如今有伤在身，需要仰仗你，这时候夫妻俩不培养好感情，等他伤好了，万一有了走的心思，你如何是好？退一万步讲，若真留不住他，你总得有个孩子傍身，不然你大伯那一家少不得又来闹。"

樊长玉知道赵大娘是为自己好，只含糊地说"知道了"。

等赵大娘走了，她才有些颓丧地叹了口气。

银簪赎不回来了，又被宋家母子恶心了一通，还好，她要回了爹当年接济宋家的那二十两银子，家中有了一笔巨款，也算是件好事。

就是老被那家伙用"你是不是眼瞎"的眼神鄙视，又是自己撒下的谎，让她颇为气短。

樊长玉起身，正想去厨房，忽而整个人都僵住了。

册子……赵大娘给她的册子！

之前大婚，她忙得晕头转向，成婚那天，赵大娘把册子给她，她胡乱翻了两页就赶紧合上，顺手塞到新房的枕头底下了。

这么些天过去了，她居然全然忘了这茬儿！也不知那人在房里看到了没。

樊长玉光是想想都觉得头皮发麻。

她赶紧找出一套新的被面，抱着走到南屋的房门口，敲了敲门。

里边传出一声清冷的"进来"。

她推门进去，道："马上过年了，我把家中的被面都换下来洗了。"

这房里的一切都是前不久大婚当天才布置的，根本不需要换洗，这个理由其实有点儿站不住脚，但谢征坐在一张缺了腿的陈旧木案前，手捏一支毫笔，眼神都没给她一个，淡淡地点了点头。

樊长玉见他在专注地写什么东西，做贼心虚般轻轻舒了一口气，赶紧拿开枕头找那本册子，却发现册子早没了影儿。

樊长玉顿时有些傻眼，偷偷觑了坐在窗边的人一眼，见他似乎并未发现这边的异常，才继续把床单被褥都扒下来找。

然而，她将铺在最底下的褥子都拎起来抖了一遍，床底下也看过了，还是没找到那本册子，顿时心如死灰。

她的身后突然传来清清冷冷的一声："要帮忙吗？"

樊长玉整个脊背都僵住了，木着脸说："不用，铺床前掸一掸灰尘罢了。"

她把换下来的床单被褥扔进脏衣篓子里，面无表情地铺上洗得半旧的床单和被面。

这被面分上下两层，底下的是纯棉布，上面的是绣着图案的面布，中间放棉被后，得用针线缝起来。

樊长玉因为紧张，缝被面时，手被针戳了好几下，她绷着张脸，没吭声。

一直到她离开屋子，谢征才停了笔，视线扫向被他用来垫桌子腿的那本册子，好看的眉头不自觉地拧起。

这房间跟正屋不过一墙之隔，那大娘的话，他自然都听见了。

她是在找这本册子吗？

樊长玉抱着脏衣篓子出门后，叹了口气。

东西，他八成是看见了，既然他已收了起来，那她也装作没这回事就是。

眼瞧着天色还早，她又出了一趟门，去瓦市上买了两头膘壮的肥猪和一只鸡。

这只鸡在变成一锅补汤前还有更重要的使命——用来抓那只矛隼。

她爹虽是个屠户，但打猎也是一把好手，她从前还跟着她爹去山上猎过野猪，抓过野兔，自然也是会做一些陷阱的。

樊长玉有心在院子里设个陷阱，又怕长宁误碰伤到了，思来想去，还是上了阁楼，爬上房顶，把那只老母鸡拴在了房顶，再把她爹布置陷阱的器具也摆在了上边，这才心满意足地下楼。

两头猪一头留着明日杀，一头今天杀了做腊肉。

腊肉，顾名思义，是腊月里做的肉，冬日里，肉能存放得久些，但天气一暖，肉还是会变质，做成腊肉就能放到明年了。

书院的夫子们收的束脩，除了银钱，便是等价的腊肉。

很多读书人过年还得买条腊肉去给夫子拜年，开春又要买几条去当束脩。

从前宋母为了给宋砚交束脩，每年都会拿着做绣活儿和浆洗衣物赚来的钱找她爹买腊肉。

这一举动有没有故意在她爹娘跟前卖惨的嫌疑，樊长玉现在是持怀疑态度了。

那时候的宋母，一入冬，手上就全是冻疮，身上衣裳的补丁甚至多过了原本的布料，因为经常在夜里做绣活儿又舍不得点灯，只浅浅地从灯油里挑出一截灯芯燃着，当真是豆子大一点儿的光，这样熬久了，后来眼睛也坏了，一到夜里几乎看不清东西。

这孤儿寡母的又是邻居，宋母说宋老爹考了一辈子科举都没考上，宋砚自小就聪明，是棵好苗子，宋母想帮丈夫完成遗愿，她爹娘看得不忍心，就赠了腊肉给宋砚当束脩。

樊长玉现在想起宋家母子，就只盼老天开眼，可千万要让宋砚落榜！

她一边痛骂不已，一边去后院烧水，准备杀猪。

刺耳的猪嚎声传进南屋时，谢征手中的羊毫笔在纸上画出了一道墨迹。

他将手中那张纸揉作一团，扔进脚边的炭盆子里，整个人向后一靠，抬起手捏了捏眉心。

他正被吵得耳朵疼，房门突然被推开了，一个小人儿扒着门框，露出半个脑袋，怂恿他："姐夫，去看杀猪吗？"

她那一双黑葡萄眼亮晶晶的："阿姐杀猪好厉害的！"

樊长玉之前杀猪都是天还没亮的时候就起床杀，而他逃亡时，从山崖上滚下来摔伤的膝盖骨还没养好，平日里很少出门，他自然没见过她杀猪。

今天后院那边传来的猪嚎声实在是久了些，而且是两头猪一起嚎，那嚎声简直能掀了屋顶。

谢征稍做思量便点了头，拄拐起身，却不是如长宁所以为的想去看杀猪，而是觉得那猪啰嗦再嚎下去，他直接一刀解决了落个清静。

穿过堂屋便是厨房，厨房有个连通后院的小门，此刻那扇小门开着，谢征一眼便瞧见那女子一脚踩着猪背，手上拿着根拇指粗的绳索，正在把已被套住四肢的猪往那条一看就分量颇足的石凳上捆。

小长宁颇为自豪地仰起头冲他道："我阿姐厉害吧！"

谢征没应声。

离得近了，猪猡的嚎叫声越发尖锐刺耳，那挣扎的动作瞧着也十分凶悍。

谢征见过火头营杀猪，那也得几个汉子才能制住一头肥猪，眼前这女子看上去虽跟柔弱不沾边，但到底是个姑娘家，哪里比得上那些五大三粗的汉子？

他拧了拧眉，正欲上前帮衬一二，却见那女子一巴掌拍在了猪脑袋上，喝道："老实点儿！"

这一巴掌拍得实在是响，猪猡的嚎叫声瞬间低了下去，挣扎的动作明显也不如之前剧烈了。

谢征原本还有些散漫之色的眼中，在这一刻浮现出几分再明显不过的诧异来。

猪被拍晕了？

晕了？？？

这得多大的手劲儿？

这女子给他的印象，忽而就在为"凤凰男"流泪和一巴掌拍晕一头猪之间来回狂跳，让他忍不住皱起了眉。

樊长玉在石凳上捆好猪，一回头就发现了谢征和偷偷在门边探出半个脑袋看的胞妹。

她当即就道："宁娘，我说过多少次了，小孩子不能看杀猪。"

长宁委屈巴巴地把脑袋缩回了门后边，只留发顶两个小鬏鬏还在外面。

樊长玉瞧见谢征，还是有几分意外的。她穿着专门用来杀猪的那一身短打，又跟猪干过一架，此刻碎发乱糟糟地垂落在额前，实在是狼狈，但又有一股干练和英气在里边。

她眼下正忙着，倒也没工夫再管之前的那点儿尴尬，短暂意外后便对谢征道："你若是不急着回房，先帮我看着些灶上的火。"

那口大锅里烧的水是一会用来烫猪毛的。

谢征瞥了一眼那临时搭起来的灶台，难得好脾气地听话地走了过去。

樊长玉把接血的木盆摆好后，拿起放血刀，依然是一刀毙命，血涌出来的时候，她身上不可避免地溅到了些血沫子，望着放血口的眼神冷且锐，像是虎豹在盯着已被自己撕碎的猎物。

好一会儿，她身上的那股杀气才隐了下去，抬头的瞬间，她却见灶台后的男人正神色不名地看着自己。

他的目光一向淡漠，此时眼中却多了几分叫人捉摸不透的深意，似一口望不见底的幽深古井。

樊长玉收了刀，同时也收敛了那一身戾气，困惑地道："吓到你了？"

谢征往灶里添了一根柴火，清隽的面容映着火光，时明时暗，似觉得她那句话委实好笑，唇角懒洋洋地往上提了提："不至于。"

樊长玉把杀好的猪拖过去，睒了他一眼，道："你进屋去吧，这猪毛让开水一浇，一大股味。"

谢征坐着没动，只说："我闻过比那更难闻的味道。"

死人堆腐烂的味道。

这人今天有点儿奇怪。

樊长玉索性不再管他，用滚烫的水把猪毛都淋透了，才开始刮毛。

谢征坐在灶台后的机凳上看她忙活，眼尾稍扬，忽然觉得还是她杀猪的样子顺眼些。

他问了句："你的武艺是你爹教的？"

樊长玉刮猪毛的手一顿，片刻后才继续刮了起来："嗯，我爹走南闯北走镖，拜过很多师父，各种保命的功夫都学过一点儿，我跟着他瞎学了几招儿。"

谢征便没再问了，继续看她刮猪毛，神色间带着些懒散，但五官委实生得好看，坐在柴火堆里都让人觉得养眼。

樊长玉赶在天黑前分好猪肉，留了一小块晚上做卤肉吃，其余的均匀地抹上粗盐，肉朝下，皮朝上，整齐地码在院中一口洗干净的石缸里，用簸箕盖住。

做腊肉得先抹盐腌上七八天，再用柏树枝熏。

这年头儿，盐在外边是紧俏货，但清平县盛产青盐，盐价在本地算不得贵，十几文便能买回来一斤。

盐商拿着盐引买了盐运去别处卖，价钱就能翻上好几倍，听说有的地方盐商坐地起价，盐价能喊到百来文一斤，那些地方的百姓才是苦不堪言。

趁着烧热水的大锅的灶火还没熄，这口锅又足够大，樊长玉直接把洗干净的猪肉、猪大骨和猪下水放进去焯水。

五花肉是今晚做卤肉饭吃的，猪大骨用来熬汤底，猪下水和猪头肉则是明早要拿去肉铺里卖的。

焯过水，樊长玉把一锅肉用两个筲箕捞起来，换上干净的水，扔进各种香料和调味料，煮开了，再加点儿之前制卤的老汤，最后把肉和骨头放进去一起卤。

随着大火又一次将锅里的卤水烧滚，浓郁的肉香也从锅盖缝隙里钻了出来。

樊长玉中午只吃了一个炊饼，又干了一下午的体力活儿，闻着这香味，肚子不争气地叫了两声。

长宁吸了吸鼻子，也馋得可怜巴巴的："阿姐，饿……"

唯一没被这香味勾到的只剩在灶台后边一脸漠然地看火的谢征。

樊长玉捂了捂肚子，觉得怪丢脸的，起身往屋里走去："肉还没卤好，我先去拿两个地瓜来烤。"

她不知道的是，灶台后边的人在她进屋后，虽依旧面无表情，喉结却也缓缓地滑了滑。

谢征神色不耐烦地瞥了一眼那冒着热气的大锅：这东西要煮这么久吗？

小长宁捂嘴偷笑："姐夫，你也饿了是吧？"

谢征不想理这烦人的小孩儿，闭上眼："没有。"

樊长玉拿了两个地瓜放到灶灰里埋着，谢征坐在灶台后边的独凳上，因着他腿脚不便，樊长玉也没让他起身，直接蹲在旁边，用火钳子往地瓜上拨柴火灰。

灶门四四方方的，有些窄小，樊长玉视线受阻，身体只能往他那边偏一点儿去看地瓜被埋好了没。

她靠得有些近了，谢征便皱着眉往后避了避，但这地方实在是狭小，樊长玉的发髻轻轻地擦过他的下颌，她自己并未察觉，谢征的面部肌肉却绷紧了些。

她已经换下了那身杀猪的衣物，衣裳上和发间都有一股说不出的淡雅清香，大抵是她之前说过的，她母亲自己调制的香。

被她的发髻擦过的地方带着微微的凉意，又有股酥酥的痒意，直叫人想抓挠一番。

谢征皱了皱眉，正欲开口，樊长玉却已埋好了地瓜，退了回去。

见他避到一边，樊长玉十分不好意思："我刚才挤到你了吗？"

被她的头发擦过的下颌还痒痒的。

谢征避开她的视线，只说"没有"。

天空又飘起了雪，樊长玉坐在凳上，陪胞妹玩翻花绳，姐妹二人的脸上映着火光，笑起来眉眼极为相似，像是能融化整个冬夜的寒意。

谢征看了她一会儿，转头去看漫天飞雪。

当一阵肉香里传出丝丝甜香时，樊长玉再一次直接挤到谢征边上，用火钳子把两个地瓜刨了出来。

地瓜表皮被烤成了焦灰色，轻轻一捏，又烫又软。

樊长玉给了谢征一个，她和胞妹二人分着吃一个。

樊长玉虎得很，一把就把地瓜掰为两截，露出黄澄澄的地瓜肉，尖端还一丝一丝地冒着热气，闻着就觉得甜。

樊长玉给了胞妹一半，二人一边烫得直吸气一边吃，地瓜肉吃进嘴里更甜，二人嘴边还不小心蹭到了一点儿地瓜皮上的焦黑。

谢征剥开地瓜皮，也咬了一口，确实比他印象中的烤地瓜甜很多。

今晚的重头戏自然是锅里那卤了一个多时辰的肉。本就卤得浸透了所有卤香的五花肉被切成丁后，混着香菇丁放锅里一炒，爆出香菇的香味后，再勾一勺卤汤，捞起来盖在白米饭上，最后卧上一个切开的卤蛋。

谢征吃到了落难以来吃得最饱的一顿饭。这夜入睡前，心情都甚是不错。

如果房顶没有突然传来海东青那声嘶力竭的叫声，他不错的心情估计能保持得更久一些。

谢征沉着脸披衣起身，刚挂拐出门，就见樊长玉一手提着油灯，一手抓着羽毛被扑腾得七零八落的海东青从阁楼上走了下来。

瞧见谢征，她还有点儿惊讶："吵醒你了啊？"

挨了几巴掌，蔫头耷脑的海东青一看见主人，立马又可怜兮兮地叫了起来，不过这次没敢歇斯底里了，叫声弱得跟小鸡崽似的，脑袋上的毛都翘了起来，不复之前的油光水滑。

谢征沉默了一息，开口："这是……"

樊长玉晃了晃拎在手上的海东青，露出一个大大的笑容："我好几次看到这只矛隼出现在附近，正好买了只老母鸡回来，就试着弄了个陷阱抓它，没想到还真的抓到了！"

一般的鹰隼只能叼走小鸡崽，但是这只矛隼实在是大，张开翅膀近乎一米长，力气也大得惊人，在楼顶挣扎时，把房顶都弄出了个大洞，若不是樊长玉听到动静，上去得及时，只怕它真能挣脱陷阱跑掉，后面挨了樊长玉几巴掌，才老实了。

她道："明早我拿去集市上，看看能换几两银子回来。"

海东青继续用一双豆豆眼可怜巴巴地瞅着自个儿的主人。

谢征没眼看这蠢鸟，冷着张脸，昧着良心说："市面上没人买鹰隼这类活物，杀了吃，肉质柴且酸，一般人家又养不起，未经驯禽师驯过，野性难改，极易伤人。"

"这样啊。"樊长玉顿时大失所望。

她挠了挠头："不过这只矛隼被捕兽夹夹伤了腿，翅膀扑腾时，也在房椽上折伤了，放到野外去，只怕难以熬过这个冬天。"

海东青适时地发出虚弱又可怜的叫声。

谢征："我略通驯禽之法，可以试着帮忙驯驯，驯好的鹰隼能卖百十两银子甚至更多。"

"欸？"樊长玉很是诧异，不过一听说这只大隼被驯好了能卖几十两甚至百两银子，又很高兴，连带明天还要补屋顶都觉得不算个事了，"那就先养在家里！"

她当即找出一个鸡笼子把海东青关了进去，又拿出伤药和纱布。

海东青缩在笼子的一角，被樊长玉拎起一只脚上药缠纱布，一双豆豆眼里满是惊恐，却一动也不敢动。

谢征看着海东青的脚被裹成了个粽子，眼皮跳了两下。

樊长玉做完这一切，蹲在笼子旁看着海东青，目光里充满了看着百十两白银的怜爱："明早杀猪了，再给你点儿新鲜的下水吃。"

猪肉得留着卖，下水可以随便给它吃。

今天杀的那头猪，下水已经全被做成卤味了。

回房前，樊长玉想了想，又觉得堂屋里太冷了，她和胞妹的房间里有炕，就没燃炭盆子，怕言正伤重体弱，她就在他的房里点了炭盆子，正好把隼放到他的房里去。

那可是百十两银子，千万不能被冻死了！

于是樊长玉脚下打了个转，拎着鸡笼子和海东青敲开了谢征房间的门，也不管房中人是何脸色，把鸡笼子往他房间的角落一放："夜里冷，别把这只矛隼冻坏了，就暂时放你房中吧。"

谢征阴恻恻地扫了海东青一眼："好……"

房门一关，海东青的一双豆豆眼对上主人那双狭长阴沉的凤眼，它拖着被夹伤的腿，耷拉着掉了不少羽毛的翅膀，瑟瑟发抖。

第二天一早，樊长玉果然杀了猪就拎着半个切碎的猪肺来喂海东青。

今日外边似乎格外冷，雪都快堆到门槛处了，房门一开，扑面而来的冷气叫人直打哆嗦，樊长玉透过房门往外看去，檐下的冰凌子凝了一排。

樊长玉的手被冻得通红，她把装猪肺的大碗放进笼子里后，搓了搓手，才对坐在床头的人道："今天大寒，冷得厉害，你一会儿起身多穿点儿，我煮了毛血旺，吃了暖身子。"

谢征点头表示知晓，不过他确实没什么厚衣可穿。不消片刻，樊长玉就找了一身她爹的厚袄拿过来，谢征穿上，身材都有了几分臃肿，好在他身量足够高，看上去倒是依旧俊朗。

这身冬衣当真御寒，任冷风怎么吹，身上都是暖和的。

不过和袄衣一起拿来的还有一条墨蓝色的发带，这发带谢征是见过的，上次樊长玉还负气系到了她自己的头上。

他皱了皱眉。

樊长玉端了个大汤钵从厨房走出来时，见他起身后已洗漱好，便道："起了啊？正好坐下开饭。"

她手中的汤钵一眼瞧去，汤面红亮亮的，空气里都飘着股十分霸道的麻辣香味。

樊长玉发现他没用自己拿去的那条发带，倒也没说什么。

她是看他很爱干净，冬日里沐浴不方便，但他三天两头儿又会自己用热水擦身，发带也经常洗，有时候发带迟迟不干，他还会拿到火塘旁烤，她才把买回来的那条发带拿给他换着用。

她又不是那小心眼儿的人，哪能说不给他就真不给他？

这一钵装得太满，又是刚出锅，烫得厉害，樊长玉把汤钵放到桌上后，忙用被烫到的手指捏了捏耳朵："呼，好烫！"

小长宁凑过去："宁娘给呼呼，呼呼就不烫了。"

樊长玉哭笑不得地把手指递给胞妹，长宁鼓起腮帮子吹了好几口气才作罢。

樊长玉一抬头，就见谢征正神色怪异地看着自己，她抹了一把自己的脸，发现脸上没有炭黑，不由得问："我脸上有东西？"

对方收回目光，只说："没有。"

樊长玉狐疑地瞅了他两眼，把碗筷递过去："尝尝这血旺！本来现烫现吃味道才是最好的，不过今天来不及了。"

汤面最上边铺着一层浇过热油的花椒和干辣椒，底下码着切成块的猪血，昨晚卤过的肥肠、猪肚和猪肺等下水，可惜家里没有发豆芽，最底下没铺上一层白胖脆嫩的豆芽。

樊长玉往胞妹碗里捞了一块猪血，小长宁辣得直吸气，吃完一块却还眼巴巴地看着汤钵："我还要！"

樊长玉又给她捞了两块。

谢征还是第一次瞧见这大杂烩似的一锅羹汤。看这汤似乎也不能喝，而且樊家没有用公筷的习惯，平日里一些炒菜也就罢了，大家可以各搛一边，这一锅炖，他几乎没法儿下筷。

在他迟疑的时间里，樊长玉姐妹俩已吃完了半碗饭，樊长玉看他只吃饭不吃菜，困惑地问道："你不吃辣？"

"也不是……"

他终于抛下了那点儿用膳上的洁癖，皱着眉头搛起了一块煮成暗红色的猪血。

猪血入口的第一感觉便是麻且辣，他几乎不用嚼，稍微用力一抿，血旺就在唇齿间化开了，倒是出乎意料的好吃。

他又尝了里边的卤下水，下水先卤再煮，卤香跟麻辣味完美结合起来，直叫人控制不住下筷的速度。

这顿饭吃完，谢征已不记得自己在吃食上有洁癖了。

也的确如樊长玉所说，他身上很快就被辣出了汗，竟半点儿不觉得外边的天气严寒。

他问："这是本地特有的菜肴？"

樊长玉说："算是吧，镇上溢香楼里的名菜，那位女掌柜会的菜品可多了！"

谢征只动心了一瞬，便放弃了把这菜往军中推广的心思。军中饭菜只管饱，做不到这般精细，再者，番椒、花椒这些调味料也是一笔不小的开支。

樊长玉收拾完碗筷，又把他房里的海东青拎到了火塘旁，出门前不忘叮嘱他："厨房里还有半个猪肺，你晚些时候切碎了喂给那只矛隼。"

她挠了挠头，不太好意思地道："若是得闲，试着驯驯？"

谢征懒洋洋扫过去的目光却有如凌迟："好……"

海东青在笼子里颤巍巍地缩起脖子，像一只巨型鹌鹑。

樊长玉便放心地推着板车去了铺子里。

今日雪大，这个时间点了，街上来往的行人都还没几个。

樊长玉到了肉铺那条街，街上也冷冷清清的。

她打开铺子门，又清理了檐下的积雪，这才发现她用砖头垒在外边的灶台叫人给砸了。

她当场给气乐了：她这铺子才做了几天卤肉生意？这么快就惹人眼红到砸她的东西了？

经历了樊大和赌坊的事，她在外边以凶悍泼辣出名了，凶名有时候也有不少好处。

樊长玉当即把扫帚一扔，叉腰骂道："那个鳖孙犊子砸了你姑奶奶的东西？有事不敢当面说，只敢背地里干这些勾当，祖上是当王八的不成？"

她自幼习武，气沉丹田开骂，嗓音能贯穿整条街。

相邻几个铺子的屠户都没吱声，只有郭屠户被她的目光扫到，立马嚷上了："你看我做什么？又不是我砸的！"

樊长玉还真没怀疑他，因为郭屠户脸上除了幸灾乐祸，半点儿没有做贼心虚的样子。

一旁的屠户娘子似想起了什么，突然道："坏了，长玉，你家这铺子先前关了一个月，是不是没交保护费？"

樊长玉还是头一回听说保护费这东西，疑惑地道："那是什么？"

屠户娘子叹了口气："咱开门做生意，除了要按月给官府税钱，还得拿点儿钱孝敬管这条街的混混儿头子。定是这些日子你铺子里的生意太好，叫那些人听到了风声。要我说啊，他们八成一会儿还得过来。"

樊长玉心中有了谱儿，那些人昨晚砸了她门口的灶给她下马威，今天肯定还会来找她收保护费的。

她向屠户娘子道了谢，先把带来的鲜肉和卤肉摆到案板上，再往门后放了根长棍，一边卖肉，一边等那些混混儿找过来。

辰时三刻，一群街痞才一路横冲直撞地往肉市这边走来，气焰很是嚣张，沿途的人看到他们，纷纷避让。

樊长玉在店里听到动静，往外一瞧，哟，老熟人！

日头高升，檐下的冰凌子往下滴着水珠。

七八个满脸横肉的汉子挥开挡路的走卒货郎，气势汹汹地往樊长玉的铺子这边走来。为首那人大方脸，蓄着短须，面相很是凶狠，不过走路时脚一跛一跛的，正是几次三番去樊长玉家中闹事的赌坊打手头子金爷。

"老子倒要看看，是哪个胆肥的在这条街做生意敢不给钱孝敬老……"

瞧见铺子门口抱臂站着的樊长玉时，金爷后半句话直接没音儿了，跟在他身后的几个被樊长玉毒打过的小喽啰也齐齐变了脸色，没瘸的那条腿开始隐隐作痛。

这夫妻俩下手一个比一个狠，今儿另一条腿不会也在这里被打折吧？

几个小喽啰不自觉地拖着条瘸腿往后退了半步。

临近樊记肉铺的几个铺子的屠户见他们人多势众，樊长玉又只是个女儿家，不免都替她捏了把汗，只有对街的郭屠户仍一脸幸灾乐祸。

金爷的脸上艰难地挤出个谄媚的笑来："樊……樊大姑娘？这铺子是您开的啊？"

围观的众人瞧见这一幕，不免有些傻眼。

这走向……似乎不太对？

樊长玉顺手拿起了门后的棍子，一群混混儿顿时面露惊恐，吓得齐齐往后退。

为首的金爷更是连连摆手："误会！樊大姑娘，真是误会！我们要知道这铺子是您开的，哪敢不敬？"

对面的郭屠户眼珠子瞪得都快掉下来了，似怎么也没想到这群街痞居然这般怕樊长玉。

樊长玉冷眼看着金爷，手中长棍一指自家铺子前被砸的砖灶："你们砸的？"

天寒地冻的，金爷的脑门儿上却沁出一层冷汗来，他用袖子胡乱地擦了擦脑门儿，连声道："我们也是拿人钱财，替人办事，我们给您修好！给您修好！"

金爷说着，赶紧给身后的几个小喽啰使了个眼色。小喽啰们看到樊长玉手中那根长棍就害怕，再也不想经历被打得吐饭渣的痛，战战兢兢地上前砌灶。

樊长玉心中不免有了几分错愕,她原先以为这些人当真是来收保护费的,没想到还有这层内幕。

她直接问金爷:"谁指使你们来我店里闹事的?"

"樊大姑娘,这……"金爷面露难色,他们拿钱给人做事,嘴上自然还是得有把门儿的。

樊长玉把手中长棍反手一抢,直指金爷的咽喉,金爷都没反应过来,就见那棍子直取自己的命门,额角的冷汗顿时结成珠子往下掉,什么行业规矩都顾不得了,结结巴巴地交代:"是……是正街王记卤味的掌柜。"

樊长玉微微皱眉。她跟王记的掌柜素不相识,两家的铺子隔了几条街,谁也影响不到谁,她店里的卤味生意才做了几天,不至于让对方做到这地步。

她当即喝道:"胡说,我跟王记的掌柜无冤无仇,他何故让你们来砸我的店?"

金爷连声道:"我说的都是真的,昨日王记的伙计亲自拿着钱来找我们的。"

樊长玉眉头皱得更紧了些,眼见几个小喽啰已用黏土把灶上的砖块重新砌好,围观的人也越来越多,想着不管怎样,生意还是不能耽搁,便收回了木棍。

金爷还没来得及喘口气,又被樊长玉使唤起来:"你,把火点上,先把灶台烘一烘。你们几个,去街口的井边给我打几桶水回来。"

她在店门口现场卤肉,店里自然是需要备水的,不过今早为了解决灶台被砸的事,她还没来得及去井边打水。

耽搁了小半天的工夫,眼下再自己一样一样地做这些怕是来不及,不如使唤这些耽搁了自己的时间的现成劳动力。

几个小喽啰也没料到自己竟还有被人使唤的一天,愣在当场,被樊长玉的眼风一扫,半点儿不敢含糊,赶紧拿着水桶打水去了。

小混混儿们一走,不明就里地堵在樊家铺子外围观的行人以为事情已经解决了,便都散开各干各的去了。

只有左邻右舍见樊长玉直接使唤起这群为非作歹的小混混儿,险些惊掉了下巴,看樊长玉的眼神仿佛在看个怪胎。

对邻居们的眼神,樊长玉半点儿也没察觉,见金爷戳在自己店门口,都没人敢来店里买肉，她又赶紧把人往旁边驱赶："你边上待着去，别戳在这儿影响我生意。回头我卖完今日的肉，你跟我去王记走一趟，我倒要去讨个说法。你要是说了糊弄我的鬼话……"

她的视线扫过金爷另一条腿："我把你这条腿也打瘸！"

金爷想起那日那男人阴沉的神色和那落到腿上的狠辣一拐，伤还没好全的腿就传来一阵钻心的疼，脸都白了，他赶紧摇头："我金老三骗谁也不敢骗樊大姑娘！"

樊长玉见他怕成这样，面上虽还是一副凶相，心中却不免犯嘀咕：那家伙到底是把这些人打得有多狠啊？她说了句另一条腿也给打瘸，就把这人吓成了这样。

几个小喽啰很快打了水回来，樊长玉怕他们在水里放东西，给了他们一个水瓢，让他们把自己水桶里的水都舀起来喝了一口，才放心地用这些水清洗要卤的猪肉。

至于下锅的水，她铺子的水缸里还有昨日剩下的。

大锅一架上，卤香又开始在整条街上飘。

昨日来樊长玉铺子里排长队买卤肉却没买到的，今儿特地早早地赶来买，总算是买到了。

不过大多数人瞧见表情苦大仇深地蹲在樊长玉铺子边上的金爷一众人，还是没敢上前。

他们满脸横肉，哪怕表情苦大仇深，看起来也是一副凶神恶煞的样子。

樊长玉也发现了这一点。为了不让这群人影响自己的生意，正巧第一锅现卤的肉也快卖完了，她向附近的肉铺又买了六个猪头、三桶下水，给这群人人手发了一个猪头，让他们把猪头上的猪毛拔干净，又让剩下的几个人在她的眼皮子底下洗下水。

他们低头忙活去了，前来买肉的人自然也就注意不到他们那张凶神恶煞般的脸。

樊长玉一边给人割肉、切卤味，一边当监工，碰上偷懒耍滑或没清理干净的，她就一棍子戳过去："猪头这里还有猪毛呢！""大肠裹上草木灰揉一遍，洗干净了再用稻草从头到尾刷一遍！"

那模样，简直比恶霸还恶上三分。

一群街痞瑟瑟发抖，暗自后悔：怎么就运气这么背，又招惹上这位姑奶奶了？

樊长玉却像有读心术一般，虎着脸道："做错了事，就要受惩罚，不然把王法当什么了？"

一群人缩得跟鹌鹑一样连连点头应"是"。

樊长玉见他们认错态度良好，闲下来时倒是问了句："你们不是在赌坊做事吗？怎么哪里都有你们？"

说起这个，一群街痞都讪讪的。

金老三瓮声瓮气地道："弟兄们没在赌坊做事了。"

樊长玉不由得有些奇怪，问："为何？"

一个小混混儿抱着猪头，闷闷不乐地说："咱们跟着三哥去赌坊当打手，其实也只是为了混口饭吃，这回迟迟没帮赌坊收上债，真要砍了樊大的手拿回去交差，赌坊也不依啊，何况咱们收债这么多年，也真没把谁弄得缺胳膊少腿过，后来又被打伤了腿……就被赌坊赶出来了……"

樊长玉皱眉："你们不是还在满大街地收保护费吗？"

金老三"嘁"了一声："这保护费又不是我们收上来就是我们的了，我们也是替别人收的。"

见樊长玉似乎没理解他话里的意思，他直白地道："咱们能这么明目张胆去找商贩要钱，肯定得官府那边睁只眼闭只眼才行，上头有人罩着，闹出事来了，才有人兜底。收上来的钱，大头儿自然也是拿去孝敬那些官老爷的。"

樊长玉沉着脸，好一会儿没说话。

金老三赶紧又道："不过这条街从前是没人来收保护费的，不然早知道樊大姑娘家的铺子在这里，我们哪敢来？……"

樊长玉的心头仿佛笼罩着一层迷雾，她突然问："这条街什么时候开始收的？"

金老三想了想，说："就上个月。"

樊长玉眉头便皱得更紧些，她爹娘也是上个月遭了山贼去世的，这其中有什么关联吗？

但只是稍做联想便被她自己否决了，她爹行走江湖多年，又有一身好武艺，不至于在临安镇生活了十几年才突然被人针对遭难。

樊长玉收敛了思绪，依旧一脸凶相地对着金老三一行人道："堂堂七尺男儿，做什么不好，去干这些地痞流氓的营生！"

"我们改！我们改！以后一定好好做人！"

一群人一见她发火就抖得跟缩脖鹌鹑一样。

樊长玉这才没再发作。今日的粗活儿累活儿都有人干了，她倒是难得清闲。

樊氏卤肉的名声已经打了出去，今日她店里的生意比昨日更好，还不到中午，在家里卤好了带来的肉、今日现卤的肉就全卖完了，店里剩下的卤蛋也卖了个精光，中途她还打发一个小混混儿又买了一筐鸡蛋回来，也卖出了大半。

三文钱就能买两个卤蛋，这个价钱实在是诱人。

樊长玉粗略算了一下今日的进项，竟有四两多！

附近肉铺的屠户自然也有眼馋她生意的，但见金老三一群人都对她点头哈腰的，酸话都没敢多说一句。

樊长玉赚了银子，心情极好，再看金老三一行人时都觉得顺眼了许多，因着他们帮自己干了一上午的活儿，认错态度又良好，她还一人发了一颗卤蛋。

被呼来喝去使唤了一上午的小混混儿们，一个个蔫得跟霜打的茄子似的，突然被发了颗热腾腾的卤蛋，明显都蒙了。

樊长玉继续拿一张凶脸对着他们："吃完赶紧随我上王记对质去！"

闻了一上午卤肉香的小混混儿们，肚子里的馋虫早就翻了天了，此刻恨不得把蛋壳都给吞下去。

吃完后，一群人明显意犹未尽，小心翼翼地问："樊……樊大姑娘，以后咱们能来您的店里做事吗？"

樊长玉虎着脸想：这怎么行？这一个个虎背熊腰的，全来她的店里做事，能直接把她给吃垮了！

她无情地拒绝："不能。"

小混混儿们顿时也不敢再吭声，蔫头耷脑地跟在她的身后往王记走去，不过因为长相凶，旁人愣是没看出半点儿丧气劲儿来。

沿街的行人看到他们，无不让路，这排场，任谁瞧见了都觉得是一女恶霸带着手底下的混混儿们去找碴儿。

临街的一酒楼里，锦衣男子亲自起身给坐在对面的人斟上一盏茶，升腾的白色雾气里，他广袖上的织锦绣纹也变得模糊不清起来："徽州局势尚未稳定，侯爷蛰伏此地，亲信们不便前来，但赵某是个生意人，魏家的鹰犬查不到赵某头上，只要侯爷信得过赵某，赵某愿为侯爷肝脑涂地。"

窗棂半开，坐在他对面的男人的侧脸如玉雕一般，眉眼清隽，结了暗痂的修长手指在桌上轻叩着，漫不经心中又带着几分叫人喘不过气的不怒自威，一双狭长的眼眸半眯着看向窗外，似在欣赏沿街的雪景。

锦衣男子见他迟迟没应声，顺着他的目光往窗外看去，这才发现他看的似乎不是雪景，而是一名带着十几个混混儿走在街头的少女。

锦衣男子又看了一眼谢征，目光微动，笑道："那便是侯爷娶的新夫人吧？"

第四章

仇　家

朔风从窗口灌入，吹散了茶盏上方升腾的雾气，也叫对面的男子那张俊美的面孔越发清晰起来，那双凉薄的凤眼锐利得叫人不敢直视。

"赵公子费这般力气见本侯，只为了说这些？"

锦衣男子知晓谢征这句话是在说他那番肝脑涂地表忠心的话，一时间也不知是不是自己谈及他夫人的那句话犯了忌讳，忙道："自然是不止的。"

他随即递过来一个锦盒，见谢征没有亲自动手打开的意思，又将那锦盒打开了给谢征看，脸上是商人特有的笑容："不知这够不够有诚意？"

谢征只淡淡地扫了一眼："黄白之物于我无用。"

对方沉默了一息，忽而起身，向谢征行了个大礼："赵询一介商贾，自是入不得侯爷的眼的，只是去年元宵，胞妹初次进京，便在灯会上叫魏宣掳去，惨死于帏帐……"

他红了眼，几乎涕泗横流："此仇不报，我将来也无颜见泉下父母。"

谢征的目光这才正式落到了赵询的身上："你能寻到本侯，又知晓本侯与魏家父子反目，倒也有几分本事。"

赵询忙道"不敢"："赵家家业说大不大，说小不小，正好遍及几大州府，跟官府有些来往，听到的风声就比旁人多些。魏宣接手徽州以来，侯爷麾下诸多重将都叫他降了军职，贬去边陲。京城那边，魏严手底下养的那一众文人又在大肆编写声讨侯爷的文章，才叫在下察觉了端倪。

"在下料想侯爷是遇了难，一直让底下人暗中搜寻侯爷的踪迹，可惜未果。正巧前些日子，蓟州主城抓捕了大量流民，还有专程从徽州过来的官兵拿着画像，似在那些流民中找什么人，在下使了些法子，才从那些徽州官兵手上弄到了一幅画像，观画中之人英姿勃发，猜测他们所寻的便是侯爷了。"

赵询说到此处，面露欣喜之色："也是苍天怜我，赵家书肆近日收了一批时文，书肆掌柜赞扬其中一篇实乃金玉之章，在下读后，只觉得字字珠玑，本以为是哪位寒门才子所作，想结识一番，这才特地上门拜访，谁料竟是侯爷！"

谢征修长的指节依旧在红木矮几上有一下没一下地轻叩着，他并不作声，指尖和矮几接触发出的"笃笃"声叫人心底发慌。

赵询这一番恳切的说辞，算是把他找到谢征的缘由说清楚了。

谢征在写时文时，刻意规避过自己的字迹，他能找过来，听上去似乎当真是巧合。

谢征久久不说话，对方似乎有些惴惴不安，不过倒是沉得住气，没再多言，看上去是个能做事的。

谢征眼皮半抬，终于开了口："把你锦盒中的这些银票，在开春前换成二十万石粮食。"

赵询得了他这句话，面上先是诧异，随即才露出喜色——他方才说黄白之物于他无用，如今让自己把银票换成粮食，便是给自己指了一条明路。

只是朝中征粮一般在秋季，米商们买粮也是在那时候，毕竟正是秋收的季节，百姓不缺粮，粮价也便宜。

如今正值腊月底，余粮，百姓手中肯定是有的，这时候买比秋收时贵上几厘倒也无妨，但西北本就不是富粮之地，自己在开春前买足了二十万石粮食，距离明年秋收又还早着，这地方若是突然起什么兵戈，驻地军队想要就地征粮可就征不上来了。

思及此，赵询只觉得心惊肉跳，忙拱手道："赵询一定不负侯爷所托！"

他见谢征衣着素净，存了讨好的心思："在下给侯爷和夫人另置一套宅院，备些奴仆使唤，如何？"

谢征淡淡地看了他一眼，那藏于平静之下的审视和压迫感叫赵询本就半躬的身子又低了三分。

谢征说："休要自作聪明。"

赵询再不敢提置办宅院买婢一事，越发谨小慎微地道："那……在下差人送侯爷回去？"

谢征来这里，是他亲自去城西巷子接的人。

谢征想起方才带着一众小混混儿从街上走过的樊长玉，眉峰稍敛，回绝了对方："不必。"

他将一双好看又凌厉的凤眸扫向眼前这锦衣玉带的商人："安心去做本侯交代你的事，只当不知本侯在此地，若是走漏了风声……"

赵询忙道"不敢"："赵某今日来临安镇，只是为见一寒门才子，奈何那才子行踪不定，赵某并未见到其人。至于买粮，也不过是赵某瞧着米商得利颇多，想分一杯羹罢了。"

谢征眼尾轻提。

这果然是个聪明人，一点就通。

他道："下去吧。"

赵询这才躬身退下。

房门重新关上后，谢征也在红泥炉烧滚的沸水的雾气中缓缓合上了眸子，精致的面容叫雾气一掩，变得模糊起来，他的眉眼退去了平日的懒散，坠着沉沉的血煞之气。

这个赵询，出现得太巧了。

但眼下可以确定的是，对方不是魏氏父子的人，否则……来的就该是官府的人，而不是虚与委蛇，前来同他说这番表忠心的话的赵询。

二十万石粮食是他给出的试金石，此人若真能为他所用，有了那二十万石粮食，他接下来的部署会容易得多；此人若是别有所谋，那二十万石粮食后，也有更大的圈套等着对方和对方身后的主子。

雅间外传来说话声："走，走，瞧热闹去！听说对街王记卤肉眼红人家的生意，砸了樊记肉铺的东西，樊记的人上王记闹去了！"

有人叹道："王记可是百年老字号了，还能做出这等丢份的事？"

"为了抢生意，什么事做不出来？"

谢征打住思绪，睁开眸子，起身，腿脚利索如常人，出雅间时，才将那拐拄上。

王记卤肉铺门口已围了乌泱泱看热闹的人。

铺子里的伙计看着樊长玉，目光又扫过她身后抱臂站着的凶神恶煞的金老三等人，腿肚子发软，说话都有些打哆嗦："几……几位有何贵干？"

樊长玉看那伙计脸都吓白了，不由得皱了皱眉。她又没一来就揍人，她是来说理和讨要说法的，怎么这铺子的伙计吓成了这样？难不成是做贼心虚？

她说道："把你们掌柜的叫出来，我今日是来讨要说法的。"

伙计磕磕巴巴地道："掌……掌柜的不在铺子里。"

樊长玉眉眼一横："他敢指使人去我铺子里砸东西，这会儿倒是当起缩头乌龟来了？"

她身后的金老三等人适时地从鼻孔里发出重重一声"哼"，更是吓得伙计面如土色。

樊长玉转头看了金老三一眼，眼角微抽。她是带着这群人来对质的，怎么好像成了带着他们来砸店的？

伙计战战兢兢地道："我已派人去通知掌柜的了，诸位有什么事，等……等掌柜的来了再说。"

说完，伙计还抖着两条腿，给樊长玉搬了一把太师椅，让她坐着，又端了个火盆子出来让她烤火。

樊长玉扫了一眼店内伙计和围观众人的神色，也觉得好像有点儿怪怪的：怎的好像她才是那个上门找碴儿的女恶霸？

不过对方把凳子和火盆都拿出来了，天又这么冷，她没理由不坐下烤火等。

不消片刻，王记掌柜就拖着肥胖的身体满头大汗地赶来了。他是个生意人，一向以和气生财著称，见了樊长玉，就先赔了个笑脸："樊姑娘，您铺子里的事，我已听伙计说了，王记的招牌是我祖上传下来的，我王某人断不会用这等手段去欺压一个孤女……"

他说着，扫了一眼樊长玉身后的金老三等人，语气虽客气，姿态却有些轻蔑："樊姑娘仅凭这些人的一面之词就认定是我王记指使的，这其中……是不是有什么误会？"

樊长玉坐在太师椅上不动如山，只睨了金老三一眼："你说。"

金老三当即道："你们王记有个叫春生的伙计，昨日拿着五两银子来城东酒肆找弟兄们，让弟兄们去樊记闹事，酒肆的人都可做证。"

王记掌柜一听那伙计的名字，面色就变了变，态度也缓和了几分，对樊长玉道："那是我长子身边的长随，且劳樊姑娘等一等，我唤我长子前来问清。"

王记少东家是临安镇上出了名的纨绔，家里小妾一堆还不够，成日眠花宿柳，此番前来，也是王记的伙计去窑子里把他硬拉出来的。

回来时，他整个人还醉醺醺的，身上的衣裳都没穿整齐，他老爹让人给他灌了一碗醒酒汤，他人才清明了些。

王记掌柜当着樊长玉的面喝问："逆子，是不是你让人去砸了樊记的东西？"

王记少东家的一双肿泡眼扫向樊长玉，他来来回回打量了好几眼，才哂笑出声："哟，模样生得怪水灵的，靠爬李厨子那老不死的床抢我家跟溢香楼的生意，还敢找上门来，脸皮当真是比妓子还厚些。"

溢香楼经常会买别处的名菜放到自己的酒楼里，这是尽人皆知的事。

那位女掌柜做生意总有她自己的一套法子，旁人说那位女掌柜这样做得不偿失，偏偏她集百家之长后，溢香楼的生意远胜过其他故步自封的酒楼。

毕竟有那个钱去溢香楼吃饭的都是乡绅富豪，手头宽裕，镇上有名的吃食就那么几家，平日里想吃还得遣人跑好几趟，去溢香楼，不仅能吃到溢香楼的私房名菜，想吃其他地方的名菜，喊一声，小二也能立马呈上来。

因此，镇上不管是卖糕饼果子的，还是卖卤肉熟食的，都以能跟溢香楼搭上线为荣。

听了王记少东家那番话，围观众人的脸上顿时神色各异，惊讶有之，不信有之，看戏的亦有之，目光不住地往樊长玉的身上扫。

她的模样是生得好，可性子这般泼辣，说她去当女霸抢钱，众人可能还相信些，说她为了点儿生意跟人有首尾……

众人齐齐打了个哆嗦：哪个不怕死的敢把主意打到她的头上？光是看过她杀猪砍肉就不敢对她有什么心思吧？

王记掌柜也瞪圆了一双眼，喝道："逆子，胡言些什么？"

王记少东家不以为意，他在镇上欺男霸女惯了，压根儿没把樊长玉一介女流放在眼里："爹，咱家跟溢香楼的生意反正已经黄了，为何不让我说？你还怕得罪李厨子那老东西不成？"

他的目光放荡地往樊长玉的身上扫："你偷人偷那么个老……"

"砰"的一声巨响。

金老三等人侧头看去，只见王记铺子前摆放卤肉的厚重案板直接叫樊长玉一脚给踹翻了，案板甚至受不住那力道，直接被踢出个大洞，卤肉散落一地，醉醺醺的王记少东家也被案板给压住了半截身子。

他和手底下的小混混儿看着铁梨木上破开的大洞，齐齐咽了咽口水，往边上缩了缩，心说：这姑奶奶之前收拾他们，竟是收着劲儿的。要是那会儿就用这力道，他们只怕骨头都得断几根，现在都还躺在床上下不来。

王记少东家疼得"哇哇"大叫，指使身边的两个小厮："你们是死的不成？还不快把本少爷拉起来！"

两个小厮看了一眼樊长玉摸出的那把黑铁砍骨刀，她身后的金老三一群人亦摩拳擦掌，大有跟着干架的意思，两个小厮哪里敢上前，甚至还倒腾着两条软成面条似的腿后退了两步。

王记掌柜瞧见这架势，额角的汗珠子都流下来了，看到樊长玉提着刀，他心中也怕得很："樊大姑娘，是犬子口不择言，我一定好生教训这逆子，樊大姑娘莫要动怒……"

樊长玉充耳不闻，一脚重重地踏在了案板上，二人合抬才抬得动的案板叫她又踏出一个大洞。王记少东家则口吐白沫，当场直翻白眼。

围观的众人也发出倒吸气声，一些胆小的妇人甚至拿袖子挡眼，生怕下一秒樊长玉就把手上那把砍骨刀砍在王记少东家头上。

王记掌柜指着樊长玉，颤声道："你……你还想杀人不成？"

樊长玉瞥他一眼，冷笑道："我怎么会杀人呢？杀人可是要蹲大狱的。我顶多把你这好儿子的舌头割下来，再让他自个儿嚼碎了吞下去，省得他再乱嚼舌根子。"

王记掌柜被她的这番话吓得险些站不稳，由几个小厮扶着才没直接瘫坐到地上。他面色发白，颤着手指着樊长玉，"你"了半天却说不出一句完整的话来。

被樊长玉踩在脚下的王记少东家这会儿也知道怕了，脸色煞白，一边哭一边看向他爹："爹，救我……"

王记掌柜颤声道："报官，快报官……"

王记的小厮想去报官，却被金老三一群人拦住："就准你们欺负人家，不准人家来讨个公道？"

樊长玉用砍骨刀重重地拍了拍王记少东家那张令人作呕的肥脸："说说，我何时跟你们抢溢香楼的生意了？"

她手上的那把砍骨刀重且凉，因为常年砍骨切肉，刀刃上还有一股散不去的血腥味，王记少东家被她用刀拍过的半张脸都是麻的，整个人抖得跟筛糠一样："王……王记同溢香楼的卤肉生意停了，听说……听说是李厨子举荐了你家的卤肉……"

樊长玉冷笑："只是这样，你就编派我？"

围观的妇人们听到王记少东家的话，没想到他之前说得那般腌臜，内情居然只是这样。

女子名节何其重要，这是存了心把人往绝路上逼啊！

妇人们不免狠狠地唾他一口："真不是个东西，这是眼瞧着人家樊记卖起了卤肉，生意红火，就拿人家闺女的名节说事？"

"我说这些日子怎么没见李厨子去樊记买肉，原来是被这黑心肝的编派了，人家在避嫌！"

"王记家大业大的，欺负人家一个孤女，当真是脸都不要了！"

"他自己成日泡在窑子里，脑子里想的也只有那点儿事了！"

"要我说啊，王记就是店大欺客，味道越来越不好了不说，我有一次还买到了馊肉！难怪人家溢香楼那边不愿意继续买他们的卤肉了！"

王记掌柜听着这些议论声，面上臊得慌，气得直跺脚："逆子！逆子！"

王记少东家哭得鼻涕泡都出来了，告饶道："求求你放过我吧！我给你钱！给你好多好多钱，我知道你家正缺钱……"

樊长玉却不作声，眼神发狠，将手中的砍骨刀用力地往地上一掷。

看到这一幕，围观者无不惊呼，王记掌柜吓得差点儿白眼一翻晕过去，王记少东家也吓得大声尖叫。

"咔嚓！"

那把刀没砍到王记少东家身上，而是直接贴着他的头皮砍断了发冠和那一把头发，刀锋扎进青石板地砖里一截，刀身颤动着。

好一会儿，王记少东家才缓过神来，脸色白得跟个死人一样，身下也传来一股腥臭气味，案板底下流出一摊发黄的水。

王记掌柜也被小厮扶着，大口大口地喘气。

感受到贴着头皮的那阵凉意，王记少东家被吓破了胆，顾不得脸面为何物，直接大哭起来，鼻涕眼泪糊了一脸："别杀我，别杀我！"

王记掌柜只有这么一个不成器的儿子，近乎是哭着求情："樊大姑娘，逆子口不择言，损了你的名声，我一定会好生教训这逆子，改日再备薄礼亲自去府上给樊大姑娘赔罪。古人有削发代割头，您削了他的头发，就大人有大量，放过他吧！"

樊长玉收了刀，冷眼看着王记少东家，道："以后别让我再看到你！"

她提起刀就走人，没再理会王家父子。

王记少东家欺男霸女也不是一两日了，樊长玉今日教训了他，简直是大快人心。

围观的百姓甚至欢呼鼓掌，直呼："教训得好！"

"得亏是樊老虎的女儿，换作旁的人家被这么欺负了，只怕叫天天不应，叫地地不灵！"

"可不是？刘家村有个村女，长得可水灵了，就是叫这王记少东家给弄大了肚子，王家又不认，最后那可怜的姑娘直接投河自尽了！"

"这只是闹大了咱们知道的罢了，背地里他还不知干了多少伤天害理的勾当！他家的卤肉还真不如樊记的，樊记的肉都是当天现杀的，他家不知用的什么肉呢！"

王记掌柜听着围观的人那些议论声，一张老脸几乎拉到了地上。

王记少东家身上的案板终于被两个小厮"嘿哟嘿哟"地抬开了，他一个大男人，望着王记掌柜，哭得一把鼻涕一把泪："爹……"

没想到他不但没得到安慰，反而被盛怒中的王记掌柜又踹了两脚："你这不成器的东西！平日里眠花宿柳也就罢了，还给我整这出！老王家的脸今日都叫你给丢尽了！"

樊长玉没再管身后的王记铺子如何，出了口恶气，正要往家走，身后却突然有人叫住她："樊姑娘留步。"

樊长玉疑惑地回头，只见一个留着小胡子的男人朝她走来："樊姑娘好身手啊，我是汇贤钱庄的管事。樊姑娘可有意到我们钱庄做事？"

"钱庄？"樊长玉皱眉，"我去能做什么？"

那钱庄管事笑眯眯地道："收债。"

樊长玉："……"

金老三等人倒是摩拳擦掌："樊大姑娘，您要是接收债的活儿，以后咱们跟着您干！"

樊长玉把眼一瞪："你们不是说要干个正经营生吗？"

金老三等人顿时缩着脖子不敢吭声了。

樊长玉回绝了那管事，那管事倒也没说什么，走前只给了她一张纸，上面罗列了去汇贤钱庄当打手的各种好处："樊姑娘不必急着回复，可以再考虑考虑。"

樊长玉捏着那张纸，心情颇为复杂：她在镇上人的眼中，到底成了个什么样？

她叹了口气，转身往回走，却见前方街口站着一人。大雪飘飞，他那宽大的衣袍被风吹动，身后是热闹的街市，他眉眼冷冷淡淡的，正用十分微妙的眼神看着她。

樊长玉瞅了瞅自己手上那张写了"收债"字样的纸，下意识地说了句："我没去抢钱。"

金老三等人看到谢征，身上的皮瞬间一紧，他们齐声道："姑爷好！"

谢征："……"

樊长玉："……"

自己好像更解释不清了。

樊长玉转头就冲金老三一行人喝道："瞎叫什么？"

金老三讪讪地道："这不是您招赘的姑爷吗？"

樊长玉噎了一下，下意识地看了谢征一眼，对方面上的神色淡淡的，似对金老三的话没什么反应，她松了一口气，这才继续道："这是我招赘的夫婿没错，但你们跟着叫什么姑爷？"

金老三一群人便低眉顺眼地不再说话，仿佛一群不被恶婆婆承认的小媳妇。

樊长玉被看得额角直抽抽，摆摆手道："今日我带着你们去王记对质只为了讨个公道，如今公道也讨回来了，你们各自归家去吧，往后莫再做那些欺男霸女之事了。"

金老三一行人诺诺应声走了，樊长玉又觑了站在不远处的谢征一眼，莫名其妙地有几分心虚，但想到自己又没干什么伤天害理的事，便叠起手上那张纸，挺直腰板走过去问："你怎么在这里？"

细雪落在谢征的墨发间，衬得他的眉眼越发清冷："前些日子写的时文卖得不错，得了书肆掌柜赏识，被对方邀出来喝了盏茶。听说你去王记了，就过来看看。"

樊长玉惊讶地道："能得书肆掌柜赏识，那你的文章写得相当了得啊！"

谢征未料到她看似才疏学浅，对这些倒是颇有了解，垂眸掩住思绪，道："我从崇州逃难来，对那边的战乱时局和民生艰苦了解得更多些，写出来的东西哪怕粗浅，也是临安镇这边未曾听过的，这才得书肆掌柜看重。你和王记的事处理得如何了？"

后面一句颇有转移话题之意。

樊长玉肚子里没他那么多弯弯绕绕，半点儿没发觉，边走边同他把王记的事说了："我都没打人呢，就踢了他家案板，再拿杀猪刀割了他的头发，就把人吓成了那副德行……"

说到一半，樊长玉突然打住了话头，看了一眼谢征后闭上了嘴。

谢征这一路都只听她眉飞色舞地讲述在王记铺子里发生的事，并未说话，此时见她突然沉默了下来，才侧首问了句："怎么不说了？"

他生得当真好看，精致的眉眼像是用墨笔画上去的，半垂着眸子看人时，漆黑的瞳仁里不见了常挂着的那丝不耐烦，竟给人几分清冷又温柔的错觉。

樊长玉视线与他对上，突然就有些不好意思起来，挠了挠头道："你会不会也觉得我太粗鄙了？"

谢征眼尾稍提，似对她这个问题有些诧异，随即道："不会。"

放在落难前，他会那样觉得，但现在不会了。

衣食无忧之才有闲情去想这些东西粗不粗鄙、文不文雅，温饱尚要忧虑的人，所思所虑不过是下一餐的饭食。

以富人追求的东西去评判穷苦百姓，当真是"何不食肉糜"。

樊长玉闻言，翘起嘴角笑了笑，也没管他是说真话还是敷衍她，踢起一颗脚下的小石子儿，像是一个人孤单太久了，突然想跟人说会儿话，近乎自言自语地道："从前我爹不许我在外人面前动武，我娘更是连杀猪都不准我去，她说女儿家做这些，会被人议论的，将来我嫁给了宋砚，就算他不嫌我，旁人也会背地里取笑鄙夷我。

"过去那十几年，我一直都拘着自己，虽然离大家闺秀还远，但在镇上的名声也不错。后来爹娘过世，为了生计，我不得已开始杀猪，甚至几番提起棍棒教训人，现在镇上的人大抵已把我当成了个母夜叉。"

她说着，扬了扬手上那钱庄招打手的纸，半开玩笑道："以后我要是不杀猪了，还能去给人收债呢！"

女子的名节有多重要，谢征自然知晓，她身上已背了个天煞孤星的名号，现在又凶名在外，镇上的人当面不说，背地里议论肯定是有的。

眼前这女子或许是真豁达，或许是苦中作乐。

一片碎雪落到他的眼睫上，须臾便化作了几点细小的水珠，他那漆黑的眸子看向樊长玉，语气懒散又认真："那便去收债。"

樊长玉正在踢路边的另一颗石子儿，闻言，脚下一滑，差点儿在结了冰的路上劈了个叉，幸好被一只铁钳似的手及时拽住了胳膊。

樊长玉瞪圆了一双眼："你居然怂恿我去干那伤天害理的事？"

她半条胳膊还被谢征架着，隔着厚厚的冬袄，谢征的五指依然能感受到这条手臂的纤细，但又不是细得跟面条一样，让人觉得孱弱好欺，而是像虎豹的前肢，精瘦却有力，配上那双瞪圆的杏眼，越发像一只灰头土脸却仍在努力示威的小豹子。

隔着冬袄，手心忽而有些麻麻的，谢征眉头皱起，收回架着她胳膊的那只手，移开视线，道："我是让你不要畏人言。"

樊长玉兀自琢磨了一会儿，也反应过来他话里的意思，心底原本还剩的小半郁气也散了个干净。

她几步就追上了拄拐走在前边的人："你腿还瘸着，我叫个牛车送你回去！"

"……"

"哎……不是，我的意思是你腿上的伤还没好！"

…………

二人搭了个牛车，樊长玉中途还去成衣铺子取了之前定做的一家人过年穿的冬衣，又给长宁买了一包饴糖，总算在天黑前回了城西的家。

去赵大娘家接长宁时，樊长玉却被赵大娘告知，县衙的捕快下午来过，让樊长玉三日后去县衙听审。樊大的状纸递上去这么久，县令总算要审理此案了。

樊长玉本没当回事，赵大娘却忧心忡忡地道："前来报信的是王捕头手底下的捕快，他透露了些口风，说樊大这些日子往县衙师爷那边跑得勤。那师爷是郭屠户的舅舅，郭屠户早些年跟你爹有仇，原本你招赘了，房地该判给你的，现在有了那师爷搅和，只怕至少得分出一半给你大伯。"

樊长玉没料到这俩搅屎棍还能搅和到一块儿去，当即就蹙起了眉："怎会给樊大一半？"

赵大娘叹了口气，道："那些当官的，怎么断案还不是凭他们一张嘴？咱们这些人哪里有他们精通律法？而且樊大找的是师爷，你就算去请状师，人家也不敢接你这桩生意去得罪师爷。"

樊长玉的眉头顿时皱得更紧了。

师爷虽无实职，却是衙门里实打实的二把手，加上有郭屠户跟她爹的旧怨在，三日后的堂审中，她肯定讨不着好。

眼下她便是找关系疏通，对方的官职也越不过师爷去，除非她能找上县令，但那无异于痴人说梦。

且不说她家跟县令攀不上关系，单是县令想招宋砚做女婿，她又是宋砚的前未婚妻这一点，县令不给她穿小鞋就算好的。

樊长玉想了想，只觉得头顶一片阴云，她问："大娘，你知道郭屠户跟我爹是怎么结的仇吗？"

樊长玉只知道郭屠户跟自家不对付，还真不知赵大娘口中的仇具体是什么情况。

赵大娘叹了口气道："那是十几年前的事了，那条街开铺子的早换了一批人，你在那边做生意才没听人提起过。

"当年郭屠户也是个街痞，整条街的商贩都得向他交钱，否则就有泼皮混混儿前去闹事。你爹在那边置办了铺子后，没给这个罩门钱。泼皮前去闹事不成，反被你爹教训了一顿，供出是郭屠户指使的，你爹就将郭屠户告去了官府。那一任县令当真是个青天大老爷，打了郭屠户板子不说，还关了他半年多大狱，你爹跟郭屠户的仇从此就结下了。郭家如今有了个当师爷的亲戚，正好你又背了官司，肯定会借此为难你。"

有这样一桩旧怨在，这事当真是无解了。

樊长玉回去后便一直蹙着眉。

晚饭后，长宁睡下了，她一个人还坐在火塘旁，手里捏着根被烧断的小棍儿，在地上戳戳画画。

关海东青的笼子就放在火塘旁，经过一整天的烟熏，它的毛色已灰了一个度。

整个堂屋寂静无声，只有火塘里的柴火时不时迸出点儿火星子，发出轻微的"噼啪"声，海东青也没敢发出任何声响，只用一双豆豆眼来回瞅着坐在火塘边上的二人。

火堆里的柴火再一次迸出火星子时，谢征看着樊长玉在火光里蹙得紧紧的眉心，终于开了口："你别太过忧心……"

"我没忧心，我已经想到法子了。"樊长玉扔开那根小棍儿，声音铿锵，脸上却并没有想到法子后的轻松，反而有些凝重。

谢征眸子半抬，原本懒散的目光凉了三分："什么法子？"

去求她那个前未婚夫吗？

这似乎的确是她眼下唯一可行的法子了。

经历了下午那番话，樊长玉这会儿也没把他当外人，五指交握，扣得紧紧的，唇角抿得近乎平直："我爹娘若是知道了我的打算，只怕也得对我失望。我自己从前也看不起这样的行径，但眼下别无他法……"

谢征突然就不想听了，凉薄的凤目里映出火光和她的影子，他打断她的话，说道："我帮你。"

樊长玉抬起头，困惑地问道："你怎么帮我？"

谢征道："官府断案，再有失偏颇，也得基于《大胤律》说话。他们能在你招赘后还把房地分出部分给你大伯，无非是钻了几条律法的空子。还有三日，我把《大胤律》关于这部分的内容掰开了、揉碎了讲给你，届时对簿公堂，无须状师，你自己就能应付。"

樊长玉一面震惊他懂这么多律例，一面有些担忧可行性："这……能行吗？"

谢征用冰碴子一样的目光扫向她，半点儿不留情面地道："去求你那未婚夫就行？"

樊长玉一脸莫名其妙："我求他干什么？"

谢征拧眉道："你想到的法子不是去求他吗？"

樊长玉沉默了一下才道："我打算在对簿公堂前一晚，假扮赌坊的人，把我大伯套麻袋绑走来着。"

谢征："……"

跟人坦白打算做这样的事，她有点儿窘："之前听王捕头说，对簿公堂那天，我大伯要是没去，这案子就不算数了。"

谢征："……"

破了个洞的窗户歪歪斜斜地钉着几块木板，挡不住屋外鬼哭狼嚎一样的风声，火塘里抖动的火苗照得整间屋子忽明忽暗。

一阵诡异的静默后，谢征开口道："是我想复杂了，就按你的法子去做吧。"

樊长玉赶紧摇头，白日里钱庄的人找她去收债才被这人看到，要是她真去给樊大套麻袋，对方指不定真以为她是个什么穷凶极恶之徒。

她颇有几分尴尬地道："有旁的法子，我肯定不冒这个险，万一事情败露，还得吃官司。"

谢征半垂下眼，漆黑的眸子映着火光也没什么温度，他突然说了句："你若是不怕麻烦，直接了结了樊大更省事。"语气冰冷又漠然，仿佛刚才说要教她以律法对簿公堂的不是他。

樊长玉自然听出了他口中的"了结"是什么意思，手臂上瞬间起了一层鸡皮疙瘩，瞪圆了一双杏眼看向他："杀……杀人？"

谢征见她这般反应，浓密的眼睫在火光里扫过一道浅浅的弧度，他侧过视线，看向烧得正旺的火堆，用半点儿不像开玩笑的语气道："我开玩笑的。"语调懒洋洋的，带着几分漫不经心。

若有人欺他至此，那人必然早就脑袋搬家了。

他说教她《大胤律》帮她，也是从她的立场能想到的最好的法子，不过她的性子虽比他预想的强横些，却还称不上一个"狠"字。

樊长玉狐疑的目光在他那张俊脸上打转时，他半抬起眸子，跟她的视线撞了个正着："我现在教你《大胤律》？"

樊长玉顿时顾不上偷瞄被抓包的尴尬，皱着张脸，苦巴巴地点了点头。

她自小就不喜念书，看到字就头疼，如今能识字，还得归功于她娘用竹条逼着她学。

笔墨纸砚都在南屋，樊长玉遂去了谢征的屋子里，为了方便照明，特地把书案上油灯的灯芯挑亮了些。

家里没有关于《大胤律》的书册，谢征现场默下那几条律令让她读背。

这关乎能不能保下家产，樊长玉自是打起十二分精神去学，奈何不知是夜深的缘故，还是纸上那些法条律令实在是催人入眠，她背着背着，上下眼皮就开始打架了。

谢征闭目坐在一旁的竹椅上假寐，却跟脑门儿上长了眼睛似的，樊长玉的脑袋一旦开始小鸡啄米，他就掀开眼皮，骨节分明的手半握成拳，在书案上"笃笃"地敲两下。

樊长玉瞬间惊醒，捧着那几页纸，哈欠连连，困得眼角泪花都挤出来了，强撑着眼皮继续背："《大胤律·户令·户绝篇》第十七则，户绝者，有子立长，无子立嗣……"

"都绝户了，何来'有子立长'？"边上传来一道冷冰冰的嗓音。

樊长玉听到他的声音一抖，像是学堂里早课打瞌睡被夫子抓包的学生，勉强醒了醒神，看了一遍他写的律令，继续半闭着眼背："户绝者，择嗣而立，若未择嗣，双亲、手足分得之，抚养其未嫁女；户绝招赘者，婿不可分其财，女得之……"

谢征适时出声："依这条律令，你爹娘留下的家财本应尽数归你。但你祖父祖母尚在，且有疾，你大伯又游手好闲，三日后去县衙，对方若以《大胤律·孝书》说事，你爹娘留下的家财，就得至少拨出一半给你祖父母，你祖父母跟你大伯没分家，这笔钱最终还是会落到他手中。"

樊长玉的瞌睡瞬间给气没了大半，她皱眉，语气有些勉强："那我把我祖父母接过来养？"

谢征看她一眼："你跟他们亲吗？"

樊长玉摇头。

她爹娘在世时，她家就跟她祖父母不亲。

她娘生长宁时难产，险些一尸两命，大夫好不容易才把人救回来，说此后怕是再难有孕了。

那对老夫妻来贺喜，抱着还在襁褓里的长宁，话里话外却都在说她娘没能给她爹生个儿子，让她爹娘从樊大家过继个带把儿的，说什么以后老了也有倚仗。

她爹娘没理会，那老夫妻俩回去就说她娘善妒、不孝，成天给她爹吹枕边风，想害他樊家绝后。

他爹亲自去老宅那边走了一趟，那边才消停了下来，但此后两边也没什么来往了。只逢年过节，她爹自个儿拎一块猪肉去给二老，但从不留饭，放下东西就走人。

谢征便道："依《胤律补录·户婚律》十一则，寻乡邻做证，指认樊大好赌成性，那要拨给你祖父母的一半，就可由你管着。"

樊长玉直来直去惯了，实在是理解不了这么多弯弯绕绕的东西，困惑地道："这跟我赡养那二老有什么区别吗？"

谢征沉默了一息，按了按眉骨，耐着性子同她解释："把人接过来了，你就必须养着。把钱捏在手里，给不给由你。"

樊长玉顿时激动得一拍书案："这点子好！虽然损了点儿，但用在樊大一家身上，一点儿也不为过！你怎么知道这么多？"

谢征瞥了一眼被她拍了一巴掌摇晃了半天的书案，丝毫不怀疑她再大力点儿，这张书案会原地散架。

修长的手指翻到膝头书卷的下一页，他说起谎来脸不红心不跳："我在外奔波得多了，听到的逸闻趣事自然也多，有个富商女招赘后被族亲抢家产，请了当地有名的状师，那状师给出的便是这么个法子。"

樊长玉由衷地夸赞道："那状师可真聪明！"

谢征没作声，只是唇角微不可察地提了提。

樊长玉心虚地瞄了他一眼："那个……都有应对的法子了，我能不背了吗？"

背书实在是令她头疼，这些生涩难懂的律令，比那些"之乎者也"的文章还让她头疼。

谢征淡淡地道："公堂上对方问你出自哪条明文律法，你答得上来便不背。"

樊长玉想说届时他随自己一同上公堂不就好了吗，但思及他腿上有伤，上了公堂得一直跪着，只怕对他的伤极为不利，又把话咽了回去。

她一张脸皱成了个包子，认命地继续背。

谢征则漫不经心地翻着手中那卷杂书，听着她的背书声从蚊子"嗡嗡"变成断断续续的嘀嘀咕咕，忍不住抬起眼皮看了过去。

下一刻，对方那颗困极了的脑袋垂到了桌案上，呼吸也慢慢均匀了。

谢征："……"

他这个陪读的还没睡，她这个正主儿倒是先睡着了。

他头一回近距离瞧见她睡着后的样子，烛火将她的眼睫拉出长长的一道暗影，白皙的脸颊上覆着一层柔光，朱唇轻抿，整个人是与醒着时截然不同的娴静。

只不过她在睡梦中似乎也有烦心事，眉头轻蹙着，碎发散落下来，眉间似藏了一团雾。

意识到自己看出了神，谢征眉头一皱，移开目光后正要唤醒她，让她回屋去歇着，却听到她极轻地梦呓了一句："娘……"

她的声音带着鼻音，像是在哭一般。

谢征皱着眉再次朝她看去，她的头枕在自己的手臂上，压着几缕乌发，在烛影下显得脸只有巴掌大。

他先前就觉得她瘦，不过她身上那股蓬勃的朝气把旁的都盖了下去，此时看着她半伏在案上的身影，他忽觉她不只是瘦，甚至有几分单薄。

心口突然泛起一丝陌生又奇怪的情绪，谢征盯着她，好看的眉头皱得更紧了些。

…………

一到卯时，樊长玉便照常醒了。屋里黑漆漆一片，起身的瞬间，她手麻，腿也麻。

睡前的记忆回笼，她这才反应过来自己应该还趴在桌子上，掏出火折子点上，微弱的光勉强照亮了屋内。

书案上的灯油已燃尽了，她准备去找根蜡烛，一转头，发现谢征也趴在旁边睡着了，对方还压着她的一截衣袖，她用力扯才扯了出来。

不过这动静也惊醒了对方，对上那双睁眼便是一片漆黑寒凉的眸子，樊长玉愣了愣，心说他起床气这般大："吵到你了？"

对方看着她，眸中的凶戾很快退去，但不知何故，他的眉头皱得有些紧，白皙的俊脸上还有一抹被压出的红痕。

樊长玉干巴巴地道："你也看书看睡着了啊？"

对方只含糊地"嗯"了一声。

樊长玉说："我去找根蜡烛。"

手上的火折子燃不了多久，照明程度也有限。

只是起身的瞬间，脚上的麻劲儿还没过去，她整个人直接往旁边摔了过去。

"哐哐当当"一阵响，二人连人带凳子摔到了地上，手中的火折子也掉到地上摔熄了。

樊长玉的手脚被磕碰到好几处，她痛得龇牙咧嘴，想到底下还有个肉垫，情况只会比自己更糟，又连忙摸索着爬起来去扶他："你怎么样？身上的伤没被我压裂吧？"

"没事。"这话答得有点儿勉强。

很显然还是有事的，接下来两天，他连床都没下。

樊长玉觉得谢征估计是恼自己了，他这两日对她明显比先前冷淡了很多，能不说话就不说话，能不见她就不见她，就算避不开，见到了她，要么不看她，要么就皱着个眉头。

樊长玉道歉也道了，对方嘴上说着没事，却还是在不动声色地疏远她。

樊长玉想不通其中的缘由，背那些律令，原本有不懂的想去问他，也没好意思再去问。

这两日她不仅在家背律令，在铺子里得闲时也掏出那几张纸默背，总算是记了个七七八八，又找了一些邻居当证人。

升堂审案那日一早，她想了想言正这两天的反常行为，还是去南屋说了一声："你字写得好，今日若有空，就先拟和离书吧，我过户我爹娘的房地后，回来在户籍上边写个名字就行。等你伤好了，想去哪儿就去哪儿。"

他一开始就表明了伤好后就会走，樊长玉眼下唯一能想到的，就是他大概怕自己出尔反尔，过户了房地，却不肯履行当初的承诺。

把和离书写与他，他大抵能安心些。

一直到樊长玉离开了房间，坐于书案前执笔写着什么的人都没抬头，只是唇角抿得紧了些。

听着远去的脚步声，他搁下笔，整个人往椅背上一靠，黑漆漆的眸中一片昏暗。

对他呼之即来，挥之即去？她倒是敢。

樊长玉交代好胞妹在家不许乱跑后，跟邻家赵大娘打了声招呼，便准备去县衙。

赵大娘却道："我跟你叔陪你去，那地方吓人着呢，听说一个不小心，还得被打杀威棒，几十个板子下来，不得皮开肉绽？我跟你叔在，若有个万一，也能帮你想法子。"

都说民不与官斗，樊大搭上了跟樊长玉家有仇的师爷这条线，这几日赵家老两口儿也替樊长玉担忧得睡不着觉。

樊长玉虽有一身武艺，但上公堂这事，十几年来也是头一回，略做思量便同意了。

三个人搭了牛车往县衙去。到了地方，时辰还早，但门口已挤了不少看热闹的百姓。

审案的流程，樊长玉是知晓的，县太爷升堂后，会先传她和樊大进去，当堂再问一遍樊大所诉何事，由一旁的主簿老爷记录供词，若樊长玉有辩驳，必要时，县太爷还会传证人。

樊长玉寻的证人是樊家老宅那边的邻居。一般人肯定不愿蹚这浑水，但樊大一家子确实不会做人，跟他们交恶的邻里不在少数，樊长玉去拜访一趟，好几家都不齿樊大的行径，愿意前来替她证明樊大是个赌鬼。

时间一点点过去，挤在县衙门口看热闹的人也越来越多，已经有衙役往公堂上方的桌案上摆签桶和惊堂木，却仍不见樊大这个原告，樊长玉心中不由得有些疑惑。

县太爷升堂，迟到的人也是要挨板子的，樊大还能忘记今日要升堂这回事，睡过头了不成？

赵大娘看了一圈，也在嘀咕："怎么不见樊大？"

樊长玉不合时宜地想：难道是自己这两日背律令背得太辛苦，怨念重到昨晚梦游去把樊大绑了？

随着三声堂鼓响起，她发散的思绪瞬间收拢。

三班衙役率先进入大堂，成雁形分列两侧，手中拿着一根近乎一人高的刑棍，各个一脸凶相。

公堂外围观的百姓看到这些衙役，发出一阵议论声，显然很怵这些人。

樊长玉发现这些衙役都面生得很，王捕头手底下的捕快一个也没有，不知是不是师爷做了什么手脚，她一颗心微微悬了起来。

穿着官袍的县令从侧门步上高堂，坐于公案后方，用胖得挤成一条缝儿的眼扫了一眼公堂下方，操起惊堂木重重一拍，喝道："升堂！"

衙役们手中的刑棍便齐齐敲地，他们低喝："威——武——"

那刑棍的敲地声几乎快和场外百姓的心跳声混作一片。

蓄着八字须的师爷高喊："带原告、被告上堂！"

樊长玉虽说心中也怕，但被衙役带上公堂时，还是给了赵大娘夫妇一个"安心"的眼神。

直至此刻，樊大还是没来，只有她这个被告孤零零地跪在堂下。

胖县令显然也是头一回遇上这样的情形，侧头跟师爷对视一眼，都没明白这是什么情况。

场外的百姓也议论纷纷。

这么僵持着不是个办法，最终县令先问了樊长玉："堂下所跪何人？"

樊长玉答："民女樊长玉。"

县令用那眯成一条缝儿的眼看了看状纸，喝问："原告樊大何在？"

场内场外都没人应声。

一片静默就显得外边百姓刻意压低的议论声格外突兀。

胖县令重重一拍惊堂木："岂有此理！本官断案这么多年，还是头一回遇上原告直接不来这公堂的，简直目无王法！"

他边上瘦得像根竹竿的师爷扫了樊长玉几眼，劝道："大人息怒，樊大牛区区一草民，定不敢在公堂上迟到，怕是有什么内情，不如差衙役前去他家中问个话，以示大人明察秋毫！"

胖县令略一沉吟："准了！"

很快就有衙役前去樊大家中寻他。县令下令暂时停止审案，樊长玉就不用继续跪在公堂上了。

出了这么个岔子，围观的百姓非但没散去，反而更好奇樊大今日为何没来公堂，挤在门口不肯走。

樊长玉正坐在一个小马扎上揉膝盖，忽而一个小吏过来唤她："王捕头唤樊姑娘过去一趟。"

樊长玉以为王捕头是要交代什么，跟着那小吏从侧门离开，去了县衙后边的值房。

那小吏想来是王捕头的心腹，樊长玉进去后，他就一直在门口望风。

王捕头见了樊长玉，也没废话，开门见山地问："你大伯……是不是你绑走的？"

樊长玉心说她一开始是这么打算过，但后来有了其他法子，就没再动过这个念头了啊，当即摇了摇头："我怎会做出这等糊涂事？"

王捕头松了一口气："那就好。"

他也是想起樊长玉之前问过他，对簿公堂时，樊大若没出现会怎样，才特地私下问她一句。

他压低声音道："樊大走了何师爷的门路，你就算用了这等法子，后边他也会反咬你一口，一项目无王法的帽子扣下来，下大狱都有可能。"

樊长玉说："我知道的。"

衙门派人去寻樊大都没用王捕头的人，其中的意味已经很明显了，王捕头在这事上是半点儿忙都帮不上的。

离开了值房，樊长玉继续回公堂上等，但足足半个时辰过去了，去寻樊大的衙役还是没回来。

县令等得不耐烦，命人去催，又过了半个时辰，衙役们才用担架抬着个盖了白布的人回来了。

樊大媳妇刘氏和樊家二老一路跟着，哭声震天。

显然那盖着白布的人是樊大。

樊长玉面露惊愕：樊大死了？

围在县衙门口的百姓也议论纷纷，目光不停地往樊长玉的身上扫。

樊大图谋她的家产，偏偏在这节骨眼儿上死了，任谁都会忍不住多想。

"怎的就在对簿公堂这日死了？"

"樊大体壮如牛，寻常人想害他性命只怕没那般容易……"

樊长玉感受着落在自己身上的那些形形色色的目光，微微抿了抿唇，心头同样惊疑万分。

谁杀的樊大？

她的脑海里下意识地闪过几日前言正说的了结樊大的话，不过很快就被她否定了。

且不提言正伤势加重，这几日屋子都很少出，单是他已教她背熟了公堂上可能会用到的所有律例，就不可能对樊大下手。

再者，他只是假入赘，跟樊大无冤无仇的，压根儿没理由杀他。

县令听说原告樊大死了，官帽都没戴稳，就匆匆从耳房出来，胖得只剩条小缝儿的眼里露出惊骇之色，似没料到一个分家产的案子竟能演变成一桩命案："这……这是怎么回事？还有没有王法了？"

前去寻樊大的一个捕快恭敬地答话："回大人的话，卑职等寻到樊大牛时，他已气绝多时，身上有多处刀剑伤。"

县令命人掀开盖在樊大身上的白布，只一眼，就吓得脸上的肥肉都直哆嗦，忙道："传仵作！"

樊大媳妇刘氏伏在樊大的尸首旁，哭得险些当场晕厥过去，看到樊长玉，整个人扑过来，像是要向她索命一般："是不是你杀的人？！是不是你？！"

樊长玉后退一步避开，冷声道："大伯母可别血口喷人，我大伯在外面欠了一堆赌债，指不定是落在哪个要债的手里遭了难，关我什么事？"

刘氏和樊老婆子继续哭哭啼啼，县令被她们吵得头疼，让衙役把她们先带下去了。

樊老头子下去前，看着樊长玉，欲言又止，整个唇都有些发白，像是想起了什么可怕的事。

樊长玉跟樊大有官司牵扯，不可避免地被迫留了下来。

仵作验尸后给出了结果，樊大应该是今早在来县衙的路上死的，身上一共有十一道伤口，但真正致命的只有那穿心一剑。

仵作道："前边那十道口子划得极狠，却又刀刀都避开了要害。凶手应是常年用刀剑之人，这几道伤口若不是为了寻仇报复，便是在审讯什么。"

这个答案让樊长玉眉头一蹙。

审讯？

能审讯樊大什么？

逼他还钱？

可目的若是逼他还钱，那凶手也就不可能杀他。

一时间，樊长玉只觉得迷雾重重。

不过樊大既然是在来县城的路上遇害的，樊长玉倒也能洗脱嫌疑了，她那会儿也在赶路呢，赵家老夫妻和牛车车主都可做证。

师爷却并不打算放过樊长玉，对县令道："大人，樊大姑娘虽有不在场的证据，但万一……是她买凶杀人呢？听说她同临安镇上的街痞金老三那伙人走得可近了。以防万一，咱们要不还是派人去她家搜寻一番？"

这过大年的突然来了桩命案，县令也觉得晦气得很，涉及命案，他也顾不上心里那点儿小九九了，点了办案多年，经验颇丰的王捕头："你带人去搜！"

樊长玉身正不怕影子斜，去的又是王捕头，她和师爷那黄鼠狼一样的目光对上，半点儿不怵。

一众衙役到了镇西的民巷，北风这会儿刮得正紧，一名衙役使劲儿嗅了嗅："谁家杀猪了吗？好浓的血腥味。"

王捕头也闻到了，但樊长玉家就住这边，她又是以杀猪为生，一时间他也没往别处想。

等推开樊家院子的大门，看到那一地死尸时，饶是经常接触各种命案的捕快们，也齐齐变了脸色。

117

一地的死尸，鲜血直接染红了满院还没来得及清扫的积雪。

王捕头和樊长玉父亲是故交，知晓她家中还有个胞妹，没在院中发现小孩儿的尸首，忙进屋去看。

步上台阶，王捕头就见堂屋门口仰躺着一个被什么钩爪抓碎了脖子的人，地上还掉落着几根鹅毛大小的翎羽，门上也有刀剑劈砍过的痕迹。

王捕头心中一个"咯噔"，又往里屋走，北屋的地上也倒伏着一个死透的人，背后还钉着一把菜刀。

看砍入的位置，菜刀应该正好砍在了脊骨上，而那菜刀的刀刃几乎没入了三分之二，显然是直接钉入了脊骨里，难以想象扔那把菜刀的人手劲儿有多大。

王捕头提着一颗心搜遍了所有房间，都不见樊家小女儿和那赘婿，一时间也不知是喜是忧。

他沉声道："怕是有人找樊家寻仇来了，快回县衙报信！"

天灰蒙蒙的，鹅毛般的大雪飘飘洒洒，堆在松针上的积雪时不时往下抖落些许雪沫子。

谢征胸前的衣襟已全叫鲜血濡湿，身后的密林里寒鸦惊起，踏着积雪的凌乱脚步声正罗网般朝着这边收紧，他却恍若未闻，背靠一棵针叶松，将带血的长剑斜插进雪地里三寸，用撕下的布带包扎着自己手上的伤口，苍白的下颌上溅着几点血渍，嘴角往下抿着，似乎心情糟透了。

长宁和灰了两个度的海东青都缩在离他不远处，海东青的一只爪子上还挂着淡粉色的碎肉，长宁断断续续地抽噎着，一张小脸吓得煞白。

他冷冷地抬眸："不许哭。"

长宁便连抽噎声都不敢发出了，只有泪珠子还大颗大颗地往下砸。

"你们樊家到底惹了什么人？"

眼前这个快被吓傻的孩童自是不可能回答他的，谢征这一句更像是自言自语。

那凌乱的脚步声终于来到近处时，他也歪头咬住布带的一端打好了结，鲜血在舌尖化开，淡淡的铁锈味弥漫开来。

暴戾凶狠的凤眸里，映着一群蒙面人提着刀剑自松林那头围过来的身影。

第五章
救 他

县衙。

樊长玉被扣在临时审讯房里。门窗紧闭，里边的桌椅板凳仿佛都透着丝丝寒意，她坐得久了，凉意从纳了两层厚垫的鞋底钻上来，两只脚快被冻得没知觉了。

樊长玉搓了搓手，往手心里哈了口气，小幅度地跺了跺脚，试图让身上暖起来。

审讯房外守着两个当值的衙役。樊长玉隔着门试着和他们说过话，但那俩衙役显然不是王捕头的人，压根儿没搭理她。

等待是难熬的，好不容易审讯房的大门开了，黑漆漆的房间里才透进满室天光。门口的衙役道："你可以走了。"

樊长玉以为是王捕头带人去搜查回来后，证明了自己的清白，心骤然一松，走出了审讯房。

见到王捕头时，他正焦头烂额地吩咐底下的衙役什么，樊长玉这才注意到就连端茶送水的普通衙役都配上了刀，像是衙门里所有人都随时准备外出。

王捕头看到樊长玉，点头示意那几个衙役可以走了，说话时，眉头快皱成个"川"字。"方才又有人来报官了，今日除了樊大惨死，还有几户人家也遭了毒手，身上的刀剑伤同樊大身上的一致，凶手应该是同一批人。但只有你家被凶手找了过去，不知是不是凶手从樊大口中问出了什么，我带人去你家看时，死了一地的人……"

樊长玉听到最后一句的时候，脑子里就"嗡"的一声，像是耳鸣了一般，只能看到王捕头的嘴还在一张一合，却听不清他在说什么。

好一会儿，她才勉强稳定了心神："我妹妹……"

话一说出口，她才惊觉嗓音哑得厉害，手脚也冰凉。

王捕头忙道："没找到你夫婿和你胞妹的尸体，屋里屋外都找过了，不知是被那些歹徒抓走了，还是跑出去了。我已命衙役们去搜寻，只是这雪下得大，掩盖了不少痕迹，到现在还没音信传回来。"

樊长玉心中那口气只松了一半，听到王捕头最后一句话，当即往县衙外走："我也去找。"

爹娘已经没了，她不能再让胞妹出事！

言正虽有伤在身，但也是个练家子，之前他伤势那般重，都还能对付金老三那帮人，王捕头口中那些死在自家院子里的人，若是被他杀的，那他肯定是带着长宁躲出去了，他身上有伤，支撑不了多久，自己必须在那之前找到他们！

风卷细雪，亦将松林间的血腥味送出老远。

剑光一闪，一抔热血自颈间迸出，洒在了凝着霜雪的针叶松树干上，提着刀的人直挺挺地倒在了雪地里，树干上黏稠的鲜血正慢慢往下滴着，在树下的积雪上砸出一个又一个淡红色的小坑。

谢征都没正眼瞧那人一眼，手腕轻抖，沾在长剑上的血珠子便被尽数甩了出去。

他脚下十米之内全是死尸。

小长宁和海东青缩在一起，不知是被吓的还是被冻的，脸色青白，甚至连哭都不会哭了。

谢征收了剑走回去，见此，皱了皱眉，俯下身用指节碰了碰小孩儿的手背，果然冻得和冰块一样。

他瞥了一眼自己身上的这件袄衣，已经被血濡湿透了，穿在身上也没什么暖意，便把目光落在了不远处被自己一剑割喉的那人身上。

那件衣服瞧着没脏。

他走过去，直接用剑挑开了那人身上的皮袄，脚下一踢，踹麻袋一般把死去的人踹得滚了一圈，剑尖再往上一挑，那件皮袄就到了他的手中。

这把剑是他从一个蒙面人手中夺来的，用着还算顺手，便带着了。

谢征把那件皮袄扔给小长宁，沾着血的一张脸比地上的积雪还白上几分，随即整个人有些脱力地靠在了一棵雪松上，眸子半合，露出再明显不过的疲态，语气却依旧冷冰冰的："穿上，活着等你长姐来找你。"

远处还有脚步声在朝着松林这边围拢，好几批，不知是和这些蒙面人一伙的，还是旁的势力。

谢征不打算继续往前了，他的体力透支得厉害，带着一个小孩儿也走不远，留在原地休整片刻，恢复些力气，兴许还能支撑得久一些。

"征儿，桂花糕好吃吗？"

眼前的天光和松林都出现了残影，恍惚间，耳边竟响起了那个温婉端庄的妇人含笑的嗓音，谢征的眼皮颤了颤。

小长宁看他浑身是血，靠着松树干闭着眼，怕他死了，用哭哑的嗓音哽咽地唤他："姐夫……"

"别吵。"

意识回笼，谢征皱起眉，眼皮沉得厉害，四肢灌了铅一样。

这样的感觉他并不陌生，上一次从魏家死士手里脱身后，他便是这般失去意识，一头倒在了雪地里。

他强行撑开眼皮，缠着布带的早已被鲜血染红的手抓住剑身，用力划下。

两侧剑锋在掌心割开深深的口子，鲜血再次浸湿了布带，从他紧握成拳的手心溢出，洒在雪地里，如一地落梅。

剧痛总算让他的神志又清明了几分。

凌乱的脚步声逼近，那闪着寒光的剑锋直直地向那小孩儿刺去，他握住剑反手格挡，发出"叮"的一声脆响。

两剑相擦，甚至迸出了火星子。

谢征的眼神狠厉，他的长剑划到蒙面人的剑柄处时，翻手在蒙面人的手臂上割出一道狰狞的血痕，随即一脚将人踹出丈余远。

"躲到树后去。"他冷冷地吩咐，眼白部分已泛起了丝丝血红，像一头被逼到了穷途末路的孤狼。

十几个蒙面人望着满地的同伴尸体，显然也有些惊骇，对视一眼，提剑一拥而上，前去对付谢征，招招狠厉，直攻要害。

小长宁躲到树后，虽已被谢征命令过多次不许哭，瞧见此情形，却还是忍不住眼泪"吧嗒吧嗒"往下掉，几乎是本能地掏出藏在衣领底下的哨子用力吹了起来。

这哨子是以前阿姐做给她的，有一回她和巷子里的小孩儿玩，躲猫猫时不小心跌进了枯井里，哭得嗓子都哑了，都没人去找她。

家里人去找她时，她又哭哑了嗓子，喊不出声。

后来阿姐就做了个哨子给她，让她再遇到危险就拿出来吹，这样家里人才能找到她。

她被姐夫带着逃命的这一路，就吓得吹过一次，不过引来了坏人，被姐夫凶过一次，她后面就没敢继续吹了。

眼下情况紧急，小长宁哪里还顾得上对方的教训？

尖锐的哨声响彻了整个松林，像是啼血的雏鸟。

一个蒙面人注意到长宁，提着刀就向她走去，长宁站起来想跑，但裹在身上的那件蒙面人的皮袄太长，没跑几步，她就被绊了一跤。

蒙面人举刀就要挥下，不知从何处蹿出一只灰隼，直直地撞向蒙面人，铁钩似的爪子虽没能抓到他的脖颈儿，却也把他的脸抓了个稀巴烂，连带蒙面的黑巾都被扯了下来。

远处的密林里隐隐约约传来了犬吠声，声音此起彼伏，似乎不止一条，吠叫得极为凶恶，栖息在那边林子里的雀鸟尽数飞了起来，整个天空黑压压一片。

长宁一双眼晶亮，赶紧又鼓起腮帮子，用力吹了几声竹哨。

蒙面人一剑挥开灰隼，正要去抓长宁，破空的风声从身后传来，他几乎是凭着本能往后一仰，避开了那把朝着他的头颅狠狠掷来的砍骨刀。

黑铁刀身大半扎入了他身后的一棵针叶松树干上，树身颤动，凝在松塔上的积雪簌簌抖落，顷刻间阻隔了他的视线。

也就是在这瞬间，那蒙面人只觉得自己心窝一凉，刀身被抽出去的刹那，他胸口的血汩汩地往外冒。

蒙面人杀过不少人，可看到自己胸口那道口子的出血量时，还是错愕了一瞬。

好狠辣的刀法。

这刀口能在最快的时间里放干人身体里的血。

隔着簌簌落雪，他吃力地抬起眼，视线落在那把往下沥着鲜血的黑铁凶器上。

杀猪刀？

再往上，他涣散的瞳孔已看不清对方的容貌了，但很显然，那是名女子。

蒙面人跪坐在雪地里，软软地垂下了头，涌出的血将他身下的积雪都化掉了大半，几乎是死在这里的其他蒙面人两个人的出血量。

樊长玉第一次用手上的杀猪刀杀人，下意识地用了杀猪的手法，只管往多了去放血。

极度的紧张和保护欲让她浑身的血都在往脑门儿上涌，指尖发麻发烫，她甚至没来得及升起任何关于杀人的其他情绪。

长宁在看到长姐的瞬间就想哭，但此刻情况实在是紧急，她忍住了。

樊长玉眼见言正重伤，不敌蒙面人的围攻，胳膊上又被拉出了一道血口子，顾不上跟胞妹说一句话，取下砍在树干上的砍骨刀，就向其中一名蒙面人掷去。

怎料那人被同伴拉了一把躲过，他的身后就是谢征，那把砍骨刀直直地砍向谢征，吓得樊长玉心都提到了嗓子眼儿。

还好谢征反应极快，当即一侧头，那把厚重的砍骨刀钉入了后边的松树干。

对方看过来时，樊长玉有点儿窘。

一树的积雪落下时，她来不及再多想，故技重施，瞬间逼近蒙面人，依旧用杀猪的手法接连捅了好几个人，谢征则是一剑割喉。

混着雪沫子洒到地上的，是一抔又一抔的鲜血。

这一树的积雪落完，樊长玉和谢征对上眼神，她尴尬地解释："我方才……是扔向那蒙面人来着。"

谢征没作声。

十几个蒙面人已折损了大半，他也有了喘息的余地，拄剑而立，发丝凌乱地垂落下来，面色苍白如雪，嘴角沾着血迹，明明虚弱得仿佛下一秒就会昏倒，却愣是让剩下几个伺机而动的蒙面人丝毫不敢轻举妄动。

犬吠声已经近了，三四条猎犬从密林里跃出，冲着蒙面人龇着一口尖牙狂吠。

这猎犬是樊长玉找镇上的猎户借的，得亏有这些猎犬，她才能顺着血腥味找到这城外的松林里来。

听到长宁的哨声后，她便抛下猎犬，率先往这边赶来。

樊长玉恐吓对方："县衙的官兵很快就来了！"

蒙面人交换了个眼神，似乎也判定继续缠斗下去，在樊长玉和谢征这儿讨不着好，遂赶紧撤退。

谢征道："抓一个活口。"

樊长玉几乎在他话音刚落的瞬间就冲了出去。

这群人一身匪类打扮，杀了樊大，又闯入自己家，指不定跟谋害她娘的是同一批人。

她解下腰间的一条绳索，边跑边飞快地打了个结套，用力地朝着跑在最后的一名蒙面人一甩，绳套套住那蒙面人的脖子后，樊长玉再铆足了劲儿往后一拉，绳套瞬间收紧。

蒙面人两手死死地扣着勒住脖颈儿的绳索，像个破布袋一般被樊长玉在雪地里往后拖了去。

谢征瞧见这一幕，面露异色。

樊长玉一脚抵着棵雪松，一边拖死猪一样用力往回拽绳索，一边解释说："这是套野马或野牛常用的绳套，一旦被套住，几乎挣脱不了，因为越用力挣扎，绳套就会收得越紧。"

得亏王捕头怕她跟着出来搜寻遇到危险，让底下的衙役给她拿了一套捕快的兵器。

捕快的配置其实也就一把刀和一卷绳索。

刀用来防身，绳索用来绑犯人。

衙门的刀，她用着还没自己的杀猪刀顺手，又不好拂了王捕头的好意，这才拿了一卷绳索。

谢征沉默了一息。明明是性命攸关的时刻，但似乎只要她一说话，紧张的气氛就能骤然松弛几分。

几个蒙面人见同伴被捉，眼神短暂交流后，其中一个直接提起剑向着同伴掷去。

被樊长玉套住的那蒙面人瞬间就血溅当场。

樊长玉气得骂了句粗话，当即就弃了绳索，提着自己的杀猪刀追了上去。

谢征咯出一口鲜血，怕她不敌，顾不得自己重伤在身，欲一同去追，可抬脚的瞬间却在雪地里踩到了一枚硬物，他移开黑靴一看，是一枚腰牌，瞧清上边的徽记，凤眸瞬间一凛。

他将那腰牌捡起放入自己怀中，再看被樊长玉追上的那几个蒙面人时，已和看死人无异。

几个蒙面人被三四条猎犬追着咬，又被樊长玉这个力大无穷的怪胎一直追着打，一时间颇有些分身乏术。

不过他们很快发现了樊长玉的弱点——她很多时候都是拼力气和速度，实战经验实在是少，几人围攻她，她便防守不过来，身上不多时就挂了彩。

被剑划伤的口子火辣辣地疼，樊长玉出招的速度都慢了好几拍，她已努力学着格挡，但这点儿进步还不足以让她能瞬间匹敌数名高手。

眼见一名蒙面人又一剑直直劈向她的手腕，樊长玉心中也着急，奈何根本躲不过。

手腕一旦受伤，轻则握不住手中的兵刃，重则整只手都要不保。

她咬了咬牙，打算来个玉石俱焚。

关键时刻，一只骨节分明的大手从后方握住了她持刀的手，比起她手背的温热，那只手冷得像是一块湖冰。

不知他是怎么用的巧劲儿，带着她的手腕一个翻转，她手中的杀猪刀瞬间刀锋向上，自下方狠狠地砍向那蒙面人的胳膊肘，随即刀锋以一股霸道的力道贴着对方的骨头刮着皮肉往上，抵住腋下的筋和软骨，用力一挑。

那蒙面人手中的剑瞬间脱落，整条血淋淋的胳膊软趴趴地垂了下去，蒙面人发出一阵撕心裂肺的惨叫。

樊长玉经常刮骨剔肉，想起方才的运刀手法，却也头皮发麻。她忍不住往后看去，只瞧见了男人半截苍白的下颌，手就被他握着，再次出招格挡开了其余蒙面人的杀招。

他的力道更像是牵引着她，教她怎么避开对方的招式，而出招时，樊长玉又半点儿没控制自己的蛮力。

她唯一一个弱点便也没了，对面几个蒙面人顿时招架不住。

樊长玉在武学上确实有些天分，她一边记谢征带着她格挡的招式，一边还能见缝插针地给蒙面人一脚。

一个蒙面人被樊长玉踹得狠了，倒飞出去，砸在了雪松上，树身震颤，一树冰凌轰然落下，激起一片雪沫子。

与此同时，身后的人带着樊长玉的手挽了一个刀花，将手中的杀猪刀送进了另一名蒙面人的心窝。

樊长玉明显感觉到他掌心的伤口裂开了，温热的血涌出，濡湿了她和他掌心相贴的手背，他的掌心却依旧是凉的。

看着眼前纷乱的剑光，她的心口似乎也跟着那落下的一树冰凌震颤了一下。

"别分神。"他清冷又低哑的嗓音自耳畔传来，因为他带着她握刀的姿势，二人挨得有些近，樊长玉几乎能感觉到他只带了点儿淡淡温度的吐息，整个耳郭不由得有些麻麻的。

她忍住揉耳朵的冲动，把注意力都集中在出招上。

已被鲜血染红的杀猪刀抵在最后一个蒙面人的脖颈儿上时，樊长玉终于得以喘口气。

她先前就注意到了，这个人应该是这伙人的头子，被她套住的那个蒙面人就是被他一剑了结的。

樊长玉把刀锋往下压了压，在他的脖颈儿上割出一道血痕，冷声喝问："你们是什么人？与我樊家有何仇怨？"

对方却并未看她，而是一直盯着站在她身后的谢征，像是在努力辨认什么。在谢征抬眸同他对视时，他似乎终于认出了谢征，瞳孔剧烈收缩了一下，面上露出几分灰败来，随即一只手猛然抓住樊长玉抵在他颈上的那柄杀猪刀。

樊长玉和谢征站得极近，没察觉对方是在看谢征，见到他的举动，大惊，以为他要夺刀，忙用力往下压刀锋，试图控制住他，岂料对方抓着她的刀用力地往自己的颈间送去。

一抹鲜血洒在了被踩得凌乱不堪的雪地里。

那蒙面人被割断咽喉，倒了下去。

樊长玉看着这一幕，惊骇得久久说不出话来。

她看着自己手上那柄血液未干的杀猪刀，"喃喃"道："他为何……？"

宁可自刎也不肯多交代一句，这些人到底是什么来头？

难道是她爹当年在外走镖结下的仇家？

樊长玉看着死去的那头目，联想到爹娘的死，只觉得心中似一团乱麻。

谢征在瞧见那蒙面人自刎时，皱了皱眉，但他这一身伤，强撑这么久已至极限，危机一解除，没了那股心性支撑，几乎是瞬间便觉得天旋地转。

他吐出一直强行憋在喉间的那口血，再也挂不住手中的长剑。

樊长玉听见身后的动静就回过了头，见他已晕倒在雪地里，脸和唇几乎白成了一个色，顿时也顾不上其他的，忙扑过去查看他的伤势。

旧伤裂开了不说，新伤也添了不少。

一想到他又去鬼门关前走这一遭全是被自家牵连的，她心中的愧意就愈重。

她身上没有带伤药，寻思着这群山匪打扮的人身上应该有，便在那死去的头目身上搜索了一番，果然找出了一瓶药粉。

因为不能确定这是不是止血的伤药，她先倒了一点儿在那头目尚冒着热血的伤口处，发现血凝住了，才放心地给谢征用。

烈性伤药洒在血肉上的瞬间，刀割火烧一般的灼痛让谢征恢复了些许意识，但整个人还是极度虚弱，连眼皮都睁不开。

樊长玉给人简单包扎了一番后，就把人背了起来，往后走，去接长宁。

她的胳膊、手臂上都有一开始跟那些蒙面人对阵被划出的浅口子，伤得虽不重，此刻一使劲儿却还是泛起了绵密又火辣辣的疼意。

樊长玉想说点儿什么分散注意力，便半开玩笑地对背上那人道："这是我第二次把你从雪地里背回去了。"

背上的人没应声，像是晕过去了。

疼痛让樊长玉的额角出了一层细汗，她低声说："谢谢你。"

谢谢你，替我救下了长宁。

若没有了胞妹，她在这世间的最后一个亲人便也没有了，往后当真不知何去何从。

风雪肆虐，她背着这人，在雪地里留下一串深深的脚印。

小长宁抱着海东青在先前那棵针叶松下等着，见樊长玉背着谢征回来，忙小跑着上前："阿姐。"

樊长玉背着一个人，没法儿再抱胞妹。一滴汗自额角滑下，脸上被擦伤的地方被汗滴浸入，火辣辣地疼，她上下打量长宁一番，问："宁娘，有没有受伤？"

长宁摇头，看到她背上的人已经不省人事，眼眶一红，哽咽地道："姐夫为护着宁娘，受伤了……"

他带自己破招时掌心溢出的血现在还残留在她的手上，像是火燎过一样滚烫，樊长玉心口泛起一丝涩意，道："别哭，我们带他回去看大夫。"

她似乎永远都是冷静、沉稳的。

长宁只要听到长姐这么说话，就心安了，什么都不再怕。

爹娘去世时，她哭得犯了病，几乎喘不过气来，也是长姐在床边抱着她说："别怕，你还有阿姐。"

小长宁看着长姐被压弯的背脊，用袖子狼狈地抹了一把眼，抱着海东青，在雪地里深一脚浅一脚地跟上了樊长玉的步子。

"这是我第二次把你从雪地里背回去了。"

"谢谢你。"

谢征意识混沌中听见有人在同自己说话，这声音他很熟悉，但一时想不起来是谁。

眼皮太重了，脑子里几乎成了一团糨糊，已没办法思考，整个人像是在无边的暗色里沉沉往下坠，阴寒的冷意直往骨头缝隙里钻。

抗拒这下坠的力道实在是艰难，顺其自然，整个人似乎瞬间就轻松了。

"征儿。"

又有人在唤他。

他其实已记不清那个温婉妇人的音容了，但每每梦见，他又知道是她。

她来入梦做什么？

她不是不要他了吗？

谢征不想回答她，却又不受控制地往前方看去，那妇人站在侯府后花园处，笑吟吟地牵着一个孩童的手，看院子里练拳法的英武男子。

"征儿的父亲是个顶天立地的大英雄，将来征儿也要成为你父亲那样的人。"

谢征见那妇人言笑晏晏地望着自己，这才惊觉自己竟成了那个孩童。

他还是不说话，只盯着妇人那张在梦里再清晰不过，醒来在脑海里却又只剩模糊轮廓的脸。

他想她，但是她去得太早了，早得让他连她的模样都记不清。

院子里练拳法的男子不见了，变成了一口棺木，叫人从锦州战场送了回来。

那个妇人一身缟素，伏在棺木前哭得肝肠寸断，一屋子的丫鬟婆子都拦不住她。

画面一转，她换了新衣，坐在铜镜前描眉，远山一般的黛眉轻蹙着，极美的一张脸，但任谁都看得出她不开心，她说："他怎么就不守信呢？说好了要回来替我画眉的。"

她此刻的模样像极了闺中少女因约了心上人见面，对方却食言，未曾赴约而暗恼。

她看到了他，笑着招呼他过去，谢征没动，一个四岁左右束着小金冠的幼童穿过他跑了过去，她递给那幼童一盘桂花糕，嗓音一如既往的温柔："征儿，桂花糕好吃吗？"

他终于开口，几乎是带着恨意道："不好吃。"

那妇人像是根本听不见他的话，抱起那幼童坐在自己的膝上，温柔的声音变得很遥远："征儿，将来要成为你爹那样顶天立地的大英雄。"

"乖，去外边吃桂花糕吧。"

然后她点了妆，穿着她最好看的衣裳，只素着一对眉，用一条白绫将自己挂到了梁上。

她的将军不守信，没回来给她画眉，她去寻他了。

仆妇们撞开门，哭声一片，那孩童站在门口，望见的只有半截挂在空中的艳丽裙摆。

又一次从这个噩梦中挣扎着醒来，谢征浑身几乎叫冷汗浸透，弥漫在唇齿间的是一股让人舌根发麻的药味，入目便是打着补丁的床帐，床边逆光站着一个人。

谢征侧头看去，就见樊长玉神色震惊又有些茫然地看着他，手上捧着个药碗，但另一只手里拿的药已经不见了踪影。

谢征视线低垂，在地上看到了那摔成一地碎瓷的药匙。

对方讷讷地道："药肯定是不好吃的啊……"

谢征："……"

做了噩梦后比平日里急促了不少的呼吸突然没那么急了，那点儿陷在梦境里的恶劣情绪也因她那句话而奇迹般被压了下去。

他皱着眉，心情微妙地看了站在床边的女子一眼，强撑着坐起来，向她伸出苍白瘦长的手："给我。"

他这张脸，哪怕一副病弱模样，也是极好看的。

樊长玉愣了一下，才反应过来对方是要她手中的药碗。

她瞥了一眼他手上缠着的纱布，好心提醒："你这只手叫剑划出了两道好深的口子，虎口也撕裂了，大夫说了眼下不能使力。"

他换了另一只手，樊长玉才把药碗递了过去。

谢征一口喝完了那碗气味令人作呕的药汁，把碗还给了她。

樊长玉想起自己之前在他半昏迷时给他强灌药汁，他咬牙切齿地吼出的那句"不好吃"，心说：这人平日里闷不吭声的，原来竟是个怕苦的。

她在袖袋里掏了掏，摸出一块哄长宁的饴糖给他："吃块糖就没那么苦了。"

谢征喝了那么多次药，这是她唯一一次给糖，他就是个傻子也能猜到是为何，脸色顿时不太好看，闭上了眼："不用。"

但下一瞬，樊长玉就攥住他的下颌，用巧劲儿迫使他张开了嘴，那块饴糖就这么被喂了进去。

"你！"他怒目而视。

樊长玉笑眯眯地坐回原处："甜吧？怕苦又不是什么丢人的事，你这个人啊，总是莫名其妙地犯倔！"

可能是她身后的窗户有冬阳的淡淡暖光照进来，以至于她那个笑容看起来格外明媚温暖，至少比他梦中见到的那个已记不清模样的妇人的笑容温暖得多。

饴糖在唇齿间化开，丝丝甜味驱散了萦绕在舌尖的清苦，像是长着斑驳湿藓的阴暗之地也照进了艳阳。

谢征突然就噤了声，侧过头去，抿紧唇，不再说话。

他已很久不吃甜食了，自那个妇人哄他去外边吃完一碟桂花糕，等他回来，她却已用一条白绫赴黄泉后，这些年里，他心底一直深藏着一份怨恨和自厌。

当初没端着那碟桂花糕出去吃就好了，如果他一直守在她的身边，也许她就舍不得离开了。

他厌恶桂花糕，厌恶甜食，久而久之，身边的人便都不再将甜食呈给他了。

樊长玉发现了他情绪低落，但又不知其中缘由，便只嘱咐道："你这次的伤不比前一次轻，大夫再三交代了，一定要好生休养，至少伤好之前是不能再拿重物了。家里死了不少人，官府正在查案，这段时间是没法儿回去住了，先借住在赵大娘家这阁楼里养伤吧。"

谢征醒来就瞧见了这是他之前养伤的赵家阁楼，闻言只轻点了下头。

樊长玉顿了顿，又说："谢谢你护着长宁。"

这道话音和谢征意识混沌前听到的那一声重合起来，他这才确定之前那声音并非自己幻听。

当时她似乎还说了一句话——

"这是我第二次把你从雪地里背回去了。"

第一次受伤时，谢征昏迷到不省人事，这一次，他人虽昏沉，却隐隐有些意识。

他能感觉到驮着自己的那道背脊有多单薄，以至于他此刻再看樊长玉，瞧见她瘦削的肩背和袖口下方隐约露出的一截纱布时，心口像是堵了一团湿棉花，窒闷又带着潮意。

背他回来时，她身上也是有伤的。

他动了动苍白干裂的唇，说："你救我在先。"

只这一句，便没了下文，似乎他潜意识里不想把这份恩情分得太清。

那些人破门而入时，他以为是姓赵的暴露了，引来了杀手，但那些人除了想杀他和那小孩儿，只差把樊家掘地三尺了，显然是在找什么东西。

想到从雪地里捡起的那块腰牌，谢征的眸色更沉了些。

他问："官府那边查出什么了吗？"

樊长玉摇头，将那一日还有不少人家也遭此横祸的事说了。

樊大的死算是跟她半点儿关系都没有了，县衙那边已顺利让她过户了她爹娘留下的所有房地。

手上银钱宽裕了，这大概是她眼下唯一值得舒心的事，至少给言正请大夫不会捉襟见肘了。

谢征听闻县里还有其他人遭难，凝眉沉思了片刻，忽而问："那些跟樊大一样被杀的人，有什么共同之处吗？"

樊长玉想了想，摇头道："一共是七户人家遭了难，死者有男有女，有老人也有小孩儿，没什么共同之处。"

谢征锁着眉，一时没有应声。

那些人一共找了七户人家，最后却只锁定了樊长玉一家，显然一开始是大范围地在找什么，从樊大口中问出了想要的，才找上了樊长玉姐妹。

他以樊家的情况逆推，猜了一个缘由，问："那些人家中可有从前在外谋生，后来才回临安镇的人？"

樊长玉觉得若当真是这样，那八成真是找她爹娘寻仇的，只是她想不通：自己爹娘已故，那些人为何还不罢休？她道："我回头问问王捕头。"

等樊长玉离开阁楼后，谢征才强撑起身体，从床头矮凳上那堆满是血污的衣物里，摸出了他从雪地里捡起的那块腰牌，拿在手上，拧眉看了一会儿，又握回手心里。

那腰牌，是魏家死士所有。

天地玄黄，此次前来的竟是"玄"字号的死士。

可这些人不是来杀他的，甚至压根儿没发现他躲在这里，那头目在最后关头才认出了他。

但为何那头目认他后是那样一副神情，当即就自绝了？

摆在眼前的谜团越来越大，唯一能揭开谜底的，似乎只有这女子父母真正的身份了。

她那一身武艺如此高强，她父亲应当也不是泛泛之辈，只怕并非死于普通山贼之手，而是也死于乔装成山贼的死士之手。

她母亲牌位上那个没有姓氏的名字背后也有乾坤吗？

谢征按了按眉心，有心传信给旧部，让他们暗中查一查樊长玉父母的来历，余光瞥向翅膀上缠着纱布，正趴在楼板上对着一碗切碎的猪肉大快朵颐的海东青。

那碗碎肉是樊长玉切的，海东青救了长宁，伙食从猪下水升级成了鲜肉碎。

它在雪地里滚过好几圈，毛色总算又白回来了，此刻张大了喙，刚叼起一块肉，一抬头，就见谢征正盯着自己。

海东青一双豆豆眼同主人对视着，僵持了片刻，嘴边的肉最后"啪"的一声掉回了碗里，它用傻气又无辜的眼神看着他。

谢征冷着脸移开视线。

罢了，魏家鹰犬已注意到这边，不能再用这蠢东西去送信。

那姓赵的商人若当真是来投奔他的，他倒是能借对方名下的商铺将信件神不知鬼不觉地送出去。

距新年还有几日，他让对方在年前将那银票换作二十万石米粮，想来过不了多久，对方便会有回复了。

口中的饴糖化完了，舌尖只剩一股淡淡的甜味，他这才往窗外看了一眼。糖他已吃完了，给他糖的人却还没回来。

樊长玉去了县衙一趟，将谢征说与她的思路告知了王捕头，王捕头听后却只沉默地摇了摇头，说："这案子已经结了。"

樊长玉诧异："幕后凶手都还没找出来，怎么就结案了？"

王捕头道："死在松林里的那些人就是凶手，他们是清风寨的山匪，年节里，山匪谋财害命再常见不过。"

樊长玉心说：那怎会是山匪呢？对方明显是有备而来。她本想争辩一二，但触及王捕头的眼神，到了嘴边的话又被咽了回去。

她倒也不难猜出县衙为何这般急着结案。

马上就要过年了，突然出了这么多桩命案，且不说百姓怨声载道，县令向州府那边也不好交差，必须尽快找到一个理由结案。

刚好那些蒙面人是山匪打扮，眼下又死无对证，匪贼谋财害命自然是最好的理由。

县令只需要贴一张告示，说近日山匪猖獗，让全城百姓外出时都当心些，便安抚了民心，转头再写一封求剿匪的折子递去州府，其他责任也能推得干干净净。

毕竟清风寨匪患多年未除，已是蓟州一大症结。

王捕头只是一个小捕头，县令那头施压要结案，他又能说什么？

樊长玉心情有些沉重地向王捕头辞行，王捕头送她走到门口时，说了句："要不你变卖你家乡下的猪棚和房地，先去别处避一避，我估摸着，是你爹早年在外边走镖得罪了什么人。"

樊长玉知道王捕头是好心，向他道了谢，说回去会好好考虑，心中却有一瞬茫然起来：离开吗？

她在临安镇住了十几年，从镇东头的一块石头到镇西边的一棵树，她都是熟悉的。

留在这里，她或许还有机会查清爹娘真正的死因，但再来这么一场刺杀，她和胞妹能不能活命都不敢保证。

背井离乡，去外面闯荡，她是不怕的，只是爹娘葬在这里，她和长宁的根便也埋在了这里，离开，她肯定是舍不得的。

走出县衙大门后，樊长玉纷乱的思绪便平静了下来，她看了看雪后的长空，深深地吐出一口浊气。

留得青山在，不怕没柴烧。

等言正的伤好些，她就同他说离开清水县的事吧。他若不怕再有仇家来寻仇，愿跟她一起走，她就捎上他。他若有旁的打算，她一纸和离书一写，再给他些盘缠，他们二人就算两清了。

樊长玉回镇上后便去肉铺里收拾了些东西。年后是铺子转让的最佳时期，既然打算走，她就先把铺子和乡下的猪棚、田地转卖了。

至于宅子，樊长玉打算留着，将来她若是回来，还有个归处，那是她和爹娘住了十几年的地方，樊长玉舍不得卖。

她在铺子里"乒乒乓乓"地收拾东西，路过的人以为樊家肉铺又开起来了，瞧见案板上没摆东西，还有探头问何时再开张的。

樊长玉怕节外生枝，没把要转让铺子的事在这时候嚷嚷出去，只说打算年后再开。

她正收拾着，铺子外有人叩门，樊长玉头也没抬地道："今儿不做生意。"

门口传来一道苍老的声音："我这老头子的生意也不做了？"

樊长玉抬头一看，见是溢香楼的李厨子，有些歉疚地道："抱歉，李师傅，近日家中出了些事，到年底我都不打算开这铺子了。"

李厨子闻言，摆摆手："是我们东家想见你。"

樊长玉跟着李厨子去了一趟溢香楼，进门便瞧见一扇气派十足的山水屏风，地上铺着上好的雕花青砖，门窗上亦雕琢了各种镂空花草、兽禽。

这会儿不是饭点，楼里没什么客人，樊长玉一眼望去，光是底下大堂里就摆了十几张铺着绫罗绸布的大圆桌，那些椅子也很讲究，并不是光秃秃的，而是放置了配套的绣花软垫和靠枕，瞧着就气派。

无怪乎镇上的人都称溢香楼为"第一楼"。

李厨子引着樊长玉到了楼上一个雅间前，道："东家就在里面，丫头进去就是。"

樊长玉迟疑片刻，推门而进，跟屋子里撸起袖子拿着个酱肘子啃得正欢的年轻妇人大眼瞪小眼。

那妇人面前还摆了满满一桌山珍海味。

樊长玉又看了一眼门口，不太确定地道："您是溢香楼的东家？"

妇人放下手上的酱肘子，飞快地掏出帕子擦了擦脸上沾到的肘子油，轻咳一声，道："你就是长玉吧？随意坐。"

这话一说出口，樊长玉便知这妇人就是溢香楼的东家了，心说：跟她想象中的不太一样，不过瞧着倒是挺和善的。

她落座后道："您认得我？"

妇人笑着说："我听李师傅提起过你，你做的卤子是一绝。"

许是听说过樊长玉去王记理论的事，她打量着樊长玉，露出一个笑来："见你之前，倒是不知你竟是这么漂亮的姑娘。"

樊长玉不知如何作答，只回了一个浅笑。

那妇人笑眯眯地道："我姓俞，闺名浅浅，比你年长几岁，就占你个便宜，叫你一声'长玉妹妹'了。想来你也知道，溢香楼跟王记的卤肉生意停了，你铺子里的卤肉，我也差人买来尝过，确实比王记的强些。你若是有意，我想跟你做这笔卤肉生意。"

这天降之喜，放在从前，樊长玉求之不得，但想到如今的处境，她思量片刻，还是婉拒了："多谢俞掌柜看中，但这笔生意我委实接不了。"

俞浅浅"欸"了一声，问："为何？"

樊长玉如实道："年后我就打算离开临水镇了。"

俞浅浅直道"可惜"，又问："那你可想好去哪儿了？"

这个樊长玉确实还没想好，便只道："还在同我夫婿商量。"

俞浅浅用葱白的指尖轻点着桌面，她似有些惆怅地道："你家的卤味没了，那这镇上就又少一美味了。"

这话有些玩笑的意思在里边。

樊长玉虽是第一次见这位女掌柜，但觉得她很是亲切，想着自己若带着胞妹背井离乡，再回来也不知是何年月，便道："俞掌柜若是喜欢吃那卤肉，我把卤料方子教给掌柜的，掌柜的让底下人做就是。"

俞浅浅如今虽是酒楼掌柜，但从前也是干庖厨的，知道一个方子有多金贵，忙说"不可"，有些无奈地看了樊长玉一眼："你这丫头，还真是实心眼儿。真要去了外乡，可得留个心眼儿，别几句话就把你自己都给卖了。"

樊长玉能感觉到这位女掌柜的善意，笑着道："不会，我愿意把方子给掌柜的，是觉得掌柜的瞧着面善。"

俞浅浅被她逗笑了，想了想，说："你看这样行不行，我这楼里快过年这几天生意是最好的，包席都排满了，要的卤肉量也大，那些老饕一张嘴挑剔得很，最近一直说我楼里的卤肉味道不如从前了。王记那边做生意不厚道，先前背刺过我，如今又踩着溢香楼的名号跟其他酒楼合作上了，我是万万咽不下这口气再去找王记的，要不你先帮我供给楼里年前的卤肉，年后我再想办法补上这个缺。"

樊长玉沉思了片刻，想着去一个新地方还得置办房屋宅院什么的，少不了花银子的地方，卖了乡下的猪棚、田地和城里的铺子，那点儿银子也不一定够，现在能再攒点儿银子自是最好的，便点头同意了。

俞浅浅显然极为高兴："你这也算帮我解了燃眉之急。溢香楼从前跟王记合作，定的是一年的单子，不论淡旺季，卤味都是按五十文一斤买进。过年这两日肉价贵，我便算你六十文一斤。溢香楼一天至少能卖十个卤猪头，你家中的锅灶若是不方便，可以直接到酒楼后厨卤，工钱日结。"

樊长玉自家已被官府查封，确实不方便，于是点了点头："我在酒楼后厨现卤吧。"

此时已临近下午，樊长玉去了一趟肉市，带着溢香楼的小厮买了十个鲜猪头。

她家从前就在那边开猪肉铺子，那条街上的肉铺的屠户大都认识她，见她买那么多猪头，不免问了一句："长玉铺子里明日又要卖卤肉了？"

跟着她去买肉的溢香楼小厮是个极为机灵的，当即就道："樊姑娘的卤肉现在只在我们溢香楼卖了。"

溢香楼在镇上可是个大招牌，就连王记爆出跟溢香楼的生意黄了后，在镇上的口碑都大不如前了。

不少熟人都恭喜樊长玉。

她家的猪肉铺子不开了，旁的屠户铺子里的生意才好了起来，樊长玉去跟他们买猪头，他们都特地按便宜了算。

市场上一个鲜猪头二十文一斤，重六七斤，樊长玉买只要十八文一斤。

借用溢香楼后厨的卤料和锅灶，那定制的大锅一锅就能卤四五个猪头，两口锅就能把所有的猪头卤完，而卤一整锅的卤料加起来本钱不过三十文。

樊长玉粗略算了算，卤好这两锅猪头肉，往少了算也能净赚二两五钱银子左右，一时间有点儿蒙。

她自己在铺子里卖肉时，每天起早贪黑地忙活，卖肉时还得同买菜的大娘讨价还价，费不少嘴皮子，一整天下来，赚到的银子刨去工本费，只有二两银子左右；现在只要抽出一两个时辰，去市场上选好猪头肉，再来溢香楼卤上，就能赚到这笔银子，比从前轻松了不知多少倍。

她想起那位女掌柜给自己开了六十文一斤的价，一时间心里有点儿过意不去，找到同在后厨吊汤的李厨子："李师傅，您回头帮我跟掌柜的说一声，这卤肉也按五十文一斤给我算钱就是了。"

李厨子皱着张老脸问："怎么了？"

樊长玉不好意思地挠挠头："东家人好，但我觉得这钱给得太多了，心里不踏实。"

李厨子睨她一眼："东家给你开了这个价，便是觉得你家的卤肉值这个价，有什么不踏实的？别看东家年轻，眼光老辣着呢，虽说这回遭了王记的黑手，但从前跟王记合作那会儿，也是稳赚不赔的，把你的心放回肚子里去。"

樊长玉好奇地问："王记跟楼里的生意是怎么回事？"

李厨子提起王记，嘴里就没一句好话："那眼里只看得见钱的缺德老东西，东家先前打算在县城里再开一个酒楼，把溢香楼做大，跟王记定了十二个猪头以示吉利，王记那边答应得好好的，怎料开业当天，王记却迟迟没送猪头来。

"东家遣人去王记催，王记那边连猪头都还没买回来呢！原订的猪头叫县城里另一家酒楼花高价买走了，对方还跟王记定了好几年的卤肉。开业误了送猪头的吉时，这是犯了多大的忌讳？东家气得够呛，当天就停了楼里跟王记的所有生意。"

樊长玉未料到溢香楼跟王记断了生意往来竟有这层缘由在里边，再想起王记少东家那副嘴脸，不免道："王记也太不厚道了。"

李厨子冷"哼"一声："见利忘义的小人。"

他的话锋一转："我听说王记还雇人去砸你的店了？"

樊长玉说："他儿子找人砸的，不过我自个儿去讨回公道了。"

李厨子突然看着她，笑了起来："怪不得东家说喜欢你这丫头，你这性子啊，有些地方跟东家还真是像。"

樊长玉不太好意思："东家是有本事的人，我哪能跟东家比？"

李厨子却叹了口气："东家也是苦过来的，当年她大着个肚子来到临安镇，举目无亲，境遇还不如你的呢。"

樊长玉往常听得最多的便是溢香楼的掌柜如何厉害，这还是头一回听人说起她的过去，疑惑地道："东家的夫婿呢？"

李厨子只是摇头："听说死了。"

樊长玉不免叹息，李厨子又看了她一眼："楼里这两天生意忙，东家手边的事多如牛毛，那十文卤肉的差价，东家还没放在眼里，你也莫拿这事去找东家了，东家是个爽快性子，忸怩做派反而会让东家觉得麻烦。"

他话都说到这份儿上了，樊长玉自然也就打消了去寻俞浅浅的念头。

樊长玉卤好肉出了溢香楼，天色已不早了。

她想着之前买给胞妹的那包饴糖快吃完了，拿着日结的二两七钱银子，财大气粗地进了糖果铺子，饴糖、松子糖、陈皮糖各买了两包。

一想起言正竟然是个怕苦的，她的嘴角就不自觉地翘了翘。

他疼都不怕，竟然怕喝苦药。

樊长玉到家时，赵大娘已经煮上饭了。

长宁跟个望姐石一样，在门口扒着门框，伸长了脖子往巷子外望着，发现樊长玉拎着大包小包回来，立马跟个小圆球一样，一颠一颠地跑过去接她："阿姐回来了！"

长宁拎过纸包，发现里边有好几大包糖果，抬起一双亮晶晶的圆眼，问她："都是宁娘的？"

对上胞妹那期待的小眼神，樊长玉没来由地生出几分心虚："你姐夫喝药怕苦，分给你姐夫一半？"

之前一说"姐夫"两个字，她就浑身不自在，这会儿哄起长宁，这两个字说出来倒是没那么烫嘴了。

长宁很大方地"嗯"了一声。她也经常喝药，闻言，皱着一张圆脸道："黑乎乎可苦啦！"

黑乎乎是她给药取的名字。

赵大娘出来倒水，听到了姐妹二人的对话，笑呵呵地对樊长玉道："知道疼相公了？"

樊长玉虽然脸皮厚，不免也被打趣得窘了一下。

正好药已经煎好了，樊长玉把几包糖果拿上阁楼，顺手把药碗也带了上去。

里边的人没睡，她一进门，对方就看了过来，问了句："回来得这般晚？"

很寻常的一句话，但又有些怪怪的。

"县衙那边有什么新线索吗？"他很快补充了一句。

怪异的气氛总算消退了几分。

樊长玉把药碗递过去，说："已经结案了。"

谢征诧异地抬眸，见到她面上的神色，瞬间便明白了大半。

樊长玉说出自己的猜测："大概是因为新年前夕遇上这么大几桩命案，县令怕乌纱不保，才急着把凶案扣到山匪的头上吧。"

谢征没作声。

那块腰牌是魏家的，魏家想快速压下这件事，让州府给县令施压结案也不无可能。

不管怎样，魏家已盯上了临安镇这块地，自己不宜再久留。

他看向樊长玉："若是寻仇的，只怕后边还会再来，你是如何打算的？"

樊长玉本想等他伤好些再同他说离开的事，此刻他主动问起，她便道："我准备过完年就变卖家产，带着宁娘先去别处躲一阵。"

谢征听完后却道："要走宜早不宜迟。"

他很清楚那人的手段，这么多玄字号的死士都折在了临安一个小镇，肯定会引起那人的重视。

樊长玉说："离过年只差几日了，我在溢香楼接了个年前帮他们制卤肉的活儿，这几日能赚点儿银子，变卖家产，办理各种文书也需要时间，正好等你伤好些再动身。"

话赶话都说到这儿了，她不免也问问他的打算："你是如何想的？"

谢征以为她是在征求自己的意见，正想劝她要走就尽快，话到了嘴边才反应过来，她问的是他的去留。

他要离开吗？

没来得及权衡任何利弊，他下意识地迟疑了片刻。

樊长玉说："我爹娘估计是早些年在外边结了仇家，你跟我一起走，可能还会被仇家找上。我想的是把和离书写给你，再留一笔钱财给你当日后的盘缠，大娘和大叔都是极好的人，我会托他们照顾你到伤好。"

赵大娘和赵大叔膝下无儿女，早年有个儿子，被征兵的抓去打仗，再也没回来，听说死在外边了。

樊长玉打算把乡下的田地留一些给他们，方便他们向佃户收租，这样老两口儿以后也有了保障。

至于把言正留在这里，纯粹是怕他再因自家的事受牵连。

谢征听着她替自己计划好的一切，心头没来由地升起一股躁意，嗓音也不自觉地冷了几分："我有我的打算，你不必替我操心。"

樊长玉不知哪儿惹到了他，困惑地看了他一眼。

谢征也意识到自己方才的语气不对劲儿，轻轻合上眸子，再睁眼时，神色已平静了下来："你要走，最好是今明两天，不必特地去办路引，跟着商队最为妥当，过城门之类的，能不留下户籍信息就不留。"

樊长玉就是再蠢，也知道这是为了隐藏行踪。

她问他："那你是打算跟我一起走，还是暂时留下养伤？"

她这般直白地问出来后，谢征明显愣了一下，眸子里映出少女和烛光的影子，好一会儿，他才移开视线，说："我先同你一起走。"

临安镇对他来说也不安全了，何况魏家死士在她家掘地三尺找的东西，他着实好奇，做这样的选择，只是这两个缘由罢了。

樊长玉一听他说的那个"先"字，便明白了他的意思：他伤好后还是会离开。

她说："那行，我明日再去县衙一趟，折价把铺子和乡下的猪棚抵给官府。"

田地买卖，若直接卖给买家，价钱自然高些，只需要去官府过户，再给个制契书的钱；急于用钱的才会折价抵给官府，官府拿着低价收来的房地，转头还是会按市场价卖给有需要的人。

溢香楼那边，她直接把方子给那掌柜好了。

谢征觉得那些死士要找的东西八成还没找到，于是问："你爹娘有什么遗物要一并带走的吗？"

樊长玉几乎是不假思索地道："肯定有啊！"

谢征眼中闪过一丝不易察觉的异样之色，紧接着就听樊长玉道："那套杀猪刀，我去哪儿都得带着，靠着那套家伙，我可以继续杀猪谋生，路上若是遇上宵小，也能防身！"

谢征："……"

不过他的话提醒了樊长玉，她说："县衙那边已经结案了，但不知何故，我家大门上贴的封条到现在还没官差来撕，一会儿我翻墙过去把地契拿出来。"

　　谢征目光微动，说："那日杀进你家的那些蒙面人，把你家屋内的青砖都撬开了好几块，似在找什么东西。"

　　樊长玉想不到自家还有什么值钱物件，皱着眉道："总不能也是为了找地契？"

　　谢征："应该不是……"

　　樊长玉看了一眼窗外的天色："等天黑我就翻墙过去找找。"

　　大白天的翻墙容易被人瞧见，她家现在也称得上凶宅了，被封后，非官府人员不能进去，万一她翻墙被人告了，又得摊上事。

　　谢征问："你爹娘从前就没同你说过，有什么东西是逃命也得带上的？"

　　樊长玉道："我胞妹啊。"

　　谢征："……"

　　他用修长的指节按了按眉心，突然就不想说话了。

　　樊长玉见他的药还没喝，催促了一句："药再不喝就凉了。"

　　药放到现在，确实已经不烫了。

　　谢征端起碗，喝了个干净，那头立马有人笑眯眯地递过来一颗陈皮糖："这个我尝了，酸甜酸甜的，也能解苦味。"

　　她捏着糖的那只手很白皙，五指修长，不同于那些娇养出的女子那般柔若无骨，也不同于男子那般有凸出的指节，像花和木有各自的筋骨，而她的手是界于两者之间的另一种好看。

　　橙色的陈皮糖躺在她的手心里，还裹着一层淡淡的白色糖霜，叫暖烛一照，谢征的脑子里不合时宜地跳出了"秀色可餐"一词。

　　这个词用在樊长玉身上……他自己都沉默了。

　　不想脑子里再浮现这些奇奇怪怪的想法，他捡起那颗陈皮糖丢进了嘴里，绷着脸道了句："多谢。"

　　樊长玉以为他是觉得怕苦丢脸，心说：这股别扭劲儿还怪好笑的。

　　她拿着空碗起身："那我先下去了，一会儿再给你端饭上来。"

　　门帘子一晃，人出去后，谢征才皱着眉瞥了一眼自己拿陈皮糖时擦过她掌心的指尖——

酥痒得厉害，还有些麻麻的。

樊长玉下楼就见胞妹拿着什么东西在喂那只矛隼。

"给你吃……"

那只矛隼已经被逼到了角落里，缩着缠了纱布的翅膀，死活不肯张嘴，瞪着一双惊恐的豆豆眼，颇像个被恶霸调戏却又无力反抗的良家妇女。

樊长玉问："宁娘在喂什么？"

长宁被姐姐抓包，心虚地把手背到了身后："没……没什么。"

樊长玉看着她，不说话，长宁最怕长姐这样，顿时乖乖地把手伸了出来，低着头，小声道："我给隼隼喂了一颗糖。"

糖可是稀罕东西，自己把糖拿给这只大隼吃，肯定会被骂的。

樊长玉看着胞妹这模样，哪儿还舍得说重话，哭笑不得地道："矛隼不吃糖，它吃肉。"

长宁瞪着一双溜圆的葡萄眼："是吗？"

赵大娘瞧见了，笑道："在野外，这东西可凶哩。之前撞坏东屋窗户的那只矛隼也有这么大只，那只就怪凶的，长玉你套住的这只听话，不伤人，还知道护主。"她顿了顿，添上后半句，"就是吃得多了些。"

一天一大碗肉，要是她和老头子养这东西，几天就能给吃穷了。

樊长玉瞧着这只矛隼，越看越喜欢："可能是言正教过吧。"

她本来是打算先养着这只隼，让言正教好了，再拿去卖钱，但这隼颇通人性，还救过长宁，樊长玉觉得还是等这矛隼伤养好后放生好了。

晚间，用完饭后，赵大娘抱着直打哈欠的长宁去了她和赵木匠的屋子，回来见樊长玉还在火塘旁，不免问："你还不上楼去睡？"

赵家跟樊长玉家一样，底下三间屋，正屋是吃饭和置火塘的地方，南屋老两口儿自个儿睡，北屋原本也是有床的，但之前被一只矛隼砸坏窗户后，赵木匠就把木料和给别人打的柜子、椅子这些全暂放在那边了。

眼下只有阁楼还能住人。

樊长玉还惦记着翻墙回自家的事，道："大娘你先睡，我再烤会儿火。"

赵大娘是活了大半辈子的人，哪能看不出这小两口儿还是没成事？

· 142 ·

从前在自家，二人就是各睡一屋，这会儿这闺女指不定是打算在火塘旁将就一晚上呢。

赵大娘虎着个脸道："大晚上的，不回屋睡觉，一直守着火塘，多费柴火！"

樊长玉没料到赵大娘为了逼她上楼，直接把话给说绝了。

她想着从阁楼上屋顶，也能回自家，于是慢吞吞地起身："我这就上楼睡。"

走到楼梯口，她问："有多余的棉被吗？"

她夜里还得打地铺。

赵大娘回绝得干脆利落："没有！"

樊长玉欲把假入赘的事和盘托出："其实我跟言正……"

赵大娘才不听她多说："我不管你是怎么想的，但言正那孩子我瞧着是个顶好的人，你看这回你家出了这么大的事，他拖着受伤的身体都要带着长宁跑，他现在一身伤病，你嫌他了是不是？"

樊长玉百口莫辩："我没嫌弃他……"

赵大娘把她往楼上赶："那你还想着打地铺？我要是言正那孩子我都寒心，豁出命去保护你妹妹，到头来却不得你待见……"

樊长玉像个被自家老娘耳提面命不许辜负人家姑娘的风流浪子，被逼无奈地上了阁楼。

房门合上，赵大娘的数落声才停了。她深吸一口气，转头对上谢征那双平静淡然的眸子，想到他必定把她和赵大娘说的那些话都听了去，面上除了窘迫，还多了几分不自在。

她向椅子那边走去："我先趴在桌子上眯一会儿，等大叔和大娘睡了，我就从阁楼顶翻回去。"

她家阁楼上也有床铺，找到东西后，可以在那边将就一晚，天亮前翻墙回来就是。

翻墙的事，樊长玉没打算让大叔和大娘知道，毕竟这是违反律令的，他们若知晓了，还得担上个知而不报的罪名。

谢征没多说什么。

烛火一熄，整个屋子就陷入了幽暗中，樊长玉趴在桌上闭目小憩，床上的谢征呼吸轻浅，没发出半点儿声响。

不知是夜色催化了恐惧，还是樊长玉的反应太迟钝，她想着一会儿要回自己家，突然想到自家屋子、院子里死了不少人，那日她也杀了不少人，此刻眼前慢慢浮现那些人死前的惨样来。

窗外北风刮得"呜呜"地响，像是鬼哭狼嚎。

樊长玉换了许多个姿势都趴得不得劲儿，索性坐了起来。

床铺那边没声音，樊长玉试探着问了句："言正，你睡了吗？"

"还没，怎么了？"他的声音在夜色里显得格外清朗。

樊长玉抿了抿唇，努力让自己的声音听起来没有异样："你中午醒来，满头大汗，是不是杀人后做噩梦了啊？"

那头的人沉默了好一会儿，才挤出一个"嗯"字。

樊长玉感觉自己找到了盟友，咽了咽口水，说："我也是头一回杀人。"

顿了顿，她又问："你现在还怕吗？"

房内好一阵没人应声，许久，床铺那边才传来对方淡淡的嗓音："你过来吧。"

"其实你也不用太害怕，你就想象自己是在杀猪好了，你知道怎么杀猪吗？以后我教你杀猪吧，这样你将来就算不走镖了，也有个营生……"

她嘴上说着这些的时候，人已经摸到了床铺边上，靠着床头坐着，轻咳两声，底气又足了："你睡吧，老人们都说，杀猪的人身上煞气重，小鬼都不敢靠近，我坐这儿，你就不会做噩梦了。"

夜幕深沉，北风吹得破旧的窗户"嘎吱"作响，这样的天气，总让人生出一股钻被窝的欲望，尤其这被窝已经被人暖得热烘烘的，正散发着诱人的暖意。

樊长玉拢了拢手臂，靠着床柱闭目小憩，耳朵却一直听着楼下的动静，等赵大娘和赵木匠睡下了，她就赶紧回家，拿了地契就扛着棉被过来打地铺。

自昨日樊大出事后，她就没怎么合过眼，身体其实已经很累了，只是精神一直紧绷着，不敢松懈片刻。身侧的人呼吸一直很浅，不知是不是他吃了陈皮糖的缘故，樊长玉隐约能闻到他的身上有一股淡淡的陈皮清香。

她下意识地又想起了在松林时，他抓着她的手教她出招，在她的耳边说话时落下的吐息，耳朵莫名其妙地变得有些烫，不过还好在夜色里什么都瞧不出来。

樊长玉想揉揉耳朵，手还没抬起来，身侧的人忽而无声地坐起，不待她反应，一根只带了点儿淡淡温度的修长手指已抵在了她的唇间，对方的长发垂落下来，拂过她的手背，带起一阵轻微的酥痒和凉意。

他靠她极近，身上那股陈皮的香味越发浓烈。

樊长玉先是一惊，听到瓦片上传来的猫儿一样轻盈的脚步声后，瞬间竖起了耳朵。

谢征见状，未出一言，只收回了抵在她唇间的食指。

指侧触到的那一抹红，温润、柔软，娇嫩得像是清晨带着露珠的花瓣。

他微微拧眉，用力摩擦了一下指尖那一片发烫发麻的肌肤，压下心头所有的异样。

屋顶传来的脚步声轻盈而凌乱，似乎不止一人。片刻后，一些脚步声在不远处停了，听距离，是在樊家的屋顶。

一些脚步声则继续往前，在赵家的屋顶停了下来，随即响起瓦片被拨动的轻微声响，一根极细的竹管从瓦缝里伸了进来，管口飘出一股青烟。

二人用衣领掩住口鼻，在黑暗中借着从窗户透进来的昏暗的光对视了一眼。

破旧的窗户传来一阵响动，一道黑影无声地潜了进来。

樊长玉和谢征分别站在床帐两侧，原本还无声地比画着怎么在那黑影靠近床榻后神不知鬼不觉地了结了对方，在接二连三从窗户那里潜进七八个人后，二人就没有任何计划了。

房间狭小，对方很快就能发现他们。

樊长玉的唇抿得紧紧的，她不动声色地摸出了自己贴身藏着的一把剔骨刀。

一名黑衣人持刀狠厉地向着床榻砍去，刀砍进被褥的钝感让他瞬间变了脸色："有诈！"

紧跟着，他腰腹一凉，一道人影快速地从床帐侧面蹿过，猛地扑向窗户，发出"砰"的一声巨响。

外边一个顺着绑在屋顶的绳索滑下来还没进屋的黑衣人直接被屋内蹿出去的那道人影撞飞，变成肉垫砸在院子里，地上的青砖都裂开了好几块。

那人很快爬起来，竟是名女子。

她趁地上的黑衣人摔蒙了，赶紧一个大嘴巴抡过去，黑衣人当场被扇晕了，那女子则捡起黑衣人的佩刀，拔腿就往院外跑。

这一切不过发生在瞬息之间，屋内的一众黑衣人都看蒙了，等反应过来后，连忙大喝："追！"

一群人下饺子一样跳窗追了出去。

躲在床帐另一侧的谢征未料到樊长玉竟只身去犯险，随即就想明白了，她是为了保护自己和楼下的老夫妻同她胞妹，才特意去引开这些黑衣人的，心头一时有些发沉。

在屋内最后几个黑衣人准备跳窗时，他指尖弹出一颗晶莹剔透的陈皮糖。

刚跳出窗的黑衣人被打穿膝窝，整个人在空中失衡，直接摔了下去。

其余几人听到身后的动静，这才惊觉房间里居然还有一人。他们已是死士中的佼佼者，进屋后这么久都没发现这个人的存在，对方闭气的本领应该已经达到了登峰造极的地步。

一时间，他们也不敢掉以轻心，转身就向谢征砍来。

又有几颗陈皮糖从谢征的指间弹出，打在那些人手肘、膝弯、腰腹的穴位上，让他们的动作慢了一息，只这一息，足够谢征夺刀取命。

解决了两个黑衣人，谢征手中夺来的刀架在了唯一剩下的那名受伤的黑衣人的脖颈儿上。

那名黑衣人正捂着自己的腰侧，满手都是血。方才划过他腰腹的利器尖而细长，不像是匕首，不知是什么兵器，此刻他被血刃抵住了脖颈儿，一时间也不敢妄动。

谢征正欲打晕这人，暂且留个活口，然后出去帮樊长玉，却见巷子外的大街上忽而火光灼灼，马蹄声踏破了夜幕下的沉寂，步兵跑动时，甲胄的碰撞声和脚步声交织成一张罗网，"嗖嗖"的箭镞声听得人心头发寒。

追着樊长玉的那些黑衣人直接被乱箭射成了筛子。

谢征微微皱起眉，心中疑虑重重。

清平县并无驻军，这些官兵是如何这般快地出现在清平县下的一个小镇的？

眼见樊长玉已安全，他也歇了追出去的心思，五指在被自己制住的黑衣人的下颌处一扣，逼对方吐出了藏在齿间的毒囊，刀锋下压，寒声问："魏严派你们来寻何物？"

黑衣人见他这般了解魏家死士藏毒囊的地方，细辨了一番他的声音，不太确定地道："侯爷？"

尖刀又往下压了几分，火光从被撞毁的窗户透进来，经刀身折射到谢征的脸上，在黑暗中切出一道亮弧，那微微下压的嘴角显得冰冷又不耐烦："回话。"

冷风卷着雪花吹进来，落在黑衣人的颈间，而比飞雪更凉的，是那把已经割破他颈侧一层薄皮的利刃。

恐惧和压迫感如潮水般漫来，黑衣人艰难地咽了咽口水，祈求道："侯爷知晓相爷的手段，何苦为难小人？……"

下一瞬，那把刀直接照着他腰腹被划破的口子刺了进去，黑衣人极度痛苦地闷"哼"一声，整个人都蜷缩了起来。

谢征垂下眼，结着暗痂的苍白五指转动刀把，生生在他的腹部绞下一团血肉来，语气漫不经心又凉薄："军中细作的嘴可比你的硬，刑部侍郎张素看过一场军中的审讯，出了大营，连胆汁都差点儿吐出来，回去后还大病一场，你想试试军中的刑罚？"

刑部侍郎张素以用刑严酷闻名朝野，人人都说犯在他手上的人，不死也得脱层皮，所以大家称之为"活阎王"。

黑衣人抑制不住地惨叫出声，额头冷汗涔涔，所有的感官都集中在腹部被搅碎的那团血肉上了，浸透衣衫的不知是血还是汗，他不求活命了，只求能死得痛快些，筋疲力尽地道："信……相爷让我们来寻一封信……"

谢征眸子微敛："什么信？"

黑衣人只是摇头，整个人都瘫在了地上，哀求道："小人当真不知……"

剑锋划过脖颈儿，黑衣人血流了一地。

信？

谢征拧眉：那女子家中有什么信能让魏严忌惮至此？

他朝窗外燃了火把的街巷看去，那女子站在路边，似在和官兵说明情况，老夫妻俩约莫是觉得安全了，又放心不下樊长玉，这才带着那小孩儿一并去了院门外看着。

官兵们正在拖那些黑衣人的尸体，几个没死透的，动作极快地咬破毒囊自绝了。

马背上的将领大喊着："找个活口带回去！"

谢征的视线原本只是淡淡地扫过这人，瞧清他的面容时，一双凤眸眯了起来。

郑文常？

他乃蓟州牧贺敬元的爱将，贺敬元又是魏党。

今夜这出是大水冲了龙王庙，还是贺敬元也在帮魏严找那封信，才特意安排了这么一出来截和？

但看那些黑衣人的架势，分明又没找到东西，蓟州官兵来得这般巧，实在是耐人寻味……

谢征忽觉临安镇这不起眼的屠户一家，背后隐藏的秘密或许比自己想象中的还要多。

马背上的将领正指使部下快些把所有黑衣人的尸体都带走，忽觉一道幽冷的视线落到了自己身上，像是雪夜在荒原被野狼盯上了一般，整个脊背都不自觉地绷直了几分。

郑文常四下巡视一周，却又不见那道让他脊背发凉的视线。他注意到赵家阁楼的窗户空荡荡的，问："阁楼上还有人？"

樊长玉之前为了保护赵大娘夫妇和胞妹，跳窗把黑衣人引出来了大半，本是抱着有去无回的心思，谁料大街上突然出现了这么一队官兵。为首的将领说是州府的大人昨日接到县令递上去的关于清平县匪患的折子，特拨了一支军队过来视察，夜里斥候发现异动，一队官兵前来探虚实，赶巧救了她。

此刻这军爷一问，她想到言正身上有伤，里边不知有没有黑衣人发现他，忙往阁楼上跑："我夫婿重伤，还在楼上。"

郑文常没点底下的小卒，自己下了马，一只手按在腰间的佩剑上，跟着上了阁楼："本将军同去看看。"

樊长玉打着火把冲进阁楼时，就见屋子里横七竖八地倒着好些个死去的黑衣人，谢征也倒在血泊里，身上的衣物被划破了好几道口子，露出来的半张脸亦糊满了鲜血，几乎看不出他原本的五官。

樊长玉没料到屋中竟还剩这么多黑衣人，见谢征浑身是血，怕他死了，心都揪了一下，扑过去看他的伤势："言正，你怎么样？"

樊长玉惊惶之下又伸手去探他的鼻息，发现人还活着，才松了口气，于是朝外大喊："赵叔，您来给言正看看！"

郑文常扫了一眼屋内的死人，视线落到谢征满是血污的半张脸上，似在努力辨认什么，皱眉问："这些人都是你夫婿杀的？"

樊长玉已在松林里见过谢征杀人，倒是没觉得奇怪，点了点头，说："我夫婿从前是镖师，一身武艺还不赖。"

她长这么大，没见过几个镖师，她爹武艺就很高强，谢征自称以前也在镖局做事，她便理所当然地认为镖师的功夫都是不错的，毕竟要对付的都是些去劫镖的亡命之徒。

郑文常盯着谢征，神色不名。

赵木匠已经挤进了阁楼，瞧见这一屋子的死人，当即"哎呀"一声，心中怵得慌，不过他和老伴儿早些年是经历过战乱的，那会儿民间十室九空，死在路边的人比比皆是，所以眼下他还算镇定。赵木匠怕加重谢征身上的伤，没贸然搬动他，而是蹲下，扣住他的一只手把起了脉。

只看半张满是血污的脸，瞧得不是很真切，郑文常突然道："把人翻过来看看。"

赵木匠不知这位军爷为何会提出这样的要求，也不敢违抗他的命令，想着他们是军中之人，为首的这位披甲佩刀，威严得很，看样子官职也比县令高，指不定能帮樊长玉查清仇家是何人。

他当即倒起了苦水："军爷可要替咱们做主啊。这丫头是个命苦的，上个月才没了爹娘，好不容易招赘个夫婿，如今她夫婿也被这些歹徒伤成了这样，不查出这些歹徒的来历，这往后的日子可怎么过啊？……"

郑文常一听说这人竟是个倒插门的，心中的那点儿猜疑顷刻间就消了大半。

那人是何等脾性，莫说一朝落难，便是皇帝将他下狱，逼他入赘娶公主，他都不可能点这个头。

正好楼下传来官兵的一声惊呼："大人，这还有个活口！"

赵木匠还没来得及将谢征翻过来，郑文常只觉得自己先前的猜疑荒谬得很，也没了细看这人的心思，想起自家将军的交代，匆匆下了楼，只吩咐两个亲兵把阁楼上的尸体也拖下去。

樊长玉自是不知方才有多惊险，楼下有官兵看着，她倒也不担心胞妹和赵大娘的安危，问赵木匠："赵叔，他怎么样？"

赵木匠把完脉，一度怀疑自己兽医也有十几年没干了，医术不精，把错了。

眼前这个人浑身是血，瞧着似受了重伤的模样，怎的脉象倒半点儿不凶险？

本就皱巴巴的额头皱得更紧了些，他凝神重新把脉。

他这副凝重的模样，倒是把樊长玉吓得不轻，以为谢征没救了，整个人有些颓然地坐在矮凳上："我早就该把和离书写给他，让他自己去别处养伤的，不然哪能遭这些罪？……"

赵木匠又把了一次脉，发现脉象还是四平八稳，整个人陷入了深深的自我怀疑中，神色越发严峻，正要去看谢征身上那些伤口。

躺在地上的人刚好在此时悠悠转醒。

樊长玉眼眶都隐隐红了，见他醒了，心情大起大落之下，没忍住，咧嘴笑开，惊喜地道："你醒了！"

谢征看到她发红的眼眶和那个再惊喜不过的笑容，微怔了一瞬。

她是怕自己出事，险些哭了吗？

心里的异样感愈重，他敛了眸子，虚弱地低咳两声，沾着鲜血的唇里溢出几个字："我没事。"

他身上的那些血，大部分是那些黑衣人的，衣衫上的口子也是他为了伪造受伤的样子自己划的，只破了浅浅一层皮肉。

郑文常虽不在他麾下，但同他有过几面之缘，若是认出了他，今夜要么是他被对方带回去交与魏严，要么是他杀了郑文常和对方手底下那些兵卒，再逃往别处。

所幸他暂且躲了过去，那两类最糟糕的情况都没出现。

他说自己没事，但已见过他两次重伤的樊长玉和赵木匠还是极为紧张，把他扶到床上躺着后，又找来伤药，要给他包扎。

解开外袍后，樊长玉发现谢征里边的衣物并未像之前一样全被鲜血濡湿，瞧着甚至比外袍还干净不少，心中正有些奇怪，楼下赵大娘唤她下去，说是官兵要录一个口供。

躺在床上的人，脸上的血迹只被浅浅擦去了一层，在烛光里，那残余的血迹竟显出几分瑰丽，对方微微睁开眼看着她，嗓音难得温和："你去吧。"

樊长玉觉得一定是他太过虚弱的缘故，眼下怎么看怎么惹人怜。

她出门前还不放心地回头看了他一眼："我很快回来。"

死去的黑衣人已被官兵拖到一处并排放着，街巷里的人听到动静，见满大街都是官兵，披衣出来看热闹的不在少数。

官兵们清点完黑衣人的人数，那唯一一个活口，还是先前被樊长玉一巴掌扇晕的那个。

官兵们见过几个黑衣人咬破藏在牙齿后边的毒囊自尽，已有了经验，发现他还有气，就先把他嘴里的毒囊取了出来，此刻这人被五花大绑，嘴里也被塞了满满一口布巾，自尽已然无望。

那大官身边的亲卫问樊长玉什么，樊长玉就老老实实答话，问的都是她家中的一些基本信息。

问完话，那大官便对她道："先等消息，审讯出结果了，会由官府那边通知你们。"

经历了今晚的事，樊长玉再次见识了那些人有多心狠手辣，怕对方再找来会连累赵大娘一家，道："军爷，这伙人若是再来寻仇，如何是好？"

那大官一时嘴快，似要说什么，却又打住了话头，拧着眉头想了片刻后道："本将军会留几名将士在这附近暗中守着，审讯结果出来前不会撤走。"

樊长玉这才放心了，把那大官夸得天花乱坠。

那大官离开前扫了她一眼，神情似有些微妙。

官兵们离去后，樊长玉先去巷子口的井边打水回来，把院子里和阁楼上的血都冲洗干净，只不过闻着还是有一股淡淡的血腥味。

樊长玉有心翻墙去自家拿些她娘从前调配的香熏一熏，可想到那大官说的在这附近留了人暗中监察，又没敢妄动。

赵家老两口儿被这么一吓，基本上没了睡意，把堂屋的火塘重新烧了起来，带着长宁坐在旁边烤火，时不时叹一口气。

长宁年岁还小，不知大人们在愁什么，见没了危险，就心大地继续去看关在鸡笼子里的海东青。

那笼子已经是海东青的窝了。

樊长玉问胞妹："宁娘还困不困？"

长宁摇头，又指了指关海东青的笼子："阿姐，隼隼很乖，以后别关隼隼了好不好？"

上次她和姐夫在家中，就是因为她一时贪玩，打开了鸡笼子的门，后面杀进一群歹徒时，这只大隼才抓死了一个坏人。

她的小脑袋里想着：要是大隼没被关住，今晚指不定也能抓伤坏人。

这次还真不是樊长玉关的，赵大娘说："挂在火塘上方的肉昨天夜里被啄下来了一块，是我怕这大隼偷肉吃，睡前顺手关上的。"

樊长玉便道："回头再让言正教教。"

说起言正，她难免又想起了他那一身伤，问赵木匠："赵叔，他身上的伤怎么样了？"

赵木匠想说这回似乎都是些皮外伤，但又怕是自己误诊了，耽搁了言正的伤，叹了口气，道："你也晓得老头子从前是给猪牛羊马这些牲口看病的，给人治病多少看运气，我瞧着是不太凶险，但保险起见，赶明儿还是去医馆请个大夫来看看吧。"

樊长玉应"好"，去楼上看谢征时，就见他脸上的血迹已经被擦干净了，正闭目躺在床上休憩。

约莫是听见了脚步声，在她进门后，他就睁开了眼，问："如何？"

樊长玉说："我瞧着这些官兵比县令靠谱儿，听说是县令给州府那边写了折子，州府的大人听闻这边匪患猖獗，这才派兵过来剿匪，正巧今夜叫他们碰上了。"

谈起这个，樊长玉还有几分高兴："蓟州匪患持续多年，看来官府当真要整治那些山头了。那位军爷说会彻查这两桩刺杀案，还派了官兵暗中保护咱们，这两日你就安心养伤，先不急着离开。"

谢征脸上的神色实在是称不上好看："暗中保护？"

樊长玉点头："对啊。"

谢征一口气险些没提上来。他好不容易才暂且瞒过对方，现在蓟州府的人直接在他的眼皮子底下盯着他？

不过蓟州府突然这般行事，他委实猜不透其中的缘由。

罢了，最危险的地方也是最安全的地方。

他道："这两日把那只隼放到楼上来吧，莫要放出去，那东西野性难驯，没驯好容易伤人。"

樊长玉说："难怪，大娘方才还说那隼昨夜偷吃了火塘上方挂的肉呢！"

谢征："……"

樊长玉已经起身："我现在就去拿上来。"

谢征这才轻轻地应了一个"好"字。

天明时分，郑文常已快马回了蓟州府。

他带着那黑衣人的审讯口供快步走过九曲回廊，种满了雪松的院子里，着甲的侍卫们看到来者是他，纷纷放行。

郑文常进了书房，在下方站定，不知是因为激动还是走得太急，声音有些喘："大人，依您之命，末将早早地带人守在临安镇，的确于昨夜抓获了在清平县犯下多起命案的那些人，只是……"

他呈上供词的手微微发颤："请大人过目。"

坐于案后的人须发斑白，似乎早就知晓那些黑衣人的身份，平和地道："文常，你只是去抓山匪盗贼，有何可惧？"

郑文常垂下头："卑职惶恐。"

"罢了，把供词放下吧。"贺敬元停了笔，抬起眼来，明明是名武将，却生得一副文臣的儒雅面孔。他知晓爱将的顾虑，说："你只当没看过这份供词，下去吧。"

郑文常抱拳："卑职领命。"

他刚转过身，却又听到一声："那户人家家中，可有人受伤？"

郑文常想了想，说："那女子招赘了一个夫婿，她夫婿为那些人所伤。"

贺敬元只点了点头。

郑文常壮着胆子问了句："那户人家，同大人有故？"

"文常，老夫教你的为官之道是什么？"

只一句，吓得郑文常冷汗都出来了："卑职失言了。"

"退下吧。"贺敬元捡起案上的一封折子看了起来，似乎并不关心那供词里写了什么。

等郑文常退出书房，他那一双苍老的眼才看向那份供词，迟疑片刻，终究还是打开了，看完后，一声叹息。

他起身打开书架上的暗阁，取出一方锦盒，却并未打开，口中说道："你当初把这东西交与我，便是猜到了有这么一天，想让我替你护着那俩孩子吧……"

第六章
过　年

樊长玉一早去集市上转了转，买了只老母鸡回去给言正补补。

在巷子里遇见相熟的人，她一如既往，热络地打招呼，对方却避讳什么似的，只勉强应个一两声。

如今同宋家交好的妇人则直接翻了个大白眼，避洪水猛兽一般离她远远的："当真是个煞星，他大伯去她家几次，就叫她给克死了；她那上门的夫婿，也一直病恹恹的不见好，得亏宋家老姐姐特地去合了八字，不然宋砚要是真娶了她过门，宋家还不知会被她克成什么样呢！"

一些原本同樊家关系还不错的人，听到这些话，也不动声色地离她远了些。

若说之前宋家退婚，言她是个天煞孤星的命，还没有多少人当回事，这两日她家杀祸不断，昨夜要不是官兵来得及时，赵家那老两口儿指不定也得跟着遭难，这左邻右舍的，就难免忌惮起来。

换作往常，樊长玉早就骂回去了，但昨夜她险些牵连赵家是事实，言正也的确受伤了，她抿紧唇，手上拎着买的鸡，沉默地往赵家的宅子走去。

路过方才那言语尖酸的妇人家门口时，她前脚刚走过，对方后脚就泼了一盆淘米水到门外，冷冰冰的水珠子溅了不少到樊长玉的绣鞋和裙摆上。

樊长玉顿住脚步，抬起一双沉静的眼朝对方看去。

那老妇人姓康，原先就跟宋家是邻居，在宋砚考上举人后，一直百般巴结宋家，为了哄宋母开心，时不时就上门去找宋母唠嗑，说上樊长玉一篓子的坏话。

大抵也是因为她还有这点儿陪宋母唠嗑解乏的用处，宋家搬去县城后，整个巷子里，只有她去宋家的新宅吃过一回饭。

康婆子以此为荣，回来后自然是逢人就夸宋家的新宅院有多漂亮，里边还有下人供宋母差遣使唤，夸宋砚当真有本事，顺便再将樊长玉踩上一两脚。

此刻见樊长玉看过来，康婆子直接把盆里剩下的小半盆淘米水再次往门外泼去，骂道："一大早的真晦气，等会儿再找些干柚子叶挂在门口才行！"

民间都说淘米水和柚子叶去晦气。

樊长玉的嘴唇动了动，可看到其他邻居或沉默，或不动声色地离她远些的模样，最终只将唇抿得更紧了些，拎着东西，快步往赵家走去。

淘米水沾湿了鞋袜，冰冷的湿意紧贴着脚踝，从皮肉往骨头里钻，从心口冒出。

樊长玉进了赵家的院子后，赵大娘正在院子里扫雪，见樊长玉的裙摆和鞋袜都湿了，忙问："这是怎么弄的？"

樊长玉径直往厨房走，说："路上雪没化干净，踩到雪沾湿了。"

赵大娘皱眉盯着樊长玉的背影，心知她必然没说实话。

樊长玉的心乱得很，她把老母鸡杀了用瓦罐炖上后，怕被赵大娘追问，借口给言正送药，去了阁楼上。

"喝药了。"

她的声音不同于以往那般充满朝气，反而有些闷闷的。

谢征在接过药碗时，忍不住打量了一眼她的神色。

她面上似乎看不出什么，但他还是一眼看出她的情绪不对劲儿，问："发生了何事？"

樊长玉只说"没事"："你趁热把药喝了，怕苦的话，枕头边有陈皮糖。"

她抱膝坐在矮凳上，就着炭盆子烤火，低着头，露出一段纤细的脖颈儿，叫人看不清她面上的表情。

谢征注意到她的裙摆下方和鞋袜上似乎都有湿痕，说："昨晚后半夜，雪下得挺大。"

樊长玉含糊地"嗯"了一声。

谢征便皱了皱眉。昨晚后半夜就没下雪了，她今日太奇怪了。

她不作声，谢征喝完药，把碗放到床边的圆凳上后，也没说话。

房间里静默了好一阵后，樊长玉才突然道："我给你找家客栈，多给店小二使些钱，让店小二照顾你的饮食起居，如何？"

谢征按在床沿的指尖力道微微加重，问她："为何？"

樊长玉说："官府还没结案，我怕那些人再找上门来寻仇。"

谢征道："你不是说，有官兵在暗中守着这边吗？"

樊长玉沉默了几息后，抬头看向他，郑重地道："那你就先在这里养伤，伤好后就离开。"

她起身下阁楼后，谢征拈起一颗陈皮糖，唇角抿紧，陈皮糖顷刻间在他的指尖化作了齑粉。

一直到中午，住在巷子里的康婆子突然骂骂咧咧地来赵家讨说法，谢征才终于知晓她今日反常的缘由是什么。

"樊长玉！你给我出来！"康婆子嗓门儿大，骂街的本事堪称一绝。

她这一吼，就有不少人在赵家门口看起了热闹。

赵大娘听到踹门一般的拍门声后，就赶去开了门，见康婆子带着孙子气势汹汹地站在门口，赵大娘奇怪地问："这是怎么了？"

康婆子把自个儿的孙子往前一推，叉腰骂道："让樊长玉给我出来！她妹妹把我家虎头推下台阶，门牙都摔掉了一颗，你说怎么了？"

樊长玉在厨房炖鸡，听到外边的叫骂声后，便往外边院子来了。

她瞧见康婆子那肥头圆脑的孙子哭得两眼红肿，鼻孔下方还挂着两串鼻涕，鼻涕时不时被吸进去，只是下一刻又掉了出来，下巴肿着，确实摔掉了一颗牙，她道："我妹妹一向体弱，你家孙子又长我妹妹好几岁，我妹妹如何推得动他？"

康婆子一听樊长玉居然还想赖账，顿时满口唾沫星子喷了出来："我还能讹你不成？你把你家宁娘叫出来问一问，不就知道是不是她推的了？"

赵大娘见巷子里的不少人在探头探脑地看热闹，劝道："有什么事进屋说吧，小孩子打闹，磕磕碰碰是常有的事，在门口吵嚷，叫街坊邻居看笑话。"

康婆子才不依："我来替我孙儿讨公道，我怕别人笑话什么？"

樊长玉知道这康婆子在巷子里一向以泼辣刁钻出名，她那儿媳妇都是生生叫她给折磨跑的，到现在，康婆子提起她儿媳妇还一口一个"贱货"地骂着，说她儿媳妇跟野男人跑了，半点儿不知廉耻，全然不觉得自己把儿媳妇当牛马使唤有什么不对。

后来他儿子跟一个寡妇好上了，她又嫌那寡妇嫁过人，死过丈夫，指不定克夫，这么一搅和，那寡妇见势不妙，赶紧同她儿子断了，她儿子至今还是个老光棍儿。

樊长玉不愿跟这人多费口舌，冷冷地道，"这公道由不由你讨，等我先问过我胞妹再说。"

樊长玉唤长宁："宁娘，你出来。"

小长宁磨磨蹭蹭地从屋子里走了出来，跟个小尾巴似的站到了樊长玉的身后。

樊长玉低头问她："你有推虎头吗？"

长宁抿着唇，两只手紧紧地捏着自己的衣角，点了头又摇头。

康婆子尖声道："瞧瞧！这么大点儿的孩子都会说谎了，你们樊家可真是好家风啊！她自己都点头了，这会儿又摇头……"

"你给我闭嘴！"樊长玉一声冷喝，声音如暴雷，瞬间盖过了康婆子尖利的嗓音。

康婆子早上泼了那盆淘米水，见樊长玉默不作声，还当她是个好拿捏的，此时突然被樊长玉这么一吼，蒙了一下，瞬间更尖锐地大叫起来："还有没有天理了？大伙儿看看啊，她们樊家人好大的气焰啊，把我孙子摔成这样，还理直气壮起来了！"

阁楼上，谢征都被那尖锐的叫骂声吵得耳朵疼，不耐烦地拧起了眉。

市井老妇都这般聒噪吗？

正心烦时，他便听到那女子用冷且锐的嗓音道："继续嚷，你看我会不会把你倒插进淘水缸里去！"

樊长玉眼角眉梢都透着冷意。今晨忍了康婆子，是她心中愧疚自家的仇人给身边的人带来祸事，这会儿康婆子想蹬鼻子上脸，她可不惯着了。

康婆子被樊长玉盯着，心头没来由地一阵发怵。她赶紧朝看热闹的人群看去，张嘴还想再说什么，以利用围观的人给樊长玉施加压力。

樊长玉似乎早就知道她这点儿伎俩，冷冷地道："你跟宋家那老妖婆天天在背后编派我，当我不知吗？我的名声反正已被你们编派得差到这份儿上了，你不会以为我还忌惮旁人怎么看吧？我真要动手，你觉得这些人里会有几个冲出来拦着？"

这话打消了康婆子的最后一丝念头，她咽了咽口水，往日骂街骂上一整天不带喘气的一张嘴，这会儿跟被针缝上了似的，愣是没再憋出一句话。

樊长玉这才蹲下问胞妹："刚刚阿姐问你有没有推虎头，你为什么点头了又摇头？"

长宁黑而圆的一双葡萄眼已经泛起了红色，白胖细嫩的手指攥着自己的衣角，道："我是推了他，但他太胖了，我没推动，他来追我，自己滑倒，从台阶上摔下去，才把门牙摔掉的。"

康婆子顿时又嚷嚷上了："我家虎头说就是你推的……"

樊长玉一个眼神冷冷地扫过去，康婆子这才又噤了声。

樊长玉继续问胞妹："宁娘为什么要推他？"

小长宁低着头，豆大的泪珠子瞬间就从眼眶里滚落出来："他揪我的头发，抢我的松子糖，还往我身上洒水，说他阿嬷早上才泼了阿姐一身淘米水去晦气，我是丧门星的妹妹，也要泼水去晦气……"

听完这番话，樊长玉的脸色已冰寒得可怕。

赵大娘气得眼都红了，她就说樊长玉今早回来鞋子和裙摆怎么都湿了，原来是被这老贼婆泼了淘米水。

那淘米水是动土了驱煞去邪的，这老贼婆在樊长玉路过后泼淘米水，这是多恶毒！

赵大娘咬牙切齿地骂道："你这死了都没个棺材板儿的腌臜老货，你嘴上不给你自己积德，也给你儿孙积点儿德吧！也不怕将来见了阎罗王被钩舌头。"

康婆子先是有些心虚，但几十年来嘴上不饶人惯了，下巴一抬，就忍不住咄咄逼人地道："我怎么不积德了？她爹娘是我害死的不成？这两日她家死的那些人也是我杀的吗？如今这镇上，还有谁不晓得她是个丧门星？也就你跟你家老头儿这没人送终的，才巴巴地收留那灾星一家，也不怕有朝一日自己也被她克死了。要我说啊，她们樊家人就该早早地滚出这条巷子，谁知道她家的仇家什么时候再寻来？"

"你……"赵大娘被气得直哆嗦。

樊长玉用拇指抹去胞妹脸上的泪珠子，缓缓站起身来，眼神如冰刀："我便是要克，那也得先克你这老不死的！"

她冷笑："要我搬出巷子，凭什么？凭你这一嘴的唾沫星子烂肉会嚼舌根吗？既然这般怕，你怎么不自己搬走？"

康婆子语塞，指着樊长玉，还想回骂，却听樊长玉继续道："还有，管好你孙子，他下次再敢动我胞妹一根头发，他哪只手动的，我便把他哪只手砍下来！"

康婆子的孙子对上樊长玉那个凶戾的眼神，当即吓得大哭，鼻涕眼泪齐飞。

康婆子把自己孙子护在身后，色厉内荏地道："吓唬小孩子算什么……"

樊长玉冷冷地勾起唇角："吓唬，我这可不是吓唬。"

她说着，冷冷地瞥了康婆子孙子的胳膊一眼："我猪肘都能一刀砍断，砍条胳膊更容易。"

康婆子的孙子下意识地捂住自己的一条胳膊，哭着把康婆子往回扯："阿嬷，回家……我要回家……"

康婆子见孙子被吓成这样，又急又气，偏偏又不敢跟樊长玉来硬的，只得骂骂咧咧地带着孙子往回走。走下赵家门口的台阶时，不知怎么的，膝弯一痛，她"哎哟"一声，整个人从台阶上摔了下去，下巴刚好磕在最后一级台阶上，半天没爬起来，惨叫连连，满嘴都是血。

巷子里看热闹的人面面相觑。

樊长玉也错愕了一瞬，下意识地往赵家阁楼上看去，不出意料地看到一截一闪而过的藏青色衣角。

赵大娘惊愕过后，赶紧道："现世报！大家伙儿可瞧见了，我跟长玉门都没出，这老贼婆是自个儿摔的！这就是现世报！"

康婆子上了年纪，这一摔，磕掉了好几颗牙。她爬起来，直接坐在地上大哭，指着樊长玉："是她！一定是这丧门星踹的我！"

在边上看了半天热闹的邻居们的确没瞧见樊长玉出手，见康婆子这般胡搅蛮缠，忍不住帮腔："行了，康婆子，大家伙儿都看着呢，长玉站那儿就没动过，你就是自己脚下打滑摔了！"

康婆子还想再争辩，却听到樊长玉冷"哼"一声道："你亏心事做多了，鬼推的你吧！"

人上了年纪，更容易信那些鬼神的东西。

这话把康婆子吓得一激灵，她的确感觉自己似膝窝被什么狠狠撞了一下才摔倒的，联想到樊长玉那天煞孤星的命格，顿时嘴唇都哆嗦了起来，指着樊长玉，大叫道："就是你这丧门星克的我！"

樊长玉双手抱臂："你不快些滚，一会儿指不定被我克得命都没了。"

康婆子这会儿是真怕了，捂着满是血的下巴，带着孙子，狼狈地离开了赵家大门。

"她这当真是自作孽了！"

"这巷子里的人，谁没被她那张嘴说过？当真是报应！"

看热闹的人笑着说了几句闲话，也摇着头散去。

院门重新合上后，樊长玉蹲下，视线同胞妹的视线平齐，她语重心长地道："往后宁娘在外边受了什么欺负，都要第一时间对阿姐说，知道吗？"

长宁乖乖点头。

赵大娘想起康婆子骂的那些话，没忍住，悄声替樊长玉哭了一场。

樊长玉宽慰了赵大娘几句，视线落在院门口那颗陈皮糖上，寻了个借口，去了阁楼上。

她推门进去，谢征果然没在床上了，而是坐在临窗的一张竹椅上，面色虽还有些苍白，但比起前两日已好了许多。

不待她说话，对方的视线已淡淡地扫了过来："你上午同我说那些，只是因为旁人几句话？"

窗户半开着，太阳挂在天上，只是一个没什么温度的白影，洒下几缕淡淡的金辉。

谢征半张脸映着日光，半张脸隐匿在阴影中，一双眼沉静无波。

樊长玉想否认，对上他的目光却没能张开嘴，抱膝坐到一旁的矮凳上，嗓音有些闷："我家的祸事，的确已两次将你牵连进来了，你早已不欠我什么，同我家划清界限，你或许还能安全些。"

谢征问她："你信那无知老妇的那些话？"

樊长玉抿了抿唇，没作声。

她自然是不信的，可是爹娘去世，樊大被杀，长宁和言正也险些被害，昨晚若不是官兵来得及时，赵大娘和赵木匠会不会被牵连进来也不好说。

也许……真如宋母和康婆子所说，她当真就是个天煞孤星的命，跟她亲近的人都不会有好下场。

谢征见她沉默，还有什么不明白的？好看的眉头微拧，他问："你为了我好，可以同我划清界限，那你妹妹呢？你也要跟她划清界限？"

樊长玉搁在膝前交握的手紧了紧，心中成了一片乱麻。

是啊，她为了不牵连赵家老两口儿和言正，可以尽量远离他们，那长宁呢？

长宁才五岁，在世上只有自己一个亲人了。

她沉默之际，谢征缓缓道："这世上比鬼神命理之说更可怕的，是人心。"

樊长玉抬起一双杏眼，似有些困惑。

谢征精致的嘴角轻扯，话音里带了些嘲意："天底下哪里有那么多怪力乱神之事，国运之说都只是愚弄世人的，更何况命理之言。"

樊长玉仍是不解："什么意思？"

谢征抬眸道："一些人作了恶，喜欢用鬼神之说给自己做遮掩罢了。就如你方才唬那老妇，说她是撞了邪摔的，老妇不知真相，心中惶恐，便信了，但你我都清楚，她是被陈皮糖打中才摔的。"

樊长玉垂下眼，好一阵才道："我当然知道宋家拿出的命格之说只是为了退婚，但家中祸事频出也是事实，心中这才难安。"

谢征道："你爹娘是早年结了仇家，不是惹了鬼神，你难安什么？"

樊长玉怔怔地看着他，只觉得这人的嘴巴可真毒，不过心中那股郁气的确消散了。

她叹了口气，破罐子破摔道："你说的这些我都明白，我就是听了那些话，一时难受，这股难受劲儿过了就好了。"

谢征半点儿不留情地道："谁让你难受了你就教训谁。同我说这些也就罢了，你若跟这老丈一家也疏远了，看他们是难过还是高兴。"

樊长玉垂着脑袋，闷声道："抱歉，之前是我一时冲动了。"

谢征的羽睫在眼尾扫出一道好看的弧度，神色这才明朗些，他道："你也不是个逆来顺受的脾性，今晨回来被泼了水，不当场教训回去，反

· 161 ·

而回来生闷气，出息。"

樊长玉沉默了一息，才道："我听过一句话，叫'法不责众'，说是很多人犯了法，官府就不会将所有人一起惩罚。如今畏惧我这天煞孤星命格的，是镇上所有人；在背后议论我的，也是整个镇子的人，我教训得了一个人，教训得了所有人吗？"

谢征微怔，心底那个隐秘的角落，因为她这番话，解开了一些尘封的记忆。

他自幼父母双亡，寄居魏府，自然不是顺风顺水走到今日的。

被那人之子带人打断肋骨，被锦靴踩着脸陷进一地血泥里的滋味，他至今记得。

征战沙场，几经生死，用满背的刀疤斧痕才换来如今的军功，只因他舅父是魏严，就被人暗地里唾骂堕了谢家门风，给人当走狗也不是没有过。

他抬了抬眸子，薄唇溢出几个字："那你还听说过一个词，叫'杀鸡儆猴'吗？"

"人性本恶。你若软弱可欺，任你再善良，也少有人拉你一把。你若飞黄腾达，便是当真干了伤天害理的事，也有一堆人上赶着巴结你。你那个前未婚夫不就是吗？"

樊长玉听着这些，再次沉默了下来，两手抱着膝盖，望着铁盆里烧着的红炭，一声不吭。

谢征轻叩着竹椅扶手的指节一顿，眸子半眯，话里是自己都没意识到的刻薄："还没放下你那前未婚夫，提起他，又难受了？"

樊长玉抬起头看了他一眼，心中正觉得莫名其妙，随即想起自己之前为了不让他误会自己对他有什么不轨的心思，胡说自己没放下宋砚的事。

撒谎果真是要付出代价的。

她张了张嘴，最终只叹了口气，道："我确实有点儿难受。他是考取了功名的人，整个清平县，今年也只出了他一个举人，县令都捧着他，也怨不得旁人趋炎附势。人家确实是飞黄腾达了，我拿什么跟他比？"

谢征轻"哧"一声："不过一举人罢了，大胤一京十七府，每年要出多少举人？你那前未婚夫算什么？"

樊长玉忍不住看了他一眼，说："这些话你在我面前说说也就罢了，在外人跟前可别说了，会被笑话的。"

谢征皱眉："笑话什么？"

樊长玉觉得这人还真是没点儿自知之明，无奈地道："你连个秀才的功名都没有，这般说人家考上了举人的……"

她顿了顿，又说："我知道你说那些是为了哄我开心。"

樊长玉觉得说这些有点儿矫情，抓了抓头发，道："其实我也就随口一说，心里没真觉得有多难受，日子始终都是自己过的，他中了举飞黄腾达是他的事，跟我又有什么关系？那些趋炎附势踩我一脚的，说我几句也不能让她们从宋家那里得到什么好处，无非就是嘴碎罢了。"

谢征神色怪异地道："我哄你作甚，举人当真算不得什么。"

樊长玉一哽："你当你自己是个大官呢？"

谢征闭嘴不说话了。

樊长玉心中觉得好笑，想起他能识文断字，还会写时文，倒是替他谋划起来："我觉得你挺聪明的，写的字又好看，你这一身伤反反复复，大夫也说了，要是养不好，以后八成会留下病根，走镖那般凶险，你要不也读书考科举去吧，指不定也能中个举人，以后捞个官当当呢！"

谢征沉默了一息，才道："我志不在官场。"

樊长玉叹气："那倒是可惜了。"

她半开玩笑道："你以后要是当了官，官职还比那姓宋的高，我还指望着你帮我给那姓宋的穿小鞋呢！"

谢征的眉梢微不可察地一扬，说："好。"

这么一插科打诨，樊长玉之前的不快是半点儿没有了。

樊长玉想起自己还炖了鸡汤，道："瓦罐里还炖着鸡汤，这会儿应该已经炖好了，我去给你盛上来。"

起身时，瞧见他床边的糖包已经瘪下去了，她心疼地道："我给你寻些小石子儿吧，以后打人可别再用糖果了，这东西贵着呢，多不划算！"

她下楼后，谢征盯着那几个装糖果的纸包，眉头皱起。

他不喜吃甜食，从前衣食住行一向由底下的亲兵打理，的确不知这东西的贵贱。

她手头素来拮据，这糖既然这般贵，她还给他买，只是因为那日她误会他喝药怕苦？

谢征心情有些复杂地合上了眸子。

163

两日后，郑文常带着官兵再次来到了临安这个小镇。

樊长玉得到消息后，前去家门口相迎。

郑文常高居于马背上，道："镇上几桩凶案已查明缘由，的确是山匪所为。"

樊长玉听到这个答案，心中"咯噔"一下，道："可我家中两次叫歹人闯进……"

郑文常打断她的话："你家两次遇袭，缘于你爹当年押的一趟镖，传闻他那次押送的是前朝皇室的一张藏宝图。十几年前，整个镖局的人叫抢夺藏宝图的人杀尽了，你爹死里逃生归乡后才安稳度过了这么些年。近日崇州战乱，那藏宝图的事才又被人提了起来，有山匪查到了你爹的行踪，这才几次三番来你家找藏宝图。"

这个理由的确能解释这些日子临安镇上发生的一切怪事，樊长玉问："我爹娘也是死在了那些山匪的手中？"

郑文常皱了皱眉，避开樊长玉的视线，道："自然。"

得知了爹娘真正的死因，樊长玉心中还是有些沉重，想来爹当初教自己习武，又不许自己在人前动武，就是怕引来这些歹徒吧。

她说："我从来没听我爹娘提起过关于藏宝图的事，这其中是不是有什么误会？"

郑文常道："藏宝图在你爹手上的消息自然是假的。数日前，崇州反贼放出消息，说得到了那张藏宝图，山匪不会再来镇上了，你且放一百个心。"

说着，他又做了个手势，底下的小卒捧出一个放了银两的托盘，他看樊长玉的目光里带着几分不易察觉的异样："蓟州牧贺大人体恤民情，特命本官送来五十两抚恤金。"

樊长玉真心实意地道了谢。

邻里街坊也都称赞："贺大人当真是蓟州府的青天啊，此番遭了那些山匪毒手的，家中死了人的，官府都拨了抚恤金！"

有人问："我怎么听说旁的人家只得了二十五两，只有樊二家得了五十两？"

当即就有人道："那些人家里只死了一个人，樊二和他媳妇可都遭了毒手，得的银子自然多些。"

…………

此案已结，樊家大门上的封条也被揭走。

樊长玉把家中里里外外都打扫了一遍，尤其是见了血的院子和几间屋子，除了用水冲了好几遍，还用柚子叶煮水洒了一遍，说是能驱邪避害。

把家中一切都收拾妥当了，樊长玉才把长宁和谢征从邻家接了回来。

她点了一炷香插到爹娘的牌位前，眼中有轻微的酸涩："爹、娘，你们可以安息了。"

只有谢征一直皱着眉。

他早已知晓那些人是魏家的死士，自然不可能是郑文常口中的山匪，他们要找的，也绝不是什么狗屁藏宝图。

不过官府那边为了结案还特地编了个像模像样的谎话，又给被牵连的人家送了银子，委实费了些心思。

谢征百思不得其解。

贺敬元若是也想替魏严拿到那封信，就该派官兵封锁樊家的宅院仔细搜查，现在却把宅子还给了樊长玉，又大费周章地平息了几桩凶案，倒像是不想打破她家原本的生活，让她继续留在这镇上。贺敬元意欲何为？

还是说，他这样做是因为魏家死士要找的那封信早就不在樊家了？

谢征看向供桌上的两块牌位。贺敬元应当知晓这夫妻二人真正的身份，那封信的秘密，他或许也知晓？

没了那些随时会来索命的黑衣人，樊长玉也不必再急着变卖家什离开临安镇，跟溢香楼那边的生意索性谈成了长期的，肉铺重新开起来后，因为有溢香楼的招牌相助，卤肉生意比以往还好，隐隐有了盖过王记的势头。

除夕的前一天，从铺子回家时，她见巷子口停着一辆颇为气派的马车，还当是宋家母子又回这边来了，进了巷子，却见自家门前围着不少人。

樊长玉还以为是家里又出了什么事，挤过人群："让让，让让……"

有邻居问："长玉，你家中是不是有什么有钱的亲戚啊？"

樊长玉觉得莫名其妙，只说："没有啊。"

那人又问："莫非是你那夫婿家中的亲戚？我瞧着停在巷子口的那马车，比宋家上次搬迁时的马车还气派呢！"

樊长玉这才反应过来：停在巷口的马车的主人，是来找自家的？

边上有人搭腔："宋家搬迁那天的马车哪里是他们自己的，是从车行租来的！"

话语间竟有几分贬低宋家的意思。

康婆子站在自家门口，龇着一口牙道："一群捧高踩低的！等砚哥儿上京考中了状元，要什么马车没有？"

樊长玉心中困惑，也没理会街坊邻居琐碎的问话，进了家门后，把院门合上，才瞧见正屋的方桌边当真坐了个锦袍玉带的贵公子。

对方见了她，含笑点头致意，樊长玉不知他的身份，便也学着他的样子，只点了点头。

"今日天色已晚，便不打扰言公子和夫人了。"他说着，起身向谢征作了一揖，转向樊长玉时，脸上的笑意深了几分。

谢征坐在方桌的另一边，面上的神情淡淡的，虽是一身寻常布衣，气度却隐隐压了那贵公子一头："慢走，不送。"

樊长玉知道言正就那副臭脾气，见他坐在凳上没动，樊长玉还是意思意思，把人送到了大门口。

重新合上大门，阻隔街坊邻居那些窥探的视线后，樊长玉才问谢征："那人是谁？"

谢征道："镇上书肆的东家。"

樊长玉拎起桌上的茶壶给自己倒水："我记得镇上书肆的东家是个留胡子的老头儿啊？"

谢征道："那是掌柜的，真正的东家一直住在蓟州主城那边。"

上回赵询前来寻他时，这巷子里的人都出去务工谋生了，并未看到。今日因是年底，家家户户的人都得闲在家，才一传十，十传百，引起了这般大的轰动。

茶水倒了出来，樊长玉才发现竟是壶冷茶，她捧着冷茶喝了一口，又瞥了一眼那贵公子方才坐的地方放的一个茶水被喝掉一半的茶杯，忍不住道："你就用冷茶招呼客人啊？"

谢征抬眸看了她一眼，樊长玉从他那个眼神里明晃晃地读出了"那不然呢"的意思，一时语塞。

谢征瞥见她又买回一包陈皮糖，把桌上用红纸包起来的东西往她跟前一推："我写时文赚了些银子，你收着。"

樊长玉拆开外边那层红纸一看，杏眸里露出明显的惊异之色来，里边竟是四个银元宝！

她开始卖卤肉前，肉铺一个月也赚不了这么多！

樊长玉瞠目结舌："写时文这么赚钱的吗？"

谢征拿起自己面前的粗瓷杯浅饮一口，暗痂脱落了的指节修竹一般，筋骨分明："先前写的那些时文卖得好，书肆给了些分红，这四十两里，也有下一批时文的订金。"

他所写的那几篇时文，的确在整个京城搅动了风云，赵询虽是商贾之流，但能在群狼环伺之下守住家业，自然有几分本事，在各大州府大肆拓印时文卖与仕子之余，又隐匿了那些时文的出处。

樊家遭难那几日，他的舅父还在地毯式搜索所有书肆，否则来这小镇的死士得多上一倍不止。

这些银两也不算是赵询为了讨好他特地给的，单论他那几篇时文，真要卖，得值千金。

赵家名下所有的书肆前些时日靠着拓印他的时文，已赚得盆满钵满。

怕她起疑，他才特地只要了四十两银子，没想到她还是觉得多了。

樊长玉看看手边那几个白花花的银元宝，又看看谢征："这东家专程来找你，就是看中了你写的时文？"

谢征点头："崇州战事未捷，朝中党争不断，我写的崇州战乱之象虽粗浅，却是其他读书人未经历过的，故卖得好些。"

见樊长玉看到银子非但没有高兴，反而沉默了下来，他不自觉地皱起眉，下一瞬便听樊长玉道："其实你不用骗我，我都知道的。"

谢征捏着杯壁的指尖力道微微加重，他问："什么？"

樊长玉抬起眼看他："你能得书肆东家青眼，必然文采斐得，以前肯定是念过不少书的，你是怕我因为前未婚夫中举后与我退婚，迁怒于你，才一直骗我说学识平平的吧？"

听她说的是这事，谢征扣在杯壁上的指尖这才松了几分。

未等他回话，樊长玉便皱着眉继续道："我没你想的那么小心眼儿，天底下的读书人多了去了，总不能因为我前未婚夫是个没良心的，全天下的读书人就都是没良心的吧，这道理我还是懂的，你没必要担心那些有的没的。"

谢征垂眼道："抱歉。"

樊长玉摆摆手，表示不妨事。她从前也瞒着街坊邻居她会武的事呢，这是他自己的本事，告不告诉她，又不损害她的利益，她没什么好介意的。

樊长玉只好奇地问他："你既然读过那么多书，怎么不去考科举，反而去当镖师？"

谢征说："我想做的事，习文帮不了我。"

二人相处也快一个月了，樊长玉头一回细问关于他的事，话赶话都说到这儿了，她便顺着问了下去："你想做什么？"

穿堂而过的风吹起谢征鬓边的一缕碎发，他看向院墙上厚厚的一层积雪和雾蒙蒙的天际，目光变得高深莫测："像你想继续开你爹留下的肉铺一样，我父亲没做完的事，我也想替他做下去。"

樊长玉闷头想了一会儿，惊讶地瞪大了眼："你家该不会是开镖局的吧？"

当镖师的都是些苦命人，不然谁会拿命去挣那点儿银子？

他学识不错，武艺也高，又是走镖的，樊长玉思来想去，只有镖局少东家才符合他的身份。

谢征迟疑片刻，点了点头。

樊长玉恍然大悟："怪不得你一直说，你伤好了就会走。"

她把他那四十两银子推回去："这些银子你自己收着，重建镖局花银子的地方可多着呢！等你要走的时候，我看我手头宽不宽裕，若是宽裕，再多给你点儿！"

谢征不是第一次听她说二人分道扬镳的事。他身上除了皮外伤那些口子太狰狞，还没好外，内伤已调养了个七七八八，赵询今日前来，也是告知他已买好二十万石米粮，再过不久，他的确就要走了。

此刻再听她说起这些，他心中升起几分莫名其妙的情绪。

他抬手按住一锭元宝，止住了她往他这边推的力道，语气中带着几分强硬："给你的，药钱。"

樊长玉还是推拒："当初你同意假入赘时，我们就说好了，我会给你治伤，怎么能这时候收你的钱呢？那多言而无信。你前些日子带着伤，顶着寒风在屋子里写时文，挣这些银子也不容易……"

他摁在元宝上的力道未收分毫，黑眸锁着她："糖钱？"

樊长玉愣了一下，才反应过来他说这些是给他买糖果的钱，老实地道："买糖也花不了这么多银子啊……"

"那便先收着，往后再买。"

"买到你伤好离开，也花不了这么多银子……"

樊长玉话说到一半，突然沉默了下来。

往后再买，是说他们还有以后的意思吗？

火塘里燃烧的柴火发出"噼啪"一声炸响，火星子四射，终于打破了屋中的沉寂。

对方还是那句话："你收着。"

樊长玉没看他，而是盯着他摁着银元宝的手看了一会儿，才问："你喜欢什么糖？"

谢征听她这么问，便收回了手："你看着买。"

这一夜入睡时，一向好眠的樊长玉望着帐顶失眠了。

她虽然心大，但也不是个木头。

言正虽然脾气大了些，嘴巴毒了些，但心地很好，不然先前也不会在山贼杀进家门后，还带着长宁跑。

他长得好看，识文断字，还有一身高强的功夫。

她知道他只是暂居于此，终究是会走的，才一直把他当个过客看待，但今天他给了她这么大一笔银子，让她以后也给他买糖吃？

樊长玉突然觉得心里乱糟糟的。

她翻来覆去跟烙饼似的，一直到天将明才迷迷糊糊地睡过去，第二天不出意料地起迟了，眼下还有一团淡淡的青黑。

不过好在除夕、元日这两天肉铺是不开张的，她起迟了也无妨。

樊长玉打着哈欠起床包汤圆子，外边巷子里还有孩童玩爆竹的声响，整个镇上都沉浸在一片新年的祥和气氛里。

一州之隔的崇州却刚刚经历一场惨败。

京城。

坊间张灯结彩，满满的年味。

一封八百里加急的战报过了永定门，却没被送去皇宫，而是改道被送去了魏丞相府。

流星快马从夹道上飞驰而过，两侧榆杨霜雪压枝。

魏府门前守备森严，两尊石狮按着宝珠，面目狰狞，披甲执锐的守卫

169

以雁阵排开，积雪落满墙头，连雀鸟都不愿在这边的枯枝上落脚。

马背上的驿者滚落在地，从怀中取出战报，高举过头顶："崇州急报！"

门口的守卫面色一变，取过战报，匆匆步入府内，转交与府内将士，那将士捧着战报，匆匆送到书房："大人，崇州急报！"

不消片刻，书房的侍者打开门，出来取走战报。

整个流程严密而迅速，每日送往魏府书房的情报都是以这般形式递来的。

书房侍者合上书房大门，走路时脚下几乎没有声音，恭敬地将战报呈与红木案后批阅奏章的长髯老者："丞相，崇州来的八百里急报。"

一只苍老而筋骨分明的手接过战报，老者看完后，重重地将战报往案上一搁："我早该料到那逆子稳不住崇州战局！秋收才过多久，整个西北为何征不上粮来？"

侍者不敢应声。

老者起身，着的竟不是锦衣，而是一身寻常布衣，负手望着窗外的茫茫雪景，一双凤眼细长，身形挺拔，他正是把控了朝政十余载的大胤丞相魏严。

他稍一沉吟，道："让那逆子给我滚回来，先调贺敬元去崇州战场顶上。"

他的手中曾有两把用得最顺手的刀，一把是他亲手养大的外甥，另一把则是贺敬元，亲子魏宣反而只是个空有野心却刚愎自用的草包。

侍者应"是"，正要退下时，却听到这位居丞相之位行帝令十余载的掌权者问："武安侯的尸首可寻到了？"

侍者摇头："并未。"

魏严沉沉地叹了口气："那孩子身上流着魏家的血，心性、手段最像我，可惜了……"

侍者在魏严身边伺候多年，多少能揣摩几分他的心思，想着他从前对武安侯的器重可是远胜大公子魏宣的，接了句："侯爷说不定只是被那些奸佞小人蒙蔽了，您教养侯爷十六载，不是父子，胜似父子，说您当年害死了承德太子和谢将军实乃无稽之谈，证据呢？侯爷连证据都没见到，此事应当还是有回旋的余地的，您又何必……"

侍者话说到一半突然噤了声，抬眼对上魏严阴沉凛然的目光，忙用力抽了自己一耳光："是老奴多嘴了！"

魏严却道："他终有一日会知道的。他已起了疑心，不趁他未设防时了结了他，他日为鱼肉的便是我魏家。"

侍者先是愕然，随即道："丞相乃国之栋梁，便是侯爷也动不了您，何况侯爷已不在了。"

魏严闭上眼，没作声，转身回书案后坐下时，面上已不见了那一丝怅然，问："我命人去蓟州取的东西，拿回来了吗？"

侍者的嗓音低了几度："玄字号的死士至今未传回任何消息。"

魏严的神色陡然一厉："贺敬元那边呢？"

侍者答道："安插在贺敬元身边的细作先前来信，说贺敬元似乎并不知晓那东西的存在。"

恰在此时，书房外又传来通报声："大人，蓟州牧快马送了一方锦盒前来。"

侍者当即小心翼翼地观察起魏严的神色。

他沉声说了句："取来。"

侍者这才去书房门口，将那一方锦盒捧到了书案前。

魏严一双苍老却凌厉依旧的凤眸端详着眼前的锦盒。这盒子显然有些年份了，粘在盒身上的那层锦布已经泛黄。

他打开盒子，瞧见放在里边的东西后，脸上瞬间染上了一层寒霜。

侍者见他变了脸色，忙看了一眼盒中的物件，随即大惊失色地道："贺……贺敬元看过这信了？"

锦盒中所放的，是一封信和一枚玄铁令牌。

魏严抬手拿起那封信，见信封陈旧，但封口完好，且上边并无任何落款，瞧着像是很久以前就有人用一个新的信封把里边的东西装了起来。

他沉声道："他没敢拆开。"

他抬手撕开信封，里边装的果然是另一封被拆开的信，那封信的信纸和封皮都已泛黄，还沾着干涸氧化后呈淡黄色的血迹。

封皮上写着"孟叔远亲启"几个苍劲有力的大字。

魏严挟天子以令诸侯多年，在朝堂上虽为人诟病，可那一笔字，在当代书法大家中也是排得上名号的。

但凡见过他墨迹的人，都能辨出那封皮上的字是他所书。

看到里边的信件时，魏严一直阴冷凝重的神色这才和缓了些许，只不过一双眼依旧锐如鹰隼："我让玄字号死士去取的东西，为何会落到贺敬元的手上？"

侍者垂首，冷汗涔涔："老奴这就命人去查。"

魏严却扬了扬手，示意不必。他见和锦盒一起送来的，还有一封蓟州来的折子，打开看完后，将折子扔到了案上，道："他在求我放过那叛主之徒的两个女儿。"

侍者能在魏严身边伺候多年，自然是个会揣摩人心的，瞥了一眼贺敬元那折子上写的"山匪袭清平县，杀害多户良民，匪徒现已伏诛"，便明白了魏严话中的意思。

贺敬元替魏严找回了他想要的东西，希望魏严就此收手，放过那人的两个女儿。

侍者目光微动，道："贺将军大抵也是念在昔日同袍的情分上。您先前为试探贺将军忠心与否，让他去杀那二人，他不也照做了吗？想来贺将军对您一直是忠心的，不过是妇人之仁罢了。"

魏严冷笑："你说他是一早就拿到了这东西，还是真如他在折子中说的那样，误以为清平县闹匪患，出兵剿匪，误抓了玄字号死士，才得知老夫在寻此物？"

侍者斟酌着道："您让他去杀了那二人后，不是派了人过去盯着了吗？贺敬元看样子并不知道这东西，想来是后者。"

魏严冷声道："宁可错杀一千，不可放过一人。他虽未启这信件，但能想到以这信来求我放过那叛主之徒的女儿，当已猜到这是何物了。"

侍者小心地道："您的意思是，要像对侯爷那样……"

他做了一个抹脖子的手势。

魏严盯着案上那本折子，沉吟许久，终是摇头："锦州之战过去了十六载有余，数月前，承德太子和谢临山的死才突然在民间被重提，征儿会去彻查关于此战的卷宗，想来也是被有心之人指引的。那幕后之人尚未现身，便已逼老夫折了手上这最好的一把刀。"

魏严说到此处，语气陡然凌厉起来："眼下崇州战局僵持不下，兴许那幕后之人也在暗中动了手脚。若再折了贺敬元这柄刀，西南之地便可拱手送人了。那叛主之徒倒也心中有数，未告知两个女儿半点儿当年之事，俩黄毛丫头不足为惧，姑且留她们性命吧。"

侍者赞道："丞相英明。"

侍者心中却也明白，他妥协留贺敬元的性命，不过是因为贺敬元知晓锦州一战的真相后，依旧愿意为他所用。而背叛了他的那人，膝下只有两个女儿，女子谈何复仇？他不用担心有什么隐患。

但谢征不一样，杀父之仇，不共戴天。

所以眼前人才先下手为强，在崇州战局上设套，让大胤这位弱冠之年便凭军功封侯的战神折在那里。

魏严并未理会侍者的奉承，最后瞥了一眼那历经十六年光阴的泛黄的信纸，扬手将信纸扔进了案边的炭盆里。

烧得火红的银骨炭瞬间将信纸灼出一个大洞，随着那信纸上暗棕色的洞变大，整张信纸逐渐被火光吞噬，十六年前的兵戈与血色似乎也在这火光里化作了烟尘，再也无人知晓当年的真相。

魏严的眼中映着火光，他沉声道："崇州战局且先交与贺敬元吧。一心想把十六年前的锦州之战搬到台面上来的人不会罢休的，让地字号死士去盯紧些，再有异动，老夫必要见到那躲在暗处搅动风云的老鼠！"

侍者问："会不会是李太傅一党？……"

魏严摇头，苍老的脸上自有一股泰山崩于前而色不变的从容："那老东西若察觉了当年锦州一战的蛛丝马迹，不会等十六年才旧事重提。"

他缓声道："当年承德太子战死后，东宫失火，太子妃和皇孙都命丧大火中，太子妃尚有半张脸可辨认，皇孙却被烧成了一具干尸，且盼当年死的当真是皇孙吧。"

侍者听出他的言外之意，冷汗都出来了，道："能和太子妃死在一起的，必然是皇孙无疑，东宫里除了皇孙，又哪儿来的男童呢？"

魏严只道："但愿如此。"

蓟州。

本是除夕，但朝廷军队在崇州战败，蓟州毗邻崇州，整个蓟州府七品以上的官员全都没能安稳地过个好年，被叫去蓟州府衙商议对策。

一封公文被送于贺敬元的书案上，贺敬元展开看后，只叹道："丞相这长子，是嫌崇州战场的火烧得还不够大啊！"

立于下方的郑文常问："大人何出此言？"

贺敬元将盖有西北节度使大印的公文递与下属，书房内的众官员传看后，议论纷纷。

郑文常怒道："整个大胤朝一京十七府，西北占四府，崇州已反，只余徽州、蓟州、泰州三府，徽州乃屯兵之地，朝廷为了削弱节度使兵权，历来严令禁止屯兵之地囤粮种地，现整个西北只余蓟州、泰州两府可供粮，他魏宣要我们两府各自在三日内征收十万石粮，这不是强人所难吗？！"

另一官员道："听闻泰州征不上粮来，昨日节度使派了军队前去强行征粮，农人留的谷种都叫官兵夺了去！百姓别说明年春种，这个严冬不饿死便算好的！"

"魏宣手底下那些兵将，哪里将百姓当人？听说还打死了好些个不愿交粮的庄稼汉。此事还没传开罢了，一旦传开了，魏家的恶名便又多了一条！"

贺敬元听着底下的府臣们吵吵嚷嚷，并未作声，在他们愈吵愈烈时，才问了句："今年西北何故征不上粮来？"

徽州大营十万军士的粮草一向由朝廷拨给，只不过崇州战乱，阻断了粮道，粮草这才迟迟到不了。

若是崇州之战早些结束，徽州大营也不至于落到如此地步，偏偏大胤战神武安侯折在了那里，对三军士气的影响不可谓不大。

新来的节度使魏宣又是个好大喜功之徒，为了尽快将徽州十万军士的兵权握到手中，将武安侯麾下重将贬的贬，远调的远调。

他自己带去的那一班人马根本不熟悉西北的战局，接连吃了好几回败仗，士气再三受损，硬生生将战线拉长，耗完了徽州大营现存的粮草。

徽州粮草告急，按理说，西州其他三府是能先帮忙补上的，便是如今只剩两府，也不至于一点儿粮草都征不上来。

一直跟个炮仗似的郑文常抱拳道："属下命人查过了，前不久，一名姓赵的商人在蓟、泰两州高价收购了不少粮食，百姓只留了春种的谷种和自家吃的粗粮，其余粮食全卖了，换成银钱过年。"

贺敬元道："查查那姓赵的商贾。"

郑文常应"是"。

贺敬元说："今日除夕，便不再议事了，都早些回去吧。"

底下的官员原本一个个表情苦大仇深，听到他这话，喜上眉梢，却还是按捺住喜色，规规矩矩作揖后才陆续离去。

只有郑文常一直紧皱着眉头。

满屋子的人都走光了，独留他还戳在原地。

贺敬元从书案后起身，见他还站在那里，不免问："怎么不归家？"

郑文常忧心忡忡地道："大人，魏宣既然指名要咱们蓟州府三日内凑齐十万石米粮，三日后若拿不出，可如何是好？"

贺敬元道："我不是让你去查那姓赵的商贾了吗？"

郑文常没说话。那商贾一早就在买粮，就算查到了，粮食若被卖去了别处，也是远水解不了近渴。

贺敬元忽而顿住脚步，看向自己跟前的年轻人，目光温和而有力："你想让我跟魏宣一样，让底下的人去百姓手中抢粮食？"

郑文常忙道"不敢"，只是面上仍有些犹豫之色："那……魏家那边，您如何交代？"

贺敬元道："总有法子的，但这法子不是拿刀架在百姓的脖子上。文常，朝臣仕子骂我们是什么党不重要，重要的是，咱们自己心里清楚，这官是为大胤百姓当的。"

郑文常羞愧地颔首："下官受教了。"

贺敬元不再多言。

屋外下着鹅毛般的大雪，他走出书房，想的却是他在得知崇州战事失利后送去京城的东西，魏严当已看到了。

京城的调令在魏宣发难前送来，那么魏宣便不足为惧。

魏宣如今急着征粮，大抵也是怕被魏严责罚，这才急功近利，想做出点儿成绩来。

西北无人，魏严能用的仅剩一个他，他冒险用那法子换那两姐妹一条生路，约莫是能成的。

他能做的，也只有这么多了。

听到远处街巷传来的鞭炮炸响声，贺敬元眼中露出些许怅然以及更加复杂的情绪来："逢年过节，总得给那边的人烧些供奉才是。有位故人，再无人会记得给他烧钱纸了。我无颜见他，文常，你随我去城外走一趟，替我给故人烧些钱纸。"

郑文常应"是"。

一辆马车驶出蓟州主城，在一处山坡上停下。

山风呼号，贺敬元亲自点了香，向着北方拜了三拜后，将香插入土里，随后回避，只让郑文常把冥币都烧在那里。

风卷起火舌，那一摞没来得及烧尽的冥纸也被吹得到处都是，白茫茫的落雪里混杂着白色的冥纸，无端显出几分凄清惨淡来。

郑文常烧完供奉，走下矮坡时，见贺敬元背对着矮坡，神色有些凄然。

回程时，他忍不住道："大人素来宽厚，为何说无颜见故人？"

贺敬元闭目坐在马车上，似在小憩，闻言只答："时局之下，终有不得已而为之之事。"

临安镇。

被踩化的雪地上覆着被水泡烂的冥纸。

风刮得大时，还有不少冥纸被吹飞起来。

化了雪的路不好走，一片泥泞，樊长玉抱着长宁走在田埂上，谢征面无表情地拎着装了满满的香烛纸钱的竹篮跟在后边。

镇上的传统，除夕这天得去故去的亲人坟前上香、燃烛、烧纸钱。

樊长玉的爹娘就葬在镇外一处风水极好的山上。

因为是新坟，坟前没有杂草，到了地方，樊长玉就把长宁放了下来。

爹娘故去已近两个月，长宁看到那两个坟包，葡萄眼里还是瞬间就转起了泪花："爹爹，娘亲……"

樊长玉摸摸胞妹的头，哄道："别哭，大过年的，得高兴些，爹娘看到我们高兴，在天上才放心。"

小长宁努力吸了吸鼻子，忍住眼泪。

樊长玉点上香和烛后，让长宁在坟前叩头，自己则把竹篮里的冥纸拿出来，烧在一个专门装纸灰的铁盆里。

长宁磕完头后，也蹲过去跟樊长玉一起烧纸钱，见谢征站在一旁，把自己手上的冥纸分了好厚一沓给他："姐夫烧纸！"

谢征稍一犹豫，也拿起冥纸烧了起来，冥纸燃烧的味道有些呛人，升起的烟熏得长宁睁不开眼，只能先躲一边去。

火盆旁便只剩樊长玉和谢征。

谢征注意到她把篮子里的冥币分成了四份，问了句："还有两份是给谁的？"

樊长玉说："我外祖父和外祖母。从前都是我爹娘给他们烧供奉，现在爹娘也去了，我索性就一起烧给他们了。"

谢征不动声色地拧了拧眉。她母亲连自己原本的姓氏都不知道，还能知晓自己爹娘去世了？

他越发觉得她母亲的牌位是特意掩去了姓氏。

至于她爹为何没掩去姓氏，要么樊姓并非她爹原本的姓氏，要么……她爹从前用的是另一个姓氏。

心中虽有了怀疑，但他丝毫没有问她祖父姓氏的意思。

他已经猜到结果：问了，她也是三不知。

樊长玉见他沉默，以为他是想起他过世的爹娘了，大方地道："家中还有多余的冥纸，回头你给你爹娘也烧些吧。"

谢征用指尖捻着一张被火舌点燃的冥币，眉眼在火光和烟尘里显出几分淡漠："烧这些东西，当真有用吗？"

这问题，樊长玉还真答不上来，她想了想，说："也许有用吧，老人们都说，人在那边，少不得花钱打点鬼差，不然会受苦的。就算没用，那也是个念想。"

逢年过节有人烧纸钱，说明这世间还有人记得那死去的人。

谢征没再出言，只时不时往火盆子里扔一沓冥纸，眼睫半垂着，叫人分辨不出他目光中的意味。

他扔的冥纸太多，一次烧不完，堆叠在一起，起了浓烟，樊长玉被熏得眼泪都差点儿出来了，闭着眼，把脸扭到一边，道："你一次别放太多。"

她伸手去摸竹篮里的冥纸，没摸到冥纸，反而摸到一只微凉的大手。

樊长玉触电一般赶紧移开手，睁开一双被熏出泪花的杏眼，又是尴尬，又是狼狈："抱歉。"

手背还残留着那温热的触感，谢征轻抿了一下唇，本欲说"没事"，抬眸瞧见她眼角噙泪、眼尾发红的狼狈模样，微微一怔。

樊长玉好不容易忍过那一阵烟熏，眨了眨眼，把被熏出的眼泪挤出去后才好受了些，抬头，见谢征神色不名地盯着自己，她拍了拍自己的发顶："我头上有灰吗？"

这会儿风大，她的头上和肩头的确落了不少冥纸的灰。

谢征收回目光，敛眸，点了点头。

樊长玉自己胡乱拍了一气，但这纸灰被她一拍，反而粘在了身上。

长宁瞧见了，迈着小短腿跑过来，鼓起腮帮子，道："宁娘给吹吹。"

樊长玉低下头，让胞妹帮忙吹掉自己发顶的灰，奈何长宁人小，力气不够，吹不干净，她拽了拽谢征的袖子，仰起头道："姐夫给吹吹。"

谢征看向樊长玉，她半蹲在地上，让她妹妹帮忙弄掉头上的灰，从他的角度刚好能看到她一截白皙的后颈和半张清丽的侧脸，她因为同妹妹说话，嘴边还带着一抹恬淡的笑意。

樊长玉一听长宁让谢征帮忙吹掉自己发顶的灰，就抬起头来，道："已经弄得差不多了，回吧……"

最后一个字却卡在了喉间。

谢征抬手，一点点帮她拂去发顶的烟尘和纸灰。他手上的力道很轻，只是浅浅擦过她的头发，但拨弄发丝带起的轻微痒意还是让樊长玉整个人微僵了一瞬。

这和她自己动手的触感完全不一样，但具体怎么不一样，她又说不出来。

拂去她发间最后一抹烟尘，谢征收回手，道："好了。"

樊长玉对上他情绪莫辨的漆黑双眸，干巴巴地说了句："谢谢。"

祭祖回家已临近中午，樊长玉炖了只猪脚，再切上一盘腊肠，热了一碗之前蒸好的扣肉，最后炒了一盘解腻的干菜，一顿午饭，三个人也就凑合着吃了。

那干菜是在青菜收获的季节，把青菜水煮晾干后制成，镇上家家户户都会这门手艺，听说是灾荒年里，为了尽可能多地储存粮食想到的法子。

比起青菜的鲜嫩，干菜多了一股醇香，用水泡发后切成细段，油煸姜蒜后倒进干菜一炒，比肉还香。

一顿饭吃完，肉还剩一半，一盘干菜倒是被吃了个干净。

海东青笼子边上的一大碗鲜肉混内脏的肉碎也被吃了个底朝天，它正眯着一双豆豆眼，用喙梳理自己被放在火塘边上变得灰不溜秋的羽毛。

樊长玉收拾完碗筷，拿出一早买好的春联红纸和灯笼开始捣鼓。

除夕这天贴春联、挂大红灯笼是必不可少的习俗。

笔墨纸砚都在谢征的屋子里，樊长玉带着一沓春联纸敲开了他的房门。

书案上铺着纸，豁口的砚台里，墨也研好了，他不出意料地又坐在瘸腿的书案前写什么东西。

在他清冷的视线扫来时，樊长玉挠了挠头，厚着脸皮道："那个……

你会写春联吗？"

长宁跟个小尾巴似的在门边露出半个脑袋，一双眼笑成了两弯月牙儿："姐夫写春联！"

谢征将写到一半的纸张收到一边，在书案上腾出地方，道："拿来吧。"

樊长玉便带着春联纸和长宁这个小尾巴挤进了屋子里。

谢征把春联纸铺在书案上，用毛笔饱蘸浓墨后，砚台里剩的墨汁便不多了，他微微侧过头，对樊长玉道："帮我再研些墨。"

樊长玉欲言又止，但见他已提笔在春联纸上写下遒劲飘逸的第一个字，又不好打扰他，瞅了一眼那方陈墨，拿起，用力地在砚台里研了起来。

笔上的墨汁不够了，谢征打算再蘸些墨，瞧见砚台里那黑乎乎的一堆，沉默了一息，说："多了。"

何止是多了，他只写一副春联，她都快把半块墨研完了。

他忍不住扫了一眼她的手，想到她的手劲儿，倒也释然了。

樊长玉讪讪地道："我研之前想问你研多少来着……"

她识字，被她娘用藤条逼着也勉强学会了写字，可那字实在是惨不忍睹，笔墨纸砚金贵，她自己很少研墨，以前被她娘亲逼着练字时，都是她娘研好了墨盯着她写，她对研多少墨心里真没数。

谢征对这样的状况似乎已经习以为常了，道："研多了倒是不碍事，就是用不完有些可惜。"

樊长玉盯着被自己磨掉大半块的墨，顿时也有些心疼。

她想到赵大娘家八成也没买春联，道："那咱们给赵大娘家也写一副！剩下的墨再写几副，几个房间的门上各贴一副，喜庆！"

谢征还是头一回听说这么个贴法，好看的眉拧了拧，随即又觉得有几分好笑，心中多了一丝自己也说不清的明朗情绪。

初见时，他只觉得这女子粗鄙；如今却觉得，在那份粗鄙里，又有一股蓬勃向上的生命力，像是野地里的荒草，无人养护，只凭着一股野蛮劲儿向上生长，可破冻土，可裂岩石，忍过严冬，熬过酷暑，不管破土后芽尖经受的是风吹还是雨淋，底下的根系都只继续深深地扎进厚土里，不断地为芽尖提供向上的养分。

他看了一眼撑着下巴坐在书案侧面看他写字的女子，笔尖蘸了浓墨，继续写春联的下联。

雪花从半开的窗棂里飘进来，风吹动他宽大的袍袖，也吹动樊长玉的长发，在他收笔时，樊长玉凑近了去看他写的春联，一缕长发恰好拂过他的手背。

他收笔的动作一顿，笔尖在春联下方落下了一滴墨。

樊长玉"呀"了一声，有些懊恼地道："我打扰到你了？"

谢征收回视线："没有，墨蘸多了些。"

樊长玉有些心疼地看着那副春联："真是可惜了，这字写得多好啊，不过没关系，贴在我和长宁房门口就好了！"

谢征抬眸问："你喜欢？"

樊长玉点头，端详着这副对子，念出上边的字："'冰销泉脉动，雪尽草芽生'，冰雪一化春草生，我喜欢这个寓意。"

她说着，对着谢征笑了笑："我娘从前给自家写春联时，也不喜欢写市面上卖的春联那类满是吉祥如意的话。"

谢征看着她那个笑容，恍惚了一下，没应声，垂下眸子，提笔在落下墨点的地方寥寥勾勒几笔，那一点毁了整副对联的墨迹就变成了极具意境的野草图。

樊长玉和胞妹齐齐"咦"了一声，眸中难掩惊喜。

樊长玉拿起那副对联反复端详："你还会作画？"

谢征说："会点儿皮毛。"

樊长玉盯着春联下方那簇生机盎然的野草："够用了。"

她又抬眸瞅了谢征好几眼，说："你去街上卖字画，我觉得应该也能赚很多钱！"

凭着他这副相貌和画工，肯定有大把姑娘愿意去买他的画！

谢征原本听她那些夸赞上扬了几分的嘴角，在听到后两句时，又压平了。

他道："我不作不称心意的画。"

樊长玉知道这人的脾气一向臭，得到他这么个回答也不意外，继续盯着他写横批。

他提笔写的是"忍得春生"四字，字迹端方有力，仿佛也带了股野草破土而出的蓬勃朝气和韧劲儿。

这副对联樊长玉已极喜欢，看到这横批，更是满意。

为了显得相称些，谢征在横批和上联的纸上也画了几笔野草。

樊长玉欢欢喜喜地把写好的对联放到旁边的柜子上铺着晾干。

这副春联已经没了那点墨迹，买的春联纸又只够写三副，樊长玉还想给赵大娘他们也写一副，当即决定把这副对子贴到大门口。

谢征写给两位老人的春联是一副祝愿福寿安康的吉祥对子。

写最后一副春联时，长宁两手扒着书案，踮着脚，扬起脖子道："宁娘也想写。"

樊长玉想着这副对子反正是贴在家里自己看的，便把写横批的纸找出来，让谢征帮忙想了一副对子，写到纸上后，她手把手教胞妹抄上去。

她带着长宁写完横批，又用自己的狗爬字体写完上联。

字虽然丑了点儿，但樊长玉瞧着还挺满意的。

她把毛笔塞回谢征手中："你来写下联。"

谢征望着那大到快写出春联纸的字，沉默了一息，用狂草写完下联，整副春联看起来才没那么违和。

他写的所有字体都规避了自己原本的笔迹，不会叫识得他字迹的人察觉。

樊长玉本想就此收工，长宁却不知何时溜出房去，把在堂屋鸡笼子里的海东青抱了过来，用晶亮的双眸看着樊长玉："把隼隼的脚印也印上去！"

她的抱法很讲究，一只胖手抱着海东青的肚子，一只胖手扼着海东青的脖子，大有海东青不配合就直接拎鸟脖子的意思。

谢征对上海东青惊恐又无助的眼神，心情有些微妙。

这姐妹俩应该是亲的。

樊长玉摸了摸海东青头上的羽毛，想了想，说："行！"

她把砚台拿过来，提起海东青的一只爪子伸进去一蘸，在长宁写的横批后边印了一个隼爪印。

被拍脑门儿的阴影还在，海东青缩着翅膀，全程一动不敢动，只余一双豆豆眼瞪着，茫然又可怜。

印完爪印后，樊长玉用湿帕子擦干净了海东青脚上的墨迹，这才对长宁道："抱回去吧。"

长宁高兴地抱着海东青去堂屋放回了鸡笼子里。

樊长玉则去厨房找到中午没喝完的米汤糊糊，先把三人一隼共同完成的春联贴到了堂屋的门框上，再带着米汤糊糊出门去贴那副"忍得春生"的对子。

赵家老两口儿听说谢征给他们也写了对子，出来看樊长玉帮他们贴上的新联，笑得合不拢嘴。

巷子里路过的其他邻居瞧见了，好奇地道："长玉，你夫婿还会写对子？"

赵大娘一直不愿樊长玉因宋砚的事叫人瞧低了去，听人这么问起，当即就道："那可不？那后生也是个会识文断字的，你瞧瞧这笔字，比街上卖的春联写得还好哩！"

在这小地方，识得几个字便算得上有本事的人，不说考上秀才，单是考上童生，说亲时姿态就比旁人高上一大截。

那妇人看了，连连点头："比起往年宋砚给大家写的春联也不差，还是长玉会挑夫婿！"

她说着，冲樊长玉笑道："让你夫婿也给婶子写一副成不？"

从前一到新年，宋砚就会去集市上支个摊儿给人写春联补贴家用，巷子里的邻居找他写，他一概不收钱，大家自带写对联的红纸就行，不过大家找他写对联，大多会送上一点儿东西以示心意。

今年宋砚一家搬走了，找人写春联得花个十几文，买现成的也不便宜，所以巷子里大多数人家家中都没备春联。

樊长玉想了想谢征的臭脾气，婉拒道："对不住，婶子，家里没备多的春联纸。"

那妇人直接道："婶子家中往年买的春联纸还有哩！"

谢征不知何时出现在大门口，妇人见了他，笑问："长玉相公，你得空帮婶子写副春联成不？"

"长玉相公"是个什么鬼称呼？

樊长玉生怕他那张利嘴说出什么刻薄话来，正想再次替他拒绝，却听他道："您把纸拿来。"

樊长玉有些错愕。那妇人听了谢征这话，极为高兴，转头就往家走："你等着啊，婶子这就回家拿纸去！"仿佛生怕谢征下一刻就反悔。

樊长玉想着他应下来，八成是顾虑自己，走进院子后忍不住道："你要是不愿意，不用勉强应下的。"

谢征淡淡地抬眸："我何时说我不愿意了？"

樊长玉："……"

先前是谁说不作不称心意的画的?

行吧,那是作画,写几个字不碍事,是她想得太多了。

很快,那婶子就拿着红纸上门来了,不过来的不止她一人,还跟着好几个同样拿着红纸的妇人和婆子。

这些人见了樊长玉,无一不是笑呵呵地道:"听说你夫婿在给人写春联,大娘家中今年还没写春联呢,就厚着脸皮一起过来了。"

都知道笔墨纸砚金贵,她们自然也不是空着手来的,家中磨了豆腐的带了一碗豆腐过来,自己做了米花糖的包了几块米花糖,进门就递给长宁,让她当零嘴吃。

樊长玉看着拿东西上门的人,拒绝也不是,替谢征应下也不是,只能看向谢征。

他已把放在南屋的笔墨砚台拿到了堂屋来,接收到樊长玉的眼神,淡淡地说了句:"各位婶子先坐。"

这便是应下的意思,樊长玉就让众人先坐到火塘旁烤火。

谢征写春联并不是直接写,而是先问一两句对方想要什么寓意的春联,再落笔。

行云流水间,他执笔的姿态从容而沉静。

住在巷尾的一个老婆婆在去写对联时,大抵是不知道怎么形容自己想要的对子,说话讷讷的,言语又琐碎,还带着方音。

谢征面上却没有半点儿不耐烦之色,为了听清老人家说的是什么,还会微微低下头,侧耳细听。

樊长玉坐在火塘旁,瞧见这一幕,还有些惊讶,印象中,他的脾气一直不太好,人又傲气,没想到他还有这样温柔的一面。

写完对子后,他给老婆婆念了一遍,又解释了其中的含义,老婆婆不住地点头,笑得脸上的褶子都绽开了。

樊长玉单手撑着下颌看着那边,不知怎么的,也笑了起来。

谢征忽而抬眸看来,跟她的一双笑眼对了个正着。

樊长玉的心忽而一跳,脸上的笑容也跟着一僵,她默默地转过头烤火。

谢征帮忙写对子的事,一传十,十传百,大半个巷子的邻居都来找他帮忙写,一直到傍晚才无人再来叩门,别人送的各类吃食、零嘴堆了满满一桌子。

见谢征在火塘旁坐下后一直在不动声色地揉手腕，樊长玉揶揄道："手酸是吧？"

谢征只答："还好。"

樊长玉在心里轻"哼"一声：这人就是嘴硬。

眼瞧着天快黑了，她把大红灯笼也点上，打算挂到院子里。

往年挂灯笼这活儿都是她爹来干的，樊长玉没甚经验，找的竹竿短了，没挂上去，唤长宁："宁娘，帮我搬个凳子出来。"

长宁正拿着一块米花糖坐在门口吃，吃一点儿，就掰碎一点儿撒到脚边，让海东青也啄着吃，听到樊长玉的话，扭头就冲屋内喊："姐夫，帮阿姐搬个凳子挂灯笼。"

樊长玉正想说这小孩儿越来越会指使人了，就见谢征从屋内走了出来。

他手上没拿凳子，走近后再自然不过地接过樊长玉手上的竹竿，掌心浅浅擦过她的手背，一如他之前在松林里教她破招时那般，只不过这次他身上的清新冷冽的气息里多了股陈皮糖的淡淡香味。

"挂好了。"他把灯笼挂到屋檐下后退开一步，那股陈皮糖的味道也远了。

樊长玉浑身不自在，干巴巴地挤出一句"谢谢"。

晚饭有中午没吃完的炖猪蹄，还有邻居们来写春联时送的自家做的拿手年菜，樊长玉挑着热了几个菜，又在火塘上方支起一口小锅，切了鲜肉片、豆腐、冬笋，摆上一碟卤下水，又现往切好的嫩猪肝里打上一个鸡蛋，搅匀了，涮着吃。

她在溢香楼帮忙做卤肉那几天，看到楼里的食客经常点这样的锅子。

她好奇地问过这是什么，李大厨说这是俞掌柜自创的菜式，别的酒楼也有，但味道远不及溢香楼的。

除夕、元日这两天，溢香楼也打烊，那位俞掌柜送了好几块用来煮锅子的凝固红油块给她，让她拿回家过年吃。

樊长玉不知那凝固的红油块是怎么做的，里边还有花椒、香叶、八角等各种作料，在水里煮开后就变成了一锅红亮亮的汤汁，涮肉吃，味道比自己上次煮的毛血旺还好，就是吃着有些辣。

长宁又馋又怕辣，吃到后边，嘴都肿了一圈。

樊长玉也觉得这锅子的味道辣得受不住，去取了一坛清酒来，都给谢征倒上一杯了，才想起他身上有伤。

樊长玉把他面前的杯子拿回来放到自己面前："我忘了，你身上有伤，不能喝。"

谢征闻到酒味就知道这酒不烈，说："清酒不碍事。"

樊长玉才不理他，给他倒了一杯温茶："大夫说了，你的伤好前不能沾酒。"

长宁眼巴巴地看着樊长玉面前的杯子："宁娘也要。"

樊长玉给她也倒了一杯温茶："小孩子不能喝酒，跟你姐夫一起喝茶水。"

谢征："……"

那锅子实在是辣，偏偏又让人上瘾，樊长玉吃到后面，几乎是把清酒当水喝。

唇上火辣辣地疼，还想倒清酒时，她才发现一坛酒不知不觉被自己喝了大半。

樊长玉有些傻眼："我怎么喝了这么多？……"

随即她又安慰自己："没事，这酒应当不醉人的。"

她的脸上已有些泛红，但谢征和长宁吃这锅子也被辣得脸上泛红。

谢征不清楚她的酒量，看她喝得豪迈，以为她酒量不错，到此时都不知她脸上的红到底是被辣的还是醉的，抑或是两者都有。

他把茶壶推向她那边："你喝点儿茶解酒。"

樊长玉这会儿脑子有点儿迟钝，想了半天才得出一个结论：他好像是在笑话自己酒量浅？

她固执地又给自己倒了一杯清酒，虎着脸道："我酒量好着呢！我爹能喝一坛烧刀子，我能喝半坛，这点儿清酒算什么？"

谢征眼睁睁地看着她一仰脖，把那杯清酒喝了下去，然后一双杏眸越睁越小，最后脑袋一点，趴在矮几上睡着了。

谢征："……"

那小孩儿也是个吃饱了就犯困的性子，抱着她姐姐给的压岁红封，呼吸早就变得绵长了。

这除夕夜守岁，竟只剩谢征一人还醒着。

檐下的灯笼给纷纷扬扬的落雪洒上一层暖光，远处的街巷里传来谁家燃放爆竹的声响。

　　谢征看向趴在矮几上睡得正香的女子，她映着火光的半张脸红扑扑的，光是看着便让人觉得，指尖触上去的感觉应当极暖，也极软。

　　他静静地看了一会儿，移开目光，拿过桌上的酒坛子，给自己倒上一杯，一腿半屈，一只手搁在膝头，姿态闲散，执杯浅饮一口，望向窗外的雪景。

　　可能是离火塘近，也可能是檐下的灯光暖，这一刻，他心中前所未有地宁静。

　　锦州之战后的第十六年，他终于又知晓，原来年是这样过的。

　　半坛酒水叫他有一口没一口地喝下了肚，他的眼中依然不见半分醉意。

　　子时，镇上烟花炸响，他看向矮几那头听到声响，只发出一声梦呓又沉沉睡过去的女子，轻声说了句："新年欢喜。"

第七章
游　街

　　烟花过后，远处的街巷里，爆竹陆陆续续炸响，夜色里隐隐传来一两声犬吠。

　　谢征将手半握成拳，在樊长玉趴着的桌边轻轻敲了敲："醒醒。"

　　在醉意和困意的双重作用下，樊长玉只含糊地应了一声，脑袋在自己的手臂上换了个更舒服的姿势，继续睡了。

　　眼见是叫不醒她了，谢征迟疑片刻后，起身走了过去，准备把人扶起来抱回房间。

　　这一番动静倒是让樊长玉迷迷糊糊睁开了眼，她两腮依然带着酡红，一时间倒让谢征分不清她是醒着的还是醉着的。

　　他扶着她的一条手臂，以防她摔倒，问："能自己回房吗？"

　　樊长玉歪着脑袋打量他，头发因为刚才睡觉的姿势变得乱蓬蓬的，看起来又呆又乖，眼神茫然，像是还没认出眼前这人是谁。

　　谢征先是一怔，随即移开视线，皱眉道："都不清楚自己的酒量也敢乱喝。"

　　他拽着她的一只手，打算把人半扶起来，却听见她在口齿不清地嘀咕什么。

　　谢征听不清，只得侧耳凑近几分："什么？"

樊长玉的意识压根儿就不清醒，脑袋一点一点的，在谢征凑近去听她说话时，她的脑袋刚好又一次垂下，唇浅浅地擦过他的脸颊，脑袋正好埋进了他的颈窝里，一双本就茫然困倦的眸子也合上了，根本不知自己做了什么。

谢征却整个人僵住了。

时间仿佛在这一刻静止，风声、雪声、篝火燃烧的声音都停了。

她毛茸茸的头顶就抵在他的颈侧，呼吸声绵长而轻浅，看样子是睡熟了。

谢征好半晌都没动作，直到边上传来一道低低的嗓音："阿姐？"

谢征侧过头，就见长宁似乎刚醒来，一只手还抱着她的红封，另一只手揉了揉惺忪的睡眼，困惑地看着他和樊长玉。

他将瘦长的手指轻抵在唇边，做了一个"嘘"的手势，碎发垂落在额前，眸子在灯影里显得漆黑沉静："你姐姐睡着了，别吵到她。"

长宁乖乖点头。

谢征指了指一旁的油灯，道："拿得动油灯吗？"

小长宁更用力地点了点头。

她两手捧着油灯走在前边，谢征一只手穿过樊长玉的腋下，另一只手穿过她的膝弯，把人打横抱起，稳稳地走在长宁的身后。

樊长玉把他从野地里背回来过两次，他却还是头一回抱她。

她比他想象中的还要清瘦些。

是了，短短两个月，她经历了双亲亡故、竹马退婚、大伯抢她家产，再往近了说，这两场刺杀也足够普通人胆战心惊一辈子。

她表面像个没事人一样，每天依旧早出晚归地挣钱养家，饭桌上也从来不见她食不下咽，哄她胞妹时，她还会跟那小孩儿一起嘻哈玩闹。

从前谢征觉得她是心大，这一刻却突然觉得，也许……她并不是心大，她只是知道自己不能一直伤感难过，所以努力挣钱，每天好好吃饭，好好睡觉，不敢让自己生病，也不敢让自己一蹶不振。

因为她妹妹只有她能倚仗了，她不能倒下。

从堂屋去北屋的路不长，在黑暗与灯影的交错中，谢征的心头却涌上了许多复杂的情绪。

到了北屋，长宁身量不够，不能把油灯放到桌上，就先把油灯放到了一张圆凳上。

谢征把熟睡的樊长玉放到了床铺上，长宁就"噔噔噔"地跑过来，两手抱住樊长玉脚上的鞋子，使劲儿往后拽，帮她姐姐脱鞋。

小孩儿铆足了劲儿却还是不得章法，谢征道："我来。"

他帮忙脱下两只鞋，本想就这么帮樊长玉盖上被子，长宁却道："阿姐的袄衣还没脱。"

谢征指尖微顿，哄小孩儿说："你阿姐睡着了，脱袄衣可能会弄醒她，让她就这样睡吧。"

长宁这才作罢。

他给樊长玉盖上棉被时，小孩儿也踢掉鞋子爬上了床，像个小大人一样帮她姐姐掖了掖被角。

谢征等小孩儿也躺下了，才把油灯放到一旁的木桌上，回过头看了一眼床帐那边，在昏黄的灯火下，樊长玉脸上带着醉酒的薄红，睡相乖巧又娴静。

他突然就想起了他教她大胤律法的那一晚，她背律令背得睡着了，趴在书案上，在睡梦里哽咽着喊出的那一声"娘"。

心头那股陌生又奇怪的情绪又升了起来。

"姐夫？"

长宁见他一直盯着这边，眨巴眨巴眼，唤了他一声。

谢征回过神来，说："方才在那边屋子里的事，别告诉你姐姐。"

小长宁很迷茫："什么事？"

谢征沉默了一息，想着她那会儿刚醒，或许没看见，便道："没什么。"

他准备拂灭油灯时，小孩儿道："姐夫，你回屋不用灯吗？"

"不用。"

话音刚落，油灯已熄灭，屋内陷入了一片黑暗。

谢征在一片暗色中步履从容地离开了房间，出门时还顺手带上了门。

他回房前，把还在火塘旁的鸡笼子里的海东青也带走了，进屋后点上油灯，研墨，将白日里没写完的那封信写完，随后才放进一个竹筒里，绑到了海东青的脚上。

海东青翅膀和脚上的伤已养得差不多了，这些日子因为没有出去飞，每日还有一大碗鲜肉碎或内脏吃，整只隼都圆润了一圈。

抬臂让海东青跳上来时，谢征感受到小臂上的重量，眉峰微不可察地皱了皱："送完信，在外边飞到天黑再回来。"

海东青一双豆豆眼下意识地瞟向堂屋那边那个装肉碎的大碗，感受到身后的人气息骤冷，才赶紧扇动翅膀，飞向了深沉的夜幕。

谢征在海东青飞远了后也没进屋，而是负手站在檐下，看了许久柳絮一般纷纷扬扬往下落的大雪。

让赵询买粮时，他就预料到了官府那边终究会注意到。

前些日子赵询来见他，他已让赵询把粮食先送去自己指定的地方，海东青送去的这封信，便是让他的旧部去运粮的。

魏家人想不费一兵一卒除去他，再接手他在徽州的十万兵马，算盘是打得极好，可他没死，那父子俩的好日子便也到头了。

数月之前突然传出的关于十六年前锦州之战的风言风语，他原本还不信，但他那位好舅舅得知他在暗中调查锦州一战后，直接在战场上设套，欲谋害他的性命，无疑是坐实了那一传言。

拿回徽州兵权之前，他还得借魏家人之手，先把他们安插在自己身边的暗钉给拔了。

想到自己认贼作父十六载，谢征挑起的嘴角就满是嘲意。

如果那个女人在得知他父亲的死讯后，没有选择随他父亲而去，他是不是就不用被养于魏严之手，也不用认贼作父十六载？

他沉沉地闭上眼，屋檐下的灯笼使他高挺的鼻梁在脸上投下一片暗影。

不知怎么的，他又想起樊家那两姐妹来。

有那么一瞬，谢征其实是有些羡慕那个小孩儿的。

幼年遭逢变故时，他同她差不多大小，但谢家大厦一倾，他身后再无人可为他遮风挡雨。

那个小孩儿多幸福啊，没了爹娘，却还有一个为她撑起一片天的姐姐……

再睁眼时，谢征眸中所有的情绪都已沉寂下去。

他转身回房，脱下外袍，刚躺下，便察觉出枕头底下不太对劲儿。

他坐起，拿开枕头，瞧见放在枕下的是一个红封时，俊美的脸上明显有片刻的错愕。

压岁钱。

岁同祟，民间都说压岁钱可以辟邪驱鬼，保佑平安。

这是那女子给他放的？

谢征拆开红封，里边装的是几个银锞子，每一个的分量都不到一两，此刻拿在手中，却沉甸甸的。

谢征不记得自己有多久没收到过压岁钱了，父母离世后，他唯一一次收到压岁钱，还是外祖母在世时给的。

魏严冷血刚强了一辈子，别说他这个外甥，便是他自己的亲儿子，他都未曾假以辞色过，自然也不会在年节里让人给他们准备红封。

谢征仰躺在床上，一只手枕在脑后，一只手拿着一枚银锞子放在眼前，借着烛光，静静端详，漂亮的眉眼间多了几分其他情绪。

她父母亡故，此后也无人再给她压岁钱了吧？

次日，樊长玉醒来，只觉得脑袋胀胀的。

醉酒的缘故，她起得有些晚，长宁都已不在房内。

她慢吞吞地爬起来，发现衣服都好好地穿在身上，努力回想了一下昨夜的事，但醉后的记忆再怎么想也是一片空白。

不过她回房，要么是她自己走回来的，要么是被言正扶回来的。

樊长玉想后者就觉得臊得慌。

这可真是丢脸丢大发了，她喝清酒都喝醉了，传出去不得叫人笑话？

她按了按隐隐作痛的额角，起身后，刚简单洗漱完，就听见堂屋那边传来了长宁的哭声。

樊长玉走出去问：“怎么了？”

长宁蹲在鸡笼子旁边，哭得一把鼻涕一把泪：“隼隼没了……”

樊长玉看到空空如也的鸡笼子，也愣了愣，道：“可能是昨夜笼子门没关，那只矛隼翅膀的伤养好了就飞走了。”

长宁哭得更伤心了。

樊长玉无奈，只得拿出矛隼也得回去找隼爹隼娘那套说辞，长宁才慢慢止住了哭声。

谢征在房里大概也听到了哭声，出来后见长宁还守在鸡笼子旁掉眼泪，说了句：“还会再飞回来的。”

长宁抬起一双泪汪汪的眼：“真的吗？”

樊长玉以为他是在哄小孩儿，怕他说了这么个谎言，后边长宁发现是假的更难过，顾不得自己昨晚喝醉了可能出糗的尴尬，睇了谢征一眼。

谢征一开始没明白她那个眼神，后面樊长玉哄走了长宁才对他道："你不用这样骗她的，长宁可能是太孤单了，等开春了，我打算养一窝小鸡，她有新的玩伴了就不记得那只矛隼了。"

谢征道："我没哄她。"

这次轮到樊长玉满脸错愕。

让海东青送信的事眼下还不能坦白，谢征说起谎来脸不红气不喘："鹰隼驯到后面，本就会放飞，会飞回来的才是完全被驯服的。"

樊长玉一听，这不还是个未知数？

她狐疑地瞅了谢征几眼："你就这么确信能飞回来？"

谢征从容不迫地点了点头。

樊长玉的心中虽然还是有些疑惑，但自己也不懂驯鹰隼，就没再说什么。

她前段时间熏了不少腊肉，都还挂在火塘上方，大部分是留着卖的，只有小部分留着吃。

从前她爹娘还在时，每年都是这天，她爹拎一块肉去看樊家二老，如今爹娘不在了，樊长玉虽跟那老两口儿不亲近，但对方毕竟是长辈，样子她还是得做做。

早饭后，她打算拎一块腊肉去送给老两口儿就回来，托付谢征帮忙看着些长宁后，就拿着腊肉出了门。

樊大前不久才死，樊家老宅这个年过得有些惨淡。

樊长玉去时，只有樊家老两口儿在家，刘氏带着一双儿女回娘家过年去了。

可能是一年里两个儿子都死了，老两口儿受到的打击有些大，樊老婆子直接卧床不起，樊老爹本就斑白的头发全白了，大过年的，穿的衣裳也脏兮兮、皱巴巴的，不知是无心收拾，还是现在儿媳妇当家，日子过得并不好。

他看到樊长玉，让她进屋去坐着烤烤火，但樊长玉只想给完东西就走人，道："宁娘还在家中等我，我就不多留了。"

樊老爹看着她拎来的腊肉，约莫是想起小儿子从前每年过年也会拿一块肉过来，红了眼眶，说："进屋去坐坐吧，你爹从前的一些事，我想还是该告诉你。"

樊长玉听到这话，愣了愣，她爹从前还有什么事是她不知道的？

见樊老爹说完话后就步履蹒跚地往屋子里去了，樊长玉稍一犹豫，还是抬脚跟了上去。

老宅比樊长玉家更破旧些，显然也没怎么收拾，屋子里的东西乱糟糟地摆在一起，因为冬日里烧火塘，桌椅板凳落了不少烟尘，也没人擦拭，坐下去前不擦一擦，起身时，衣服上就得沾上不少烟尘。

屋中的摆设也都是些不值钱的土陶罐子。樊大父子俩都好赌，家中值点儿钱的器物早就被他们拿去当典换钱了。

樊家老两口儿住在西屋，樊老爹在西屋门口说了一声："老婆子，长玉来了。"

躺在床上的樊老婆子直接翻了个身，背对房门，显然连话都不愿意跟樊长玉说一句。

樊老爹讪讪的，跟樊长玉解释："大牛遇害后，她这些日子一直这样。"

樊长玉压根儿没放在心上，也没自讨没趣地去问候，从她有记忆起，樊老婆子就没给过她们一家好脸色。

她用樊老爹递过来的帕子擦了擦板凳，直接在堂屋的火塘旁坐下烤火。

樊老爹把她提来的腊肉挂到火塘上方继续受烟熏时，樊长玉注意到一旁的桌子上还没收捡的碗筷。

老两口儿今早看样子煮的是米糊糊，大过年的，饭桌上也不见一点儿肉腥。

樊长玉皱了皱眉，等樊老爹坐下后，问了句："大伯出事后，官府给了二十五两银子的抚恤金，那钱你们没用？"

二十五两银子不是一笔小数目，普通人家用得节省些，家中也没人看病抓药的话，十两银子足够一年的开销。

樊老爹讷讷地道："那钱得留着给你堂哥娶媳妇……"

樊长玉眉眼一抬："不会又叫他给输到赌坊去了吧？"

樊老爹道："钱在你大伯母那里收着。你大伯母怕孝期耽搁了说亲，打算在热孝期间让你堂哥完婚，已经在相看姑娘了。"

樊长玉一听，也就不再说什么了。

日子都是自己过的，老两口儿从前有什么好东西都紧着樊大，如今儿子没了，自然是好东西都紧着孙子。

只要老宅这边的人不又打她家宅子的歪主意，她倒也愿意继续维持两家这井水不犯河水的状态。

她问："您先前说跟我爹有关的事，是什么？"

樊老爹一张满是褶子的脸映着火光，整个人越发显得干瘦，他缓缓叹了口气："大牛遭难，可能也是我的报应。"

樊长玉听到这话，只觉得有几分奇怪，没作声，等樊老爹继续说下去。

"你爹虽不是我亲生的，却也是我亲兄弟的孩子。那一年闹饥荒，你真正的祖父跟着村里人去官府的粮仓抢粮，叫官兵打死了。你祖母把家中所有的存粮都留给了你爹吃，自己活活饿死了，临死前把你爹托付给了我……"

樊老爹说起这些，一双浑浊的老眼里闪烁着泪光："我是想把那孩子当亲骨肉养的，可灾荒年啊，饿死在路边的人都有人架锅煮来吃，观音土也叫人抢光了。家里多一张嘴，所有人就都得把吃的匀出来一点儿分给你爹。你那两个没见过面的姑姑，大的那个才十三岁，被送给一员外老爷做妾，换了半袋白米面……"

樊老爹嗓音都在抖，老泪纵横："后来那员外去了别的州府，几十年过去了，我跟老婆子再也没见过那孩子，不知她是死是活。小的那个才八岁，三百文卖给了人牙子，也音信全无。那时家里的孩子只剩大牛、二牛和你爹了，还是填不饱肚子。你爹跟我的二牛一样大，但我的二牛也是个体弱的，逃荒路上生了一场大病，为了给二牛看病，迫不得已，才把你爹也卖给了人牙子……"

"你爹打小就懂事，被人牙子买走时，还给我磕了三个响头。"说到此处，樊老爹哽咽得不能自已，"卖的那五百文，叫我愧疚了一辈子……二牛是个福薄的，几服药灌下去，还是没能救回来。我以为这辈子都见不到你爹了，谁知道十六年前，他自己带着你娘回这镇上来了。

"被卖的那两个闺女，他那些年里一直在帮忙打听音信，大闺女他没找到，但是小闺女他是寻到了的，听说是嫁了一军户，不过后来死在了战乱里。灾荒战乱，哪个都是人命贱如草……"

樊长玉没料到自己的爹当年"走丢"有这么多隐情，一时间心绪纷乱，好一会儿才道："我爹回来后，怎么就用了您二儿子的名讳？"

樊老爹道："你爹当时回来就跟我说，他在外边走镖结了仇家，问我能不能用二牛的身份在镇上生活，我哪能不同意，就对外说他是当年逃荒走丢的二牛。老婆子这么多年一直怨恨你爹，觉得都是为了你爹才让两个闺女被卖的，在你爹娘来镇上后，她也时常上门去找麻烦，口口声声说是为了你爹才舍了自己的两个女儿，从你爹娘那里拿了不少好处。后来你娘生你妹妹落下病根儿，她见你家没个男丁，又想着把大牛的二儿子过继给你爹，好以后继承你爹的家产。"

樊老爹重重地叹了口气，面上满是羞愧："她就是魔怔了，那饥荒年里，就算没收养你爹，两个闺女……八成也留不住。孩子一个个都没了，最后只剩大牛，她一再纵容，才把大牛给养歪了。也怪我，早些年没本事养这一大家子，后来明知她错了，她一哭，说起两个闺女，我就没能狠下心管教大牛……"

樊长玉原先很讨厌樊老婆子，觉得她对自己一家尖酸又刻薄，听樊老爹讲完这段往事，只觉得可恨之人必有可怜之处，但心中依然对她没什么改观。

诚如樊老爹说的，最后卖掉了她爹都没能救下樊二牛，樊老婆子又如何确定，当初只要没收养她爹，她的两个女儿和小儿子就不会离她而去？

只是她爹恰好成了樊老婆子发泄怨恨的一个靶子罢了。

樊长玉道："过去的事情都过去了，只要你们不再来我家找麻烦，以前我爹怎么对你们的，往后我还是这样对你们。"

樊老爹道："我同你说这些，不是为这个。你爹娘出事前，你爹来找过我。"

樊长玉面露诧异。

樊老爹又是愧疚又是难堪地道："他把你家的房产铺子怎么分都安排好了，还写了遗书，说猪肉铺子可以给你大伯，其他的都留给你和你妹妹。我问他是不是当年结的仇家找上门来了，他又不肯多说，只让我往后护着你们姐妹一二。怎料老婆子是个多嘴的，在你爹娘过世后把这事透露给大牛了，大牛这些年染上了赌瘾，人越来越浑，直接偷了那遗书拿去烧了，想霸占你家的全部家产。我这把老骨头也不中用，根本管不住他……"

樊长玉在听说爹娘可能是做好一切准备后去赴死的，手脚止不住地发凉，放在膝前的两只手也不自觉地握成拳，唇抿得发白："您的意思是，我爹在那之前，可能就知道他和我娘命不久矣？"

樊老爹迟疑地点了点头。

樊长玉浑身发冷，脑袋里也乱糟糟的。

如果按官府的说法，是找藏宝图的山贼寻到了她爹，来讨要藏宝图，那为何她爹会觉得带着她娘一起死了，山贼就不会再来杀自己和长宁？

除非……山贼已经拿到了藏宝图。

但后面自家还是两次遭遇匪贼，显然他们还没拿到东西。

不过后来的这两批山贼明显不知道她家，是从樊大口中问出了什么才锁定她家的。

樊长玉只能想到一种可能：杀她爹娘的山贼和去她家中找藏宝图的山贼不是同一批。

前者拿到了藏宝图，却还要杀她爹娘，或许是因为她爹娘知道什么秘密，必须灭口？

樊长玉原本以为官府剿匪后，爹娘的大仇就算得报了，此时却突然觉得，杀害她爹娘的凶手兴许还没伏诛。

毕竟前不久才传来消息，说藏宝图在崇州反贼手中现世，那反贼还吞并了附近不少山贼匪寇，杀她爹娘的山贼指不定就在反贼麾下。

回家的一路，樊长玉整个人都心事重重的，进了家门，就听见屋子里传来谢征淡淡的嗓音："木、爻、木，底下再一个'大'字，组合起来就是'樊'字。"

长宁可怜兮兮地道："我不要学认字了，我要跟阿姐一样学杀猪。"

"你阿姐杀猪也识字。"

长宁吸了吸鼻子，像是要哭出来了，听到开门声后，立马迈着小短腿跑出去，张开双臂抱住了樊长玉的大腿，仰起头，脸皱巴成一团："阿姐，杀猪为什么也要学认字？"

樊长玉心里还想着事情，只摸了摸长宁头上的小鬏鬏："娘从前说，读书认字后识大体、明大理，这辈子为人处世才不会行差踏错。"

长宁有些呆，显然还听不懂这句话的意思。

谢征眉眼半抬，倒是接了句："也没见你喜欢读书。"

他这话里有几分揶揄的意思，换作往常，樊长玉肯定会跟他拌嘴，但今天，她只有些疲惫地说了句："以后慢慢读吧。"

谢征终于发现了她神色间的异样，问："出去一趟怎么跟霜打了似的？"

樊长玉坐到火塘边上，轻轻地叹了口气，把樊老爹说的都告诉他后，颓丧地道："我爹娘被杀不只是因为藏宝图的话，我总得查出他们真正的死因。"

谢征听完后，目光也沉了下来：他爹既然早有预料，甚至还准备好了后事，那就说明取她爹性命的人或许提前见过她爹？

她的猜测不无道理，不过那群人找的并非什么藏宝图，而是一封让魏严无比重视的信。

杀她爹娘的人拿到了信，她和她妹妹对她爹娘的过去确实半点儿不知情，所以对方才放过了她们？

谢征从前给魏严当过刀，当然知道魏严一贯要的是斩草除根。

对方放过她们姐妹，可能是因为跟她爹娘有故？联系前面对方杀她爹娘前还见过她爹娘的推测，这个猜测就更站得住脚了。

这样一来，后面魏府的死士来她家杀人取物，蓟州牧贺敬元突然拨军队前来临安镇这一举动，就委实令人深思了。

最重要的是，以他舅舅魏严的铁血手腕，在临安镇折了这么多死士，却还坐得住，实在不像他的作风。

如果是贺敬元要保这姐妹俩，以眼下的西北战局，魏严手底下又只有贺敬元能用，那二人达成了什么协议，一切就都说得通了。

樊长玉一抬头，就见谢征目光深沉地盯着自己，她困惑地道："怎么了？"

谢征答非所问地说了句："你想替你爹娘报仇？"

樊长玉点头："想啊。"

她这才注意到谢征头上绑的是自己之前给他买的那条发带，这似乎是他第一次绑这条发带。

藏青色衬得他的眉眼越发冷峭，整个人都多了一股疏离感。

谢征道："如果官府结案说的那些话都是假的，你当如何？"

樊长玉不解地道："官府为何要说假话？"

谢征微微拧眉，思及她从出生到现在，一直生活在这小地方，见过的官，最大的也就是县令了，对她此刻表现出的天真愚拙倒也多了一份宽容。

她爹娘兴许教了她许多为人处世的道理，却并未告诉过她官场的尔虞我诈。

他罕见地耐心同她解释，甚至还举了个例子："就像你大伯想侵吞你家房地时，找上了那师爷，小小一个县衙的官场里边有风云，再往上，州府、朝堂，里边的关系只会更错综复杂，党派、同僚、姻亲、师生……每一个官员身后，都牵扯着一张权势的大网。有的案子涉及上面高官的利益，于是，看似是底层百姓的一桩冤案，实则成了高官斗法的工具。"

樊长玉锁眉思考许久后道："你的意思是，我爹娘的死，里边可能也牵扯到许多大官的利益？"

谢征眼中流露出些许诧异，她倒也不笨。

他垂下眸子："我只是举个例子。可能官府只说了一半的真话，也可能全是假话，这些都不重要，重要的是，如果官府给了你假的真相，你当如何？"

这个问题的确有些超出樊长玉的认知了。在平民百姓心中，当官的就是百姓的天，一个贪官就足够百姓叫苦不迭了。听了谢征的这番话，她忽而觉得，那些当官的似乎也不是各个都是青天大老爷。

如果整个大胤官场的官员都官官相护，那百姓头顶的就不是天，而是一张把他们裹得死死的网。

樊长玉只迷茫了一瞬，眼神很快又坚定起来："樊大找何师爷图谋我家家产时，我想过去找比何师爷更大的官走门路，清平县最大的官是县令，县令跟何师爷是穿一条裤子的，我指望不上县令，才想着绑了我大伯。

"大胤朝的官场再大，也无非就是上面当官的人更多，我若是认得高官，在我大伯的案子上，我大概会去找州府的大官帮忙；樊大要是也找上了州府最大的官，我还有门路的话，会去找京城的官申冤，这层关系找到最后，无非是捅到皇帝跟前去。

"清平县最大的官是县令，大胤朝最大的官是皇帝，在找人申冤上，这两者也没什么不同。最后用来辨黑白的，还不是证据和铁律？"

她看着谢征，眼神清明而无畏："不管我爹娘的死牵扯到什么，我都会查下去，那千万条人脉交织成的大胤官场网，也没什么好怕的。"

她能说出这样一番话来，实在是让谢征意外。

他问："你如何查？"

樊长玉看向还在院子里玩雪的长宁："我不怕涉险，但长宁太小了，如果再让杀害我爹娘的人注意到我们姐妹俩，我不敢保证能保护好长宁。所以在那之前，我会先把长宁送去一个安全的地方。"

谢征面露赞赏："然后呢？"

樊长玉道："我若是个男儿身，或许会选择考科举或武举进官场，亲自把我爹娘的死牵扯到的人或物查个水落石出。但我只是个女儿家，我入不得官场，也不认识什么当大官的人，剩下的唯一一条路，大抵便是有钱能使鬼推磨了。"

谢征单手撑着额角说："是个好法子，不过听起来得费上不少年头儿，能让那些大官给你推磨的钱，可不是个小数目。"

樊长玉微微一噎，道："我眼下能想到的，也只有这样的法子了。学戏文里女扮男装考科举，我一没那个读书的脑子，二没家中兄弟的身份可冒用，除非……"

她挠了挠头，道："我再去资助几个贫寒书生？看看能不能运气好，资助到一个有良心的，等他高中后进了官场，我在官场上也算有人了，查我爹娘的死因估计会方便很多？"

这次轮到谢征一噎，他眼皮一抬，刻薄地道："再遇上你前未婚夫那样的呢？"

樊长玉发现这人最近变得有点儿怪，动不动就拿宋砚说事。

她道："大过年的，能不提他吗？"

谢征睨她一眼，抿嘴，不再言语，像是臭脾气又上来了。

樊长玉嘀咕："还嫌我不够晦气……"

谢征耳力好，这句嘀咕也被他听了去，原本平直的嘴角突然翘了翘，他说："你爹娘的案子，你可以先等等。"

樊长玉很困惑："什么意思？"

谢征道："如果你爹娘的死牵扯甚多，官场上有人想就此揭开真相，也会有人想彻查到底，而今你需要做的，是在保全你和你妹妹之余，等想揭开这真相的人自己找上门来。"

樊长玉说："但我对我爹娘的过去一无所知，对方找上门来，从我这里也拿不到、查不到什么想要的。"

谢征心道：只要撬开贺敬元的嘴，她爹娘的死的真相就可以浮出水面了。

只是魏严若知道他没死，哪怕舍了整个清平县乃至蓟州，也会再次置他于死地，乾坤未定之前挑明身份，只会招来祸端。

他道："你小看了官场，会有人来寻你的。"

樊长玉还是困惑，纠结了一会儿，觉得谢征大概是在安慰自己，便也没做他想，只道："我现在越来越觉得，多读书能让人变聪明，言正，你读书多，就好聪明。"

谢征听过各种各样的恭维，论起夸人，世上再没有人比那些文人更会想溢美之词了，但那些赞扬声他从未放在眼里过，此刻她这直白又浅显的一句"聪明"，倒是让他心中生出几分异样的情绪。

他还是纠正她道："不是读书多就聪明，读书使人明理，增长了见识，知进退，眼光不再浅薄，在为人处世上，便也够用了。"

樊长玉点头："我娘以前也是这么说的，可惜我那时候不懂事，让我读书就跟赶过年猪出圈一样，现在想学也来不及了。"

她这会儿是真觉得读书有用了，不说旁的，之前樊大想抢她家家产，言正都不用出阴招，在律令上做文章就能打赢这场官司，自己要是也博学多识一点儿，说不定猪肉都能卖出不同的花样来。

她原先以为糖拌青瓜就是糖拌青瓜，在溢香楼帮忙做卤肉时，才知道溢香楼里管糖拌青瓜叫"青龙卧雪"，菜名高雅起来了，菜钱也跟着翻倍。

樊长玉想起自己回来时，他像是在教长宁认字，便厚着脸皮道："你要是得闲，能教我读些书吗？不会耽搁你太多时间，你就告诉我学什么，我自己去看，看不懂的，再来请教你。"

谢征淡淡地抬眸，对于她这个想法挺意外的，随即问："你都读过哪些书？"

樊长玉想了想，说："《三字经》《百家姓》《千字文》还是认全了的。"

说完就见谢征黑了脸，樊长玉怕他觉得教自己麻烦，硬着头皮道："《论语》《太学》也读过一些。"

谢征嗓音幽幽："是《大学》吧？"

樊长玉窘得想找个地缝儿钻进去，坦白道："这两本我以前在看宋砚读时随便翻了翻，书看不懂，他又宝贝得跟什么似的，就还给他了，也没好意思问他里边的文章讲的是什么。"

老实交代完，樊长玉就觉得周身有点儿凉飕飕的。她看向谢征，只觉得他那张俊俏的脸此刻实在是又臭又冷。

樊长玉不明所以。

谢征说话几乎能掉冰碴子："《论语》《大学》你既然都学过了，接下来就看《孟子》吧。"

樊长玉一脸茫然：她那话是学过的意思吗？

她分明是说自己只粗略翻了翻，连文章的意思都没弄清楚。

不仅如此，午间吃饭时，她还眼尖地发现谢征把头上的发带又换回了他原本的那条。

樊长玉不知道哪里惹到他了，在饭桌边轻咳一声，问："下午我打算拿些腊肉去县城卖，顺便给王捕头也拿一块腊肉去拜年，你有什么东西要买的吗？"

一直"食不言"的人这才说了句："纸用完了，昨日写春联，墨也用完了，买些纸和墨回来，纸要五尺净皮的夹宣，墨要松烟的徽墨。"

樊长玉听得头都大了："什么宣？什么墨来着？"

谢征眉峰微皱，道："罢了，我自己去买。"

樊长玉感觉他冷冷淡淡的，想到他的伤还没全好，还是多问了句："我下午会雇个牛车，你一起去？"

长宁一听，两只小胖手就开始拍桌："长宁也要去赶集！"

一大一小两个人都直勾勾地盯着谢征，谢征沉默了一息，终是道："那便一道走。"

长宁因为要去赶集，兴奋得不得了，在院子里跑了个圈还不够，出了院子，把赵大娘家的狗都撵着跑到了巷子口才作罢。

樊长玉想今日去县城卖腊肉倒也不是一时兴起，往年她爹也会在这日抽空拉一车腊肉去县城卖。

一些走亲访友的人家，若是没提前备好年节礼，肉市这两天又不开张，大多会在路边小贩那里买。

到了县城，樊长玉极有经验地把牛车停在了县学门口的大街上。

这里来往的学子多，还有不少人家为了照顾家里读书的儿子，直接在附近租赁了房屋。

学生去给夫子拜年，寻常茶酒拿不出手，贵的又极费银子，买一条腊肉当年节礼再合适不过。

樊长玉一摆上摊子，就做了好几单生意。谢征本欲去书肆那边，但长宁一直在踮脚四处张望，见谢征要走，她眼巴巴地看着樊长玉，问："阿姐，我能跟姐夫一起去看敲花鼓的吗？"

樊长玉说："你姐夫不去看花鼓。"

长宁就眼巴巴地看向了谢征。

谢征看了一眼樊长玉这边才卖掉一小半的腊肉，说："等你姐姐卖完了一起去吧。"

樊长玉估摸着自己带来的腊肉还要一段时间才能卖完，便道："我这里收摊儿还早着，你要是不急着去买纸墨，就帮我带长宁去转转，她就是好奇心重，转上一圈回来，她就不闹腾了。"

谢征点头。

得了樊长玉这话的长宁拽着谢征的袖子，兴奋地走在前边，劲头足得跟个小牛犊似的。

谢征感受着袖子被拖拽的力道，心说：这孩子若不是打娘胎里生下来就体弱，将来指不定跟她姐姐一样，虎得很。

今年许是县里要办灯会的原因，县学的学子们大多没归家，街上也热闹，樊长玉带去的那二十多条腊肉，比她预料中的早大半个时辰卖完了。

她收摊儿时，正好谢征也带着在附近逛够的长宁回来了。

长宁左手一个糖葫芦，右手一个彩色小风车，吃得脸上都沾了糖浆。

樊长玉瞧得颇为无奈，对谢征道："你就惯着她吧。"

长宁笑得眯起眼："姐夫给阿姐也买了一串糖葫芦。"

樊长玉说："我又不是小孩子，吃什么糖葫芦……"

话还没说完，一串糖葫芦已经被递到了她面前。

谢征的神色淡淡的："你妹妹说要给你也买一串。"

樊长玉本想说不要，瞥见他手里还有一串，想着他似乎喜欢吃甜食，现在又没喝药，肯定是不好意思光明正大地吃，这才拉上了自己，便不再拒绝，伸手接过后说了句"谢谢"。

樊长玉跟长宁的吃相一样，都是一口一个糖葫芦，眼睛眯起，两颊鼓着，像只仓鼠。

樊长玉吃完一颗，见谢征手上拿着那串糖葫芦没动，她奇怪地道："你怎么不吃？"

谢征的视线从她嘴角的糖衣碴子上移开，迟疑地看了一眼自己手上的糖葫芦，咬下半颗。

裹在外面的糖衣甜津津的，里边的山楂又略酸，嚼碎了，酸酸甜甜的，倒也别有一番滋味。

又咬下一颗糖葫芦的长宁看着这一幕，笑得见牙不见眼。她真聪明，让姐夫一人买一串，果然阿姐就没数落她了。

这条街上不仅有卖东西的小贩，还有家中贫寒，支了个摊子给人作画的县学学子。

对面街上那吃着糖葫芦的一家三口实在是打眼，男子俊美非凡，女子笑靥如花，就连二人带着的那小孩儿都冰雪可爱。

书生一边频频往那边看，一边飞快地在纸上作画。

樊长玉吃完糖葫芦，收拾好东西，正准备带谢征去买纸墨，却见他神色忽而一凛，大步朝对面街上走去。

樊长玉往那边瞧了一眼，发现只有一个支着摊子卖字画的书生在那里。

怕惹出什么是非，樊长玉忙带着长宁跟了过去："你干吗去？"

书生刚画完最后一笔，边上忽地伸来一只大手，一把就拽走了那幅画。

方才还站在对面街上吃糖葫芦的男人不知何时已到了跟前，拽着他的领口，白玉似的一张脸冰寒骇人："谁让你画的？"

书生被那股子压迫感逼得话都说不利索，结结巴巴地道："小生……小生只是瞧着公子和夫人一家三口甚是美好，这才抑制不住冲动作了画，如有冒犯，还望公子勿怪。"

樊长玉也在此时带着长宁赶了过来，见谢征颇有当街打人的架势，连忙掰开他拽着书生衣襟的手："你这是做什么？"

谢征没说话，垂眸看向拿在手中的那幅画。

书生工笔一般，但这幅画胜在人物画得极为传神。

画上的樊长玉眯着眼在吃糖葫芦，他的视线正好落在她的脸上，似一直在关注她的一举一动，长宁在前方咬着一颗糖葫芦，回望着他们二人，亦笑得见牙不见眼，眉眼间透着一股古灵精怪劲儿。

樊长玉在看到这幅画时，也惊讶地"咦"了一声，问那书生："你画的是我们吗？"

书生实在是怕这娇憨小娘子边上那煞气沉沉的男人，赶紧点了头，好听话不要钱似的一溜串往外冒："夫人和公子郎才女貌，实乃天造地设的一对，就连小千金都生得如此可爱，夫人若喜欢，这幅画就当小生送给二位的新年贺礼了，祝夫人和公子和和美美，明年再添一位小公子。"

樊长玉险些没把嘴里的糖葫芦签子给咬断。

长宁踮起脚看清画上的人物后，一双葡萄眼里满是欣喜，小胖手指着画上的她自己道："上面有宁娘！宁娘喜欢这个！"

谢征在樊长玉开口之前问那书生："你的画怎么卖的？"

书生愣了几息，才反应过来这看起来极不好惹的俊美男人是在问他画的价钱，忙道："不要钱，不要钱，就当小生送给公子和夫人的。"

樊长玉因为书生方才那几句话还窘着，不过也觉得这幅画挺好看，见书生死活不肯说价钱，想了想，在原本打算拿给王捕头的两条腊肉里选了一条小些的给那书生，说："这条腊肉给你，也当是新年礼了。"

她又板着脸指着长宁道："这是我妹妹。"

书生得了一条腊肉，实在是意外之喜，好听话更是要多少有多少："是小生眼拙，没认出来，那祝夫人和公子来年喜得一对龙凤胎，圆圆满满，儿女常承欢膝下。"

樊长玉："……"

她有心再跟这书生说些什么，但她和言正是假夫妻的事，告诉一个不相干的人好像也没必要。

一直到拿着那幅画离开了书生的摊位，樊长玉心里都还别扭着，时不时扫一眼拿着卷起来的画走在边上的谢征，发现他面色如常，心里的别扭感才少了那么一点点。

她们回到先前摆摊子的位置，收拾好东西，打算去书肆买纸墨。边上一家年货铺子的老板约莫是看樊长玉在这里摆摊子不到一个时辰就卖出去了二十多条腊肉，眼馋这生意，拖着肥胖的身体追出来："小娘子留步。"

樊长玉听到话音，转过来，就看到那年货铺子里的胖掌柜脸上堆着笑走了过来，问："小娘子明日还来这里卖腊肉吗？"

明日就是初二了，樊长玉不仅要开自家的猪肉铺子，还得供应溢香楼的卤肉，怕是抽不出时间再来这边卖腊肉，便摇头道："后面几日应该都没时间再来了。"

胖掌柜笑道："那小老儿想同小娘子做笔生意。小娘子家中还有多少腊肉，尽管拿来，放在我这年货铺子里卖，卖出去的腊肉同小娘子四六分成，小娘子六，小老儿四，小娘子看如何？"

樊长玉寻思着：他这不是俞掌柜说过的"空手套白狼"吗？他一分钱

不出就让自己把腊肉运来，卖了钱，他还能得一半。

这腊肉不比鲜肉，挂在家中阴凉通风的地方，存放个一年半载都不成问题，价钱自然也比鲜肉贵上不少。

年节这几天，樊长玉喊价是六十五文一斤，买肉的人真要砍价，也只能砍到六十文往上、六十五文往下。

按这胖掌柜说的，四六分，就算全以六十五文一斤的价格卖出去，一斤腊肉她赚到的才三十九文，还不如她自个儿放在铺子里卖呢。

樊长玉道："我不要分成，您要真打算买，咱们可以直接把账算明白，论斤卖。"

胖掌柜笑呵呵地道："小娘子一看就不是个会做生意的。"

樊长玉正想说话，边上的谢征忽而开口道："分成卖可以。"

樊长玉和胖掌柜齐齐朝他看去，樊长玉一脸错愕，胖掌柜则笑得眼睛都眯成了一条缝儿："这小兄弟瞧着是个会做生意的，眼光放得长远……"

他一句话还没说完，谢征淡淡地扫了他一眼，道："二八分。"

胖掌柜的笑僵在了脸上："小兄弟也太狮子大开口了。"

樊长玉在心里估算了一下二八分，卖了腊肉，自己能拿到的钱。

按六十五文一斤算，她能拿五十二文；按六十文一斤算，她也有四十八文。

但樊长玉是真没打算做这桩生意，道："分什么成啊，直接论斤卖做一锤子买卖。市面上腊肉的进货底价是五十文一斤左右，我一分钱没拿到就先把腊肉送来，我还不放心呢。走吧，先去书肆给你买纸墨，回头咱们还得赶去王捕头家拜年呢。"

她拉着长宁就要走，那胖掌柜见状，忙道："二八分就二八分。"

他笑得颇有些无奈："小娘子和小兄弟这红白脸唱得好啊，我也是瞧着小娘子今日卖的腊肉熏得好，色泽瞧着就是上等货，才想跟小娘子做成这笔生意。"

说着，他招呼他们三人往年货铺子里走："咱们拟个契书，回头小娘子就把肉给我送来。"

樊长玉在跟谢征对视时，面上还有些发蒙，似没料到这单生意就这么成了。

谢征面上的神色依旧淡淡的，对她道："去签契书吧。"

那胖掌柜显然不是头一回做这"空手套白狼"的生意，很快就执笔拟好了契书，拿给樊长玉看时，樊长玉对这玩意儿不敢掉以轻心，逐字逐句看完了，又拿给谢征瞧上一眼："你看看妥当吗？"

谢征点头后，她就大笔一挥，写上了自己的名字。

胖掌柜给了一两银子的订金，又笑呵呵地把他们送出了门。

樊长玉走在路上时还跟谢征嘀咕："明早得去把肉铺开起来，还得去给溢香楼送卤肉，这腊肉，怕是得下午再来送了。"

谢征说："你若是忙得抽不开身，我雇车帮你送来也行。"

樊长玉不太好意思，说："那我给你开工钱？"

谢征瞥了她一眼，樊长玉觉得自己没错，但他好像又不高兴了。

长宁是个没心没肺的，蹦跳着走在最前边，看中了什么小玩意儿不敢让樊长玉买，就眼巴巴地瞅着谢征。

谢征陆陆续续给她买了一大堆东西，长宁抱在怀里，两只胖手几乎合不拢。

樊长玉吓唬她道："宁娘，你再看到什么都想买，下回我可不带你来县城赶集了。"

长宁低头望着自己的脚尖挨训。

边上传来男人的嗓音："是我要给她买的。"

樊长玉觉得这人好像在跟自己较什么劲儿，抿了抿唇，道："小孩子不懂事，哪能一味纵着？这满大街的玩意儿她都喜欢，还能都买回去不成？有些道理总得教她，她才懂。"

谢征不再言语，三人继续往前走时，就连长宁都感觉到樊长玉和谢征之间的气氛怪异。

她看看二人，又看看自己抱在怀里的一堆东西，忽而顿住脚步，转身把怀里的小玩意儿一股脑儿全塞给了谢征，小胖手攥着自己的衣角，道："宁娘不要了，姐夫拿去退掉。"

看她黑葡萄似的一双眼已经蓄起了一层水雾，樊长玉叹了口气，蹲下，摸摸她的发顶，道："这次买了就买了，往后不可以再这样了，知道吗？"

长宁含着泪花点点头，伸出小胖手，要樊长玉抱。

樊长玉把小孩儿搂进怀里，轻轻地拍了拍她的后背，半是宠溺半是无奈地说道："哭什么？我都没凶你呢。"

长宁带着鼻音道："阿姐不要生姐夫的气，宁娘知道错了。"

樊长玉看着拿着一堆小玩意儿站在边上的谢征，语气更无奈了："我没生他的气。"

长宁道："你都不理姐夫。"

樊长玉好笑地问："我哪里有不理他？"

长宁的泪花在眼眶里打着转："你都不跟姐夫说话了。"

樊长玉心说，她平时也没怎么跟言正说话啊，但看胞妹这副马上就要哭出来的样子，还是哄道："我们方才不还在说话吗？只是这会儿没再说话了而已。"

那颗豆大的泪珠子最终还是从长宁黑葡萄似的大眼睛里掉了出来，"吧嗒"地砸在地上："阿姐就是生气了。"

樊长玉缴械投降，问："要怎么样你才觉得我没生气？"

长宁想了想，说："牵手手，牵手手就是和好啦！"

樊长玉沉默了一息，道："我接下来一路都跟他说话成不成？"

长宁很坚持小孩子的那一套："牵手手才是和好。"

樊长玉跟谢征对视一眼，谢征面上看不出什么情绪，但她自己心里怪不自在的。

她哄小孩儿道："你看你姐夫手上拿着那么多东西，阿姐手上也拎着东西，都用一只手，那得多沉啊。"

长宁这才作罢，只是走在前边时，还时不时回头看他们一眼。

樊长玉怕长宁再提出什么奇奇怪怪的要求，同谢征说起了话："小孩子就是闹腾，你别往心里去。"

谢征说："我没觉得她闹腾，过完年，我大概就要走了，才想着给她多买点儿小玩意儿。"

樊长玉没料到他给长宁买那么多东西竟有这层缘由在里边，听他说要走了，心中升起了几分异样的情绪，道："抱歉，方才是我误会你了。"

谢征侧首看她："道歉做什么？"

樊长玉说："我误会了你，对你说了重话，自然是要道歉的。"

她抿了抿唇，又问："这么快就要走了？不等伤好彻底再动身？"

谢征正要答话，前方一队驾马的官兵突然横冲直撞地往这边奔来，撞倒了沿街不少行人和商贩的货摊。

在那战马逼近时，樊长玉条件反射般蹲下身去护着长宁，谢征则抬手用身上的斗篷替她们挡下了马蹄踏过溅起的泥浆。

等那队官兵扬长而去，街上不少被撞到的行人和被溅到泥点子的行人都在愤愤地唾骂。

樊长玉抬头就见谢征半边斗篷上全是泥浆，皱眉问："有没有伤到？"

谢征摇头，视线却还是追随着那队远去的官兵，眸底中着晦暗的冷意。

一个被撞翻了货摊的货郎冲着官兵离去的方向狠狠啐了一口，骂道："这群狗官，大过年的也不消停！"

樊长玉问："清平县怎么又来了官兵？是来剿匪的吗？"

那货郎道："剿匪？这是一群要债的阎王，来抢粮的！泰州的事你们还没听说？前线打仗缺粮，军队征不上粮来，就硬抢百姓的，不给就打死人。"

边上另一个大叔道："瞧这架势，再过不久，怕是还得征兵。"

大胤朝这十六年里，虽然也有不少战事，但都没波及蓟州。

樊长玉只从老人们口中听说过战争如何残酷，毕竟打仗不仅要征粮，还得征兵，赵大娘和赵大叔的儿子就是当年征兵被抓走了，再也没回来。

一老者道："长信王于崇州造反，朝廷派兵去镇压，这仗打到现在都没出个结果，我看啊，八成是这大胤的气数已尽，要变天了。"

"武安侯都死了，他魏严拿什么来稳住西北这地？"

又有人说："皇帝谁来当，老子都无所谓，只要别抢老子的钱粮，别逼老子上战场就行。"

不少人摇头叹息："这些官兵已经开始去附近的村镇强行征粮了，仗打到最后，那些当官的是钱权都有了，只有咱们百姓家破人亡，流离失所……"

樊长玉听着这些，心情也有些沉重，同谢征道："朝廷打崇州，不应该由朝廷供给军粮吗？为何要向百姓征粮？"

谢征的语气里带着嘲意："粮道断了，一些人狗急跳墙罢了。"

徽州曾是他的地盘，现在想来，魏严大概是很早就开始忌惮他了，他驻地的军粮，朝廷向来是三月拨一次。

徽州是屯兵之所，州府本身并无粮仓，地理条件也不具备先天优势，不盛产谷粟，一旦粮道被断，就是致命的打击。

此次叛乱之地崇州正好在徽州以南，阻断了朝廷给徽州送粮的粮道。

崇州和徽州的战线拉长时，他便猜到了徽州终有粮尽一日，最快的法子当然是向民间征粮。

他被追杀死里逃生后，便打算联系旧部，让旧部暗中先买完民间的存粮。

赵询出现后，买粮成了他对赵询的一块试金石。如今粮已到手，魏宣在崇州战场上失利，在民间征粮也征不上来，以他对魏严的了解，魏严对这个儿子必不会有好脸色。

让魏宣先在魏严那里领一顿罚，也算是他正式报仇前给这位表哥的一份礼。

西北无人，魏严只能让贺敬元接手崇州战局，贺敬元素有儒将之名，做不出让底下的兵卒强抢百姓粮食这等混账事。

何况以魏党如今的名声，魏严真要放任手底下的人抢百姓的粮，这无疑又是给魏严的政敌递把柄。

他拿着那二十万石米粮，便有足够的时间进行下一步计划。

眼下官兵突然强制征粮，八成是他那位好大喜功的表哥为了在兵权正式易主前做出点儿成绩想的蠢主意。

寻常百姓不知这么多内情，也有跟樊长玉一样困惑的，议论道："十六年前锦州一战，是那大奸臣孟叔远押送粮草时耽误了战机，让承德太子和谢将军带着十万将士在锦州饿了五天，将士们最后上城楼时饿得都站不住了，才叫北族攻破了城门。这回粮草又出了什么问题，要从咱们头皮上刮？"

对于当年锦州一战战败的元凶——孟叔远，大胤朝人人皆恨得咬牙切齿。

当即就有人骂上了："那孟叔远死有余辜！亏得谢将军那般器重他，将押送粮草的重任交给了他，若不是他延误了战机，承德太子何至于身死锦州，让魏狗把持朝政这么多年？！"

"孟家人都死绝了那也是报应！"

"希望这回崇州的军粮不是运粮官又出了什么幺蛾子！"

谢征从十六年前起，就知道锦州一战战败的关键点是军粮迟迟未至。

当年负责押送粮草的，是他父亲麾下的老将孟叔远。他父亲留下的旧部曾与他说，这天底下谁都可能背叛他父亲，独独孟叔远不会。

孟叔远运送粮草迟到，也并非叛主，而是中途去救援被北族人困在罗城的十万难民，最后难民没救出来，锦州也被攻破了。

孟叔远得知他父亲的死讯后，跪向锦州，拔剑自刎。

锦州的惨案也随着孟叔远的死落下帷幕，只是十多年了，百姓提起他，依然对他痛恨不已。

那队官兵已经走远了，谢征收回目光，对樊长玉道："走吧。"

见樊长玉似乎在看着议论孟叔远的那几个人出神，他问："怎么了？"

樊长玉一手牵着长宁，抿唇道："孟叔远是为了救十万难民延误的战机，也没有世人说的那般可憎吧？"

谢征的嗓音发冷："他领的军令是运粮，没能在期限内把粮草送去锦州，便是渎职。他若有足够的本事，救了十万难民也没耽搁送粮，那自该受万民称赞，可他既没救回难民，又耽搁了送粮，以至于锦州城破，十万将士身死城内，这便是罪无可恕。"

他抬眸看向樊长玉："你同情这样一个无能之辈？"

樊长玉摇头。她不懂兵法，也不知军规，只是觉得孟叔远在锦州之战中或许确实是罪魁祸首，但不至于成为世人口中的大奸臣，顶多是言正口中的无能之辈罢了。

三人路过一家成衣铺子时，她问谢征："你的斗篷脏了，买件新的换着穿？"

谢征溅到泥浆的斗篷已经被他解下来叠好，这一路都搭在臂弯上。

他扫了一眼铺子里那些花花绿绿的料子，道："不必，日头出来了，这会儿也不冷。"

樊长玉道："那买条发带？先前买的那条，我瞧着你不是很喜欢，都没怎么见你用。"

话音刚落，她就见谢征神色不名地盯着她。

樊长玉不觉得自己那话哪里有问题，睁着一双杏眸同他对视，二人的瞳仁里都映着对方的影子，只不过一个澄澈清明，一个幽深晦暗。

片刻后，谢征先移开了视线，说："我也没有不喜欢。"

樊长玉觉得他这话说得跟打哑谜一样，不明白他既然没有不喜欢，为何又不用那根发带，道："你给宁娘买了那么多东西，你也选个新年礼物吧，我给你买！"

谢征的嘴角平直了一些："你不是给过我红封了？"

樊长玉道："压岁钱跟新年礼物哪能一样？"

谢征盯了她一会儿，说："在我这儿是一样的。"

樊长玉觉得他这是拒绝自己买新年礼物的意思，便也没再强求。

她看了一眼日头："陪你去书肆买完纸墨再去王捕头家怕是迟了，晚些时候再去书肆又怕书肆关门，这样吧，你自个儿去书肆买东西，我先带宁娘去给王捕头拜个年。回头你买完书，就在书肆那边等我，我把东西拿去王捕头家就带宁娘过来找你。"

谢征点了头。

二人在岔道口分开，长宁走前，还使劲儿向谢征挥了挥手："姐夫，路上注意安全，我和阿姐买好吃的会给你也买一份儿！"

谢征的眉梢往上提了提，他看向樊长玉，说："不用，你们吃就是。"

樊长玉心说：这话像在说她故意支走他，带着长宁去吃好吃的。

谢征在她纠结的视线中走远了，樊长玉才半蹲下，抬手擦去长宁嘴边的糖葫芦渣子，无奈又好笑地问："你这个小馋猫，又想吃什么了？"

长宁白嫩嫩、胖乎乎的手指指向了街边卖红糖糕的小贩。

樊长玉无奈地扶额："走吧。"

买完红糖糕，樊长玉又去附近的酒肆打了一壶好酒。原本打算拿给王捕头的腊肉赠了一条给那书生，单拎着一条腊肉上门，樊长玉也不好意思，正好王捕头是个爱喝酒的，买壶酒也算是投其所好了。

王捕头家住在县城城南，地段算不得顶好，但起码是座二进的宅子，在清平县这小地方，也是有头有脸的人物才住得起的院子。

樊长玉带着长宁叩门后，有个婆子前来开门，听说是来给王捕头拜年的，忙把她们请了进去。

这会儿已是下午，上午前来给王捕头拜年的人用完饭都走了，樊长玉进屋后便只瞧见王捕头和妻子以及王老夫人在东厢房的炕上坐着。

王老太太瞧着已是耄耋之年了，脸不像乡下老婆子那般皱巴巴的，而是一种富态的圆润，瞧着颇为慈祥。

王夫人身板壮实，但又不显得虎背熊腰，听说她爹从前也是当捕快的，她也会些拳脚功夫，面相看着极为和善，眉宇间又带着一股英气。

"这便是长玉吧？"王夫人看到樊长玉就笑开了，"真是个好孩子，这身子骨一看就结实，是个练武的好苗子。"

樊长玉笑着向她和王老太太问好。

清平县从前有个名气很大的窑姐儿，对外的称谓便是玉娘。

县里的女孩子名字末尾带了个"玉"字的，旁人便不会直接叫玉娘，而是唤她们的名字，若是直接唤玉娘，便有指桑骂槐，说对方是窑姐儿的意思。

长宁抓着樊长玉的衣摆，躲在她的身后，露出一双黑葡萄似的眸子，怯生生地望着王夫人。

王夫人看到她，脸上的笑意更明朗些，从彩漆糖果盘子里抓了一把糖果向着长宁招手："小宁娘的模样也怪可人的，快过来拿糖吃。"

长宁没敢直接过去，扬起脑袋看向樊长玉。

樊长玉道："夫人给你糖，接着吧。"

长宁这才小跑过去接王夫人手中的糖。她人小，手也小，拿不下那么多，王夫人便把许多糖果都塞进了她衣襟的口袋里。

长宁脆生生地道："谢夫人。"

王夫人和王老太太对视一眼，笑得合不拢嘴，王夫人没忍住，捏了捏长宁粉嘟嘟的脸颊，道："你这么小小个人，怎么就这般懂事？"

她笑着看向樊长玉："是不是阿姐教得好？"

樊长玉羞赧一笑："您过誉了。"

她不是个擅长话家常的，说话又实诚，这耿直的性子倒是让王夫人和王老太太都极为喜欢，樊长玉偶尔接几句话都逗得她们笑得合不拢嘴，只有樊长玉自己极为茫然：怎的她们就笑成了这般？

王夫人要留她们姐妹二人用饭过夜，樊长玉以谢征还在书肆等她做推辞，才算婉拒了这番盛情。

分别时，王捕头亲自送她出门："你爹娘的案子，由州府那边接手后，就算正式结案了。我先前怕你爹娘早些年结了仇家，既然是山匪为了找藏宝图，如今藏宝图不在你家中了，那你也没什么好怕的，安心在镇上住着吧，有什么难处尽管来找我。"

樊长玉道了谢，又问："您知道州府那边审理此案的是哪位大人吗？"

王捕头只是清平县小小一捕头，对这些还真不知情，摇头后不免问："你打听这个做什么？"

樊长玉怕自己爹娘的死像言正说的那般幕后牵扯众多，不想多说，怕给王捕头惹来什么祸端，便道："没什么，就是问问。"

她想查明爹娘真正的死因，最好的法子当然是从审理此案的官员入手。

那夜官兵带回去一个活口，只要知道那人都招供了什么，兴许就能解开她爹娘死因的谜。

言正问她如果官府说了假话，她当如何时，她就想过暗中找审理此案的官员。

戏文话本不都是这样写的吗？抓住贪官的把柄，在月黑风高夜潜入贪官府上，抓住落单的贪官，跟对方谈判，要么换取钱财，要么从贪官那里拿到自己想要的线索。

她只要知道了审理此案的官员，就有的是时间慢慢去查对方的把柄。

樊长玉带着长宁快走到大门口时，王夫人拿着两个红封快步追上来："这两个压岁红封收着！"

其中一个红封都没叠严实，瞧着像是她临时准备的。

樊长玉推拒不过，王夫人将红封硬塞进了她的怀里。

长宁走出王家大门后就拆开了红封，倒出里面的东西，惊喜地拿给樊长玉看："阿姐，是银锞子！"

包给樊长玉的红封里也是两个银锞子。

樊长玉握着爹娘过世后收到的第一个红封，回望了一眼王家的方向，对于王捕头和王夫人的这份爱护，心中五味杂陈。

长宁把银锞子递给樊长玉："阿姐收着。"

她襟口的衣袋和小荷包里都已经塞满了王夫人给的糖果，没地方再放银锞子了。

樊长玉接过，道："那阿姐先帮你收着，回家了就给你放进你的小匣子里。"

长宁有个专门用来放压岁钱的小匣子，不过两月前，为了给爹娘办丧事，她把小匣子贡献了出来，现在才重新攒。

长宁听了樊长玉的话，高兴地"嗯"了一声。

这条街开业的商铺少，路过的货郎更少，街上只有一些小孩子在玩闹。

大概是征粮的风声已经传到了清平县，茶楼酒肆里说起此次的崇州之战，难免又要提一嘴十六年前的锦州之战。

小孩子们听大人说得多了，抓坏人的游戏里，"孟叔远"就成了那个被围捕的坏人。

这类游戏里，通常是孩子王当大英雄，老是被排挤欺凌的孩子扮演孟叔远的角色，被抓到后，被孩子王带着其他孩童推搡欺负。

长宁听到那些孩童叫嚷着在追那个扮演孟叔远的孩子，也仰起头同樊长玉道："孟叔远是大奸臣。"

樊长玉牵着胞妹的手微紧，说："长宁不许玩这样的游戏，知道吗？"

长宁问："为什么呀？"

樊长玉耐心地同她解释："那些孩子只是借着这样的游戏欺负那个扮演孟叔远的孩子罢了，长宁不可以向他们学。"

长宁这才点了头。

樊长玉帮她理了理额前细软的碎发："从前爹娘也不喜欢看小孩子这样玩。"

长宁立马道："宁娘不学他们！"

樊长玉笑着揉了揉她圆溜溜的脑袋瓜儿，思绪却飘远了。

她从小就皮实，小时候在同龄的孩子里更是以大力出名，比她大三两岁的男孩都被她揍哭回家找爹娘告状过。

她爹娘一向是以理服人，她若做错了，爹娘会罚她；她若是占理，爹娘就会帮她跟人理论。

只有一次，她同其他小孩子玩抓坏人的游戏，那个扮演孟叔远的孩子被另一个出手没轻重的孩子推倒，在地上磕伤了额头，受伤孩子的爹娘挨家挨户找上门去理论。

樊长玉那次没推人，也没跟其他孩子一起欺负那个扮演孟叔远的孩子，但是她娘听说她跟着去玩了这个游戏，突然就哭了，她爹也很生气，让她在院子里跪了一下午。

樊长玉反思了很久，觉得爹娘应该是不喜欢自己跟着去恃强凌弱。

那天晚上她回房时，她娘眼睛都还是肿的，让她保证，以后再也不玩打大奸臣孟叔远的游戏。

樊长玉的心里一直很愧疚，她从来没见过她娘哭得那么难过，一定是自己让娘失望了。

所以在听到胞妹跟着那些孩子说孟叔远是大奸臣时，她怕长宁回去也跟着巷子里的孩子这样玩，才提前教导长宁。

也是赶巧，从王捕头家出来，樊长玉因对县城的路不熟悉，问了去书肆的路后，兜兜转转绕了个大圈，路过县城这边开的溢香楼，碰上了俞浅浅。

俞浅浅穿着身白狐毛缒边的大袄，前襟和袖口都用金线绣着精致繁复的花纹，额前剪着整齐的刘海儿，衬得一张脸白玉盘似的，跟个未出阁的妙龄少女没什么区别。

她似要坐马车走了，跟前站着几个管事模样的人，点头哈腰地在听她吩咐。

俞浅浅一交代完，抬头就瞧见了带着个瓷娃娃一样的女童从街口那边走来的樊长玉，她喜上眉梢："我正打算回镇上去找你，没想到在店门口就碰上你了。"

樊长玉笑着问候了句"新年欢喜"，才问："掌柜的找我有事？"

俞浅浅道："明儿我这儿有桩大生意，可少不得你帮忙！"

县城里最大的书肆，在元日这天也照常做生意。

谢征步入店内时，书肆掌柜拨弄着算盘问："公子要买点儿什么？"

从谢征的指尖垂落一枚系着绳的玉环，掌柜的看到那玉环，态度瞬间恭敬起来，躬身做了个"请"的手势："公子楼上借一步说话。"

掌柜的带谢征去了书肆楼上一雅间，临窗的黄梨木几案上摆放着一细颈白瓷瓶，瓶中斜插着一株将开未开的红梅，衬着雕花木窗外的细雪，委实有几分意境。

"贵客且在此等候片刻，我这就去唤东家。"书肆掌柜退出去时，正好有小厮奉茶进来。

魏严极擅茶道，谢征被他教养十六载，多少还是懂些茶理的。

送来的这茶，只闻这香，便已赶得上宫里的贡品。

他垂眸看着桌上那白瓷瓶里的红梅，长指在茶盖上轻叩了两下。

不消片刻，赵询便推门进来了，仪态风流，脸上带着堆出来的笑："不知侯爷到访，有失远迎。"

"赵公子客气。"

谢征坐在太师椅上，姿态闲散，说这话时，甚至有几分反客为主的压迫感在里边。

赵询道："侯爷交代赵某的事，赵某都已秘密派人去做了，侯爷尽管放心，官兵便是追查，也查不到什么。"

谢征抬眸："还有一件事，需要你的人去做。"

"何事？"

"魏宣在蓟州纵官兵抢粮一事，即刻捅到贺敬元跟前去，京城那边也以此番抢粮打死无辜百姓大做文章，声讨魏党。"

民间声讨的声音越大，朝堂上言官的弹劾才越有用。

赵询一听又是打压魏党的事，忙作揖道："赵某这就命人去做。"

抬首的瞬间，却见谢征嘴角噙了一丝淡笑看着他，赵询迟疑了一瞬间："侯爷为何这般看着赵某？"

谢征端起茶盏浅饮一口："青城雪芽，只采一芽一叶，进贡于皇室，没想到能在清平县这弹丸之地喝到这等好茶。"

赵询道："赵某是个生意人，费了些银子才弄到这等好东西，知道侯爷来，当然得拿出来孝敬侯爷。"

谢征嘴角下压："寻常商人也做不到这般滴水不漏地买走二十万石米粮而不叫当地官府察觉，你家中财力雄厚至此，真要找魏宣报仇，朝中也还有李太傅一党可倚靠，你大费周章寻到本侯，与其说是想借本侯之手帮你报仇，不如说是看中了本侯在徽州十万军士中的威望。"

他用凤眸锁着眼前这个不合格的商人，像是野狼同鬣狗对峙："你图的，是本侯手中的兵权。既然合作，本侯可不喜一个遮遮掩掩的同盟。"

赵询沉默两息，忽而大笑几声，不复之前的唯诺之态，落座于谢征对面："果真什么都瞒不过侯爷的法眼。我家主子，也同魏严有着不共戴天之仇。"

赵询天生一双笑眼，给人几分亲和好说话的错觉，不过那双眼里带着不易察觉的疏离："接近侯爷，并非想借侯爷之势，只是我家主子觉得，侯爷若知晓十六年前锦州之战的真相，应当也会想手刃魏严的。先前特意隐瞒身份，也并非故意为之，我家主子只是想等时机成熟后，再向侯爷表明身份。"

谢征眸中一片冷意，心中已经隐隐有了一个猜测，却还是问道："你家主子是何人？"

赵询道："十六年前东宫那场大火里侥幸活下来的人。"

谢征的嘴角冷冷地挑起："皇孙？皇孙若还尚在人世，不该去找李太傅一党合作吗？何至于等到今日才来找我这么个丧家之犬？"

赵询面露难色："您也查到过关于十六年前锦州之战的蛛丝马迹，应当知晓魏严那老贼做事一向斩草除根，不留任何把柄。当年太子身死，东宫失火，先帝让刑部和大理寺联手彻查，都没能查出个结果，何况是物是人非的今天。李太傅是朝中清流之首，却也不会为了我家主子拼上一切同魏党抗衡；而侯爷不一样，谢将军战死沙场，被北族挂在城楼上曝尸三日之仇也有魏严一份，侯爷不想报此仇吗？"

谢征五指收拢，一身戾气像是从骨头缝隙里渗出来的一般，让这算不得逼仄的雅间都变得令人呼吸困难起来："说说，十六年前到底发生了什么？"

赵询道："我家主子蛰伏多年，也没能查到半点儿关于锦州之战的线索。当年东宫失火，刑部和大理寺彻查后归咎于值夜的宫人睡着后不小心打翻了烛台，但据我家主子身边的忠仆所言，当年有刺客夜闯东宫。太子妃命忠仆带着小殿下出逃，自己同殿下的玩伴留在了寝宫，大理寺从寝殿里找到的那具尸体，便是殿下幼年的玩伴。

"承德太子殿下亡故，先帝驾崩，唯有魏严挟天子以令诸侯十余载，当年的锦州一战，很难不叫人怀疑是魏严的手笔。谢将军一同战死，无非是替魏严洗清嫌疑罢了。"

谢征墨色的眸子半抬，眉宇间压抑着几分不耐烦："本侯要的是证据，不是你这番猜测。"

赵询的嘴边露出一抹笑来："长信王于崇州造反，身边有一谋士是我家主子的人，向长信王提出了'清君侧，除魏党'的旗号，为了在民间造势，又散布谣言说当年的锦州惨案是魏严一手策划的。后来的事，想必侯爷也知晓了，侯爷不过是重查锦州一案的卷宗，魏严便对侯爷动了杀机。"

谢征长眸眯起，目光锐利，冷笑道："看来本侯也是你们计划中的一环。"

赵询面色微僵："侯爷言重了，我家主子只是想拉拢侯爷这个盟友。"

见谢征神色不快，他很快又道："那魏老贼被这么一诈，确实露出了马脚，他手下的死士跨越一京十七府，杀了十余人，被杀的那些人中，我家主子已查明了身份，都是曾经替魏严做事，后来归隐的家将。"

谢征问："那姓樊的屠户一家，想来你们也查清身份了？"

赵询面露愧色："那姓樊的屠户，身份实在是捂得滴水不漏，我家主子几番派人细查，不管是樊家祖籍之地还是这镇上，暗访出来都有这么个人，甚至他十几年前的押镖记录官府都有，瞧着像是官府中有人特意帮忙掩去了过往的身份。"

谢征的脑中浮现出樊长玉同他说自己爹娘过往时的样子，有片刻失神，一片飞雪落在他的手背上，雪花融化的凉意让他瞬间收拢了思绪。

他的身体微微向后靠，一条手臂搭在黄梨木太师椅扶手上，最散漫的姿态却给人最强烈的压迫感："仅凭你一番话就想让本侯相信你背后的人是十六年前命丧于大火中的皇孙，未免可笑。"

赵询脸色一变，正要说话，就听他道："十六年前锦州一战背后的真相，本侯会自己去查。本侯不管你家主子是真皇孙还是假皇孙，若不想这场结盟到此结束，他最好亲自来见本侯。"

赵询面色难看，却也只能拱手道："赵某会将侯爷的话带到的。"

起身时，谢征眼皮微微往下一耷，懒散地道："顺便让他想好这二十万石米粮的交换条件是什么。"

赵询本就微躬的身子更低了三分："是。"

离去时，谢征将原本作为结盟信物的那枚玉环放到了黄梨木几案上。

同这姓赵的虚与委蛇这么久，谢征无非是想探清他究竟是哪路势力，皇孙这个答案委实令谢征意外。

他并不担心掌握不了对方的动向，让姓赵的去买粮时，他便让自己的人暗中留意赵家名下的情报暗桩了，从这些地方抽丝剥茧地去查，就算赵询幕后的主子不现身，他也能很快把人揪出来。

他同魏严的确有仇，可在尘埃落定之前，就有人敢算计于他，只为了让他成为对方的一大助力，委实把他想得良善了些。

谢征出了书肆，见樊长玉姐妹还没找来，眉头轻拧，往王捕头住的方向走去，没走多远便碰上了樊长玉和长宁。长宁嘴里塞着糖果，腮帮子鼓鼓的，一蹦一跳地走着，樊长玉牵着她的一只小胖手，脸上带着明朗的笑容。

樊长玉看到谢征，脸上的笑容半点儿没减，隔得老远就先挥了挥手，走近后道："咱们今晚先不回镇上了。"

谢征看着她脸上的笑，心底的阴霾和不快少了几分，问："为何？"

樊长玉道："俞掌柜在县城里也开了一座溢香楼，有个员外的儿子娶亲，把酒席定在了这边，明日要备大量卤肉，俞掌柜怕来不及，让我明儿一早去楼里帮忙制卤。正好今年城里办了灯会，晚间咱们还可以去逛逛灯会。"

谢征道："那先找个客栈落脚？"

樊长玉摇头："俞掌柜已经替我们寻好了住处。溢香楼里的帮厨小厮平日里不仅吃喝由楼里包了，就连住的地方也是俞掌柜在附近租了一片民巷，免费让他们入住的。"

谢征眉尾轻挑："这位掌柜倒是个奇人。"

樊长玉笑道："那是，俞掌柜人可好了，楼里的伙计都信服俞掌柜。我听灶上的李厨子说，之前县城里有其他酒楼掌柜眼红溢香楼的生意，想挖走俞掌柜一手提拔起来的酒楼管事，对方开出了比溢香楼高两倍的价钱，那位管事都没走。"

谢征只道："有些时候，情分确实比银钱好使些。"

樊长玉兴致勃勃地同他说了一堆俞浅浅的事，见他的反应都淡淡的，她便打住了话头，瞧见他手上并未拿东西，问："你不是去买纸和墨了吗？怎么是空着手回来的？"

她想到一种可能，神色复杂地道："该不会是你给宁娘买东西，把身上的银子都花光了吧？你银钱不够了应该同我说一声的……"

谢征微微一笑，在书肆里生出的阴霾算是退了大半，道："不是。"

在樊长玉狐疑的目光里，他说："县城书肆里的东西太贵了，回镇上了再买。"

樊长玉问："那你在书肆里待这么久？"

谢征答："看了些书，忘了时间。"

樊长玉好奇地道："你看这么久的书，不买东西，书肆掌柜不会给你脸色？"

谢征的目光扫了过去："谁同你说的？"

樊长玉想说从前宋砚就是这样，因为去书肆只看书不买，被书肆掌柜给了脸色，以至于回来后好些天都板着个脸，后来再提起此事，就会嘲讽那书肆掌柜满身铜臭，但忆起言正提起宋砚，那张嘴就毒得不行，话到了嘴边，她又咽了回去，嘀咕道："我猜的。"

谢征扫了她几眼，樊长玉后颈的皮肤下意识地一紧，生怕他下一秒就吐出什么诛心的字句来。

还好这一路她都没被他嘲讽。

天色已晚，都决定在这县城暂住一晚了，樊长玉干脆决定晚间带着谢征和长宁去看花灯，便没回俞浅浅给他们安排的住处，先下馆子吃了个消夜。

大年初一会在外边吃饭的，都是家中还算宽裕的人家。

邻桌的一对年轻夫妻约莫是用完饭了，店小二前去结账，脸上带着笑对那男子道："这位公子，一共是一两二钱银子。"

那男子看着就斯文单薄，神情也唯唯诺诺的，颇有几分局促不安的样子。

坐在他身旁的女子道："他身上没钱，我来。"

女子嗓门儿颇大，引得店内不少食客都看了过去。

有人低声议论："一个大男人，在外边吃饭还要女人给钱，真丢人！"

"啧啧，怕不是个小白脸儿吧！"

"那人我认识，是安家的赘婿，就是个吃软饭的，也不知那安家娘子看中那软蛋什么了！"

男子面皮臊得通红，恨不能找个地缝儿钻进去。

女子结账后，他低着头，逃一般走出了店门。

谢征早已用完了饭，神情冷漠地看着方才的闹剧。

坐在他对面的樊长玉扒完第三碗饭，见桌上的菜盘子干净得不能再干净了，才心满意足地放下碗筷，冲店小二喊了一声："小二，结账。"

樊长玉饭量大，今晚又是年夜，点的菜还是丰盛的，不过没点酒水，饭钱贵不到离谱儿的地步。

店小二清点一番后道："八钱银子。"

樊长玉准备掏钱时，跟尊玉雕似的坐在对面的谢征道："我来。"

他和樊长玉的容貌都极为出众，在这小小的饭馆里本就分外引人注目，这会儿说话，更多人时不时地往这边打量一眼。

樊长玉见他要付钱，想起方才那对夫妻的事，便也停了掏荷包的动作。

谢征一只手伸进怀里摸索了几下，脸色却微微变了一变。

樊长玉见状，忙投去一个询问的眼神。

片刻后，谢征收回手，看向樊长玉："你来。"

第八章

心 乱

等着收钱的店小二和店内其他用饭的食客都愣住了，显然没料到他居然会来这么一出。

方才讥嘲那安家赘婿的几个汉子一时间也没反应过来。

樊长玉先是傻眼，随即错愕地大声问道："你的荷包方才在路上叫人给偷了吗？"

她又招呼店小二："我来付钱。"

逢年过节的，街上人多，扒手本就容易下手。

有了樊长玉刚才的那句话，齐刷刷盯着他们的一屋子人才又各吃各的去了，还有人议论："一会儿去看灯会，街上人挤着人，身上的物件更容易被偷，可得警惕些！"

也有人小声道："我瞧着那男人生得比女人还好看些，会不会也是个小白脸儿？"

边上的人反驳他："怎么可能？他方才还抢着付钱呢！"

"见安家那赘婿出了丑，做做样子谁不会？不过长着那样一张脸，吃软饭倒也够了……"

樊长玉在谢征发作之前，一手拉起长宁，一手拽着他，飞快地走出了饭馆。

到了大街上，她才停下来，喘了一口气，问谢征："荷包当真被偷了啊？"

谢征冰冷的神色有一瞬间的僵硬，他小幅度地点了点头。

以他的身手，还不至于被人摸走了贴身物件都没察觉，他的确是如樊长玉之前所言，给小孩儿买了太多东西，没注意到自己身上的钱不够了。

毕竟他从前出门买个什么物件，压根儿没考虑过银钱不够的问题。

樊长玉想着他先前还去过书肆，觉得那边的东西卖得贵了才没买，应当知晓自己身上还剩多少钱；不至于要结账了才发现自己没钱，于是叹了口气："一定是方才路上人多，叫小偷把荷包给摸了去。"

她拿出自己的钱袋子，数出两块银角子和一大把铜板递给谢征："这些钱你收着，一会儿灯会上看中什么要买也方便。"

长宁也大方地道："宁娘的压岁钱也给姐夫！"

那笑眯眯的样子，仿佛他们当真是一家人。

谢征心里升起几分异样，皱眉道："不用，我不买什么东西。"

"你这人怎么这么磨叽？身上带点儿钱，要做什么也方便。"樊长玉以为他是不好意思拿自己的钱，直接拽过他的一只手，把银钱放进他的手心里。

她的手无论何时都暖烘烘的，拽过他的手时，手上的暖意跟着传了过来，似能穿透皮肉，传到更深的地方。

在她收回手后，谢征看着掌心的一把铜板和碎银，指尖微不可察地蜷缩了一下，随即遮掩什么一般收拢了五指。

暮色四合，大街小巷的灯笼都已亮了起来。

暖黄的灯光切出他侧脸的线条，他看着樊长玉，那双墨色凤眸里的情绪越发叫人瞧不清："谢谢。"

"谢什么，你给长宁买了那么多东西。况且，你还有四十两银子在我这儿放着呢……"樊长玉没当回事。

谢征只静静地听着，等她说完了，才说了句："糖钱是糖钱，不一样的。"

樊长玉微愣，远处的人群里突然传来一阵欢呼声，三人注意力都被吸引了，朝那边看去，才瞧见是街上变戏法儿的在喷火。

也不知那变戏法儿的汉子是怎么做到的，小小一根燃起来的竹棍叫他拿在手里，经他用力一吹，火苗瞬间就变成一股大火，吓得围观的人在被火苗扫到时，都惊呼一声往后退，随即鼓掌叫好。

长宁觉得这些很是新奇，当即就拽了拽樊长玉的衣角："阿姐，宁娘想看喷大火。"

这会儿天已经全黑了，街上人又多，樊长玉怕长宁被绊倒或被人撞到，直接把她抱了起来，对谢征道："灯会瞧着已经开始了，咱们去那边看看吧。"

谢征扫了一眼表演喷火戏法儿的那伙人，敛去了眸中所有的情绪，对樊长玉道："我来抱吧。"

樊长玉有一身蛮力，当即就回绝了："不用，你身上的伤还没好彻底呢……"

谢征说："抱个小孩儿还是不碍事的。"

顿了顿，他又道："我瞧这街上其他的孩童，都是由父兄抱着的。"

樊长玉四下扫了一眼，发现带小孩儿出来看花灯的，若是有父母陪同，好像都是由爹爹抱着的。

她和言正带着长宁，很容易叫人误认成一家三口。言正生得又高大，她抱着长宁，已经有不少路过的行人不时打量他们几眼，不知情的偶尔还会对言正指指点点。

樊长玉想起方才饭馆的事，稍一犹豫，还是把长宁递给了谢征抱着，叮嘱道："你若是手软了，就把宁娘给我抱。"

谢征淡淡地应"好"。

他比樊长玉高出大半个头，长宁趴在他的肩头，抻着脖子，反而看得更远，一会儿指这里让他们看，一会儿指那里让他们看，整个人兴奋得不行。

樊长玉和谢征并肩走着，手上还拿着书生给他们画的那幅画，脸上难得露出了舒心的笑容。

街上不少行人看到了，都由衷地称赞好一对璧人。

一对中年夫妻带着稚儿出来看灯，妇人抱着小儿子，瞧见樊长玉一行人，立马把儿子塞给了自己的丈夫，板着脸道："瞧瞧人家小郎君多会体贴媳妇，你个死人，看不到我手都快累断了？"

汉子两手抱着孩子，被揪着耳朵，头侧到一边，"哎哟哎哟"地连声认错。

樊长玉一面忍俊不禁，一面又因为那妇人的话，心中有些不自在。

她抬眼偷偷打量谢征，怎料对方正好转过头来，二人的视线在灯火里相撞，他问："怎么了？"

樊长玉干咳一下，正好瞧见了远处挂着五颜六色花灯的灯楼，道："我瞧着那边好像有猜灯谜的，咱们去猜灯谜吧！"

长宁也远远地瞧见了那边各式各样的花灯，兴奋地道："宁娘要买一盏猪猪灯！"

樊长玉笑道："好，咱们先去看看。"

谢征问："她属猪的吗？"

樊长玉还没回答，长宁就已经用力点头了，掰着胖乎乎的手指数着："阿姐属虎，宁娘属猪。"

谢征眼神怪异地扫向樊长玉："你只长你妹妹九岁？"

樊长玉道："准确来说是十岁。我是寅年正月出生的，我妹妹生于亥年腊月末。"

她看向长宁，目光柔软了下来："去年腊月一过，宁娘也六岁了，镇上的习俗，父母丧期内，为免孩童折寿，不可明着过生辰，这才生辰礼都没给宁娘备，只给她煮了碗面。"

她说着，看向谢征："你也吃过，就是那次煮的肥肠面。"

谢征："……"

那实在算不上什么美好的记忆。

不过她的生辰在正月，这个月她便十六岁了？

谢征微敛目光。

樊长玉忽而问他："你属什么？"

谢征不答。

她胡乱猜测道："你属狗的吧？"

这有点儿像骂人的话，跟他们擦肩而过的行人没忍住，回望了他们一眼。

谢征一道眼风朝着樊长玉扫去，樊长玉很想收敛自己脸上的笑，却还是没绷住。

她说："真要属狗，还挺符合你的性子的。"

她脸上那个笑容实在是肆意又灿烂。

谢征侧头看了她一眼，问："什么意思？"

樊长玉轻咳一声："听说属狗的都特别记仇，骂人也很厉害。"

话没说完，她就收到了一记凉飕飕的眼刀。

樊长玉莫名其妙地心虚："你那张嘴有多毒，你自己不知道？"

谢征嘴角轻扯："我也没在旁的事上多说你什么，不过是说你挑男人的眼光差了些，一个宋砚就让你念念不忘至今……"

樊长玉算是知道了什么叫作自食恶果，当初为了不让他误会自己对他有不轨之心，扯了个自己对宋砚一往情深的谎话，现在好了，这人逮着机会就要对她鄙视嘲讽一番。

她忍不住道："我何时对他念念不忘了？……"

"噗——"

挂满条幅和花灯的灯墙后传来一声嗤笑。

樊长玉抬眼望去，就见几个猜灯谜的公子哥儿撩开条幅，从灯墙后边走了出来，其中一人正是宋砚。

"宋兄果真是深藏不露，不光县令千金为宋兄的才学所折服，就连这成了婚的前未婚妻，都因宋兄同夫婿不合！"一着杏黄长衫、戴冠的男子用合拢的折扇指了指樊长玉，脸上一派轻浮的笑意。

显然方才在灯墙后边嗤笑出声的也是他。

樊长玉的脸色瞬间难看了起来，她怎么也没料到那灯墙后的竟会是宋砚和他的一众同窗。

她瞬间抿紧唇角，让那姓宋的误会自己还喜欢他，没有比这更让她硌硬的事了。

谢征见过宋砚，对他尚有几分印象，冰冷阴沉又压迫感十足的视线朝那几个风流仕子扫去时，在宋砚的身上多停留了几息。

宋砚穿着一身靛蓝色袍子，大冷天的，手上也拿了把折扇，接触到谢征的目光，与之对视后便下意识地避开了。

他的几个同窗倒是不以为意，觉得他们一个个都是有功名在身的，上了公堂都可不跪，何至于怕这么一个屠户女的赘婿。

那黄衫男子当即就讥嘲道："这位兄台，你也别沉不住气，宋兄乃清平县乡试唯一中举之人，你家娘子念着宋兄也是情有可原的。"

他边上的另一男子打量樊长玉许久后，突然拊掌笑道："我想起来了，有一年，这位小娘子还特地来县学给宋兄送过冬衣，那时我还问宋兄这是何人来着，宋兄答是家妹。"

"看来这小娘子对宋兄的确是情根深种，无怪乎那位兄台提起宋兄就气急败坏……"

这会儿灯会正热闹，几个人这一唱一和的，引得不少行人驻足看热闹，有好事者对着樊长玉指指点点。

"原来这就是宋举人那退了婚的未婚妻。"

"生得倒是一副好模样，可这都成婚了，还念着宋举人干什么？果真只有上门女婿才忍得下这样的气……"

"怎么就这么巧在这儿碰上了？莫不是知晓宋举人今晚会来这灯会，特地前来，就为了见宋举人一面？"

宋砚听到这些，目光扫过樊长玉，收回视线后对同伴道："走吧，这灯谜也不过如此，没什么好猜的。"

樊长玉听着那些议论声，再接触到宋砚那个眼神，只觉得一股火从心口顺着血液烧进了四肢百骸，浑身都犯恶心。

谢征看了她一眼，瞥向几人："站住。"

语气懒散，却是命令的口吻。

有了他这句话，围观的人更加兴味盎然。

宋砚一行人止住脚步，宋砚的同窗回头看来，脸上带着高人一等的戏谑和神气。

那黄衫男子调笑道："这位兄台还想跟我们动手不成？咱们可都是有功名在身的，你动了我们一根汗毛，这辈子怕是都没好日子过。"

谢征嘴角嘲意更甚，冷冷地道："你们读了十载圣贤书，礼义廉耻都读狗肚子里去了？非议一女子便是你们读书人的做派？"

几个人顿时讪讪的。

谢征薄唇冷冷地吐出两个字："道歉。"

其他人都不说话，唯独那黄衫男子道："我等何时非议女子了？不过是述以实情罢了。"

谢征眼皮懒洋洋地一挑，说出的话刻薄且狠毒："你考科举的答卷上，写的莫不也全是议论妇人长短的话？君子之礼不记得，搬弄口舌倒是有一套，南风馆出来的？"

众人哄笑起来。

甚至有人大声道："说得好！一群读过圣贤书的人，跟长舌妇似的议论一女子也不害臊！南风馆的兔儿爷都没他们会嚼舌根！"

黄衫男子听着这些哄笑声，一张脸瞬间气成了猪肝色，指着谢征：

"你……你……"

他边上的同伴帮腔道:"尽是些无耻下流之言!有辱斯文!"

谢征轻"咻"一声:"斯文?你们配得上这二字吗?读了几天书,眼睛就长脑袋顶去了,焉知北雁南飞,遍地凤凰难下足?"

他在说这话时,淡漠的视线正好落在宋砚的身上,明显这话是对宋砚说的。

几个读书人惊愕于谢征也是个读书人后,顿时面露愤愤之色——他最后那两句分明是在羞辱他们,他们想辩驳,却又想不出能怼回去的下联,一时间脸色甚是难看。

宋砚在谢征说出那两句话后,面上神色变幻莫测,终是作揖道:"方才是宋某的两位友人口无遮拦,冒犯了樊姑……樊家娘子,宋某代友人向二位道歉。"

其余几个人见宋砚都表态了,心中再不愿,还是跟着作了揖:"方才是我等不对,在此向二位赔罪。"

谢征没作声,看向樊长玉。

樊长玉知道谢征文采不错,但没料到他能以一己之力辩赢这几个书生,短暂的惊愕后,冷着张脸道:"我同我夫婿玩笑几句,要你们几个读圣贤书的来说三道四?我夫婿要样貌有样貌,要才学有才学,我一不傻,二不瞎,为何要对别人念念不忘?"

这些话让围观的不少人都笑了起来。

宋砚面上青红交加,作揖的手臂都绷得笔直。

谢征则懒懒一抬眸,虽然知道她说那些话大半是为了找回面子,不过还是怎么听怎么顺耳。

毕竟……他也不觉得那是假话。

樊长玉找回了场子,握着长宁的手,轻"哼"一声:"我们走。"

谢征淡淡地扫了一眼站在原地的几个读书人,闲庭信步般跟了上去。

宋砚和他的几个同窗只觉得面上臊得慌。

围观的人还在指指点点:"都说负心多是读书人,那宋砚考上举人后就退了这门婚事,当街碰上还要带人讥嘲樊家那闺女一番,当真下作!"

"我瞧着樊家那赘婿的文采还比这些人好些,不知他去不去考科举,要是也中了,樊家往后的日子可就好过了!"

宋砚听着这些，隐在灯影处的脸上一片阴霾。

他的几个同窗为了找回脸面，嚷嚷道："一个入赘的小白脸儿，真要有那考科举的本事，也不至于给人当上门女婿了！"

"依我看啊，他去考科举，怕是童生都考不上！"

宋砚听着这些话，冰冷的脸色却没有丝毫和缓，他只道："今日且到这里吧，改日再聚。"

他都发话了，其余人丢了这么大的脸，也不好意思在这灯会上继续逛，当下各回各家。

谢征落后樊长玉几步，二人一前一后走着，静默了片刻，他忽而道："方才的事，是我失言在先。"

若不是他先提起宋砚，也不至于叫那儿个人在灯墙后听了去取笑她。

樊长玉脚下微顿，说："没什么的，你已经帮了我，何况是我先骗了你。"

谢征抬眸："骗我什么？"

樊长玉薅了薅头发，有点儿难为情地道："之前怕你误会我对你有什么心思，故意说没放下他。"

谢征听到此处，眸中多了几分其他情绪。

他道："我以为……你在难过。"

樊长玉丢给他一个"怎么可能"的眼神。

二人已经走出了办灯展的那条街，四下突然冷清了下来，偶尔路过的巷子也黑黢黢、阴森森的。

谢征问："这是去溢香楼的路？"

"不是。"樊长玉说完，就把长宁塞给谢征抱着，"一会儿你捂着宁娘的眼睛带她躲远些。"

谢征沉默了一息，问："你要做什么？"

樊长玉找了个阴暗的角落带他一起猫着，掏出刚刚离开集市时买的麻布大袋和捶衣棒，龇了龇嘴边的小虎牙："那个穿黄衫的嘴那么贱，当然得扁他一顿才解气！"

月落霜天，寒星点点。

一个身着杏黄衣衫的男子出了办灯会的街，一身郁气地朝花街走去。

灯会那边人声鼎沸，灯火照不到的其他街巷则像黑夜中静静蛰伏的猛兽，诡异中透着危险。

好在隔壁街就是高挂着红灯笼的花街了，到了那里，灯火就会重新旖旎起来。

黄衫男子在从离开灯会的这条必经之路上走过时，眼前突然有什么东西兜头罩下，阻隔了视线，黄衫男子吓得刚要大叫，腹部就挨了一记重捶，那股剧痛让他整个人都蜷缩起来，到了嘴边的喊叫声也一下子吞了下去，紧跟着，臀上被重重踹了一脚，整个人跌进一旁乌漆墨黑的深巷里，棍棒雨点般落到了他的身上。

黄衫男子被打得哭爹喊娘，在麻袋里双手抱头，蜷缩成一团："好汉，别打了！别打了！我有钱，我身上的银子全给你们，好汉放过我吧！"

没人应声，反倒是他的脸上隔着麻袋又挨了几拳。

黄衫男子叫得更凄惨了。路过的行人听到黑黢黢的巷子里传来的惨叫声，怕惹祸上身，根本不敢上前帮忙，跑远了才喊了一声："快报官，那边巷子里有人被打了！"

樊长玉一听，为免落下作案证据，收起捶衣棒后，极为谨慎地把套在黄衫男子上半身的麻布袋也一把扯了下来。

只不过她扯得太用力了，黄衫男子直接被这股力道带得脸砸在地上，门牙都磕断了一颗，那惨叫声凄厉得远处的花街都能听见。

樊长玉愣了一下，听见街口已传来凌乱的脚步声，也管不了那么多了，拔腿就往巷子的另一头跑去。

为了逮人，她特意选了一条两头临街的暗巷，方便逃跑。

谢征带着长宁等在巷尾，二人打了个照面，一句话没说，就极为默契地快步离开了这事发之地。

走出两条街后，谢征才问了句："你把人怎么了？"

听那凄厉的惨叫，不像是她只把人打了一顿。

樊长玉说："我没把他怎么样，是他自己太蠢了，我扯麻袋的时候，他一个踉跄，脸着地，磕断了一颗牙。"

谢征侧首看了她一眼，似乎不太相信她这套说辞。

樊长玉："我真没骗你。"

谢征问："其他几个还教训吗？"

樊长玉心说这人把自己当成什么人了，道："不了，一天之内把他们几个都扁一顿，明摆着告诉他们是我干的。这个嘴巴不干净，今天先揍他一顿解气，其他几个逮着机会再慢慢教训。"

与此同时，躺在巷子里号叫的黄衫男子总算是被赶来的官差扶了起来。

他的两只眼都被打青了，磕断了一颗门牙，满嘴都是血，鼻下也挂着两管鼻血，借着火把的光，总算看清地上自己那颗断掉的门牙，呼天抢地道："牙都断了，我今后可怎么入仕啊？"

他是县令的亲外甥，对着一众捕快大呼小叫道："还不去给本少爷查？把殴打本少爷的歹徒捉拿归案！"

今日当值的捕快擦着额角的汗，问："公子近日可有结什么仇家？"

黄衫男子仔细想了想，因为疼痛，咧着嘴道："前些日子，王家那小瘪三在风月楼里跟本少爷抢粉头，叫本少爷羞辱了一顿，极有可能是他！还有刘家那儿子，自诩清高，会试又没中，被我嘲讽过，也有可能是他。还有李家……"

捕快听他数了一堆跟他有过节儿的人，头都大了。

黄衫男子说到最后，总算想起了今晚灯会上的事，道："今晚本少爷还替宋兄讽刺了他那前未婚妻。"

这件事说起来不太光彩，毕竟灯会上那么多人看到他们县学的几大才子被一个赘婿讽刺得哑口无言，他打住话头，问："宋砚兄他们可有为歹徒所伤？"

捕快一摇头，他就立马道："一个屠户女和她那病恹恹的赘婿，本少爷谅他们也没这个胆子，你们仔细查本少爷前边说的那几家去！"

捕快们追查去了，他才"哎哟哎哟"地由人搀扶着去附近的医馆看伤。

樊长玉到溢香楼安排的临时住所时，管事婆子还没歇下，见了她们，笑问："灯会好看吗？"

长宁在回来的路上就已经趴在谢征的肩头睡着了。樊长玉因为打人的事，尚有几分心虚，只含糊地道："好看，到处都是人，挺热闹的。"

管事婆子引着她们去到一间房前，打开房门，笑道："只有这间屋子还空着，你们先将就一晚。"

樊长玉道了谢，又要了一壶洗漱的热水，简单地给长宁擦洗完手脸后，便把人放到床上去睡。

她自己洗了把脸，发现水壶里的热水没剩多少了，又不好意思大半夜再让那管事婆子帮自己烧一壶，就把洗脸后的水倒进了泡脚盆里，将就着泡泡脚。

谢征用壶里剩下的热水洗完脸时，她的两只脚还踩在泡脚盆里，她见谢征要把洗脸水端出去倒掉，忙道："你倒在脚盆里吧。"

谢征迟疑片刻，端着木盆走了过去。

樊长玉见状，便把脚抬起来，放在木盆边缘，方便他倒水。

许是常年不见日光的缘故，她那双足极白，在烛火下呈现出暖玉一般的色泽，脚踝处有一颗黑色的小痣，非常扎眼。

谢征只瞥了一眼，便垂眸遮住了视线。

在京中，女子被人瞧见双足无异于失了清白，在这边陲小镇，民风比京中开放不少，河堤旁捣衣的妇人也经常赤足，似乎并未把裸足当回事。

她性子一向大大咧咧，此举也算不得出格，谢征心头却还是微微感觉异样。

樊长玉见他倒完水后就坐得远远的，问："你不泡泡脚？"

谢征说："你先洗，一会儿我去外边用冷水淋一下。"

樊长玉把眼一瞪："这大冷天的，你要用冷水洗脚？明儿不得染上风寒？"

相处的这一个多月里，她也发现了言正是个爱干净的人，以为他是不想用自己用过的水，道："我们家以前都是一盆水泡脚的，我忘了你有洁癖的事，等会儿我去找管事大娘说一声，再去厨房给你烧壶水。"

谢征皱了皱眉，终是道："不用，将就用这水就好。"

樊家人都很爱干净，鞋袜换得勤，这用过的水瞧着也不脏。

是他心中有些乱。

他把脚放进水盆里时，瞧见盆沿的水痕，脑中下意识地浮现出她搭在上面的一双足，谢征眉头瞬间皱得更紧，脚刚伸进去，就忙起身去倒水。

樊长玉坐在桌边，见状，张了张嘴，等他回来后，她心情复杂地道："你有洁癖也没什么的，我没觉得你是在嫌弃什么，你没必要把自己逼到这份儿上……"

谢征看着烛火下她那双诚挚又明澈的眼，好看的眉宇间多了几分自厌的情绪，只说："不是你想的这样。"

只有一张床，被子也只有那一条，他把木盆放回屋内后往房外走："你早些歇着。"

樊长玉觉得这人有些怪怪的，问："那你呢？"

他总不能去外边坐一夜吧，方才那管事婆子说了只剩这一间房。

谢征道："我去问问，看能不能跟溢香楼的伙计挤一晚。"

直到他离开后，房门重新合上，樊长玉都还有些蒙。

他怎么突然就把她当洪水猛兽似的？

套麻袋的事吓到他了？还是那盆洗脚水的伤害太大？

飞雪飘落至檐下，台阶上都积了薄薄一层。

谢征靠着廊柱，抱臂站着，半垂着眼帘，不知在想些什么，头顶的灯笼洒下一地暖光，使他纤长细密的羽睫在眼睑下方拉出一片暗影。

他见过很多美人，也在魏严宴请宾客时见过赤足起舞的西域舞姬。

舞姬那双足的模样他已不记得，唯一还有印象的就是舞姬脚踝上缀着铃铛的金色脚链随着舞动"叮当"作响，像是一种无声的邀请。

看到樊长玉露出一双足时，不知怎么的，他突然就想起了舞姬脚上的那串金铃铛，随即便觉得荒唐，同时心中升起一股冒犯了她的自厌情绪。

谢征烦躁地揉了揉眉心。他自小寄人篱下，为了继承父亲的遗志，一直苦读兵法，勤练武功，加上魏严对他和魏宣管教严苛，为免他们耽于男女之事，连身边伺候的人都一律是小厮，而无一婢子。

他上了战场后，一心杀敌，更没想过这些。

魏宣不知是见他恪守魏严定下的规矩于是跟他对着干，还是纯粹起了忤逆心思，经常出入青楼，豢养外室，为此没少被魏严责罚。

那时魏宣嘲讽他只能做一条乖顺的狗，问他识得温柔乡是个什么滋味吗？谢征心中竟是和魏严一样的想法，只觉得此子难成大器。

虽然不愿承认，但他从前的确受魏严影响颇深，魏严认为，掌权者必须学会控制自己的欲念，而男女之欲，是最低俗的一种欲念。

他从军中归来后，偶尔碍于情面推托不掉一些宴会，前去赴宴时，瞧见柔弱无骨的舞姬赢得满堂喝彩，心中只有轻蔑。

他和魏严一样，瞧不上京中权贵的这一套，觉得这些纸醉金迷只会让人软了骨头。

他将来娶妻，娶的只会是担得起谢家门楣的大家妇，而不是像他母亲那般脆弱的女子。

沙场刀剑无眼，也许有一天，他也会和他父亲一样，死在战场上，他不需要谁为他殉情，只需要一个在他去后替他撑起谢家门楣的宗妇。

整个京城的世家子娶妻，都是以这样的标准去世家女中遴选。

但这些天……他是怎么了？

谢征眼前又下意识地浮现出樊长玉的模样：杀猪的，砍人的，咬牙隐忍的……

她很好，甚至比许多世家女都坚韧，只不过她生长的环境太简单了，应付不来各路牛鬼蛇神……终究做不得谢家宗妇。

意识到自己在想什么，谢征整个人都愣了愣。

管事婆子提着灯笼巡查院落时，瞧见他站在廊下，婆子问："小兄弟，怎么不回屋歇着？"

谢征收敛了思绪，道："正打算去找您，我可否跟溢香楼的伙计挤一晚？"

管事婆子疑惑地道："你是樊娘子的夫婿，怎么不跟她睡一间房？"

谢征找了个由头："她带着妹妹，不太方便。"

管事婆子心说，长宁那才多大个孩子，但考虑到长宁再小也是个女儿家，点了点头，道："是老婆子考虑不周。楼里的伙计都是两个人一间房，本没有多的房间，不过有个伙计鼾声太响了，旁的伙计跟他一个屋都睡不着，你要是不介意，就去他的房里将就歇一晚吧。"

谢征只说不介意，管事婆子便带他去了那伙计的房间。

还在门外便听见了那震天的鼾声，跟打雷似的，谢征有片刻沉默。

管事婆子推开房门，门轴转动的"嘎吱"声也没能影响那伙计分毫，她引着谢征进屋后，把油灯点上，指了指边上空着的一张单人床："你今晚就睡这儿吧。"

谢征道了谢，管事婆子便提着灯走了。

他脱下外袍，枕着手臂躺到床上，本就没多少睡意，对面床铺的伙计鼾声如雷，更是吵得他连合眼的心思都没有。

忍耐了一刻钟后，谢征起身走到那伙计的床铺边上，一手刀砍在那伙计的后颈上，伙计被打晕过去，鼾声瞬间停了。

他重新躺回床上，只是依然没有睡意。

从前没想过同樊长玉的以后，今夜突然想到娶妻的事，他心中却莫名其妙地烦躁起来。

他知道樊长玉做谢家宗妇是不合适的，但回京后娶一个进退有度、知书达礼、能帮他打理谢家大小事务的世家女，他又下意识地有些排斥。

这就像是在荒野里找到了一株生命力极强的野草，他有些喜欢，但是把这株野草挖回家去，和其他奇花异草一比，旁人只会嘲笑那株野草。

野草只有在它自己的原野里才是肆意又顽强的，放进名贵的瓷盆里精心打理的，便不是野草了。

他抬起一只手横放在眼前，手背搭在眉骨处，唇在夜色里抿得极紧。

第二日天还没亮，樊长玉便起来了，长宁还睡着，她穿戴好衣物后轻手轻脚出了房门，让管事婆子帮她照看着些长宁，便去了溢香楼。

县城里这座溢香楼的布局和临安镇上的差不多，不过修得更气派些。

大堂里跑腿的伙计们还没来，后厨的人倒是已经到齐了。

要卤的猪头也早就有人处理好了，樊长玉火都不用自己烧，只准备卤料就行。

俞浅浅亲自跟几个大厨商量开席时先上哪些菜，后上哪些菜，压轴菜又是什么。

樊长玉虽是个外行，却也听得出这极有讲究，毕竟一些菜放久了，就失了风味；而如果接连上大菜，后厨这边备菜来不及，迟迟上不了菜，那可就丢脸了。

寻常人家开席，菜上晚了没什么；这些达官显贵订的包席，菜上晚了，就会让主人家失了颜面，主人家会找溢香楼理论不说，传出去也会砸了溢香楼的招牌。

俞浅浅交代完厨子们各项流程的细节，瞧见樊长玉坐在灶台后边，半点儿没架子地挤过来跟她一起烤火："这才大年初二，你就要来楼里帮我，委实是辛苦了。"

樊长玉道："俞掌柜要忙这么多事，瞧着才辛苦。"

俞浅浅笑道："挣钱就没有容易的，做好这一单生意，溢香楼在县里的名气就算是彻底打出去了。"

之前溢香楼在县城开业，叫王记背刺了，生意一直不温不火的，县城里的显贵提起溢香楼，甚至还会把开业当天误了吉时的事当作笑谈。

俞浅浅为了把溢香楼的档次在县城里提起来，给那些贵妇人送了不少新奇的贵礼，才接下了今日这场包席。

她似想起什么，问樊长玉："对了，你家的卤肉有设计图徽吗？"

樊长玉一脸迷茫："那是什么？"

俞浅浅一巴掌盖到自己的脸上："怪我这些天太忙了，忘了提前同你说，就是像王记卤肉那样，有自己的招牌。"

樊长玉摇头。

俞浅浅道："你的卤肉在我的楼里，对标的是醉仙楼的王记卤肉，就算没有图徽，也得请人写几个字，瞧着才像样。"

樊长玉不解："卤肉不都是切好了装盘端上桌子吗？有没有图徽应该都不碍事。"

俞浅浅说："你进门时应该也瞧见了，我楼下有几个铺子是对外招租的，方家的茶叶、李家的酒水，在那里都有卖。你家的卤肉我也给你留了个位置，你回头多卤些摆放到那边去卖，卖多少都算你自己的，总之得把名气打出去，不然我这楼里用的卤肉没个来头，叫人瞧着岂不是被醉仙楼压了一头？"

她说着就要起身："我让人去找个字写得好的秀才，临时给你写个布幅挂上去。"

樊长玉想到谢征，忙道："我夫婿会写字，等会儿我找我夫婿就是。"

俞浅浅有些迟疑："你夫婿的字写得怎么样？"

樊长玉说："他的字写得可好看了！"

有了她的再三保证，加上俞浅浅考虑到手边的事的确还多着，便对她道："那你现在就去找你夫婿过来，若是不成，我再命人去请个秀才过来。"

卤肉已经下锅了，现在只要看着火就行，樊长玉也不磨叽，当即就应了，去溢香楼后边的巷子里找谢征。

谢征昨夜想着事，睡不着，天光微亮才浅眠了一阵，不过很快就被前来叫那伙计的管事婆子吵醒了。

管事婆子叫那伙计时直犯嘀咕："这堂子从前瞧着也不是个躲懒的，怎的今日睡到了这个时辰还没醒？"

被她叫醒的伙计睁开眼，一脸迷茫，瞧见天都亮了，忙穿衣起身，刚动了一下，却又"哎哟"惨叫了一声，揉着自己的后颈，道："我好像落枕了，脖子怪疼的。"

管事婆子虎着脸说："你这是躲懒睡多了！"

伙计起迟了，被教训了也有些心虚，皱着眉穿好衣物后，匆匆洗了把脸，便去前边楼里忙活了。

这会儿整个院子里都是溢香楼的伙计们走动的声音，谢征也没了继续睡的心思。

他一夜未眠，下颌的青色胡楂都冒了出来，刚洗漱完，樊长玉就找了过来，瞧见他眼下的青黑，疑惑地道："你昨晚不会一宿没睡吧？"

正好管事婆子从院子里路过，听到樊长玉的话，再看谢征那副没睡好的颓然模样，道："我昨晚就说了堂子那孩子打鼾有些吵，小兄弟肯定是被吵得睡不着吧？"

谢征不知怎么回复樊长玉，管事婆子这么一说，他便迟疑着点了头。

樊长玉看着他，顿时面露同情之色。

管事婆子走后，她道："今晚回家后，你好好补个觉吧，现在有件事得请你帮个忙。"

可能是没睡好的缘故，谢征看着她一张一合的红唇，一时间竟没听清她说了什么，反倒想起了自己入睡那一小会儿做的梦。

梦里他们如约和离，她转头嫁给了旁人，穿的依然是他们成亲那日的婚服，他看不清她所嫁男子的样貌，不过她脸上的笑容实在是明媚肆意得刺眼，似乎嫁的是个合她心意的郎君。

谢征说不上当时心中是什么感觉，总归不太愉快。

此刻再看着樊长玉，他的唇角不自觉地向下抿了几分。

樊长玉说完，见谢征没回话，反倒一脸阴沉地望着自己，不由得伸手在他的眼前晃了晃："你听见我说什么了吗？"

谢征回过神来，很快收敛了思绪："你说。"

樊长玉狐疑地瞅了他两眼："你方才想什么呢？"

谢征道："没什么，刚醒来，精神有些不济。"

樊长玉自己也有睡不好犯迷糊的时候，因此没觉得他说的是假话，提起正事："你帮我去写几个字呗。"

谢征问："写什么？"

樊长玉道："俞掌柜说今日的生意是和醉仙楼比着来的，不能落了下乘，咱们家的卤肉得像王记卤肉一样，有个自己的招牌。俞掌柜在楼下大堂外留了一块地儿给咱们摆卤肉，现做匾额是来不及了，先写个布幅挂上去凑合着用。"

谢征点了点头，问："笔墨和布幅准备好了吗？"

樊长玉道："俞掌柜帮忙备了。"

谢征说："那过去吧。"

溢香楼伙计们住宿的地方就在溢香楼后边的巷子里，出行很方便，平日里买菜或运送潲水也是从这边走，毕竟溢香楼的后门就开在这边。

樊长玉和谢征出去时，不巧就碰上了前来拉潲水的。

除夕和元日那两天，拉潲水的在家过年，溢香楼攒下的潲水没处理，这才一大早就让人来运走。

得亏是严冬，潲水放了两天也没什么异味。

不过巷子窄小，潲水车路过时，旁边的人得尽量靠边站着，否则身上很容易沾到潲水桶上的秽物。

樊长玉和谢征避让到一边，眼见那潲水车都快过去了，怎料车轮子碾过一颗石子儿，整个潲水车都跟着颠了一下，靠边的潲水桶的盖子都被颠得跳了起来，里边的潲水也洒了出来。

谢征眉头一皱，手疾眼快地把樊长玉往自己这边一拉。

樊长玉被扯得一头撞上他硬邦邦的胸膛，潲水桶里洒出的潲水溅到了她方才站的地方。

拉潲水的老伯回头连声道歉："对不住，对不住，刚才碾到了石子儿，没溅到你们身上吧？"

谢征看了一眼樊长玉的裙摆，道："没溅到，老伯你走吧。"

老伯这才重新赶着马车走了。

谢征见樊长玉一直没作声，而自己还攥着她的手腕，心一悸，瞬间松开攥着她的手，背到身后，掌心似要烧起来："你……"

只说了一个字，他便噤了声。

樊长玉低着头，两滴鼻血落在了结着薄冰的青石板地面上，一脸生无可恋的表情。

她在他的胸膛上撞太狠，撞出鼻血了。

谢征沉默两息，说了句："抱歉。"

樊长玉瓮声瓮气地答"没事"，但因为鼻梁被撞得太疼，眼中泛起了生理性的泪花，怎么看都有些可怜。

她掏出自己的手帕胡乱擦了擦，但刚擦完，又有鼻血流出来，她仰起头想止血，头刚仰起来，就被一只大手按着后脑勺儿压了回去。

谢征说："流鼻血了别仰头。"

樊长玉只能用手帕捂在鼻孔处，沮丧地道："一大早的就见血，看来我今天得倒霉。"

谢征又说了句"抱歉"，樊长玉颇有些无奈地道："我开玩笑呢，我怎么可能倒霉？我得福星高照，日进斗金！"

鼻血似乎止住了，但鼻头还是极不舒服，她取下帕子后，吸了吸鼻子，说："也算是福祸相依吧，躲过了被淋一身潲水的劫数，转头就在你的身上被撞出鼻血了，撞出鼻血总比淋一身潲水好，说来还是我赚了！"

怕谢征自责，她还用力动了动鼻翼："你看，血这不就止住了……"

最后一个字卡在了喉咙里。

谢征拿过她手上的帕子，在她的鼻翼旁轻轻擦了两下："这里还有血迹没擦干净，血刚止住，呼吸别太用力。"

隔着帕子，樊长玉也能清晰地感受到他指尖的力道。

眼前这个人出生时大抵是极得上苍偏爱的，剑眉星目，五官精致，却半点儿不显女气，微风从他的身后吹过，拂动他的袍袖，也拂动他鬓角的碎发，墙头的枯枝摇摇欲坠，落下一片褐色的枯叶。

樊长玉觉得自己像一只举着大钳子耀武扬威的龙虾，突然就傻愣愣地不知道怎么挥舞钳子了。

谢征收回手，见她出神，问："还疼？"

樊长玉摇头，半开玩笑道："你脾气要是一直这么好，往后也不愁没女孩子喜欢了。"

谢征的目光有一瞬冷了下来，漆黑的眸子睨着她，食指和拇指还捏着她的手帕，他皮笑肉不笑地答了句："那便借你吉言了。"

樊长玉一脸莫名其妙：她夸他呢，怎么他说话突然又带刺了？

二人从后门进了溢香楼，谢征在俞浅浅备好的三角布幅上写字时，樊长玉想着他还没用早饭，就去后厨拿了伙计们吃的馒头和粥给他。

她出来时，谢征写布幅的桌前已围了不少伙计，就连楼里的账房先生都在夸他那笔字了得。

布幅上的墨迹干了，便有楼里的伙计帮忙挂起来。

樊长玉瞧了一眼，明明只是平平无奇的"樊记卤肉"四个字，但经他写出来，的确好看得很，字迹遒劲飘逸，四张三角状的布幅挂上去，瞧着比金漆匾额还引人注目些。

樊长玉心情极好地把粥和馒头端给谢征："你先吃点儿东西垫垫肚子。"

俞浅浅路过大堂，瞧见她让下人用红绸布临时裁剪出的布幅上的这几个字，不由得也"啧啧"赞叹了两句，直夸樊长玉找了个好夫婿，又给樊长玉支了个招儿："长玉妹子，回头你找人定做一批纸袋，外面也印上你夫婿写的这几个字，有人来找你买卤肉，你就用这纸袋装，名气不愁大不过王记去。"

市面上卖熟食的都是用油纸包起来，樊长玉铺子里的卤肉也是用油纸包的。

那油纸油水不浸，光滑的一面包吃食，粗糙的一面朝外。

樊长玉也注意到了溢香楼卖的锅子底料便是用纸盒装起来的，那纸盒上还印着花鸟图，绑的细麻绳打着她没见过的漂亮绳结。

俞浅浅特地让她多卤了一锅肉，说留着放在门店里卖。

樊长玉脑中灵光一闪，在谢征喝粥的工夫出去了一趟，回来时买了一摞油纸和一卷细麻绳。

她切了半斤猪头肉，试着用油纸包起来，再拿细麻绳打个结固定，倒也像模像样了，就是油纸上没有"樊记"的字样。

谢征刚就着咸菜吃完馒头、白粥，就发现樊长玉目光如炬地看向自己："言正，要不你再帮忙写几个字？"

谢征："……"

在正午溢香楼开席前，他在百来张油纸的毛面题了字。

再次路过时，俞浅浅瞧见樊长玉这临时补救的法子，笑道："果然是夫妻同心，其利断金。"

她见樊长玉打的结有些歪，还主动教樊长玉怎么打好看的绳结："这根绳从这边绕过来再系上就好看了。"

樊长玉向她道谢，她用力地在樊长玉的肩头拍了拍："谢什么，今日咱们出的是同一口气，你家的卤肉若是叫王记的比了下去，才是丢我的脸面。"

快到午间时，整个溢香楼的人都忙了起来，陆续有宾客到场，楼里负责接待的伙计就有十来个，男客由小二接待，女客则由衣着统一的侍女接待。

不管是小二还是侍女，言行举止都落落大方，脸上挂着笑容却并不谄媚，瞧着就跟别处酒楼的不一样。

对于畏寒的女客，酒楼里还专门准备了汤婆子，实在是周到。

樊长玉忍不住同谢征道："溢香楼是我见过的最气派的酒楼了。"

谢征答："尚可。"

京中最好的酒楼比起这有过之而无不及，不过能在这小地方开起这样一座酒楼，那位女掌柜委实有些本事。

樊长玉瞪他一眼："你这张嘴说一句夸赞的话怎么就这么难呢？"

谢征说："等你见过更好的，你也不会见什么都夸。"

樊长玉："……"

她这是被嘲讽了吧？是吧？

她索性不再说话。不过二人也没闲多久，很快就有人来问："你们这卤肉怎么卖的？"

樊长玉也是今日在溢香楼卖卤肉才知道，俞浅浅对外卖的价是一百文一斤，都赶得上平日里卤肉价钱的两倍了。

她心惊胆战地说了价后，那小厮都不带还价地要了三斤。

樊长玉愣了一下，赶紧利落地切肉给人包起来，心中却仍有几分蒙：借着溢香楼的名气做生意这般容易的吗？

等那小厮走后，她小声同谢征道："我头一回把卤肉卖这么贵，良心有点儿不安。"

谢征说："看看你边上那个卖酒的。"

卖酒的那家是县里一家有名的老窖，生意比她这边好。

樊长玉看了一会儿，没看出什么名堂，问谢征："卖酒的怎么了？"

谢征抬眸看她："你没发现那一小坛酒就卖了将近一两银子？"

樊长玉小鸡啄米般点头："看见了，不过酒水本来就贵啊。"

谢征轻"哧"一声："贵在哪里？酒不过是粮食和酒曲酿出来的，成本还不一定有你这些肉高。"

樊长玉想了一下猪肉的价钱和粮食的价钱，竟觉得他说得很有道理。

谢征道："物贱物贵，都是看有没有人买，一堆人愿意出高价买，东西就贵起来；反之，所有人只愿意出低价，那么这东西就不值钱了。"

樊长玉似懂非懂地点了点头。

又卖出几单后，她自个儿倒也慢慢琢磨出了点儿东西。

来溢香楼用饭的都是不缺钱的人家，这些富贵人家大多有着"贵即好"的念头，物美价廉对他们来说反而不适用。

一些入口的东西，突然低于他们平日里买的价格，他们的第一反应不会是觉得买到了好东西，而是害怕这东西吃了有问题。

这么一想，她倒也明白俞浅浅这溢香楼里的东西，价格为何都比普通酒楼的贵上一些了。

菜品过硬是一部分原因，还有一部分原因则是看准了富贵人家的攀比心。俞浅浅把溢香楼打造成了一个达官显贵才会来用饭的地方，花大笔银子来这里吃饭，买到的不仅是美味佳肴，还有一种自己成了人上人的认同感。

饭前，樊长玉这里的生意一般，偶有几单也是外边街上路过的人买一些回去当年菜的。

第一轮吃席的人用完饭后，大概是在席间尝过这卤肉了，她这里的生意突然爆火，不少丫鬟小厮排起长队来买。樊长玉一个人切肉加包装应付不过来，便把包装的活儿交给了谢征。

他的容貌实在是打眼，加上铺子外边排起长队，路过的人大多会瞧上一眼，引得不少大姑娘小媳妇都来排队买卤肉。

晚到的宾客一进大堂，瞧见这架势，难免问一句："怎的这么多人去买卤肉？"

接待的伙计便笑答一句："上一轮吃席的客人在席间尝了樊记的卤肉，觉得味道甚好，想买些拿回家去给家里人也尝尝。"

那宾客一听，立马也指使跟在自己身边的家仆："这么多人买，想来这樊记卤肉也不是徒有其名的，给家中的老太太买些回去。"

还有喜欢字画的宾客一进门就瞧见了"樊记卤肉"那几个大字，叹息道："这样一笔好字，写在这幌子上，委实浪费了！"

定睛一瞧，发现那些排队买卤肉的下人捧走的油纸包外边也写了"樊记卤肉"几个字，笔锋遒劲，宾客更是叹惋不已，不买卤肉，反让身边的小厮去买了一张包卤肉的油纸回来。

樊长玉听到这要求也有些傻眼，不过只要给钱就行。

她算是明白了，有钱人的追求和普通人的不太一样，她收了银子，大方地拿了好几张油纸给那小厮。

宋家出了个举人，在清平县如今也算得上有头有脸的人家，宋母又热衷于跟官太太、富太太们打成一片，像是想把过去那十几年没有过的风光都捡起来，今日这样的酒席，她自然也跟着来了。

瞧见一堆下人排着长队买卤肉，桌边不少阔太也差遣了下人去买，她原本也想凑个热闹，只是在瞧见那望子上写的"樊记卤肉"四个字时，脸色变了变。

再仔细一瞧，见在铺子里忙活的是樊长玉时，她一张脸都垮了下来："她怎会在此处？……"

边上同她相熟的妇人问："宋夫人认识那小娘子？"

宋母长叹一口气，颇有几分悲天悯人地道："那是个苦命的孩子，命犯孤煞，前不久才克死了她爹娘，后来又克死了她大伯，约莫是被镇上人排挤，才来这县城里谋生的吧。"

经商和为官的人最忌讳这些，宋母话一说出口，这一桌的妇人便齐齐变了脸色。

"这大过年的，溢香楼掌柜什么人都往楼里放吗？"其中一个妇人忌讳得直接离席。

另一名官妇则直接唤来楼里伺候她们用饭的侍女，板着脸道："把你们掌柜的给我叫来。"

那侍女不敢怠慢，当即就去叫了俞浅浅。

俞浅浅瞧着虽年轻，处理起这些事，手段却老辣得很，过来时脸上带着笑意："钱夫人，这是怎么了？楼里但凡有招待不周的地方，我给您赔个不是。"

整个清平县有头有脸的人物，俞浅浅都认得，他们家中是做什么营生的，她心中也门儿清。

这位钱夫人敢这么硬气，就是因为她家是开钱庄的。

钱夫人冷着脸朝楼下的樊记卤肉一抬下巴："咱们今日是来喝喜酒的，你让那煞星在你的楼里做生意，不是给咱们添晦气吗？"

樊记铺子前全是排着队买卤肉的，俞浅浅大概猜到了钱夫人说的是樊长玉，却装傻道："什么煞星？大过年的，钱夫人说这些可不吉利。"

钱夫人见她这般，也和缓了脸色："你还不知情？听说樊家女是个孤煞命格，克死了爹娘，又克死了她大伯，可别留她在你这楼里做事，当心她克到你！”

俞浅浅以手捂嘴，"咦呀"了一声，像是被吓得不轻："您是听谁说的？"

钱夫人立马把宋母推了出来："宋夫人原先也是临安镇人，对那煞星的事知道得一清二楚。"

俞浅浅道："原来是宋夫人说的啊。我听说宋公子和樊家大姑娘定亲数载，宋公子中举后，找人一合八字，才算出樊家大姑娘是个孤煞命，赶紧退了婚。得亏这婚事退得早，不然宋举人就得错过给县令当东床快婿的机会了。"

在座的都是些人精，听俞浅浅这么一说，看宋母的眼神瞬间微妙了起来。

宋母怒目而视："你！"

俞浅浅表情无辜地眨了眨眼："算命这些我也不清楚，不过城南那个半仙倒是说樊家娘子是个旺夫命。她夫婿写得一笔好字，听闻昨晚的灯会上，宋举人还被她夫婿一句'北雁南飞，遍地凤凰难下足'顶得哑口无言，想来才学了得，来年参加科举，指不定能给她挣个诰命呢！"

有人听到那对子，没抑制住，发出一声低笑。

宋母还不知昨晚儿子在外丢人的事，但想到儿子回来后一言不发地进了书房苦读，此刻面对一桌子商妇、官妇打量自己的眼神，顿觉脸上火辣辣的，臊得慌，招呼都不打一声，就带着丫鬟匆匆离席。

一官妇带头嗤笑出声，一桌子的贵妇人便都跟着笑了起来，无不鄙夷地讥嘲道："终究是上不得台面。"

"退了人家姑娘的婚，怎么还好意思这般编派人家？"

"她手上那玉镯，你们瞧见了没？一看就是假货。没有的东西，我宁可光着个手也不戴，这位举人娘当真是不怕羞！"

眼见贵妇们已经聊起了其他的，俞浅浅笑眯眯地道："诸位夫人且慢用，今日楼里忙，有什么招待不周的地方，还请多担待。"

贵妇们一个个又变得好说话了，甚至还有尝了卤肉觉得味道不错的，也差遣身边的婢子去楼下买些卤肉回去。

樊长玉对俞浅浅帮自己解的这场围半点儿不知，卤肉卖完了，她让一宿没休息好的谢征先回去歇着，自己则去溢香楼的后厨帮忙。

一直到未时，溢香楼今日这场包席才算办完。

樊长玉清理了一下柜台抽屉里卖卤肉赚的碎银和铜板，数下来发现一共有十五两银子多。

她头一回知道了什么叫作暴利。

虽然俞浅浅让她来这边卖卤肉时就说了卖多少算她自己的，但这铺子是溢香楼的，客源也是溢香楼的，樊长玉没打算把钱都当作自己的，去找俞浅浅分红。

俞浅浅听她说了来意，被逗笑了，问她："今日一共卖了多少？"

樊长玉如实道："十五两三百文。"

这个数目挺让俞浅浅惊讶的，她笑道："我听说了，里边还有贵客惜才，打赏你夫婿的银子，这些都是你们辛苦赚来的，你自己收着就是。"

樊长玉道："借了俞掌柜的宝地才能卖出这么多卤肉，再者，买肉的本钱、卤肉用的调料都是俞掌柜的，就连怎么包装卤肉也是俞掌柜教的，俞掌柜你不拿一份，我心中不安。"

俞浅浅点了点樊长玉的额头："你啊，老实巴交成这样，哪儿适合做生意？今日你的卤肉卖得好，归根结底还是你家的卤肉味道确实上乘，不然为何一开始没生意，那些宾客用完饭才指使下人来买？我是给你想了点子不错，但真正把这点子落到实处的，还是你们小夫妻俩。你夫婿今日写了多少个字？你真要心疼，也是心疼他去。"

她语重心长地道："你家的卤肉生意起来了，于我也是有好处的，你不必同我这般见外，咱们把这个人情放长远些，将来说不定就有我要你帮忙的时候。"

樊长玉这才作罢，但还是坚持把买肉用料的本钱付给俞浅浅。

俞浅浅也发现了她是个实心眼儿，拗不过，只得同意了。

刨去三两银子的本钱，赚到的十二两，樊长玉找账房先生把铜板全换成了银子，打算和谢征对半分。

酒楼里的厨子、伙计们这会儿才用饭，俞浅浅道："你先坐着吃，我差人去叫你夫婿和方婆婆他们过来。"

樊长玉猜她口中的方婆婆就是后巷那边的管事婆子，想到长宁还在管事婆子那里，便道："我去接我妹妹，顺道叫他们就是。"

她从溢香楼后门一出去，就见谢征并未回房，反而负手站在巷口看什么。

樊长玉走过去，顺着他的视线只瞧见了一队小跑着走远的官兵，看服饰又是军营那边的，并非清平县本地的衙役。

她皱起眉："是去征粮的官兵？"

谢征点头，神色瞧着极冷。

住在城镇里的商户大多是买粮吃，官府从商户手中征不上粮来，只能想方设法让商户多掏钱，征粮还得去乡下找农人征。

樊长玉已经听说了泰州那边征粮打死农人的事，此刻一颗心不由得也提了起来。

她道："都说咱们蓟州府的大官是个青天大老爷，可别跟泰州一样，为了征粮把百姓往死里逼。"

谢征说："且看蓟州府那边的作为了。"

只要赵询和他背后的人不傻，昨日就应已把魏宣来蓟州征粮的事捅到贺敬元跟前去了。

回头时见樊长玉衣袋鼓鼓的，他眉头轻皱："这是什么？"

樊长玉掏出那十二两碎银和几百个穿好的铜板，分出一半递给谢征："你的。"

一两银子不起眼，但十二两银子放在一起瞧着还是挺占地方的。

谢征看她跟个土财主一样摸出这些钱，眼皮微微跳了一跳，说："你收着。"

樊长玉道，"不成，咱们俩一人一半，你写了几百张纸包呢。"

他缓了一息，道："放我身上容易丢，你先替我收着。"

有了他在小饭馆丢钱的前车之鉴，樊长玉还真不能驳回他这话，只得一并先放进自己的口袋里，重新把衣袋塞得鼓鼓囊囊的。

二人回房去找长宁，还没进房门，就听见里边有两个小孩儿在说话。

"我阿姐可厉害了，一顿能吃三碗饭！"是长宁的声音。

"我阿娘更厉害，她一个人能吃两个酱肘子，外加一碗胡辣汤！"男童似乎颇不服气。

"我阿姐的饭碗有汤钵那么大！"听语气，长宁似乎还比画了一下。

"那……那还是你阿姐厉害些。"男童似是屈服了。

屋外的樊长玉："……"

汤钵大的饭碗，分明是她们爹的！

樊长玉听得额角直抽抽，推门而入："宁娘。"

"阿……阿姐。"前一刻还神气不已的长宁立马心虚地换上了一副乖顺的表情，就是一双葡萄眼乱瞟，不敢看樊长玉。

谢征跟在她后面进了屋，嘴角带着不太明显的弧度，瞧见屋内那个穿缎袄的男孩时，目光微顿，问："哪家的孩子？"

男童的脸上带着婴儿肥，瞧着不过五六岁的年纪，一双眼大而圆，眼尾微微下耷，小狗一样，身上的衣裳用金线绣了刺绣，小腰带上还镶了宝石，站在长宁边上，看起来老实巴交的，活脱脱一土财主家的傻儿子。

谢征问话后，他才把小胸脯一挺，道："这些房子都是我家的。"

樊长玉记得李厨子同自己说过，俞浅浅有个孩子，这孩子说这些房子都是他家的，莫非他就是俞浅浅的儿子？

她心中刚有了这么个猜测，院外便传来了管事婆子的唤声："小公子，您躲哪儿去了？"

孩童朝外道："方嬷嬷，我在这儿。"

管事婆子闻声，很快找了过来："小公子怎么躲到这里来了？叫老婆子好找……"

见樊长玉和谢征也在，她有些歉疚地道："小公子年幼，误闯了二位的住处，老婆子给二位赔个不是。"

樊长玉只说"没事"，又问："这是俞掌柜的孩子吗？"

管事婆子笑着应"是"。

樊长玉从管事婆子那里得知男童名叫俞宝儿，楼里人都唤他"宝哥儿"。

在樊长玉的印象里，家中还算富庶的人家，给小孩儿取名都会取一个听起来就很有文化的名字，俞浅浅的孩子直接叫宝儿，让她挺意外的。

想到俞浅浅的性子，她突然又觉得一切都在情理之中了。

几个人一道往溢香楼的大堂去，路上，长宁胆子又大了，时不时跟俞宝儿斗嘴，谢征走在最后边，望着俞宝儿的背影，眉头皱起，目光晦暗不明。

到了大堂，俞浅浅得知俞宝儿躲猫猫躲到樊长玉她们住的房间去了，也哭笑不得。

她在问俞宝儿功课时，看到长宁，顺口问樊长玉："宁娘开蒙了没？若是还没开蒙，你大可送到我这里来，我给宝儿请了个西席，教一个是教，教几个也是教，楼里的伙计，家中有孩子的，都送来一起读书了，不求将来能考个状元什么的，识几个字也是好的。"

樊长玉心中对俞浅浅的敬佩又多了几分。她虽意动，但从镇上到县城还是颇有一段距离的，长宁又还小，若是让长宁到俞浅浅这里来念书，必须有人早晚接送，而且她也不是溢香楼的伙计，已经受了俞浅浅不少恩惠，不能再理所当然地受这份好。

她道："多谢掌柜的好意，她跟着她姐夫学了几个字，还算不得开蒙，年岁尚小，也是个怕读书的，且等她再大些吧。"

长宁立马接话道："宁娘会写自己的名字了！"

她说着就拿筷子在空中比画："木、爻、木、大，樊。"

俞浅浅看得直笑，夸道："宁娘真聪明。"

她将目光转向樊长玉，带了几分揶揄："我忘了，你家中有个才高八斗的好夫郎，宁娘哪里还用得着旁人教？"

樊长玉说那番话本就是为了婉拒俞浅浅的好意，此刻被她打趣，便笑了笑，没作声。

谢征看了樊长玉一眼，也没说话。

俞浅浅又和樊长玉聊起了其他的："我酒楼外的那个商铺可以长租给你，你若是分身乏术，我也可以让酒楼的伙计帮你卖卤肉。旁的租户要么是直接交一年的租金，要么是生意上给我两成分红，你若有意，租金我都可以给你便宜些。"

溢香楼外的铺子生意有多红火，樊长玉今日是见识了的。

她说："掌柜的待我太好了。"

这话让溢香楼的所有伙计都笑了起来。

账房先生道："咱们掌柜的就是个菩萨心肠，对楼里的伙计都好，樊娘子别见外就是了。"

俞浅浅也说："我这人交朋友看眼缘，我打第一眼瞧见你就喜欢你这性子，你也别跟我忸怩，愿不愿意入驻我这溢香楼，给句话就是。"

樊长玉道："愿意，租金不用少。不过我确实没法儿自个儿看着铺子，若是借用掌柜的人手，我另付一份工钱。"

俞浅浅听了，笑着看向楼里的伙计："你们可都听见了，愿意多挣一份工钱的，这会儿就可以站出来让樊老板认个脸了。"

樊长玉听到"樊老板"这称呼，羞赧之余，又觉得怪新奇的。

跟镇上的人直接唤她"长玉"不同，好像她有了一层别的身份，而这层身份似一叶扁舟，眼下虽还小，却能载她去更远的地方。

楼里的伙计们交头接耳议论了一阵，很快就有一个模样颇为干练的女子出声道："我愿意去前边的铺子里卖卤肉。"

樊长玉对这女子有印象，她之前好像是专门接待女客的，做起事来井井有条，嘴还甜。

俞浅浅同樊长玉道："这丫头叫茯苓，小时候被卖去给人当婢子，她自己攒钱赎身后，碰上我这楼里招工，就来楼里做事了，是个能干的，你看如何？"

樊长玉点头："就她了。"

茯苓是个会来事的，当即就卖乖道："多谢掌柜的，往后还请樊老板多多照看。"

俞浅浅指着她，对樊长玉笑："瞧瞧，多会贫嘴。"

樊长玉也忍俊不禁。

用完饭，樊长玉便向俞浅浅辞行。县城里地段最好的铺子租下来了，以后就得长期供卤肉了，她得回去考量一番，看是雇个车，还是直接买辆牛车。还有县学那边的腊肉，下午回去后，她还得给那胖掌柜送过去。

俞宝儿跟着她娘送樊长玉一行人到酒楼门口，大人们说大人们的，他们小孩儿也有自己的话说。

俞宝儿对长宁道："下次你来，我带你去看我的书房，里边好多书，还有泥偶、木雕、珊瑚摆件，可好看了！"

长宁紧紧地攥着樊长玉的衣角，抿了抿唇，小脑瓜儿努力想了一番，终于想出了个能炫耀的："你来我家，我带你去看我阿姐的杀猪刀，大大小小十几把呢！运气好的话，还能带你看我阿姐杀猪呢！你见过杀猪吗？"

俞宝儿摇头，眼中不乏羡慕之色。

长宁两只手比画："我姐一巴掌就能把猪猡拍晕！"

樊长玉："……"

面对俞浅浅母子齐齐投来的震惊目光，她赶紧低咳一声："宁娘，走了。"

长宁这才迈着小步子跟着她往外走，不过昂首挺胸的，像只打了胜仗的公鸡。

樊长玉虽努力绷着面皮，耳朵却红了，像是恨不能找个地缝儿钻进去。

谢征余光扫到这姐妹俩，嘴角多了丝不太明显的笑意。

三人坐牛车回镇上时，樊长玉还不住地感慨俞浅浅人真好。

谢征只轻"哧"了一声。

樊长玉皱了皱眉，问："我有说错吗？"

谢征淡淡地抬眸："你被人卖了，都只会上赶着替人数钱。"

樊长玉心中不快，道："俞掌柜就是个大好人，你为何要诋毁人家？"

谢征毫不留情地道："那你也别忘了，她是个商人，你同她做生意，没从她那里拿多少好处，如今倒是一味地对她感恩戴德。"

他的目光冰凉了几分："她这收买人心的手段，你怕是一辈子都学不会。"

樊长玉很喜欢俞浅浅，听谢征这般说她，顿时不太高兴："你怎么总把人往坏处想？俞掌柜的确帮衬了我许多……"

谢征打断她的话："她帮衬了你什么？"

樊长玉对上他锐利的目光，一时语塞，随即道："我才开始卖卤肉，若不是俞掌柜给机会，我也不可能这么快跟溢香楼做成生意。"

谢征问她："整个清平县卖卤肉的也不止你一家，为何她就选中了你？"

樊长玉道："是李师傅帮忙引荐……"

谢征看着她，不说话，她的声音便慢慢小了下去。

静默片刻后，谢征才道："那厨子引荐了你不假，但你做出来的东西不像样，人家也不会选你。商人不会因人情选次品，只会在同等品级的东西里给一个顺水人情。"

樊长玉交握的一双手握得更紧了些，她继续道："今日卖卤肉的钱，俞掌柜原本是不要的，我一再坚持，她才收了本钱。"

谢征问她："你赚的那才多少？指不定还没有她一桌赚的银钱多。"

樊长玉抿紧唇："不是银钱多少的问题，那是人家的一份心意。"

谢征皱眉道："我没让你理所当然地受这份好，我只是在告诉你，她让你的这份利，和你对她的感激并不对等。你可以记着她的人情，但没必要因为受过这份利，就处处放低自己的姿态。何况今日，你和她本就是各取所需，她扶持你，也是为了打压王记。"

樊长玉不吭声了。

谢征知道她性子纯善，旁人待她一分好，她就总想着还十分。

他缓了几息，道："我同你说这些，也不是诋毁那位掌柜。你看清一切了，往后或许才能跟她成为挚友，只记着恩惠，只知道感激，那你同她手底下老实做事的伙计也没什么区别。"

樊长玉长这么大，的确没人教过她这些。

爹娘过世后，除了赵大娘一家帮衬过她，旁的事都是她自己扛过来的，突然被俞浅浅给予了这么多善意，她就像是一个快冻死在严冬里的人突然得到了温暖，本能地向着那团暖意靠近。

好半晌，她才说了句："谢谢。"

她的嗓音闷闷的，但并不颓唐，她知道自己还有很长的路要走，也有很多东西要学，现在才明白一些自己从前不懂的东西也不晚。

再次朝着谢征看去时，她眼中全是求知的渴望："言正，你多教我一些吧，我也想成为俞掌柜那样厉害的人。"

谢征微微一笑，道："你做生意还是算了，我同你说过，她最值得称道的地方在于用人。"

樊长玉做出洗耳恭听的姿态。

谢征本不愿多说，却还是道："就像她今日借楼里的女伙计给你，你心中必然念着她的好，但她只是在你需要什么的时候正好给了你要的东西。摒弃一切人情，你并不欠她，租她的铺子，你给了租金，借用她的伙计，你付了工钱。相反，用她自己的伙计管着你租下来的铺子，对她才是有百利而无一害。"

他的目光暗了暗："她就是想知道你的账目，都只是问句话的事。"

樊长玉说："我相信俞掌柜不是那样的人。"

心中的惊骇却让她的指尖都有些发麻。她先前只觉得俞浅浅人好，现在却觉得，俞浅浅好心之余，也很聪明。

她其实更欣赏这样的俞浅浅，也突然明白，为何俞浅浅一介弱女子，能在短短几年内，独自开起这大两座酒楼。

谢征毒舌地道："这还只是她御下的手段，她同那些商贾官眷打交道的手段，你学一辈子都不一定能学会。"

樊长玉虽然被讽刺了，但看在他教了自己这么多东西的分儿上，也没跟他计较，反而道："言正，你教我读书吧。"

谢征看着眼前两手撑着下颌叹气的人，她像是一头初出茅庐就受挫的小狮子，有些可怜，骨子里却又犯着倔。

他像之前应允她那般，淡淡地应了声"好"。

牛车到了镇上，路过书肆时，谢征除了买纸墨，还买了五册书。

樊长玉看到，有些傻眼："买这么多？"

谢征把四本厚的放到她的手上，一本薄的拿给长宁：《三字经》给你妹妹，'四书'是你的。"

樊长玉翻了翻，发现他之前说不教她《论语》和《大学》，这会儿却还是买了这两本书，不由得咧嘴笑了笑，这人果然大多数时候只是嘴巴毒而已。

她捧着书，高兴地道："我今晚就开始苦读！"

抱着《三字经》皱巴着张脸想说不读书的长宁见状，委委屈屈地把话咽了回去。

到了家门口，樊长玉打开锁头，长宁要做最先进门的那个。推开院门后，她就开始欢呼："隼隼！隼隼回来了！"

飞了一天，在夜幕即将降临时才回小院的海东青，没等到一碗犒劳的肉碎，反而迎来了门上一把冷冰冰的大锁。

它在破竹篓里看到终于舍得回来的三个人，顶着几根翘起的细绒羽，从竹篓里钻了出来。

长宁一把扑过去抱住隼脖子，兴奋得脸都红了："姐夫没骗宁娘，隼隼真的回来了！"

樊长玉也颇为惊讶，她原本以为那天言正是哄小孩儿来着。

她看向谢征："你驯禽这么厉害？"

谢征淡定地甩锅："有没有可能，是你给它吃得太好了？"

樊长玉瞪大一双杏眸："还能这样？"

她转而看向海东青，海东青被长宁抱着揉，一双豆豆眼却盯着樊长玉，仿佛在问什么时候开饭。

樊长玉不信邪地朝主屋走去，海东青的喙在地上啄了啄，闲庭信步般

251

跟了上去，然后……守在了屋内给它装肉碎的大碗前。

樊长玉："……"

谢征瞧着这一幕，侧过身时，嘴角微不可察地勾了勾。

樊长玉认命地去厨房找了一块肉，切碎了装进碗里端给海东青后，才去镇上的车行租了辆车，把胖掌柜定的腊肉给他送去。

胖掌柜是个消息灵通的，得知樊长玉在溢香楼租了个铺子卖卤肉，笑呵呵地问："这腊肉也是樊娘子家的，小老儿打算卖这腊肉也用樊记的名号，樊娘子意下如何？"

樊长玉听谢征讲过那么多弯弯绕绕后，脑子也灵光了不少，说："可以，但你卖出去的价钱比原本的高了，可不能给我看假账。"

胖掌柜连忙保证不会。

樊长玉和胖掌柜是分成拿钱，只要胖掌柜不低价卖，她就亏不了，便也没再多说。

回去时碰上一队官兵，樊长玉认出为首那个人正是之前帮她家度过刺杀一劫的那位将领。

他骑在高头大马上，底下的兵卒们还押送着十几个被五花大绑的人，看服饰，被绑的那些人也是兵卒，不过身上的兵服明显跟这队人马身上的兵服不一样。

樊长玉仔细辨认了一下，发现是中午跟言正一起瞧见的那些去征粮的官兵。

官道两旁的田垄地头间不少百姓瞧见这一幕，都欢呼鼓掌："咱们蓟州有个大青天！"

"贺大人才是真正看得见咱们这些百姓疾苦的好官啊！"

樊长玉想起中午言正说的话，再瞧着这些被五花大绑带走的征粮官兵，心中不由得也暗暗高兴。

到家后，她同谢征说起路上的见闻，谢征目光微顿，随即用长指翻开了书卷的下一页："继续温书吧，明晚这个时辰，我考你《学而》篇。"

樊长玉脖子一缩，跟长宁一样皱巴着脸看书去了。

她是想认真读书来着，但耐不住一看这些"之乎者也"的东西就头大，只能硬逼着自己看。

窗户没关，时不时有冷风灌进来，冻得人直缩脖子，这才没让樊长玉两姐妹看着看着就梦周公去。

谢征像是不知冷一般，踱步到窗前，执卷的手负在身后，遥望远处的夜幕，长发和衣袂飘飞，目光晦暗不明。

贺敬元公然绑了魏宣的人，便是不打算给魏宣留面子。

以魏宣睚眦必报的性子，在魏严的调令下来前，必然还会发疯地去找贺敬元撕咬一番。

谢征的人，也可以动手了。

雪后初霁，蓟州府衙檐下挂着挡风的细篾竹帘，从那缝隙间，隐约可见庭院里三两枝吐蕊的寒梅。

厅房里隐隐传出谈话声，廊下台阶处，以雁形排开的守卫披甲执锐，面目威严。

大门外却在此时传来兵戈之声。

"什么人？竟敢擅闯蓟州府衙！"

内庭的守卫听到门外的打斗声，一部分留在原地严守议事大厅，一部分则持着刀戟赶去门外支援。

只是来者也是一队持枪带戟的铁甲卫，一名蓟州府兵直接被为首的那位着鳞纹甲的将军一脚踹得倒飞出去。

那将军抬起一双满是戾气的眼："贺敬元，给老子滚出来！"

听到动静从议事大厅出来的一众蓟州官员瞧见他，皆面露异色。

唯有郑文常当即喝道："大胆，竟敢直呼大人名讳！"

魏宣冷笑，压根儿没把他放在眼里，提着剑朝议事大厅逼近时，郑文常手中的佩刀也出鞘了三寸。

眼见二人就要兵刃相向，厅房内却传来沉稳厚重的一声："文常，退下。"

郑文常侧头朝后看了一眼，手中的佩刀虽收回了鞘中，可面对魏宣时却依旧是愤怒之色。

魏宣嘴角一挑，直接提剑就向他劈去，郑文常连忙躲闪，周遭的文官瞧见这一幕，纷纷惊呼着四处躲避，好不狼狈。

"大公子来我这里，就只是为了为难我治下的一众官员？"稳坐于首位上的贺敬元适时出声，看着堂下之人，眼中露出几分失望之色。

魏严独揽朝政不假，可他当权的这十余载，整个战后的大胤朝都是在他的治下才得以休养生息，他虽生性多疑，却也极善用人。

魏严之子，怎就是这般有勇无谋、好大喜功之徒？

魏宣瞧见他那个眼神，怒火更甚，像一头龇着口腥臭利牙的鬣狗，剑指郑文常，道："你手底下的一条走狗也敢冲着本将军乱吠，还是说，你贺敬元压根儿没把魏家放在眼里？"

贺敬元道："丞相对贺某有知遇之恩，贺某奉丞相之命守蓟州，谈何不把魏家放在眼里？"

他抬眼，缓缓道："还是……大公子此话只是觉得，贺某人没把大公子放在眼里？"

魏宣被他一句话激得肝火大冒，面目狰狞地道："你好大的胆子！来人，把他给我押入大牢！"

他身后的铁甲卫要上前，郑文常等一众武将则纷纷拔刀挡在了跟前，一时间两方人马剑拔弩张。

贺敬元嗓音依旧平和："我乃朝中三品大员，大公子便是要押我入狱，也得拿着圣旨前来。"

魏宣冷笑道："大战在即，你阻挠军务，光是这一项罪名，便足以让本将军先斩后奏！"

贺敬元问："贺某阻拦了何军务？"

魏宣气得扬手朝外一指："徽州将士们在前线浴血杀敌，粮草告急，向泰、蓟二州征粮，你非但不服军令，还绑了本将军派去征粮的将士。贺敬元，你就这么盼着徽州也被反贼拿下？"

贺敬元只道："大公子打的败仗，不该由百姓来承担。徽州当下若只防守，完全可以撑到朝廷运粮前来。大公子急于征粮，无非是想尽快再向崇州开战，两府百姓的死活，大公子便不管了？"

魏宣厉声道："怎么可能征不上粮来？无非是那群贱民不愿上交粮食。泰州先前不也说征不上粮来，最后还不是凑出了十万石？"

提起泰州，贺敬元便面露沉痛之色，斥道："打死了人，抢来年的谷种做军粮，便是大公子口中的征粮？"

魏宣冷声道："只要灭了反贼，整个西北都可休养生息，一时之苦换长久之利，有何不可？"

贺敬元问他："大公子可知你口中的一时之苦，是泰、蓟二府多少条人命？消息传回京中，会有多少文人仕子对丞相口诛笔伐？"

魏宣面目狰狞："反贼一灭，这些算得了什么？眼下反贼知晓徽州被断了粮道，短时间内不可能再同崇州开战，放松了警惕，本将军只要尽快出兵，打他一个出其不意，有了战功，所有的声音都会被盖下去！"

贺敬元长叹一声："大公子且听下官一句劝吧，这天下，是大胤百姓的天下，还未到山穷水尽之时，莫要把百姓逼到这份儿上，寒了天下百姓的心。"

魏宣只冷"哼"一声："妇人之仁！"

他狠厉地道："你若再阻挠，本将军便行节度使之权，夺了你的官印！"

贺敬元定定地看了他许久，抬手摘下自己头顶的官帽："那大公子收回下官的官印吧。"

以郑文常为首的一众官员忙大呼："大人不可！"

魏宣一向刚愎自用，最受不得激，当即冷笑出声："朝臣都说什么谢征乃西北一柱，没了他，整个西北如今不也好好的吗？贺敬元，你真当本将军不敢夺你的印，那你也太把自己当个人物了！"

他上前一步，直接拿走书案上的蓟州牧大印，高举在手中，望着贺敬元，挑衅般盼咐蓟州府的官员们："即刻去给本将军征粮，明日午时见不到十万石米粮，提头来见！"

底下的官员面面相觑，皆是一脸难色。

坐于首位的贺敬元则心情沉重地闭上了眼。

再次征粮的消息传到临安镇时，镇上的百姓全都叫苦不迭，樊长玉也不知其中缘由。

她去县里给胖掌柜和溢香楼送肉时，才听说蓟州府变天了，那位姓贺的青天老爷直接被革职看守了起来，蓟州主城那边的百姓成群结队去蓟州府衙大门前闹，百余人被抓进大牢。

在官兵的严厉镇压之下，百姓们现在也不敢闹了，只是官府挨家挨户征的粮食的数目实在是令人咋舌。

农户把谷种都拿出来了，仍不够一家人要上交的军粮份额。

官兵给的解决办法也简单：粮不够了那就给钱。

没钱怎么办？是借是抢都不关官府的事，他们只要一味地施压就行了。

不少农人走投无路，干脆落草为寇。

官兵们也是欺软怕硬的，对着手无寸铁的普通百姓就耀武扬威，对上山贼匪寇则是能不招惹就不招惹。

从农人那里收不到足够的粮食，也刮不上来什么钱财，官兵们又开始挨家挨户找城镇里的商户搜刮钱财，每户人家按人头算钱，一人要交一两银子，樊长玉家中就得交三两。

镇上的人哗然，从前征兵，也只要二两银子就能抵一个人头，现在这征粮的费用比征兵的还高，特别是那些家贫又孩子一大堆的人家，简直是把他们往绝路上逼。

镇上一户人家直接去买了砒霜，当着官兵的面兑了水，家里一人一碗，直言没钱也没粮，再逼下去，他们就只能死了一了百了。

樊长玉如今有了挣钱的门路，交这三两银子倒是不成问题，可镇上多的是跟她当初一般，掏空家底也拿不出那么多银子的人家。

百姓们自发地组织起来去县衙门口长跪不起，县令却连面都没露过。

这样的消息听得多了，樊长玉只觉得一颗心堵得慌。

晚间捧着《论语》，她怎么也看不下去，扭头去看谢征，却见他正执笔在书页上批注什么，神情沉静，似乎半点儿不为外物所扰。

她抿了抿唇，说："官府这拨征粮，简直是没把百姓当人看。"

谢征笔尖未曾停滞，只说："官府不会按一人一两银子收取征粮钱。"

他的嗓音里透着一股不易察觉的冷意。

樊长玉不解："怎么不会？不是官府那拨人挨家挨户来要的吗？"

谢征批注完这一篇，暂且搁下了笔，道："蓟州府二十万户八十万人，一人一两银子，整个蓟州府能收上八十万两白银。粮食在去年秋收时节不过七八百文一石，如今战事一起，市值也没过一两银子一石，八十万两白银，至少能买八十万石米粮。前线此番征粮只为应急，要不了这么多粮食。"

他说到后面，漆黑的眸子里透着股瘆人的冷意。

魏宣便是蠢笨如猪，也不可能在蓟州强征八十万石粮食。

他此番急着征粮，无非是想在魏严撤他兵权之前，趁崇州战后松懈，打崇州一个措手不及，扳回一局。

支撑到朝廷的粮草送来，二十万石粮食足矣，魏宣已经从泰州征来了十万石，蓟州府只需要再征十万石就行。

强征八十万两白银，这和公然抢掠有何区别？

把百姓逼到极致，百姓直接揭竿而起，投了隔壁崇州的反王都有可能。

樊长玉听他算了这么一笔账，也觉得官府这个征粮法太过匪夷所思，却仍觉得困惑："可这的确是官兵亲自来要的钱，总不能是那些官兵胆大包天，故意多收的？"

谢征说："官兵不敢，他们上面的人未必不敢。"

贪墨在朝中早已是屡见不鲜的事，诸如工部修路、造渠或赈灾，钱从国库拨下去，都会叫大小官员一层层克扣掉，最终只剩零星几点银子真正用到实处。

征税亦是如此。朝廷定下的税率是铁律，底下官员不敢克扣，要想中饱私囊，就只能向百姓往高了征收各种商税、粮税。

樊长玉也不笨，听他那么一说，当即攥紧掌心："你的意思是，很有可能是县令或者县令以上的大官在搜刮民脂民膏？"

谢征道："看旁的县征收的军粮是多少不就知晓了？"

樊长玉说："我明日去县城送货时，看能不能碰上其他县来的人，若是碰上了，我问问。"

如果别的县没收这么多，那就是清平县县令在借此敛财！

谢征点头不语。

樊长玉已经打起呵欠了，他却重新提起笔，似要继续在书上做批注。

樊长玉看着他清冷的侧脸，忍不住道："你别写到太晚，伤眼睛，明日再写吧。"

谢征"嗯"了一声，却未停笔。

他原以为贺敬元能镇住魏宣，没想到贺敬元却为魏宣所制，深思其中的缘由，他冰冷漆黑的眸子里露出几分嘲意。

赵询买的那二十万石米粮已被他的人接手，贺敬元的人查不到踪迹，怀疑是他的手笔，才故意放任魏宣如此行事，想逼他现身吧？

所谓爱民如子的一代儒将，不过如此。

他战死的消息传出去这么久，整个西北也乱成了一锅粥，在这节骨眼儿上，万不能叫北族人钻了空子，他必须回去了。

笔尖落下清隽端正的字迹时，余光扫到她落在书案上的影子，他淡淡地开口："你这月生辰，想要什么？"

樊长玉"啊"了一声，随即反应过来他话里的意思，道："你的好意我心领了，爹娘年前才过世，我今年不过生辰。"

谢征笔尖稍顿，道："且提一愿，就当是往后的生辰礼。"

樊长玉说："你这话怎么听起来怪怪的？往后的生辰礼可以往后再给啊，何必现在……"

话说到这里，她顿住了，再看他在书页上所做的密密麻麻的批注，脸上的笑容跟着收了起来："你要走了是不是？"

谢征没有直接回答她，在书页上做完最后一句批注，搁笔道："这些书，晦涩难懂的地方我全做了批注，你自己看，应当也能看懂了。"

樊长玉听他这么说，还有什么不明白的？

他答应了要教她读书，怕是不能兑现承诺了，才把所有的书都做好批注留给她。

樊长玉心头有一瞬间空落落的，说不清是什么感觉。

不过他同自己非亲非故，在假入赘一事上是各取所需，本就互不相欠，何况这期间他也帮了自己不少。

樊长玉强压下心中那一丝异样，道："我没什么想要的，该有的我都有了，猪肉铺子生意红火，卤肉也打响了名气，有了稳定的银钱来源，开春后还能在乡下的猪棚里养猪……"

她说着自己往后的打算，想到言正就要走了，养猪的事，他大概也不能参与了，不由得抬头去看他。她发现他似乎在认真地听她说这些，神情平静又柔和，她的心底突然升起一股说不出来的难过。

她觉得可能是因为自己在最难的时候，是跟他一起互相扶持着过来的，所以听他说要走，才一下子有些不习惯吧。

她道："你放在我这里的银子，明日我去钱庄帮你换成银票，这样你走的时候带在身上也方便些。"

谢征好看的眉皱起，说："给你的就是给你的。"

樊长玉道："出门在外，花银子的地方多着呢，何况你还要重建镖局，身上不带银子，你打算喝西北风去？再说了，无功不受禄，拿着你这么大一笔钱，我这心里也不踏实。"

四十两白银可不是个小数目，他暂且放自己这里也就罢了，人都走了还把钱留给她，樊长玉真不能心安理得地收着。

加上昨日去溢香楼卖卤肉二人平分后的那六两银子，他放在她这里的一共是四十六两银子，樊长玉打算再添四两凑个五十两的整数，全换成银票拿给他，到时候再给他一些铜板，路上赶车或打尖用，如此一来，也不算亏欠他。

谢征唇角抿紧了些，看着她道："不是糖钱吗？"

樊长玉迎着他的视线，眼神清明，无一丝杂质："你以后回来了，要是还想吃糖，我再帮你买吧。"

她笑了笑，像是揶揄，却又有些语重心长："不然你在外边遇上个姑娘，想让对方帮你买糖，没钱了怎么办？"

谢征唇角抿得更紧了些，身上那一丝柔和也消失了个干净。

樊长玉恍若未觉，打了个呵欠，道："很晚了，早些歇着吧。"

一直到樊长玉回屋了，谢征仍坐在桌前，许久，才合上了双眸。

除了她，不会再有人给他买糖了。

他不确定自己此去还会不会有命回来，有些话，不能说出口。

贺敬元追查那二十万石粮食查到了赵询头上，赵询已经把粮交与了他的旧部，贺敬元没查到具体的东西，但循着蛛丝马迹也能猜到些什么。

魏宣如此混账行事，以贺敬元的本事，又是在蓟州府，真要制住魏宣，不是难事，但贺敬元没有，无非是想用百姓逼他带着那二十万石米粮现身。

在魏党看来，百姓的疾苦和民间骂名，比起他的命显然算不得什么。

毕竟当初魏党为了除掉他，让安插在他身边的细作谎报军情，跟着他上战场的那八千将士，也全在崇州战场上成了弃子……

这尸山血海堆成的大仇未报，魏严父子一日没见到他的尸首，怎么能安枕？

他给不了她一个还会回来的承诺，她看似心大，却是个极有原则的人，不会不明不白地跟他有任何牵扯，才执意不收他的银钱。

两不相欠，才不会心存挂念。

他想：两不相欠就两不相欠吧，不过一屠户女，有什么好？

他起身踱往房间外，路过檐下时，飞雪落在眉心，融化后的凉意浸骨，心底最后那一丝傲气也叫凉意侵蚀了去。

推门的手轻按在木门处，却迟迟没能推开，他垂首，沉沉地闭上眼，掩去这一刻的狼狈。

她哪里不好呢？

她就是哪儿都好啊。

庭院深深，积雪落满竹枝。

赵询踩着一地落雪快步走过庭院，进了暖阁。一室烛火通明，圆弧形的雕花镂空月亮门后，摆着一对鎏金狻猊博山炉，镂空的炉顶正徐徐往上飘着青烟。

再往里的软榻前，半截金纱帘垂下，让人看不清榻上的男子是何样貌，不过垂落至榻下的衣摆织金绣锦，华丽非常。

赵询不敢多看，垂首恭敬地道："主子，依您的吩咐，魏宣强行征粮的事已被大肆宣扬，传到了京中，如今所有的仕子都在声讨魏党，李太傅也在朝堂上公然对魏严发难。"

榻上置了一方矮几，摆着茶盏，男子抬手拿起一盏，手指修长，却苍白得过分，瘦得好似几根枯骨，他笑了声，"做得不错。"又问，"武安侯那边如何了？"

赵询想到上次和谢征的会面，额角出了一层细汗，硬着头皮道："武安侯让属下将魏宣跨境征粮之事告知贺敬元，想来是欲让贺敬元阻止魏宣征粮。"

纱帘后的人低笑了一声，不知是在讥嘲还是当真觉得好笑："魏严那等乱臣贼子，竟教养出了个关心民生疾苦的外甥？"

他浅抿一口后搁下手中的茶盏："倒也不怪魏严如此忌惮他，他借着买粮，便探清了你手头在泰、蓟两州的十余处接头点；咱们交货时故意给贺敬元留了线索，也算是回敬武安侯的一份大礼了。毕竟……蓟州府若是没能继续闹出征粮的丑闻，咱们在京城搭起的戏台子就没人唱了。"

赵询有些担忧："若是让武安侯发现是咱们给贺敬元留了尾巴……"

纱帘后的人不以为意："怕什么，又不是我等拿刀逼着魏宣征粮的。能让魏党一再失民心，又能看魏严手中昔日的两把刀同台唱戏，何乐而不为？况且，我这也算是帮了武安侯一把，百姓对魏党的仇怨越重，他后边再站出来夺回西北，不就越得民心吗？"

赵询赞道："主上圣明。"随即又斟酌着开口，"武安侯欲和主上面谈，您意下如何？"

谢征当日说的那些狂傲的话，他是半句不敢说与眼前人听的。

纱帘后的男子沉吟片刻，道："还不是时候，让他和魏严鹬蚌相争去吧，最好是斗得两败俱伤。"

赵询听出他对谢征只有利用之意，迟疑地道："武安侯毕竟是谢将军遗孤……"

男子的目光骤冷："魏严亲手养大的狼崽子可不会是什么纯善之辈，兵权放在别人手中也不如握在自己手中稳妥。"

天寒地冻的，赵询后背的冷汗却不断地冒了出来，他躬身道："属下明白了。"

这一宿灯火同样久久未熄的，还有贺府。

贺府门外围着数十名魏宣手底下的军士，府上人轻易不得外出，就连角门和院墙都有军士来回巡逻。

夜幕中，暗箭如急雨"嗖嗖"地射向府门前那些将士，府门前的兵卒瞬间乱了阵脚，仓皇地往有遮蔽物处躲："有敌袭！"

"快快禀报将军！"

"杀——"

一队手持刀戟的蓟州府兵自夜色中杀了出来，打了惊魂未定的魏府军士一个措手不及，很快便占了上风。

蓟州府兵里带头的人正是郑文常，他高举手中横刀："随我进去解救大人！"

他乃贺敬元手下大将，对贺府的地形很是熟悉，很快就带着人找到了书房。

贺敬元坐于书案后，案前铺着一卷竹简，似在秉烛夜读，瞧见提刀闯入贺府的郑文常一众人，脸色微变："尔等怎么来了？"

郑文常单膝跪下，抱拳道："卑职带人前来助大人脱困。魏宣此举实乃欺人太甚！大人不妨修书一封，递往京城告与丞相，且看他魏宣还能跋扈到几时！"

贺敬元听他说明来意，拧紧眉心，长叹一声："糊涂啊！"

郑文常面露不解："大人此话是何意？"

贺敬元却不再多言，起身在书房内来回踱步一番后，吩咐下去："带着你的人先行离开。"

郑文常愕然道："那大人您呢？"

贺敬元道："魏宣不敢将我如何，我如此行事，自有我的缘由，尔等回去待命即可。"

郑文常和其余几个武将面面相觑，但本着对贺敬元的敬重和服从，还是抱拳道："卑职领命。"

他们要离去时，贺敬元犹豫片刻，终是添了句："若见魏宣手底下的军士征粮时欺压无辜百姓，便阻挠一二，莫要闹出人命。"

几个武将闻言，心中虽疑惑，但仍只是抱拳领命。

唯有最后离开的郑文常，在出门前不解地追问了一句："大人为何要惧那魏宣？"

贺敬元负手望着书案上方那块"明德惟馨"的匾额，叹息一声："并非惧他。莫要多问，按我说的做便是。"

郑文常只得揣着满腹疑惑抱拳退下了。

贺敬元却望着那块匾额，久久没能移开目光。

他满身罪孽无妨，大胤百姓将来不在战火里挣扎求生才是最重要的。

天子一怒，伏尸百万。

掌权者相争，最终苦的只是底层百姓。

被那姓赵的商人买走的二十万石粮，若当真是在那人手上，经此一试，便能知晓他是随了魏严的心狠手辣、不达目的誓不罢休，还是尚念着黎民百姓。

若是后者，关于十六年前锦州一战，他所知晓的，在那人回来后，或许也是时候告诉他了。

若是前者，他便带着那秘密一起进棺材。

只有仇恨，而对苍生无一丝怜悯之人，知道一切后，只会掀起更多的战火，到那时，万民苦矣。

第二日，樊长玉和往常一样早起杀猪。

年后这两天，镇上的人大多在走亲戚，几乎顿顿都有肉吃，肚子里油水多了，对肉便没了念想，因此铺子里的鲜猪肉卖得不是很好。卤肉生意倒是红火，家家户户都愿意买现成的卤肉拿回家待客，当作硬菜摆在席间也有面子。

从前樊长玉的铺子一天能卖两头猪的鲜肉，这两天她便每天只杀一头猪卖鲜肉。

至于供给溢香楼的卤肉，都是她从别处买进的肉，那条卖猪肉的街，猪头和猪脚全叫樊长玉包了。

她跟那些屠户不再单是竞争对手，还成了对方的大客户，整条街的屠户为了跟她做成这笔长久买卖，平日里见到她，无一不笑呵呵的，打招呼都比从前热切了几分。

她在铺子里若遇上个什么难处，一开腔，就有一群人上赶着来给她帮忙。

樊长玉突然就有点儿理解为什么宋砚考上举人后，镇上的一些人为了讨好宋家，不遗余力地踩她一脚了。

的确是言正说的那样，她一无所有的时候，性子再好，旁人也能挑出她的不好来；而她只跟有钱有势沾上了那么一点儿边，收获的善意就是从前的好几倍。

一切都在向好的方向发展，只是樊长玉如今又要给溢香楼和胖掌柜送肉，又要看着自家的猪肉铺子，实在有些分身乏术。

要找个帮手，短时间内也不是那么好找的。

用早饭时，她便看着谢征，欲言又止。

谢征昨夜睡得不好，眼下的青黑更重了些，发现樊长玉频频投来的目光后，他放下粥碗，问了句："怎么了？"

樊长玉这会儿才看清他那比之前黑了一个度的眼圈，不由得有些傻眼，问："你这是一宿没睡？"

谢征垂下眼道："没，昨晚房间里有老鼠的声音，找老鼠花了些时间。"

的确有老鼠，不过他一根竹签子掷出去就扎死了，然后扔给了海东青。

樊长玉一听有老鼠，想到自家火塘上方还挂着的腊肉，顿时担忧上了，忙起身去看，没发现被老鼠偷吃的迹象，这才放心了。

她道："从前家里不会备这么多卤肉和腊肉，都是直接卖鲜肉，也就没什么老鼠，是我疏忽了，回头得抓只猫回来养着。"

长宁已经吃完饭了，去鸡笼子里看海东青，"哇"的一声哭了起来："隼隼又不见了！"

樊长玉也有些不解："又飞走了？"

姐妹二人齐齐看向谢征。

半夜让海东青去送信的某人沉默了一息,说:"那东西野性难驯,可能还是没驯好。"

长宁眼中的金豆子顿时一颗接着一颗往下掉。

樊长玉无奈地道:"乖,别哭了,开春给你养一窝小鸡好不好?"

长宁还是哭:"不要小鸡,要隼隼!"

她用袖子抹了一把眼泪:"隼隼还会回来的!"

她说完,就用期待的眼神看向谢征。

这次谢征没有给她一个肯定的答复,只说:"也许会回来。"

长宁顿时哭得更伤心了。

樊长玉哄她:"我们去野外再抓一只好不好?"

长宁摇头:"不要别的,只要隼隼。"

樊长玉知道小孩子倔强起来颇为考验人的耐性,道:"矛隼已经飞走了,它本就更适合生存在野外,阿姐也找不到它。我能做的,就是如果你还想要一只,我就去野外给你逮一只回来,但你不要,只一味地哭。宁娘,你告诉阿姐,阿姐能怎么办?"

长宁委屈地吸了吸鼻子,抬起胖手抱住樊长玉:"对不起,阿姐,宁娘不是任性,宁娘就是舍不得隼隼。"

樊长玉拍了拍小孩儿的后背。

长宁把头埋在她的肩膀处,瓯声瓯气地道:"开春了养小鸡吧。"

樊长玉说"好"。

长宁站直身体,红着眼眶道:"小鸡长大了,隼隼飞过,看到就可以下来吃。"

以为哄好了小孩儿的樊长玉沉默了一息,才道:"好。"

不管怎样,小孩儿总算是没哭了。

樊长玉再次回到桌旁坐下,心情复杂地喝完了自己剩下的半碗粥,想到自己肉铺里人手不够的事,还是挠了挠头,问谢征:"你一会儿补觉吗?"

谢征在她之前欲言又止那会儿就看出她似乎有事要找自己帮忙,道:"有什么事,你说便是。"

樊长玉便厚着脸皮开口:"我的猪肉铺子今日开张了,但我还得去给俞掌柜的酒楼送卤肉,你要是得闲,能帮我看半天铺子吗?我送完货就回来。"

虽然他昨夜才说了要离开的话,这时候让人帮忙似乎不太好,可樊长玉一个人实在是忙不过来,只能先"压榨"一下他了。

谢征点了头，樊长玉这才松了一口气。

他若是拒绝了，她脸皮再厚，大抵还是要尴尬一下的。

她在人情世故上长进了一点儿，没再把给工钱挂在嘴边，毕竟人家肯帮她是情分，她若是来一句给工钱，无疑是践踏了这份人情。

她真要感谢他，不如在他走前帮他多备些东西，这类事后不动声色的感激，才是真正的还人情，而不是一开始就做交易一样承诺各种好处。

她和谢征都要外出，樊长玉不放心长宁一人在家，像从前一样，把长宁送到了隔壁赵大娘家，随后才去巷子外拦了辆牛车，准备先把鲜肉送到樊家的肉铺去。

单是那些肉就已经够沉了，樊长玉和谢征便没坐车，只跟着牛车一路走到了铺子那边。

谢征到这镇上这么久，还是头一回见到这里的早市，虽然比不得京城的繁华，但也出乎意料地热闹。

卖朝食的铺子前，锅炉无一不是热气腾腾的，叫卖声和吆喝声混在车水马龙里，人来人往，行色匆匆，是人间的烟火气，也是这座小镇的生气。

到了铺子门口，樊长玉刚端下一盆卤肉，谢征随后便把鲜猪肉全拎下来了。

樊长玉看了一眼，心中不由得感慨：有人打下手果然还是轻松不少。

她放好卤肉盆后，一边把鲜肉往案板上摆，一边告诉谢征那是哪个部位的肉，卖的价钱是几何。

斜对面肉铺里的屠户娘子瞧见谢征这般好的样貌，打趣道："长玉，你可算舍得把你夫婿带出来让大伙儿瞧瞧了！这般俊俏一小郎君，不怪你之前一直藏在家中！"

樊长玉在俞浅浅那里被打趣惯了，如今再听旁人打趣她和谢征，脸皮倒是没那么薄了，道："婶子说笑了，他之前一直在家养伤，最近伤好些了，我忙不过来，他才来铺子里给我搭把手。"

屠户娘子也知道谢征是樊长玉招的赘婿，才敢这般开玩笑，她年岁长了樊长玉一轮，知道很多上门女婿都对自己的身份敏感，她那玩笑搞不好还会害得小夫妻俩回去吵架，听樊长玉一板一眼地解释，当即改了口："婶子那话就是个玩笑话，小兄弟可别介意。"

谢征道："不会。"

屠户娘子又道："从前这铺子里里外外都是长玉一人忙活，如今成亲了，可算是有个人能帮衬她一二了。"

谢征帮着把猪肉摆到案上，看了眼一旁拎起猪臀肉往铁钩上挂的樊长玉，没说话。

虽是严冬，她又穿着厚实的冬衣，这么一会儿，额前却出了不少细汗。

从前她自己来肉铺这边，所有的事大抵也是一个人做完的。

"猪臀肉得三十五文一斤，若是有人砍价，最低也不能低过三十文去……"樊长玉交代着价钱的事，挂好猪肉后一回头，见谢征正看着自己，她蹙眉问，"没记住？"

谢征收回目光，说："记住了。"

樊长玉有点儿怀疑，不放心地道："我方才说的什么？"

谢征微微一笑，道："猪臀肉三十五文一斤，砍价不能低于三十文。"

樊长玉点了点头，说："就是这样。"

二人正说着，就有一买菜的大娘路过铺子，见谢征站在猪肉铺子里，模样实在是打眼，于是问了句："小伙子，你这后腿肉怎么卖的？"

樊长玉没作声，有心想看看谢征是怎么卖肉的。

谢征看向那大娘，答话倒是从容："三十三文一斤。"

大娘嘀咕一声："这么贵啊……"

谢征便半抬着眸子不接话了，大有爱买就买，不买他也不会多劝的意思。

樊长玉看得眼皮一跳，忙道："您可以先去其他铺子看上一圈，觉得还是这肉好再回来买。"

大娘诈那么一句也就为了砍价，眼见砍不下来，这肉质瞧着又的确上乘，道："我瞧着你们这俩年轻人是实诚人，不至于骗我一个老婆子，给我切两斤吧。"

准备拿刀时，樊长玉就见一旁的谢征已拿起了刀，估摸着切了一块下来，不多不少正好两斤。

樊长玉包好肉拿给那大娘，大娘在数铜板时，眼睛还不住地往谢征脸上瞟，问："小伙子成家了没？要是没成家呢，我有个孙女，今年才十七岁，模样、性情都不差……"

谢征神色淡淡的："这肉铺就是我娘子的，我过来给她搭把手。"

大娘顿时讪讪的："这样啊……"

她看向樊长玉，毕竟是活了几十岁的人，圆个话的嘴皮子还是有的，笑道："你们这小夫妻俩，男俊女俏的，我乍一看上去，还以为是兄妹呢，合着这是夫妻相？那可是有福了！"

樊长玉只能弯了弯唇角，以示回应。

大娘一走，她就忍不住数落谢征："做生意再怎么也得笑脸相迎，你板着张脸，跟谁欠你钱似的，谁来买你的肉？"

她正说着，边上又有一出来买菜的年轻姑娘看了谢征一眼，红着脸问："这排骨怎么卖的？"

谢征脸上依旧没有一丝多余的表情："三十九文一斤。"

排骨是鲜肉里卖得最贵的。

年轻姑娘这次都不敢看谢征，低头红着脸讷讷地道："我要三斤，帮忙剁成小块。"

谢征拿起砍骨刀，几下剁好排骨，包好递过去。

樊长玉在一旁看得目瞪口呆。

民间为了方便计数，一百个铜钱一般用细绳穿起来，买卖东西时，彼此都方便。

谢征接过那一百多文铜钱递给樊长玉时，樊长玉依旧有些蒙。

随即她慢慢接受了这个事实：别人卖猪肉靠嘴皮子，这家伙卖猪肉靠脸。

她单手扶额，半开玩笑道："我应该早些让你来铺子里帮忙的，这样指不定我年前的生意还能更好些。"

谢征看了她一眼，并未接话。

这会儿时辰还早，集市上买菜的没几个人，旁的猪肉铺子前门可罗雀，只有樊家的猪肉铺子已经做了两单生意。

其他屠户心中虽也艳羡得很，但樊长玉做卤肉会去他们铺子里买猪头猪脚，偶尔也买猪下水，算是照顾他们生意，便也没人酸什么。

郭屠户跟樊长玉家积怨已久，樊长玉要买肉也不可能买他铺子里的，两家便越发针尖儿对麦芒儿。

他在清扫自家铺子前的积雪时，用力把铲起来的雪往大街上扬，阴阳怪气地道："这卖肉可当真是卖肉了，怎么来了这地儿，去那勾栏瓦舍卖不更好？"

这话无非是在讽刺谢征靠着脸引得不少人去了樊家铺子里买肉。

267

樊长玉,我娶你,
你不说话,我就当你答应了。

——世珍楼

盛玉

团子来袭 著

下册

青岛出版集团 | 青岛出版社

第九章

动　乱

　　樊长玉的脸当场就沉了下来。

　　她这人最是护短，谢征假入赘给她是为了帮她保住家产，旁人背地里拿他赘婿的身份取笑也就罢了，这都直接在她的眼皮子底下搬弄口舌了，说的还全是些下作话，她哪里还忍得了？

　　何况郭屠户的舅舅前不久帮着樊大意图瓜分她的家产，新仇旧恨加一块儿，是该算账了！

　　樊长玉走出自家的肉铺，直接站在大街中央，一手叉腰，一手提着棍子，看着郭屠户："你把你刚才的话再说一遍。"

　　她这一嗓子，让整条街上开铺子的人和街上几个买菜的行人都看了过来。

　　郭屠户在樊长玉的手上吃过亏，没敢直接跟她来硬的，只耍嘴皮子道："我说什么了？哦，方才路上有个窑姐儿跟个兔儿爷勾勾搭搭地走过，我说那窑姐儿和那兔儿爷呢，怎么你樊大姑娘上赶着来领骂？"

　　他的话音刚落，下颌处就被重重地捅了一棍，这一棍力道大得令郭屠户趔趄着往后退了好几步，撞在店铺内的柜子上，才稳住了身体。

　　他单手捂着下颌，只觉上下两排牙齿好像是被嵌在了一起，嘴里弥漫着一股血腥味，好半天说不出一句话，用另一只手指着樊长玉，还没来得及出声，一抬头就对上樊长玉那冷冰冰的眼神。

她只冷冷地说了两个字："道歉。"

郭屠户忍过下颌传来的那一阵剧痛，吐出一口血沫后，肝火也冒了上来，耍横道："老子又没说你和你那小白脸儿相公，你自个儿上赶着认的，老子道什么歉？"

樊长玉懒得跟他费口舌，手中长棍又往前一送，郭屠户吓得赶紧矮身一躲，那根长棍没有矛头，却硬是凭着强横的手劲儿，直接洞穿了柜门的木板，让人不禁相信，若是脑门儿，也能被她手上的长棍戳个对穿。

郭屠户吓得两股战战，但还是色厉内荏地道："你敢动老子？老子舅舅是县太爷身边的师爷，官司打下来，能让你牢底坐穿！"

樊长玉说："你信不信在你那师爷舅舅赶过来前，我能先把你的脑袋拧下来给狗当饭盆？"

论耍横，郭屠户还真横不过她，顿时有些悻悻。

樊长玉再次大喝一声："道歉！"

郭屠户极不情愿，可看着那根直指自己面门的长棍，最终只能当着众人的面，咬牙切齿地说了句："对不住。"

樊长玉收回长棍，冷"哼"一声："人家都说，阉人才喜欢搬弄口舌，你这说三道四的本事，比那阉人还厉害些！我肉铺这点儿生意算什么，你有这般本事，不进宫去混个总管太监当当，实在是对不起你那条说黑说白的舌头！"

围观的人哄然大笑起来。

其他肉铺里的屠户脸上也都憋着笑。

"阉人？别说，就姓郭的那副外强中干样，指不定真是个不能人道的！"

"听说他儿子长得跟他表兄一个样儿，儿子可能都是借的种！"

"大家伙儿私底下不都说他婆娘偷人吗？天可怜见的，他婆娘被人暗地里戳着脊梁骨骂了那么久，原来不是他婆娘水性杨花，是他自个儿不中用！"

"他生得人高马大的，那玩意儿怎么就不行了？"

"据说是以前杀猪，猪挣扎的时候他没摁住，摔在地上，叫猪在他那玩意儿上踩了一脚！"

郭屠户听着围观的人你一言我一语，整张脸因愤怒而涨得通红，颈下的青筋都凸了起来："瞎说什么？信不信老子一刀一个砍死你们？"

围观的人避得远远的，议论声却仍未停止。

"看他这样儿，分明是被戳到了痛脚，刚刚说的那些该不会是真的吧？"

"我就说他一个大男人那般嘴碎，还动不动就骂人家俊秀后生是兔儿爷，敢情他自个儿才是个兔儿爷！"

这话传得越来越离谱儿，郭屠户越是冲着围观的行人发怒，大家伙儿反而越给他编得像模像样。

最后郭屠户只能仇恨地盯着樊长玉："你给我等着！"

樊长玉都不想给他眼神了，只道："你那张嘴说起别人是非的时候，要多肮脏有多肮脏，轮到你自己被人编派就知道难受了？"

言罢，她便提着棍子回了自家肉铺。

郭屠户听着那些人七嘴八舌说的话，哪里还有心情继续做今天的生意，索性直接关了门，躲家里去了。

樊长玉进铺子后，有些歉疚地对谢征道："抱歉，你都要走了，还让你被那姓郭的编派了一通。"

她方才在外边对他的维护，谢征都看在眼里，闻言只说："没事。"

他的目光却有些复杂。

樊长玉道："他也就仗着自己有个当师爷的舅舅罢了，等县令任期到了被调走，他舅舅就什么也算不上了！"

刚才一番动武，让她绑在袖口处的布带松了。

樊长玉皱了皱眉，将布带解开，重新缠好。为了绑得更紧些，她直接用牙咬住布带的一端，另一只手拿着布带，有些笨拙地往袖子上缠。

冬衣的袖口虽比夏衫的窄小些，做起活儿来却依然不方便，加上她经常拿刀砍骨，为了保护手腕，就用布带绑住腕口的袖子。

谢征见状，长指拿过她手中的布带，道："我帮你。"

他似乎只是在告知她一声，并不是在征求她的同意，因为樊长玉还没回话，他的另一只手已经捏住了她咬住的那截布带，说了句："松口。"

樊长玉一时间没反应过来，傻愣愣地松开了牙齿。

等她回神时，谢征已经不紧不慢地把她的袖子绕着手腕裹紧，在腕口处用不轻不重的力道按住，再用布带一点点缠紧。

从手腕上传来的触感格外清晰，樊长玉的指尖不自觉地微微蜷缩了

· 271 ·

一下。

布带是石青色的，他瘦长的手指裹着深色的布料，苍白却又筋骨分明，说不出地好看。

他的神色瞧着颇为专注，却还能分心问她一句："你们县的县令任期何时到？"

樊长玉原本觉得氛围有些怪怪的，他一说话，气氛倒显得没那么尴尬了。她道："算起来，过完年，三年任期便满了。"

谢征说："那师爷的好日子该到头了。"

大胤官律规定，外放的县令每三年一换，通常是平调，有大功绩才可升迁，若有当地百姓联名上书请留，该县令也可留任。

樊长玉问其原因，他以官律解释后，樊长玉恍然大悟，随即笑道："那我更不怕那姓郭的了！"

师爷只是县令请的幕僚，不吃皇粮，既然是替县令出谋划策的，那必然知晓县令的许多阴私，基本上每一任县令平调或升迁，要么带着自己的师爷一起去新的地方上任，要么给师爷一笔银子，勒令他往后不得再给旁人当谋士。

就清平县县令这几年在清平县的所作所为，百姓写万民书请愿留下他是不可能的。

那么不管县令是升是贬，都不会留在清平县了，就算郭屠户的舅舅依然给他当师爷，任地都不在清平县了，自然也没法儿继续在清平县耀武扬威。

谢征替她绑好裹住袖口的布带后，一抬头，便瞧见了她脸上那个肆意张扬的笑容。

他微敛眸子，移开视线，道："好了。"

樊长玉揉了一下手腕，脸上笑意不减："确实是比我自己绑得紧些，谢了！"

残留在腕口的收紧感仿佛他的手还按在上面，她这么一揉，那股异样感才消退了些。

谢征道："举手之劳。"

樊长玉看了一眼外边的天色，道："我得赶紧给溢香楼送货去了，铺子里的事就交给你了。"

谢征说："放心。"

樊长玉走到门口，又扭头嘱咐了几句："若是有人来买肉，卖完了，对方要预订，你也帮我记一下。"

谢征颔首应"好"。

樊长玉这才放心离去，坐上牛车后，没忍住，又小幅度地揉了揉自己那只手腕，却也说不上哪里不自在。

雪天路滑，樊长玉坐了半个时辰的车才到了县城的溢香楼，隔着老远就瞧见溢香楼大门前围了一圈人，隐隐还有哭声，像是有人在号丧一般，人都挤不过去，更别说牛车了。

樊长玉只得下车去问挤在外边看热闹的行人："溢香楼怎么了？"

看热闹的大婶回头瞥了她一眼，道："溢香楼的饭菜吃死了人，那家人的儿女直接把棺材抬到溢香楼的大门口摆着，正讨要说法呢！"

樊长玉心中一惊。她也在溢香楼做过事，知道楼里采购的菜品都是上乘的。在菜品质量方面，俞浅浅一向没大意过，怎么会突然吃死人？

她攥住那大婶的衣服，问："什么时候的事？"

大婶看她这么激动，道："听说是昨天中午在溢香楼用饭，吃着饭，人就突然口吐白沫，赶紧叫了大夫，结果人还是没救回来，今儿一早，那人的儿女就来找溢香楼算账了。"

边上两个汉子看了樊长玉一眼，"啧啧"摇头："收着这么多的钱，端上来的菜还吃死了人，这酒楼老板其心可诛啊！"

"官府要是不严查，以后谁还敢下馆子吃饭？"

"早就听说这溢香楼的女掌柜会些歪门邪道，听说是在饭菜里加了东西，让人吃了就上瘾，不然哪能在短短几年里就开了两座酒楼，生意还红火成这样，没准儿这回就是那东西加多了，才吃死了人！"

"要我说啊，就得一命抵一命，抓了那女掌柜问斩得了！看面相，她就是个不安于室的，保准不是什么好人！"

樊长玉听着两个戴着毡帽的獐头鼠目的男人一脸鄙夷地议论俞浅浅，气得嘴角都抿平了。

她从人群中退出去后，让赶牛车的老伯在不拥堵的路段等着，自己则去了溢香楼后街的巷子。

从溢香楼后门进了楼里，樊长玉发现后厨没什么人，管事和平日里接待贵客的伙计们都在大门那边和闹事的死者儿女理论。

樊长玉好不容易瞧见一个伙计，忙叫住他，问："俞掌柜呢？"

伙计以为她是来送卤肉的，连连摆手道："楼里的情况，樊老板也瞧见了，今日不能收您的卤肉了。"

樊长玉说："我这时候找俞掌柜，自然不是为这个。昨日死在楼里的那人，究竟是怎么回事？"

伙计一脸晦气地道："谁知道？昨儿楼里一位客人突然发病，掌柜的瞧见了，说怕是羊角风，让人赶紧请大夫去。那家人一开始还感恩戴德的，把人接回去后，夜里突然没了，今日一大早就抬着棺材来酒楼门口闹事，让酒楼赔他家老翁的性命！这不明摆着讹钱吗？

"掌柜的怎么劝，那伙人都不让步；打算破财压下此事，对方也不依，瞧着就是专程来闹事的。掌柜的担心是被哪家酒楼给阴了，报了官，却迟迟没有官兵过来，掌柜的亲自到官府那边走动关系去了，只是出去好一会儿了，人还没回来。"

樊长玉虽然没读过多少书，但也知道树大招风的道理。

俞浅浅前几日的席面办得漂亮，溢香楼在县城也打出了名气，抢走了不少大酒楼的生意，肯定会惹人眼红，但对方用这等下三烂的手段来对付俞浅浅，委实可恶。

溢香楼大门外能聚起那么多人，那家人抬着棺材来闹事是一部分原因，可所有人都在对俞浅浅口诛笔伐，没一个人站出来替俞浅浅说话，甚至还说溢香楼的菜里加了让人吃了会上瘾的东西，樊长玉下意识地想到了那两个獐头鼠目的男人。

那二人一唱一和的，不就是在故意说给不明真相的人听，拱火挑事吗？

劝不走抬着棺材的那伙人，那就先把引导舆论的人给掐掉。

樊长玉想了想，对那伙计道："你再找几个人来，换掉楼里的衣服，跟我出去一趟。"

溢香楼出了这档子事，楼里的伙计也忙得焦头烂额，道："对不住，樊老板，今儿楼里的确腾不出人手来……"

樊长玉说："外边那群人里，有人在故意抹黑溢香楼，你带人跟我去把那部分人拎出来。"

伙计一听，连忙叫人去了。

半刻钟后，樊长玉带着七八个穿便装的溢香楼伙计，从后门绕出去，再次挤进了围观的人群里。

她观察了一会儿，发现看热闹的路人，大多是看一阵，发现这事迟迟没得到解决，手上还有旁的事要忙，便先离开了，只有一拨跟那两个毡帽男类似的人，一直守在溢香楼的门口，骂声比谁都大，一旦有不知情的路人围过来问一句"怎么了"，他们就立刻把溢香楼的饭菜里加了能让人上瘾的东西那套说辞拿出来。

樊长玉基本能确定搅屎棍就是这几根了，于是给了溢香楼的伙计们一个眼神。

这些伙计都把溢香楼当自己的家，哪能容忍旁人这般诋毁？前边几个伙计按照樊长玉说的，假装往人群中心挤，把那些搅屎棍挤到人群外围，后边的伙计再扒着他们的肩膀往外带。

这些人本就做贼心虚，被人一架住，立马就要大吼大叫，樊长玉手疾眼快地照着他们的腹部就是几记闷拳，成功地让他们把到了嘴边的叫声给咽了回去。

边上有百姓朝他们看来，樊长玉恶狠狠地道："看什么看，没见过赌场收债啊？"

她说着，又踹了其中一个毡帽男一脚："你这鳖孙！跑啊！跑得了初一，还跑得了十五吗？"

溢香楼的伙计们见这位和蔼可亲的樊老板瞬间跟个恶霸似的当街踹人，愣了一愣，随即也赶紧上前，帮忙拽着那几个人的衣领往角落里拖，并借此机会报仇，又打又踹，嘴上骂骂咧咧："欠债还钱，天经地义！再跑把你的腿给打断！"

注意到他们的百姓一听说是赌场收债，那些被打的人又长得贼眉鼠眼，一看就不像什么好人，忙避到一边，不敢多管闲事了。

那些人还想叫嚷，嘴里却很快被塞了一块脏兮兮的抹布，只能"呜呜"地被樊长玉他们拽进了溢香楼后巷的院子里，捆牲口一样被捆在一起，满脸惊骇地看着抱臂站在他们跟前的樊长玉和一众假扮成混混儿的溢香楼伙计。

樊长玉跟个山大王似的坐在溢香楼的伙计搬来的一把椅子上，手上拿着把剔骨刀把玩着，抬眼的瞬间，尖利的剔骨刀被掷了出去，正好穿透了其中一个毡帽男头顶的帽子，剔骨刀余力不减，带着那顶毡帽钉到了毡帽男身后的树干上。

这个人就是之前骂俞浅浅骂得最狠的那个人。

樊长玉一抬眼，正准备放句狠话，却愣了一息，那毡帽男居然是个秃头！

怪不得这人要戴帽子呢！

没了毡帽做遮挡，那秃头男脑瓜儿顶凉飕飕的，风吹在头皮上，刀刮一样疼，想到前一秒有柄刀贴着自己的头皮飞过，他的脸都白了。

樊长玉收起脸上片刻的错愕，恢复了一脸凶相，问："谁指使你们到溢香楼门前来闹事的？"

秃头男边上一贼眉鼠眼的人冷嘲热讽道："没人指使咱们，溢香楼的东西吃死了人，还不准人讨个公道吗？把我们绑来这里，还想杀了我们，继续堵住所有人的嘴不成？这溢香楼哪里是酒楼，分明是杀人越货的黑店！"

樊长玉听这贼眉鼠眼的东西说个不停就烦得慌：跟郭屠户是一样的恶心玩意儿！

她抢起墙边的木棒槌，冲着他的脑门儿就狠敲了三下，沉闷的"邦邦"声果然悦耳多了。

那人显然被打蒙了。

樊长玉恶狠狠地道："让你说话了吗？"

其他被绑的泼皮咽了咽口水，艰难地挪动身体，不动声色地离樊长玉远了些，然后尽量瑟缩着身体，减少自己的存在感。

那男子还想继续搬弄口舌，只是瞧见樊长玉手中的那根棒槌，脑门儿还跟被劈开似的钝痛着，便悻悻地把嘴闭上了。

樊长玉冷"哼"："你这条舌头留着也无用，来人，拉下去，舌头拔出来剁碎了喂狗！"

溢香楼的伙计先是面面相觑，随即有二人上前，拖着被五花大绑的泼皮去了后边的院子里。

紧跟着传来磨刀"霍霍"声，然后是刀重重砍在案板上的声音以及那人的惨叫声，片刻后，那惨叫声便没了，只剩"呜呜"声。

被绑在院子里的几个泼皮吓得面如土色。

樊长玉在椅子上也险些坐不住了：她只是按照话本子里写的那样，装腔作势吓唬这群人，溢香楼的伙计该不会没领会她的意思，真把人的舌头给割了吧？

不消片刻，一个伙计就端着个盘子过来了，盘子上放着一小截血淋淋的舌头，伙计对樊长玉道："那厮挣扎得厉害，咱们没能拔出他整条舌头，只砍下了这一截。"

泼皮们看到那血肉模糊的一团，就已经吓得差点儿尿裤子，哪里还敢多看？樊长玉经常杀猪，倒是一眼认出那是一小截猪舌，都不怎么新鲜了，沾了不知是鸡血还是鸭血，放在盘子里，倒是能唬人。

她松了口气，心说这溢香楼的伙计倒也怪机灵的，维持着一脸凶相，道："牵条狗来，喂给狗吃！"

她说完，立即有伙计牵了一条狼狗来，把那盘子里的猪舌一扔出去，狼狗立马狼吞虎咽地吃了起来。

几个泼皮看在眼里，止不住地干呕，吓到失禁的也有。

樊长玉觉得都把人吓成这样了，大概能问出真话来了，虎着脸继续问那光头："说，谁指使你们来溢香楼闹事的？若有一句假话，把你们的舌头也割去喂狗！"

光头干呕得眼泪都流出来了，连声道："我说！我说！是何师爷身边的小厮找我们来的。"

听到这个答案，樊长玉不由得愣了愣。

怎么又跟何师爷那个搅屎棍有关？

她喝道："你说谎！"

光头被绑着也不住地给她磕头："姑奶奶，小的真没说谎，真是师爷身边的小厮找的我们！"

樊长玉说："何师爷跟溢香楼无冤无仇，何故指使你们这么做？"

光头痛哭流涕："这我们也不知啊！"

其他几个泼皮也都哭得惨兮兮地指认何师爷。

"放了他们吧。"月洞门处传来一道女声。

樊长玉抬眼一看，发现是俞浅浅，忙从椅子上站了起来："掌柜的回来了？"

俞浅浅点头，看着樊长玉，眉眼含笑，带了几分感激道："刚回来，正好听见你帮我审问这些人，谢谢长玉妹子了。"

樊长玉道："也没能帮上俞掌柜什么。"

俞浅浅说："这些就够了，放了他们吧。"

她示意一旁的伙计们给那些泼皮松绑。

之前被樊长玉命人押下去的泼皮也被带了出来。他并没有被割舌，只是被堵住了嘴，显然之前的惨叫声只是俞浅浅用某种方法帮他发出来的。

樊长玉很是疑惑，问俞浅浅："你不带着他们去公堂上对质吗？"

俞浅浅只是摇头，神色中带着疲惫，等那些泼皮被楼里的伙计带下去了，她才道："你方才也问出来了，是何师爷指使的这些人。"

樊长玉皱眉问："跟溢香楼抢生意的酒楼找了何师爷的门路，想借此打击溢香楼？"

俞浅浅苦笑："比这还糟糕些。"

樊长玉本以为最坏也就是自己想的那样了，俞浅浅说比那还糟糕些，她实在是想不到了，问："究竟是怎么回事？"

俞浅浅额前梳得溜光水滑的刘海儿早就被她自己揉得不成样子了，她闭上眼，说道："溢香楼保不住了。也怪我，激进了些，若是去年没有急着在县城开酒楼就好了……"

在樊长玉的印象中，俞浅浅一向是稳操胜券的，极少有显得这么无助的时候。她道："我跟掌柜的交情算不得有多深，但掌柜的屡屡提携我，我也是记在心间的。我虽不知道溢香楼到底遇到了什么难处，不过只要掌柜的需要，我家跟县衙王捕头尚有些渊源，我可以去王捕头那儿求个情，看能不能帮到溢香楼。"

俞浅浅摇头："没用的。"

她握了握樊长玉的手，勉强露出一个笑，道："你的心意我领了。我出去这半日，能走的关系都走了一遍，若是有法子，我也不会坐以待毙。你也莫要去王捕头那里求情，反倒会给他带去麻烦。"

樊长玉能感觉到俞浅浅的疲惫，便是她，也没料到溢香楼一夕之间就出了这样的事。她道："我还是想不到溢香楼到底惹上了什么麻烦。昨日在酒楼吃饭的那位老人，我听楼里的伙计说，是发了羊角风才吐白沫的，这怎么能怪楼里的饭菜？对簿公堂也有大夫可做证啊。"

俞浅浅道："你可知何师爷是替谁做事的？"

樊长玉吐出两个字："县令？"

俞浅浅疲惫地点头："整个清平县最大的官想谋我的家产，公堂上的黑白是非还不是他说了算？寻常百姓谁又敢与官作对？"

樊长玉说："那便告去蓟州府。县令是清平县最大的官，但出了清平县，他又算得了什么？"

俞浅浅还是摇头，露出一丝沉痛之色："我从那些官眷口中听出了风声，知道是县令的手笔，就派了侍卫驾车往蓟州府去了。方才我刚进门，就有人送了东西来……"

俞浅浅的声音都在发抖："是我那侍卫的一截断指。他们官匪勾结，通往蓟州府的所有道路都叫山匪封锁了。"

樊长玉算是见识到了什么叫作只手遮天。俞浅浅眼下只怕比自己之前被樊大抢夺家产时还要绝望。

官府那边已放出了俞浅浅楼里的饭菜加了东西的谣言，刚好又有个老者在溢香楼吃饭时发病死了，官府完全可以说是俞浅浅的饭菜有问题，从而没收她名下的所有资产，甚至捉拿她入狱。

电光石火之间，樊长玉想起谢征之前说的蓟州府那边征军粮的事，道："仅凭你一人，肯定势单力薄，但若是整个清平县的百姓都反县令，那不管官府是封锁府道，还是用衙役镇压咱们，就都不叫事了！"

俞浅浅问："怎么说？"

樊长玉道："蓟州府征收军粮，咱们县是按一人一石粮收的，交不上粮就给银子。清平县十万余人，那单是一个县，就能强征到十万石粮了。蓟州那边不可能把百姓往绝路上逼，分明是县令在借机敛财！"

俞浅浅听她说了这些，脸色巨变，"喃喃"道："县令这不是在敛财。他在这调任的节骨眼儿上，突然从百姓的手中刮了那么多银子，又盯上了我的溢香楼，便是能瞒一时，也瞒不了一世，总会被人揭发的，调任了也难逃责罚。或许……溢香楼只是被杀鸡儆猴的那只鸡而已！整个清平县的富商才是他的目标！"

她看向樊长玉，脸色极度难看："崇州就在蓟州边上，县令这是想投反王！"

樊长玉一时间没想通其中的关键，问："为何这样说？"

俞浅浅给她分析："县令搜刮民脂民膏，如果是他上面的人想贪，那县令大可不必勾结匪类封锁通往蓟州府的道路，因为事情就算闹大了，县令上面的人也能轻易压下来。

"至于利用老翁的死施压于我，无非是看中了溢香楼的财力，因为在这镇上的富商中，溢香楼的根基是最浅的，最好拿捏。我平日里给那些当官的送好处，有个普通难处，他们肯帮忙；摊上了这样的事，他们自然不敢蹚浑水。溢香楼一倒，县令再挨个儿找其他富商搜刮银子，那些富商要是不想像我一样倾家荡产还遭受牢狱之灾，就只能乖乖掏钱。"

樊长玉一下子明白了其中的利害关系，一拍桌子，道："那咱们得赶快和清平县的其他富商拧成一股绳！"

俞浅浅却摇头："此事还得从长计议。我只是一商户，不知州府那边下发的征粮令要求一户征多少，若不是你说县令征这么多粮怕是在敛财，我也不会想这么深。毕竟他欺我一商户，朝廷可能不会过多追究，可鱼肉整个清平县的百姓，就算上边有人庇护他，一旦东窗事发，他也必遭殃。县令不可能不明白其中的道理，我思来想去，只有他意图投反王这一种可能。"

她说到这里，顿了顿，看向樊长玉："军中要征多少粮，只有那些当官的才清楚。长玉妹子，你是如何知晓县令多征了军粮？"

樊长玉拿出谢征的那番分析后，又加了句："县令封锁了去蓟州府的道路，肯定是做贼心虚！"

俞浅浅稍一沉吟，道："加上封锁府道这一点，基本能断定县令是有反心的，但只要县令不认，只说是山匪劫道，咱们又没证据指认他和山匪是一伙儿的，就没法儿让百姓信服。唯一能指认县令的，只有那份征粮令。单说今年征的粮比以往多，蓟州官府不会把百姓逼到这份儿上，实在是不能当作指认县令的证据。毕竟徽州这会儿刚好打了败仗，粮道受阻，谁也不知道那些当官的是怎么想的。"

樊长玉在听谢征分析的时候，觉得他那番话很有道理，眼下再听俞浅浅说这些，突然又觉得俞浅浅说得也没错。

她仔细思考谢征和俞浅浅的话，心中突然升起几丝怪异的感觉。

首先，俞浅浅说军中要征多少粮，只有那些当官的才清楚，但言正在说那番话时，好像清楚官府要征多少粮一般。

其次，俞浅浅担心蓟州府的官员为了打仗，不会管底下百姓的死活，言正却笃定蓟州府那边不敢把百姓逼到绝路上。

是因为俞浅浅经商多年，凡事考虑得更周到，而言正的阅历比不上俞浅浅，才对官府抱有这么高的期待吗？

结合眼前的事实，言正说的似乎又是对的，蓟州府那边要求征的粮，并没有县令收的这么多。

她拧眉思索着这些，纠结得眉毛都快打架了。

俞浅浅瞧见了，以为她是在烦恼指认县令的事，宽慰道："长玉妹子，你别替我急，溢香楼的事，我自己慢慢想法子。"

就县令这借着发羊角风死去的老翁给溢香楼泼脏水的架势，分明是想把俞浅浅弄到狱里去蹲着。

樊长玉抿唇道："那何师爷是县令的狗腿子，雇人给你泼脏水也是何师爷干的，我觉得那何师爷八成知道蓟州府那边真正要征的军粮是多少，要不咱们从何师爷身上下手？"

俞浅浅困惑地道："怎么做？"

樊长玉说："一棍子敲晕他，套上麻袋，拖回楼里逼问，你觉得怎么样？"

俞浅浅看着眼前一脸老实娇俏的姑娘，有点儿难以置信这话居然会从她的嘴里说出来，随即想到她刚才就用这样的法子帮自己对付了那几个泼皮，心中的惊愕才少了几分。

她仔细思量一番，点头道："罢了，就死马当作活马医吧。"

她看向樊长玉："不过此事你别插手，我雇人去做便是。县令搜刮钱财的大部分是清平县的富商们，若是东窗事发，查到你头上，还得牵连你夫婿和你妹妹。"

樊长玉一句反驳的话到了嘴边，又因为俞浅浅的后半句咽了回去。

她一个人的确是天不怕地不怕，可一旦扯上长宁，她就不敢肆意妄为了。

她若出了什么事，长宁在这世上就无依无靠了。

还有言正，言正马上就要走了，也不能因为她摊上这样的官司。

樊长玉最终只能道："那掌柜的，还有什么事是我能帮上忙的吗？"

俞浅浅冲她笑了笑："你替我出谋划策这么多，还不算帮忙吗？以后别一口一个'掌柜的'了，听起来怪生疏的，我虽长你六七岁，但你也别把我叫老了，就唤我'浅浅'吧。"

樊长玉明显能感觉到俞浅浅待自己比从前更亲近了些，她也没在一个称呼上多做纠结，当即就道："浅浅。"

俞浅浅笑得两眼弯弯，又道："我听说你带了一车卤肉过来，我这楼里今日是没法儿卖了，你带回去，卖不完放坏了也可惜。这样，你送到醉鲤饭庄去，我跟老板交情不错，他那儿今日正好有包席，用得上你这些卤肉。"

她说着，叫来楼里一个伙计，让他带着樊长玉去醉鲤饭庄，又同樊长玉结了卤肉钱："这钱我先替醉鲤饭庄的老板付给你，回头我再向他讨。"

樊长玉推拒道："你先解决楼里的事，这钱等醉鲤饭庄的老板给你了，你再拿给我不迟。"

俞浅浅把钱袋子放到她的手里："拿着吧，要是溢香楼最后没保住，我指不定还得带着宝儿去你那里蹭吃蹭喝两天，可不能先欠你的钱。"

她都这么说了，樊长玉只得收着。

去醉鲤饭庄送完卤肉后，樊长玉让赶车的老伯把溢香楼的伙计送回楼里，思来想去，还是去了王捕头家一趟。

倒不是为了让王捕头帮俞浅浅，樊长玉知道王捕头为人正直，若是县令让王捕头带着底下的捕快做什么伤天害理的事，王捕头不知县令已有反心，在不知情的情况下给县令当了刀，只怕下半辈子都得在内疚中度过，万一再被扣上个反贼的名号，更加得不偿失。

樊长玉敲开了王捕头家的门。开门的还是那个婆子，她见到樊长玉，却不如之前欣喜了，而是一脸愁容："是樊家娘子啊。"

樊长玉问："王捕头在家吗？"

婆子说："在的。"

婆子遂引着她进屋。王捕头夫妻俩都在正房，不知是不是樊长玉的错觉，她总觉得王捕头身上似有一股颓态，没有之前英武了。

王夫人倒是笑着招呼她落座："长玉来了啊，是遇上什么难处了吗？"

樊长玉摇头，道："不是，我来是想问王叔一些县衙的事。"

王夫人面上顿时露出几分为难之色，道："你王叔……怕是帮不上你什么，他已经不在县衙当差了。"

樊长玉惊愕地出声："什么时候的事？"

王夫人叹道："初二你叔去县衙上值，就被告知往后不必去了，说是之前查办藏宝图凶案不力，跟着你叔的那些小子也全被换了下来。这县太爷平日里不声不响的，临调任了，才来这么一出。"

樊长玉却听得眼皮一跳，这显然是县令知道王捕头的秉性，怕王捕头坏事，才提前支走了王捕头。

她问："王叔知道县衙里现在用的那些衙役是哪里人吗？"

王捕头摇头说："没去打听，不过听说都是专门找的武艺不错的人。"

樊长玉抿唇道："那些人可能是山贼。"

这话让王捕头夫妇都愣住了。

王夫人最先反应过来，笑笑，说："这孩子怎么说起胡话来了？"

樊长玉神色凝重："姊姊，我没说胡话，县令勾结山匪封锁了府道，还借着征军粮搜刮民脂民膏，现在又在打整个清平县的富商的主意，他分明是想带着这些钱财投靠反王。"

她的这番话，令整个屋子里静得落针可闻。

王捕头在巨大的震惊中久久回不过神来，只"喃喃"道："这……这怎么可能？"

樊长玉便把俞浅浅的遭遇说了："他这已经不是在逼溢香楼掌柜给钱，是要溢香楼的全部钱财，又封锁了府道，阻断了县城去往蓟州府的路。"

王捕头其实已经有几分信了，但这消息实在是太过骇人听闻了，他依然在试图说服自己："封锁府道，可能只是为了阻止那位俞掌柜去蓟州府状告他吧？"

樊长玉见状，深觉俞浅浅的担忧不无道理，没有确凿的证据，只凭一些蛛丝马迹来猜测，大多数人哪怕心中怀疑了，没有铁证，也不敢轻易站队。

她想起俞浅浅说的征粮令，道："王叔，你见过蓟州府那边送到清平县的征粮令没？若是县令征的军粮数目和征粮令上的不一致，这便是铁证了。"

王捕头摇头道："那东西我哪里见得到，都是县令和何师爷过目后，直接吩咐底下的弟兄们去征粮。不过所有的文书都收在县衙的文库里，我同管理文书的主簿尚有些交情，他管理文书，应该能看到征粮令。"

樊长玉听得心跳"怦怦"，手心都不自觉出了一层汗："咱们能去找那主簿老爷吗？"

王捕头毕竟办案多年，处事沉稳，道："不能打草惊蛇。我前脚被撤了职，后脚再去刘主簿家中，县令若是当真有反心，只怕从我去刘主簿家中那一刻起，就有人传话给县令了。"

王夫人突然道："今年还没去刘家拜年呢，这不就有由头了？正好快到中午了，老头子你留在家中，我带着长玉拿着拜年礼去刘家一趟，总不会叫县令那边瞧出端倪了。"

王捕头点头："这法子可行。"

王夫人挑了几件年节礼，带着樊长玉，去了刘主簿家中。

刘主簿听她们说明来意后，也大吃一惊，随即道："蓟州府那边的确有送来征军粮的文书，不过我并未见过那文书，征粮令一直收在县令那里。"

县令一直握着文书不肯拿与刘主簿归档，这无疑又验证了县令的反心。

樊长玉和王夫人离开了刘家，皆心事重重地往回走。

没有征粮令，那所有的希望就只能放在何师爷的身上了。

王夫人有些难过地道："天杀的县令带着钱粮投了反王，那些谷种都被抢干净的农人拿什么过活啊？！"

樊长玉看了一眼日头，心说：不知俞浅浅那边带人抓到何师爷了没？

这个想法刚冒出来，她的脑子里突然闪过另一个念头。

她看向王夫人，说："婶婶，我们要不直接把县令绑了？"

王夫人眼眶里的红色还没褪去，看着眼前这乖乖巧巧的闺女，张了张嘴，半晌没说出一句话来。

临安镇。

谢征卖完猪肉，皱着眉用帕子擦干净手，这才撩起眼皮扫了一眼日头，发现已临近中午，好看的眉头皱得更紧了些。

临安镇去县城又不远，她何故去了这般久？

谢征关上铺子门，途经瓦市时，瞧见一胡商摆在摊位上卖的各类动物皮毛和一些皮质成品，他的目光落在了其中一对护腕上。

胡商见他盯着那护腕，吆喝了一声："公子要买护腕吗？这护腕是鹿皮的，委实是好东西，不过公子用的话……小了些，我这里还有獐子皮质地的，公子瞧瞧？"

他说着就捡起一旁大了好几个号的护腕递给谢征。

谢征却没接，拿起那鹿皮制成的护腕看了看，抬手轻轻一握，似在凭借记忆比画大小，片刻后对那胡商道："就这个。"

他结了账，拿起护腕，正要离去，却听到一旁的茶舍里有几个人在长吁短叹。

"可怜了马家村那几十条人命，那些当官的真不是个东西！"

"只盼那秀才逃出去了,把这些狗官干的好事都捅出去!"

谢征驻足朝那边看去,胡商见他似乎对那几个人说的事有兴趣,叹了口气道:"是马家村的惨案。村里有个书生忍不了官府这般残暴地征粮,要带着全村人去蓟州府衙跪请给农人留些谷种,那一村子的人怕叫官府的人察觉,昨天夜里出发,今早却被人发现全在官道上遇害了,村民尽数被砍杀,那书生不见了踪影,不知是被活抓了回去,还是逃出去了。"

谢征的眼中有寒芒一闪而过,他问:"那村子里的人是被官府杀了?"

胡商道:"大伙儿都猜测是,毕竟都是些一穷二白的庄稼人,山贼便是要劫道,那也是劫富人,总不能专门堵在那里,杀几十个穷人,只为了磨刀吧?"

"说来也是奇了怪了,马家村的人一死,通往蓟州府的几条道就都叫山匪给封了,怎么会有这般巧的事?不就是怕有人去蓟州府告状?马家村邻村的庄稼汉们都已经拿起家伙,说要去投崇州的反王了。"

胡商说着,也不住地摇头。他本非大胤人,走南闯北只为做些皮毛生意,但同为底层百姓,听到这样的惨案,还是忍不住感叹。

谢征则长眉紧锁。他是掌权者,自然看出了不对劲儿。

马家村的惨案,像是有人在故意逼反清平县的百姓一样。

那个书生若是没死,还逃出去了,必定会将那场屠戮捅到蓟州府乃至京城去。

官府为了征粮,逼得百姓没活路,百姓在县衙前跪请给农人留些谷种,县令不予理会,百姓转而打算去州府跪请,却在半道上被人屠杀,任谁听了这样一桩惨案,都恨不能将官府那些人挫骨扬灰。

惨案能激起世人的愤怒,逼反清平县的百姓,无疑也是对朝廷军事上的打击。

想到泰州征粮传出的那些惨案,谢征眸中的寒意更甚。

征粮引发的所有惨案,似乎都有人在背后推波助澜,而受益者,无疑只有崇州的反贼。

蓟州府。

魏宣坐在主位上,一脸不耐烦地看着底下人清点各郡县征上来的粮草。

很快就有亲卫上报:"将军,清平县征的粮还没送来。"

魏宣本就不好的心情这会儿更是差到了极点，他一脚踹开跟前的矮几，大骂道："区区一县令，也敢违抗我的军令？"

他提剑起身："来人！点兵！随我去清平县征粮！"

恰在此时，又有一斥候急冲进来："报——燕州八百里加急！"

魏宣面色不悦，燕州只是个倚靠燕山的穷山恶水之地，乃他贬谪谢征旧部之地，能有什么急报？

他展开信件，瞅见上边熟悉的字迹时，浑身的血几乎在这一瞬间逆流。

亲卫不知自家将军何故一下子脸色难看成这样，下一秒却见魏宣忽而拔剑，狠狠地将被他踹翻的那几案砍作两半，目眦欲裂："他没死！他故意等到此时才露面，不就是看我打了败仗，想借此羞辱我？！"

亲信捡起被他扔在地上的那张信纸，瞅见上边遒劲狷狂的字迹以及落款处那"谢九衡"三个字，亦大骇。

大胤武安侯，姓谢，名征，字九衡。

这字是他的老师陶太傅取的。陶太傅说，"征"字戾气太重，怕他冒进求成，取"九衡"为字压一压，旁人做事只须三思，他行事，最好是九番衡量。

这么多年，谢征也的确未负陶太傅所望，在战场上从未冒进过，虽是少年成名，稳重程度却不逊于老将。

亲卫是魏宣的心腹，自然也知晓魏家父子在崇州战场上设计武安侯一事。

他当即道："武安侯潜伏至今，必然暗中养精蓄锐，以报当日之仇。他在信上让您退守徽州，看好西北门户，以防外敌，指不定是奸计，西北之地不宜久留！丞相的调令不日便会送达，将军先行回京才是上策！"

魏宣一把拎起亲卫的衣领，恶狠狠地道："老子怕他？"

亲卫知道魏宣处处都喜欢同武安侯比，尤其见不得旁人说他不如武安侯，此刻却也顾不得触他的逆鳞了，恳切地道："将军莫要争这一时之气！西北已乱成了这般，徽州剩下的那七万将士又是武安侯一手带出来的，武安侯身死，他们以为武安侯命丧崇州反贼之手，为替武安侯报仇，才听您的调遣罢了。如今武安侯还活着，咱们在西北就是武安侯刀下的鱼肉！"

魏宣哪能不知亲卫说的这些是事实，可越是明白，心中才越是窝火。

他从小就被这个人压着一头，谢征就是扎进他眼里的一根钉子。这根钉子不拔出来，他这辈子都不得舒坦。

可最终魏宣还是不得不暂服这个软，带着两千亲兵，怒气冲冲地离开了蓟州府。

贺敬元在府上闻得此事，长叹一声，半是欣慰，又半是惭愧——欣慰的是那位闻名天下的"杀将"只是对异族狠，对大胤百姓却还怀着仁心；他惭愧于自己身为一方父母官，却任魏宣将蓟州百姓逼到了这份儿上。

郑文常请示他："大人，征上来的那些军粮如何处置？"

贺敬元道："谷种都还与农人，已经立春，不可耽搁来年耕种。"

郑文常应"是"。

贺敬元问："听闻有一县并未征上粮来，可知是哪一县？"

郑文常答："清平县。"

再次听到这个地名，贺敬元目光一沉，道："县令崔守德是个鼠胆之辈，岂敢不征粮？此事怕是有些蹊跷，你带人去查一查。"

郑文常刚要抱拳，忽有侍卫匆匆进门，道："大人，不好了，府衙前有一书生击鼓鸣冤，作诗痛骂官府强征军粮，屠尽田间庄稼汉，现已闹得满城风雨了！"

贺敬元和郑文常俱是一惊。

郑文常忙抱拳道："属下得了大人的令后，一直派人盯着魏宣手底下去征粮的那些兵卒，并未发现他们杀人抢粮。"

贺敬元只吩咐那侍卫："把人带来，我问问话。"

侍卫领命出去。

清平县。

樊长玉提议的绑县令一计，毫无疑问地被王夫人否决了，王夫人无奈地道："县衙的衙役零零散散算下来也有百来人，如何绑得了县令？"

樊长玉怕吓到王夫人，垂着脑袋没吱声，但她心中想的却是：管他多少人，这些人总不能一天到晚都跟着县令，县令总有落单的时候。

王夫人还想说什么，前方街头却传来一片喧哗声。

一队如狼似虎的官兵押着一众被五花大绑的人游街而过，樊长玉看清那些人身上的服饰，大惊："那不是溢香楼的伙计吗？"

王夫人心中也是一个"咯噔"："县令这么快就下手了？"

樊长玉没在被押解的人里瞧见俞浅浅，疾步上前，挤到围观的人群里去瞧。

边上围观的百姓亦议论纷纷："怎么溢香楼的厨子、伙计都被抓了？"

"听说是因为溢香楼的饭菜吃死了人，那家人抬着棺材去溢香楼门口闹事后，官府为了查案，这才封了溢香楼，把楼里的伙计都带回去审问。"

樊长玉踮起脚往官兵押送的队伍里看，总算瞧见了被绑住双手走在中间的俞浅浅，俞浅浅也看到了她，不动声色地冲她摇了摇头，示意她莫要过去，张嘴，无声地吐出两个字。

樊长玉从她的口型辨出她说的那两个字是"宝儿"。

樊长玉细看那支押送队伍，没瞧见小孩子，心知俞宝儿定是被俞浅浅藏在了哪里，俞浅浅同自己做那个口型，便是想让自己照料俞宝儿一二。

王夫人已追了上来，怕她行事冲动，一直紧攥着她的一只手，压低了嗓音在她的耳边道："不管你跟那掌柜交情如何，这时候都别上前去，叫官兵注意到了你，指不定会引火烧身。"

樊长玉也明白这一点，强行忍耐着没动。

等那队官兵走后，王夫人才看向樊长玉，说了句："你若要县衙和县令府上的地图，我可以给你弄到。"

樊长玉知道以王家的处境，王夫人能说出这句话已是不易，遂道了谢，说需要时会去取，便疾步往溢香楼走去。

俞浅浅是在溢香楼被抓的，俞宝儿指不定被她藏在了溢香楼的某一处。

到了正街，樊长玉远远便瞧见溢香楼那气势恢宏的大门上已贴了封条。她绕去后巷，眼见给溢香楼伙计们住的那些院子也被封了，她看了一眼溢香楼后院的院墙，正打算翻进去，身侧却横着伸出一只手，将她掳到了两院外墙之间的一条窄小暗巷里。

樊长玉反手就拽住了对方的衣襟，手臂发力，正要把人给掼到地上去，就闻到对方身上清苦的药味和陈皮糖的味道，而后手上骤然一松。

她唤了声："言正？"

谢征垂眸示意她不要出声，凤眸冷冷地扫向暗巷外，樊长玉不由得也跟着警惕起来。

一队官兵的脚步声由远及近，守在了溢香楼的后门外："县令有令，溢香楼命案一日未结，溢香楼便一日不可解封，为免罪证叫人销毁，严守此楼！"

樊长玉小声说："俞宝儿没被官兵抓走，我担心俞浅浅将他藏在了楼里某处。"

二人挨得极近，彼此的呼吸声也清晰可闻，为免叫守在外边的官兵听到什么，她把声音压得极低。

谢征只觉得耳中似有虫子爬，皱了皱眉，直起身子，离她远了些，才道："我先你一刻钟到，已经进楼把人带走了。"

樊长玉松了一口气，这才想起问他："你不是在肉铺里吗？怎么会来县城？"

谢征目光微寒，只道："我卖完猪肉，见你久久未归，过来看看。"

樊长玉说："我没事，只是俞掌柜遇上了麻烦。"

她将自己和俞浅浅的推测说与他听后，又道："我打算绑了县令救俞掌柜。你带着俞宝儿和宁娘找个地方躲起来，要是我被抓了，劳烦你照顾一下宁娘。"

谢征拧眉看她："谁给你出的蠢主意？"

樊长玉突然被他骂，只觉得莫名其妙，想了想，觉得他应该是恼怒自己涉险，在他快走时还把两个孩子塞给他带着，道："我自己想的。我也就说一下被抓的可能而已，我肯定是趁县令身边人不多的时候下手啊，怎么可能被抓呢？……"

谢征"哧"了一声："乡下已经有不少庄稼汉反了，正要推平县衙再去投靠反王，你觉得县令这个主谋会把自己置于这等险地？"

樊长玉听明白了他话里的意思：挟持县令也救不了俞浅浅。

她想了想，没想出个主意来，抬起澄澈的双眼看着谢征："那怎么办？主谋是谁？咱们去绑了他有用吗？"

谢征听她还没放弃绑人的打算，都快被气笑了。

他道："绑谁都没用，这是有人挑拨离间，意图逼反清平县百姓后，再引蓟州府兵前来镇压暴民，如此一来，朝廷征粮逼反百姓的传言便坐实了。"

清平县没把征上来的粮食送去蓟州府，以魏宣的脾性，必定当场杀来清平县，届时和反民一对上，魏宣让底下人屠了整个清平县都有可能。

谢征看向樊长玉："你同那姓王的捕头相识，你速去寻他一趟，让他带着衙役守在城门处，万万不可让暴民入城。"

樊长玉不解："暴民入城了，应当也是找县令和那些衙役的麻烦，为何要替县令阻止那些暴民？"

谢征面上的神色是一种说不出的冰冷："他们把性命都豁出去造反了，你还当他们要的只是一个公道不成？他们如今要的是权势富贵！这城里任何一户人家都富过那些农人，都能叫他憎恶入骨。再往前一步，他们也可以是烧杀抢掠无恶不作的叛军。不想看这县城被抢掠一空就按我说的话去做。"

樊长玉听他这么一说，内心因为人性的复杂而有一瞬间发沉，抿唇道："王捕头已经被县令撤职了，他的话现在在衙门不管用。"

谢征眉头一拧，还是道："你只管去传信，就说县令被人架空了，让他先带衙役去城门处设防，遇上暴民，先以安抚为主，承诺官府会退还征上来的所有粮食，也不会追究他们的罪责。"

"可官府若不退粮怎么办？"

"且先稳住暴民，旁的我来想办法。"他的目光沉静，莫名其妙地让人信服。

樊长玉想了想，还是有些顾虑："你不是说，他们都造反了，图的是荣华富贵吗？这样当真能稳住暴民？"

谢征看了她一眼："暴民会殊死一搏，是因为已无退路，承诺不追究他们的罪责，再还给他们粮食，他们就能回到跟从前一样耕种的日子，有野心的会继续挑唆，不肯让步，但只想本分种地却被逼到这份儿上的，就会开始犹豫。"

樊长玉算是听明白了，他是要那些暴民先自乱阵脚。

有一瞬，她觉得眼前的言正很陌生，她好像从来就没有真正了解过他。

谢征察觉到她的目光，问："怎么了？"

樊长玉摇头，问："我们怎么出去？"

官兵还守在溢香楼后巷里，从巷子口出去，必然会被守在外边的官兵看到。他们若是打晕了官兵再走，过不了多久，倒在那里的官兵也会被人发现，他们仍然会暴露行踪。

偏偏这条巷子的另一头是封死了的，两壁又极高。这条巷子是用来排两侧屋宅的檐瓦滴下的雨水的，仅容一人通过，因潮湿以及常年不见日光，墙壁上全是黏腻的青苔，攀爬时稍有不慎便会打滑。

谢征看了一眼将巷尾封死的高墙，对樊长玉道："你踩着我的肩翻上去。"

樊长玉估量了一下二人的身量，点头道："行，我爬上去了，找个梯子给你。"

谢征在墙根处半蹲下，她一手撑着墙壁，一脚踩上他宽厚的肩头。

两个人的身高加起来，总算让樊长玉攀到了墙头，她双臂一撑，用力翻了上去，抬眼往院内扫去时，瞧见一窗户大开的房间里，一男子正在案前提笔写什么，忽而抬眸，目光锐利地往这边看来。

樊长玉以迅雷不及掩耳之势捡起墙上的一片瓦，照着他的穴位就砸了过去。

男子面露惊愕，一句话未来得及说，整个人就栽倒在了书案上。

樊长玉砸完，才后知后觉地意识到那男人瞧着有些眼熟，不过她一时半会儿想不起来在哪里见过。

谢征听到里边的动静，问她："墙对面有人？"

樊长玉点头，"嗯"了一声，说："人已经被我砸晕了。这院子里正好有一架竹梯，你等等，我去搬过来。"

她说着就跳下了墙头，灵巧得跟猫儿一样。

那竹梯不长不短，刚好够搭上院墙，樊长玉顺着竹梯爬上墙头后，把竹梯递到了高墙的另一边，才让谢征也顺利地到了院子里。

他进屋看了一眼被樊长玉砸晕过去的人，眼中划过一抹异色，道："是书肆东家。"

赵家的这处宅子，怎么刚好在溢香楼隔壁？

心中的这丝疑虑让他多扫了书案上没写完的信件一眼。那信因为赵询倒下时用毛笔重重地划了一笔，不少字迹都被墨迹盖住了，但还是能辨出个大概。

谢征的目光陡然转凉，他离开时，不知是有意还是无意，袖子不小心打翻了砚台，浓墨泼洒了一桌子，弄污了那张没写完的信纸，连带赵询的袖子和半张脸上也全是墨迹。

樊长玉听他说这是书肆东家后，本就有些心虚，再瞧见谢征打翻了砚台，她可以说是心惊肉跳，结结巴巴地道："我……我把你的东家给打了，你又把他的砚台给弄翻了，他不会记恨你吧？"

她记得谢征给书肆写时文来着，上次那四十两白银不是说还有定金在里边吗？

谢征微微一愣，没料到她担心的竟是这个，冰冷阴沉的神色消退了些，他道："无妨，他不一定记得你，也不知我来过。"

樊长玉一想也是，自己都差点儿没认出他来，他是个富商，每天见的人多了去了，肯定也不记得自己了，当下大松一口气。

赵府是一座二进的宅子，阖府却不见一个下人，樊长玉和谢征很容易就从赵府的角门溜了出去。

樊长玉心说：他们折腾这么一趟，还不是因为溢香楼的前门和后巷都叫官兵给看守了起来？她忍不住道："俞掌柜和楼里的伙计都叫那狗官给抓去大牢里了，他们为何还要派人看着溢香楼？难不成就为了找俞宝儿？"

谢征神色凝重，只说："不无可能。"

樊长玉的神色顿时有些愤愤的："那些狗官，心肠也太歹毒了些！"

为了杀鸡儆猴，连个孩子都不放过？

谢征没接话，道："那孩子被我暂放在帮你赶车的老伯那里了。"

樊长玉之前为了送货，租了那老伯的牛车一个月，感觉那老伯也算是信得过的人，但让那老伯带着一个富家小公子，还是很容易叫人察觉出不对劲儿。

樊长玉道："我去王捕头家时，把宝儿一并带过去。"

谢征点了头。二人分道扬镳时，他看着樊长玉，似想嘱咐她一句什么，但最终什么也没说。

倒是樊长玉见他欲言又止，困惑地问："怎么了？"

天阴阴的，让谢征的眸色看起来比平日里晦暗。他说："若是暴民进了城，你只管保全自己就是。"

顿了顿，他又补充道："不要轻信任何人。"

樊长玉听得心一跳，抬起眼看他："你是不是要走了？"

他突然同她说这样一些话，实在是很不对劲儿。

谢征一噎，脸色不太好看地道："虽然我也不是什么值得信任的人，但眼下你还是可以信我的。"

他走后，樊长玉站在原地怔了片刻，才去赶车老伯那里接了俞宝儿，往王捕头家去。

王捕头听说了暴民的事，亦大惊，在房间里来回踱步几趟后，对王夫人道："把我的捕快服拿来。"

王夫人去内室拿衣服时，王捕头看着樊长玉，道："你这夫婿，能有这番见识，人又敏锐，怕是不简单啊……"

樊长玉说:"他家从前是开镖局的,可能比旁人见多识广些。"

王捕头说了句"难怪",换上捕快服后,就出门去找之前手底下那班人了。

王夫人送他走出家门口,面上满是担忧之色。

樊长玉不知谢征接下来的计划是什么。让王捕头一个被革职的捕快出去做这些,是有风险的,可一旦暴民进城抢掠,无路可退后,野心和贪婪也会跟着暴涨,如同开荤的猛兽,再也停不下来了,必须把这头猛兽扼杀在沾染鲜血前。

她想了想,对王夫人道:"您先前说,您这里有县衙和县令府上的地图?"

王夫人迟疑地点了点头,问:"有是有,丫头,你想做什么?"

樊长玉说:"我听我夫婿话里的意思,征粮的事闹成这样,县令八成是被人架空了,咱们要不把县令救出来? 旁的不说,得先给王叔恢复捕快的职位,这样王叔办起事来也方便。"

不管这会儿暗地里掌权的是谁,在普通百姓和衙役的眼中,县令就是清平县最大的官。

王夫人不知这丫头是天生胆大还是什么,她这会儿都还有些心惊肉跳的,这丫头却还在想更大胆的事。她想到去阻挡暴民的丈夫,定了定心神,道:"这太冒险了,我跟你一起去。"

樊长玉想了想,道:"有个不那么冒险的法子,不过还是得请婶子帮忙。"

王夫人神色一动。

溢香楼。

一辆马车驶向了溢香楼后巷,停在了距巷口不远处,却不见车中有人下来,溢香楼后门的守卫不动声色地打量起那辆马车。

其中两个守卫对了个眼神,正准备过去看看,巷子另一边却突然蹿出一道黑影,抡起棒槌,对着余下的两个守卫的后脑勺儿一砸,两个守卫当场晕了过去。

樊长玉在王捕头家换了一身小子的衣裳,脸也用锅灰抹黑了,叫人辨不出她原本的五官。这时她一脚踢开贴着封条的溢香楼后门,跑进了溢香楼。

那两个准备去查看马车的守卫连忙大叫:"有杀人犯的同伙强闯溢香楼销毁罪证!"

喊完,二人跟进去,准备捉拿樊长玉。

樊长玉就在门后等着他们呢。等人一进来,她一棒槌扔过去就砸晕了一个，后边那名小卒拔刀要砍樊长玉，樊长玉侧身一躲，一脚把他踹进了后院的潲水缸里。那潲水缸颇深，那名小卒整个人折在里边，半天没扑腾起来。

樊长玉进屋去，片刻后，用斗篷裹着个什么东西抱在怀里，快步离开了院子。

那小卒歇斯底里地大叫："贼人跑了！贼人跑了！"

这番动静早已惊动了溢香楼正门那边的守卫，一群穿着捕快服却明显不像捕快的人兵分两路，从巷子两头追来，却只瞧见一小个子男子怀中似抱了个孩子，匆匆上了停在巷口的那辆马车。

不等一众官兵追上，那辆马车便跑远了。

飞雪飘飘洒洒，驾车的人穿着一身粗布衣裳，戴着斗笠，叫人看不清面容，但那甩鞭的架势，显然也是个练家子。

有从正面围堵的官兵要上前去拦，那驾车的人手上甩出另一条鞭子。那鞭子长一丈有余，打在身上便会皮开肉绽，左右一扫，围过来的官兵便只能躺在路边哀声号叫了。

官兵头子大喊："定是楼里的同伙带着那小崽子跑了，快些叫人增援！"

一支哨箭射向灰蒙蒙的天空，县衙很快也派了一队官兵过去。

车上的人正是樊长玉和王夫人。

王夫人对整个县城的大街小巷再熟悉不过，拐了几个弯，就将一众官兵甩在身后。樊长玉跳下车前说道："劳烦婶子先将这些官兵遛两刻钟，两刻钟后便不管他们了，自己脱身就是。"

王夫人把斗笠往上掀了掀，问："两刻钟，你那边来得及吗？"

樊长玉说："我夫婿应当是去县衙了，我这边再去县令府上就是，官兵们倾巢出动来抓俞掌柜的儿子了，我们再怎么也能找到县令。"

车上自然没有俞宝儿，她之前用斗篷裹着的不过是一床小被子。

王夫人便只叮嘱了一句："万事当心！"

樊长玉说："婶子也是。"

马车放缓了速度，樊长玉在无人处下车后，又七拐八拐地进了一条巷子，朝着县令府宅所在的方向赶去。

抵达县令家门口时，樊长玉却发现宋母也在这里。

她猫在暗处，只瞧见宋母带着个年岁极小的丫鬟，拎着大包小包的东西站在县令家门口，脸上挂着恭维的笑容："砚哥儿就要上京赶考了，很是挂念大小姐，这不，让我买了这么多小玩意儿拿给大小姐……"

门口的管家道："宋举人有心了。"

他命身后的小厮把宋母忍痛买的那些珠花首饰都收下了，却不说让宋母进门去坐坐的话。

宋母笑得脸都快僵住了，接连吃了好几日的闭门羹，又不甘心花银子买了这么多礼物后还是不得县令一家待见，于是道："前些日子夫人夸我那鞋样子好看，我今儿特来找夫人吃茶，顺便把那鞋样子拿给夫人。"

管家只道："夫人感染了风寒，这还没见好，宋夫人有什么东西要给夫人的，交给老奴便是。"

宋母原本还觉得县令的门楣有些低了，等宋砚高中，一县令之女，不一定配得上自己的儿子，只是碍于在这县里，还少不得让县令照料一二，才同县令夫人热络。

先前县令夫人一心想把儿女的婚事定下来，她心中的小算盘就打得"噼啪"响，只用举人娘子、进士娘子的甜头吊着县令母女，却并不应定亲的事。

有一次，县令夫人逼得紧了，她便哭哭啼啼地拿宋砚刚退亲说事，说宋砚是个孝子，为了她，才担着薄情寡义的名声同那杀猪的樊家退了亲，不承想那樊家，如今就差逢人就说是他宋家对不起樊家女了，怕宋砚这么快又定亲，越发让那樊家女嫉恨，若是让对方散播些风言风语出去，必然会影响宋砚的仕途，两家人反正迟早都是一家，又何必急于这一时。

县令夫人被她这番话给唬住了，便不再提定亲的事，平日里二人一起吃茶看戏，县令夫人对她甚是亲热。

过年时，宋砚刚好在灯会上于樊家人面前出了丑，宋母为此一度觉得抬不起头来，怕县令夫人低看自己的儿子。虽说一开始只想骑驴找马，可这事让宋母突然担心了起来，万一儿子没考上进士，去不了京城当官，放眼整个清平县，还是跟县令一家结亲最为风光，她这才在大年初二就拿着东西去县令府上拜年。

不承想，她竟吃了闭门羹。

宋母当天回去后气得险些呕血，怕影响儿子温书，没敢把这件事告诉宋砚，她自己却暗下决心，一定要同县令家修复关系，所以这两日一直往县令家中送礼，走不通县令夫人的路子，又走县令千金的路子，奈何送礼送到今日，还是连县令家的大门都进不去。

宋母只觉得自己的脸面像是被人扯下来扔在脚下踩，走时连一点儿笑意都挤不出来了，脸色铁青，走过街角后，才敢狠狠地往地上唾几口："什么东西！不过一县令女儿，真当我砚哥儿求着娶？给东西好意思觍着个脸收，却连让我进去坐着喝口茶的话都没有？"

樊长玉背对着宋母在街边一摊位前假装挑拣东西，将她的话听得分明，微微睨了远去的宋母一眼，虽然她早就不把宋家当回事了，但看到宋母这副嘴脸，还是只能感慨一句"恶有恶报"，心道：那县令一家应该是看穿这母子俩是什么货色了，才不搭理他们的。

她绕到县令家后墙边，顺着一棵靠墙根的树爬上去，翻到了墙内。

王捕头当了十几年的捕快，给好几任县令做过事，对这座宅子的地形很是熟悉，樊长玉看了王夫人给的地图后，大概也知道，按照府上的布局，这儿应该是厨房了。

她贴着墙根不动声色地往外走，摸过一道垂花门后，正好瞧见那管家进门来，她忙躲到了墙的拐角处。

管家带着宋母给的东西，乞求一守卫模样的男子："军爷，这些都是咱未来姑爷给小姐的，您就通融通融，让小的拿给小姐吧。"

县令府上的管家做事居然要求一守卫？

这显然不正常，樊长玉竖起耳朵听。

那守卫只冷笑一声："和之前那些东西一起扔到厢房去吧，要是走漏半点儿风声，你们的脑袋都别想要了！"

管家显然被吓住了，唯唯诺诺，不敢再作声。

樊长玉忽然觉得这群控制了县令府的人肯定不简单，顿时将呼吸都放得更为细微绵长了。

她注意到整个县令府庭院里的积雪都没人清扫，不知是县令一家被控制，底下的人消极怠工，还是有人下了令不让扫雪。

毕竟有积雪在，从庭院里走过的人，不管脚步放得多轻，踩在积雪上，总会发出声响。

樊长玉正沉思着，忽而听闻身后有脚步声传来。

她一回头，视线跟一个端着托盘的小丫鬟的视线撞个正着。

小丫鬟还未来得及尖叫，就被樊长玉逼近，一手刀劈晕了。她一手接过丫鬟手中的托盘，一手扶着丫鬟，四下看了一眼，用脚挑开边上一间房的房门，拖着丫鬟走了进去。

片刻后，樊长玉一身丫鬟装扮，端着托盘，光明正大地走了出来。

转过拐角时，檐下的侍卫扫了她一眼，樊长玉低着头走过，往之前管家离开的方向去了。

她提前看过地图，加上方向感不错，根据府上的布局，没费多少工夫就找到了管家所住的地方。

她推门而入时，管家正坐在椅子上神伤，瞧见樊长玉，差点儿没被吓死，整个人都摔到地上去了，一边痛得龇牙咧嘴，一边要摆出老管家的谱儿，寒着张脸喝问道："你是哪房的丫头？好大的胆子！"

樊长玉觉得这县令都被人看管起来了，那么革王捕头职的命令肯定也不是县令下的，县令现在指不定还指望王捕头来救他的老命呢，便道："我是王捕头的人。"

管家脸上的怒容一僵，随即差点儿喜极而泣："还是王捕头老辣，一眼看出县衙这些日子不对劲儿……"

樊长玉见他颇有哭诉上半天的意思，皱眉打断他的话，只问自己想知道的："府上是怎么回事？"

管家泪涟涟地道："前些日子，蓟州府那边不是下令征粮吗？有一队持蓟州府将腰牌的官兵前来监督征粮事宜，我家大人听说要按一人一石征粮，求情说，这是把百姓往绝路上逼，可上边来的大人以征粮令压迫，让我家大人照做。

"我家大人没法儿，只得下令征粮，可那些去征粮的官兵在乡下打死了农人，我家大人怕到时候闹到蓟州府贺大人那里去，乌纱不保，想提前去蓟州府请罪，就叫那伙从蓟州来的官兵给看押了起来。他们自称是西北节度使魏宣的人，说一切听他们的命令行事，如今贺大人都被节度使革职了，又言我家大人阻碍了征粮大事，先行在府上看押起来，连夫人和小姐都不得外出，也不可见客。"

樊长玉的眉头皱得更紧了些。她听说过魏宣此人，泰州征粮的惨案，就是他纵容手底下的人闹出来的。

她心中一时也没底，若是魏宣残暴无道，当真用这样的方式强行征粮，就算王捕头在城门口暂时劝下了暴民，魏宣转头带着军队去杀那些百姓，又如何是好？

樊长玉想了想，说："要不咱们把魏宣派来的那个大官绑了，让县令把征上来的军粮还给百姓。"

绑了那个头头儿，那个头头儿就没法儿下令杀百姓了。

管家哆嗦着双唇，都顾不上听她说的后半句话，光是那前半句话，就差点儿吓得他三魂丢了两魂："绑……绑了？在这府上的军士有十几人，各个武艺高强，县衙里也全是他们的人，如何绑？"

樊长玉说："打不过不会下迷药什么的吗？"

管家忍不住打量起樊长玉，心说：这真的是王捕头叫来帮忙的吗？绑了蓟州府的军爷，这得是多大的罪名？万一那些人秋后算账，这府上的脑袋加一起也不够砍的啊！

他连连摆手："不可，不可！转头我家大人如何向那些军爷交代？"

樊长玉也知道这法子损了点儿，但这县令在清平县上任三年，虽没做什么恶事，可也没替百姓做什么好事，眼下这是唯一的法子，被坑的只有县令而已，不用白不用！

她道："马家村的人被官兵打死了，官兵已经逼反了周边的百姓，集结了要来踏平县衙的暴民有数千人。你觉得你家大人到时候是不是被推出去的那个替死鬼？你这个县令府上的管家，会不会被那些暴民一起记恨上？"

管家的双唇又开始哆嗦，他衡量片刻后道："府上没有迷药这东西，而且那些人谨慎得很，入口的东西，都会让府上的下人先尝。"

这下樊长玉也没辙了。

管家见状，不情不愿地道："不过府上有巴豆，大厨房这会儿正熬着银耳莲子羹。"

片刻后，樊长玉端着托盘，和一拎着木桶的小厮去了前院。

樊长玉托着的托盘里有一个白瓷盅，盅里一个大雪梨被切掉了上半部分，里边的梨肉被挖空了，倒进银耳莲子汤，再合上被切掉的雪梨盖子，用文火煨。

隔着汤盅，不仅能闻到里边的银耳香，还能闻到一股清甜的梨香，樊长玉只能感慨：大户人家在吃上都能捣鼓出这么些新奇的东西。

小厮拎着的木桶里，就只是普通的银耳莲子羹了。

当然，这些汤里都放了巴豆。

管家满脸堆着笑，对檐下那守卫道："天气严寒，夫人体谅各位军爷，让厨房的人给军爷们熬了些银耳莲子羹。"

那守卫眼角处有一道浅疤，从鼻孔里"哼"了一声，一副高高在上的姿态，不过看得出来颇为受用。

管家似乎早就习惯他的冷脸了，让小厮先舀了一碗银耳汤喝下，示意那守卫汤没事，守卫才道："行了，把东西放这里吧。"

管家指着樊长玉手中的托盘，道："这是专门为里边那位大人炖的。"

守卫瞧了一眼樊长玉，她半垂着脑袋，乍一眼瞧上去，还真是个温柔小意的可人，守卫脸上的笑容更冷了些："交与我便是。"

管家诏媚地道："那位大人远道而来，清平县是小地方，没什么好招待的，就让这丫头去吧。"

非要樊长玉进去倒不是为了其他的，巴豆虽能让人腹泻，但也没法儿在短时间内放倒这一院子人，樊长玉进去送汤，能近距离接触那个官兵头子，要是能制住他，那接下来可就省事多了。

那守卫脸上的冷嘲不减，随即像是想到了什么，扫了樊长玉一眼，道："我进去问问大人。"

他叩门而入后，对着手肘半撑在棋盘上独自对弈的年轻男子道："世子爷，这府上的人非要让一美貌丫鬟进来给您送汤。"

劫杀蓟州府兵，假扮征粮官兵把控了整个清平县数日的，正是崇州反王长信王之子随元青。

长信王膝下有二子，长子自小体弱多病，世子之位便落到了幺子的头上。

早些年，长信王韬光养晦，随元青在外也只有纨绔之名，直到长信王反了，他才在崇州战场上崭露头角，因手段狠厉，被称为"小武安侯"。

听到部下的禀报，随元青亦冷"哧"一声，将手中的棋子丢回棋篓里："魏宣残暴好色之名在外，没理由他下面的人反而是个洁身自好的。行了，让人进来吧，小小一县令，还能翻出什么花来？"

守卫领命就要退下，却听到他问："斥候可有传回消息？魏宣带人来了没？"

守卫道："还没传消息回来。"

随元青不自觉地皱起了眉。

以魏宣那草包的炮仗脾气，得知清平县没征上粮，岂会不当场就带兵杀过来？

莫非是蓟州有什么变故？

清平县那群暴民都快抵达县城了，魏宣这草包不来，他这戏台子总不能白搭。

他用长指叩着桌面，道："先把从清平县商贾、百姓那里搜刮来的钱粮运送出去，点一千人马，在城外斜坡上等着，魏宣那草包不来，咱们就替他杀一杀暴民。"

守卫不解："那些暴民是要投靠咱们崇州的，世子为何还要杀？"

随元青嗤笑道："无须杀尽，做做样子，彻底寒了天下人对朝廷的心就好。不杀这群暴民，其中又有多少发泄了这一时之怒，还当真去崇州投军的？只有把他们逼上了绝路，他们才会真正走上这条反路。"

那被故意放跑的书生，带去蓟州的消息是朝廷官兵强行征粮，不给百姓活路，百姓想去蓟州府问个公道，却叫官兵屠杀殆尽。

届时不管魏党如何澄清，世人都只会倾向于相信书生的说辞，毕竟魏党声名狼藉也不是一日两日了，而那书生字字泣血的控诉背后，是清平县上万条人命。

有事实依托的东西，总是让人更容易共情，也更容易相信的。

守卫忙道："世子英明。"

随元青没理会守卫拍的马屁，问："那个小崽子抓到没？"

守卫心一紧，道："半刻钟前，有人闯入溢香楼打伤了咱们的人，似抱着一小儿逃了，属下已调遣了人马去追，想来很快就会有消息。"

随元青只道："莫伤着那孩子，毕竟是我大哥的骨血。"

守卫多问了句："那大牢里的女人……"

随元青抬起一双阴冷的眼："我大哥的侍妾，怎么处理，带回去后我大哥自己决断，先让她在牢里吃两天苦头，别让人折辱便是。"

守卫应"是"。

等守卫退出去后，就有人托着托盘进来。

听到那轻盈却极稳的脚步声时，随元青的嘴角就冷冷地扬了扬。

他抬起一双眼朝那丫鬟看去，虽然早有预料，可在这穷乡僻壤瞧见这么个标致的美人，他的眼中还是划过一抹诧异。

尤其是对方的那双眼睛，不是灿若星辰，也不是灵动如鹿，第一眼给人的印象竟然是好看又老实，是那种让人担心带她回府上当个丫鬟，她都会被人排挤的老实。

樊长玉可能是被谢征用眼风扫久了，突然被一个陌生男子用审视般的目光盯着，竟没觉得害怕，只把托盘稳稳地捧了过去。

樊长玉把汤盅放在桌上，一只手去收托盘时，对方噙着淡笑说了句："胆子倒是大。"

樊长玉以为他知道银耳汤里有巴豆了，手心出了些黏腻的冷汗，心道：这人一看就跟言正是一类人，虽然长得没言正好看，但也聪明，不好糊弄。

老话说先下手为强，她当即就抡起托盘，作势往他的头上扣，对方眼神陡然一冷，伸出长臂去截。

抢托盘却是幌子，樊长玉直接一脚踹在他的腹间，随元青面露惊愕，痛得当即弓起了身子，樊长玉另一只手已用力地往他的脖颈儿后砍去。

正常人被她砍这么一手刀，早该晕过去了，随元青却还有力气一把掀翻桌子阻拦她，用手捂着脖颈儿站起来后，脚下虽踉跄，却极快地朝门口掠去。

樊长玉没想到这人的脖子居然这么硬。门外的守卫听到他掀桌子的动静后，立马朝着房内赶来："将军？"

樊长玉早想过没法儿近身擒住这家伙的办法，当即拿出自己一早就打好结套的细绳，朝着随元青的脖子套去。

冬衣厚实，这绳索她先前收在袖子里，旁人轻易瞧不出。

门口的守卫在破门而入时，就见樊长玉用一根绳索套住了他们世子的脖子，用力往后一拉，绳索瞬间收紧，他们世子一手横在颈间，紧握着那绳索同樊长玉较劲儿，脸上不知是因为缺氧还是恼怒，通红一片。

随元青臂力惊人，按理说，他用力一扯那绳索，对面那不知天高地厚的女子就该跟个破风筝一样被他拽过来了，可对方只脚下踉跄了一下，瞬间就稳住步子，跟他较上劲儿了，拉扯的力道大如蛮牛。

随元青一只手再怎么用力，还是抵不过对方两只手使劲儿，被她拽死狗一样拽过去一把拎起来，用尖刀抵着脖子时，他的俊脸上一半是窒息造成的狰狞，一半是恨不能把身后的人千刀万剐的恼恨。

他恶狠狠地道："你最好别落在我手上，否则我一定把你剥了皮挂到城楼上曝尸！"

樊长玉现在是借县令的名义挟持的这家伙，半点儿不怕事，用手上尖利的剔骨刀在他的大腿上戳了个浅浅的血洞："那就看是你剥皮快，还是我扎刀子快。"

樊长玉扎的那一刀虽不深，可到底还是入肉见血了的，随元青愣是吭都没吭一声。

门外的一众守卫却吓坏了，一面是担心他，一面则是惊骇他们世子竟为一女子所擒。

先前进屋来的那个守卫是他的亲卫，名唤穆石，他当即就冲樊长玉喝道："休要伤我将军！"

樊长玉说："你们按我说的做，我便不伤他。"

穆石等人看向随元青，等他示意，随元青咬牙切齿地挤出一句："按她说的做。"

他又用只有二人才能听到的嗓音威胁她："老子记住你了。"

他第一眼怎么会觉得这女人老实？！

樊长玉心说：这人怎么只记她的仇，不把这仇往县令的头上算？明明她现在也算是替县令做事！

樊长玉想了想，手中的剔骨刀又往他的皮下压了几分，冲着屋外的守卫道："快放了我们县令大人！"

穆石朝管家看去，那眼神像是恨不能直接撕了他。

管家浑身颤抖，就差两眼一翻晕过去了。

片刻后，被关押多日的县令终于走出了房间，一到院子里，瞧见这情形，也差点儿没当场晕过去。

他宁愿继续被关在房里一年，也不要一出来就面对这样的场面！

随元青嘴角噙着浅笑，问："我的人已放了县令，你现在可以放了我了？"

似乎怕樊长玉担心他报复，他这会儿倒是成了个温文尔雅的贵公子："你放心，我便是要抓你，也会等你彻底逃出去后再抓你，不会现在动手。"

恰在此时，一军士从大门外急跑进来："报——暴民聚集于县城城门外，县衙的囚犯全被放了出去，抢了征集的军粮运送去县城门口，说要全数退给闹事的暴民！"

随元青气得脸都扭曲了，笑问樊长玉："你们这制订计划的人考虑得倒是周全。"

樊长玉没理会他。县衙那边的事，八成是言正的手笔。

眼下自己手上这个人是个烫手山芋，真要了他的命，那自己可就是杀了个大官，这辈子怕是只能带着长宁躲在山贼窝里了；但若是放了这人，自己以后肯定也没好日子过。

她看向县令："县令大人，清平县乡下的百姓因征军粮反了，您总得给百姓们一个交代才能平息众怒。"

她说着，眼睛就往被她挟持的那人身上瞟。

县令听说暴民逼到了县城门口，当即脸都白了。暴民一旦进城，那非得杀几个贪官不可，他这个清平县县令，必定是头一个被祭旗的。

他死了，转头上边要给世人一个交代，还会把屎盆子扣在他的头上，毕竟他的政绩确实平平，死人又是最好背锅的。

县令看到樊长玉那个暗示的眼神，虽说他胆小如鼠，但能在官场上混，那也是个人精，瞬间就明白了樊长玉的意思，思考了一番可行性后，瞬间心花怒放。

是啊，他不敢拿这群人怎么样，暴民那边又需要一个交代，他何不顺水推舟把这伙人推出去，让他们给暴民一个交代？

县令腆着个怀胎八月一样的肚子，脸上的肥肉颤了颤，他没敢看随元青："征粮是诸位将军带来的军令，事到如今，那就劳烦诸位将军去城门口给百姓们个说法吧。"

暴民们怎么处置这些人，是暴民们的事。

随元青只冷笑一声："好啊，那就去城门处给个说法。"

穆石接收到他的眼神，心中了然，面上的怒意跟着收了收。

他们在城门外的斜坡上埋伏了一千人马，届时只要鸣镝一射，山上的人马杀下来，屠了整个清平县都不在话下！

清平县郊外，一队打着蓟州旗号的兵马浩浩荡荡地从官道上走来，为首的老将正是贺敬元。他着一身重甲，身上那份儒雅便被压了下去，面上更多的是威严，只是他到底上了年纪，须发花白，这些天又没怎么合眼，瞧着精神头儿不甚好。

郑文常驾马落后他半步，道："也许是那书生夸大其词了，小小一清平县令，岂敢借着征粮鱼肉百姓？我带兵过来替您走一趟就是了，您何至于亲自跑这一趟？"

贺敬元摇头，眼睛虽苍老，目光却威严："清平县有盐湖，在征粮的当口出了这事，其中的内情只怕不简单。"

他的话音方落，前方便有一斥候快马扬鞭而来："报——前方十里斜坡处，发现一支潜伏于山林间的崇州军！"

听到斥候报的信，饶是郑文常，也被惊出一身冷汗来。

第十章
离　别

　　清平县城郊斜坡的密林里，数名斥候踩过残雪未消的枯草，奔向隐匿在松林间的军队。

　　"将军，有一队朝廷官兵往清平县的方向来了！"

　　留守此处待命的崇州小将闻声大喜："打的可是'魏'字旗？"

　　斥候答："未见'魏'字旗，打的是蓟州旗。"

　　小将心中一时有些捉摸不定，又问："领兵者是何人？"

　　"一老将和一年轻将领。"

　　小将嘀咕："难不成是魏宣和贺敬元一起来了？"

　　底下的人问他："将军，那咱们还伏击那些围在清平县外的反民吗？"

　　小将摇头："蓟州府兵都来了，让咱们的人带领反民继续闹事就是，最好是杀进县城去，这样一来，不管蓟州那边来的是何人，这支军队都只能跟反民交手了。"

　　造反的县民一旦入城，城内百姓伤亡越大，能安到魏党头上的罪名就越多。

　　他们世子原本的计划就是扣下清平县征到的军粮，以魏宣的脾性，必然暴跳如雷，亲自带军队过来征粮，遇上愤怒至极的造反县民，两个炮仗一对上，不愁打不起来。

朝廷强行征粮逼反一个县，军队屠了手无寸铁的县民，这一消息传出去，必然会引发轩然大波。

城门口现下的情况实在是不容乐观。

清平县只是一小县城，城防军事压根儿就没被重视过，就连那夯土垒成的城墙都低矮得过分，除了光秃秃的门楼，瓮城、箭楼、马面墙这些一概没有。

王捕头事先得了消息，带着手底下一班衙役关上了城门，又勉强找了些弓箭架到城门上方的瞭口上，但看上去还是稀拉得可怜，人头甚至填不满城墙。

让一群捕快来干守城门的活儿，本身就够离谱儿的了，也是清平县并无屯兵，几十年来除了盗匪，从没经历过战火的缘故。

被挡在城楼下方的那些农人，一眼瞧去黑压压一片，每个人手上都举着锄头、钉耙，脸上不复从前的憨厚，一个个凶神恶煞似的，恨不能生啖站在城楼上的这些捕快。

莫说城楼上那些年轻捕快，便是王捕头瞧着，心中都阵阵发怵：这聚集起来的数千农人真要进城，这小小门楼又挡得住什么？

眼下王捕头只能寄希望于蓟州府那边听到了风声，赶紧派军队过来。

他记着樊长玉转告的话，在瞭口看着底下的百姓，好言相劝："乡亲们，你们这是干什么？莫要一时糊涂，犯下这等诛九族的大罪！"

跟着走到这里的农人大多还是怕城楼上那些弓箭的，没敢逼上前，虽说他们人多势众，可谁也不想当那个最先去送死的。

人人都知晓造反是个什么罪名，不过自个儿心里明白是一回事，听旁人这样劝诫又是另一回事。

他们中的大多数人都是一辈子守着田地过活的，连清平县都没出过，只知道天底下最大的官是皇帝，而清平县最大的官是县令，得罪了县令，会挨板子下大狱；得罪了皇帝，九族内的亲眷全都得上断头台，平日里他们就连见到这些捕快，心中都惧怕得很，眼下一听王捕头这么说，心中难免戚戚。

带头的人见状，眼神一厉，冲着城墙上的王捕头骂道："你们这些狗官耀武扬威的时候，我们这些庄稼汉就是被你们呼来喝去的贱民；现在大家伙儿被逼得没活路了，又是乡亲们了？呸！老子担不起你这条县令走狗的一声'乡亲'！诛九族？咱们谷种都没了，用不着皇帝来诛我们九族，我们就先饿死了！左右是一死，还不如进城抢了盘缠去投靠崇州反王，尚有一条活路！"

原本还有些动摇的农人们一听他这番话，眼神也纷纷坚定了起来，大喊："官府不给俺们活路，俺们自个儿奔一条活路出来！"

带头的人高举手中的农具："让狗县令出来受死！"

他身后的农人们跟着大喊："让狗县令出来受死！"

王捕头眼见局势控制不住，忙道："乡亲们少安毋躁，这谷种……会还给大家的。大家各自回家去，这造反一事，官府不会再追究。"

带头的人冷笑："大伙儿瞧见了没？咱们没反的时候，这群狗官不把咱们的命当回事，打死了人也要抢谷种。咱们一反，他们就要把谷种还回来了！咱们这些年受苦遭罪，只是因着咱们好欺负罢了！"

这番话说得一众农人心中更加愤愤。

带头者趁势道："咱们不能退！咱们一退，就又轮到这群狗官耀武扬威了！这城里的富户，哪个不是狗眼看人低的东西？往日咱们进城赶个集，那些人瞧见咱们就跟瞧见了脏东西一样！杀进城去！屠狗官，抢金银，把从前受的气都找回来！"

他给了身后几个人一个眼神，那些人会意，跟着叫嚷起来：

"就是！咱们又不是天生贱种，咱们只是比不得城里这些人会投胎而已！"

"乡亲们莫要被这县令的走狗骗了去！咱们要是真被他哄得归家去，那等着咱们的，就是跟马家村一样的下场！"

"都到这步田地了，还退什么退！老子就是死，也要做个风流鬼！听说城里女人的身上嫩得能掐出水来，一身皮子白得跟面团似的。没讨着婆娘的弟兄们，你们就不想当当那些员外千金的一夜新郎？"

有马家村的惨案在前，没人敢退，进城又有这么多诱惑，带头者身后那些农人眼都快被刺激红了，在泥地里喘着粗气大喊："杀进城去！"

王捕头也是来城门这边后，才听说了这些庄稼汉造反的缘由：一是县衙那些去征粮的官兵残暴专横，不把农人当人看；二是马家村的人要去蓟州府把这事闹大，竟在半道上叫人屠了全村人。

他如今连捕头的职务都没有，说退还谷种给这些人时底气尚不足，此刻见这群造反的农人面目狰狞得跟野兽似的，只能恳切地劝道："乡亲们哪，莫要糊涂，莫要糊涂！清平县才多大？你们在清平县反了，当真有命逃到崇州去？即便是你们逃得了，你们的妻儿老母可逃得了？"

叫嚷得最凶的，都是乡下那些上无老下无小的。

王捕头这番话砸下来，闹事的农人面上神色各异。

一些纯粹是被逼得走投无路了，才跟着过来闹事的农人喝问："你之前说把谷种还给我们的话，可算数？"

王捕头还真不确定官府会不会退还谷种，迟疑了片刻，咬牙道："自然算数！"

在马家村有亲戚的人则恨恨地道："把杀了马家村全村的狗官和官兵都交出来受死，不然这事还是没完！"

王捕头忙道："马家村的惨案，官府一定会从严查办，给乡亲们一个交代。"

带头闹事的人眼见造反的势头被王捕头几句话压下去了，一伙儿人彼此交换了一个眼神。

先前嚷得最凶的人继续起哄道："从严查办？怎么查还不是你们这群狗官说了算！你们转头说是被山贼杀了，那时候咱们又能如何？"

这还真不无可能，原本平静下来的人群又开始闹腾。

"对！现在就把那些官兵交出来！"

一群人说着，就要向城门逼近。

王捕头喝道："不可再上前！再上前就放箭了！"

他身侧的捕快们将弓弦拉满了，搭在箭上的手却微微发抖。

底下的人群骂得更凶："这姓王的是县衙的捕头，杀马家村村民的指不定就是他手底下的人，他怎么可能把人交出来？"

跟着造反的农人们被这些起哄的声音激得肝火更旺，看王捕头的目光也更加仇恨。

王捕头正焦头烂额之际，身后传来异响，那些新上任的衙役上了城楼，一把挥开王捕头等人，阴着满是横肉的脸道："一群被革职的东西，也配穿这身衣裳！"

王捕头和底下一众捕快面上青红交加。

底下一带头者瞧见新来的那些衙役后，露出得逞的目光，大声道："这些狗官什么时候把咱们的命当过人命了？放箭就放箭！射死了老子，乡亲们别忘了给我报仇就是！"

他吼出这一嗓子后就往前走，城楼上夺过了弓箭的"衙役"冲着底下的人就放了一拨箭。

吼声最大的那几个人根本没被射着，反而是被激上前的普通农人有一个叫一箭毙了命。

死了人，城楼下的喧哗声一时间更大。

有认得被射死的农人的人大哭："二蛋！"

拱火的人继续道："大家瞧见了，这群官府的走狗从头到尾就没想过给咱们活路！杀进去，跟他们拼了！"

抱着被射死的农人大哭的汉子应当和死者是一对兄弟，当即就狠声道："老子跟你们这群狗官拼了！"

被怒火烧得理智全无的农人们正要不管不顾去破开城门，忽而"咚"的一声巨响，城楼下方鲜血飞溅。

农人们看着摔死在城楼下的衙役，面面相觑，止住了往前的脚步，再次抬眼往城楼上看去。

一个戴着青鬼面具的男子立于城楼上，冷声道："何人放的箭，你们找何人算账。"

那面具之前在元日灯会上随处可见，此时戴在他的面上，却有着一股说不出的森冷诡异之感。

带头闹事的人心中莫名其妙地有些慌乱，喝问："你是何人？"

谢征答："杀贪官之人。"

城楼上的真假衙役们此刻终于回过神来，王捕头等人是完全弄不清此时的情况，假衙役们则拔剑朝他砍来。

谢征立于城楼上，冷风灌满他宽大的袍袖，衣袂飘飘，他甚至都没还手，侧身避开挥砍来的刀剑时，顺便揪住其中一个衙役的衣领往城楼下一扔，就又摔死了一个。

王捕头呆愣之际，谢征借着一扬手又将一个假衙役扔下城楼的工夫，侧首对他说了句："县令被看管了起来，这些都是假衙役，让你的人尽管动手。"

王捕头回过神来，虽不知这戴青鬼面具的是何人，但联想到县衙这些日子的异常，瞬间明白了大概，忙吩咐自己手下那一班衙役："拿下这些假冒的衙役！"

不明就里的捕快们眼瞧着他们头儿都冲上去了，顿时也顾不得那么多，提着刀就跟假衙役们对上了。

底下的农人们仰着头，跟看大戏似的，一脸迷茫地问："那些官差怎么自己人跟自己人打起来了？"

边上的农人答道："好像是王捕头手下的人在打那些放箭的捕快。"

"县令那一班子人虽不是什么好东西，但王捕头是个好的，从前俺家的牛跑到隔壁村去了，叫隔壁村那陈癞子占了去，还是王捕头替俺去要回来的。"

挑事的人眼见局面失控，继续煽风点火："王捕头还能大过县令不成？这群走狗为了自保，连昔日的同僚都下得去死手，咱们的命在他们的眼里更不值钱！要想报仇，还是得破开这城门去杀县令！"

很多农人显然都在犹豫，不知道是继续进城，还是等官府拿出个交代来。

须臾，城楼上的假衙役们都叫谢征带人扔下了城楼，还没杀过人的农人们瞧着横在城门前的那一地死尸，心中还是有些发怵。

谢征负手立于城楼上，道："愿意拿了粮食回去的，今日之事就此揭过，官府不会再追究。冥顽不灵者，蓟州大军已在来清平县的路上，你们今日一旦破开这城门，手上沾染任何一条人命，就再无退路。下半辈子是想继续种地，跟妻小父母在一起，还是想拖着全家去死，看你们自己如何选择。"

一听说蓟州大军来了，种了一辈子地的庄稼汉们心中还是怕得很。

恩威并施还是有效的，毕竟比起生活回归原样的安稳，进城抢掠一番后全家老小被官兵处死显然是傻子都不愿做的选择。

挑事的人出言刁难："口说无凭，粮食呢？"

王捕头正想帮腔，忽听得城楼里边传来一声："粮食来了！"

竟是溢香楼的伙计们抬着粮食上了城楼。

眼下的情况，城门是万万不可开的，于是溢香楼的伙计先将一部分粮食用吊篮从城楼上放了下去。

几个农人上前解开麻袋查看后，咧嘴笑开，却忍不住用袖子抹了一把眼泪："粮食，当真是咱们的粮食！"

一听说粮食被送回来了，大部分跟着闹事的农人一颗心都放回了肚子里。

王捕头上前小声对谢征道："这位壮士，多谢你解清平县之难，可就这么把征上来的军粮还与农人了，蓟州的军爷那边……县衙没法儿交代啊！"

谢征道："自有县令去交代。"

废除征粮的令早就跟着他命魏宣回徽州固守的军令一起送到了蓟州府，蓟州那边不可能再征粮，但对一个完全不知情的捕快，他无须解释这么多。

王捕头原本焦头烂额，一听谢征的话，倒是把心横了一横。

的确，安抚住这些造反的农人，阻挡他们进县城，就已尽他所能了。

他这把老骨头，能担的责任也就这些，担不起的，自有县令去担。

他道："还是壮士机智，竟想到用蓟州大军吓唬这些反民，总算是免了城内百姓遭灾。"

谢征未语。他说蓟州大军前来还真不是吓唬城楼下这些造反的农人的，清平县出了这么大的事，蓟州府不可能一点儿风声听不到。

来的只要不是魏宣，军队就不可能跟这些被牵着鼻子走的农人打起来。

挑事者眼见跟着造反的农人被安抚了下去，一想到自己的高官厚禄要没了，阴沉着脸继续发难："马家村几十条人命怎么算？"

王捕头求助地看向谢征。

青鬼面具遮住了他的整张脸，叫人瞧不见他面上是何神情，他只道："拖延时间。"

王捕头不由得有些傻眼，随即也明白过来，马家村的惨案眼下还真没法儿彻底查清楚，也不能现场给这些人一个交代，只有等蓟州的官兵到了，稳住大局后再说。

他擦了擦额角的汗，努力去同城楼下的刺儿头谈判。

谢征的目光则不动声色地落到了屡屡出言挑衅的那几个人身上。

他们并非要一个公道，只是想激起所有农人的仇恨，把事情闹得越大越好。

但事情闹大了，他们能有什么好处？

真正面朝黄土背朝天的农人不善言辞，这群人用仇恨牵着他们的鼻子走，煽风点火，驱使这些庄稼汉去作恶。庄稼汉们一旦作了恶，是跑不掉的，这群人敢这般有恃无恐，背后靠山的用意就有些令人玩味了。

那些挑事者揪着官府没法儿现场给马家村惨案一个交代，继续闹事，眼看就要重新挑起农人和官府的仇恨，谢征正打算暗中解决了那几个挑事的，城楼上忽而传来一声："县令到——"

城楼下的人纷纷噤了声，一脸仇视地看向城楼。

谢征眸子一眯，以为是幕后的人逼县令出来露面了，转头一瞥，却见腆着富贵肚的县令神气地走在前边，一众家仆押着被绑的官兵跟在他的身后。

樊长玉穿着不太合身的丫鬟衣裳，手上也押着个人。她将剔骨刀抵在那人的脖子处，因袖子短了一截，半个霜白的手腕都露在外边。

被她押着的人脖子上已经被划了好几道浅浅的血口子，显然是一路上不太老实。

谢征的视线落到那人脸上，先是一愣，随即青鬼面具下的脸色变得要多精彩有多精彩。

樊长玉所有的注意力都集中到了手上押着的这个人身上。这个人太狡猾了，来的路上就故意同她说话，试图分散她的注意力，有一次险些伸出脚绊倒她，夺了她手上的刀。

后来樊长玉就警惕起来了，他再说话，她一概不理，惹急了她，她就在他的身上开个小口子以示警告。

此刻到城楼上了，樊长玉只来得及匆匆扫了一眼当下的局势，一时间也没认出戴着青鬼面具的就是谢征。

王捕头瞧见县令的家丁们穿粽子似的绑了一堆人，整个人都有些发蒙，问县令："大人，这是……？"

县令瞧见城楼下仇视他的那些农人，心中虽有些害怕，但想到这清平县守得住了，让百姓泄恨的人也有了，到时候自己在蓟州府那边拿平息了清平县的暴乱揽功，升迁指不定都有望了，身上的肥肉顿时也不颤了。

他拿出官场上那高深莫测的一套："蓟州府来的将军们负责督办的征粮一事，如今惹得百姓怨声载道，总得给百姓们一个交代，本官这才以下犯上……命人绑了这些军爷。"

说着这话时，他还扫了樊长玉一眼，确定樊长玉不会主动说出他才是被囚的那个，脸上的神气更足了些。

县令府上的家丁们神色各异，不过他们已经给县令当狗腿子当惯了，县令把白的说成黑的，他们也会闭着眼睛认，哪儿会在此时拆台？

樊长玉脸上当真是一点儿异色都没有，县令的人瞧见了，只觉得她是个不争不抢格外识时务的老实孩子。

像王捕头这般压根儿不明就里的，就全然把樊长玉当成了个背景板，所有的注意力都落到了县令的身上，心中虽还有几分迟疑，但事实摆在眼前，县令能豁出去绑了这些军士，还是有几分魄力的，他赞道："大人高义。"

县令心说：这城门是王捕头带人守的，将军头子也是他的人擒的，等这事平息了，蓟州府那边论功行赏，王捕头得论首功，自己要想贪了他的功劳，还是得先把人捧着些。他当即道："暴民到现在还没能入城，多亏王捕头你提前带人守在了这里。本官为了让蓟州府来的这群官兵放松警惕，这才假意免了王捕头你的职，王捕头果然没负本官所望。"

王捕头心虚不已，忙道："王传宪惭愧……"

他正要说是樊长玉的主意，一抬头，却见樊长玉正使劲儿向他挤眼睛。

樊长玉巴不得县令把所有的功劳揽过去呢。

她又不傻，自己绑的这头头儿是蓟州府当官的，他要是死了，他上边那个叫魏宣的狗屁将军听说了自己的名字，肯定会记恨自己。

她一个小小民女，被推到风口浪尖上，顶多被赏赐些金银财宝，虽然会成为整个清平县的大名人，但代价是被一个比县令还大的官记恨上，对方一根手指就能碾死她，得到的赏赐她有没有命花还得另说呢！

再者，万一她手上这家伙被推出去供百姓泄恨没死成，肯定得记恨她。虽然她之前就已经不太厚道地暗示自己是为县令做事的，可县令那副怕事的尿样，怎么看也不像是有城府谋划这一切的人。

现在县令贪功，算是说得有鼻子有眼了，成功拉走了仇恨，她心里正乐着呢。

王捕头则困惑不已，但见樊长玉示意他不要说，他的后半句话就这么卡在了喉咙里。

恰好此时城楼下方的百姓见县令一来就开始摆那副官架子，心中不快者数不胜数，当即叫骂上了："狗官！马家村那几十条人命怎么赔？拿你全家老小的性命赔吗？"

县令这辈子还没听过此等粗鄙之语，他这会儿心里想的已全是以后如何平步青云，骤然听到叫骂声，气得嘴角的胡子都在抖："大胆刁民！竟敢咒骂朝廷命官！"

王捕头和谢征恩威并施，好不容易才安抚下来的农人，因为县令这一句话，又炸开了锅。

人群中的挑事者趁机煽风点火："大家伙儿都瞧见了，这狗官压根儿还是没把咱们当人看，也没想给咱们一个交代！"

"咱们真要是就这么被他们哄骗了回去，赶明儿上门来的就是那群拿着棍棒要活活打死人的衙役走狗了！"

"杀县令，讨公道！"

城楼下的农人怒气再次涌了上来，举着手中的农具大喊。县城这小小的城楼在声浪里就像是海上的一叶扁舟，一个浪头扑过来，就能散成一堆碎木。

县令瞧见这势头，不免也慌了，忙让府上的家丁们把随元青一行人押上前："我就一小小县令，哪里做得了征粮的主？征粮事宜，全是蓟州府来的人一手督办的。马家村的事，本官也毫不知情。大家要讨公道，本官也只能冒天下之大不韪，绑了他们，还尔等一个公道！"

他说着就吩咐底下的人："开城门，把这些人送出去！"

谢征的视线一直不动声色地跟着随元青，瞧见随元青听到这话，嘴角冷冷地挑起，城楼下混在农人中间的那些挑事者也频频往随元青这边看，他冷漠地出声："不能放此人出城。"

王捕头也忙道，"大人，开不得城门！开了城门，下边那些造反的人一窝蜂地拥进来，城内的百姓可就遭殃了。"

樊长玉听到谢征的声音，才反应过来戴面具的是他，不免诧异地抬眼朝他看去。

随元青听到他的声音，也皱了皱眉，打量起站在不远处的男人。

县令和王捕头还在争执，忽听得"嗖"的几声破空声响，人群中几支袖箭朝着城楼上射来，直指县令和樊长玉。

随着袖箭一起飞来的，是城楼下方甩出鹰爪钩，抓上夯土城墙垛口，踩着人头攀着绳索飞快掠上城楼来的一群庄稼汉打扮的死士。

王捕头大惊，拔刀喝道："保护大人！"

樊长玉瞧见那支朝着自己面门飞来的袖箭，下意识地侧头避开。被她押着的人却突然主动迎向了她手上那把剔骨刀，避开了脖子这个要害处，肩膀重重地在刀刃上拉出一道血痕，捆住他的绳索也被割断。

反应过来的时候，樊长玉就瞧见肩膀又添了一道血口子，正不断往外冒血的人冲她露出了一个阴狠乖戾的笑容。

她心道不妙，条件反射般往后一跃。然而随元青速度比她更快，挣脱了绳索，直接抽出边上一名衙役的佩刀就向樊长玉劈来。

疆场上用人头练出来的杀人功夫，狠辣且速度极快。

樊长玉手上的剔骨刀太短，跟他手上的长刀对上不占优势，用剔骨刀去挡时，她的虎口直接被那强悍的力道震得发麻。

谢征一把截住射向樊长玉的袖箭后，眼见随元青脱困，反杀向樊长玉，他眼神一变，正欲过去相援，靠鹰爪钩飞攀上城楼的死士似乎看出了他的意图，一边继续对着樊长玉放暗箭，一边分出人手来拖住他。

谢征替樊长玉挡着暗箭，又要应付这群狗皮膏药一样的人，一时间也分身乏术。

衙役们压根儿不是这群死士的对手，王捕头的人一个接着一个倒下，那些押着守卫的县令家丁哪里见过这架势，几乎被吓得魂飞魄散，只顾往城楼下方跑，别说帮忙，自个儿都空门大露，直接叫人一刀砍倒在地。

城楼上一时竟叫随元青的人占了上风。

樊长玉被随元青凌厉的刀法逼得连连后退，碍于武器短人一大截，她不好卸力，虎口都叫两兵相接的力道震出了裂痕，溢出了血珠子。

她因吃痛而咬紧了牙，心知自己在县令家中能顺利地绑了他，还得归功于那会儿他毫无防备，叫自己占尽了先机。

此番交手，对方招招直逼要害，狠辣至极；她虽会武功，实战经验却没多少，又没对方阴险，加上武器不如人，被压制得死死的。

她也想捡把长刀，奈何随元青刀风逼得太紧，让她根本没法儿分神去捡刀，只能用手上那把剔骨刀勉强应付着。

好不容易逮着一个机会，樊长玉把剔骨刀当暗器掷过去，随元青不得已侧头去躲，樊长玉赶紧矮身去捡地上一名死去衙役的佩刀。

随元青手上的刀却跟长了眼睛似的，下一秒就贴着她的手指削过，樊长玉为了保住一双手，只得放弃捡刀，就势往地上一滚，才避开他向着自己头顶削来的第二刀。

随元青的嘴角高高扬起，眼中是猫逗老鼠一般的兴味："你在我的身上扎了多少刀，总得让我扎回来了，再把你剥皮挂到城门口去才公平不是？"

樊长玉狠狠地"呸"了一声："姑奶奶今日出门没带杀猪刀而已，不然非得让你见识见识过年猪是怎么被放血的！"

听出她是在骂自己，随元青的脸色难看了起来，原本那几分猫逗老鼠的兴味也瞬间没了，他提刀逼近："找死！"

樊长玉也莽，学着他之前的样子，不但不躲，反而向着刀锋迎了上去。

谢征在远处瞧见这一幕，凤目一寒，反手夺过一名死士的刀，狠狠地掷向随元青。

那名死士惨叫一声，竟是手骨在谢征夺刀时叫他生生折断了。

寒芒逼近，随元青瞳孔一缩，为了自保，不得已改势挡下这掷来的一刀。

两刀相撞，发出一声刺耳的金属脆响，随元青手中的环首刀直接断为两截。

此等强悍的力道，让他不由得诧异地抬眼朝那戴青鬼面具的男人看去。

方才他听此人说话，便觉得声音似在哪里听过，他在战场上又只同一人交手时领教过这样的手劲儿，此人莫非是……

他脑中刚想到那人，分神之际，下颌就被一手肘狠狠击中，整个人都仰摔出去，好半晌，整个下颌都没知觉，两排牙齿似被撞得松动了一般，嘴里弥漫着一股血腥味，大抵是震到了颧骨，耳中也"嗡嗡"的，一时间竟听不清周围的声音。

他突然间没那么确定那面具人就是武安侯了，这清平县里一名不见经传的小女子都有如此神力，指不定还有其他卧虎藏龙者……

樊长玉记仇着呢，这人方才欺负自个儿没个称手武器，用一柄大刀逼得自个儿拿着把匕首长短的剔骨刀招架得毫无还手之力，给了他的下颌一手肘后，她当即捡起一把落在地上的环首刀，再次朝他砍了过去。

随元青手上只剩一把断刀，眼神一厉，最终还是选择了避其锋芒。

这次轮到樊长玉不歇气地挥刀，随元青一路躲一路退，两侧的城墙上留下了一指深的刀印。

穆石和几个死士转头瞧见他们世子被人追着砍，忙抽身过去帮忙。

远处的官道上忽而传来凌乱的马蹄声，所有人抬眼望去，蓟州旗在冷风中"猎猎"作响。

围在城门口下方的百姓在瞧见城楼上打成一片的时候，就搞不清情况了，而且那些穿着短褐的庄稼汉各个武艺高强，这些百姓一个也不认识，眼见情况混乱成这样，没了那几个带头挑事的，余下的人更加不敢轻举妄动。

此刻再瞧见蓟州府的军队，别说发生碰撞，百姓们甚至担心军队误以为他们跟城楼上那些武功高强的庄稼汉是一伙儿的，主动让出一条路来。

穆石趁几个死士围住樊长玉，扶起随元青，看了一眼前来的蓟州府兵，劝道："世子，留得青山在，不怕没柴烧，咱们先撤！"

随元青死死地盯着樊长玉，眼见那十几个死士拖不住戴青鬼面具的男人了，忽然抽出穆石的佩刀，朝着县令杀去。

县令吓得"吱哇"乱叫，身上被砍了数道口子的王捕头见状，忙扑过去救县令。

樊长玉哪能看着王捕头横死在自己面前，言正又被大片大片的死士缠得脱不了身，她抢着大刀就要去挡随元青砍下的那一刀。

怎料随元青却是虚晃一招，直接弃了刀，手像藤蔓一样缠上了樊长玉握刀的手，不知怎么使的巧劲儿，樊长玉只觉得整条手臂瞬间像是丧失了知觉一般，手中的大刀也"哐当"落地。

"我改变主意了，你这身皮子剥掉挂在城墙上怪可惜的，你随我回去给我当个侍妾吧。"

随元青一手拽着被鹰爪钩固定的绳索，一手紧拽着樊长玉，大笑着从塌了一角的女墙往下一跃。

樊长玉被他扯得一个趔趄，不及稳定重心，就跟着坠了下去，她下意识地唤了声："言正！"

千钧一发之际，城楼上伸出另一只筋骨分明的大手，死死地抓住了樊长玉的胳膊。

哪怕戴着面具，谢征周身的气息在这一刻也阴冷狠戾得吓人，他手上的长柄刀径直向着随元青抓着樊长玉的那只手砍去，力道之大，让人毫不怀疑，下一秒那条胳膊就会被生生削断。

随元青只得咬牙松开抓着樊长玉的那只手，凌厉的刀风却还是削断了他鬓角的一缕碎发，他的脸上也浮现出一条浅浅的血口子。

随元青抬起眼，对上青鬼面具下那凶戾的眼神，心中暗自一惊。

樊长玉的另一只手被谢征拽着，有着力点了，她毫不犹豫地抬脚就往随元青的脸上踹，嘴上还指使谢征："快！快！砍断绳索，摔死他！"

连着城墙垛口的鹰爪钩应声而断，但随元青下坠时，在城墙壁上踏了几脚做缓冲，又有一众亲卫拽着绳索去拉他，他落地时毫发无损，只有半张俊脸上多了道黑乎乎的脚印。

樊长玉瞧见了，不免大失所望，被谢征拎上去时，还在愤愤地嘀咕："怎么就没摔死那家伙？……"

下一瞬，她整个人就被裹进一个宽厚而坚实的胸膛，力道大得让她觉得自己像是被一块铁板给钳住了，碎碎念不由得戛然而止。

城楼下方传来异动，远处的马蹄声也迅速逼近，北风"呼啦啦"卷着城楼上残存的旌旗。

这个拥抱很短，仿佛谢征一把将她扯进怀里只是为了顺势卸掉拽她起来的力道。

樊长玉尚未回过神来，谢征便已松开她，声音极冷地留下一句："待在城楼上，别下去。"

他这般交代完，自己却提着长柄刀，抓住一根系在鹰爪钩上的绳索，如苍鹰低掠一般滑下了城楼。

樊长玉爬起来，两手撑在女墙上往下看，只瞧见他提着刀直追随元青而去。

造反的农人里有不少是随元青布下的暗哨，这些人穿着和普通农人一样的衣裳，在人群里乱窜，制造混乱，数千人乱糟糟地站在一起，因不断乱窜的人而挤得水泄不通，谢征前进受阻。

樊长玉站在城楼上，对随元青的动向看得分明，指着一个方向，冲谢征大喊："他往西南方向跑了！"

谢征听到樊长玉的喊声，直接踩着挤作一团的农人的肩头跃起，往西南方向去追随元青。

隐匿在农人中的死士见状，一窝蜂扑过来拦截谢征，谢征一刀逼退几个死士。一些死士仗着他们穿着和庄稼汉一样的补丁短褐，假装自己是农人，大喊："这戴青鬼面具的杀人了！"

"老子又不是刚刚打上城楼的那些人！凭什么冲着老子挥刀？"

有不明就里的农人见谢征跟穿着短褐的人动手，以为他是在杀普通百姓，激愤之下，也抄起家伙冲过去围堵谢征。

谢征对着一群死士，出招尚且凌厉；可面对一群被骗上前的农人，就只能收着打，一时间被拖住，不能抽身，生生让随元青被他的亲随们护送着到了人群的边缘。

二人隔着人群遥遥对望，随元青冲着谢征露出一个挑衅的笑。

青鬼面具下，谢征目光冰寒。

樊长玉在城楼上瞧见随元青用这等无赖的手法脱身，气得往女墙上捶了一拳。

本就残破不堪的女墙，因着她这一拳，又坍塌了一小块。

樊长玉愣住，看看正"唰唰"往下掉土的墙壁，又看看自己的手，瞥了一眼正目瞪口呆望着自己的王捕头和县令，果断后退了好几步，离那堵墙远远的。

自己可千万不能摊上赔偿的事！

贺敬元已率大军堵住了清平县城门外唯一的官道。瞧见围在城外的县民乱作一团，他一时间也不知这是什么情况，眼见有身着蓟州兵服的兵卒混在人群里，他苍老的眼皮往下耷了耷："蓟州府兵怎会在此地？"

他吩咐一旁的亲卫："打旗语，让混在人群里的蓟州府兵前来。"

战场上厮杀声震天，只凭喊，将士们是听不见的，攻守进退全看旗语。

得了贺敬元命令的亲卫忙取来两面小旗，面对已到人群外围的蓟州府兵打旗语，对方瞧见了他们，却并未前来，反而十分迅速地往相反的方向跑了。

亲卫抬眼看贺敬元："将军，您看这……"

贺敬元沉声道："非我蓟州府兵卒，指不定和文常去围剿的那支无番号的军队是一伙儿的，拿下！"

一小将忙领了几十号人马去追逃跑的随元青一行人。

混在人群里的死士则一边裹挟农人去阻挡追击的将士，一边大喊："官兵杀人啦！"

"官府就是没把咱们百姓的命当回事！"

"这无道朝廷，反了就反了！"

有死士趁乱捅死了几名追赶随元青的将士，余下的将士以为同伴是造反的百姓杀的，盛怒之下，毫不犹豫地不断向着挡路的百姓挥刀。

百姓们一看官兵开始无差别杀人，有人自危，往人群里边缩，也有怒气上头，直接举着锄头、钉耙去同官兵搏命的。

贺敬元看着乱起来的两拨人，眉头皱得死紧。

他麾下的另一名将领看得咬牙切齿，出列道："大人，我领一千兵马前去镇压暴民，支援胡校尉！"

贺敬元沉吟之际，忽见人群中杀出一黑衣男子，对方持一柄偃刀，身材颀长，脸罩青鬼面具，以粗哑的嗓音同他道："着蓟州军服潜逃者乃长信王次子随元青，他的人假扮反民，混在人群里挑拨是非。"

贺敬元暗道"难怪"，端详着眼前的年轻人，忍不住问了句："不知壮士是何许人也？"

谢征冷声道："一介草莽，不配在大人面前提名。"

他这般说着，目光却已扫向方才那说话的小将："借弓马一用。"

小将只觉得自己领口一重，整个人便被拽下马去，跟跄了好几步，才稳住身体，抬眼就见那男子已纵马而去。

小将心有不服，喝骂道："好大的胆子……"

视线触及贺敬元，他不由得噤了声，头也羞愧地垂了下去。

对方在五步之内夺他的马匹，他却连还手之力都没有，显然是他技不如人。

贺敬元并未说什么指责的话，神色复杂地盯着远去的谢征一会儿，才吩咐底下的将士："吹角列阵。"

反民乱成一团，唯有先镇住他们，才能尽可能地减少伤亡。

"呜呜"的牛角声响起，带盾的兵卒列阵于最前方，以手中的佩刀敲击厚盾，同时数千将士齐声发出"呼喝"声，声音似要掀翻云层，这场面还是颇有气势的，成功镇住了在场所有反民。

农人们拿着农具对准了这些持刀盾的将士，神情却是惊惶的，不由自主地在往后缩。

贺敬元出声道："我乃蓟州牧贺敬元，尔等皆是我辖区内的百姓，因何造反？"

百姓们一听带领军队的是他，虽还举着农具，却响起了一片极低的议论声，神情也不复仇恨愤怒，甚至有人啜泣起来。

片刻后，有人放下农具跪在了地上，凄苦地道："贺大人，您要为咱们做主啊！"

最前边那一撮人跪下后，陆陆续续地，后边那些人也放下农具跪了下去，哭成一片："咱们也是被逼得没法子了！"

纵然还有不甘心的，也明白大势已去，他们这些只知道挥锄头的农人跟训练有素的军队对上，讨不着好，造反是诛九族的大罪，不如此刻乖顺地认错，求得一份怜悯，法不责众，此事应该会轻轻揭过。

一时间，城楼前全是百姓的哭声，有真情实意诉苦的，也有怕受罚装腔作势的，无论如何，这场暴乱是平息了。

县令瘫坐在城楼上，大口大口地喘气，想到自己也差点儿命丧刀口，满脸的肥肉这会儿还在打战，他对王捕头道："王捕头，你救了本官一命，本官回头一定重赏你。"

王捕头自己身上挨了不知多少刀，拖着一身鲜血拨开一名死去的死士，用袖子擦干净一名年轻捕头脸上的血迹，红着眼，咧了咧嘴说："都是职责所在，大人要赏，就给这些孩子家中多些抚恤银钱吧。"

他看着死去的年轻捕快："这是小五，衙门里年纪最小的捕快，最是孝顺，家中有个瞎眼的八十岁老嬷，他每月发了饷钱，都会去肉铺里买一块肉回去煮肉糊糊给老嬷吃。边上那个是李大，他媳妇还怀着身子呢，再过两个月就要生了，家里的顶梁柱没了，那一家老小还不知怎么办……"

说到后面，王捕头的嗓子里像是卡了棉花一样，一个字都吐不出来了，只用糊满鲜血的手盖住了自己的一双眼。

樊长玉看着那些死去的捕快，唇抿得很紧。她往城楼下方看去，却瞧不见谢征和随元青那一行人的身影了。

随元青和几个亲卫在贺敬元派人追来时，已朝着之前计划好的方向逃跑。

死士在后边拖着那些追来的官兵，穆石一边护着随元青跑，一边朝天放了一支鸣镝，然而他们埋伏在斜坡上的那一千人马迟迟不见前来支援。

眼见追兵越来越多，他们的死士已死伤大半，无力拖住那些官兵，穆石正要放第二支鸣镝，随元青却道："不必放了。"

他冷冷地勾着唇角，强压着怒气："领兵前来的是贺敬元，不是魏宣，想来我们埋伏在斜坡上的那一千人马已叫他发现了。"

穆石意识到眼下的情况，心一沉，道："卑职一定会拼死护着世子回崇州。"

随元青只是无所谓地笑了笑，甚至放慢了奔跑的速度，身后的骑兵追上来，一边放箭，一边催马逼近。

随元青在躲过箭镞的时候，顺手截下一支箭，在战马从跟前奔过时，一把拽住马缰，翻身上马。

马背上的骑兵大惊，忙反手挥刀砍他，他后仰躲过，手中的箭镞直接扎向骑兵的脖颈儿。

骑兵当场毙命，他将死去的骑兵一把扔了下去。

穆石也已夺下了另一名骑兵的战马，驭马追了上来。随元青痞子气地扬唇一笑："想回崇州，四条腿还是比两条腿跑得快些。"

他们夺了战马，已全然不把身后那些蓟州官兵放在眼里。

"嗖！"

一支白羽箭携着破空的风声几乎是贴着随元青的耳朵飞过，狠狠地扎进前方几丈开外的冻土里，箭尾的白羽轻颤。

所有人俱是一惊，那一箭若是瞄准了随元青，只怕得箭头从后背进，箭尾从前胸出。

随元青看着落在不远处的那支箭，不由得收起了面上的轻狂神色，回头打量射箭之人。

官道已被踩踏得一片泥泞，两侧山林间的树梢上尚有薄雪未化尽，那戴青鬼面具之人立在官道尽头，长柄偃刀随意地插在地上，手挽一张大弓。

弓弦上已搭了箭，可他并未刻意瞄准，面具下的那双眼凉薄又散漫。

只一个照面，随元青的脸色便难看至极，他大喝一声："分头跑！"

夺了战马的亲随虽不明白为何，却还是瞬间分散跑开。

谢征的嘴角冷冷地往上提了提，手中弓弦一松，箭镞飞出的瞬间，弓弦上已搭了第二支箭。

他的动作奇快，一时间箭出如流星骤雨，顷刻间便已射出十几支，随元青的亲卫尽数落马。

随元青看着左右亲卫中箭后从马背上滚落，已无暇顾及身后放箭之人，只咬牙狠夹马腹往前跑，身体尽可能地贴在马背上。

谢征见马背上的箭筒空了，这才策马追去。路过一倒伏在地上的骑兵时，他回手一探，便取了对方的箭囊，紧接着单手抓住箭尾，扔开箭囊。

随元青的亲卫只剩穆石还御马跟在随元青的身后，穆石往后看了一眼，目眦欲裂，大喝："世子小心！"

随元青闻声往后扫了一眼，也大惊。那戴青鬼面具之人，手中抓了近十支箭，搭在弓上，呈扇形排开，松开弦的瞬间，那一把箭如飞蝗般向着随元青扑来。

随元青此刻说是心惊肉跳也不为过。他此生从未见过如此出彩的射艺，不知那青鬼面具之下是何人。

他不得已在马背上转过身，提剑艰难地格挡飞来的箭镞，奈何战马马腿被射中，哀鸣一声，仆在地上，随元青整个人也摔了出去，在地上滚了好几圈才卸掉力道。

马蹄声已逼近，几丈之遥，那青鬼面具人反倒不急着催马上前了，收着缰绳，让胯下的战马不急不缓地上前，姿态闲散。

隋元青脸色铁青，这猫逗老鼠一般戏耍猎物的手法，不就是他先前在城楼上对那县令府上的小丫鬟做的事吗？

这戴青鬼面具之人和那小丫鬟究竟是何关系？

他抓着小丫鬟要走时，那小丫鬟似乎也是在叫这青鬼面具人的名字？

穆石怕谢征对随元青不利，持长枪纵马冲过来，大喝一声："休要伤我将军！"

谢征反手抓住他刺来的枪柄，一拧后再压着劲儿往上一挑，穆石直接被甩下马去，掌心因为握枪把握得太紧，几乎被扯下一层皮来，剧痛之下松了手。

谢征稳坐于马背上，以穆石送到手边的银枪抵住了随元青的咽喉，语气里带着淡淡的嘲弄："长信王世子，随元青？"

随元青牙关都咬出了淡淡的血腥味，额角青筋凸起，片刻后忍下这份羞辱，"哈哈"大笑起来："是本世子不错。"

这官道下方便是滚滚怒江水，哪怕在寒冬腊月，也因水流湍急而未曾结冰。

随元青不动声色地瞥了江水一眼，整个人在谢征的枪尖下呈现出再放松不过的姿态来："你又是何人？要取本世子的性命，总不至于还不敢报个名号。"

谢征并不答话。若是军中人抓住随元青，可不会在此时取他的性命，拿着他去崇州战场上同长信王谈条件才是最划算的，随元青故意这般问，是在套话。

随元青见他不上钩，忽而痞笑着问了句："城楼上那小丫鬟是你何人？她身上可真白，亲上去的滋味也甜。"

谢征目光骤寒，随元青等的就是他大意的瞬间，他一把拨开抵在喉间的长枪，朝着江水一个猛子扎去。

谢征反应极快地朝着他横扫一枪，枪尖挑到了他的腰侧，随元青闷"哼"一声，下一瞬，整个人已没入滚滚江水中，只余在江面上晕开的一片血色。

几个被抢了马的蓟州府兵追上来，就见一戴青鬼面具的男子立于官道边上，手持长枪，望着下方的滚滚江水。

穆石在坠马时摔伤了一条腿，趴在道旁的碎石堆里，望着江水，声泪俱下地大喊："世子！"

蓟州府兵不明白眼下是何种情况，手中举着兵刃，望着那戴青鬼面具的男子，仍有几分忌惮，忽见对方转过身来，淡淡地瞥了他们一眼，道："贼子遁江而逃，他腰上有伤，游不远，尔等可顺着江水去下游寻人。"

他说完这番话，便翻身上马，扬鞭而去，一众府兵也不敢上前去拦。

只有一名小卒眼尖，认出了谢征胯下的那匹战马，小声道："是徐校尉的马。"

徐校尉便是之前被谢征抢了战马的那名小将。

官兵们面面相觑，谁也不敢说什么。片刻后，官兵头子才下令绑了受伤的穆石，分出一部分人去下游搜寻随元青，另一部分人押着穆石回去复命了。

清平县城门处，造反的县民得到控制。

贺敬元率军进城时，县令往脸上糊了两把血，呼天抢地迎了上去："贺大人，还好您来了，不然下官就是把这身尸骨填在城楼上了，也挡不住进城的反民……"

贺敬元坐在马背上，瞧见脸上、身上全是血的县令，原本对他的印象算不得好，此时不免也和缓了脸色，道了一句："清平县城内的百姓能幸免于难，刘大人功不可没。"

刘县令一听，顿觉升迁有望，越发声泪俱下："下官在清平县任职三年，政绩平平，临调任之际，军中征粮引得乡民要反，心中实在是惶恐，只能赶在暴民进城前，带着县衙一班捕快堵了城门，又以下犯上绑了那些前来督办征粮的官兵平息众怒，这才等到大人来援，还望大人勿怪。"

贺敬元先前听那青鬼面具人说了，此番动乱是长信王世子带人挑拨离间，此刻再听刘县令提到督办征粮的官兵，心知此事怕是另有隐情，看了刘县令一眼，道："征粮官兵是怎么回事，细说与我。"

刘县令便将几日前征粮官兵来县里，按一人一石的标准征粮之事如实告知贺敬元。

贺敬元喝道："糊涂！蓟州府怎么可能下令按一人一石征粮？"

刘县令冷汗涔涔："那伙官兵说是奉节度使魏大人的令，小人……小人哪儿敢阻拦？后来还被那伙官兵软禁了起来……得知乡下农人被逼反了，下官怕酿成大祸，这才让底下人绑了那些官兵。"

刘县令怕自己的功劳没了，绝口不提王捕头和樊长玉，只笼统地说了个经过。

贺敬元沉着脸不语，让刘县令一颗心不由得又提了起来。

贺敬元通过县令这番话，已将事情猜了个八九不离十：长信王世子带人截杀了前来清平县征粮的官兵，假冒府兵，带来一张假的征粮令，截杀马家村村民只怕也是他们计划中的一环，目的就是逼反清平县百姓。

只是这清平县县令到现在都还不知那伙官兵的真实身份，那面具男子又是如何认出随元青的？

莫非那面具男子原本就认识随元青？

贺敬元想到自己之前的猜测，目光越发复杂。

他问县令："我观之前城楼上有一覆青鬼面具的黑衣男子，杀敌甚勇，你可知那是何人？"

刘县令等了半天只等来这样一句问话，心中惶惶，摇头道："这……下官也不知，许是城内义士吧。"

正在此时，追杀随元青一行人的官兵们也回城来了。

官兵头子一进城门，便下了马，对着贺敬元抱拳道："大人，贼子头目遁江逃了，末将已派人沿江继续搜寻，先绑了这活口回来向大人复命。"

贺敬元扫了一眼被五花大绑的穆石，问："可瞧见一戴青鬼面具的男子？"

小头目抱拳垂首道："这人便是那位壮士拿下的。我等赶去时，他告知贼子头目遁江后，便往下游去了，看样子也是在找贼子头目。"

被抢了马的小将忍不住嘟囔："那老子的马呢？"

贺敬元一个眼神扫过来，他赶紧闭嘴了。

贺敬元看向穆石，道："先把人收押起来，严加看管，万不可叫他自我了断。"

小头目应"是"。

贺敬元又点了方才说话的那小将:"徐校尉,你带一队人马,也去沿江搜寻贼子,尽可能将其生擒。"

那小将赶紧正了神色,抱拳道:"末将领命!"

樊长玉送王捕头去大夫那里后,眼瞧着天都快黑了,谢征还没回来,她心中不由得有些担忧,同王捕头知会一声后,就要出城去寻谢征。

这会儿城门口已换成了蓟州府来的官兵看守,那些官兵披甲执锐,瞧着甚是威严,普通百姓都避得远远的。

怕城内还窝藏有贼子同伙,进出城门的检查都变得极为严苛,一些原本经常来做买卖的乡下人都暂时被看押了起来。

樊长玉稍一犹豫,还是准备上前去说明情况,顺便问问他们追敌时有没有瞧见言正,毕竟言正脸上戴着青鬼面具,辨识度应该挺高的。

她刚要上前,城门外传来不紧不慢的马蹄声,守在城门处的官兵探头一瞧,见是一匹枣红马独自回来了。

樊长玉则被一只斜刺里突然伸出的大手扼住手腕,带得后退了好几步。

围上前去的官兵看了看城外,不见骑马之人,甚是奇怪地道:"徐校尉的马自己回来了?"

数步之外,樊长玉见摘去了青鬼面具的人出现在自己跟前,大惊过后便是大喜,被他带着走了一路都忘了他还牵着自己的手这回事,只顾念叨:"你怎么去了那般久?那些官兵都抓到人回来了,我还以为你出了什么意外……"

谢征听着她碎碎念,握在她手腕上的手未松分毫,只道:"我去寻那贼子,追得远了些。"

樊长玉一下子就想到了他说的肯定是那个极为狡猾的官兵头子,忙问:"追到了吗?"

谢征摇头。

他沿江找了十几里,都未瞧见随元青。对方穿着那一身盔甲遁江,腰上又被他挑伤,纵使水性再好,也凶多吉少。

随元青若真能逃出生天,只能说他命不该绝。

樊长玉听闻没追到随元青，也有些失望，随即又道："都说千年王八万年鳖，那小王八要是没死成，也算是应了这话。"

谢征听樊长玉提起随元青就没一句好话，想到随元青遁江前挑衅说的那些话，目光沉了沉，问："你同他有仇？"

樊长玉说："本来是没仇的，我听你说县令被控制了，想去把县令给拎出来，先恢复王叔捕头一职，让王叔办事方便些，不承想，那小王八就住在县令府上，我只能顺势逮那只王八，这下就结仇了。"

谢征垂眸掩住眼中的情绪："他武艺不错，你如何绑的他？"

说起这个，樊长玉不太好意思，觉得有点儿胜之不武，但她实在是实诚，一五一十地道："人太多了，我怕打不过，本想用迷药药倒他们，可县令府上没有，我就假扮成县令府上的丫鬟，去给那小王八送掺了巴豆的银耳汤。"

她还穿着那身丫鬟服饰，半截露在外边的皓腕叫谢征握着。

谢征垂眸看着她，想到她就是穿着这身衣裳去给随元青送汤的，握在她腕上的力道不自觉地加大了几分。

手上传来的痛意总算让樊长玉想起了自己的手腕还被他握着这回事。

她拍拍他的手，"嗞"了一声："你轻点儿。那小王八在城楼上欺负我没个称手武器，提着柄环首大刀跟我一把剔骨刀对砍，后面拉我坠城楼，伤到了我这只手腕，这会儿还怪疼的。"

谢征松了手，垂眸时，瞧见她霜白的皓腕上有一圈指印样的淤青，显然不是他捏的，虎口也有裂痕，流出的鲜血都已干涸。

他眼中的戾气一闪而过。

樊长玉见他不语，察觉自己方才那话像是在诉苦一样，怪矫情的，马上又接了句："不过我也算报仇了，我往他的身上扎了好几刀呢，那小王八跑路前，我还往他的脸上踹了一脚！"

谢征听她说着这些，还是一言不发，目光冷且沉。

樊长玉只觉得他这一路话格外少，猜他兴许是在懊恼没抓到那小王八，还宽慰了他好几句。

回镇上前，樊长玉先去给王捕头报了个平安，免得王捕头以为言正没回来，一直担心。

王捕头得知他们要回镇上，道："天已经黑了，雪又下得大，今日出了这样的事，道上少不得有盗匪趁火打劫，黑灯瞎火上路不安全。家中有空屋，你们先在这里将就一晚，明日再回去不迟。"

樊长玉想了想，她和言正都累了一天了，确实疲惫不堪，道谢后便应下了。

俞宝儿见樊长玉来了，迈着小短腿跑出来问她："长玉姑姑，我娘什么时候来接我？"

樊长玉这才想起俞浅浅的事，抬头看向谢征："俞掌柜这会儿还在牢里吗？"

谢征抱臂倚着垂花门，闻言，淡淡地摇头，散漫的目光落在俞宝儿的身上，藏了几丝复杂的情绪，片刻后，他移开视线，道："溢香楼的人命案子还没结，不知官府那边会做何处置。她既然把这小崽子交与了你，结案之前，你先替她带着便是。"

樊长玉想着俞浅浅待自己不薄，帮她照料俞宝儿一阵也是应该的。

她之前和俞浅浅一番合计，以为是县令想谋俞浅浅的家产投靠反王，现在看来不是。

官府若是秉公办案，还俞浅浅一个清白，那皆大欢喜。

要是县令心中打着什么小九九，她手上有县令贪功的把柄，也不怕他为难俞浅浅。

樊长玉摸了摸俞宝儿的后脑勺儿，说："你娘遇到了一点儿小麻烦，等她解决了那小麻烦，就来接你。你先随我去镇上，和宁娘玩几天，好不好？"

从前店里生意忙的时候，俞浅浅也是把俞宝儿交给家里的婆子照顾，有时候俞宝儿三五天都见不到俞浅浅。

他人虽小，性子却已极沉稳，闻言，乖乖点了头，好奇地问："那长玉姑姑会杀猪吗？"

樊长玉想了想，说："可能会吧。"

今日的事闹得整个县城人心惶惶，这两日集市还开不开都说不准，大概得过些时日，集市才会恢复以往的热闹。

俞宝儿直接忽视了"可能"二字，得到樊长玉的回复后，就心满意足地被婆子带下去洗漱睡觉了。

樊长玉从一早去溢香楼给俞浅浅送肉到现在，还一口水都没喝。

王夫人知道她肯定饿坏了，让家中的婆子去灶上备了饭菜。

樊长玉这一下午就没顾上想饿不饿，闻到饭菜香味的时候，才惊觉自己已饿得前胸贴后背了。

她这一天干的全是体力活儿，腹中空空，连吃了三碗饭，想吃第四碗的时候，被谢征压住了饭勺。

他道："饿久了别一下子吃太饱，伤脾胃。"

樊长玉悻悻地放下了碗筷。

饭后，谢征出了一趟门。王捕头常年办案，总有磕碰受伤的时候，家中备了不少伤药，谢征向王夫人讨了些治疗跌打损伤的药膏和一瓶金创药。

他回房时，樊长玉正好洗漱完毕。

瞧见樊长玉正在水盆里拧帕子，他皱起眉头："没人给你说过，伤口忌沾水吗？"

樊长玉瞥了一眼手上的伤口，满不在乎地道："这点儿小伤，不碍事。"

转头瞧见谢征手上的药膏，她"欸"了一声："你还去给我拿药了啊？"

谢征半垂下眼，淡淡地道："王夫人给的。"

樊长玉不疑有他："姊子真是心细，连我这点儿小伤都注意到了。"

谢征没接话，靠着门框问："你涂不涂？"

樊长玉心说，这人的脾气怎么时好时坏的？但念着他在城楼上救过自己好几次，也没跟他计较，仰着脖子道："涂，我怎么不涂？这是姊子拿给我的药，总归是一片心意。"

听到"心意"二字，谢征抬眸看了她一眼，随即又移开了视线。

樊长玉先往虎口上撒了金创药，谢征看她咬着纱布的一端缠得艰难，走过去帮她缠上打好结。

不过往手腕上抹药时，樊长玉才发现自己干了件蠢事。

她应该先给手腕上抹药的。药膏是油质的，需要一点点推开揉进皮肤里，现在她的两只手都缠着纱布，只能用指尖挖上一点儿，用指腹慢慢揉，很是费事。而且油质的药膏极为滑腻，用指腹揉，很难揉进皮肤里。

樊长玉马马虎虎揉了一通就想完事，准备合上药膏盒子时，手腕被一只大手拉了过去。

谢征用带着薄茧的大掌揉开她手腕上未干的药膏，语气委实算不得客气："你做什么都是这般马马虎虎的吗？"

樊长玉又被他骂了，没忍住，还嘴道："我这不是手上不方便吗？"

谢征似乎愣了一下，接下来倒是只专心帮她推揉手上的药膏，一句话没再说。

她霜白的肤色在烛火下变成了暖玉一样的颜色，腕口那一圈青色的指印也越发扎眼，瞧着甚至有些触目惊心。

谢征脑中突然就浮现随元青从人群里突围后向他投来的那个挑衅的笑，心底没来由地升起一股怒意，薄唇抿得死紧。

他的掌心和她的手腕隔着一层药膏，药膏没干时，推揉起来只感觉滑腻腻的，随着药膏被揉进皮肤里，他再揉捏她的手腕，触感就变得极为明显。

不知是不是揉久了的缘故，他的掌心变得很烫，烙铁一样。

樊长玉皱起眉头，正想说可以了，他却先她一步收回了手掌。

樊长玉到了嘴边的话只得咽回去。

谢征收起药膏盒子，去一旁的脸盆架子旁洗手。

樊长玉垂眸看着自己被揉得发红的手腕，只觉得整个手腕又热又痒，挤眉弄眼半天才忍住了在衣服上蹭一蹭的冲动。

她暗道：早知道这药膏的药效会让整只手又麻又痒，她就不涂了，还不如等回家了抹药酒。

谢征转头就见她一脸纠结的样子，问："怎么了？"

樊长玉晃了晃手腕，说："药效发作了，不太习惯。"

街上敲梆子的路过，已经子时了，王家上下一片寂静。

谢征不用樊长玉多说，去打开了房里的柜子，却发现没有多余的被子。

樊长玉坐在桌前也瞧见了。

这个时间点了，自己总不能去把王夫人叫醒，找她拿被子打地铺。

片刻后，谢征回身道："我还不困，你歇着吧。"

樊长玉心说：他这是骗鬼呢，他接连几晚都没睡好，今晨就是强撑着去帮她卖猪肉的。

而且这寒冬腊月的，晚上没个炭盆子简直能冻死人。难道他打算就在房里坐一宿不成？

樊长玉扫了一眼床铺上唯一的一条厚被子，主动道："要不……一起睡床将就一晚？"

谢征心一跳，拧着好看的眉头朝她看来时，樊长玉会错了意，赶紧举着缠着纱布的手保证："放心，我绝不会对你有非分之想！"

熄了灯的屋内漆黑一片，樊长玉躺在床里侧，几乎贴着墙壁，偷偷瞟了一眼躺在边上的人。

嗯，谢征就差睡到床沿上了。

她两眼一闭，也懒得管他睡得舒不舒服。她都已经再三声明自己不会对他有非分之想了，也给他留了足够的位置，他上了床却一言不发，依然选择沾个边睡，这副避之不及的样子，不是活脱脱怕自己贪图他的美色吗？

樊长玉侧过身子面朝墙壁睡，心说：就他这身臭脾气，就是长成个仙男，她也不稀罕！

"仙男"谢征正闭眼假寐，躺在里边的人突然一侧身，他本就只搭了个边的被子瞬间全被卷走了。

夜色里，寒意透过单薄的寝衣直往皮肤下钻。谢征掀开眼皮，朝里看了看，樊长玉的身体在厚被下隆起一个不大的弧度，大半被子都摊在床铺中间。

要想盖到被子，他就得往里稍微挪动，但那必然会惊动樊长玉。

她的呼吸声很浅，显然她还没睡着。

谢征收回视线，重新合上了眼。

有一年他领兵出塞，遇上雪崩，被埋在雪下三天都熬了过来，这点儿寒意，他还没放在眼里。

二人中间隔了至少三尺远，但大概是因为躺的这东西是床，所以谢征心中总是不自在。

同胞兄妹晓事后尚不可同房而居，何况是毫无血缘关系的男女，世间能这般同床共枕的，唯有夫妻，而此刻在他卧榻之侧酣睡的，便是这女子。

谢征被这些乱糟糟的想法搅得睡意全无，听到身侧的樊长玉呼吸变得绵长时，他没来由地觉得气闷，索性半坐起来，靠在床头思索眼下的局势。

樊长玉睡得久了，换了个平躺的姿势。

谢征听到动静，目光淡淡地扫了过去。

她当真是生了一副极具欺骗性的面孔，这张脸在睡着时，怎么看都是温良老实的。

偏偏使坏时，她也是一脸老实巴交的神色。

随元青……就是被她这副样子给骗过去的吧？

想到这个人，他的目光便阴沉了几分，他说不上心里是个什么滋味，一株他以为只有他看上的野地里的花草，竟有旁人也在觊觎。

心口似叫人用烛火燎了一下，不疼，但烧得慌，他的黑眸一眨不眨地盯着睡梦中的樊长玉，眸子隐匿在暗夜中，叫人越发瞧不清。

樊长玉许是在睡梦中察觉到他的目光，不满地嘀咕一声："不稀罕……"

谢征没听清，皱了皱眉，问："什么？"

樊长玉含糊地回了句，连个字音都听不清，谢征只得附耳过去细听。

他身上的寒意让樊长玉在睡梦中也躲了躲，她翻身时，唇浅浅地擦过他的耳朵，谢征整个人都僵了一下。

有人靠得太近了，陌生的气息裹着她，经历了这么多事，樊长玉还是有些警觉的，眼睫颤了颤，就要醒来。谢征微凉的手指在她颈侧的穴位一点，她眼皮都没来得及睁开，又沉沉地睡了过去。

谢征起身，烛火都没点，借着屋外积雪映进屋里的微光，去桌前倒了两杯冷茶喝下。

他喝完茶，也不再去床上睡，只坐在桌边，拧着眉头，黑眸一眨不眨地盯着床上那隆起的弧度，似在思索着什么。

夜空中隐隐有鹰唳声传来。

他撩开眼皮，几乎没弄出什么动静就出了房，翻出王家的院子，走到远一些的街巷后，才把指节放到唇边，吹出一道尖锐的哨声。

海东青送信若是寻不到人，便会在空中一边盘旋一边唳叫，听到哨声了，才会循着声音俯冲下来。

不消片刻，一只纯白色的海东青便从夜空中掠了过来，谢征伸出右臂，海东青铁钩一样的爪子稳稳地抓在他的臂膀上，扇了扇翅膀稳定身体后便合拢了双翼。

谢征取出海东青脚上的信件，借着月色看完后，信纸在他的指尖化作了一堆碎屑。

蓟州府衙此夜亦是灯火未熄。

郑文常从大牢出来，将审讯出来的供词呈给贺敬元时，垂首道："确如大人所言，是长信王的人截杀了咱们的人，假扮征粮军官前去清平县征粮，马家村那几十口人也是反贼的手笔。下官猜想，泰州闹出的征粮打死人的事，只怕也和崇州反贼脱不了干系。"

贺敬元负手望着檐下一排暖黄色的灯笼和飘飞的大雪，答非所问："文常，你说，那二十万石粮食，经了赵姓商人之手，会被送往何地？"

郑文常不知自己的上司兼老师为何又突然问起粮食的事，如实道："下官一开始猜测的是商人逐利，但泰、蓟两州征粮，也不见那商人高价出售那二十万石粮食。依如今的情况看来，倒也像是反贼从中作梗。下官以为，只要查抄那赵姓商人，必能查出几个反贼的据点。"

贺敬元摇头："你太轻敌了些，明日且瞧瞧，整个蓟州府还能找到多少赵家的产业。"

郑文常羞愧地低下头："下官若能早些察觉，抄了赵姓商人的家，便不会闹出清平县暴乱这样大的事了。"

贺敬元说："不怪你，反贼能钻这个空子，有老夫之责，若非老夫上了反贼的当，一心想逼出那买粮之人，放任魏宣强行征粮，反贼放再多耳目在蓟州，也掀不起大浪来。"

郑文常没懂他话中的意思，不解地道："大人怎能把过错都往自己的身上揽？下官瞧着，买粮一开始就是反贼设下的套。魏宣好大喜功，仗着身为西北节度使，夺了大人的官印，也不是大人能左右的事。"

贺敬元长叹一口气，并不言语。

他这个门生什么都好，就是为人太过正直死板，看到什么，便信什么。

许多事，他终是不能说得太明白。

若非那赵姓商人故意留了尾巴，让他猜到那二十万石粮是武安侯买的，他又岂会误以为武安侯买粮只是为了给魏宣使绊子？

上位者相争，苦的永远是底层百姓。

贺敬元放任魏宣征粮，是想让武安侯看清，为了报他的一己私仇，底层百姓付出的是什么，也想知道武安侯是不是那等为达目的不择手段之辈。

正是他这一放权，给了反贼可乘之机。

百姓被逼到了绝路，武安侯不得已"现身"，让燕州旧部送来调军令，调走魏宣，停止征粮。

他居于幕后，不管出于何种目的，终究是做了反贼这计划里的推手。

今日前往青州，见到那力挽狂澜的青鬼面具人时，贺敬元忽而想到一个问题——

若是自己一开始就猜错了，武安侯并没有打算拿泰、蓟两州的百姓作为扳倒魏宣的筹码，那他购买那二十万石粮食又是为何？

他闭了许久的一双眼倏地睁开，道："锦州！"

郑文常不明所以："大人，锦州怎么了？"

贺敬元快步走回书案前，取出西北舆图铺开，指着锦州，神色罕见地凝重："长信王于崇州造反，西北发生内乱，武安侯又战死，这对关外的北族人意味着什么？"

郑文常想通其中的利害关系，只觉得头皮都快炸开了，道："此乃进攻大胤的最好时机。"

贺敬元负手在案前来回踱步："锦州乃大胤门户，其后才是徽、燕两州，三州成三角之势，稳稳地守着大胤的门庭，但包括粮草在内的补给都得朝廷下拨。崇州一反，阻断了粮道，徽州尚且无粮，锦州又哪儿来的粮食？是老夫糊涂了！那被买走的二十万石粮食哪里是为了设计魏宣，这是替锦州未雨绸缪啊！"

郑文常听贺敬元这么一说，也大惊，再结合他前边的话，总算是弄清了其中的关键："您的意思是，那二十万石粮食，是侯爷买的？侯爷当时在崇州战场战败，就想到了锦州日后要面临的险境？"

贺敬元缓缓点头。

郑文常道："侯爷高瞻远瞩，非我等能及也。如今反贼的奸计被破，徽州固守，锦州有粮，均是喜事，大人何故还愁眉不展？"

贺敬元叹道："若是外忧内患叠一块儿去了，此局又怎么破？"

这话让郑文常也陷入了沉思。

还有些话，贺敬元没说。

魏严那边是必不会留武安侯的，上一次他能在崇州战场上做手脚，这一次要是北族人和崇州反贼腹背夹击武安侯，朝廷又刻意卡军粮，贺敬元真担心十七年前的锦州惨案重演。

贺敬元负手站了好一阵，才对郑文常道："继续封锁清平县，力争把反贼的耳目拔干净。漕运的河道现在处于枯水期，也正是清理泥沙的好时节，文常，清平县的事解决了，你便带人去把蓟州到崇州的河道疏通疏通。"

若是走水路，多少东西都能运送。

郑文常心一跳，领命退下了。

书房内仅剩贺敬元一人了，耳房的门才叫人推开，一鹤发鸡皮的老者走出来，道："你说，那姓魏的若是知晓你如此阳奉阴违，你还有多少日子的活头儿？"

贺敬元只道："在其位，谋其政；任其职，尽其责。贺某无愧于天下百姓，足矣。"

老者摇头失笑，道："且盼老头子下回来找你吃酒下棋时，你还活着吧。"

贺敬元说："随时恭候太傅大驾。不知太傅接下来打算去何处？"

老者衣衫褴褛，邋里邋遢，满头白发用根木簪束着，腰间挂着个酒葫芦，伸了个懒腰，道："长信王小儿隔三岔五派人来草庐扰我清净，烦得很，老头子先四处走走看看。"

贺敬元垂下眼皮道："我还当太傅是听闻侯爷战死沙场，这才出山的。"

老者"哧"了一声："老头子没多少本事，但这辈子只教了这么一个徒弟，这世上能要了他命的那人还没出生呢，不然他就得多个师弟了。"

贺敬元听着老者的话，但笑不语。

陶太傅辞官归隐多年，长信王造反后多番派人去寻他，说是想请他当幕僚，实则是想请他教导膝下二子。

这老头儿最后那句话便是说，再收徒，只会收资质胜过武安侯的。

想来是长信王那两个儿子未能入他的眼。

贺敬元明知故问："崇州一战后，长信王世子有了'小武安侯'之名，太傅也没瞧上？"

陶太傅面色不善地道："那臭小子十岁那年我教他的一册棋谱，都能落到长信王世子的手上，你说长信王打的是什么主意？"

贺敬元面色沉了几分，"小武安侯"，长信王这是在把儿子照着武安侯教养？

清平县。

鸡鸣第一遍的时候，樊长玉就醒了。

天刚蒙蒙亮，她迷迷糊糊地翻了个身，滚到另一侧后，惊觉床榻凉得惊人，一下子被冻醒了。

樊长玉顶着一头睡乱的头发坐起来，想起昨夜明明是和言正一起睡的床，抬眼朝着桌旁看去，不出意料地瞧见言正撑着头在桌旁睡着了。

依着床榻这一侧的温度，他怕是一宿都没在床上睡。

樊长玉说不清自己心中是什么感觉，大概是好心被当作驴肝肺的恼怒？

随即她又困惑，自己生气做什么，他这般守礼，她应该高兴，再觉得他是个君子才对。

她尚在纠结时，单手撑额小憩的人听见鸡鸣声，也醒了，同樊长玉视线对上，他怔了一怔，才淡淡地道："醒了？"

樊长玉点头，抓了抓头发，说："早知道昨晚就直接回镇上了，害得你又一宿没睡。"

谢征道："我夜里起来了一趟，见天快亮了，就没再睡下。"

樊长玉含糊地应了声，也没跟他在这事上过多地掰扯。

本就是单纯补个觉的事，他爱怎样就怎样，反正又不是她一晚上挨冻没睡着。

在王捕头家用过早饭后，樊长玉便带着俞宝儿跟谢征一起回了镇上。

长宁昨夜是跟着赵大娘睡的，见樊长玉回来，差点儿哭鼻子，倒是瞧见俞宝儿后，怕丢人，硬生生把眼泪给憋回去了。

两个孩子在一起有了伴儿，折腾得就差没上房揭瓦了，唯一让樊长玉欣慰的，大概就是俞宝儿没再提过找他娘的事，长宁似乎也忘了矛隼。

清平县为了抓余下的贼子同党，依旧是全城戒严，不过王捕头派人来她家走了一趟，原来县令暗地里赏了她五十两白银。

那日在县令府上，她说她是王捕头的人，想来是县令贪了功后，为了笼络人心，特意给的好处。

樊长玉深谙闷声发财的道理，名气于她无用，反而还会招来祸端，不如真金白银实在。

送走官差，樊长玉笑眯眯地去屋里藏银子，碰上谢征，她大方地道："分你一半？"

虽然这家伙想跟她划清界限，但当日解清平县之围的主意是他想的，在城楼上，她也被他救过，账还是得算清楚。

谢征只觉得回来这两日，樊长玉待他似乎疏离了不少。

她见到他，虽还是会和从前一样笑着打招呼，但又明显能让人感觉到同从前不一样了。

他压下心中那份莫名其妙的不快，问："官府知我身份？"

樊长玉摇头："我没告诉旁人你是谁，县令贪功，连王捕头的名字都没提及，想来也不会主动说起你。"

她自己都不愿暴露，怕被那拨人记恨上，言正出现在城楼上时，甚至还戴了个面具，樊长玉便猜到他肯定也不想暴露身份。

毕竟得罪了那些当官的，等着他们的只有无尽的麻烦。

谢征便道："这些赏银都是你得的，为何要分与我？"

樊长玉说："主意不是你出的吗？"

谢征垂眸："县令给你这些赏银，也不是因为你守住了城门，是你救他脱困，还绑了贼子，与我没什么关系。"

樊长玉说不过他，只能拿着银子回屋，片刻后，抱着一堆东西出来："你之前就说你要走了，只是不巧碰上县城被封锁，才又多留了这么几日。我陆陆续续帮你备了些东西。这两身衣裳，你带着在路上换着穿。这鞋子是双线的，耐穿。对了，我还帮你换了五十两银票，你带在身上方便些……"

她絮絮叨叨，像个要送游子远行的老母亲："和离书我也写了，就差你按个指印。"

休书只需要一方写，和离毕竟与休弃不同，是和气地结束这段姻缘，得两方都签名、按个指印。

谢征这些天一直堵在心口的那口闷气，听她说起这些时，更不顺了。

他抱臂靠着门框看了她片刻，忽而笑了笑，刻薄地道："劳烦你替我想得这般周到。"

樊长玉没跟他斗嘴，只说："出门在外比不得在家中，能准备齐全些就尽量准备齐全些，在外边遇上什么难处，就没人能帮衬你了……"

心中翻涌着些莫名其妙的情绪，谢征脸上那一丝刻薄的笑终于挂不住了，他别开眼看向院墙上的积雪，忽而问了句："你呢？以后有什么打算？"

樊长玉好笑地道:"你之前不是问过了吗?只要清平县能继续太平下去,我准备把猪棚办起来……"

谢征凤眸半抬:"我是说,你是打算嫁人,还是继续招赘?"

这个问题把樊长玉问住了,她把那一堆东西放到桌上,走到门口的台阶处坐下,看着院子里落光了叶子的梨树,想了一会儿,说:"成亲肯定还是要成亲的,至于招赘还是嫁人,到时候再说吧。"

谢征手上捏着小石子儿,漫不经心地往梨树上掷去,惊走停在上面的几只雀鸟:"你喜欢什么样的?要是将来没人娶你,也没人入赘给你,我替你物色物色。"

樊长玉听他挖苦自己,不由得恼道:"反正不会是你这样一身臭脾气的!你这张嘴损成这样,你还是担心自己娶不到娘子吧!"

谢征半屈着一条腿坐了下来,嘴角噙着一丝似嘲非嘲的笑,说:"我也不会娶你这样的,我得娶个温柔贤淑会掌家的。"

他手上仅剩的那颗石子儿被掷得格外远,飞过院墙,不知落到哪儿去了。

樊长玉看了一眼他精致的侧脸,垂眸时扯了扯嘴角,坦然地道:"我喜欢斯文秀气的,最好是读过好多书,有才学,又谦逊,脾性好,还爱笑。我娘在世时就说,我性子太咋呼了,要个斯文些的管着我,这日子才能长久地过下去。"

心口涌上一丝莫名其妙的涩意,樊长玉觉得大概是想起了母亲的缘故。

她说:"咱们俩好歹也患难与共这么久,你都要走了,也别咒我往后没人要了,我祝你今后娶个温柔贤淑的娘子,你也祝我找个斯文秀气的郎君吧!"

谢征说:"好啊。"

他笑得当真是好看极了。

他起身时,甚至好心地向樊长玉递来一只手,樊长玉坐得久了,腿有点儿麻,见他把手递到面前来,没多想,就把手搭了上去。

变故就发生在那一瞬间,樊长玉被一股巨大的力道扯得扑进他的怀里,扼住她没受伤的那只手腕的力道,大得仿佛要将她那只手腕也生生拗断。

他抬着她的下颌,垂首,近乎暴虐地堵住了她的唇。

樊长玉傻了。

唇上传来刺痛时，她才反应过来，羞恼之下，另一只手本能地朝着他的脸上挥去，他却早有准备一般，轻易截住了她那只手，将她更用力地扯向自己，用硬邦邦的胸膛和一双铁臂紧箍着她。

樊长玉从未被人这般对待过，用蛮力去挣扎，却都被对方用巧劲儿化解。

她气急，干脆把力气全用在了牙上，一口咬下时，谢征轻"嘶"了一声，两张嘴唇分开后，他才发现自己的唇上见了血，蹙眉："你……"

他一句话没说完，樊长玉已一个头槌狠撞上去，脑门儿正好撞到了他的鼻梁，他鼻根酸胀，不得已抽出一只手捂住，下一瞬，樊长玉得空的那只手就对着他的眼角狠揍了一拳。

谢征吃痛，却并未松开另一只握着她的手，反而用力往后一带，将其反剪双手抵在了墙上，直接用身体顶着她的背部，语气有些冷："就这么委屈？"

樊长玉一口咬死他的心都有了，手腕之前受了伤的缘故，她一时间竟没能挣脱他的束缚。

她喝骂道："你发什么疯？你要找女人，勾栏瓦舍多的是愿意做你生意的，你把我当什么人了？"

谢征猛地抬起头，黑眸幽深："你就是这么想我的？"

樊长玉被他摁住，动弹不得，羞愤之下，眼中几乎要迸出火星来："你以为你刚才在做什么？乘人之危！"

谢征大概是怒极，竟然低笑了起来："乘人之危？我真要乘你之危，就不会等到现在了。"

他松开她，退后一步，嘴角的弧度冷冷的："就这么放不下你那前未婚夫？将来再找都得寻个跟他相似的？一点儿记性不长？"

樊长玉才被他轻薄了，此刻再听他一副挖苦教训的口吻，心中恼得厉害，反应过来时，已向着他的脸上又挥了一拳过去："我放不放得下，跟你有什么关系？"

谢征不闪也不避，生生受了她这蛮力十足的一拳，唇角都被打得裂开，半边脸泛起的绯色在他那张冠玉般的脸上显得出乎意料地艳丽。

樊长玉打完也愣了一下。她自己下的手，她当然知道这力道有多重。

他……怎么都不躲的？

谢征用舌尖抵了抵唇角裂开的地方，尝到一股淡淡的铁锈味后，侧过头看向樊长玉，问："不继续吗？"

　　樊长玉说不清这一刻心里是个什么滋味，她的手指节都还有细微的疼痛感，他脸上的情况只会更糟，但他对她做了那样的事，道歉的话，她是说不出口的。

　　她抿紧了唇，转身就要往屋里去，却不防一步开外的人突然鬼魅般逼近，樊长玉只看到他那双黑得令人心惊的眼，就被扣住后脑勺儿再次吻住了。

　　她的头皮都要炸开了，却因失了先机，处处受制于人，推搡之间，整个人都被按到了墙上，他攥住她的两只手举过头顶，借助体形的优势紧压着她，垂首时，不同于平日里的轻浅的吐息喷洒在她的面门上，吻得比前一次更加野蛮粗暴。

　　樊长玉气极，狠咬了他一口。他很快钳制住她的下颌，不知怎么用的巧劲儿，让她没法儿再咬下，却并没有退开的意思，反借着这机会，强行抵开她的牙关，在她的口腔内来来回回扫荡了好几遍。

　　结束时，樊长玉气都喘不匀，脑中缺氧，一时竟忘了再给他一拳，只难以置信地瞪着他。

　　谢征松开她，用食指拭去唇上的血迹，说："我现在是乘人之危了。"

　　那股被冒犯、被轻薄的怒火直冲樊长玉的脑门儿，她在谢征松开对自己手脚的禁锢退开时，直接拔出随身携带的一把剔骨刀抵在了他的脖子上："你以为你是谁，想欺辱我便欺辱我？"

　　谢征斜倚着木柱，被她用刀抵着，面上也无一丝异色，只在听到樊长玉这话时，才抬起眸子，神色罕见地认真："比起眼光不好，将来继续找个白眼儿狼，你不如跟着我。"

　　这句话说出来，不止樊长玉，连谢征自己都愣了一下，随即又感觉到一股理智被强行击毁的麻痹般的快意。

　　是了，比起她将来另嫁他人，把她留在身边不好吗？

　　开了这么个口，后面的话似乎好说多了。他沉默了片刻，缓缓道："我在外边有个很厉害的仇家，我可能会死在他的手上，也有可能是他死，我活着。只要你愿意，且等我两年，我要是死了，会有人来给你送信，到时候你另嫁不迟。"

　　樊长玉冷冷地盯着他："你口口声声说宋砚是个白眼儿狼，你自己又比他好到哪里去？轻薄我，再告诉我你对我有意？"

她收了刀，被冒犯的恼怒一时压过了其他情绪，她抬起袖子用力抹了一把唇："我打了你，也算是两清了。东西都在桌上，等城门一解禁，你就走吧。"

谢征看着她回屋的背影，嘴角连一丝冷峭的弧度都挑不起来了。

所以，他这是被拒绝了？

从出生到现在，只在崇州战场上吃过一次败仗的人，这一回，又在别的地方尝到了败的滋味。

他没拿堂屋桌上的东西，靠着廊柱站了一会儿，出了樊家的院门。

因为前几日清平县反民围城闹事，眼下官府又戒严，临安镇街头也萧索得很，几乎不见乡下农人来赶集。

谢征漫无目的地转悠到了镇外那片沿河的松林里。地上覆着一尺来厚的积雪，因为高低不平的地势，水流湍急，河面上昨夜刚凝上的一层薄冰已碎裂开来。

他在缓坡处就着积雪躺了下来，将一条胳膊枕到脑后，看着远处隐约可见个轮廓的临安镇发呆。

崇州战场上被设计，命悬一线，他没慌过。侥幸捡回一条命，被死士追出百里余地，他没惧过。坠崖被江水带到蓟州，在江岸醒来，忍着满身的刀剑伤和风寒高热去寻村落，晕倒在野地里，被那女子捡了回去，那时，他满脑子都是如何稳住西北大局，再一步步向魏氏父子复仇。

他是从什么时候开始舍不得离去的？

小小的屋宅总是吵吵闹闹，烟火气十足。他见过太多被苦难压弯的脊梁，但那女子，纵使天塌下来了，也会挺直瘦弱的脊背去扛。

或许……只是太久没有人那样纯粹地对他好过了？

喝药时的陈皮糖、新年的红封……一抹嘲弄的笑爬上谢征的嘴角，有一瞬，他想到了"摇尾乞怜"四个字。

她就是太好心，哪怕那日被救的不是他，换作任何一个人，她也会那般尽心尽力地照顾，买糖，包新年红封……

因为他可怜，所以她对他好，并非对他有什么情意。

他那句跟着他，委实成了个笑话。

骄傲了半生的人，并不太愿意承认这场笑话一般的挫败。

天际，海东青一边盘旋，一边唳叫，似在寻什么人。

谢征这次迟迟没有吹哨。他微微侧过头，瞧见积雪化了大半的岸边，有一株嫩绿的小草顶破积雪钻了出来，翠生生立在一片雪色之中。

冰销泉脉动，雪尽草芽生。

这是他当初写给她的新年对子。

他看了一会儿，敛眸半坐起来，扯断那小草，扔进湍急的水流中，静静地看着河水卷着那小草远去。

乱了心扉的，拔掉便是。

在天际盘旋的海东青终于瞧见了他，俯冲下来。谢征并未抬手接它，海东青落地站了一会儿，不见谢征取信，不由得歪头看他，走近，用鸟喙轻轻啄了啄他的手背。

谢征抬手替海东青顺了顺头顶的羽毛，视线仍落在远处的水流上，好一会儿，才取下它脚上的信纸，一目十行地看完。

信纸在他的指尖化作碎屑，他最后再望了一眼远处的临安镇，说："走吧，是时候回去了。"

蓟州。

一封从锦州来的急报被送到了蓟州府衙，整个州府的官员看了，无不大惊。

"北族人果真攻打锦州了！"

"还好武安侯并未陨身崇州，锦州有武安侯坐镇，北族蛮子对武安侯向来是闻风丧胆！"

坐在议事厅上方的贺敬元面沉如水，尚未出一言，又有侍卫在议事厅外禀报："卢城告急！长信王麾下大将郭信厚领兵五万围了卢城！"

此言一出，议事厅内一众官员更是哗然。

长信王世子带着一众死士假扮农人，挑唆清平县民造反的事才过去多久？

卢城是蓟州同崇州接壤处的第一道军事重镇，后边挨着的就是清平县，若是清平县的暴乱没被镇压下来，百姓当真反了，届时卢城就是腹背受敌。

一名官员大骂道："这反贼分明是早有预谋！锦州告急，武安侯屯于徽州的重兵必会被调去锦州，根本无力再拖住反贼！反贼是要借此时机，侵吞西北之地！"

一名武将道："眼下反贼已兵临卢城，当务之急，是咱们怎么守住蓟州。"

卢城一失，蓟州就没了屏障。

一片吵嚷声中，贺敬元道："郭信厚是员老将，善用兵法，卢城我亲自前去坐镇。"

"大人，万万不可！卢城眼下处境凶险，反贼五万大军压境，卢城只有两万兵力，您若有什么闪失，我等万死难辞其咎！"

贺敬元在一片"不可"声中，抬手示意底下的官员不必再多言，道："我去处境凶险，在卢城守城的将士们处境便不凶险了？我去了，反贼忌惮我，卢城的处境反倒没那般凶险，尔等也能有足够的时间再向民间征兵。"

议事一结束，便有骑兵带着征兵令一路纵马奔向各郡县。

临安镇。

樊长玉因为谢征的孟浪，生了一下午的闷气。

她翻开桌上的书，想看看书分散注意力，瞧见上面密密麻麻批注的小字，一口气又堵在了心头，上不去，也下不来。

这书上的批注，都是他那些日子熬夜写上去的。

怒气慢慢消下去后，想到他说的他可能会死在仇人的手上，樊长玉心中又有些不是滋味。

他一直说要走，是因为背负了大仇吗？

她走出房门，路过堂屋时，见自己给他备的那一堆东西还在桌上放着，和离书也在，两张都只落了她的名字，他并未签字，心情不由得更复杂了些。

长宁和俞宝儿跟巷子里的孩子一起出去玩了，还没回来。

樊长玉走到南屋房门口，踌躇片刻，还是敲响了门。

里边没人应声。

樊长玉抿了抿唇，又敲了两下，出声道："言正，你在吗？"

回应她的依然是一片沉寂。

思及自己当时气急说了重话，言正可能不告而别，樊长玉用力推开门，瞧见里边他自己的东西都没带走，心才一下子落回了原处。

那他大抵是出去散心了？

樊长玉合上门，正打算回房，却听见巷子外一片吵嚷啼哭声和兵卒的叫骂声。

"军爷！军爷！我家就这么一个儿子！您就可怜可怜我们娘儿俩吧……"

"反贼就要攻打蓟州了，儿郎不上战场去，等着反贼打过来血洗蓟州吗？"

樊长玉心一跳，打开院门往外瞧去，就见披甲执锐的官兵直接挨家挨户闯进去抓男丁。

坐在地上呼天抢地的，便是康婆子。

她抱着自己的儿子不撒手，却还是敌不过几个身强力壮的官兵的力气，她儿子被官兵押走了。

康婆子哭号道："儿啊，你莫怕，我这就去宋家找宋举人，让他去县令那里求个情，放你回来。"

樊长玉一见这些官兵穿的是蓟州府的兵服，便知去求县令也没用，除非县令舍得放下身段去向负责征兵的官兵头子套个近乎，许些好处。

她当即担心起言正来。

老百姓一旦被抓去当兵，仗什么时候打完，他们什么时候才能返乡，更多的是死在战场上，连个埋尸骨的地方怕是都没有。

在外边玩的孩子们见了这番动静，也不敢再淘气，各自往家跑。

长宁带着俞宝儿跑到家门口，齐齐躲到了樊长玉的身后，只露出半个脑袋，怯生生地看着闯进巷子里的这些官兵。

长宁紧张地仰起头问樊长玉："阿姐，燕子家大哥被这些官兵抓走了，姐夫也会被他们抓走吗？"

樊长玉心中也没底，这也是她头一回瞧见征兵。

从前她听赵大娘说，是可以用银子抵一个征兵的人头的，但这次瞧着好像不成。

她把两个孩子往院子里赶，说："你们先进屋里去。"

她刚合上院门，就见巷子里的什长带着官兵到了自家院门口。

本朝律法，民间都是以五户为伍，十户为什，征税、征兵都以这相邻的十户为单位，若有包庇者，十户连坐。

什长面色讪讪的，对着官兵，将樊长玉家中的情况如实相告："这便是这家的户主了，姓樊，叫长玉，她招赘了一个夫婿。"

官兵听说是招赘的，不由得意外，一看只有樊长玉一人在外边，院门还闭得紧紧的，面上便不太好看，喝道："你夫婿呢？"

樊长玉抿紧唇角。这种时候她若说她跟言正已经和离，而屋里的和离书，言正又还没按指印，无疑是把其余九户人家往火坑里推；可若是让言正被带走，这于言正而言又是无妄之灾。

樊长玉思索再三，如实道："他不在家中。"

那名官兵似乎已听惯了这套说辞，面色不善，抬脚就要踹门，边上那个捧着文书的官兵约莫是识字的，已经在临安镇名册上找到了樊长玉的名册，忙叫住同伴："慢着。"

他又仔细地看了一眼名册，再瞧向樊长玉："樊长玉是吧？"

樊长玉不卑不亢地道："正是民女。"

那名识字的官兵跟同伴道："她夫婿已在征兵名册上了，想来刚才在路上抓的那批人里就有她夫婿。"

樊长玉心脏狂跳，忙问："我夫婿已经被带走了？军爷，你当真没看错？"

识字的官兵看了一眼名册，道："你夫婿是不是叫言正？"

听到这个名字时，樊长玉最后一丝希望也破灭了。

她哑声道："是我夫婿。"

什长带着官兵继续去下一户敲门，樊长玉手脚发凉地蹲坐在院门口。

以言正的功夫，他要走，官兵是不可能拦下他的。

他读了那么多书，还精通律法，是怕连累那九户乡邻，才甘愿被官兵押走的吧？

樊长玉想到屋中桌上她备的那一堆东西，还有前不久二人不欢而散的事，心口越发闷得难受，不知是愧疚还是其他的原因。

她枯坐了片刻，忽而想起了什么似的，抬起头问那正在敲门的官兵："军爷，我夫婿现在何处？我还能再见他一面吗？他是在外边被带走的，我想给他拿些东西。"

官兵看了樊长玉一眼，道："路上抓的那批已经被押往县城了，正要跟着大军前往卢城，你现在赶去，还能不能追上就不知道了。"

樊长玉一听，道了谢，把长宁和俞宝儿托付给邻家大娘后，冲进屋里，拎起桌上那一包东西，又往里边塞了两包陈皮糖，急急忙忙就往县城去了。

她嫌牛车慢，直接找人借了一匹马，赶到县城门口时，却还是晚了一步，县城里先征的那一批兵已经随驻军往卢城去了。

除了征兵名册上的人，闲杂人等依然不能随意进出清平县。

雪下得极大，樊长玉拎着那一大包东西，牵着马站在城门口，望着城门孔洞外边延伸向远处的官道。

心口闷得厉害，她牵着马，一言不发地往回走。

路上被人撞到，包袱里的东西散落一地，樊长玉沉默地一样一样捡起来，捡到那两包陈皮糖时，她拈起一颗放进了嘴里。

她想：还好没追上，买的这两包陈皮糖太酸了，不如之前的甜，便是给言正了，他大抵也是不喜欢吃的。

收拾好东西，把包袱挂到马鞍上时，樊长玉却把头抵在马鞍上好一会儿。

怎么会这样收场呢？

她是恼他，可是连一句道别的话都没说，他就被征走了，她总觉得好像自己亏欠了他。

回镇上时，樊长玉正好遇上押着第二批新征上来的兵卒往县城去的官兵。

亲眷们一路哭哭啼啼相送，被征上去的人一个个也眼眶通红，连声让自家人别再送了。

樊长玉发现一把年纪的赵木匠居然也在人群里。

她没忍住，喊道："赵叔，怎么你也要去卢城？"

赵木匠皱巴着一张老脸，嘴里发苦，道："怪老头子选错了行，年轻时当兽医，年老了当木匠，那些军爷说，我去军中，能给战马看病，还能造城防器械。"

官兵们拿着鞭子命令人群快些走。

樊长玉怕赵木匠一把年纪，光是赶路就累死在路上，稍一犹豫便道："赵叔，你把这马牵去！"

见樊长玉走近，官兵本要驱赶，一听说她是要送马，立马睁只眼闭只眼了。

马可是好东西，能驮人，又能驮货物，一旦遇上袭击，骑马跑得快，指不定还能捡回一条命。

赵木匠推拒道："这马可金贵着呢，哪里使得？"

樊长玉把马的缰绳递给了赵木匠，"您带上吧。包袱里的东西是我给言正准备的，我没追上他，赵叔你若是去了卢城，见到言正，帮我把这些东西给他。"

赵木匠一听，不再推拒，心中也替这对小夫妻难过，说："你放心，只要我这把老骨头还活着，一定把东西给你送到。"

樊长玉目送赵木匠走远，才徒步走回了镇上，取了银子结了买马的钱。

她去赵大娘家接长宁和俞宝儿时，赵大娘听樊长玉给赵木匠买了匹马，一面哭，一面对樊长玉说着感激的话。

若是自家带去的马匹，那就是兵卒的私有财产，兵卒去了军营里，大多会被编入骑兵营。便是身体差些的，不能去骑兵营，也不会被亏待。

樊长玉安抚了一番赵大娘，带着长宁和俞宝儿回家后，两个孩子似乎也因为家里少了个人，不闹腾了，樊长玉被这片寂静裹挟着，越发觉得家里好像变得怪冷清的。

真奇怪，明明言正也不是话多的人，为什么他不在了，突然哪儿哪儿都不一样了？

樊长玉去南屋收拾屋子，发现他用过的书案都很整洁，几乎不用她怎么整理。

书案一角放着一对皮质护腕，旁边还放着锉刀之类的工具，底下压着一张纸。

瞧这护腕大小，不像是言正的。

樊长玉拿过那张纸一看，纸上只写了八个字——"生辰欢喜，长乐无忧"。

之前言正问她生辰的记忆涌上心头，樊长玉突然觉得手上这双护腕似有千斤重。

她垂眸细细打量着，发现其中一只似被重新打磨过，扣到手腕上时，皮革的贴合度极好。

樊长玉再去解开护腕上的挂扣时，不知是手在轻微地发抖，还是往言正的脸上狠揍了一拳的指节在隐隐作痛，她试了好几次都没把护腕给解下来。

她索性不解了，靠在椅背上，看着手上的护腕发呆，心口莫名其妙地有些空落落的。

第十一章
再 遇

因为这场征兵，本就萧条的临安镇，集市更不复从前的热闹。

肉市生意也不好，不少肉铺都暂时关门了。

新年也已经过去，除了红白喜事，几乎没人家会杀猪，樊长玉倒是一下子闲下来了。

清平县距离卢城不远，不少人心中惶惶，一些消息灵通的富商，甚至已经变卖产业往南边跑了。

樊长玉这两日一直在家中照顾两个孩子。她读书虽不多，《三字经》《千字文》这些还是认全了的，本想教长宁和俞宝儿认字，没想到俞宝儿小小年纪，字倒是已经认了不少，握着炭笔在地上写字时，写出来的字像模像样的。

长宁在旁的事上都比俞宝儿强，平时带着俞宝儿玩，也是俞宝儿听她的。突然发现这个看起来呆呆的家伙读书写字比自己厉害，长宁很不服气，也不想着玩了，一直缠着樊长玉教她认字。

俞宝儿倒是很热心："你要想学，我可以教你的。"

长宁揪着樊长玉的衣摆，用鼻子"哼"了一声："我不跟你学，我有阿姐教我，等阿姐把会的字全教给我了，还有姐夫教我，我认字会比你还厉害！"

樊长玉正在翻开《三字经》，准备教长宁认今天的字，骤然听到她说起言正，有一瞬间的失神。

都过去这么些天了，也不知道征上去的这些兵卒到了卢城没。这次征了好几万兵，赵木匠又是去当兽医兼木匠的，言正若是被编进步兵营，那赵木匠遇到他的机会就少得可怜；他若是被选进了骑兵营，赵木匠打听到他的概率还能大一点儿。

长宁发现樊长玉拿着书，久久没说话，于是轻轻晃了晃她的袖子："阿姐，你怎么啦？"

樊长玉收敛了思绪，道："没什么。来，咱们今天先认这五个字……"

笔墨纸砚金贵，樊长玉没拿给两个孩子"祸害"，只用炭棍让他们在一块干净的石板上写字。

长宁闷头练字时，樊长玉就慢慢翻开言正做了细致批注的"四书"。她是从《论语》开始看的，因为先前言正已教了她两篇，通篇又做了详细的注解，她看起来倒也没太吃力。

中午的时候，樊家的院门叫人敲响了。

樊长玉去开门，见来者是俞浅浅，忙热情地要把人往屋里迎。

俞浅浅披着深色的斗篷，脸上虽带着笑，可整个人却显得有些憔悴，道："长玉妹子，今日实在急，我就不进去了，我是来带宝儿走的。"

俞宝儿听到俞浅浅的声音，就从院子里跑了出来，抱着俞浅浅的腿，仰起头，高兴地喊"娘"。

俞浅浅摸了摸孩子，又对樊长玉道："宝儿在这里的这些日子，实在是麻烦长玉妹子了。"

樊长玉忙说"没什么"。

俞浅浅没见着谢征，问了句："前两日征兵，你夫婿也去卢城了？"

樊长玉应"是"，再次邀俞浅浅进屋坐，俞浅浅依旧婉拒了。

她看着樊长玉，稍一犹豫，道："长玉妹子，不瞒你说，现在整个清平县的富商都在走动关系，把家财往南边转移，我也把两座溢香楼折价盘出去了，城门那边已打点好了关系，酉时就要举家出城前往江南。卢城还不知守不守得住，长玉妹子，你随我去江南吧，你要是担心你夫婿，等战事结束后，再回清平县来不迟。"

樊长玉总算是明白俞浅浅此行为何瞧着这般匆忙，她迟疑了片刻，婉拒道："多谢掌柜的好意，但我家中还有诸多事情没安排好。另外，我若是贸然走了，官府若是再有什么征税、征粮的令颁下来，这巷子里跟我相邻的那九户人家可就遭殃了。"

相邻的十户人家是不可随意迁居的，便是要迁居，也得去官府办理迁户文书，流程烦琐得很。

她家之前发生了几起命案，她准备带着长宁去别处避风头，也少不得处置家产和办理文书这些事，拖了好几天，直拖到官府结了这案，文书都没办下来，后来她们不打算去外边躲躲藏藏过日子了，此事才暂且搁置。

俞浅浅当然知道这紧要关头，封城令还没解，普通人家办这些文书有多难，他们商贾之流也是给了那些当官的不少好处，才借着商队外出采买货物的由头拿到了文书。

她用力地握了握樊长玉的手，说："我只是个商人，旁人我带不了，但你若是愿意跟我一起走，今日酉时，来城门便是。"

樊长玉点头道："掌柜的心意，我明白的。"

只是她眼下的确不能走，且不提那烦琐的迁户流程，单是赵木匠已经被抓走了，只剩赵大娘一人，她就不能抛下赵大娘不管。

赵大娘就是她和长宁的半个姥姥。

俞浅浅见说不动樊长玉，也没再劝，低头对俞宝儿道："宝儿，跟长玉姑姑和长宁妹妹道别。"

俞宝儿知道俞浅浅前来是为了接自己，但没想到他们直接要离开清平县了。他转头看向樊长玉："长玉姑姑再见。"又看了看攥着樊长玉裙摆的长宁，说："以后我教你认字。"

长宁不服气得很："我认的字一定会比你认的多！"

两个小孩子只顾着斗嘴，樊长玉和俞浅浅看了，不由得笑开了，离别的伤感倒是淡了几分。

樊长玉牵着长宁的手送俞浅浅母子到巷子外的马车处。

俞宝儿都要上车了，却又"噔噔噔"地跑回来，把挂在脖子上的一块玉坠取下来拿给长宁："这个给你。"

樊长玉忙说"不可"，对俞浅浅道："这太贵重了。"

俞浅浅倒是笑得温婉，道："让宁娘收着吧。这孩子太孤单了，每次遇到个玩伴，要分别时都舍不得，会把自己最喜欢的东西给对方，多少是这孩子的一份心意。"

长宁见樊长玉点头了，才接过那玉坠。她扯了扯衣角，看着俞宝儿说："可我没什么东西给你啊。"

俞宝儿指了指她挂在小荷包上的一只草编蝈蝈，说："我要这个。"

长宁算是樊长玉带大的，很多时候，心眼儿实在得很。她没见过玉，也不知道那东西贵重，只知道白莹莹的很好看。

可是草编蝈蝈她也很喜欢，长宁纠结了一下，觉得俞宝儿好像是真的很喜欢那只草编蝈蝈，还是解下来给他。

她说："这是赵叔被抓走前给我编的蝈蝈。赵叔去军中了，以后也没人给我编蝈蝈了，你要好好留着，以后要是不想要了，就拿着蝈蝈回来跟我换你的小坠子。"

俞宝儿说："我会留着的。"

他人小，还不能自己爬上马车，俞浅浅抱他上去时，宽大的袖子滑下来一截，手上戴的那一对宽玉镯也往下滑了几分。

樊长玉注意到俞浅浅的手腕上像是有被捆绑后留下的伤痕。她猜想是俞浅浅在狱中时留下的，眉头皱起，很是心疼俞浅浅。

俞浅浅回头打算跟樊长玉道别，见樊长玉盯着她的手腕，她脸上的笑意微滞，下意识地用袖子挡住了手上的伤痕，这才继续道："那我们便走了。"

樊长玉没察觉她的动作，只笑着说："一路顺风。"

俞浅浅也上了马车后，车夫才赶着马车离去。

带着长宁往家走时，樊长玉发现长宁一直低着头，时不时用鞋尖去踢路上的小石子儿，情绪低落的样子。

樊长玉蹲下后，才发现她的眼眶都红了。

樊长玉问："舍不得宝儿吗？"

长宁点头又摇头，有些难过地道："隼隼走了，姐夫走了，赵叔也走了，宁娘想他们……"

樊长玉抱住妹妹，用手一下一下地轻拍她的后背，一时间心中也有些怅然。

她说："仗打完了，他们就会回来的。"

几百里外的卢城。

贺敬元刚带着新征上来的兵卒抵达城门口，便碰上了一队从燕州来的人马，领兵之人远远瞧见他，便笑着作揖，一双狐狸眼怎么看怎么奸诈：

"贺大人。"

贺敬元见此人一身白衣，俊俏得像个戏台上唱戏的小生，不由得皱了皱眉。

前去迎接贺敬元的卢城守将道："此人乃是武安侯麾下的军师公孙先生，前不久方至卢城，说是燕州兵力不足，想来卢城借调兵力。"

贺敬元脸色骤然一沉："反贼五万大军正围着卢城，卢城如何拨得出兵力前往燕州？"

卢城守将的冷汗也一下子就下来了，他道："都称这位公孙先生为鬼才，末将也不知他葫芦里卖的什么药。末将早已用卢城之围推托过，但公孙先生说他只在您新征的将士中讨一千人。"

贺敬元听到此处，也大惑不解。

这片刻工夫，公孙鄞已穿着他那身仙风道骨的白袍施施然走到了贺敬元跟前："某前来，是望贺大人助某一臂之力。"

公孙鄞替谢征做事，并无军职，但此人满腹算计，无人敢低看了他。

贺敬元虽为蓟州牧，政事上直接对接朝廷，军事上却得听谢征调遣。

因此在公孙鄞抵达跟前后，他便下了马，斟酌着道："燕州有难，蓟州本该相援，但蓟州眼下的情况，公孙先生想来也看到了……"

公孙鄞笑道："某便是奉了侯爷之命前来解卢城之围的。"

贺敬元听他丝毫不提借兵之事，越发不解："此话怎讲？"

公孙鄞道："魏宣在泰州征粮打死人的事闹得沸沸扬扬，其中未尝没有反贼在推波助澜。只是蓟州有盐湖，反贼才选择了围攻蓟州。若是蓟州久攻不下，反贼转头攻泰州也不无可能。侯爷的意思是，燕州示弱，让某前来蓟州搬救兵。反贼若见蓟州还能借兵给燕州，必然怀疑蓟州真正的兵力，短期内不敢轻举妄动。"

贺敬元问："长信王会轻易被此计糊弄过去？他若转头攻泰州呢？"

公孙鄞脸上的笑意不减："侯爷已另派了人前去泰州借兵。"

贺敬元闻言，一时没再说话，只在脑中思索此计的可行性。

泰州和蓟州都闹出了征粮的丑闻，民心涣散，反贼选择攻打蓟州，无非是看中了蓟州的盐湖。

武安侯从燕州派人向泰州和蓟州求援，无疑是在告诉反贼，眼下燕州才是最好拿下的，而蓟州和泰州都还能给燕州借兵，俨然这两州的兵力远胜燕州。

若放在往日，长信王或许会担心这是计，可眼下燕州以北的锦州正在同北族人交手，燕州兵力不足还真有可能。

最终贺敬元唤来副将："公孙先生要多少兵马，你去拨给公孙先生。"

公孙郾作了一长揖："某在此谢过贺大人。"

贺敬元道："若能解卢城之围，保下蓟州，当是贺某谢先生和侯爷才是。"

公孙郾又跟他客套了两句才离去。

半个时辰后，白衣胜雪的公孙郾带着要来的一千新卒回了自己带来的燕州将士所扎的营帐地界。

他一进帐篷，脸上的幸灾乐祸就再也绷不住了，望着倚在坐榻上，眼角和脸上都还带着瘀青的人，挤眉弄眼地问："哟，这天底下，谁还能把你给打成这样？"

谢征眼角的瘀青已淡了很多，他靠着坐榻，微垂着眼帘，不知在想什么，公孙郾进帐都没能引起他的注意，在公孙郾戏谑地出言后，他才抬了抬眼皮："你要是太闲，就去锦州督战。"

公孙郾给自己寻了块地方坐下，倒了杯热茶，边喝边道："我哪里闲了？你让雪鸾送来一封信，我就带着燕州的将士们跋涉几百里来了卢城，做牛做马只换得你这么一句话，可真是令人寒心哪！"

谢征心情不太好，嘴上越发不留情："给那蠢东西取这么个名字，你也不嫌矫情。既然做了牛马，从卢城回燕州这一路，想来你也不需要车马了，走回去便是。"

公孙郾一噎。人人都说他生了张利嘴，可他这张嘴，从来没在谢征这儿占到过便宜。

他忍不住道："火气这么大？你要是不待见雪鸾，拿给我养便是！"

说到最后一句，他的一双狐狸眼没忍住扫向了大帐角落里的海东青。

也不知何故，海东青现在很喜欢用竹篓子当窝，那竹篓子本是装脏衣用的，海东青瞧见了，直接蹲进去当窝了。

谢征淡淡地抬眸："你就没听出来，我是不待见你取的名字吗？"

公孙郾气得甩袖就要走人："谢九衡，莫要欺人太甚！"

谢征任他甩袖离去。

公孙郾走到大帐门口，却又突然折了回来，重新坐下，道："险些着了你的道，叫你激走。能打伤你，还惹得你这么不快……”

他眯起一双狐狸眼：“我听说长信王世子前些日子去了清平县。崇州战场上，你中计败于他，军中都传他神勇无二，莫非你这脸上的伤是他打的？”

谢征冷“哧”一声：“你倒是看得起他。”

公孙鄞一听谢征这话，就知道绝不可能是随元青干的。

他皱眉道：“总不能是你惹了什么桃花债，叫女人给打的……”

话一出口，他自己就先笑了起来：“这倒是绝无可能，莫说你谢九衡没那个桃花运，便是有，也没哪个姑娘家能有这个手劲儿。”

谢征神色微僵，不耐烦地开口：“你来就是同我说这些的？”

公孙鄞见他面色不悦，收起了玩笑的心思，道：“自然也是有正事要说的。燕州的将士们前去同那赵姓商人接头运粮时，并未露出半点儿马脚，反倒是那赵姓商人给蓟州官府留了尾巴，这才让贺敬元查到了燕州。

“我命人去捣毁赵家暗地里的据点时，故意放出风声，让他们得以提前转移，这才摸到了他们藏得更深的那些据点，彻查下来，委实发现了不少有意思的东西。”

他高深莫测地笑了笑，在谢征看过来时才道：“赵家同长信王那边也有来往。”

谢征面色如常：“赵询见我时，便几番暗示他是十几年前丧生于大火中的皇孙的人，长信王造反，赵询身后的人同长信王有什么交易，不足为奇。”

公孙鄞在听到“皇孙”二字时，脸色变了变，问谢征：“侯爷是如何想的？”

他称呼的是“侯爷”，而非“你”，便不是以友人的身份询问谢征，而是以谋士的身份在问谢征接下来如何站队。

谢征道：“崇州一战后，我同魏严已水火不容。”

公孙鄞沉思片刻道：“长信王也绝非善类，皇孙若当真尚存于世，不知跟长信王那边达成的是何交易。”

谢征一条腿半屈着，长发束起，墨眉入鬓，语气散漫又冷峭：“皇孙同长信王有来往，长信王造反却并未用皇孙的名头，要么是这个所谓的皇孙本就是长信王放出的烟幕弹，要么……就是长信王野心勃勃，起事后不甘屈居于他人之下。”

公孙鄞听谢征说出这个猜测后，心中一惊，道："便是长信王不甘居于人下，借着皇孙的名头造反，也更名正言顺。他日天下大定，他手握重权，由不由皇孙坐上那把龙椅，还不是他说了算？如此一来，皇孙一事，倒真像是长信王的计谋了。"

他锁紧眉头："可魏严那边，似乎也一直在查皇孙的事，这些日子已捕风捉影抓了不少人。就连你……重查当年的锦州一案，都叫他起了杀心。如此看来，皇孙尚在人世的消息又不像是假的，不然魏严慌什么？"

谢征思索着赵询那日的话。赵询暗示他自己是皇孙的人，却压根儿不知十七年前的锦州惨案有何隐情，甚至连皇孙是如何在东宫大火里活下来的话，都只是赵询的一面之词，无任何证据可证明。

他当时就是觉得赵询颇为可疑，才让赵询背后之人亲自来同他谈，但随着赵家的产业一一被官府查封，此事便也搁浅了。

他问："在官府查封赵家在清平县的据点前，你派去的人有发现什么吗？"

公孙鄞道："清平县那些据点都是临时的，铺子、酒楼什么的，赵家买入手还不到两个月，能查到的东西委实少得可怜。"

谢征叩着桌面的指节微顿："赵家的商铺叫官府查封时，我落脚于清平县方才一个月，这些据点显然不是为我设的。"

公孙鄞也觉得此事越发迷雾重重："你的意思是，在你落难前一个月，清平县肯定还发生了什么事，才让赵家在清平县设下这么多据点？"

他落难前一个月清平县发生的事……

谢征目光一凛，那便只有樊家夫妻的死了。

魏严派人杀了那夫妻二人，还几次三番遣死士去樊家找什么东西，这番动静，注意着魏严动向的人不可能觉察不到。

所以……赵家那些据点，是为了樊家设下的？

赵询能找到他，并非看了他写的时文心生敬意，前来拜访，碰巧发现是他，而是赵家一直都关注着樊家，才顺带发现了他的行踪。

有什么东西呼之欲出。

谢征缓缓道："看来，魏严也叫长信王摆了一道。"

公孙鄞何等聪明，谢征这么一说，他瞬间明白了谢征话中的意思："你是说，长信王故意放出了关于皇孙和当年锦州一战的风声，引魏严自乱阵脚？"

谢征道出自己的猜测："皇孙或许真有其人，或许只是个幌子。但长信王必然知晓当年的一些事，苦于没有证据，才故意放出这些风声，让魏严以为自己当年没清理干净尾巴，回头去斩草除根时，把证据暴露出来。"

饶是公孙鄞，一时间也不免怔住，眉头紧锁："倘若根本就没什么皇孙，那姓赵的替你买了二十万石粮食，一开始就是为了引魏宣征粮，逼反清平县民，里应外合攻打卢城？"

他起身，在军帐内来回踱步："正好北族开始攻打锦州，有了那二十万石粮食，北族人想攻下锦州绝非易事。不然锦州一旦失守，西北门户大开，北族人长驱直入，长信王自己也没好日子过。他这二十万石粮食可谓是一箭三雕！

"魏严要你死，长信王守着崇州粮道，你抵挡北族人，他的大军继续向南，等你成了强弩之末，要么像你父亲和承德太子当年一样，活活饿死在锦州；要么被迫跟长信王结盟，献上兵权。"

公孙鄞再次坐下，紧锁长眉道："当真是好生周密又好生歹毒的计划！"

谢征的神色倒显得有些散漫，他似乎并未把他说的死局放在心上："我以为你会劝我同长信王结盟。"

公孙鄞的脸色不太好看："别把我当成酒囊饭袋。且不说你是魏严的亲外甥，单是你手握重兵这一点，你敢去向长信王投诚，他都不敢用你。这世上，没谁头上悬着一把利剑还能睡得安稳。"

谢征是这世间最好使的一柄刀，无人可敌其锋芒。

魏严曾迫于局势，意外锻造出了他，但在听到些许风吹草动之时，就下了折了他的决心。

权倾朝野之人尚且忌惮他至此，长信王又哪里敢握住这柄刀？

谢征若反，他和长信王谁主乾坤还说不定，长信王何等精明之人，怎会留这么大一个隐患在自己身边？

不过谢征那话倒是让公孙鄞心中有了个念头，他眯起一双狐狸眼："侯爷想要这天下？"

谢征"哧"了声："我要十七年前锦州一战的真相。"

这话让公孙鄞笑了起来："这倒是我识得的那个谢九衡。"

公孙鄞理了理袍角，告辞，走到大帐门口时，没忍住，回头道："我还是颇为好奇，究竟是谁打的你？"

他身上没别的伤，单单这张脸叫人打成了这个样子，实在是有些匪夷所思。

谢征冰刀一样的目光扫过去，公孙鄞赶紧一撩帐帘，走了。

谢征合上眼，那些被刻意忽视的情愫，因为公孙鄞几句话，又翻涌了起来。

大抵是他这一生尝过的挫败不多，心中除了涩然，莫名其妙地还生出几分不甘来。

莫说满京城的贵女，便是公主，他只要想，都能娶回家，独独那女人，就差把他嫌弃成路边一棵杂草。

他的胸口闷得慌，还带了几分恼意。

帐帘却在此时被人撩开，谢征不耐烦地一抬眸，是公孙鄞去而复返，手上拎着个大包袱，这包袱瞧着有些眼熟。

撞上他那不善的眼神，公孙鄞一耸肩，道："蓟州军营那边一校尉送来的，说是有个木匠，几贴膏药治好了他的风湿，承了那木匠的情，他替那木匠找侄女婿。那木匠的侄女婿叫言正，我找贺敬元要的这一千人里，独独你化名言正，我寻思着，这不就是找你的吗？"

他说着，没忍住狐狸眼里的揶揄："侄女婿？你这是成亲了啊？"

谢征看到那个包裹，微怔了一下，随即抿起嘴角，神色瞧着有些冷："放后帐去。"

公孙鄞闻言，一双狐狸眼瞪得老大，看着有些傻："不是，你真成亲了啊？"

谢征抿紧双唇不说话。

他成亲了，不过是假成亲。

公孙鄞见状，皱了皱眉，突然像是想到了什么，难以置信地看向谢征："你该不会是想始乱终弃？"

他将视线落到谢征的脸上，越来越觉得自己的猜测是对的："你脸上这伤莫不是你负了人家姑娘，被那姑娘的娘家人打的？"

谢征脸色难看："闭嘴。"

他才是被弃如敝屣的那个。

公孙鄞却为樊长玉鸣起不平来，痛心疾首地看着谢征："九衡啊九衡，我没想到你居然是这种人……"

谢征不耐烦地一掀眼皮："你自己滚出去还是我让人把你丢出去？"

公孙鄞皱了皱眉，正色道：“九衡，便是对方身份低微，不配为你正妻，好歹是在你穷途末路时跟的你，把人接回来许个妾位也好，哪儿有你这样绝情的……”

谢征沉默了许久才道：“是她不愿跟我。”

公孙鄞的脸色瞬间变得要多怪异有多怪异。

公孙鄞离去后，谢征像是没看到那个大包袱一般，拿起桌上的一册兵书开始翻看。

亲兵进来送茶水时，他冷声道：“把东西扔后帐去。”

亲兵愣了一下，才反应过来他说的东西应该是公孙鄞带来的那个大包袱，拎着包袱就去了后帐。

东西明明已经不在眼前了，但谢征的眉心还是锁着，指尖快速地翻动书页，仍压不下心中那股躁意。

片刻后，他扔下手上的兵书，守在门口的亲兵闻声，正打算进来问问他是不是有什么吩咐，刚把帐帘挑开一条缝儿，就见谢征自己起身往后帐去了。

亲兵赶紧收回手站回原处，目不斜视地继续站岗。

谢征如今的身份在燕州军中也只有公孙鄞和几个心腹知晓，他所住的军帐是普通将领的营帐，分为前帐和后帐，前帐议事，后帐则用于起居休息。

亲兵先前拿到后帐的那个包袱，就放在军床旁的一张小几上。

谢征垂眸看了一会儿，才解开了包袱上的结扣。

包袱里边放了两身新衣，还有一双鞋，都是樊长玉那天替他收拾的。

当看到里边多出来的两包陈皮糖时，他紧抿的嘴角微松了几分，一直憋闷得慌的心也像是突然泡进了热水里，那些莫名其妙的躁动平息了下去。

谢征用指尖拂过那两身新衣，捡起欲收进箱笼里放好，这一拿，却让叠放在衣物里的银票和那纸和离书一并掉了出来。

瞧见“和离书”那几个方正又刺目的大字时，他嘴角的笑意瞬间凝住。

她还真是……铁了心要同他两不相欠！

谢征薄唇冷冷地挑起，与生俱来的骄傲让他恨不能立刻叫人进来，拿了这包袱扔得远远的，闭眼缓了几息，最后却只是拎起包袱，将里面的东西尽数锁进了一旁的箱笼里。

他坐在一旁，垂眼看着脚边的箱笼，脸上一丝表情都没有。

这些东西若是现在扔了，自己总会惦念着，且留着吧，留到自己看着这些东西，心中再掀不起一丝波澜的时候，就是时候扔了。

他是魏严一手教出来的，说起来，他在魏严那里学到的最受用的东西，莫过于直面自己的欲望，同时也学会了掌控自己的欲望。

他对她动心不假，但也仅此而已。

且说公孙鄹离开了燕州军的营地后，心底有只猫爪子在挠一样，实在是按捺不住，溜达着去了蓟州的新兵营。

谢征嘴严，公孙鄹磨破嘴皮子也没能问出多少关于他成亲的事，但公孙鄹寻思着：那姑娘都托自个儿的叔父给谢征带东西来了，瞧着也不像是对他无情的样子，怎么谢征又说那姑娘不愿跟他？

怀揣着这一肚子的疑惑，公孙鄹去问了蓟州管理工匠的小将，倒是没费多少事就打听到了赵木匠。

会医术，还用几贴膏药给一校尉治了风湿的木匠就他一个，好找得很。

如今新征上来的兵卒还需要操练，并不参与实战，从民间征上来的这些工匠则被分配去打造城防器械。

用不着给战马看病，赵木匠就先被分配到了木工营帐里。

管着工匠的兵头领着公孙鄹去见赵木匠时，赵木匠正在拿着刨子刨木头。

兵头喊了声："赵木匠在不在？有人找！"

赵木匠放下手中的刨子，抬起一双老眼朝外看去："小老儿在。"

兵头冲他招了招手，赵木匠暂且跟监工的工头告了假，便往外走去。

他们是工匠，军营并没有统一发兵服，赵木匠穿的还是自己那身灰扑扑的衣裳，脊背佝偻着，看起来瘦筋筋的。

兵头对赵木匠还是颇客气："这位大人找你。"

赵木匠虽进军营没多久，但已经掌握了一套生存之法：见到着甲胄的便唤"将军"，见着普通兵卒唤一声"军爷"；要是没披甲又气度不凡的，甭管对方什么身份，叫"大人"便是。

此刻一见公孙鄹，赵木匠就赶紧作揖道："小老儿见过大人。"

公孙鄞虚扶一把，笑得如沐春风："老人家不必多礼，我听闻老人家有个侄女婿，名唤言正？"

赵木匠在军中这些日子，一直在打听言正的消息，但征上来的兵卒有数万人，他一时半会儿又哪里打听得到？机缘巧合之下，他意外治好了一校尉，那校尉是个性情中人，让他有什么难处尽管去找自己，赵木匠怕说找邻居，人家不当回事，就谎称寻侄女婿，求那校尉帮忙打听一下。

那校尉倒也是个言出必行的，还真把这事放心上了，查到言正在借给燕州的那一千人里后，立马告诉了赵木匠。赵木匠和大多数工匠一样，为免他们潜逃，都被看管了起来，不能擅自在营地里走动，赵木匠便托那校尉把樊长玉准备的包袱转交给谢征。

校尉给了东西后，给赵木匠回了信儿，赵木匠一颗心也放回了肚子里，只觉得对樊长玉有个交代了。

此刻突然有个华服公子找过来，赵木匠一时间也摸不准是为何事，寻思着：莫不是自己撒谎说言正是自己的侄女婿，要被治罪？

他嘴唇翕动了几下，最终揣着颗七上八下的心点了点头。

公孙鄞一见找对了人，一双狐狸眼笑成了眯眯眼，甚至还堂而皇之地找兵头要了个军帐，邀赵木匠一起进去小坐片刻。

赵木匠哪里见过这等阵仗，进帐后颇有如坐针毡之感。

公孙鄞笑得斯文又和气，还主动给他斟了茶："听闻老人家治好了胡校尉的风湿，老人家有一身医术，怎么不当个军医，反来了工匠营？"

赵木匠有些窘迫地道："小老儿医术浅薄，从前是给牲口看病的，哪里敢当军医？"

得知对方是个兽医，公孙鄞笑道："那胡校尉倒是老人家医治的第一人了？"

赵木匠如实道："也不是。小老儿当了十几年的兽医，后来改行当木匠去了，救治的第一人，是我那侄女婿。他那会儿受了重伤，镇上的医馆都不敢收治，小老儿这才冒险用药救了人。"

公孙鄞先是一愣，随即"扑哧"笑出声来，在赵木匠困惑地看来时，他轻咳了好几声，才勉强憋住了笑，道："他穷途末路遇上了老人家您，也是他的运道。"

赵木匠连说"不是"："人是我侄女从野地里背回来的，若不是我侄女把他捡回来，他便是没死在那一身伤上，也得冻死在冰天雪地里。"

公孙鄞心说：美救英雄，倒也是一段佳话。他按捺住好奇，问："后来他就同您侄女成了婚？"

赵木匠见他这般刨根儿问底儿，不由得多看了他一眼，暗道：这一个当官的，怎么打听起言正的婚事来了？

公孙鄞也发现自己的意图太明显了些，只得随意找了个理由搪塞："您那位女婿颇得我们将军看重，将军对麾下重用之人总得打听清楚底细，这才命我前来拜访一二。"

赵木匠虽没读过多少书，可活了几十岁，什么样的事没见过？这仗还没开始打，言正就先得了将军看重，赵木匠心道：坏了，莫不是言正模样生得太好，哪位将军看上了，要招言正做女婿？

那长玉可怎么办？总不能再摊上一回宋砚那样的事。

赵木匠心思百转，道："回大人的话，那孩子后来入赘给我那侄女了。"

公孙鄞正喝着茶，听到这话，当场把一口茶给喷了出来，一向巧舌如簧的人，这会儿舌头打结了一般，话都说不利索："入……入赘？"

皇帝小儿都不敢如此放言，让谢征入赘给一民女，这个老头儿开什么玩笑？

赵木匠见他如此失态，对自己的猜测又确信了几分。

他赶紧道："言正那孩子被我侄女从雪地里背回来，才捡回一条命，后来一身伤病，床都下不得，也是我那侄女不嫌他，留他养伤，靠杀猪挣钱给他抓药看病……这一来二去的，可不就有了情意？"

公孙鄞刚抹干净嘴角的茶渍，一听这话，脸色变得极为怪异："您侄女……是个杀猪的？"

他先前就想着：寻常女子哪里轻易背得动谢征？

赵木匠怕他低看了樊长玉，道："那丫头也是个苦命孩子，她家中本以杀猪为营生，在镇上还开了一家肉铺，日子过得也还算红火，怎料她爹娘死在了山贼手里，家中只余她和一个五岁的幼妹，为了生计，她不得已才靠杀猪养家。"

他说着，目光偷偷地往公孙鄞的脸上扫，发现公孙鄞的脸色一言难尽后，心中还小小地得意了一下。

他说这些，无非是为了告诉眼前这当官的：樊长玉对言正恩重如山，他们要是逼言正娶什么将军之女，那是不道德的。

退一万步讲，若是言正同意娶将军的女儿，那他的人品也称得上低劣了，毕竟有着救命之恩的发妻都能抛弃，这些当官的想嫁女儿，也得好生掂量掂量。

殊不知公孙鄄听了赵木匠说的这些后，想象出了个膀大腰圆、提着杀猪刀、一脸横肉的女子。

他长"嘶"了一声，再想起谢征那句"是她不愿跟我"，赶紧搓了搓手臂。

难怪那厮不近女色，原来他好这一口吗？

公孙鄄怀着最后一点儿期待，心情复杂地问："所以言正入赘给您侄女，是为报恩？"

赵木匠当即吹胡子瞪眼："怎的是为报恩？那小夫妻俩可恩爱了！镇上的地痞无赖去我侄女家闹事，是我侄女婿把那拨人打走的。他识文断字，瞧着我侄女为了给他治伤，早出晚归杀猪挣银子，伤都还没好，就央着我去镇上的书肆帮他接写时文的活儿。过年那会儿，他还替整个巷子里的邻居写春联呢！我侄女在猪肉铺子忙不过来，他的伤好些了，就去铺子里帮忙卖猪肉……"

赵木匠还在滔滔不绝地讲述小夫妻的恩爱日常，公孙鄄想到谢征卖猪肉的样子，没忍住，又抖了抖胳膊上的鸡皮疙瘩。

那厮在落难的这些日子里，到底都经历了什么？

入赘给一杀猪女？

嘶——过于惊悚。

以公孙鄄对谢征的了解，谢征不愿做的事，天王老子下凡来逼他都不成，那谢征八成是自愿入赘的。

就是明白这一点，公孙鄄才越发觉得离谱儿。

难不成那家伙当真喜欢膀大腰圆的彪悍女子？

公孙鄄觉得，要是让京都贵女知晓这些，一个个的怕是得哭断肝肠了……

赵木匠见这当官的面上神情变幻莫测，生怕他们对谢征还有什么想法，又添了句："等这仗打完，我那侄女婿回家，指不定孩子都能下地跑了。"

公孙鄄脸上的表情可以称为惊悚："你……你侄女有孕了？"

赵木匠讷讷地道："这可说不准，咱们村从前就有汉子征兵走后不久，婆娘在家发现自己有孕的。"

他心中想的却是：那些高门大户嫁女儿，就算忍得了未来姑爷身边有通房、侍妾什么的，也忍不了未来姑爷在大婚前就有了庶出的子女。

在人前一贯温文尔雅的公孙郾，这次是当真破功了？他心中掀起了惊涛骇浪。

一向眼高于顶的谢征，居然栽在了一屠户女手上？

公孙郾没忍住，狠拧了一把自己的大腿，疼得他嘴都歪了，确定这不是做梦后，他感觉越发幻灭，勉强同赵木匠客套了两句后，带着一脸怀疑人生的表情走了。

赵木匠看着他震惊又茫然的表情，倒是心情极好地喝了一盏茶：可算是替那小夫妻俩挡了一拨烂桃花。

公孙郾在离开军帐时，正巧碰上蓟州军中那名校尉又来找赵木匠讨膏药。

对方认得公孙郾，见了他，恭恭敬敬地抱拳行了一礼："公孙先生。"

公孙郾还在恍惚中，点头致意后，问："那当过兽医的木匠，就是替你医好了风湿的人？"

胡校尉是个粗人，半点儿没因赵木匠是个兽医而忌讳什么，腰上的风湿不痛了，他这两天正舒坦着呢，当即就咧嘴笑着点头："正是，公孙先生找他有事？"

看来他没找错人。

那木匠口中的侄女婿是谢征无疑。

公孙郾道："随便问问。"

他带着一脸怀疑人生的表情回了燕州营地，找来亲兵，嘀嘀咕咕地交代一通后，神色复杂地道："别去打扰那女子，盯着她的动向就是了。"

亲兵领命退下后，公孙郾盯了谢征的军帐一会儿，回想起谢征之前在营帐里那怅然若失的样子，狠狠地打了个哆嗦，嘀咕道："那家伙，莫不是太久没见过女人了？"

因为心情不佳，出去巡营跑了一趟马回来的谢征正好听到他的后半句。谢征牵着鼻孔里还在呼白气的黑色骏马，立在不远处，冷冷地道："太久没见过女人，今晚让人把你扔怡红院去？"

放在从前，公孙郾是绝不敢应声的，但今日见过赵木匠后，他受的刺激太多了，此刻迎着谢征冰冷阴沉的目光，居然当真考虑了一会儿，然后看着谢征道："九衡啊，咱们俩都还没去过青楼，要不去看看？"

他主要是想确认一下，这家伙是不是眼神出了什么问题。

谢征卷起马鞭的手微顿，他再次抬眼看来时，眼中的散漫已全收了起来："你若是我麾下武将，罚一百军棍都是轻的。"

公孙鄞自知失言，不过这种时候若是顺着他的话认罚，他们这友人便也做不成了，于是耸肩笑道："奈何我不是。"

谢征把战马交给亲卫，越过他往军帐走去，只留下一句："莫坏我军规。"

公孙鄞望着他远去的背影，轻"啧"了一声："能让你这厮开窍，我越发好奇那屠户女是何方神圣了。"

临安镇。

夜幕下，积雪又在屋瓦、树梢上覆了厚厚一层，整个镇上一片寂静，连犬吠都不曾有一声。

"山匪来了！"

"杀人了，快跑啊！"

从县城往周边乡镇逃命而来的人惊惶大喊，尖叫声刺破了雪夜的死寂，睡梦中的镇民被惊醒，胡乱地裹上衣物，抱起孩童就要往外跑，一开门，却有一把雪亮的刀剑刺进了胸腔。

死不瞑目男人叫屋外的匪徒一脚踢开，屋内的妇人抱过孩子往角落里躲，手上的孩子却被强行闯入的匪徒一把丢开，匪徒狞笑着扯着妇人的头发把人往床榻上拖……

很快，整个临安镇火光滔天，孩童的哭声和山匪的喊杀声狰狞又刺耳。

火光里，有一人坐在高头大马上，冷眼望着厮杀劫掠的山匪，随即垂眸看着死狗一样被自己拎在手上的清平县县令，懒洋洋地开口："那个女人，家住哪儿？"

刘县令从得知山匪趁征兵征走了县里的壮年男子，开始攻打清平县之后，想也没想就带着全家老小逃跑，本以为这伙人屠杀完县城的百姓便够了，怎料马车跑出十几里地，还是叫这人骑马追上了。

他浑身是血，又被放在马背上颠了一路，早就被吓破了胆，只一味地哀求道："小人不知，小人当真不知……"

363

裹着焦臭味的热风融化了夜空中还没飘落的飞雪。

不知哪家稚子赤脚哭号着从燃着熊熊大火的家中奔出，在雪地里没跑两步就被山匪砍倒在地，迸出的鲜血溅到了随元青的马蹄上。

随元青手中把玩着一柄闪着寒光的匕首，居高临下地看着刘县令："不是你一手策划的绑我平反民之怒吗？我当日在清平县折了多少人，今夜便百倍千倍地讨回来。"

他用匕首拍拍刘县令的脸，嗤笑道："那青鬼面具人的身份你不知晓，你府上那绑了我的丫鬟的身份，你也不知？"

刀锋陡然向下，在刘县令的身上开了一道口子，刘县令顿时杀猪一样号叫起来。

随元青慢条斯理地道："现在知道了吗？"

刘县令贪功，平息清平县的暴乱后，对外说是自己与下属谋划，绑了随元青一行人，眼下才知道怕了。

一张肥胖的脸哆嗦着，他哭得一把鼻涕一把泪："小人当真不知那女子家住何处，她不是我府上的丫鬟，小人只知她叫樊长玉，是临安镇上一屠户女，求世……"

山匪中有一疤脸汉子驭马走来，随元青眼神一变，在刘县令脱口而出"世子"二字前，一刀抹了他的脖子，将人从马背上扔了下去。

疤脸汉子听说随元青要找一个女人，不快地道："五弟，你逮这软骨头县令，不是说要寻当日伤你的仇人吗？怎么打听起他府上的丫鬟来了？"

随元青扬唇笑了笑："我那仇人，便是这县令府上一丫鬟。"

疤脸男人一听，面上神情骤松，却暗含威胁道："以十三娘的脾性，你在外边若有什么红粉知己，她必是不留的。"

随元青笑意不达眼底："大哥说笑了，我险些葬身鱼腹，全拜那女人所赐，这仇是无论如何都要报的。"

疤脸男人望着倒在地上死透的县令："弟兄们早把县令府上抢了个干净，没瞧见个会武的丫鬟，你骑马追出十几里地去逮人，也没找到那丫鬟，她还能飞天遁地不成？"

他说着，看向随元青："咱们把清平县抢掠一空，转头蓟州府那边肯定会出兵围剿咱们，得尽快回清风寨才是。"

言外之意便是不想随元青再寻那女子。

随元青扯了扯缰绳，制住胯下躁动的骏马，唇角挂着一丝浅笑，道："一切听大哥的。"

疤脸男人见他果真不再寻那伤他的女子，心中也满意了几分，喝道："抢完这镇子就回清风寨！"

随元青马背上挂一杆长枪，一扯缰绳催马，闲庭信步般跟上疤脸男人，有衣衫褴褛的镇民从暗巷里蹿出，他眼都不眨地挑出一抔血色。

疤脸男人见状，这才全然放下心来，驱马去别处查看。

随元青却一手握着长枪，在马背上微微低下了头，问地上被自己挑得半死的人："樊长玉，家住何处？"

这个名字从他的唇齿间吐出来，他的嘴角多了一丝饶有兴味的笑意，带着点儿侵略和毁灭的意味。

他找到了那个女人，想来也能找到那戴青鬼面具的男人。

地上的人胸腔处正"汩汩"地往外冒着鲜血，求生的本能让他颤巍巍地伸出手，指了一个方向："城……城西……"

随元青一夹马腹，在火光和飞雪中，向着城西而去。

腰侧未完全愈合的伤口虽然因为马背颠簸而泛起丝丝细微的痛意，却半点儿不减他心中的愉悦。

临安镇比不得清平县繁华，才从清平县抢掠了一拨的山匪们，吃过肥肉后，对清平县的这块瘦骨头兴致索然，基本上只冲着大富之家去抢，因为一些贫寒人家抢起来格外麻烦，大多数时候都找不到什么银子，得拿刀逼着躲在里边的人，才能让他们自个儿从犄角旮旯里翻出那些藏得严实的银子。

随元青驱马踏进樊长玉家所在的那条巷子里，就瞧见巷子里横七竖八倒了不少人，有老人，也有小孩儿，他手上拎着个路上新抓的人。

想到猎物或许叫人捷足先登了，他眯了眯眸子，语气依旧懒洋洋的，却森冷了下来："哪一户是樊长玉家？"

被他拎在手上的血人哆嗦着指向了巷尾第二家。

随元青扔下手上那人，那人以为自己捡回一条命，连滚带爬就要跑，刚站起来，便被一柄刀贯穿胸膛，直挺挺地倒了下去，地上再添一具尸体。

随元青看了一眼自己手上因为捡起那柄刀而沾上的鲜血，嫌恶地掏出帕子擦了擦手，这才迈进了樊家大门。

樊家明显已叫人翻找过，院子里乱糟糟的，主屋的门也大开着，不像是藏了人的模样。

随元青却丝毫没有离去的意思，举着火把往房内去。

他进了房，里边的抽屉、柜子全打开了，瓶瓶罐罐碎了一地，床单被褥也叫人扯到了地上，显然是有人为了找藏起来的银子干的。

他本欲就此离去，瞧见厨房后边似乎还有一道门时，稍一迟疑，仍举着火把走了过去。

他打开那道门，是樊家的后院，里面只有一个猪圈、一口压着厚重石板的井，还有一条杀猪专用的石凳。

随元青目光扫了一圈，脚下都已转了个方向，当视线落到院中枯井上方的石板上时，却又突然停了下来。

借着火把的光，他清楚地瞧见枯井上方的石板上覆着一指来厚的积雪，可井沿下边被石板遮蔽的地上也覆着厚厚一层雪。

显然那石板是后来被人盖上去的。

为何盖石板？

自然是井底藏了东西。

那石板瞧着有上百斤，换作旁人，只当这是一口废弃的枯井，转头便走了，随元青却轻轻地笑了起来，一双眼弯成好看的月牙儿形，似乎心情不错。

他举着火把一步一步朝着那口盖着石板的枯井走近，脚下的积雪被踩踏，发出清晰的"咯吱"声，和着远处的哭号声，仿佛踩在了谁的心弦上。

他抬手去掀那石板时，身后有凛然的杀意袭来。

随元青赶紧往旁边一躲，一柄剔骨刀贴着他的耳朵擦过，钉入了不远处的院墙上。

不等随元青抬眼往剔骨刀飞来的方向看去，躲在屋顶的人已豹子般矫健地跃下，手上的放血刀再次直逼他的命门。

随元青凭借本能躲闪，奈何对方手握两柄刀，一刀削过，一刀又横劈下来，压根儿不给他喘息的机会。

樊长玉这次是当真下了杀心，那口枯井里藏着长宁、赵大娘还有附近几户邻居，她若败了，他们必死无疑。

她出刀迅疾且猛，左手一柄砍骨刀，右手一柄可做刀砍也可做剑刺的放血刀，称不上有什么招式，只一味地求快，压得对方被迫防守，丝毫不能反攻。

随元青几番想拔剑，都叫樊长玉的刀势给逼得放弃，只能接连往后退，避开她步步紧逼的刀锋。

他索性以手上的火把做武器，火把被他舞得虎虎生风，火舌摇曳，如同一条橙黄色的绸带，然而樊长玉攻势不减，逼得他毫无还手之力。

随元青不敢以火把去硬碰她手中的杀猪刀，只能以火把撞击刀背或避开刀锋再行格挡。

这样一来，他格挡得便分外吃力，尤其对方像是不知疲倦一般，刀势迅猛不说，打了这么久，力道也半点儿没收，他的虎口生生被震得裂开，握着火把的手一阵阵发麻。

随元青暗骂：这女人是什么怪胎？

忽明忽灭的光影里，樊长玉的一双眼冷且锐，她像是撕咬入侵者的虎豹，带着不死不休的狠厉，半点儿不同于初见时的娇憨老实。

她发狠的时候，眼角眉梢莫名其妙地显出一股勾人心魄的劲儿。

随元青盯着这张姣好而凌厉的面孔，微愣了一瞬，就是这一瞬，他手上的火把直接被削断，那柄放血刀狠狠地扎入他的肩胛，对方若是再用力一挑，他整条胳膊指不定都能飞出去。

剧痛让随元青瞬间回神，他在樊长玉挑断他的经脉前喊道："你动了我，你和井下的人也无望活着出去。"

樊长玉刀势一顿。

随元青瞬间找到了谈判的筹码，道："你放了我，我也放过你和井下的人。"

樊长玉冷喝："我凭什么信你？"

正好门外有山匪发现了随元青留在巷外的马，在外边喊道："五当家的，您在里边吗？"

随元青伤口处涌出的血浸透了半边衣裳，他好整以暇地挑起唇角："信不信由你。"

一切决定都只在瞬息之间，樊长玉在外边的人找进来前，抽出了钉入随元青肩胛的放血刀，改用一柄小巧的剔骨刀抵在他左边肋骨的间隙处。

她从那里刺进去，便能刺中心脏。

樊长玉低声道："我上次就说过，会让你见识到过年猪是怎么放血的，你要是不老实，我这刀子一送进去，你总会比我先见阎王。"

她用刀抵着对方，将人一把拉了起来，一脚踢开井口的石板时，在樊家院子里寻人的山匪听到动静，也往后院找了过来。

几个火把照亮了这方寸天地，一行人瞧见随元青将一女子摁在墙角处，一块废弃的门板倒在地上，方才的动静似乎就是那门板倒地发出的。

殊不知，那门板下方盖着的，正是那柄在随元青的肩胛处捣了个大洞的放血刀。

随元青伤没好，肩上披着厚重的大氅，此刻那女子的身体完全隐进了大氅里。

一群山匪瞧见了，心照不宣地笑了起来。

其中一人道："我等坏了五当家的好事。"

随元青只笑骂道："知道还不滚出去？"

他顺势揽住樊长玉的后腰时，樊长玉手中的剔骨刀往前递了几分，胸口的皮肉被浅浅割开一层，刀锋的寒意抵着皮肉，随元青到底还是收敛了，那只手虚虚地落在樊长玉的衣物上，乍一眼瞧着是揽抱的姿势。

他嘴上却压低了嗓音调笑道："你要拿我做人质，我不用这法子，如何带你出去，又帮你瞒过那井里有人？"

樊长玉不语，刀锋倒是没再往前了。

她貌似羞怯地倚在他的怀中，整张脸被大氅遮去了大半，实则是冷冷地持刀抵着他的命门。

随元青垂眼看着她在火光里唯一可见的莹白耳朵，牙根处泛起一股钻心的痒意，恨不能在她的耳垂上咬一口，最好是咬出血来，留个牙印在上边才好。

只是这般想着，他心中就莫名其妙地愉悦了起来。

他两次都栽在了这个女人的手上，而且一次比一次伤得惨。

出乎意料地，他并不觉得恼，见惯了对他顺从的女人，这滋味反而怪新奇的，像是驯一匹烈马，他喜欢这烈马慢慢被自己驯服的感觉。

只是眼前下意识地又闪过他拉着她坠下城楼时，她唤那戴青鬼面具的男子的一幕，牙根处的痒意更甚，他微微垂首，贴近她的耳根问话："那面具男人怎么不出来帮你了？"

樊长玉手中的剔骨刀毫不犹豫地往前递了一分。

感受到胸口的凉意，随元青嘴角噙着微笑，直起了身子。

368

这一幕落在外人的眼里，只当他是同他怀中的女人调情说了什么话，一群山贼淫邪的眼神不住地往随元青的大氅下扫去。

奈何樊长玉整个身体都被大氅遮住了，他们只觉得樊长玉似乎比寻常女子高挑儿，旁的也瞧不出什么。

随元青道："走吧，大哥估计等得急了。"

樊长玉借着大氅的遮掩，以剔骨刀抵着人往外走，心中自有计较。

经过了这一出，几乎没山贼注意到院中那口井。

那口枯井本是当地窖用的，里边有绳梯，等山匪一走，井里的人便能顺着绳梯爬上来。

她只要劫持这人，估摸着时辰，等到赵大娘他们带着长宁逃出去后，再让他带自己去僻静处，她独自一人应付他，成功逃跑不在话下。

只是……之前蓟州官府那边平乱后查出此人乃崇州叛军，他怎么又同这伙山匪有了勾结？

官府张贴的告示并未点明随元青的身份，樊长玉也只知他乃反贼，不知他就是长信王世子。

樊长玉尚在思索其中的缘由，巷子外突然传来一声："大当家的来了！"

樊长玉不动声色地侧眼瞄了山匪口中的大当家的一眼，却见对方脸色难看，手上的鞭子直接向着自己甩来。

樊长玉心知自己是万不能去挡那一鞭子的，只在那疤脸男人出鞭的瞬间，手中的剔骨刀往旁边一拉。

她没继续往里刺，却把伤口拉得更大。

随元青受到了她这无声的威胁，嘴角的笑意更深了些，在那一鞭子落到她身上的前一刻，徒手将鞭子抓住。

鞭子受力折回他的手背上，他的手背上瞬间浮起一道肿痕，他却像是不知痛一般，抬眸看向马背上的疤脸男人："大哥这是做什么？"

疤脸男人喝道："你想带这女人回清风寨？"

随元青漫不经心地道："好不容易才瞧上个合心意的。"

疤脸男人直接扔了一把刀到随元青的脚下："你若还想娶十三娘，就杀了这女人。"

樊长玉见随元青明显和这山匪头子不合，似乎还有婚约在身，心中不免暗骂此人奸诈。

这山匪头子要他杀了自己，他若不肯，那山匪头子亲自动手，她挟持他的事可不就败露了？

一时间，樊长玉握着剔骨刀的那只手的掌心不由得沁出了冷汗，她极力保持镇静。

最坏的结果莫过于被人发现自己劫持他罢了，只要在他开口说出枯井里还藏有人前一刀取了他的性命，那长宁他们就还是安全的。

她只身一人，光脚的不怕穿鞋的，抢到一匹马后，逃出去也不无可能。

随元青靠樊长玉极近，自然能感觉到她浑身都绷紧了，就像是一头狩猎的猛兽，随时都准备暴起将猎物撕碎。

她若真下刀子，自己绝对是先命丧黄泉的那个。

随元青倒也没在这种时候逗她，轻笑了一声："大哥是想我为十三娘守身如玉，一辈子只她一人？"

都是山贼，他们哪能不知男人那点儿劣根性？

疤脸男人喝道："我就这么一个妹子，往后如何我不管，但你同她还没成亲，就要带一个女人回寨子里，你把我清风寨当什么了？"

随元青皱眉，语气乍一听竟带了几分真诚："我入了清风寨，同大哥做这结义兄弟，本也不靠女人的裙带关系，我秦缘浪子一个，实在配不上十三娘，大哥不若替十三娘另择佳婿，我今后也把十三娘当亲妹子看，谁若欺她，我第一个不答应。"

疤脸男人咬牙道："你就这般看不上我那妹子？"

随元青垂下眼帘："是我秦缘生性浮浪，不配为十三娘的良人。今日大哥可逼我杀了这女子，他日呢？我瞧上一个，大哥就逼我杀一个？长此以往，只会伤了同大哥的情分，不如现在把话说开了好。"

疤脸男人心中虽恼恨，却也知道随元青说的不无道理。

他就是这样一副浪子模样，才勾得十三娘魂儿都快没了，可他生性如此，自己逼得了他一时，还逼得了他一世吗？

只是疤脸男人心中到底替自己妹子不平，喝道："十三娘把你从江边救起来，且不提这救命之恩，你同她已有了肌肤之亲，你不娶十三娘，置她于何地？"

随元青抬起眼："大哥为了让我娶十三娘，不惜拿世俗的这一套说事了？"

疤脸男人面色难看，也知道自己这话站不住脚。

江湖儿女不拘小节，真要拿着妹妹救了他的那点儿肌肤之亲说事，传出去只会让人贻笑大方。

最终疤脸男人没再发难，阴着脸掉转马头，沉喝一声："回清风寨！"

底下一群小喽啰也一窝蜂地跟着离去，只有几个留在原地拍随元青的马屁："五当家的果真是大丈夫。之前还有人说五当家的是靠着十三娘才得大当家的青眼，大当家的分明是看中了五当家的这一身本事，想把妹子嫁给五当家的。黑龙寨攻打咱们寨子那日，可全凭五当家的一计破敌……"

肋下的伤口还被樊长玉拿刀抵着，随元青也没心思听这几个小喽啰拍他的马屁，打断他们的话道："莫要胡言，以免伤了我同大哥的情分，大哥待我如亲兄弟，不过是为十三娘的事护妹心切罢了，回寨子。"

几个人得了教训，面上讪讪的，没敢再说些刻意迎合他的话。

樊长玉没作声，听他们这番对话，已然明白随元青为何会跟这些山匪混在一起。

原来他当日为言正所伤，遁江而逃后叫清风寨的人救了。

她注意到拍马屁的几个小喽啰里，有一人不动声色地往前去了，她暗忖：那人应当是那清风寨大当家的人，随元青知道他，才故意说的那番话？

樊长玉心道：这家伙的心眼儿还真是多得跟藕孔一般。

随元青肋下被一柄刀抵着，跟个没事人一般带着樊长玉走到马前，才微微垂首，压低了嗓音问她："你这刀抵着我，我没法儿上马，可如何是好？"

不管是他先上马，还是樊长玉先上马，樊长玉都不能再继续劫持他。

几个小喽啰只当是随元青在调情，心痒痒地瞄了几眼，又不敢造次，低声说了两句荤话，笑着先往前边去了。

其中一名小喽啰道："这回可算是干了票大的，回寨子后能好生歇一阵子了。上回大当家的带着咱们去截杀那镖师，找劳什子藏宝图，结果居然是假的……"

樊长玉原本只集中精力应付随元青，骤然听见这么一句，顿时浑身的血几乎都在逆流。

截杀镖师，藏宝图……

官府之前结案，可不就是说她爹娘因为藏宝图而死于山匪之手？

这么巧，她爹娘也是被这伙人杀的？

她几乎抑制不住浑身外泄的杀气。

随元青见她不作声，反而身上杀意陡增，顿时警觉起来，以为樊长玉想在这里将他一刀毙命后独自驭马逃走。

他道："在这里杀我可不是什么明智的选择，除非你想独自一人应对几百人。"

樊长玉握着刀把的手紧了紧，她也知眼下不是意气用事的时候，爹娘的仇，以后还有机会报，长宁和赵大娘他们还在枯井里，把这些山匪引开才是紧要的。

她稍做思量，道："把你身上的剑解下来给我，你先上马，再拉我上去。"

随元青以为劝住了她，扬了扬嘴角，照做了。

他侧身去抓马鞍的刹那，樊长玉一手刀就向着他的后颈砍去，随元青上次已吃过亏，这次早有防备，在樊长玉手掌劈下时，他侧身一躲避开，再出手闪电般截住樊长玉的那只手，用力一挫，樊长玉当即闷哼一声，只觉得整条胳膊都软了下来，心知定是脱臼了。

随元青看着她额角沁出的冷汗，慢条斯理地道："我不会在同一个地方栽两次……"

樊长玉一双偏圆的杏眼死死地盯着他，自有一股狠劲儿在里边。

在随元青拽着她脱臼的那只手往他身前带，欲捉住她的另一只手时，樊长玉直接朝着他的腿间狠踢一脚。

这次轮到随元青闷哼一声，面色痛苦地矮下身去，咬牙道："你……"

他显然没料到樊长玉竟会使这等不入流的阴招。

樊长玉才不管磊不磊落，在他矮身时，直接以手肘在他的颈后狠击了两下，随元青只觉得眼前阵阵发黑，终究是踉跄着倒了下去。

这番动静也引得走在前边的几个小喽啰看了过来。

几个人举着火把，见樊长玉拎死狗一样拎着晕过去的随元青，皆是一呆。

樊长玉来不及思索，赶紧拎着随元青翻身上了马背。

她倒是想直接在这里一刀结果了他，但随元青之前说的话的确有道理，她全盛时期都不一定能应付这伙山贼，现在一只手已经脱臼，处境更加凶险，不带着这人，关键时刻还能拿他做人质保命。

这一切只发生在瞬息之间，小喽啰们终于反应过来，大叫道："那女人劫持了五当家的！"

一伙儿人举着火把刀剑就要上前去拦樊长玉，奈何樊长玉已到了马背上，用力一夹马腹，冲出巷子，小喽啰们也怕命丧马蹄之下，躲的躲，被撞到墙上的被撞到墙上，终是没能拦住她。

这边的喧哗声让驭马走在最前边的疤脸男人也回头看来，他只瞧见冲天的火光里，一匹矫健的大马驮着二人从巷子里冲了出来，马背上扯着缰绳的赫然是名女子。

那女子显然也瞧见了他，一怔之后，赶紧掉转马头，往相反的方向跑了。

从巷子里追出来的喽啰们大喊大叫："五当家的在那女人的马上！"

疤脸男人回想起之前见随元青时，那女人始终以一副没骨头的样子靠在他的怀里，哪里像是良家女子该有的样子，顿时觉出不对劲儿来，策马追了上去："拦下那女人！"

樊长玉引着一群人追出十几里地。那伙山匪里有擅骑射的，一路都在朝着她放冷箭，樊长玉索性把晕过去的随元青放到马后，拿他当肉盾，放箭的山匪有所忌惮，射出的箭矢这才没伤到她。

但她身下的马匹驮着两个人，跑得不如身后那群山匪的马快，时间越长，追上来的山匪们咬得越紧，官道后方滚滚而来的马蹄声几乎和樊长玉的心跳合成一个节拍。

樊长玉估摸着赵大娘他们已经带着长宁逃出临安镇了，到前方的山弯时，只要让这马一直往前跑，引着山匪继续追，自己跳马，就能暂时躲过他们的追杀了。

她看了一眼身后当肉盾的人，想到那日清平县的动乱和今夜无辜惨死的那些人，拔出了腰间的剔骨刀。

只是她还不及将刀刺下，在马背上颠簸了一路的人恰好在此时醒来，瞧见眼前的寒光，出于本能，用力抓住了樊长玉的那只手。

有叫他卸了一条胳膊的教训在前，这次樊长玉反应极快，借着他的力道往后一倒，手肘重重地撞在他胸前的伤口处。

随元青吃痛，松开了扼住她手腕的大掌，樊长玉反手再刺时，他已来不及躲避，便一脚踢向樊长玉踩着马镫的膝弯。

樊长玉身体失衡，摔下马去，那一刀也转了方向，刺向了马臀。

樊长玉摔下马时，正好马儿吃痛，一声嘶鸣，继而疯了一般狂奔起来。

随元青才躲过一刀，就险些被甩下马去。以这时候马疯跑的速度，他要是摔下去，不死也得摔得缺胳膊少腿。他只得暗骂一声，先抓紧缰绳，将自己稳在马背上。

地上铺着一尺来厚的积雪，樊长玉落地后连滚好几圈才卸掉力道，没添旁的伤，但脱臼的手在翻滚时被压到，钻心一般疼，她脚上的鞋子也在摔下马时叫马镫给刮掉了。

樊长玉顾不上冷，也顾不上痛，赶紧爬起来捡起鞋子掷向官道下方的河岸边，自己则一头扎进了官道内侧满是积雪的松林里。

很快那雷鸣般的马蹄声就逼近了，朝着狂奔的那匹马追去。

大雪还在纷纷扬扬地下，樊长玉缓缓吐出一口浊气。

她把那只鞋子扔到河边，是为了让山匪往回追时，误以为她从河里逃了。

她自己往松林深处走去。雪天是最不利于躲藏的，走过的地方都会在雪地里留下脚印。好在这是晚上，山匪不打着火把看，轻易发现不了这些足迹。

饶是如此，樊长玉还是折了一根松枝，把雪地上的脚印都扫平。

这会儿雪大，她把足迹扫平了，那些痕迹很快就能叫飞雪盖住了。

处理完进林子的那段脚印后，樊长玉才弃了松枝，靠着天上的北斗星辨别方向往前走。

她一只脚没了鞋，只套着毛毡袜，深一脚浅一脚地在雪地里走，毛毡袜很快被雪水浸湿，刺骨的寒意从脚底传来，整条腿都快被冻得没知觉了。她嘴唇发白，身体止不住地哆嗦。

但樊长玉一刻也不敢停。

长宁还在等她。

一队斥候行至清平县地界，远远地瞧见整个县城火光滔天，皆是一惊。

训练有素的斥候下了马，正欲刺探敌情，就见崎岖小道上，十几名老弱妇孺互相搀扶着往这边走来……

…………

卢城。

天明时分，一骑流星马便驰向了燕州大营。

"整个清平县都被屠了？"

中军帐内，公孙鄞一向温雅平和的脸上难得出现了严肃之色。

连夜赶回来报信的斥候低下了头："我等奉先生之命前去清平县时，那儿已是座死城了，去查探缘由时，才意外碰上几户活着的人家。"

公孙鄞忙问："他们现安置在何处？"

斥候答："属下先行回来复命，余下的人马护着那十几个活口去了蓟州府。"

公孙鄞负手在帐内走了一圈，问："那姓樊的屠户女可在其中？"

斥候道："并未，不过她幼妹在。那活下来的十几人说，是那名屠户女将他们藏在家中的地窖里，托付他们帮忙照顾她幼妹。山匪发现地窖里藏了人后，那屠户女不知用什么法子引走了山匪，那些人出来后，并未找到那屠户女的尸首，想来是叫山匪带回了山寨。"

公孙鄞没见过樊长玉，但此刻听属下说，樊长玉为了保护那些人叫山匪抓走了，旁的不说，单是这份气魄和大义便不输男儿。

他挥退了斥候，又唤来亲兵："侯爷现在何处？"

亲卫抱拳道："侯爷一早便巡视河谷地形去了。"

公孙鄞当然知道谢征为何会突然去巡视河谷，锦州和徽州的粮道都只能指望崇州，但蓟州还有一条水路可运粮，只是入冬以来，江河水位下降，才无法用于航运，等到开春后，这条航道便能重新启用。

若是蓟州也失，他们就当真被长信王掐住了七寸。

要守住蓟州，卢城这道屏障便不可失。

他和谢征商议过，应对长信王这五万大军最有效的法子，莫过于借助开春后的那场春洪。

公孙鄞道："即刻派人去寻侯爷！"

他的话音方落，帐外便有亲兵唤了一声："侯爷。"

公孙鄞正焦头烂额，闻声，忙快步迎了出去。

天光大亮，帐外走来的人一身玄色战甲，肩吞和披风上沾着细雪和晨霜，神情冷厉，俊美无俦的脸上也带着霜雪的寒意，叫人不敢逼视。

公孙鄞见了他便开门见山道："清平县像是被人寻仇了，整个县城都被屠了。"

谢征解下披风的动作一顿："何时的事？"

公孙鄣道："斥候刚送回来的消息，说是山匪的手笔，临安镇上那姓樊的屠户女也叫山匪抓了去。我琢磨着不太对劲儿，长信王世子迄今没寻到踪迹，这会不会是他的报复？"

谢征提了剑架上的一柄佩剑就往外走："备马，点一百轻骑随我去清平县！"

一直到天明，樊长玉才走到了大路上，山匪早就被她甩得无影无踪。

她赤着一只脚在雪地里走了半个晚上，此刻筋疲力尽，不知是不是感染了风寒的缘故，头一阵阵地发疼。

樊长玉在心中把随元青问候了千百遍，心道：下次再见，非取他狗命不可！

蓟州府在清平县以南，赵大娘他们离开清平县后，肯定会去蓟州府报官，她也往蓟州府去，总能遇上赵大娘他们的。

听见远处传来"辘辘"声，樊长玉心知山匪劫道，要么是一群人埋伏蹲守，要么是骑马，不可能只有一辆马车，便也没躲避。

待那马车驶来时，她瞥了一眼，发现那马车看着虽不华丽，但车轮比一般马车的似乎大上一圈，行驶在雪地里，很是平稳，车辕瞧着也结实，用的篷布是樊长玉没见过的厚实料子。

樊长玉猜测这应该是大户人家才有的马车，只看了一眼，就垂首继续走自己的路。

那车夫看见樊长玉一只脚没穿鞋，倒是同车内人道了句："那小娘子当真是不畏寒，大雪天的，居然不穿鞋在路上走。"

一只白皙修长的手撩起了厚重的车帘，浅色的眸子里映出这官道上的山川雪色和那赤足行走的女子，他道："想来是遭了什么意外。问她家住何处，捎她一程。"

男子都发话了，车夫不敢不应，停下马车后冲樊长玉喊道："小娘子，你家住何处？我家郎君怜你雪天赶路不易，愿意捎带你一程。"

樊长玉知道自己这会儿的身体状况不容乐观，脱臼的手没能及时处理，已经肿了起来，那只没穿鞋的脚更是冷到没有知觉。

她没逞强，道："我想去蓟州府衙。"

车夫道："这倒是和咱们同路了，上来吧。"

樊长玉向对方道谢后，便上了对方的马车。

车帘掀开的瞬间，里边的暖意扑面而来。

坐在榻上看书的青年，一袭雪青色的袍子上没有任何花纹绣样，却透出几分"大道至简"的意境来。

第一眼瞧见这人，樊长玉便觉得他当真是个读书人。

不同于宋砚的自命清高，也不同于言正的散漫和狷狂，他眉眼间携着一股温润平和，像是冰天雪地里突然照下来的一抹暖阳，莫名其妙地让人想要亲近。

青年见樊长玉望着自己发愣，也没流露出什么不耐烦或者讥诮的神色，只礼貌地冲她微微一颔首，见她的衣襟、发梢上全都是雪，把炭炉子往她这边推了推，又递来一件不知什么材质但摸上去极软的披风。

"姑娘的鞋袜都湿透了，且烤烤吧。"

樊长玉知道自己此刻有多狼狈，这车中的摆设看着简朴，但有一股她形容不出来的讲究，她尽量只坐靠近车门的那一块地方，摇头道："多谢公子，我不冷。"

她的头上和眼睫上的霜雪叫车内的暖意融化了，结成细小的水珠子挂在上边，整个人像是一头从清晨的山林里钻出来，沾了满身晨露的小豹子，失了攻击性，倒显出几分茫然的憨态和可怜来。

青年以为她是介意自己在车厢内，和煦地笑了笑："在马车里坐久了有些闷，我去外边透透气。"

他说着，便撩开车帘，和外边的车夫坐一块儿去了。

樊长玉望着晃动的厚重车帘，微微愣了一瞬。

炭炉子的暖意让她冻久了的手脚终于有了些知觉。樊长玉还是没要那件披风，将它叠起来放到坐榻上，只借炭炉子烘烤被融化的雪水浸湿的衣物。

手上的那双鹿皮护腕受了热，有些发烫，隔着衣物，让整个手腕也变得暖融融的。

樊长玉一只手脱臼了，不方便解开这护腕，解开了也不好再扣上去，便将就着烤火。

感觉护腕变烫的时候，她抬起手贴到了脸侧，想起言正离开那天说的话，心口莫名其妙地有些胀胀的。

身上的衣物烤得半干的时候，樊长玉正打算让那青年进来，马车却骤然一停。

樊长玉听到了外边车夫的闷哼声和重物坠地的声响，瞬间握紧了贴身藏着的那柄剔骨刀。

车外传来马蹄声，紧跟着是笑谈声："伤了五当家的女人没找到，倒是顺道劫了一尾大鱼。"

青年显然也是头一回遇上这样的事，嗓音里带了几分慌乱，言语却还算镇定："诸位好汉莫要伤我这仆从的性命，车中的财物，好汉尽管取走，若是不够，我修书一封送往家中，再拿些银钱来也是成的。"

劫道的山匪见他如此上道，都"哈哈"大笑起来，"好小子，倒是识趣！"

几个山匪当即就上前来要掀开车帘，查看车中都有些什么。樊长玉怕这伙人认出自己来，迫不得已，抖开放到坐榻上的斗篷披在了身上，只盼着昨夜黑灯瞎火的，她又一直借着随元青身上的大氅遮掩自己的脸，这些人不记得她具体是何长相。

怎料车帘还没被掀开，樊长玉却先听到了利器刺入皮肉的声音。

车外传来青年愤怒至极的质问声："你们……你们何故杀他？"

一名山匪"哈哈"大笑："能留着换银子的就你一个而已，弟兄们何必费力不讨好，再替你带个仆人？要是车上还有女人，弟兄们倒是能带回寨子里。"

那名山匪用刀掀开车帘时，里边的人直接一脚将他踹飞丈余远。

余下的山匪被这突来的变故惊到了，一下子没反应过来。

樊长玉披着斗篷扑到车辕处，直接一刀割断套马的车绳，再在车辕处一踏，人就落到了马背上，她一手紧拉着缰绳，一夹马腹，经过那青年时，直接把人拦腰给提了上来。

"是伤了五当家的那女人，快追！"反应过来的山匪们如同鬣狗一般猛扑了过来。

那青年显然是个没骑过马的，几乎被颠下马背去，樊长玉喝道："你拽着我的衣裳！"

那青年当真守礼，命都快没了，仍没半分逾越，樊长玉让他拽着她的衣裳，他就当真只死死地揪住她腰侧的衣裳，好几次差点儿被甩下马背去。

樊长玉实在分不出精力去抓他，索性拎着他的衣领把人横放到了身前，这会儿青年总算是不会被甩下马去了，就是被颠得胃都差点儿翻过来。

身后的山匪穷追不舍，前方的三岔路口又有一拨山匪围堵了过来，带头人正是那疤脸男子，两拨人马相撞，彼此都愣了愣。

樊长玉注意到这拨山匪身上大多带着血，神情狼狈，像是才经过一场恶战。她一时间也猜不透这拨山匪是跟什么人交手的，本能地选择了唯一一条畅通的路逃跑。

本就追着樊长玉的那拨山匪此刻也赶了上来，瞧见另一拨人，道："大当家的，你怎么也来了？"

疤脸男人含恨道："清风寨已叫官兵捣了！"

追着樊长玉的那拨山匪傻了眼："那咱们怎么办？"

疤脸男人道："抓住那女人！官兵们在找昨夜伤了五弟的那个女人！"

两拨山匪合力追上来的时候，樊长玉暗骂：自个儿又没刨他们的祖坟，至于拿出这不要命的架势来追她吗？

官道一直往前延伸，尽头是一处渡口。

这天寒地冻的，渡口只停着一艘小船，也没个船夫在。

樊长玉下了马，用没伤的那只手拎着青年就上了渡口的唯一一艘船，奈何她不会撑船，只能拿着竹篙在岸边借力一推，将船送出几米远，就再也前进不了分毫。

山匪追过来后，也不管严冬的水有多冷，直接下饺子似的往江里扑腾。

樊长玉拿着竹篙赶他们，奈何山匪人实在是多，还是叫一些山匪寻着间隙摸到了船舷。

谢征捣毁了清风寨，没在山寨里找到樊长玉，又审了几个山匪，得知樊长玉昨夜没被他们抓住后，便只带着麾下的骑兵清剿这些逃出去的山匪。

谢征一路追到这渡口，远远便发现江上那女子颇为眼熟，待稍近些看，果真是樊长玉！心口火烧似的焦灼感尚未平复，谢征便发现她正极力护着船上一个手无缚鸡之力的书生，他的唇角瞬间抿紧了。

他身后的亲卫追上来，见谢征驭马停在了原地，亲卫看了看江边被一群山匪围攻的一男一女，道："侯爷，那些山匪似要抢船。"

谢征寒声道："取弓来。"

冷得能掉冰碴子的视线却盯着船上那被樊长玉护在身后的青年。

第十二章
吃　醋

今日的天气委实算不得好，细雪一直未停，江水边缘都浮着一层细碎的薄冰。

樊长玉刚一竹篙扫落扒着船舷的山匪，身后的青年忽而大叫一声，樊长玉回头，就见一个山匪抓住了他的一只脚，正使劲儿把他往水里拖。

船尾又有山匪扒上来了，正要往上爬。樊长玉分身乏术，咬了咬牙，一脚踹掉船尾的水匪，反手一竹篙捅过去，拽着青年脚踝的山匪来不及吸气，就被她捅到水里，冰寒的江水灌入口鼻，山匪被呛了个半死。

青年赶紧扑腾着爬起来。他的一只脚都被拽下了水，此刻裤腿和鞋袜湿透，刺骨的寒意让他嘴唇发白，他却仍记着向樊长玉道谢："多谢姑娘……"

他眼神忽而一变，大喝："小心！"

樊长玉下意识地将竹篙往身后一挡，从水底跃起的疤脸男人手握一柄大刀，狠狠向她砍来，樊长玉手中的竹篙直接被削成了两截。

眼见刀锋就要逼到眼前，躲是来不及了，樊长玉只能往后仰，尽量避开要害处，顺带将被削断的竹篙尖锐的那一端刺了出去。

本着死也要拉一个垫背的心理，樊长玉手中的竹矛的确刺中那疤脸男人了，那要落到她左肩上的一刀没能劈下来。

耳边传来尖锐的破风声，带着万钧之力的箭镞几乎是卷着她的鬓发飞过，樊长玉甚至觉得那气流刮得自己脸颊生疼。

"叮——"

一声叫人牙酸的金属脆响，那支箭直直地射向了疤脸男人手中的大刀，火星迸射，箭镞在那强悍的碰撞力道里粉碎开来，疤脸男人手中的钢刀也像碎冰一般，一寸寸裂开。

随后而至的数箭纷纷落到了扒着船舷的山匪身上。

在场人俱是一惊。

疤脸男人反应极快，当即拔出身上的短刃，削断了刺入他体内的那截尖竹，整个人遁入水中，不再留在船上当活靶子。

樊长玉朝着箭镞飞来的方向看去，只瞧见一队挽着大弓的骑兵呼啸而至，马背上的官兵都着一样的厚甲，一时间也分不清震碎了疤脸男人钢刀的那一箭是谁放的。

她只当是蓟州府那边知晓了清平县的惨案，出兵前来剿匪了，心中大松一口气。

山匪大多是乌合之众，拿着刀剑尚能比画几下，面对能骑擅射的剿匪官兵，他们只能抱头鼠窜。

箭镞如飞蝗落向水面，山匪们很快又密密麻麻地挤在一起，哀号声四起，江面也晕开了血色。

眼见不能上岸，江水又寒意浸骨，一群擅水的山匪干脆在水下推着樊长玉所在的那条船往江心去。

樊长玉发现脚下的木船离渡口越来越远，顿觉大事不妙。

一旦远离了弓箭的射程，船上又只有她一人，应对这群穷途末路的山匪只怕更加吃力。

江心水流湍急，几乎不用划，船就被水流带着飞速往下游去了。

岸上的官兵显然也发现了这一点，已经停止了放箭，一些会水的官兵解开身上的厚甲，潜入了江水中。

把木船推得远离渡口的山匪此刻从水下冒出了头，要再次夺船，樊长玉很难顾上那青年，便拎起他的衣领，说了一声："得罪了！"

随即她用力地把青年往下水的官兵那边抛去。

青年大惊失色，只来得及唤一句"姑娘"，整个人被抛出一道弧线后，落入了水中。

他显然是个不会水的，半晌才扑腾起来，死命拍打着冰寒刺骨的江水，大喊"救命"。

游过去的官兵费了些力气才避开他的双手，抓住他的后颈，把人往岸上拖。

谢征在岸上看着这一幕，唇角抿得死紧，手中的大弓再次拉满。亲卫想说船漂出太远，距离已远远超过弓箭的射程了，下一瞬，却见一支支白羽箭爆裂般自他的弓弦上飞出，而远处挨着船只的江面，一具具尸体慢慢浮了上来。

岸边的旱鸭子骑兵们先是一愣，随即爆出阵阵喝彩声。

谢征的脸上却仍是一片冷意。

船已到了江心，被水流带着往下游去，弓箭根本射不到躲在船下的那些山匪。

被救上来的青年浑身湿透，冻得脸色青白，躺在地上吐了好几口水，缓过劲儿来后，第一件事便是对周围的官兵道："快救救船上那位姑娘！"

谢征冷冷地扫了他一眼，一扯缰绳，往沿江的官道飞驰而去。

亲兵们反应过来，他这是要走陆路去追那艘船，赶紧也驱马跟了上去。

樊长玉手持半截被削断的竹篙立在船上，将最后一名试图爬上来的山匪戳下去后，江面一时平静了下来，似乎躲在木船底下的山匪都已死了。

她不敢托大，警惕地观察了一阵江面后，确定只有水流的波痕，才去船头拿起木桨，打算往岸边划。

她刚划了两下桨，一大片水花突然朝她泼来，紧跟着，一名山匪冒了出来，樊长玉一惊，顺势拿船桨去拍那名山匪。

怎料那名山匪本就是个死人，疤脸男人在她拍那名死去的山匪之际，贴着船舷跃起，将匕首划向樊长玉的脖子，樊长玉侧身躲过，胳膊却还是叫他用匕首拉出长长的一道口子。

疼痛让樊长玉闷"哼"一声，手上的船桨反手一抢，船桨手把戳在了疤脸男人先前被竹篙刺伤的地方。

疤脸男人虽成功上了船，却也因腹部的伤口再次受创而踉跄着后退一步，跌坐在了木船上，额角的青筋都因疼痛而凸起一条。

樊长玉拔出剔骨刀就朝他刺去，疤脸男人瞳孔一缩，狼狈地翻滚躲开后，避到了船尾，同樊长玉打商量："女侠，你我都不想死在这江中葬身鱼腹，与其缠斗下去两败俱伤，不如暂且握手言和，有什么恩，什么怨，来日再报，如何？"

樊长玉貌似真的仔细想了想，最终收起了刀，说："好啊。"

疤脸男人似乎松了一口气，却仍只在船尾，半点儿不敢放松警惕。

行过了那一段激流，江水平缓下来，船的速度也慢了下来，船上的人已经能瞧见岸上追来的那队骑兵。

谢征一马当先跑在最前边。官道地势高，他估算了一下官道到江心船只的距离，用力抽了胯下的战马两鞭，战马立刻一骑绝尘，将亲卫都甩在了后边。跑过江上那只船一段距离后，他才弃了战马，几乎是一路疾步往江边走，解下身上的战甲，赤膊跃入了江水中。

船是顺着水流一直往前的，他横游去江心，必须往前跑一段距离，才能在横游到江心时截住那只船。

船上，疤脸男人注意到后面追来的骑兵，脸上露出焦急之色，樊长玉十分善解人意地道："要不我把桨给你，你自己划，如何？"

疤脸男人迟疑地点了点头。

樊长玉拿起船头的船桨就扔了过去，与此同时，将剔骨刀也掷了过去，她自己则操起那截被削得只剩两尺来长的竹篙刺向疤脸男人。

三重攻势下，疤脸男人根本躲闪不及，只能尽量避开直取他咽喉的剔骨刀，再伸手去截樊长玉刺去的尖竹，船桨迎面砸到他的脸上，鼻根都险些被砸断，鼻血也流了出来。

他没料到，樊长玉手中那根竹篙也是个幌子。

樊长玉是忍着钻心的痛用脱臼的那只手拿起的竹篙。她之前就试着把自己的手接回去，但她毕竟不是大夫，又是头一回受这么重的伤，摸不准接骨的位置，把手骨往上接后，眼下左手虽能动了，可每动一下都骨裂一般痛，自然也使不上劲儿。

在疤脸男人截住竹篙时，樊长玉用右手直接拽着他的头发把人摁进了水里，那一瞬，她的眼神是凶狠的。

疤脸男人死命扑腾，奈何摁在他脑后的那只手力道大得出奇，愣是没让他扑腾起来。

冰冷的江水灌入他的口鼻，几乎要呛进肺里。

等疤脸男人的挣扎弱下去了，樊长玉才拽着他的头发把人短暂地拎起来，疤脸男人被呛得直咳嗽，不复先前的威风，求饶道："女侠，你且饶我一命，往后我给女侠做牛做马……"

樊长玉想起那挂满白布的灵堂和棺木里爹娘的尸体，眼神冰冷，再次把人摁进了江水里，片刻后才拎起来，带着恨意道："你是不是为了藏宝图截杀过一个金盆洗手的镖师？"

疤脸男人以为她是求财，连忙交代："那藏宝图是假的，真的藏宝图已在长信王手中。不过我经营清风寨多年，不止清风寨一个落脚处，我所有的银子都藏到了别处，女侠且留我一命，我将所有的财宝都交给女侠……"

樊长玉冷声道："你这恶贯满盈的人也配活？昨夜清平县死了多少人？我且问你，那镖师是不是你杀的？"

疤脸男人混迹江湖多年，听出樊长玉这是寻仇的语气，忙道："不是我杀的，是老三下的手。"

仇人就在眼前，樊长玉浑身的血都在逆流，她拽着疤脸男人头发的手力道大得让骨节泛白："你们山寨三当家的杀的？"

疤脸男人忙道："是，是，是。"

樊长玉喝道："都是一丘之貉！我先宰了你，回头再杀你们山寨的三当家的替我爹娘报仇！"

疤脸男人大喊："你是马泰元的女儿？马泰元是个阉人，怎么可能有后人？"

樊长玉一愣："马泰元是谁？"

疤脸男人道："四海镖局的总镖师，当年便是他负责押送藏宝图的，女侠稍微打听一下便该知晓他的名讳。"

他顿了顿，又道："女侠莫不是寻错了仇？"

官府明明说自己爹才是当年押送藏宝图的人，怎的变成了马泰元？

樊长玉心中疑团万千，喝问："去年十一月死于清平县虎岔口的那对樊姓夫妻，不是你们清风寨的人杀的？"

疤脸男人连连叫屈："弟兄们在清平县干的唯一一票，便是昨夜那场，在此之前没来清平县杀过人。"

樊长玉疑心他为了活命哄骗自己，把人重新摁进江水里："说实话！"

疤脸男人扑腾得半条命都快没了，再次被提起来时，脸色青紫，被刺骨的江水激得眼都睁不开，只喊道："我说的当真是实话！去年十一月，寨子里正同黑龙寨较劲儿，没外出劫道，女侠不信，可以去道上打听。"

樊长玉这下心中是当真茫然起来：这么说来，当初几番杀到自己家的那拨黑衣人也不是山匪？

樊长玉已经正式和这拨山匪交过手，再回想起当日那些黑衣人的功夫，虽然不愿承认，可那些黑衣人各个武功高强，的确不像是普通的山匪。

那爹娘的死因到底是什么？

风寒和大起大落的心情刺激着樊长玉，让她的头炸裂般痛了起来。

她抓着疤脸男人的手也松了几分，疤脸男人趁机往后伸出双手，扯住樊长玉的双臂就往江水里拽。

樊长玉脱臼的左手碰一下就钻心地痛，加上一时大意，真叫疤脸男人掀进了江水中，猝不及防呛了一口水。

疤脸男人被樊长玉折辱了半天，也没急着要樊长玉的性命，而是面色狰狞地按着樊长玉的头让她沉到水下，在樊长玉快挣扎不动时再将她提起来，如此反复。

"臭娘儿们！刚才摁老子进水里的那股劲儿呢？怎么不挣扎了？"

他脸上全是报复的快意。

樊长玉实在是没力气了，极度缺氧让她顾不得是在水下，努力呼吸，口鼻里呼出一大串气泡，胸腔被冷水灌入，痛得厉害，眼眶也刺疼，她知道自己可能就要死在这里了。

可是长宁怎么办啊？

长宁……

失去意识的前一秒，樊长玉似乎听到骨节错位的"咔嚓"声，随即，拽着自己头发的那只手松开了，唇上贴来一片温而软的东西，对一个即将死在冰冷江水里的人来说，那点儿温暖，仿佛是这人世最后的慰藉。

她最终沉沉地闭上了眼。

谢征给樊长玉渡了一口气后，赶紧抱着她浮出水面。疤脸男人的尸首横漂在不远处，脑袋生生叫人给拧得转了半圈，脖子诡异地扭曲着，到死都没能合上的眼里满是惊恐。

赶来的亲卫见谢征竟然亲自下水去救人了，连忙踩着水过去帮忙。

谢征已带着樊长玉游到了浅水区，一言不发地抱着她往岸上走，脸上是从未有过的阴沉，往下淌着水珠的手臂青筋凸起，周身的戾气压得人难以喘息。

捧着衣物上前的亲兵本想唤他，都下意识地噤了声，想起他一贯不让女子近身，才道："侯爷，我来抱这位姑娘吧。"

谢征却直接无视了亲兵伸出的手，只扯过自己的披风，裹住浑身湿透的樊长玉，抱着她继续往前走。

亲兵和几个同伴愣在当场，尚未回过神来，便听到他凶戾地道："把那匪首的尸体带回去，鞭尸。"

饶是战场上砍人如切瓜的亲兵，听到这句话，脊骨也蹿起一股寒意。

上岸后，谢征便将樊长玉暂且放了下来，抬手扣住她的脉门时，瞥见裹在她袖口的那对鹿皮护腕，目光多停留了一瞬，紧接着视线下移，落到她肿得不成样子的左手上，本就抿紧的薄唇，这会儿更是快抿成一条直线。

从前被魏府的死士追杀，她都没受这么重的伤，这会儿遇上山匪，倒是狼狈成这样。

他抬手替她解下了左手的护腕，凝神开始把脉，但指尖探到的脉搏委实微弱得可怜，怀中的这具身体也冷得跟冰块无异，几乎不像个活人了。

血腥味充斥着谢征的感官，让他的眉头紧紧皱起。

她不该是这样的。

在他的印象里，她身上无论何时都该是暖烘烘的。

但此刻这具冰冷的身体像是在告诉谢征，她的生命正在一点点消逝。

胸腔里交织着莫名其妙的情绪，突如其来的心慌让他浑身不适，暴戾得想杀人。

谢征垂眸看着樊长玉紧闭的双眼，她浑身都湿透了，手脸都因冻得太久而泛起了青紫色，身上穿着湿衣，裹上去的那件披风根本没给她带去多少暖意。

她太冷了，必须尽快给她取暖。

谢征扫了自己的亲兵一眼，沉声道："将我的衣物留下，退到十丈开外，背过身去。"

亲兵们先是面面相觑，意识到谢征要做什么后，眼中闪过惊异之色，却还是很快照做。

亲兵们都退开后，谢征看了一眼樊长玉青紫的脸色，指尖在伸到她的领口时，微顿了一下，解下她的发带蒙住自己的双眼后，才替她剥去了身上湿冷的衣物，又摸索着拿起一旁自己下水前脱下的干爽衣物给她裹上。

因为看不见，指尖的触感变得格外明显，把樊长玉裹严实后，谢征扯下蒙在眼前的发带，鼻尖都冒出了些许细汗。

他沉默地托起樊长玉的左手，换衣服前，他就发觉樊长玉的左手脱臼了，后来一摸索，才发现接骨的位置不对。

伤成这样都还要护着那书生，她当真是一点儿不怕自己死在山匪的手里吗？

说不清心里是个什么滋味，但有一刻他恨恨地想着：她就是死了，又同他何干？

他一推一松重新给她接骨的动作，却极力放轻了力道。

谢征脸色有些难看，把手骨接回原位后，唤亲兵去寻了根木棍，暂且绑在樊长玉的手上帮助固定。

亲兵还是头一回瞧见他这般对待一个女子，一时也拿不准谢征的意思，在谢征给樊长玉暂时处理好所有伤口后，问道："侯爷，那咱们现在是去蓟州府吗？"

谢征看了一眼脸色依旧青紫的樊长玉，终是把人打横抱起，朝战马走去："先找一户人家落脚。"

他的衣物已全裹在了樊长玉的身上，迎面刮来的江风刀子一样，他赤着上半身，额前的碎发还往下滴落着水珠，他却连寒战都没打一个，身上的肌肉结实而分明，精瘦却不显单薄，蓄满了力量。

亲兵们眼瞧着自家侯爷赤膊抱着那裹得严严实实的女子上了马，顾不上惊愕，纷纷驭马跟了上去。

马背颠簸，谢征避开樊长玉脱臼的那只手，小心地把人护在怀里，感受着靠在自己胸膛上的那具身体，他握着缰绳的手紧了几分。

他垂眸看了一眼樊长玉了无生气的侧脸，冷声道："你最好是活着，不然你以为谁会替你照顾那小拖油瓶？"

耳边除了风声再没有别的声响，他抿紧唇角，用力把人箍进了自己怀里。

跟着谢征的这一百轻骑，各个都是斥候出身，很快就在这山野里找到了一户人家，不过是个独居的瞎眼老妪。

谢征怕打扰到老妪，只带了几个亲卫前去。民间百姓都怕官兵，他们假称是路过此地的商人，给了老妪几两银子，借用了一间卧房和厨房。

几个亲兵去灶上烧水的烧水，跟老妪打听附近哪里有大夫后，去请大夫的去请大夫。

老妪听他们几个大男人带着一个昏迷不醒的女子，原本还有些担心是拐卖女子的，听着这些动静，倒是安下心来。

人贩子对拐来的女子可不会这般上心。

她找了几身自己儿媳妇的衣物送去房里，问："这位娘子好好的，怎么落水了？"

不大的屋子里烧了三个火盆子，谢征赤着上身都慢慢热出了汗来，床上陷在被褥间的樊长玉的身体却还是冷冰冰的。

老妪家中并没有浴盆，他没法儿让樊长玉泡在热水里快速恢复体温，只能用浸过热水的帕子给她热敷并擦拭冻僵的身体。

谢征将冷却的帕子放进热水盆里，重新拧干给她裹在手上后才道："路上遇到山匪劫船，逃命时跳进水里受了寒。"

"这可真是作孽啊……"老妪一听是遭了山匪，话语里不免带了几分怜悯。

她把找出来的衣物递过去："这是我儿媳妇的衣裳，回头给你娘子换上吧。"

谢征道了谢。

老妪又道："这么冷的天从江里逃上来，那你身上的衣裳应当也湿了，我再给你找一身我儿子的来。"

老妪离去后，谢征看着躺在简陋木床上的樊长玉，枯坐了一会儿，意外地发现她脸上的青紫退了些，却又腾起一片红晕。

他抬手往她的额前一探，她不出意料地烧起来了，他掌下的皮肤滚烫得像岩浆。

谢征拧起眉头，将搭在她手上的帕子取下来，重新浸过热水给她敷额头。

等到亲卫带着大夫赶回来时，樊长玉脸上已烧得通红。

大夫在马背上被颠得半条命都快没了，好不容易停下来，气都还没喘匀，就被塞到这屋子里把脉。

若是旁人，大夫还敢发几句脾气，面对一群军汉，则半点儿气性也没有，只图看完病还有命活着回去。

进了屋发现病的是名女子，大夫心中虽惊疑，却也没敢多问什么，把

388

脉时，本就皱巴巴的眉头越拧越紧，他道："这是寒邪入体了。怎的拖成这样了才请大夫？身子骨差些的，怕是熬不过来了。"

他的话音刚落，便觉得一道冰冷阴沉的视线落到了自己身上。

大夫望着屋内那大雪天赤膊的俊美男子，被他看得心"突突"直跳，忙道："也不是没得救，不过光服药肯定是不行的，得给她刮痧活血，疏通经脉，把体内的风寒散一散，再服药，才会见效更快。"

刮痧祛风寒的法子谢征是听说过的，军中将士常用这土方子，虽说疼了些，有时候却比一服药还管用。

他看向床上烧得嘴皮都干裂了的樊长玉，沉默片刻后道："我知晓了。"

大夫被带去厨房煎药，谢征让亲兵又送来了一盆温水。

这里除了那老妪，都是男子，偏偏那老妪眼睛又看不见，而刮痧需要肉眼判断出痧泛红的程度，只能由他来。

谢征将一枚铜板浸入温水里，看着樊长玉烧得酡红的脸，道："你醒来估计又要说我乘人之危。"

没人回应他。

刮痧是刮后背，樊长玉左手脱臼，绑了木棍，没法儿趴着。

他捡了件老妪儿子的衣裳随意套在身上，走到床前，将人扶起来，让樊长玉后背靠着自己，垂眼，将脸侧到一边，摸索着去解她身前的衣带。

系带一松，本就不合身的宽大衣袍直接垂落至她的两臂。

谢征从水盆里捡起那枚铜板，将樊长玉披散的长发全拨到她的身前，本来心无旁骛，可真正看到那匀称紧实的光洁背部时，还是微微一窒。

不同于男子的筋骨强劲，也不同于从前在庆功宴上看到的那些舞姬的柔若无骨，那紧实的肌肉绷成的腰肢，纤瘦，却又带着力量与柔韧的美。

被冻得青紫的皮肤在恢复暖意后，变成了冷白。

之前怕她被冻到，谢征在给她换衣时，把她湿透的兜衣也一并解了，此刻她因昏沉而半垂着脑袋，露出白皙而脆弱的脖颈儿，除了从一侧垂落至肩前的乌发，再无任何遮蔽物。

那垂落在她腰肢之下半遮半掩的里衣，也是他的……

这个认知让谢征脑子里有什么东西"轰"的一声炸开，指尖的铜板突然变得滚烫灼人。

他狠狠地皱了皱眉，别开眼，缓了几息后，才将所有的注意力都集中到手中的铜板上，然后捏着铜板，顺着她雪白的背脊往下刮。

刮第一道的时候，樊长玉背上只泛起一层浅红；第二次刮下来，痧红明显加重了，一直刮到那痧红变成了深红色，谢征才开始刮下一处。

樊长玉染的风寒很重，刮痧时，她全程处于昏迷的状态，半点儿知觉没有，全靠谢征一只手扶着她才能坐稳。

等刮完痧，她整个后背已不能看了，遍布紫红的痧印，却又有一股被凌虐的美感。

谢征指尖烫得厉害，额前和鼻尖都出了细密的汗珠。他将铜板扔进水盆后，赶紧扯了一件衣服，胡乱地将樊长玉包起来，把人放进被子里便夺门而出。

寒风和细雪扑面而来，总算把他身上那股热意降了下去。

亲兵端着煎好的药送过来，就见他抱臂靠着屋檐下的木柱，似在望着那道房门发呆，竟连自己的脚步声都没听见。

亲兵只得轻咳一声："侯……主子，药煎好了。"

谢征回神，瞥了他一眼，抬手端过了他手中的药碗。

亲兵正想识趣地退下，却听到自家一向铁面无情的侯爷问了句："在民间，这样得娶人家姑娘了是不是？"

亲兵愣了愣，随即反应过来谢征说的是他自己和屋内的那女子。

亲兵心说：这放在哪儿都得对人家姑娘负责吧。看自家侯爷这般反常，也不像是对那女子无意的样子，怎么还问出这番话来？

他只得如实道："自然是要的。"

谢征来不及再说什么，一名驻守在几里地外的斥候疾步进院来报："主子，蓟州府的官兵沿河道搜寻过来了。"

谢征眼皮微抬："他们也在找清风寨的匪首？"

斥候看了一眼谢征，小心翼翼地道："似乎是在找屋内那位姑娘。先前从江里救上来的那书生是李太傅之孙，眼下正跟蓟州府的官兵们一起在找人。"

谢征嘴角冷冷地挑起，李太傅派了孙子李怀安来蓟州的事，他是知晓的。

魏宣征粮惹出这么大的祸，无疑是给了一向跟魏党不对付的李太傅把柄。从前西北之地全由魏严把控，经过这事，李太傅一党在朝堂上就差同魏严打起来，总算送了个清流一党的人过来，美其名曰协助应对西北战局，本质上还不是为了争权？

李怀安来了蓟州，李太傅一党在整个被魏严把控的西北就有了一双眼睛。

只是没想到，此人也同樊长玉扯上了关系。

是巧合，还是李太傅一党也得到了什么消息，试图探寻樊家背后的秘密？

谢征垂眼看着手中热气缭绕的汤药，语气散漫却透着冷意："守住山口，别放人进来。"

斥候领命离去后，他端着药碗进了屋。

房内，樊长玉安静地睡在被褥间，脸上因发烧而升起的红霞还没散尽，瞧着倒也有了几分血色。

谢征坐在床边看了她一会儿，道："早就说过你眼光不好。"

樊长玉刮了痧，身上也暖起来了，这会儿睡得正沉，不可能回答他。

只是喂药也变得极为麻烦，他强行捏开她的嘴角给她灌进去，药却流出来大半，他嫌弃地用一旁不知是谁的衣物给她擦了擦，却仍旧耐心地一点点给她喂完了剩下的药。

火盆里的木柴燃烧，发出细微的"噼啪"声，火光映在他刀削般的侧颜上，他用指腹拂去樊长玉嘴角残留的一点儿药汁，垂眼沉默地看了她好一阵后，忽而道："樊长玉，我娶你。你不说话，我就当你答应了。"

樊长玉睡得并不安稳，夜里又烧了一次。

她浑浑噩噩地陷在了梦魇里，眼前是白茫茫的雪原，飞雪大片大片落下。

她穿着单薄的衣衫赤足在雪地里奔跑，脚都冻得快失去知觉了，却不敢停下。

樊长玉一开始不知道自己在追赶什么，直到看到远处的雪地里一对携手往前走的夫妻时，她终于知道自己为何这般着急了。

是爹和娘啊！

她更用力地往前跑，心口酸胀得发疼，眼眶也瞬间涌上热意："爹，娘！"

前方那两道身影明明走得不快，可她就是无论如何也追不上。她急得不行，几乎快落下泪来。

雪地里的女人终于回过头来，脸上依旧是记忆中温柔的神情，对她道："长玉乖，回去。"

樊长玉不知自己为什么难过成这样，眼泪流出来的时候，心口一抽一抽地疼，她无措地问："你们去哪儿？"

女人没有回答她，转过头，和男人一起继续往前走了。

樊长玉怔在原地，感觉自己像是忘了什么，胸腔疼得厉害，呼吸也格外艰难，仿佛溺在了水中。

谢征打了盆温水准备给她降温，就发现她似魇着了，浑身痉挛不止，汗出如浆，鬓发和里衣湿了个透，原本苍白的脸上也因高烧而泛起了不正常的薄红，她口齿不清地梦呓着什么，眼角都慢慢被泪水给洇湿了。

"魇着了？"

谢征还是头一回瞧见她这般狼狈又这般脆弱的模样，心口像是堵了一团湿棉花，柔软又闷得发慌，他推了推樊长玉："醒醒。"

但樊长玉被魇得太沉，丝毫没有醒来的迹象。

他见樊长玉无意识挣扎时险些压到左臂，只得用一只手避开她胳膊上的伤，按在她的肩头，阻止她乱动，再冷声吩咐守在屋外的亲卫："去寻大夫！"

白日里大夫给樊长玉看完病后，谢征瞧着她情况似乎稳定了，就让亲兵把大夫送了回去，毕竟把人留在这里，老妪家中也没多余的房间给那大夫歇息，哪里想到樊长玉夜里会突然惊厥？

她到底做了什么噩梦？

谢征不自觉地拧起眉，发现她因为唇齿咬得太紧，唇上沁出了血迹，于是抬手去捏她的下颌，却不慎被她咬住了指节。

他挣扎了一下，樊长玉牙关却咬得更紧，几乎是瞬间就破开皮，留下了一圈带血的齿印。

谢征只微微皱了皱眉，便索性让她一直咬着自己的食指了。

感觉到怀里的人浑身都在发抖，那蜷缩成一团的瘦弱背脊唤醒了他一些尘封的记忆，他这辈子都没安慰过人，却在此时迟疑了片刻，放缓了语气道："梦魇罢了，没什么好怕的。"

幼年时，那女人荡在横梁下方的裙摆也曾是他挥之不去的噩梦，他每每惊厥着醒来，要么是独自一人在无边的黑暗里，要么是灯火通明，魏严立在床头，看死狗一样冷眼瞧着他。魏宣则会带着魏氏宗族的幼儿一起嘲讽他，学着他梦魇惊厥的样子取笑作乐。

后来，他就再也不怕做噩梦了。

从尸山血海里摸爬滚打杀出一条路，他刀口沾过的血，比梦里的厉鬼还多。

这一刻，樊长玉颤抖的身体似乎和记忆中的那个自己重叠起来。

谢征的眸色深了几分，等大夫来的时间里，他任樊长玉咬着他的指节，半抱着她，有些僵硬地一下一下轻拍着她的脊背，说得最多的一句话便是："别怕。"

别怕，噩梦都会醒的。

亲卫把大夫从被窝里提起，放到马背上一路狂奔带回来时，樊长玉已平静下来，只是力竭，又沉沉地睡了过去。

谢征坐在屋内的一把木椅上，姿态随意，左手食指上有一排牙印，血肉模糊，目光放空，半垂着眸子，碎发散落在眼前，不知在想些什么。

大夫哆哆嗦嗦地被扛进门后，他散漫却压迫感十足的目光才淡淡地瞥了过去："她魇着了。"

大夫大半夜梦游似的被人从被窝里拎到这里来，结果病人居然只是做噩梦魇着了！

他一口气堵在心头，偏偏半点儿不敢发出来，叫屋内这男子眼风一扫，后背就出了一层冷汗，只得认命地、战战兢兢地去给那床上的女子号脉。

脉一号上，大夫就意外地发现，下午还虚弱的人，这会儿脉象竟然已平稳了许多。

他偷偷觑了一眼边上那俊美又阴沉的男人，到底没敢说床上这女子情况挺好的，琢磨了半天，开了个安神的方子，道："尊夫人应当是受了惊吓，这服安神药喝下去，就能睡得安稳些了。"

亲兵看向谢征，见他点了头，才带着大夫去厨房煎药。

等安神药煎好拿过来，谢征照旧捏住樊长玉的下颔，一勺一勺给她喂了进去，左手食指上那两排血肉模糊的牙印，此时才泛起了丝丝痛意。

他喂完药瞥了一眼，没作声。

亲兵倒是递上了金创药："侯爷，您手上的伤口涂些药吧？"

谢征没把这样的小伤放在眼里，只道："不碍事。"

亲兵在拿着碗退出去时，偷偷打量了床上昏睡的樊长玉一眼，心中掀起了惊涛骇浪。

这女子容貌虽好，但还称不上绝色，怎么就让侯爷上心成了这般？

不过回想起她单手把一个成年男子拎起来扔出去老远的画面，亲兵突然打了个寒战。

这臂力，怕是同他们侯爷的不相上下了吧？

喝下安神药后，樊长玉后半夜的确睡得沉了许多，也没有再发热。

谢征枕在床边浅眠了两个时辰，天刚放亮时，门外便响起了极轻的敲门声。

他先看了一眼床上，见樊长玉睡得颇沉，才拿上一旁矮凳上的大氅，几乎没弄出动静就出了房门。

屋外的亲兵见他出来，忙压低了嗓音道："侯爷，查到随元青的下落了，他果真躲在清风寨！清风寨被捣毁时，他便带着一部分清风寨的人趁乱从后山的小路逃了出去，现已被咱们的人逼到了岩松山上。"

谢征的眸子里全是冷意："守住下山要道，放猎犬进山，看他能躲到几时。"

亲兵面上难掩激动之色，抱拳道："属下这就去办！"

一阵寒风拂过，谢征看着飘落至自己脚边的一片凝着霜雪的枯叶，忽道："今日刮的是西南风。"

亲兵尚未明白他话中的意思，便听他道："在上风口用浓烟熏，顺道把那山匪头子的尸首一并带过去，鞭尸。"

亲兵一惊后，脸上喜色更甚："属下遵命！"

在岩松山下鞭清风寨大当家的尸，躲在山上的清风寨余孽只怕胆都给吓破了。

用浓烟熏得他们够呛之后，再放猎犬进去追，不愁逼不出躲在岩松山上的山匪余孽，届时己方只要守住各大下山要道，便是瓮中捉鳖。

又是一个大雪天，岩松山上却浓烟密布，几大摞松柏枝燃烧升起的浓烟被风带着往山林深处飘，猎犬穿梭在密林里，犬吠声此起彼伏，仿佛是追逐猎物的豺狼。

躲在山上的山匪被撵得四处乱窜，一出现在山道上，就被早早埋伏好的官兵给包了饺子。

只是等山上的浓烟都散去，官兵们清点落网的山匪，却不见随元青，也不见清风寨那名女匪。

带兵的小将拿刀抵着一名山匪的脖子喝问："秦缘和闫姓女匪在何处？"

山匪求饶道："小的不知，烟一升起来，大家伙儿都被熏得受不了，又被狗撵着，在林子里跑散了。"

小将眼见问不出什么，只得派人进山去找，却只找到两名被割喉后扒掉了甲胄的官兵。

小将看到尸体，怒骂一声："坏了！快往山下追！"

一处山脚下，流水潺潺，两名在官道上驭马狂奔了几十里地的官兵打扮的人终于一扯缰绳，马一停下，二人便从马背上翻滚下来冲到河边，也不顾岸边的积雪，直接趴在地上，牛饮了几口沁凉的河水。

其中一人伏跪在河岸边，竟突然"呜呜"地哭了起来，嗓音尖细，明显是名女子。

边上喝了几口水便仰躺在雪地里喘气的男子并没有出言安慰的意思，缓过劲儿后，便把身上的甲胄解下来，扔进了河里，爬起来后大步朝着战马走去。

啼哭的女子见他似乎要一个人走，惊得哭声都卡住了，忙追上去："秦大哥，你去哪儿？"

这二人正是杀了两名官兵，换上他们的衣物，从岩松山上逃下来的随元青和闫十三娘。

随元青正要翻身上马，却被人死死地拉住了一条胳膊。

他垂眼打量这泪眼婆娑地望着自己的女子，她的身材在女子中也是偏高挑儿的，五官算不得好看，脸上还有山里姑娘常见的常年冻晒留下的浅红，放在长信王府里，顶多能做个粗使丫鬟。

他以为自己喜欢上了这类会些武艺又野性难驯的女子，但现在看来，好像并非如此。

让他心痒痒的，只有那个女人。

他生着一双潋滟的桃花眼，笑起来的时候尤其多情，此刻他挑起唇角，却把闫十三娘拽着自己臂膀的手一点点掰开了："天下之大，自有我的去处，就此别过了。"

他嘴角的笑，明明凉薄至此，却也是好看的。

闫十三娘呆住了，反应过来时，已死死地拽住了随元青，指甲隔着衣服似要陷进他的皮肉里，她近乎癫狂地质问他："什么意思？你要抛下我一个人走？"

随元青微微一挑眉，似乎觉得她问的这个问题太蠢了，痞笑了一声："有何不可？"

女人的指甲太尖了，抓得他手臂生疼。

他皱了皱眉，彻底失了耐心，扯开女人的手，直接翻身上马。

闫十三娘恨恨地道："秦缘，你没有良心！我大哥为了让我们脱身，才去引开官兵，你对得起我大哥吗？"

随元青"哧"了一声："从官府手底下逃出来，不是各凭本事吗？不然你以为岩松山上那些人是怎么死的？"

闫十三娘"呜呜"大哭，只道："你忘了是我把你从江边救起来的？你不能这么对我……"

随元青忽而笑了笑，在马背上俯低身子，同闫十三娘视线平齐："你救了我，可我不也把你从岩松山带出来了吗？我为什么不能这么对你？"

话音落下，他直接直起身子，一扯缰绳，扬鞭而去。

闫十三娘歇斯底里地大哭起来，咒骂道："秦缘，你必不得好死！"

随元青对身后女人的哭骂声充耳不闻，驭马跑出一段路后，才从怀里掏出那幅他后来去樊家搜寻到的画。

画上的似一家三口，男人俊美非凡，女人娇憨的笑颜自有一股朝气，那个跟女人长得极像的女娃娃则满眼古灵精怪。

肩头被樊长玉戳的那个血窟窿还疼着，但随元青的心情突然变得极好。

拿到这幅画时，他便猜到了当初伤自己的那鬼面男子就是谢征。

至于这画上的女人和他的关系……

莫非是他养在外面的女人？

那画上的小孩儿就是他们的女儿？

随元青的目光又在画上扫了几遭。画上的女人瞧着还只是个妙龄少女，她若有个这般大的女儿，年岁至少得双十往上，但一想到自己兄长逃跑的那个宠妾，给自己兄长生了个儿子后，看着依然同少女无异，他又慢慢相信了这个猜测。

难怪那天那女人死死地护着后院那口枯井，定是谢征迫于战事离开了清平县，她知道自己带着一个小孩儿逃不出去，才把小孩儿藏到了井里。

思及那女人已经给谢征生了一个女儿，随元青的脸色变得不太好看，他把画重新揣进怀里，一夹马腹，继续往前走。

不管怎样，有了这幅画，这趟清平县之行也不算一无所获。

至少他知道了武安侯的软肋所在。

醒来时，樊长玉只觉得浑身都疼。

入目是打了补丁的床帐，她撑着右臂半坐起来，打量着这间不大的屋子。黄土垒成的矮墙，漏风的地方用木板钉了起来，屋内仅有的一张方桌和两条凳都旧得有虫孔了。

她记得自己失去意识前还被那山匪头子摁在水里来着，这是被人救了吗？

樊长玉低头看了一眼自己身上的衣物，不是她自己那身，身上的伤被包扎过，脱臼的手也被接了回去。

她扶着老旧的床柱起身，腰背一使劲儿，顿时疼得她龇牙咧嘴。

樊长玉心道：自己腰上没受伤，怎么会这般疼？难不成是打斗时在哪里撞到了，当时没察觉？

经历这么多变故，她本能地找自己防身的剔骨刀，在床边的矮凳上找到刀和言正送她的那对鹿皮护腕时，心中才骤然松了一口气。

她用指尖拂过护腕光滑带有韧性的皮面，垂眸就要绑到自己的右手上，外边却突然响起急促的脚步声。

樊长玉神色一变，瞬间贴着墙走到门边，借着破旧木门上半指来宽的缝隙往外看。

外边似是一个农家小院，檐下站着两名披甲佩刀的官兵，大步走进这小院里的也是一名官兵。

樊长玉神色微松，看来她是被当日在岸上追着木船的那些官兵救了。

只是这些官兵不知为何暂留此地。

"侯……主子可在？蓟州府的官兵一直在往这边搜寻，快拦不住了……"进院的那名官兵压低了嗓音道。

樊长玉刚放下的心又提了起来：他们不是蓟州府的官兵吗？为何要拦他们自己人？

守在院内的另一名官兵道："岩松山那边传了消息回来，主子问话去了，你先带人守着山口，等主子回来，我便报与主子。"

那名前来传信的官兵便又快步离去了。

樊长玉靠在门后，整个人都戒备了起来。

不知他们口中的主子是何人，但他们一身军中将士的打扮，在蓟州境内，似乎又跟蓟州官府不对付……难不成他们是山匪假扮的？

这个认知让樊长玉浑身一激灵。

正好门外两个官兵闲谈了起来，其中一人道："此地不宜久留，若是跟蓟州府那边的人碰面，主子的身份就暴露了，等主子回来，不管里边那女子醒没醒，应该都要上路了。"

另一人咋舌道："我瞧着主子对那女子怪上心的，昨晚她魇着犯起了惊厥，主子怕她咬到舌头，直接把手指给她叼着了，食指上血淋淋的好大一圈牙印呢！"

樊长玉对昨夜做的噩梦还有印象，听他们说自己咬了他们口中的主子，不由得皱起眉头。

她本想再偷听些信息，门外忽而响起了竹棍在地上敲敲点点的声音，她从门缝看去，从屋檐下走来的是个头发花白的瞎眼老婆婆。

守在门外的官兵问："老人家有事？"

老妪怀里抱着一摞衣物，笑容和蔼："你家少夫人昨日落水的那身衣裳，老婆子给她烤干了，准备拿给她。"

那官兵一听，似乎碍于男女有别，没说自己代为拿进去，而是让开一步，道："您进去便是。"

樊长玉在老妪敲着木棍辨路，蹒跚进门时，便无声又迅速地退回床前，踢掉鞋子，躺到床上，佯装还没醒。

老妪进屋后，摸索着走到床边放下衣物，替樊长玉掖了掖被子，又探了探她额前的温度，自言自语道："好闺女，可算是没再发热了，怎么就跟你夫婿在船上遇上了山贼？遭了好大的罪。还好有个体贴你的夫婿……"

絮絮叨叨一番后，老妪又摸索着去火盆子旁加了两根柴火，才带上门出去了。

守在外边的官兵在老妪进屋时往屋内瞥了一眼，见床上隆起的弧度，只当樊长玉还没醒，便移开视线，继续站岗。

关门声一响起，樊长玉便睁开了眼睛。

听了老姬那番话，她越发肯定这伙儿人不是官兵：如果是官府的人，救了她，为何要假称在船上遇到了山匪，还要同她扮夫妻？

至于屋外那两个小喽啰口中的主子，樊长玉下意识地想到了随元青。

那家伙本就是反王的人，为言正所伤后遁江而逃，叫清风寨的人给救了，现在带着这一伙儿山匪又假扮官兵，指不定憋着什么坏呢！

蓟州府的官兵就在这附近，她得想办法杀出去报信。

樊长玉不知外边还有多少山匪的人，不敢贸然行动，思索一番后，把护腕捋平，当护心甲一样揣在怀中，又把剔骨刀绑到腿上，用裙子盖好后，才下床踢倒屋内一条长凳，佯装是摔倒弄出的动静。

守在门外的人果然瞬间就推开了门。屋内，樊长玉单手撑着桌子，一副下一刻就要倒下的样子，白着脸道："我要去茅房。"

其中一名官兵大大咧咧道："屋角有夜壶……"

同伴给了他一手肘，他才意识到屋内的好歹是个姑娘家，并且是他们侯爷中意的，自己那话太粗鄙了些，当即闭了嘴。

樊长玉装出一副难受又着急的样子："军爷，我肚子疼。"

这就没法儿在屋内解决了。两个官兵也没顾上想樊长玉怎么醒来就突然肚子疼，她又是自家侯爷看上的人，他们不敢上前搀扶，只得去唤来老姬，让她帮忙扶着樊长玉去茅房。

老姬家的茅房盖在屋后，樊长玉任她扶着出去走了一圈，是为了摸清这院子里外到底有多少山匪，却意外地发现只有房门口那两个。

这就好办多了。

樊长玉被老姬扶着回房，路过屋檐下时，毫无征兆地给了右边那官兵一拳，那官兵当场就被打蒙了，挂着两管鼻血，一脸茫然地看着樊长玉，下一刻直接倒地不起。

左边的官兵一愣，话都没来得及说一句，樊长玉和他中间隔着老姬，怕他伤到老姬，樊长玉直接劈手夺过老姬手中的竹棍，对着他的颈侧大力一扫，竹棍断为两截，官兵也晕了过去。

老姬茫然地站在原地，一脸惶然："怎么了？"

樊长玉不知道"随元青"和其他山匪何时会回来，做这一切虽迅速，手心却还是出了一层汗。她在老姬跟前半蹲下："这些人是坏人，带我来的那人也不是我夫婿，婆婆，快趴到我背上，我带您走。"

老姬被吓蒙了，趴到樊长玉的背上时，还有些担忧："姑娘，你一只手脱臼了，怎么背我这把老骨头？"

老妪很瘦，樊长玉单手背起来还是不成问题的。她出门后快速看了一眼地形，道："您扒紧我的肩膀就是。"

道上积雪未化，这会儿天上又没下雪，在雪地上留下痕迹，想掩去还真是难。

要想不被抓回去，她们必须在山匪追上来前找到蓟州官府的人。

樊长玉记得之前那几个官兵说什么要守住山口，想来蓟州府的官兵就在那里。

她问老妪："婆婆，山口往哪条路走最近？"

幸好老妪虽眼盲，但对自家附近的路甚为熟悉，道："你沿着门前这条道往西走，到了三岔口，走中间那条路。"

樊长玉认好了路，背着老妪，几乎是一路小跑。

斥候前来汇报岩松山剿匪一事，在老妪家中的院子里说这些怕节外生枝，谢征才带着人出去说事。

回来时见守在院子里的两名亲卫都被人打晕了，他脸色一变，推开门，发现房里也空无一人，以为樊长玉被什么人劫走了，目光瞬间沉了下来。

跟着谢征外出的一名亲卫见地上并无血迹，蹲下去探了探两名同伴的呼吸，忙向谢征禀报："侯爷，还有气！"

他说着，用力按其中一名同伴的人中。

那名叫樊长玉一棍子敲晕的亲卫悠悠转醒，看到谢征面沉如水地站在跟前，吓得连忙跪了起来："侯爷，属下该死！"

谢征打量着台阶处断裂的竹棍，眸中似覆上了一层霜雪。

还从未有人敢在他的眼皮子底下劫人。

来这里的要道都被他的人封死了，为免惊扰老妪，他才只带了三名亲卫。

到底谁有这般本事，能避开山口的骑兵潜进来？

他的眼中压着被冒犯的薄怒："何人劫走的她？"

亲卫惨兮兮地道："是那位姑娘打晕的我们。"

谢征不由得一怔，好看的眉头皱起，他神色怪异道："她为何要打晕你们？"

亲卫道："属下也不知。那位姑娘醒来就说肚子疼，属下看她虚弱，便让那老妪搀她去茅房，谁知她回来时，突然就一拳打晕了安子，又抢过那老妪手中的竹棍敲晕了属下。"

跟着谢征外出的那名亲卫察看完几间屋子，出来道："那老妪也不见了。"

谢征稍做思量，便明白过来，樊长玉定是误会了什么，把他们当成了歹人，才会带着老妪一起逃。

他问："本侯离开期间，院子里发生过什么？"

被樊长玉一棍子敲晕的亲卫想了想，说："山口处的斥候前来报过信，说蓟州府兵又在试图搜寻这座山，但侯爷您当时出去了，属下便自作主张，让他们先继续守着，不放蓟州府兵进山。"

谢征垂眸低语一声："原来如此。"

她定是那时候就醒了，发现院子里的人穿着兵服，却同蓟州府官兵不是一派，误以为他们是贼人。

恰在此时，又一名斥候骑马从小道上赶来。快到谢征跟前时，他滚鞍下马，就地半跪，抱拳道："侯爷，您昨日救的那姑娘背着一老妪往山下去了，要不要拦？"

谢征抬眸看向漫山的雪色，不语。

为了剿灭逃去岩松山的那群山匪余孽，他带来的这一百轻骑，大部分人马都被拨去了岩松山。

他这趟赶回来，本也是因为担心她陷入了险境，如今她已安全，前线战事紧急，蓟州又多了李怀安这双清流一派的眼睛，他的确不该多留。

他道："撤走守在山口的人马，回卢城。"

斥候领了令，翻上马背，去传递消息。

院内几名亲卫休整片刻，去不远处的松林里牵来了几人的战马。

谢征在翻上马背时，看了一眼下山的方向，心中到底是萦绕着几分不甘。他贴上此番在领兵来援时便准备好的半张人皮面具，对几名亲卫道："尔等先撤，我去去就回。"

言罢，他一扯缰绳，朝着下山的道奔去，留下几名亲卫面面相觑。

樊长玉背着老妪走在道上，忽而听到杂乱的马蹄声往山上来，也不知是山匪假扮的官兵还是真正的蓟州府兵，权衡一番后，她暂且背着老妪躲进了道旁的松林里。

为保安全，樊长玉对老妪道："婆婆，您先躲在这林子里，不要出声，我出去看看，如果当真是官府的人，我再回来接您。"

老妪抓着樊长玉的手，连声让她小心。

樊长玉拿着树枝，一边往林子外退，一边拂去她留下的脚印，到了大道上，正要去探前方山口还有没有官兵时，身后却突然又响起了马蹄声。

这次的马蹄声很单调，听起来只有一骑，来得却奇快。

樊长玉刚想一头往松林里扎，那一人一骑便已出现在视线里。

樊长玉怕引着这人进松林找自己后，误打误撞找到老妪，想着反正只有一人，自己拼尽全力未必不能制服他，便咬了咬牙，直接继续往前跑。

盘山官道崎岖，从这半山腰甚至能看到山脚。

樊长玉发现山脚的官道上果真有一队打着蓟州旗的官兵往山上来，顿时喜出望外，一边跑一边喊："救命！"

山脚下的蓟州官兵闻声往半山腰看来，很快有人回应她："姑娘莫怕，我这就带人来救你！"

樊长玉这才瞧见那乌泱泱一群官兵里还跟着个穿天青色儒袍的男子，竟是那天好心载自己的那青年。

这两人遥相对视的一幕落到骑马而来的谢征眼中，委实有些刺目。

他脸上贴着刀疤人皮面具，又罩住了一只眼，熟悉的人见了都难以认出他。

距樊长玉只有几丈之遥了，他却还狠狠一夹马腹，战马冲过去时，他伸手就要把人拎上马背。

樊长玉反应极快，避开他抓来的手后，也不走大路了，直接朝着盘山官道一侧的陡坡滑下去。

这陡坡下边就是盘山官道的下一段路，无论如何也比骑马绕一圈跑下去快。

只是她怎么也没想到，追着她的那名假官兵居然也弃了马，跟着她往下滑。

樊长玉听到动静，回头一看，头皮都险些炸开。

倒霉的是，她的衣服还不慎被陡坡上的一段树枝挂住，她用力一扯，总算撕碎了那块布料，但身体受力跟着一颤，揣在怀里的鹿皮护腕不慎掉落，往下滚出一段距离，才被一丛积着雪的树杈给拦下。

樊长玉在护腕掉出去的时候，心莫名其妙地跟着一紧。

那是言正送给她的十六岁生辰礼物。

她想也没想，直接奔过去捡护腕，岂料落雪和针叶覆盖之下有一地洞，她踩过去时，脚下瞬间落空，整个人往下掉。

樊长玉左手受伤，右手又抓着刚捡回的护腕，几乎无力攀援，好在后领突然一紧，她像只大猫似的被人拎着衣领拽住了。

洞口边缘的枯枝碎石落进地洞里，半天听不见回响，里边黑黝黝的，不知有多深。

樊长玉心中难免一阵后怕。她扭头看着那追上来的独眼男人，他的身材倒是挺拔，就是脸上有一道从左眼横过鼻梁，延伸至右半张脸的狰狞刀疤，光是看着就怪可怕的。

她抿紧唇角同他对视着，像是一头极力逃跑却还是被人抓住了的豹子，满眼不甘。

男人单手拎着她的后领也不显吃力，周身气息冰冷阴沉，见她一只手还紧紧地抓着那对鹿皮护腕，他目光微滞，突然冷嘲般开口："为了这么个东西，命都不要了？"

他的嗓音压得极低，听起来沙哑得厉害，像是喉咙受过伤。

樊长玉心说，她事先也不知道这枯枝落雪下边会有个地洞啊，嘴上只狠声道："与你无关！"

她只有右手能用，也不管自个儿还被人拎着，努力把那护腕往衣襟里塞，想着腾出右手，方便应对。

对方发现了她的动作，眸色深了几分，忽而没头没脑地问了句："这东西对你来说很重要？"

樊长玉暗忖：这人怎么还爱管闲事？她已空出了右手，道："自然！"

说话分散他注意力的瞬间，她的右手已伸到领后，反抓住他拎着自己衣领的手，整个人也借力转了个身，脚蹬着地洞的岩壁，就要往上攀。

比起小命被拿捏在旁人的手中，肯定是自己掌握主动权更安全。

怎料对方发现她的意图后，顺势往后一倒，这股力道直接将樊长玉整个人带了出去。

樊长玉砸到他的身上，被他身上坚硬的甲胄硌得生疼，还没来得及爬起，便被对方一个翻身压在了地上。

这样被人完全压制的姿势让樊长玉浑身汗毛直竖，怒急喝道：

"滚开！"

对方一只手摁着她的右手手腕，另一只手避开她脱臼的部位，压着她的左边肩膀，半支起身体看着她，二人中间隔着不过一尺的距离。

樊长玉恶狠狠地同他对视着，胸口因为喘息和怒意起伏得厉害，加上她方才塞进去的护腕，隆起的弧度更甚，在此时倒多了几分勾人的意味，但制住她的人似乎半点儿没起旁的心思，盯着樊长玉，完好的那只眼睛出奇地好看，瞳仁漆黑得望不见底色，本能地让人觉得危险："山下那小白脸儿是你什么人？"

樊长玉怒火中烧，不回话，只一味地挣扎，却让自己被摁得更紧，一侧头，发现他摁在自己腕上的那只手的食指上有一圈很新的牙印。

之前在老妪家中，门外那两个假官兵的谈话浮上心头，她心道：难不成他们口中的主子是这人，并不是那个被她戳了好几个血窟窿的随元青？所以她是被这人救了？

樊长玉挣扎的力道瞬间弱了下来，她忍不住打量起眼前这人，只觉得他那只黑漆漆的眸子有些熟悉，忍不住喝问道："你是谁？"

男人沙哑地出声："你先回答我的问题。"

樊长玉在心中算着官兵赶来的时间，为了拖延时间，把头侧向一边，不再同他对视，道："我不认识他。"

男人"哧"了一声："不认识，那你在江上还拿命护着他？"

樊长玉觉得这人实在是奇怪，道："我被山匪追杀，路上遇见他的马车，他好心载了我一程。后来山匪追上来，我便带着他一起逃了。"

摁着她的人手上的力道松了几分，他垂眸瞥了一眼她从衣襟里露出一截的护腕，漫不经心地问："你这般珍视，谁送的？"

樊长玉只恨自己身上有伤，又太久没吃东西，饿得快没力气了，不然怎么可能被眼前的这个人给制住？她只能一边盼着官兵快些来，一边冷声同他周旋："一个很重要的人。"

想起言正，她心中莫名其妙地有些发涩。

对方听到这个回答，似乎怔了一瞬，看着她隐隐发红的眼眶，问："有多重要？"

樊长玉没忍住，骂道："关你什么事？"

松树上的积雪因受到震动，大片大片地落下来，谢征护着人就地一滚，一只手按在她的后背上，收紧，像是趁机用力抱了一下她。

樊长玉哪能放过这绝佳的逃跑机会，脑门儿在他的下颌上用力一撞，趁对方抽手去捂下颌时，爬起来，抬脚就踹。

谢征敏捷地躲过，樊长玉那狠劲儿十足的一脚踹在了一旁的碗口粗的松树上，树上的积雪塌方一般往下落。

樊长玉心知已失了再次下手的机会，没恋战，借着这一刻积雪的遮掩，拔腿就往下方的官道跑。

几番交手，她已摸清了对方武艺高强，她如今有伤在身，又体力不支，只凭一腔怒火冲过去，无疑是送上门给人羞辱。

她还得活着回去找长宁，不能意气用事地把自己折在这里！

谢征从雪地里坐起来，单手捂着被樊长玉用力撞过的下颌，松树上抖落的积雪砸了他满身，唇齿在被撞时磕到了，出了点儿血。

他看了一眼樊长玉跑开的方向，听着逼近的大片马蹄声，终究没再去寻她。

锦州战事紧急，他作为主帅，却出现在蓟州，叫李怀安认出，无疑是给李党递把柄。

他虽同魏严反目了，但毕竟从前替魏严做过不少事，李党不可能拉拢他，只想看他和魏严斗得两败俱伤。

而且……知道了她对他并非厌恶至极，便够了。

至少，她还这般珍视他给她的东西，说他是很重要的人。

不放心谢征独自前来的亲卫驭马寻了过来，沿着盘山官道处下滑的痕迹找到他，见他独自坐在一棵雪松下，身形寂寥似一匹孤狼，犹豫了片刻，终究还是开了口："侯爷，蓟州府的官兵马上就到了，咱们走吧。"

谢征轻"嗯"了一声，走回官道，翻上马背，最后瞥了一眼不远处被松林掩盖住的盘山官道，一夹马腹，扬长而去。

樊长玉一路狂奔到了官道上，总算同从山脚下沿着官道一路盘旋而上的官兵遇上了。

樊长玉看着风里飘飞的蓟州旗和这百十来号人马，确认他们真是官兵后，总算得以松口气。

李怀安和几个官兵迎上前去："姑娘，你还好吗？"

樊长玉喘着粗气点头，指向身后的陡坡："有一批官兵打扮的人假称是商户，借住在一户瞎眼老妪家中，身份很是可疑，兴许是山匪假扮的，诸位军爷快去追，莫让他们跑了。"

带兵的正是郑文常，他当即点了大队人马一路骑马追去，只留十几名官兵在原地保护李怀安。

李怀安看樊长玉喘得厉害，去马背上取了水壶递给她："姑娘喝口水。"

大抵是怕她介意，他补充了句："这是备用的水壶，没喝过。"

樊长玉接过，道了谢，牛饮几口，才缓过劲儿来。

对方冲着她作了一揖："在下姓李名怀安，昨日多谢姑娘救命之恩。"

樊长玉道："是公子心善载我在前。"

李怀安坚持道："车马之便哪能同救命之恩相比？敢问姑娘名讳，李某回头也好答谢姑娘。"

樊长玉只得道："临安，樊长玉。"

李怀安温润的眉眼间露出几分讶然来："整个清平县城被屠，挨着县城的临安镇也惨遭厄运，只余几户老弱妇孺活了下来，当日引开山贼，保下了那几户人家的便是姑娘？"

樊长玉原本还担心长宁，一听他说躲在枯井里的邻居们都逃了出去，面上顿时一喜："是我。你怎知这些？"

李怀安道："惭愧，反贼猖獗，蓟州贺敬元贺大人亲自前往卢城守关后，李某受命于朝廷，前来蓟州暂代贺大人，不巧昨日刚至蓟州境内，就碰上了山匪，幸得姑娘护李某周全。李某被救回去后，便听说了清平县的事。"

樊长玉总算是反应过来了：这人也是个当官的，当的还是蓟州贺大人那样的大官，难怪他能和蓟州府的官兵一起出现在这里。

再开口时，她的语气明显有了距离感："敢问大人，我妹妹和一众邻人现在可安全？"

李怀安听着她一下子疏离起来的称呼，微怔，随后眉眼间温和依旧："她们暂且被安置在蓟州府的驿站里，眼下安全无虞。"

回答完她的话，他才笑容和煦地道："樊姑娘无须见外，非是在公堂上，无须唤李某'大人'。"

樊长玉点了头，但下一次开口时，叫的依然是"大人"。李怀安失笑，摇摇头。

他们在原地休整。半个时辰后，带兵去搜寻的郑文常回来了。他发现了大量足迹，却连那些人的影子都没瞧见，倒是找到了被樊长玉藏在松林边上的老妪。

他询问老妪，得到的是同樊长玉先前说的一样的回答。

老妪怕樊长玉名节有损，绝口不提那伙人里有个人假称樊长玉的夫婿，还同她睡在一个屋里。

山匪没找到，但好歹樊长玉找到了。

郑文常留下部分人马继续在附近搜山，护送李怀安回了蓟州主城。

樊长玉也是在回去的路上才得知，清平县县令在山匪进城时，压根儿没想过组织衙役对抗山匪，而是火急火燎地带着一家人逃命。

宋砚上京赶考去后，宋母借口家中太过冷清，住到了县令家，当晚山匪杀进城，她跟着县令一家逃了，却不想山匪追出十几里地去杀县令一家，宋母最后也惨死在刀下。

最凄惨的莫过于王捕头夫妇。王捕头召集手底下的衙役，还想像那日堵住城外的暴民一样，把这些山匪也堵在城门外，可山匪抢占先机，破开了城门，王捕头夫妇终是寡不敌众，死在了城门口。

樊长玉听着这些，心情沉重了一路。

等到了蓟州主城，她去驿站找长宁，却得知有人放火烧驿站，趁乱劫走了长宁。

一望无际的山野里，从崎岖山道上骑马奔出六七人来。

溪水"叮咚"，一行人下马暂做休整，长途奔袭的马儿去溪边饮水。

一个五六岁的女童在被一俊美邪魅的青年拎下马时，还小声地抽噎着。

随元青实在是没料到这小孩儿居然这么能哭，这一路就没停过。偏偏小孩儿脊骨脆弱，他又不敢贸然把人打晕，毕竟手上力道一个没控制好，把小孩儿的脊骨拍断了，他折了王府在蓟州最后一个据点的人马才抢出这小孩儿就全白费了。

他望着猫崽一般被自己拎在手上的小孩儿，没什么耐心地威胁道："你再哭，我就把你扔河里去。"

长宁被吓到了，嘴巴一扁，原本的抽噎声不受控制地变成号啕大哭，随元青瞬间脸色铁青。

正好侍卫打了一壶干净的水给随元青递过来，他抬手就把小孩儿扔了过去："不管用什么法子，让她别给我哭了。"

他被哭声吵得心烦，腰上和肩头的伤口也在痛，让他烦躁得想杀人，要不是考虑到这小孩儿还有用，那细嫩的脖子早就被他拧断不知多少回了。

侍卫抱着长宁，心中发苦。他冲锋陷阵还行，哄小孩儿，这是真不会，但随元青发话了，他只能僵硬地挤出笑容去哄长宁，长宁看着他那个强挤出来的诡异笑容，哭得更凶了，几乎气都喘不过来了。

侍卫察觉到随元青阴冷的眼神，后背冷汗都出了一层，只能更卖力地哄长宁，但慢慢地，他发现长宁很不对劲儿，她好像不是在哭，而是真的喘不过气来，大张着嘴，脸和脖子都憋得通红，呼吸困难。

侍卫怕这孩子在自己的手上出什么事，忙唤随元青："世子，这孩子好像有喘鸣之症。"

随元青扫了一眼仿佛下一刻就会窒息而亡的小孩儿，脸色更加难看了。

他费了这么大力气才把这小孩儿抢出来，要是孩子直接发病死在半路上，除了让谢征记恨上，他捞不到半点儿好处。

他道："找找她身上有没有药瓶之类的。"

他有个庶妹就患有喘鸣，平日里三步一咳，五步一喘，房门都不敢出，身上随时带着药。

侍卫翻找后，冷汗涔涔地道："没……没有。"

随元青道："把人放地上。"

侍卫把长宁平放到地上后，过了好一阵，长宁的呼吸才慢慢顺畅起来。

知道长宁有喘鸣之症后，随元青没再吓唬她，从侍卫的手中接过水壶递过去，问："渴不渴？"

长宁明显很怕他，点了头又摇头，满脸泪痕，看着可怜极了。

随元青直接抬手把人拎坐起来，把水壶送到她的嘴边，命令道："喝。"

长宁还是很怕，但是才发过一次病，不敢再哭了，小口小口地喝了几口水，因哭了太久而干涩发疼的嗓子总算好受了些。

随元青拧紧水壶盖子，站起来，朝马匹走去："继续赶路，保证她不会死在路上就行。"

长宁在被侍卫抱上马背时还泪眼婆娑的，抿着嘴不吭声。她人小，却机灵，这一路上已经听出来了，这些大坏蛋像是把她错认成了什么人的女儿，她要是在这时候说自己不是，肯定会被这群坏蛋杀了，那她就见不到阿姐了。

想到阿姐，长宁的眼泪忍不住又往外冒，她摸出挂在脖子上的竹哨，有一声没一声地吹了起来。

三日后，卢城。

公孙鄞收到一封从燕州寄来的信报，查看后，手中的扇子都惊得掉地上了，他难以置信地呢喃道："谢九衡何时有了个女儿？"

但他想到谢征不声不响地，心上人都有了，指不定还真有个女儿，便带着信报，神色怪异地去寻谢征，进帐却没瞧见人。

他在蒲团上跪坐下来，等谢征回来时，破天荒地发现矮几上竟摆了一小碟陈皮糖。

他暗道：谢征身边的亲卫何时这般疏忽了？谢征这人最恨甜食，摆一碟糖果在此，不是找罚吗？

他闲来无事尝了一颗，发现味道酸酸甜甜的，竟意外地好吃。

连吃三颗后，他大发善心地把碟子里的陈皮糖都收进了衣袋里，省得谢征回来看到后，罚摆这糖果的亲卫。

片刻后，谢征一身战甲裹着风雪回来了，瞧见公孙鄞，只道了句："你怎么来了？"

公孙鄞的目光在谢征的身上扫了几遭，表情古怪地道："自然是有事。"

谢征没理会他探寻的目光，解下披风交与身后的亲卫，坐下时，发现放陈皮糖的整个碟子都空了，目光骤然一沉，扫向公孙鄞："你吃的？"

公孙鄞心说，他竟然知道这碟子里摆了糖果，不过公孙鄞也不觉得自己吃了他几颗糖是什么大不了的事，坦然地道："是啊，怎么了？"

谢征寒着脸吩咐左右："把人给我扔出去！"

两个亲卫面面相觑，看了一眼谢征的脸色，最终还是选择架着公孙鄞往外走。

公孙鄞蒙了，等回过神来，整个人已经被架着走到了帐门口处，他暴跳如雷地指控道："谢九衡！你至于吗？我不过就是吃了你几颗糖！"

挣扎间，他揣在衣袋里的糖掉了出来。

公孙郿的目光同谢征的对上，只觉得他的面色更冷了些。

见一向目中无人的家伙竟然蹲下去一颗一颗捡起掉落的陈皮糖，公孙郿整个人都愣了一下。

他正了正神色，两只手挣脱出来，吩咐两名亲卫："你们先出去，我有要事要同侯爷相商。"

亲卫们原本也不敢真扔公孙郿，得了他的话，见谢征又没作声，便齐齐退了出去。

公孙郿走回矮几前，皱眉问了句："是那樊姓女子给你的？"

谢征不答。

公孙郿心知必然是了，见谢征这般，他忍不住道："不就是几颗陈皮糖吗？我赔你还不成？"

谢征将捡起的陈皮糖放回瓷碟里，坚硬的糖果和碟子相碰，发出脆响。他淡淡地抬眸看向公孙郿，漆黑的眸子冰冷阴沉，像是海底万年不曾见过日光的岩石，只是同他对视，公孙郿就感觉脊背莫名其妙地升起一股寒意。

公孙郿搓了搓手臂上的鸡皮疙瘩，闭了嘴。

谢征问："寻我何事？"

一说起这个，公孙郿的脸色瞬间变得怪异起来，他看向谢征："你有个女儿？"

谢征没作答，只"咦"了一声。

公孙郿便知晓应当是子虚乌有的事，拿出燕州来的那封信，递给谢征："长信王命人送来的，说你女儿在他的手上，不想你女儿被祭旗，就拿燕州去换。"

谢征没接那信，显然是连看都懒得看一眼，冷嘲道："随拓老儿是知道自己这辈子坐不上那把龙椅，失心疯了？"

公孙郿也觉得这事处处透着怪异。按理说，长信王敢命使者送这么一封信来，应该是胜券在握才对，但就目前的情况来看，这封信未免太过滑稽可笑。

他道："他莫不是误得了什么消息，以为你有个流落在民间的女儿？"

说到此处，公孙郿又在袖袋里掏了掏，摸出一个竹哨放到矮几上，好笑地道："对了，和这封信一起送来的还有这竹哨，说是你女儿身上的信物。"

谢征的视线冷漠地扫过那竹哨，却忽而顿住。

这竹哨，他认得。

他重伤在樊家休养时，魏严的死士前去樊家翻找什么东西，顺带杀人灭口，他带着那小孩儿逃出去的路上，那小孩儿就一直在吹这哨子。

她和她妹妹不是都脱险了吗？为何这哨子会叫长信王的人拿去？

谢征捏起那竹哨仔细看了看，冷声吩咐："去查，被送到了蓟州府的樊家那小孩儿是怎么回事？"

公孙鄞一听跟樊家有关，很快反应过来，问："落在长信王手中的，可能是那位樊姑娘的妹妹？"

谢征抿唇不语，算是默认。

公孙鄞没料到竟是这么个乌龙，手中的折扇开了又合上，最后抬眸看向他："若真是她妹妹，你打算如何？"

蓟州。

虽已是初春，但北地的冬天向来比南方走得晚些，院中的红梅上依旧覆着层没化完的薄雪，檐下的冰凌在日光下显得晶莹剔透，缓慢地往下滴落着水珠。

樊长玉站在檐下，望着两只停在院墙上跳跃着啄食的雀鸟出神，腰背挺得笔直，只是眼下有着淡淡的青黑，明显有些憔悴。

从驿站失火，长宁失踪那天起，她就没怎么合过眼。

妹妹被劫走了，她却连仇人是谁都不知道。

那日驿站大火，赵大娘抱着长宁往外跑，却被人捅了一刀，当场就痛得倒地不起，眼睁睁看着长宁被一群蒙面人抢走。

得亏那一刀没伤及要害，赵大娘才捡回了一条命。

官府调查后，猜测是寻仇，说对方既然选择带走长宁，而不是就地杀人，肯定会拿长宁当筹码跟他们谈条件。可已经过去三天了，劫走长宁的人像是就此销声匿迹了一般，没送来任何消息。

樊长玉自问没结什么仇家，唯一可能报复她的，也只有清风寨了，但清风寨的余孽已尽数被官府清剿，便是还有一两尾漏网之鱼，也万不敢在蓟州主城闹出这般大的动静。

那日救她的那些行为诡异的官兵，她本以为是山匪假扮的，最后却从李怀安的口中得知，卢城那边的人怕蓟州主城撤走了太多兵力，无力剿匪，派了一队轻骑过来帮忙。

不可能是山匪劫走长宁。樊长玉想起清风寨大当家的说的，当年押送藏宝图的并不是自己爹，而是一个叫马泰元的阉人，她便怀疑到了迄今还是一团谜的爹娘的仇家身上。

她这两天也四处打听过四海镖局和马泰元的消息，发现那山匪头子并未说假话。

唯一的突破口就只剩官府当初审讯那些黑衣人的卷宗了。樊长玉也是实在想不到法子了，才想着来找李怀安帮忙，看看能不能查看关于她爹娘的死和她家两次遭遇歹徒的卷宗。

下人进去通报后，她已在这前厅等了一盏茶的工夫，因为心里压着事情，坐久了憋闷，才走到廊下透透气。

书办从回廊另一头疾步走来，见了樊长玉，客气地道："大人在文经阁，姑娘且随我过去吧。"

樊长玉道了谢后，便大步跟上，这府上的秀丽景观半点儿无暇观赏。

文经阁烧着地龙，一进门便有一股暖意袭来，初春的寒意全被挡在了屋外。

李怀安着一身绯色官服坐于案前，正执笔批阅着文书，比起樊长玉初见他时的温雅和气，穿上这身官袍，他身上多了几分疏离和威严。

书办恭敬地道："大人，樊姑娘来了。"

李怀安从堆积的文书中抬起头来，搁笔道："让樊姑娘久等了，蓟州府所有卷宗放于文库，让底下人去安排费了些时间，现在可以过去了。"

他是李党，前来蓟州又是暂代贺敬元的职位，一来就查文库里的卷宗，说出去终归不好听，何况再带旁人进去，总得将不相干的人都暂且支开才方便。

樊长玉道："是我给大人添麻烦了。"

李怀安望着她笑笑，似乎又变回了那个温雅纯粹的读书人："若不是樊姑娘，李某或许已命丧山匪之手，查看卷宗尚在李某的能力范围内，樊姑娘无须客气。"

快出门时，他看了一眼樊长玉的装扮，唤书办取来一件斗篷，道："文库里的卷宗若要外借，必须记录在案，樊姑娘随我进去看吧，为免引人注意，还是披上这件斗篷。"

樊长玉知道他私用公权帮自己，也怕给他带去麻烦，她将斗篷披上，兜帽一戴，瞬间遮住了大半张脸，只余一截下颌和淡红的唇露在外边。

李怀安的视线在掠过她的唇时，多停留了一息。

出门的这一路，樊长玉都没遇上其他人，想来是被李怀安支开了。

到了文库，就见大门外站着一队森严的铁甲卫，李怀安出示令牌后，铁甲卫才放行。

樊长玉跟着他进了那高大又显得阴沉的楼阁，这才发现所有的门窗都蒙上了一层黑布，只有一灯如豆，里边一排排书架几乎看不到尽头，书架上密密麻麻地放着竹简、书册之类的东西。

李怀安端着烛台走在前边，根据书架上的标号寻了一阵，从中拿起一卷："去年十二月的，找到了。"

他递给樊长玉，樊长玉赶紧翻看起来。李怀安似乎是为了帮樊长玉照明，端着烛台站近了些，却又还隔着小半步的距离，不会让人下意识地排斥。

樊长玉匆匆翻阅完，脸上的神情却更凝重了："这卷宗上写的我爹娘遇害，的确是山匪为了藏宝图。"

李怀安目光微动，到底没说"有人篡改卷宗"这样的话——能在蓟州只手遮天篡改卷宗的，也只有那位亲去卢城守关的蓟州牧了。

他温和地道："兴许是那山匪头子为了活命，骗了姑娘。"

樊长玉没说话。她就是去打听过，确定山匪头子没骗自己，才敢冒昧地来找李怀安的。

这份卷宗，到底是官府故意写成这样的，还是为了尽快结案胡乱写的？

从官府卷宗上也寻不到爹娘仇敌的蛛丝马迹，她心情沉重，离开文库后便向李怀安告辞，回了暂时落脚的地方。

赵大娘身上有伤，如今身边离不得人，樊长玉不在时，便是那日驿站失火后仅剩的几个邻居帮忙照顾。

整个清平县就剩这么几个老弱妇孺了，蓟州官府将他们直接安置在了主城，按月送钱送粮。

樊长玉不知道的是，她今日去文库看了卷宗的事，当天就有人快马加鞭将消息送去了卢城。

夜寒露重，贺敬元在灯下看完从蓟州送来的信件，沉默了良久，才"喃喃"自语："东西我已给他了，那两个孩子什么都不知，如今这局势，他不应该再对她们下手才是。"

他苍老的眼皮上堆满褶子，想到某种可能，原本儒雅的面容多了几分冷硬："莫非是李太傅为了樊家手里的东西，故意设的局？"

他思量片刻，最终提笔迅速写下一封书信，封好后唤来帐外亲卫："快马加鞭，将这书信送回蓟州，交到文常手上。"

郑文常是他的得意门生，眼下他虽不在蓟州，但蓟州掌兵的是郑文常，也能替他做一些事情，李怀安带樊长玉去看卷宗的事，便是郑文常传来的。

亲卫拿了书信，快步离去。

贺敬元望着沉沉的夜色，心情沉重地叹了一口气："天下尚未大乱，百姓都苦成了这般，若真乱了，又得死多少人？"

驻扎在卢城外的燕州军营地里，中军帐内亦是灯火通明。

探子已打探回了确切消息：驿站丢的那女娃娃，是长宁无疑。

公孙鄞指着舆图上燕州和崇州的位置，道："我觉得其中有诈。且不提长信王那边提出拿一稚童换燕州太过儿戏，单是燕州在崇州以北，北族人如今正在攻打锦州，锦州之后便只有徽州和燕州挡着，你之前故意让燕州露出兵力薄弱之象，想引他弃蓟州转攻燕州，以解蓟州之围，他都没上当，现在为何又要你让地了？退一万步说，就算锦、徽、燕三州尽归他手，那他还得分出兵力去抵挡北族人，哪里有让你在前边挡着异族，他自己挥师南下来得好？"

谢征坐在圈椅上，目光冷淡地掠过公孙鄞所指的两地，忽而笑了一声："他们这是将计就计。"

公孙鄞一怔后反应过来，再看舆图，心中顿时明了："长信王识破了我们的计策，知道燕州兵力薄弱是假，我们想保蓟州是真，现在佯装取燕州，实则想调虎离山，继续取蓟州？"

他忽而难掩激动之色，看向谢征："若是让长信王误以为我们中计，当真带兵回援燕州去了，等叛军攻打蓟州时，我们之前的战术便可派上用场了！"

谢征替他说完了后半句："难在如何让长信王相信我们是去回援燕

州了。"

公孙郫道："正是。锦州虽有你麾下几员勇将守关，但以防万一，屯于徽州的兵马是决计不能动的。可没有大的行军动向，实在是难以引长信王上钩。"

谢征垂眼看了舆图上的燕州片刻，道："我亲去燕州。"

公孙郫一惊：他这是要用他自己当饵。

公孙郫忍不住替他担忧："若是长信王觉得你的命比蓟州值钱，当真回头取燕州呢？"

谢征抬眸道："你不也说，长信王还指望我替他挡着外敌，以便他趁机南下？"

公孙郫还想说什么，他却笑了笑，漫不经心的神色里透着股狂妄："他若真敢来取我的性命，我在战场上斩了他的首级，西北之乱倒是彻底平了。"

公孙郫想说这人当真是狂到没边了，却突然意识到什么，目光变得有些复杂。

崇州一战，谢征中了圈套，险些死在沙场上，他身死的谣言传出去那般久，军心早已不稳，谢家军又被魏宣那草包接手，打了不知多少场败仗，士气大落。

如今他回来，必须打一场绝对漂亮的胜仗，才能让谢家军在魏宣手中败光的士气重新涨起来。

公孙郫甚至怀疑魏严就是找不到他的尸首，怕他卷土重来，才故意派魏宣去接管徽州，可劲儿糟蹋谢家军。

养一支精锐军队少说得三五载，可毁掉一支军队，只需要几场败仗。

谢征是为了大局，至于其中有没有顺带帮他那心上人带回妹妹的心思，公孙郫倒也没在这种时候问，只道："侯爷既然要用此计，要么将贺敬元收入麾下，要么……除掉他。毕竟卢城现有的兵力都在他的手中，要做一个吃下长信王五万大军的口袋，必须动用卢城所有的兵力。"

谢征半眯的眸子里荡开几分深意："来卢城这些时日，的确该见他一见了。"

樊氏夫妻背后藏着的秘密，他命人查了那般久，却一无所获，除了魏严，想来只有贺敬元知晓了。

第十三章

首　战

　　贺敬元自收到那封从蓟州主城送来的信，得知樊家小女儿无故被人劫走，樊长玉去看了卷宗后，睡意全无，正于帐内看着兵书，守在帐外的亲卫忽而进帐来报，说公孙鄞求见。

　　贺敬元不知武安侯麾下的这名首席幕僚葫芦里究竟卖的什么药，稍一沉吟，还是让亲卫把人请了进来。

　　帐帘被掀起，进来的却不止公孙鄞一人。

　　贺敬元目光落到他身后那名着玄色卷云纹箭袖长袍的男子身上，一怔之后，连忙起身："侯爷？"

　　谢征扬了扬唇角："贺大人，别来无恙。"

　　比起那些征战沙场的老将，他实在是太过年轻了，加上容貌昳丽，早些年军中不服他的大有人在，觉得他无非是投了个好胎，乃谢家独苗，又有魏严这个舅舅，在军中才能一路高升，但随着锦州被夺回，辽东十二郡被收复，这等从前朝至今都无人能盖过的功绩，终于压下了所有质疑的声音。

　　外人只赞叹一句他乃天纵奇才，同为武将，贺敬元却深知他所立的战功中，无论哪一件，拎出去都够普通武将吹嘘一辈子了，而这些光鲜的战绩，必定是用鲜血和一次次搏命换来的。

　　贺敬元虽然在年岁上长了谢征两轮不止，却是打心眼儿里佩服这位大胤朝有史以来最年轻的武侯。

他引着谢征往主位上坐："侯爷怎么突然造访卢城？"

谢征并未推辞——他若不坐这位置，屋内这几个人就都不用落座了。

他姿态闲散地坐下，接过贺敬元亲自奉上的一杯茶，视线同贺敬元的对上时，贺敬元因为之前征粮一事，腰背俯低了一分，眼中有些许愧色。

谢征嘴角轻扯，并未在此时发难，只道："随拓老儿以五万大军围蓟州，是要彻底掐断开春后水上的粮道，如今前线尚稳，本侯担心这后方的补给，便亲自过来看看。"

贺敬元抱拳，郑重地道："还请侯爷放心，只要我贺某人尚有一息在，便不会叫贼子攻陷蓟州。"

谢征用指节轻叩着太师椅的扶手，漆黑的眸子里带着笑意，却又不怒自威："本侯前来，并非信不过贺大人。蓟州守不守得住，全在卢城，但城内现有兵力不过两万，长信王一旦攻城，卢城只怕难以抵挡。新征的兵卒对外称有五万之众，但实际只有三万，且全是从未上过战场的庄稼汉，真到了将亲兵全赶上城楼死守的那一步，卢城优势也不大。我同公孙先生巡视了卢城周边的地形，想出一计，可尽数吞下长信王围于卢城外的五万兵马。"

贺敬元从卢城被困开始就没睡过一个好觉，此时听谢征说有破敌之法，难掩诧异之色，问："不知侯爷所想是何计？"

谢征看向公孙鄞，公孙鄞代为答道："巫河之水自西向东而流，流经蓟州，但源头在燕山。开春后，燕山上的冰雪融化，化作水流，汇入巫河。我们派兵在上游修坝，暂且堵住巫河之水，卢城一带的水位便仍旧偏低，贺大人再诱长信王手中的兵马渡河，届时炸开上游的堤坝，便可水淹长信王五万大军。"

贺敬元一听此计，忍不住拊掌叫好："此计甚妙！只是修堤坝并非小事，少不得发动成千上万将士，如何才能瞒过长信王那边的斥候？"

谢征道："长信王日前才写了战书与我，欲取燕州，我从蓟州借两万兵马回去，中途将大部分人马都放于巫河上游修堤坝，贺大人这边再多派些人手截杀斥候，如此，便能瞒天过海。"

贺敬元很是不解："之前公孙先生说，让燕州显露兵力薄弱之象，引长信王回攻，长信王若是中计，该直取燕州，打侯爷一个措手不及才对。"

公孙鄞笑吟吟地道："贺大人所言不假，长信王此举，是为将计就计，假意中了我们的计取燕州，实则还是攻打蓟州，以此占盐湖，霸水道。"

贺敬元毕竟是征战经验丰富的老将，瞬间就明白了他们之前说的带兵回援燕州也是一出将计就计，让长信王以为他们当真保燕州去了。

他垂眼沉思片刻后道，"若是长信王也察觉此为计谋，当如何是好？"

谢征笃定地道："他不会察觉。"

贺敬元面露不解。

公孙郫憋着笑解释："侯爷的独女在长信王手上，侯爷此番借兵回燕州，表面上也是为了救回独女。"

谢征寒凉的目光扫过公孙郫，公孙郫赶紧正襟危坐。

贺敬元倒是有些茫然了，好一阵才收敛神色，抱拳道："此前倒不知侯爷喜得千金，想来千金在贼子的手中遭罪了。"

公孙郫好不容易忍住笑，因为贺敬元这番话，又险些破功。

谢征的脸色难看至极，但他还是解释了一句："是本侯妻妹，反贼误会了她的身份。"

贺敬元前一秒才被迫接受了谢征有个女儿的事，现在得知被反贼抓走的不是他女儿，是他妻妹，对于他突然多出个侯夫人，饶是有了心理准备，贺敬元还是被惊到了。

他就算有了女儿，是收在身边的女人生的也没什么，但他有侯夫人了，这就不是小事了，京城多少世家削尖了脑袋等着和他结亲呢，甚至他和魏严撕破脸的事闹出去后，一直被魏严压着的皇室都想嫁一位公主给他，借他之手打压魏严。

多少人红了眼盯着的位置，什么时候有主儿了？

不仅贺敬元，就连公孙郫也狠狠吃了一惊。

他原本以为谢征对那姓樊的屠户女只是感激其救命之恩再加日久生情，怎料谢征竟是视对方为妻。

有一瞬，公孙郫甚至想：谢征是不是被人下降头了？

谢家如今虽只剩他一个男丁，可也是百年世家，他若娶妻，在整个京城都得搅起一阵腥风血雨，毕竟那意味着整个京城的权势会被重新划分。

谢家宗妇，也只有那些世家出身的顶顶优秀的京都贵女才当得起，娶一乡野村妇，不是让整个京城的人看笑话吗？

公孙郫眉头皱得死紧，但也深知自己认识了十几载的人绝非意气用事之辈，有心多问他几句，碍于贺敬元也在，到底忍住了。

见贺敬元和公孙郫双双失态，谢征眼中毫无波澜，只问："贺大人以为此计如何？"

贺敬元回神，暂且压下心中的惊涛骇浪，忙道："此计妙极，卢城所有兵马任侯爷调遣！"

他说着，便双手举过头顶，呈上蓟州虎符。

再无比这更诚恳的表忠心方式。

谢征接过虎符，像是并未把这可调动整个蓟州兵马的铁符当回事，于指尖把玩着，垂眼道："还有一事，本侯想请教贺大人。"

他用上"请教"二字，就有些耐人寻味了，贺敬元隐约猜到他想问的是什么。从他阻止了魏宣征粮起，贺敬元便已决定把自己当初知晓的全盘告知他，此刻只道："侯爷有什么想问的，尽管问便是，只要是下官知晓的，必定知无不言。"

谢征得他这番保证，唇角往上提了提，道："清平县临安镇上，有一户姓樊的屠户，魏严为何要那对夫妻的命？他几番派人去那户人家中寻的，又是何物？"

公孙郢听谢征问了这么多关于樊家的事，下意识地皱起眉头：难不成他看中的那樊家女子，同魏严有关？

贺敬元的神色则有些复杂，他也想知道谢征对当年的事到底知道了多少，道："在下官回答侯爷之前，侯爷可否告知下官，为何要查樊家背后的事？"

谢征道："内子父母死于非命，总得替她查一查。"

贺敬元听到这话，猛地抬起眼，神色说是惊骇也不为过。

谢征以为他和公孙郢一样，都是惊讶于自己许给樊长玉的身份，心中有些不喜，神色微冷，道："贺大人现在可以说了吗？"

贺敬元的指尖隐隐有些发颤，他垂下苍老的眼皮，沉默了许久，叹道："死去的那名樊屠户，从前是丞相手底下的人，后来叛了主，逃出去隐姓埋名过日子，最后还是被丞相查到了，要了他的性命。至于丞相要的东西，我也不知是何物。"

魏严曾对他有知遇之恩，后又有栽培之恩，如今两人虽政见相左，但贺敬元还是会尊称他一声"丞相"。

谢征的神色陡然凌厉，唇角却依旧带着笑意："若本侯没猜错的话，那东西应当是贺大人拿走的才对。"

贺敬元苦涩地道："是下官拿走的，但下官当真不知那是何物。"

谢征眼中的耐心少了些："贺大人以为本侯会信这套说辞？"

贺敬元道："不管侯爷信不信，下官所言句句属实。"

谢征冷笑："你连魏严要的东西是什么都不知道，如何替魏严找？"

贺敬元自嘲一笑："我这些年在蓟州的所为早已引得丞相不满，丞相让我去杀樊家夫妻，也只是为了看我是否还忠于他罢了，并未让我顺带找什么东西。那东西，是樊家夫妻赴死前交与我的，嘱咐我在丞相要时交与他便是，切莫自己拆开看。"

谢征从中听出几分蹊跷，问："你同樊家夫妻相熟？"

贺敬元的眼神难掩沧桑："他们是贺某故友。"

公孙郓对樊家的事并不知情，听到此处，忍不住道："所以贺大人为了让魏严相信你还忠于他，杀了故友？"

贺敬元并未言语，算是默认了。

公孙郓见他此时这副伤怀做派，意味不明地道了句："自古忠义难两全，也怪不得贺大人。"

贺敬元听出他话中的讥讽意味，道："我不动手，丞相也会派旁人去。我杀了樊家夫妻二人，尚能如他们夫妻之愿，保住樊家两个孩子。旁人去，便是斩草除根了。"

公孙郓一时无言，魏严的手段，他们都再清楚不过。

片刻后，他问："魏严并未让贺大人寻那物件，贺大人后来呈与他，就不怕魏严猜忌？"

贺敬元答："自是怕的，但侯爷既与樊家姑娘结为夫妻，想来也清楚那姐妹二人对她们父母之事毫不知情。故友已去，贺某心中有愧，只求能护住他仅剩的这一点儿血脉。彼时魏宣战败，侯爷身死的传言也流传甚广，西北局势混乱，丞相不得不用贺某，这才睁只眼闭只眼。"

谢征指尖轻叩着椅子扶手，只是沉默。贺敬元说的这些，和他之前的猜测出入不大。

公孙郓又问了一句："樊家夫妻给贺大人的东西，大人当真没看？"

贺敬元苦笑："公孙先生真会说笑。我若是看了，丞相还能容我？"

公孙郓看着谢征，一耸肩。

谢征问了这么多，看似解开了不少谜题，但真正重要的其实一个都没问出来。

谢征忽而抬眸："樊二牛在魏严身边时，是何名讳？居何职？"

贺敬元额角坠下冷汗来，道："侯爷，恕下官现在不能说。"

谢征不笑的时候，一双凤眸的压迫感尤其强烈，他审视着贺敬元，问："为何？"

贺敬元嘴里发苦。他当然知晓樊家的真相对谢征而言意味着什么。若是他同樊家并无交集，只是查当年的锦州一案碰巧查到了樊家，或许还能寄希望于谢征心中那份仁慈——樊家夫妻已死，往事尘埃落定，谢征不再追究樊家那对孤女，可谢征竟称樊长玉为内子，樊家小女儿又是被反贼误当成谢征的女儿劫走的，贺敬元不敢想象道出真相后，樊家那两姐妹会面临什么。

他会告诉谢征樊家夫妻真正的身份，但不是现在，至少得等樊家姐妹都安全后。

远处巡营的将士打更报起时辰，梆子声自夜色中传来，在一片寂静的大帐内显得尤为清晰，高几上燃着的烛火猛地颤动了一下。

贺敬元在谢征冷峻的目光下艰难地开口："侯爷姑且当贺敬元是胆小鼠辈吧，卢城之困解除后，贺某若还有命在，必定向侯爷坦承一切。"

公孙郓闻言，不免看了谢征一眼，二人皆不置可否。

贺敬元将蓟州调兵的虎符都交了出来，可见其忠心程度，却又守着樊家夫妻的身份不说，只为自保，怕谢征拿到兵权之后直接除掉他，这样一点儿小心思，倒也无可厚非。

帐内短暂地沉寂了一阵后，谢征才扯了扯唇角，道："贺大人大可把心放进肚子里，谢某出身行伍，旁的不敢保证，许诺的事，一定不会食言。再者，贺大人在蓟州任职十载有余，甚得民心，也得蓟州将士们敬重，本侯轻易也不敢动贺大人不是？"

贺敬元额角的冷汗都滑下来了，他忙垂首道："侯爷说笑了，论在军中的威望，又有何人能越过侯爷去？"

谢征的指尖在椅子扶手上不轻不重地叩了两下，他用黑眸审视着眼前这位恭敬拱手的儒将，像是决定了什么一般，终是做了让步："好，本侯便等着卢城之困解除后，贺大人的答案。"

压在自己身上的那道视线陡然一轻，贺敬元觉得呼吸都顺畅了许多，越发恭敬地抱拳，将腰身又弯下几分："多谢侯爷体恤。"

谢征起身，绣着云海纹的衣摆垂坠感极好，料子在烛火下甚至反着光，他淡淡地丢下一句："明日贺大人拨两万新兵，将城内擅长修筑水利的工匠一并安插进去。立春后雨水将至，不在春汛到来前于巫河上游筑好堤坝，此计便派不上用场了。"

贺敬元忙道："下官今夜便召集底下将领安排。"

走出大帐后，公孙郢低声同谢征道："你还真允了他的讨价还价？"

谢征把蓟州虎符扔与他，斜着眼问了句："不然？"

公孙郢两只手去接才捧住了虎符，道："他在蓟州经营多年，既然要用蓟州军来做一个吃下长信王五万大军的口袋，的确轻易动不得他，大战前主将身亡，哪能不影响士气？不过……他把虎符都交出来了，也是真敢赌你为了樊家，无论如何都会留他的性命。"

谢征道："他若不交虎符，我焉敢北上？"

公孙郢不由得失笑："这位贺大人倒是看得通透。他有这般顾虑倒也不无道理，你不会在大战前动他，但忌惮他在蓟州军中的威望，会不会让他在大战中'就义'就说不定了。"

谢征未语，算是认同了他的说法，继续往前走时，道："崇州那边，你代笔回信一封，同随拓老儿谈其他条件。"

公孙郢明白了他的意思：拿燕州去换樊家那小女儿是不可能的，回信让长信王提其他条件，才能让对方觉得，他们当真是在意那小孩儿的生死的，为此从蓟州借兵去燕州也不奇怪。

再者，让长信王那边知道那小孩儿对他们重要了，长信王才越发不敢让那小孩儿有什么损伤。

数日后，崇州，长信王府。

男子用苍白似枯骨的手指将信件扔进了书案旁的火盆里，信纸很快在红炭中化作灰烬。

春寒料峭，哪怕在室内，男子肩头依旧披着大氅。他带着病气，没多少血色的唇轻扯了一下，像是孩童赢了游戏一般，笑容恶劣又愉悦："他竟当真从蓟州借了两万兵马。"

前来送信的男子不解地道："被世子劫回来的那孩子根本不是武安侯之女，殿下，其中会不会有诈？"

随元淮抬起一双黑得让人脊背发凉的眸子："那不是他女人的妹妹吗？清平县被屠，他都能不顾一切杀回去救人，他若不救那孩子，你猜他那女人知道了会如何？"

立于下方的锦袍男子正是赵询。

他本想说"武安侯那等身份，要什么女人没有？"，但想到跑了几次都被眼前人抓回来的那女子，又噤了声，转而道："殿下说得是。"

随元淮玩味地道："退一步讲，便是圈套，与我们又有何干？"

赵询心中陡然一惊，明白他是想坐山观虎斗，拱手道："殿下英明。"

随元淮望着他，意味不明地扬了扬唇角，赵询在他的注视下颇有些如芒在背的感觉，颤声询问："殿下为何这般看着属下？"

随元淮笑了笑，道："听说你教那小贱种写字了？"

赵询膝盖一软，跪下了："殿下恕罪。属下何德何能，教得了小公子，是小公子之前一直哭着要见……俞姨娘，属下这才哄小公子，说只要他好生读书认字，殿下高兴了，或许会让他见俞姨娘。"

随元淮似笑非笑地道："你倒是会替孤做决定。"

此话一说出口，赵询脸色惨白，额头抵着冰冷的地面，道："属下该死，请殿下责罚。"

正巧屋外一中年女子进来送点心，见赵询跪在地上，面露异色。

随元淮单手撑着下颌，慢悠悠地道："起来吧，兰姨看着呢。"

赵询丝毫不敢动，送点心的中年女子面色亦是一变，把点心放在案上后，退后一步，跪下，道："殿下，询儿若做错了什么，殿下责罚便是，莫要折杀奴婢。"

随元淮嗤着笑，亲自扶起中年女子："兰姨这是做什么？若是没有兰姨，孤又哪里有今日？快起来吧。"

他的手因久病而带着凉意，中年女子在被他扶起时不经意触碰到他的手背，只觉得冷得心惊。

随元淮发现了她脸上一闪而过的慌乱，嘴角的笑意愈深，他看向跪在地上的赵询："阿询也起来，你和兰姨都是孤最亲近的人，别动不动就跪。"

赵询看向中年女子，见她微微点头后，才带着满背的冷汗起身，恭敬地道："为殿下尽忠是属下的本分。"

随元淮笑笑不答话，兴致索然地看了一眼案头的书卷，百无聊赖地道："回头让人把那小贱种带过来给我瞧瞧，看他的书念得怎么样了。"

赵询垂首应"是"。

赵询和那中年女子都出去后，随元淮仿佛自说自话般问："他们对孤还忠心吗？"

空无一人的书房内，暗处却走出一个影子来："赵家母子对殿下并无二心。"

随元淮只是笑笑："继续盯着。"

黑影又退回了暗处，似乎这房里从来就没多出一个人过。

随元淮大概是倦了，俊秀的眉眼间透出些许疲惫之色，他单手撑着额，望着书房窗外的景致出神。

他这具身体，破败得厉害，这些年一直靠汤药续命。

十六年……不对，又过了一载，当是十七年前了，东宫那场大火烧毁了他的大半张脸和近乎半身的皮肤，也正是这般，他才能和长信王长子互换身份，捡回一条命。

当年真正死在东宫里的，乃长信王长子。

那是一场蓄谋已久的金蝉脱壳。

太子死了，他母妃知道马上就要轮到他们母子了，一手策划了东宫大火。

她以悲伤过度为由，请了不少京中命妇带着家中儿女前去做客，陪她说话散心。

长信王府便是他母妃替他寻的安身之所。宫女在斟茶时"不慎"打翻了茶盏，弄脏了长信王长子的衣物，他母妃命宫人带长信王长子去更衣，那身换下来的衣物最终穿到了他的身上，而长信王妃母子皆死在了那场大火中。

他被烧得面目全非，长信王妃又已死，王府的下人压根儿认不出他，只凭着身上的衣物和所佩之物断定他就是王府长子，将他带了回去。

从此他不再是皇长孙，而是长信王那个被烧得半死的嫡长子随元淮。

兰姨是他母亲的心腹，也在那场大火里脱了身，后来嫁了一富商，一直在暗中帮衬他，生下赵询后，便毒死了富商，让赵询继承了富商的家业，等赵询能独当一面后，才回到他的身边照料他的起居。

为了能重新见人，他身上那些被烧毁的死皮，这些年陆陆续续被换掉了。

早些年他被烧毁了脸，伺候的下人没一个敢直视他，后来他忍着切肤之痛换掉了烧伤的皮，下人们倒是越发惧怕他了。

想到此处，随元淮讥诮地笑了笑。

他母妃当年选了长信王府作为他的退路，是有诸多考量的。

一个被烧毁了脸的废人是当不得王府世子的，因此，不管长信王将来娶的新妇是谁，都会尽心尽力待他这样一个没有任何威胁的嫡长子，为自己博个贤名。

更幸运的一点是，长信王妃惨死后，她娘家人怕他这副不人不鬼的样子叫长信王厌弃，将来王府进了新妇，他会被暗中磋磨，于是把长信王妃的同胞妹妹嫁给长信王做了续弦。

长信王妃的这个妹妹的确是把姐姐的孩子当作自己的疼，生下随元青后，又一直教导随元青亲近这个"兄长"。

可偷来的亲情是亲情吗？

等那对母子将来知晓真相，只怕恨不得将他生唉。

这些年，他只同那对母子维持着表面上的和睦。

他原本撑在额角的手指，忽而重重地按在了太阳穴的位置。

当初为了瞒天过海，他被烧伤了大半张脸，如今换掉伤皮后，头时常炸裂一般疼，眼下就是突然疼了起来，让他心中恶意陡增，只恨不能折磨几个人，让自己心中畅快些。

房门却在此时被推开，一个小不点儿出现在门口，手上捧着一摞练好的大字，狗狗眼里带着些许惧意，却还是抬起那双明澈的眼看向他，抿了抿唇，唤道："父亲。"

随元淮打量着这突然闯进来的孩子。他跟自己长得并不像，但是兰姨第一眼见到这个孩子的时候，就说同自己小时候简直是一个模子里刻出来的。

随元淮不记得自己小时候是何模样了，唯一的记忆只剩下大火灼烧后的剧痛和那烧得面目全非满是疤痕的脸。

他单手撑着额角，望着拘谨地站在门口的孩子，冷笑："父亲？谁允许你这么叫的？"

俞宝儿捏着字帖的手紧了紧，明显有些无措，黑白分明的眸子看着披着大氅坐于高位上的男人，不知再唤他什么好，索性不开口了，轻抿着嘴角，看起来乖巧又可怜。

他随娘亲一起下江南，只可惜车队在半道上就被一队黑甲卫给拦住了。

那天也是他第一天见这个男人。大雪如絮，男人病恹恹地倚在黑甲卫簇拥的马车中，他用因久病而显得过分苍白的手撩起车帘，一双眼阴郁地盯着他们母子，目光里甚至带着几分残忍和即将进行报复的快意。

他很怕这个人，他娘亲似乎更怕，抱着他时都在轻微发抖。

也是从那天起，他就再也没见过他娘。

他被带到这里后，并没有受罚，还有人照顾他的三餐起居，但每次他问起关于自己娘亲的事，伺候的下人都讳莫如深，只有一个很喜欢他的嬷嬷敢跟他透露些许自己娘亲的消息。

那个嬷嬷说，这个男人是他爹，只要他乖，讨得他爹的欢心了，他爹就会让他见娘。

俞宝儿来到这里后，一直很乖，但他们从来不提让他见娘亲的事，前两日俞宝儿才忍不住大哭，也不吃饭，想以此抗议。

最后只来了一个面生的男子，他说自己好好念书认字，功课做得好，就有可能见到娘亲。

俞宝儿照做了，今日果然被带出了院子，这也是他来这里这些时日第一次离开自己居住的院子。

随元淮看着俞宝儿这般怯懦的模样，面露讥嘲，瞥见他紧握在手中的字帖，道："听说有人教你练字，拿过来瞧瞧。"

随元淮光是坐在那里，整个人仿佛就浸着无边的阴郁之色，让人心生惧意。

俞宝儿也怕，却还是坚定地迈着小步子朝他走了过去。

他浑身上下最像俞浅浅的，应该就是那双眼睛，黑而圆，眼角微微下垂，看起来温良老实，还莫名其妙地惹人怜。

随元淮在看到俞宝儿走来时，微微一怔，恍惚间像是透过他看到了那个有孕在身都从未打消过逃跑念头的女人。

她明明弱得他一根指头就可以碾死，但就是怎么罚都不长记性，逮到机会仍然会毫不犹豫地跑，像是被圈养的鹿，一心只想着回到山林里。

俞宝儿把字帖递到他的眼前后，他方回过神来，神色不知何故，变得越发阴沉了，苍白瘦削的手指一张张翻动字帖，让俞宝儿紧张地攥紧了衣角。

片刻后，他把俞宝儿练的那一大摞大字当废纸一样扬了出去，冷"哧"："写的都是些什么东西，字软得跟没骨头一样，重写。"

俞宝儿看着自己为了见娘亲，一张张认真写的大字，眼眶红了红，到底没说话。

很快就有侍者屏气凝神地进来，安置好一方小几，再摆上笔墨纸砚，整个过程几乎没发出任何声响。

院子里伺候的人都知晓随元淮喜怒无常，一向是把脑袋别在裤腰带上进来伺候，哪里敢不打起十二万分的精神？

俞宝儿看着这一切，还有些无措，坐于书案后的随元淮半掀开眼皮扫了他一眼，冷冷地开口："就在这里练。"

俞宝儿鼓起勇气问："我要是写好了，能见我娘吗？"

随元淮的笑容越发讥讽："谁教你同我说这些的？"

俞宝儿眼中蓄起泪花，却倔强地忍着不肯哭，说："没人教我，我只是想我娘了。"

随元淮从桌上拿起一卷竹简，森冷地道："练你的字去。再哭，你这辈子都别想再见她。"

俞宝儿乖乖地去矮几前练字，小小的身子侧对着他，吃力地握着比他的手指还粗的毛笔，眼泪"吧嗒"掉在纸上，晕开一个小小的水印，俞宝儿生怕被他发现，不敢伸手去擦眼泪，也不敢发出哽咽声，只放缓了呼吸，偷偷地哭。

他以为自己瞒得很好，男人坐在高位上，却将他所有的小动作尽收眼底，半垂着眸子，眼中一片阴沉。

他不喜欢这个孩子，不仅因为那个女人不识抬举，还因为这个孩子的存在已严重威胁到了他的地位。

比起一个离不得汤药，也习不了武的废人，一个健康却年岁小、极好掌控的孩子，怎么看都是首选。

赵家母子越亲近这个孩子，他心中就越发忌惮这个孩子。

当年为了活下来，他忍受了火烧之痛，留下一身病根儿。

后来为了能见人，他又经历了无数非人的折磨，才将身上那些被烧伤的皮一点点换掉，剥皮这样的酷刑，死人才会遭受，他却活着就受过了。

他这么艰难才活下来，谁要是敢挡他的路，那就去死吧！

这么想着，他的神色便越发狰狞，攥着竹简的那只手，力道大得那森白的指节像是下一刻就会折断。

丫鬟进来奉茶，猝不及防地看见他的神色，短促地惊叫一声后，打翻了手中的茶水，杯子摔在地上碎裂开来时，丫鬟的脸上惨白得没有一丝血色，整个人伏跪在地，颤声求饶："大公子……大公子饶命……"

随元淮极度厌恶下人们在看见他时露出一副见了鬼的惊恐样子，他挑起薄唇，吐出的字却血腥冰冷："拖下去，杖毙！"

很快就有人进来，丫鬟没能再喊出一句，就被堵了嘴带下去，整个过程安静且迅速，像是一场无声的皮影戏。

俞宝儿坐在练字的矮几旁，怔怔地看着这一幕，笔尖的墨点滴落在纸张上，弄脏了他快练完的那张大字。

坐在书案后的人冷眼瞧着他发白的小脸，突然恶劣地道："你要是不听话，你娘就跟她一样的下场。"

俞宝儿明显被吓到了，那天从随元淮的书房练完字回去就病了好几天，梦魇时都哭着喊娘。

兰氏当年从东宫逃出去后，嫁了一富商，替随元淮发展外边的势力，在随元淮烧伤最严重的那段时日并不在随元淮的身边，如今看到俞宝儿，像是看到了自己当年照顾的那个小皇孙一般，心中怜惜得厉害，求去随元淮跟前，想让俞宝儿见他娘一面，却只换来随元淮一句讥讽："杖杀个婢子，就把他吓病了？兰姨忘了，孤像他那般大的时候，刚经历了东宫大火呢。"

兰氏看着随元淮漆黑的眸子里化开的点点森冷笑意，终究没敢再为俞宝儿求情。

又过了三日，俞宝儿才慢慢好起来，不过性子变得很闷，不爱说话，也不怎么搭理人，每天雷打不动做的事就是练字。

兰氏怕这个孩子就这么被吓坏了，命下人去寻几个机灵些的孩子来给俞宝儿当玩伴，但俞宝儿不搭理那些孩子，只闷头做自己的事。

赵询在清平县时，曾奉命监视俞浅浅的一举一动，知道俞浅浅母子和樊家有往来，大胆向兰氏提出：要不把樊家那小女儿带过来，看能不能让俞宝儿开口说话？

兰氏明显有些迟疑："那孩子如今对外称是武安侯之女，被王府的人严加看管起来，如何带来给小公子当玩伴？"

赵询道："世子同殿下亲近，连带着喜欢小公子，母亲不试试，怎么知晓世子那边不同意？"

兰氏同儿子对视片刻，道："询儿，哪怕是为小公子好，也要先问过殿下。"

赵询猛地低下头："孩儿也是怕小公子有什么闪失，一时心急。"

兰氏道："如今整个赵家的基业都在你的手上，你的抉择，关系着整个赵家的存亡，莫要糊涂。"

赵询恭敬地道："孩儿谨记母亲教诲。"

兰氏再次求去随元淮跟前时，一向胃口不佳的人倒是难得颇有兴致地在用饭，边上站着的侍者把每一道菜都尝过后，他才动筷。

兰氏扫了一眼桌上那些古怪的吃食，便知都是那位俞姨娘做的。那看着面团似的一个人，性子却出奇地倔，兰氏从前就敲打过她，终是没能让她软下脾性。

眼下她突然向随元淮示好，大抵也是知道了俞宝儿生病的事，想借此见见孩子。

至于俞姨娘所在的院落被围得水泄不通，消息是怎么传进去的，明显是眼前人故意为之。

兰氏不由得皱起眉。她到现在也没弄明白随元淮对俞姨娘到底是什么心思，当初他的身体每况愈下，她怕有个万一，才替他选了好几个通房。

随元淮明白那是什么意思，纵然心中厌恶，为了留下血脉，还是不得不选了一个孕育子嗣。

兰氏有时候想：随元淮大抵就是从那时开始不再全然信任她的。

但若是再来一次，她还是会那般做。她是太子妃的心腹，皇孙若是不行了，她无论如何也要让皇孙留下一点儿血脉，继续复仇大业，这样才对得起太子妃的在天之灵。

当初的那批通房丫鬟里，明艳的、妩媚的，随元淮通通没看上，只挑了胆子小得跟兔子一样，乖顺听话的俞姨娘。

只是大抵是被他喜怒无常的脾性吓到，俞姨娘胆子本身又小，侍寝后便一直浑浑噩噩的，后来还大病了一场，府上的人背地里议论，都说是被随元淮吓成那样的。

随元淮处置了议论的人，连带着也想将俞姨娘一并处置了，大夫给俞姨娘诊脉时却查出喜脉。

俞姨娘这才得以保住一条命，但病好后像是变了一个人，表面乖巧，背地里心思却不少，逮住机会就跑不说，被抓回来了，不管随元淮发多大火，她只管最大限度地保证自己过得舒坦。

孕吐得厉害就自个儿在小厨房里捣鼓吃食，哪怕被关着，也该吃吃，该喝喝，养好身体，半点儿不亏待自己，等瞅准个机会，她又跟只兔子一样遁没影儿了。

俞姨娘几年前挺着七个月大的肚子成功逃出去，便是哄着随元淮去庄子上住一段时间散散心，她亲自下厨，并在饭菜里下了药，药倒了庄子上的人后，卷了自个儿的金银首饰，带着心腹丫鬟和一侍卫一起跑了。

随元淮醒来后几乎砸了整个庄子，口口声声骂着"不过一贱婢"，却几乎发动了所有人马去找，这一找，就是六年，最终在临安镇那样一个小地方寻到了人。

兰氏以为他把俞姨娘母子抓回来后，以他的脾性，估计会去母留子，但他只是把母子分开关着，不亏待他们，也不过问他们的情况，除了偶尔冷嘲热讽几句，好像就没别的了，兰氏一时间也摸不透他究竟是怎么想的。

随元淮用着饭，察觉到兰氏在边上站着，欲言又止好一会儿了，问："兰姨有事寻孤？"

兰氏也不知在此时同他说俞宝儿的事是不是明智之举，硬着头皮道："小公子的病情依旧没有好转，奴婢听询儿说，俞姨娘在清平县时，同樊家交好，奴婢斗胆……想着樊家幺女正好在府上，要不……暂且让她给小公子当玩伴，看小公子的病情会不会好些。"

随元淮不觉得长宁还有命活着回去，大概是用了一顿合心意的饭，心情尚不错，又不想这么快如那女人的愿，让她见儿子，撑着下颔思忖了片刻，忽而笑道："兰姨都有主意了，去找青弟便是。"

走出房门的时候，兰氏还是有些不敢相信，今日的随元淮，似乎比往日好说话许多？

随元青把长宁带回长信王府，便随意地扔给下人，让他们好生看管着，别把小孩儿饿死、冻死就是了。兰氏以随元淮的名义说给俞宝儿找个玩伴，随元青一句话没多问就准了。

兰氏被婆子引着去带走长宁，打开柴房的门，就发现一个小姑娘缩在草垛里，瞧着像是很多天没梳洗过了，头顶的鬓鬓乱糟糟的，脸上也脏兮兮的，两腮还被冻得有些发红，一双眼睛却黑亮得惊人，正用麋鹿一般澄澈又警惕的目光打量着她们。

兰氏是宫里出来的，这辈子见过的美人数不胜数，见到这小丫头时，心中便诧异了一瞬：这小女娃长开后会是个难得的美人。

蓟州。

樊长玉一脚踹开守在地牢门口的贼人，手中的黑铁砍骨刀一刀下去，火星迸射，牢门上的锁头就掉到了地上。

她身后的官兵好不容易才追上来，气都喘不匀了："姑娘，你别跑太快，前边贼寇多……"

看到一地横七竖八呻吟不止的山贼时，官兵后半截话卡壳了。

樊长玉没理会身后姗姗来迟的官兵，进了阴森的地牢，一边把里边被迷药熏得昏昏沉沉的小孩儿拎起来看，一边叫长宁的名字。

这些日子，蓟州城内突然发生了好几起孩童被拐、被抢的案子，办案的官兵说是有一伙人贩子在趁乱抢掠小孩儿。

樊长玉担心长宁也是被人贩子带走了，抱着一丝希望，这些天一直跟着官兵四处捣毁人贩子的窝点。

长宁没找着，但是她拎把杀猪刀大杀四方的名声已经传开了。几乎每捣毁一个拐卖小孩儿或者妇女的窝点，她就因杀敌太勇而立下头功，偏偏她又不是官府的人，官府只能赏她大笔大笔的银子。

眼瞅着兜里的银票一天天厚实了起来，长宁却还是没消息，樊长玉心中急得不行。

官府审讯那些人贩子后，她得知有些孩童已经被卖去其他州府了，只要是跟长宁符合的女童，樊长玉都记了下来。她把一半银票留给了赵大娘，怀揣着另一半银票，背着几把杀猪刀，打算横跨几大州府去找长宁。

为了方便找人，官府的人建议她找人给长宁画一幅画。

樊长玉这才想起家中有过年那会儿书生给画的现成的，她还裱起来挂在她和长宁的屋子里了。

等回家去找，她把家里翻了个底朝天，却仍没找着那幅画。

之前樊长玉诸事缠身，压根儿没想起那幅画，此刻那幅画不翼而飞，倒是让她突然警觉起来。

那画又不是名家所作，谁会专程来偷？

再者，临安镇在被清风寨屠杀后，基本上就是一座死镇了，几乎没人会来这镇上，便是有宵小之辈图财的，那也该去大户人家家中捡漏儿，不会光顾城西这些贫寒人家。

樊长玉思来想去，惊觉唯一有可能拿走那幅画的，只有那一晚被她劫持后，八成会去而复返，回来堵藏在枯井里的人的随元青！

画上有自己，有长宁，还有言正，外人很容易误会他们是一家人。

清风寨的人尽数落网后，只有随元青和一女匪逃了出去，难不成他们就是根据那幅画劫走了长宁，意图报复自己？

樊长玉想到蓟州已没了随元青的容身之地，他原本是崇州的官兵，指不定会跑回崇州去。

有了寻人的方向，她当天就买了一匹马，一路打听着往崇州去了。

樊长玉动身的当天，郑文常赶紧又写信给贺敬元。

之前贺敬元得知长宁被抓，给他回信，让他想法子稳住樊长玉。

郑文常还不知那小孩儿究竟为何人所掳，为了先给樊长玉一个交代，谎称可能是蓟州城内拐卖小孩儿的人贩子干的，本以为樊长玉会安心等官府捣毁人贩子窝点的消息，怎料那姑娘拎着把杀猪刀，跟官兵一起杀进人贩子的窝点，亲自找人去了。

原计划得一两月才能彻底剿灭的几处窝点，离谱儿地半个月就彻底覆灭了，这让郑文常的心情很是微妙。

官府对于帮助捉拿要犯的义士一向是有赏金的，樊长玉因为得到的赏金太多，又有之前力敌清风寨，保下邻里十几人的辉煌战绩，如今在道上也小有名气了，人称"杀猪西施"。

蓟州府内现存的不成气候的匪寇间都流传着一句话："劫道遇上个拎着杀猪刀的漂亮姑娘，别起什么不该有的心思，乖乖让那姑奶奶过去，不然……老巢都给你端了。"

民间一些姑娘，要出个远门的，无一例外会买把杀猪刀当护身符一路拎着走，你别说，还真有效果，以至于铁匠铺子和刀具铺子的杀猪刀一时间供不应求。

等贺敬元收到信时，心情微妙的则变成了他。

谢征率两万新兵离开前，还特意交代他，让他照看一下远在蓟州府的樊长玉。事态发展成这样，实在是贺敬元没料到的。

他原本希望樊家那俩丫头平平凡凡度过这一生，莫要再跟樊家夫妇背后那些事有任何牵扯，但如今看来，怕是不能了。

亲卫守在帐外，只听到他沉沉的一声叹息。

日头高照，官道两旁的草木都已抽出了嫩芽。

樊长玉咬着干粮骑在马背上，无暇欣赏这道上春光，只暗暗觉得奇怪：这一路走来，竟没碰上什么流民，难不成是在前几个月里，该跑的都跑光了？

干粮有些噎人，樊长玉拿出水壶准备喝水，却发现水壶里没多少水了。

她看了一眼与官道平行延伸的溪流，下马去打水，但水极浅，不把水壶拿到溪石错落的地方接水，直接伸到溪里去打水，只能装上来小半壶。

樊长玉就着清冽的水流喝了几口，将水壶装满后，正要继续上路，前方岔道口却跌跌撞撞地跑来一衣衫褴褛的男子，远远瞧见了她，就大呼：

"姑娘救我！"

樊长玉以为他是遇到山贼了，当即把水壶挂在马背上，取出了自己的砍骨刀，在男子快抵达跟前时，不动声色地以刀锋对着他，成功让男子停在了她三步开外的地方。

出门在外，樊长玉不敢托大。她之前跟着官府的人去捣毁人贩子窝点，许多被拐走的年轻姑娘就是因为心善，遇上小孩儿或年迈的老人，被骗到僻静处，叫人贩子给套麻袋拖走的。

她打量着男子，问："遇上山贼了吗？"

男子摇头，一张看起来常年劳作，被晒得黑红的脸上全是汗珠子，两手撑着大腿，喘着气道："朝廷官兵不做人，要抓我等良民去修水坝……"

杂乱的马蹄声逼近，男子明显慌张又惧怕，乞求樊长玉道："我且进林子里躲一躲，姑娘莫要说出我的行踪。我上有老，下有小，若是被抓走了，八成得死在那些官兵的鞭子下，家中老小可怎么办？"

他言辞恳切得就差给樊长玉磕两个头了，说完后就一头扎进了官道内侧的灌木丛里。

樊长玉消化着男子说的那些信息，心道：难怪开春了，这溪水还这般浅，原来是上游修了水坝拦水。这一路都没瞧见流民，莫非也是被抓去修水坝了？

她不急着动身，看着马儿低头吃路旁刚长出的嫩草，还伸手抓了抓马脖子。

杂乱的马蹄声抵达跟前，竟有十几骑，全是披甲的官兵。因着这里是个岔道口，官兵头子勒住缰绳，问樊长玉："可看到一名男子路过？"

这官道上一路走来也没瞧见几个人，说没见过就显得太假了，樊长玉点头道："见过。"

她见了官兵，面上并无惧色，马背上明显能瞧见别着好几把刀，她又是一身干练的骑装，官兵把她当成了行走江湖的女子，并未怀疑什么，只问："从哪条道走的？"

樊长玉指了旁边那条岔道，说："这条。"

官兵头子看了樊长玉一眼，却没直接下令全部人马都往樊长玉指的那条道追，而是点了二人驭马继续往樊长玉来的道上追，自己则带着大部分人马往旁边那条岔道去了。

樊长玉面无表情地看着官兵们驭马跑远，心中想的却是：怎么跟话本子里写的不一样？

等官兵们跑得彻底看不见踪影了，樊长玉才对男子藏身的那片灌木丛道："出来吧，官兵都走了。"

男子狼狈地钻出来，对樊长玉感恩戴德地道："我替我全家老小谢过姑娘。"

樊长玉道："举手之劳，不足言谢。对了，我给官兵指了那条道，但还是有二人骑马往我身后这条官道追去了，你看你要不要回灌木丛里继续躲一阵，官兵往前跑找不到人，约莫会倒回来找，你等官兵往回找去了，再往这条道跑。"

男子又是连声道谢，却并没有离开的意思，窘迫地看着樊长玉挂在马背上的大包袱，舔了舔干裂的唇，道："姑娘，你有吃的吗？我一直躲着官兵，好些天没吃东西了。"

樊长玉的包袱里放了不少干粮，她看了一眼男子，说："我给你拿。"

要解开包袱上打的结，必须用两只手，樊长玉把砍骨刀放进挂在马背上的皮质袋里，伸手去解包袱。

她脱臼的那只手已经好得差不多了，只是偶尔拎重物还是会有些吃力，为了让那只手恢复得更快些，她这些日子几乎没用那只手干什么重活儿。

男子在樊长玉转身去拿吃的时，原本憨厚的神情刹那间变得狰狞，藏在袖子里的匕首冲着她的后背直直地捅去。

然而，"叮"的一声响起，刀尖像是戳到了一块铁板，推进不了分毫，男子明显一愣。

樊长玉解包袱的手顿住，她侧首，冷冷地和男子对视："骗我？"

男子神色一厉，抽出匕首，再次向着樊长玉的脖子抹去，樊长玉重重一脚踹在他的腹部，直把人踹得倒飞出一丈远。

不知是不是内脏受力破裂了，男子都握不住匕首了，双手捂着肚子，神情痛苦地在地上扭动。

樊长玉决定孤身上路前就做了不少措施，比如找铁匠打了两块极其坚固的铁板，一块放在身前，一块放在后背，怕的就是路上出什么意外。

她拎着自己的杀猪刀走过去，打算绑了这人扔在这里，等那些官兵找回来把他带走，自己则在此之前开溜。不然她险些放走一名要犯，还欺瞒捉拿要犯的官兵，搞不好被安个同谋的罪名。

怎料马蹄声很快又响起，官兵头子在瞧见樊长玉和那男子时，脸色难看至极，他底下的骑兵也都拿着弓弩对着樊长玉。

樊长玉赶紧道："军爷，我之前是被这人骗了，他说他是被抓去修堤坝的百姓，家中还有老母妻小，求我替他隐瞒行踪，方才还对我下毒手，被我制住了。"

官兵头子冷冷地打量着她，吩咐底下兵卒："绑了，一并带走。"

樊长玉急道："军爷，我真是冤枉的！先前欺瞒军爷是我不对，可我也制服了这歹人，能不能将功补过，免了我的罪责？"

官兵头子冷"哼"一声："此乃崇州军的斥候，谁知你是不是细作？眼见带不回这斥候，才合谋演的这出戏。"

樊长玉没料到自己居然摊上了这么大的事，忙道："军爷，我身上有户籍文书的，我是蓟州人，真不是细作！"

她说着就摸出自己的户籍文书，因着官兵不许她靠近，她只能抛给那官兵头子看。

官兵头子看过后问："既是蓟州人，正值战乱，何故往西北边境跑？"

从这条官道能去崇州，也能去燕州，樊长玉怕被当作同伙，不敢再说是去崇州的，道："我去燕州寻亲。"

战乱中，流民成灾，去别的州府很少去官府开路引。

官兵头子的脸色并未和缓："我怎知你这户籍文书不是杀了人抢来的？"

他掉转马头，粗声粗气地吩咐："带走！"

樊长玉："……"

不带这么倒霉的！

被一排弓弩抵着，她只能认命地放下刀，被他们绑了双手带回军营。

樊长玉只知道卢城屯了兵马，却不知在出了蓟州的半道上竟也屯了几万大军，还有一个规模颇大的水坝正在修建之中。

樊长玉被带回军营后，被暂时关到了一间牢房里，马匹、包袱、杀猪刀都被收走了，就连她揣在身上的那两块铁板，也被婆子在搜身的时候给她拿走了。

看守的官兵每日拿给她的吃食，除了水，就是她自己包袱里的干粮，被关，牢饭还得自费，让樊长玉更气闷了。

两天后，她才被从牢房里提了出去。官兵查清她不是细作了，但并未放她走，她跟其他衣衫褴褛的百姓站在一起，被发了一柄锄头、一个箩筐，官兵让他们去挖土石，二人一组，一个上午要是挖不到十筐，中午就没饭吃。

樊长玉也是这时才知，这些人都是途经这里的流民，被强制留在这里，好像是官兵怕他们把修河堤的事说出去，但光关着人还得管饭，官兵便让他们去采挖土石。

　　大多数流民为了吃饱饭，还是愿意去干这些体力活儿的。

　　樊长玉被扣下来，无外乎也是官兵怕她去燕州的路上途经崇州，走漏了什么风声。

　　她不知道修个堤坝为何要搞得神神秘秘的，心中还担忧着长宁的安危，想着如今出来了，可以借着去山上挖土石的机会摸清周围地形，这样才能制订逃跑计划。

　　她刚来，其他人早已组好了队。这些流民大多是汉子，在关系到能不能吃饭的事上，可没人怜香惜玉。身材壮实的妇人看樊长玉身量虽高，人却清瘦，怕她是个不能干活儿的，也不愿跟她组队。

　　樊长玉觉得自己一个人一上午挖十筐土石应该也不是难事，但官兵看她和一个瘦小的老头儿没人组队，直接让她和那老头儿组队了。大概是觉得他们二人一个是弱质女流，一个是糟老头子，体力比不上其他人，官兵让他们一上午挖五筐就行。

　　樊长玉拎着箩筐和锄头，跟着大部队往山上去采土石。老头儿拿着他自己那把锄头都走得气喘吁吁，一路上嘴巴就没闲过，一直都在骂官兵，不过骂得极其文雅，满口"之乎者也"的，别说一起去采挖土石的百姓，就连那些官兵都听不懂他在念叨什么。

　　樊长玉包袱里还放着言正做了批注的"四书"，得闲时也会看几篇，倒是听得懂一些，但是老头儿引经据典的那些，她也听得一头雾水。

　　她看那老头儿快上气不接下气了，想到同样一把年纪还从了军的赵木匠，心中有些不忍，从树上砍下一根粗树枝，用锄头当刀，铲掉枝丫和尖端，拿给老头儿当拐杖，然后伸手想把老头儿的锄头放到箩筐里，说："我帮您拿吧。"

　　老头儿汗水都快坠到眼皮上了，看樊长玉一个姑娘家，没给，倔强地道："老夫自个儿拿得动。"

　　边上一妇人瞧见了，道："姑娘，你可别搭理这老头儿，脾性古怪着呢！"

　　樊长玉倒是看出这老头儿就是个刀子嘴豆腐心的，笑笑，没放在心上。

　　到了地方，采挖土石时，樊长玉力气大，几乎没费多少工夫就挖满了五筐，记数的官兵不免对她另眼相看。

搬运土石不需要他们去，有骡子驮或由两名官兵用扁担抬。

虽然完成了上午的量，但其他人都还在挖，樊长玉也不好明目张胆地休息，就一边装模作样地挖，一边跟那老头儿唠嗑："老人家，您是个读书人，怎么也被带到这里来了？"

老头儿愤愤地道："老夫听说燕州从蓟州借了两万兵马，便猜到巫河上游定是要修水坝，本想来看看水坝修得如何了，却叫那些官兵当细作拿下了。竖子焉，竖子焉！"

樊长玉说："老人家，啥热闹都能凑，打仗修坝这样的热闹，今后还是别凑了。"

老头儿被误会成来瞧热闹被抓的，气得吹胡子瞪眼，一直到中午用饭都没搭理樊长玉。

樊长玉上午优哉游哉地挖了八筐土石，取饭时竟得了官兵的嘉奖，多领了一个馒头。她本想让给那老头儿，但老头儿看着馒头，"哼"了一声，明显没瞧上，樊长玉就不客气地自己收起来了。

她力气比旁人大，饭量自然也大，知道了多挖土石可以多领吃的，她下午就挖了十二筐，成功地多领了两个馒头。

老头儿还是不断文雅地骂人，不是骂这里的官兵，就是骂"臭小子"什么的。

樊长玉端着粥碗，叼着馒头，好奇地问："那是您儿子吗？"

老头儿睨她一眼，说："算半个儿子。"

樊长玉"噢"了一声："原来是您女婿。"

老头儿又开始吹胡子瞪眼："是老夫的学生！没见识的黄毛丫头！"

樊长玉大概是习惯了言正从前的毒舌，也没跟这嘴硬心软的老头儿置气，反而因他的学识多了几分敬意，厚着脸皮道："您从前是夫子啊？我自学了《论语》，能请教您一些问题吗？"

老头儿听她竟是自学的，不由得诧异地看了她一眼："自学？"

樊长玉神情微黯，笑笑说："我从前的夫婿也是个读书人，他来不及教完我'四书'就要走了，做了注解让我自己看。"

老头儿约莫是觉得她年纪轻轻守寡也挺可怜的，难得没再傲气，说了句："节哀顺变。"

樊长玉一愣，反应过来，赶紧道："他没死，他被征兵抓走了。"

老头儿气得嘴角的胡子都翘了起来："那你说得他跟死了一样！"

樊长玉："……"

燕州。

远处的燕山山脉在夜幕下如龙脊耸起，山巅未化的冰雪隐约可见一片灰蒙蒙的白。

数千军帐坐落在山脚下，三脚架支撑起的火盆错落在军帐间，木柴"噼里啪啦"地燃烧着，照亮了营地。

中军帐内，谢征看着舆图上燕州和崇州的军防部署，指尖指着一处，对麾下部将道："崇州派了五万兵马围卢城，剩下的五万兵力也不可小觑，届时我亲去诱敌，尔等带人在一线峡设伏……"

他突然以手掩面打了个喷嚏。

恭敬地坐于长桌前的部将们都愣了愣。

燕山上的冰雪虽已融化，可一旦入夜，还是冷得厉害。

谢征早已换了单薄的春衫，宽肩窄腰，是京都贵女们口中最好看的那类武将身材。

他皱了皱眉，继续部署，暂歇片刻时，亲兵进来添茶水，还体贴地给他拿了件厚衣。

谢征脸色冰寒地看着捧着衣物的亲兵，亲兵硬着头皮小声道："夜寒露重，侯爷当心着凉。"

谢征："滚出去。"

樊长玉已在营地里挖了三天土石，因为采挖土石时也有官兵严格看守，她不能乱窜，能探查的地形只有从关押流民的营房到山上那一段。

每十人就有一名官兵专门盯着，也采取了连坐制，队伍里若有一人逃跑，其余九人不管是知情还是不知情，只要没举报，就都会受罚，所以不仅有官兵盯着，干活儿的流民也互相盯着，想逃跑还真不是件容易事。

除此之外，这些官兵纪律倒是严明，并未克扣流民们的吃食，也没有骚扰营房里的女子。

反倒是流民中的一些光棍儿，时常目光淫邪地打量流民中的女子，吹口哨，说荤话。

好在男女营房是分开的，两个营房的人每日能接触的时间也就一早集结去山上采挖土石和开饭那会儿工夫。

那些女子中有丈夫或父兄也在流民里的，就没有痞子去招惹；孤身一人在这里的，不管是年轻姑娘还是已婚妇人，都是那些痞子起哄说荤话的对象。

甚至还有痞子引诱那些孤身一人的女子和自己组队采挖土石，言辞无外乎就是跟他们一起挖，能不那么辛苦，还能吃饱饭，但女子少不得被那些痞子揩油。

樊长玉模样生得好，刚来时就被人盯上了，只是自己还半点儿不知情。

那会儿没人愿意跟她组队，也是那些痞子盘算着让她吃半天苦头，知道采挖土石想吃饱饭不容易后，他们再伸出橄榄枝，樊长玉就会乖乖地听他们的话。

谁知樊长玉是个怪胎，不仅没如他们愿，去仰仗他们吃饭，还成了跟他们抢饭抢得最猛的那个。

前两天，樊长玉都老老实实地采挖土石，雷打不动地每顿多领两个馒头，直到看到有个跟他们一起挖土石的大块头竟然领到了鸡腿，樊长玉突然觉得手里的馒头配白粥有些清淡了，忍不住去打听为什么那大块头可以领鸡腿。

床位在樊长玉床边上的妇人道："那汉子力气大着呢，每天除了采挖土石，还背运自己采挖的那些土石，似乎上边有个兵头赏识他，想让他从军呢，只是那汉子还有妻儿在这边，为了让妻儿都吃饱饭，才一直在这边采挖土石。"

樊长玉咬着馒头问："不止采挖土石，还搬运土石，干得多，就可以吃肉了是吧？"

妇人点头，又说："那箩筐有多大，你也看见了，装上满满一筐土石，都快三百斤了，那些官兵都是两个人一起抬才搬得动，能自个儿搬动的，咱们这些人里，也只有那汉子了。"

樊长玉端着个粥碗晃悠回老头儿那儿，听老头儿讲完《论语》新篇，突然道："咱们明天吃肉怎么样？"

老头儿脸色不太好看，从鼻孔里"哼"了一声："老夫给你讲孔孟之道，你满脑子就想着那点儿口腹之欲？"

樊长玉挠挠头，不太好意思地道："我有听的，您说'躬自厚而薄责于人，则远怨矣'，凡事多自省责己，少咎于他人，我没记错吧？"

话刚说完，她没忍住，又问了一句："您一点儿都不想吃肉啊？"

老头儿喉结艰难地滑动了一下，闭眼斥道："俗气。"

樊长玉被教训了也不生气，下午挖土石时干劲儿十足。之前是根据自己的饭量干活儿，挖的土石能多领两个馒头了，她就开始划水；这会儿为了吃肉，她一个下午就挖了十五筐，并且跟官兵说，要自己背。

负责看管他们的官兵以为她疯了，指着那装满石块的箩筐道："你知道这有多少斤吗？这一筐压在你身上，能把你的腿都给压折了！"

老头儿这才反应过来樊长玉中午问他想不想吃肉是什么意思，担心她一个姑娘家出什么意外，拉长了一张脸过来叫她："胡闹！两个馒头一碗粥还不够你吃的？要是不够，老夫那份也让给你。"

樊长玉没接老头儿的话，只问那官兵："这十五筐石头我都背下山去，今晚能领鸡腿吗？"

这边的动静让看管所有流民的官兵头子都注意到了，在樊长玉问出那话后，他显然也觉得樊长玉痴人说梦，道："别说十五筐，你把这一筐背到山脚下去，老子赏你一只全鸡！"

樊长玉明显愣了一下：还有这等好事？

有了这么个彩头，原本还在面朝黄土背朝天地采挖石块的流民们也都停下手上的动作，朝这边看来，用手撑着锄头柄，议论纷纷。

中午同樊长玉说话的那妇人一脸担忧，大概是没料到樊长玉竟存了这心思，怕自己害了她。

老头儿皱巴巴的眉头几乎拧成一个疙瘩，他瞪着樊长玉道："丫头，别胡闹！"

官兵头子原本也没觉得樊长玉真敢背，见她愣着不作声，以为她被吓到了，口头上奚落道："还背不背了？"

樊长玉对老头儿说："您老别担心我。"

她放下锄头走过去对官兵头子道："要背的，军爷您说话算话就行。"

三百斤，单手拎起来于她而言还是有些费劲的，但背着走还真不是什么难事。

所有人都或皱眉或以看戏的心态瞧着，只见那身量高挑儿却纤瘦的姑娘两脚分开，稳稳地踏在平坦的泥地上，将箩筐上的背带分挎在自己两肩上，两手抓紧背带，鞋帮子往地里下陷几分，就将那一筐有三百斤重的土石给背了起来。

现场响起此起彼伏的惊叹声，那些个挂着锄头撑着下巴站着的痞子张大嘴，一副见了鬼的神情，又庆幸还好在这女子第一天来时没乱说什么话，不然怕是被揍成猪头都是轻的。

官兵头子也傻眼了。他是听底下的小头目说过，有个女子挖土石挖得勤快，顿顿都能多领两个馒头，但挖土石更讲究技巧和耐力，是个人都会做，可背起这么重的一筐石头，放眼整个军营，也只有几位将军才做得到。

樊长玉几乎没用拐杖支撑，只两手抓着肩上的箩筐背带，一步步稳稳地朝着山下走去，看起来不轻松，但也没显得特别吃力。

一直到樊长玉走远了，整个开采土石的矿场还鸦雀无声。

老头儿看着樊长玉的背影，若有所思，用手捋着自己下巴上那几根花白的山羊胡须，"喃喃"道："此等根骨，若为男儿，必成大器也……"

晚间官兵分发饭食时，樊长玉果然得到了一整只烧鸡。她端着粥碗寻了个僻静地方和老头儿一起蹲下，扯了个大鸡腿递给老头儿，老头儿没接，反而神色复杂地看着她："路探得如何了？"

樊长玉抬起头看向老头儿："您怎么知道我是去探路的？"

老头儿耷拉着满是褶子的眼皮，一双眼苍老，眼神却清明："前些日子每次上山采挖土石，你都在不动声色地打量这一带的地形和兵力部署，见了人就问东问西，问一堆东西。前两天也看见人家吃肉，今日怎就忍不住了，一定要去出这个风头？不外乎附近的地形和兵防你心中已有数了，想再看看别处的兵力部署。"

他们的谈话声压得极低，附近又没什么人，樊长玉见这老头儿看出了自己的计划，道："您老不用担心，我不会偷跑给你们带来麻烦。我背石块去堤坝那边，也是想看看堤坝修得怎么样了，我们还要被困在这里多久。那堤坝瞧着像是已经快完工了，我们应该很快就会被放走。"

要是被留在这里一年半载，那她是忍不到那时候的。

老头儿"哼"了声，道："还用这蠢法子去看修坝的进度，老夫且告诉你，开春第一场暴雨来临前，那堤坝必须完工。"

樊长玉不解："为什么？"

老头儿睨她一眼："你一没给老夫交束脩，二没磕头敬茶，拜老夫为师，扯着'四书'上死板的东西问老夫也就罢了，这些老夫为何要教你？"

樊长玉"哦"了一声，也就实心眼儿地不问了，啃起递给老头儿他不要的那只肥得流油的鸡腿。

老头儿瞧见了，气得瞪眼道："你个憨猪娃，也就这点儿慧根了！"

樊长玉被他骂得莫名其妙，又不好跟一个满头白发、瘦筋筋的怪脾气老头儿较劲儿，抿唇往边上挪开一步，继续啃鸡腿，不搭理他，无声地表示对他骂自己的介意。

老头儿更气了，整个胸口都在起伏，喝道："没茶，你连磕头都不会了吗？"

樊长玉终于反应过来，老头儿方才说那话是让她拜师的意思。

自个儿有几斤几两，她心中还是有数的，纠结了一会儿，婉拒道："我其实不是那块读书的料，不过我娘从前说，多读书总是没错的，我这才吃力地看那些书。让老人家您白教我，我也挺不好意思的，我被官兵收走的包裹里有银子，要是放我们走的时候把东西都还给我们，我给您补交束脩好了。"

主要是拜了师，自己往后就得一直照料这个老头儿了。樊长玉听他骂了他那学生那么久，觉得约莫是他从前指望他那学生给他养老，结果他学生忘恩负义，所以他想重新找个给他养老的，但自己还得去找妹妹，不能在这里耽搁太久，自然也没法儿一直照顾这老头儿。

老头儿听出他主动收徒被拒了，瞥着樊长玉，倔脾气上来了，笑道："你知道多少人一掷千金求老夫收徒，老夫都不收吗？"

樊长玉已经啃完了那条鸡腿，捏着鸡骨头，震惊地道："当夫子这么赚钱？"

老头儿："……"

他那张满是褶子的老脸被气得通红，闭上眼，怒道："罢了，罢了，当真是朽木不可雕也！"

樊长玉想到了同样孤苦无依的赵家夫妇，知道这老头儿生这么大气只是因为自己不肯拜他为师后，又觉得这怪脾气老头儿挺可怜的，他脾气不好，膝下又没个儿女，想找个给他养老送终的人还挺难的。

她不合时宜地想起了言正，忽觉言正那身臭脾气，简直和这怪老头儿如出一辙。

要是言正因为嘴巴太毒了，也孤苦伶仃一辈子，老了该不会跟这老头儿一样吧？

樊长玉打住脑子里不着边际的想法，看了一眼冷着脸不愿再跟她说话的怪老头儿，把烧鸡扯下一半，放进他装馒头的碗里，叹了口气，拿着剩下的烧鸡，回女子休息的营房了。

当天夜里，春雷炸响，大雨瓢泼。

积在地上的雨水越来越多，樊长玉看着那透过门窗缝隙照进来的依然雪亮得刺目的闪电，听着外边盖过一切的雷声和营房里孩童嘈杂的啼哭声，心中有些不安。

她坐起来，脚一下地，就感觉踩进了水洼里，竟是营房里的地面都积了雨水。

想到那老头儿说的春洪前堤坝一定会修好，樊长玉回忆了下自己下午背着土石去堤坝口那边看到的情形，觉得和那老头儿说的差不多。

她盼着最好是明天，这些官兵就能放他们走，但在暴雨和雷声的掩盖之下，外边似乎隐隐还有其他动静。

樊长玉迟疑了一下，还是决定披衣起身去门口看看。

怕他们逃跑，关押他们的地方并不是帐篷，而是原本住在这里的百姓南逃后，被官兵们征用的土墙瓦屋。

一到晚上，大门都落了锁。

樊长玉蹚着雨水到了大门处，借着闪电的光芒，却发现原本守在外边的官兵不知去了哪里，不远处关押男流民的房子那边，似乎有人拿着什么东西在里面砸门锁。

她很快意识到应该是军营那边出了什么事，这个暴雨夜，是他们绝佳的逃跑机会。

屋子里除了床铺，没有任何硬物，樊长玉想了想，直接退后两步，猛冲上前，一脚狠狠踹到了门板上，木门当场就朝外倒了下去。

樊长玉没理会屋中神色各异的女人们，冒着大雨冲了出去，直奔放置流民物品的那一间营房。

很快有人反应过来，连忙跟着冲了出去。

男子营房里的人瞧见了，也停止了砸锁头，片刻后，大门连着门框都被人撞飞出去，那个大块头没收住力道，跟着跌进了雨地里，爬起来后才到对面营房找妻儿。

一时间，关押流民的这处营地乱作一团，全是叫着名字找亲眷的人。

樊长玉孤身一人，很快就找到了自己的包袱，逆着人潮艰难地挤出放包裹的营房，就瞧见那老头儿深一脚浅一脚地刚从关押他的营房里出来。

湿透的衣物贴在他身上，愈显得他瘦骨嶙峋。

樊长玉本想就这么一走了之，可想到他脾气虽古怪，却极为认真地教了自己"四书"，民间尚有"一日为师，终身为父"的说法，他教授自己这些，也算得上半个老师了。

樊长玉咬了咬牙，最后还是拎着包裹冲进雨里，对老头儿道："我背您逃出去。"

老头儿来不及说话，就被樊长玉甩到了背上。他被淋得跟个长脖野鸡似的，还不忘硬气："老夫自己走，不用你背！"

樊长玉知道他就这么个怪脾气，没在这时候跟他斗气，因着前些日子已熟记了军营的地形，很快就背着老头儿逃到了大道上。

偶尔一道闪电劈下，樊长玉眼皮上都往下坠着水珠，瞧见地上横七竖八倒伏着不少兵卒的尸首，地上的雨水都带着淡淡的胭脂色。

远处的瓢泼大雨里，还有营帐在燃烧，似有两方人马在厮杀。

老头儿心知不妙，道："糟了，怕是反贼发现这里修堤坝拦水的事了。"

樊长玉在大雨中狼狈地睁着眼辨路，闻言，问道："这些官兵是反贼杀的？"

老头儿道："从修这堤坝起，反贼派来这一带探查的斥候都有来无回，定是由此叫反贼察觉了，这才派了一支军队前来突袭，目的是掩护斥候，让斥候带消息回去！"

樊长玉不解："这和修堤坝有什么关系？"

老头儿神情冷峻地道："你见过哪个拦水大坝是十天半个月能完工的？这大坝草率修建，只为暂时拦水，反贼五万大军围了卢城，大坝蓄起来的这些水涌到下游去，卢城不费一兵一卒就能击溃反贼五万大军。反贼若是提前知晓这上游拦截了能淹了他全军的洪水，你以为反贼还会中计，被引到河谷一带？"

樊长玉这才明白官兵们为何要扣留他们。

但眼下这情形，保命才是最要紧的，为免被发现，她道了声"罪过"，从两名死去的蓟州兵卒上扒下兵服外甲，给自己和老头儿套上，又在前方看到一匹马，那马儿正低头用鼻子拱着一名倒在地上的将军。

樊长玉赶紧过去牵马，想着反正自己的马被官兵收走后没找到，这就当是军营赔偿给她的了。

樊长玉转步要走，衣角却被倒在地上的那血人攥住，他大概是辨出她身上的蓟州兵服，喉咙里卡着血水，艰难地出声："有三名斥候从卢口道逃了，快……快追……"

言罢，他就这么断了气。

饶是经历了不少生死，樊长玉在这个雨夜里还是突然起了一身鸡皮疙瘩。

老头儿背着手沉默地站在雨地里，樊长玉牵着马走过去，迟疑了几息，才问："您还跟我一起走吗？"

老头儿隔着雨幕看着樊长玉，长叹道："你若为男儿，我一定让你横翻巫岭，在卢口道进卢城的必经要道那里截杀那三名反贼斥候，他们的生死，关乎整个卢城乃至整个蓟州的存亡。但你纵有一身武艺，也只是个女子，天下兴亡，无责于妇人，你且逃命去吧，我把这消息带回军营去。"

樊长玉说："那便就此别过了。"

她翻身上马，狠狠一夹马腹，往远处的官道跑去，雨水贴着脸颊从下颌滑下，从天幕劈下的闪电映出她眼中的挣扎。

她想去找长宁，找到长宁后，像从前一样过平平淡淡的日子。

打仗什么的，是那些当大官的该忧心的事，一城一地的存亡之责，再怎么也落不到她小小一民女身上。

可是清平县城和临安镇的惨案她至今记忆犹新，山匪抢掠尚且将那两地变作了死城，万一军营那边派去的人没追上斥候，水淹崇州军的计划失败，卢城一破，等着那里的百姓的，又是什么？

樊长玉狠狠一甩马鞭，战马在大雨里疯跑，雨水和冷风打在脸上，带起阵阵刺疼。

那一瞬，她的脑海里闪过许多人：死去的王捕头夫妇，城西巷子里那些邻居，还在卢城的赵木匠和言正……

她早已杀过许多人，但清平县和临安镇的那些血色，她至今想起来仍心有余悸。

或许……她追去，也是可以阻止那三名斥候带消息回去的？

樊长玉深深地吸了两口气，最后一扯缰绳，让战马停下，没拿自己的包裹，只取了里边的几把杀猪刀，扣上护腕，跟大雨里外出狩猎的豹子一样，弃了战马，奔向巫岭。

卢城。

跟蓟州上游下起的瓢泼大雨不同，卢城的夜幕下只飘着"淅沥沥"的小雨。

贺敬元站在城楼上，望着远处隐约可见轮廓的山脉，问："已经把反贼引到何处了？"

一旁的副将答："斥候来报，反贼已到了河口处，但甚是谨慎，始终不肯深入。"

贺敬元沉思片刻后道："挂我帅旗，继续诱敌。"

立马有人传令下去，很快，城门开了一条缝儿，放出一名斥候驭马前去报信。

贺敬元看了一眼巫河上游的方向，面上虽瞧不出什么，搭在城墙垛口上的手却紧握成了拳。

此计若败了，卢城便只剩三万兵马御敌，其中一万多都是前不久才征上来的新兵，连一套枪法都还使不全。

燕州野地里亦是小雨如酥。

谢征驭马立在一处矮坡上，神情冷峻地看着下方的战局。火把交织成一片，观战者偶尔才能看清火光里卷着风雨的究竟是燕州旗还是崇州旗。

细雨凝成的雨珠子从他的下颌滑落，他只凝神看着在火光里突进一段又一段距离的燕州旗，眼睫都不曾颤动过。

公孙郢以羽扇挡着斜飞的细雨，道："你不下去，崇州军不会进一线峡。"

谢征却道："咱们在一线峡设伏，随家父子定然也在别处设了埋伏，先等他们抛出鱼饵。"

公孙郢狐狸眼向上一挑："你是想吃了他们的饵，再引他们进一线峡？"

谢征不置可否。

公孙郢寻思着谢征口中的饵，眸子一眯，正欲说话，下方的战场却在此时有了小小的骚动。

崇州军中杀出一年轻将领来，白马银枪，俊美邪气，怀中抱着一个被战场杀戮吓得啼哭不止的女娃娃，狂妄地对着前方混战的燕州军喊话："武安侯何在？出来受死！"

公孙郢皱眉看着火光里那立在崇州军前的人影，说了句："倒有几分你从前的影子。"

谢征凤眸淡淡地瞥过去："眼睛何时坏的？"

公孙郢尚未反应过来，他已提起插在地上的长戟，一夹马腹，跃下缓坡，身后玄色的披风在细雨中被风吹得高高扬起，恍若一朵强劲的黑云。

第十四章

寻 到

血腥味、土腥味、松脂火把燃烧的焦味充斥在雨幕中。

随元青带着长宁冲刺在燕州军阵中，人借马势，手中长枪一路挑飞兵卒，长宁脸上溅到了不少鲜血，哭得嗓子都哑了。

随元青脸上也带着血迹，却笑得张狂又肆意，甚至还有闲心逗长宁："小孩儿，要是你老子没那胆子出来救你，你今后就留在我长信王府得了，我那侄儿挺喜欢你的，你给他当个小丫鬟也不错……"

他手中长枪一挑，又将一名燕州军将领挑落马背，枪尖正欲取那将领性命，斜刺里突然伸出一根长戟格开他手中长枪，再横劈过来，随元青忙以枪身抵挡，却还是被那股力道震得连人带马后退两步才稳住身体。

他抬眸和那长戟的主人对视，嘴角勾起一抹挑衅的笑意："我还以为侯爷金贵之躯，不会现身了呢。"

原本的牛毛细雨在此时已有滂沱之势，谢征立在雨幕中，闪电将他身后漆黑的夜空撕裂成无数碎片，他湿透的披风沿着马背往下滴落水珠，长戟斜立在身后，戟刀正往下沥着鲜血，他一双凤目冷冷地看着随元青，并不接话。

随元青看到他戟刀上的血迹，忙侧头往自己的胳膊上一瞧，上面果然被拉出了一道口子，伤口被衣服上的雨水浸入，此时方传来阵阵痛意。

随元青眉头一皱：好快的身手。

谢征冷嘲道："挟一稚童上战场，随世子当真好胆色。"

随元青被讽刺了，脸色有些难看，却并不恋战，直接驭马带着长宁往回跑。

长宁被这一晚见到的杀戮吓到了，此时还浑浑噩噩的，又是晚上，并未认出前来的就是谢征，在听到谢征的声音后，被随元青驾马带着往回跑，一下子就大哭出声："姐夫——"

她被随元青放于马鞍前，仍忍不住探着小小的身子往后看，眼睛都哭得有些肿了。

随元青把快跌下马背的小孩儿摁回去，神色突然变得怪异起来："你管刚才那人叫什么？"

长宁见到谢征，底气足了，瞪着哭肿的葡萄眼，冲眼前这大坏蛋放狠话："我姐夫不会放过你的！"

随元青一脸见了鬼的神情："所以你不是他女儿？"

谢征在听到长宁的哭声时，就已催马欲追，从地上爬起来的副将忙道："侯爷，只怕其中有诈。"

谢征微眯着眸子打量跑远的随元青，只点了几名亲卫跟自己同去，对那副将道："尔等守在此处，勿要跟来。"

言罢，他一夹马腹，追了上去。

副将还想再说什么，却只看见谢征玄色的披风在冷风里扬起的一道凌厉弧度。

箭镞在夜幕下贴着头皮"嗖嗖"地飞过，随元青不得不俯身躲避那如影随形地跟着他的白羽箭，上次在清平县被追杀的记忆涌上来，让他心中顿觉难堪。

长宁被他挤得贴在马背上，知道有人来救自己，这会儿铆足了劲儿同随元青作对，不是扯他的头发，就是咬他握着缰绳的手。

手背传来刺痛，随元青轻"啐"一声，用另一只手的食指和拇指掐着长宁的两腮，让她松开了牙关，冷声威胁道："你再不知好歹，我现在就把你扔下马去，让你被马蹄踏死！"

长宁两腮被他捏得生疼，眼泪又忍不住在眼眶里打转。

随元青见她老实了，才收回手，一边和崇州骑兵们按"之"字形跑，躲避身后的箭镞，一边在心中权衡着：自己手中的这小丫头既然并非谢征的女儿，究竟值不值得他冒这么大的风险来救？

他们原本的计划是拿这小孩儿做饵，引谢征进埋伏圈，就算要不了谢征的命，也得让他脱一层皮。

可这鱼饵的分量并没有他预料中的重，谢征还是上钩了，随元青突然有种不祥的预感。

到底是哪一环算漏了？

以他对谢征的了解，谢征不该是这等意气用事之辈。

他父王造反并非一日之谋，当年大王妃死于东宫，就在他父王的心中埋下了对皇室不满的种子。

他父王以为大王妃母子遭遇的大火是皇帝对他的警告，为了自保，这十几年来一直韬光养晦。

要对付魏严，自然得先折断魏严手中那柄利刃。从谢征成名起，他父王就一直在培养他成为打败谢征的人选。

兵法上讲究知己知彼，谢征所学的东西，他全盘照学；谢征打下的每一场胜仗，他父王的谋士们都会和他一起多次复盘，寻找其中的破绽，制定反胜的战术。

正是因为这些年一直复制着谢征做过的一切，他有时候都觉得自己活成了谢征的一个影子。

这世上除了谢征自己，应当就只有他最了解谢征。

这小孩儿若是谢征和那个女人的骨血，以谢征的傲气，或许会冒这个险。

但这小孩儿只是那个女人的妹妹，对他和谢征这样的人来说，实在是不值得拿万千将士的性命去搏这一把。

莫非……当真是他高估了谢征？

他出神的这会儿工夫，战马前腿中箭，嘶鸣一声后，迫于惯性，就要往前栽倒，随元青回过神来，脸色难看地一手抓着长宁，一手以长枪拄地，借力翻到旁边一名骑兵的战马上，这才避免了连人带马摔出去。

谢征已驱马追了上来，横马立于大道中央，拦住了随元青和一众亲卫的去路，一手轻扯缰绳，单手斜提长戟，眼神玩味地看着随元青，轻描淡写地道："看来随世子没吃够上次的教训，才这般不长记性。"

"轰"的一声惊雷炸响，闪电的白光照亮谢征脸上刀削般的轮廓，冰冷阴沉的夜色拖曳于他的身后。

他一人一骑挡着崇州十几骑，那股压迫感却愣是让马背上的崇州骑兵们觉得呼吸都有些困难。

随元青被这句话激得险些压不住眼中的怒意，只不过很快冷静了下来，痞笑道："都说侯爷骑射功夫不凡，随某能领教两次，也是随某的荣幸不是？"

跟谢征同来的几名亲骑这时才赶过来，堵住了随元青一行人后退的路。

随元青并不慌张，歪了歪头，看着谢征，笑道："随某以为，侯爷并非那等把将士性命当作儿戏之辈，为了救回这小孩儿，侯爷倒是舍得。"

他说着，摸了摸长宁被雨水打湿的头发，像是在摸什么小动物一般。

这是明显的离间计，想让跟随谢征的将士对谢征心生不满。

谢征只反问他："这场春雨下得大吗？"

雨势更猛了，豆大的雨珠子砸在地上，在火光里将原本的泥地砸出一个个小坑。

随元青一开始没听懂谢征为何突然说起这场雨，等反应过来时，脸色骤然难看起来，一想到围卢城的那五万大军大概会命丧于这场春洪，他额角的青筋都凸起一条，眼中压着薄怒，抬起枪尖指向谢征："你早就知道这是计？从蓟州借兵两万也是假的？"

谢征不置可否。

随元青咬牙切齿地看着他，须臾，倒是大笑起来："也罢，卢城之战败了便败了，擒了你，可远比攻下卢城直取蓟州来得痛快！"

他拎起马鞍前的长宁，冷笑道："侯爷谋算过人，随某甘拜下风，既然如此，便没有留这小孩儿性命的必要了。"

言罢，他竟把长宁往天上一抛，手中的长枪直刺过去。

长宁吓得短促地惊叫一声。谢征目光一凛，长戟格开随元青的武器，在马背上借力一踏，跃起去接长宁，随元青瞅准时机，长枪从谢征腋下的战甲缝隙里斜刺进去。

没了战甲阻隔，枪尖刺进肉里，大约是扎到了骨头，随元青手上明显传来钝感。

一切只在瞬息之间，谢征一手还抱着长宁，见一名亲骑过来，直接将长宁扔向那名亲骑，一手压下枪柄，借着乌金枪头挑开自己胸甲的力道，落于自己的马背上后，长戟一挥，扫向随元青。

随元青骇得在马背上单手一撑，整个人腾空跃起，才躲过那一戟，却没料到谢征会以长戟撑地，借力跃起，一脚横踢向他的胸口。

那一脚落于身上时，随元青便觉得肋骨断了，整个胸腔瞬间被挤压得生疼，喉间也涌上了血腥味。

他本能地还想爬起来，长戟的戟刀却已抵在他的咽喉处。

雨下得太大，剧烈的疼痛又让他眼前有些发黑，没能看清这一刻谢征是何神情，但随元青很清楚地意识到，自己败了，还败得彻底。

他被擒住，崇州骑兵们也不敢再轻举妄动，很快有燕州骑兵过来绑了随元青。

谢征居高临下地看着他道："带回去。"

随元青的几名亲卫眼睁睁地看着他被带走，不敢上前，其中一名亲卫趁谢征等人不注意，翻上马背就往回跑去报信。

谢征吩咐几名亲骑："即刻前往一线峡。"

他原本还担心诱不了长信王大军进峡谷，现在活捉了随元青，效果可比他亲自做饵更好。

一行人驱马往回走，谢征坐于马背上，腰背挺得笔直，唇色却隐隐有些发白，他执戟的那只手不断地有血珠从袖子里浸出，划过手背，顺着长戟的戟刀滴下。

赭色的里袍成功掩盖了鲜血的颜色，加上大雨掩盖了血腥味，亲兵们还未发现他的异常。

长宁坐在一名亲兵的马背上，被吓蒙了，缓过劲儿来后，没忍住，抽抽噎噎地哭个不停，口齿不清地一会儿叫"阿姐"，一会儿叫"姐夫"。

谢征瞥了长宁一眼，想到回去这一路还得途经尸首遍地的战场，对亲卫道："蒙住她的眼睛。"

几十骑分散奔走在旷野中，浑浊的积水淹过了马蹄，身后的崇州军很快撕咬了上来。

为了将崇州军引进峡谷深处，谢征特意让几十名亲骑做出溃逃之势，让对方轻敌。

随元青被五花大绑地拴在一名骑兵的马背上，肋骨断了不知多少根，整个胸腔都被挤压得生疼。他当然知道身后的崇州军追来必定是有来无回，可自己被绑，燕州军又佯装败退以诱敌，这是他无论如何都挽回不了的局面。

他忍着胸腔的剧痛冷笑出声："侯爷叫我那鎏金凤翅枪刺中心肺，还能忍痛骑马这般久，委实令随某佩服。"

他那一枪从谢征腋下的战甲间隙里斜刺进去，但谢征表现得实在太过镇定，便是那名接住长宁的亲骑都以为他只是受了点儿轻伤，其他人就更不用说了，在随元青出言后，便没忍住，纷纷朝谢征看去。

随元青说这话就是为了扰乱燕州军的军心，谢征一倒，群龙无首，今夜这一战或许还有翻盘的可能。

雷声轰鸣，谢征湿透的披风贴着甲胄，垂至马背上，他微微侧过头，身姿笔挺，侧脸在森白的闪电下恍若由冷玉雕琢而成，凤目半抬，散漫地开口："看来随世子那枪头是蜡做的，下次上战场，还是记得换成铁的。"

他的语气里满满的都是嘲弄。

亲骑们全都嗤笑出声，随元青脸色难看："随某且看侯爷撑到几时。"

谢征冷冷地瞥了随元青一眼，对载着他的骑兵道："随世子精神尚好，让他下马走走。"

随元青脸色骤变，他当然知道这绝不是"下马走走"那般简单。

亲骑们果然欢呼起来。他被绑着双手扔进了泥泞的雨地里，泥浆混着雨水溅了满身，有些溅到眼睛里，眼睛疼得厉害，他来不及爬起来，亲骑们已雀跃扬鞭，驭马狂奔起来。

随元青就一路在雨地里被绳索拖着走，哪怕有战甲护着，他的整个后背也被磨得火辣辣地疼，胸腔断裂的肋骨似乎错位得更加厉害。他咬牙死死地盯着漆黑的雨幕，额前的冷汗混着雨水一起滑落，唇齿间全是血腥味。

谢征驭马跑在最前方，借着闪电的光，垂眸看了一眼自己染满鲜血的里袍，苍白的唇角抿紧，一甩马鞭，催着战马继续往一线峡跑。

他的情况的确不容乐观，随元青那一枪虽没扎进内脏，却也挫到了骨头，伤口面积还不小，加上一直浸着雨水，难以凝血，失血过多后，他隐隐有些眩晕，但崇州军紧咬在后方，眼下绝不是停下来的时候。

前方隐约可见一线峡的入口，在夜幕下仿佛是沉睡的巨兽龇开的齿隙。崇州大军追到此处，明显察觉到里边有埋伏，行军速度变得极其缓慢。

谢征听着斥候来报，眼皮一重，忽而整个人摔下马去，几名亲骑见状，忙一勒缰绳，下马奔去扶他："侯爷！"

随元青被战马拖着跑了一路，浑身剧痛，虽然有心嘲讽，却没力气吐出一个字来。

这边的异样倒是很快被崇州军的斥候探查到，斥候带着消息飞奔了回去。

崇州那边带兵追击的将领此刻也骑虎难下，若是止步于一线峡，没能带回随元青，他回去必定会被长信王发难；可若是追进一线峡，中了埋伏，全军覆没，他几个脑袋都不够砍的。

斥候带回来的消息，无疑是压死骆驼的最后一根稻草，加上有回去报信的那名随元青的亲兵做证，谢征的确为随元青所伤。

救回随元青，生擒武安侯这样的绝世功绩在前，带兵的崇州将领很快做出了抉择：以骑兵开道，命大军全速前进。

谢征的几名亲卫在此时方才发现他身上当真有伤，并且兵器是擦着右边肋骨刺入的，伤口愈往左愈深，堪称触目惊心。

雨势太大，亲兵只能将两瓶金创药全撒上去，然后撕下战袍里衬，匆匆给他包扎了一番，即使这样，还不断有鲜血从伤口处溢出。

一名一直注意着身后崇州军动向的骑兵驭马回来道："崇州军中的骑兵全往这边来了。"

一时间，几十名骑兵都有些惶然。坐在雨地里借着处理伤口的工夫小憩了片刻的谢征却在此时掀开了眼皮，跟个没事人一样套上外甲，翻上马背，道："这回能彻底把反贼引进一线峡了，按原计划进峡谷！"

愣在原地的几名亲骑面面相觑，几乎不能分辨谢征方才是真摔还是诈崇州反贼的，反应过来后，纷纷翻上马背，驭马跟了上去。

他们要全速赶路，自然也没了戏耍随元青的心思。

随元青在被放上马背时，忽而明白了谢征方才摔下马的用意：他就是故意的！

他有伤在身，莫说此番领兵的崇州大将，便是自己亲自领兵，都不会放过这千载难逢的机会！

马背颠簸，随元青头朝下，被颠得眼白部分都浸上了血红，抬眼看一路飞速倒退的山岩时，眼前也似蒙上了一层淡淡的血色。

他望着依然纵马跑在最前方的谢征，有一瞬突然怀疑：谢征是不是感知不到痛？

他不觉得谢征受的伤比自己的轻，但他都已痛得像是死过好几遭了，谢征除了刚才故意从马背上摔下诱敌，就没露出过任何异样。

在他思索的时间里，燕州骑兵们已跑过一处弯道，朝天放了一支鸣镝。

一时间，整个山谷巨石滚落如雷鸣，还有一箭距离就能追上来的崇州骑兵们在狭窄的山道上被山崖上滚落的巨石砸得方寸大乱，想往回撤，刚进峡谷的步兵又堵在外边，他们根本退不出去，反倒是战马受惊踏死的步兵人数远多于被乱石砸死的。

几乎要震裂天穹的炸雷声也没能盖过峡谷里的惨叫声，闪电劈下，随元青伏在马背上，望着远处死伤一片的崇州军，沉沉地闭上了眼，双手紧握成拳，掌心被指甲抠破，指缝间溢出了鲜血。

这个仇，他会报的。

崇州骑兵在峡谷里受惊踩死不少步兵后，后边的将领很快驭马上前去稳定局面，让骑兵不准往后退，一股脑儿地往前冲，以此来减少被山上滚落的巨石砸中的概率。

后方进峡谷不深的步兵们则赶紧掉头往回撤。

然而崇州骑兵们冲到峡谷出口时，等着他们的是一排排早已搭好了箭的弓箭手。

尚未完全进山谷的步兵后方又杀出一支燕州军来，步兵后方的阵形全乱了，从峡谷里活着逃出来的兵卒惊魂未定，便瞧见外边又混战成一片，士气一落，几乎是落荒而逃。

带兵的崇州将领心知这场仗打成这样，自己已难辞其咎，只想尽量保住兵力往回撤，却被堵在后方的燕州步兵截了道，无奈之下想出一计，让底下的兵卒大呼"武安侯已死"，以扰乱燕州军军心。

这一计果然有用，原本攻势凶猛的燕州军，在"武安侯已死"的呼声里，竟隐隐有了颓势。

山上，谢征听到斥候来报，顾不得一身伤，撑着长戟爬起来。军医不敢阻拦，公孙鄞一把将人按了回去，道："那随家小子刺的这一枪甚是阴毒，若是再偏一分，就能扎进你的脏腑，你且惜命些吧，你这样子，下山去了又能做什么？"

这是亲兵们在山上找的一处山洞，虽淋不到雨，可冷风一灌进来，裹挟着水汽，还是冻得人直打哆嗦。

林间的草木都叫雨水淋透了，底下的兵卒们没能找到生火的木柴。

谢征身上的战甲已被卸了下来，只着里袍，衣襟大敞，一道凌厉的枪痕从他的右胸横贯至左胸，狠狠扎了个窟窿，军医把捣碎的草药敷在上边，纱布都还没来得及缠。

他神色冷峻地道："石越是长信王麾下老将，征战无数，不可小觑，万不能让他稳住军心，反扑向咱们山下那一万兵马。"

现屯于山下的崇州步兵还有两万，若是让崇州军那边反应过来了，他们那偷袭的一万兵马就得被包饺子。

公孙鄞望着他卸下来堆放在一旁的战甲，道："我有一计，寻个身材同你相似的亲兵来，穿上你的战甲，驭马去山下，便能稳住军心，黑灯瞎火的，谁又辨得清究竟是不是你？石越为人谨慎，先前中了你的计冒进峡谷已让他尝到了教训，若是再看到你出现在山下，必不敢再恋战。"

守在一旁的副将也忙道"此计可行"。

谢征权衡再三，终是点了头。

军医继续给他包扎伤口，公孙鄞这才看了一眼裹着自己的干爽披风靠着山洞壁熟睡的长宁。小孩儿五官生得好，哪怕沾了水被擦干的头发此刻毛躁躁的，跟只翻毛的小鸡仔似的，也叫人觉得怪讨喜的，就是脸红得不太正常。公孙鄞伸手一探，这才发现长宁不是睡过去了，是淋了一夜的雨，发烧烧迷糊了。

他忙对军医道："包扎完给这小孩儿也看看。"

谢征扭头瞧见长宁脸上烧出来的薄红，对正缠绕布带的军医道："去看那小孩儿。"

军医只得让谢征自个儿先按着缠好的纱布，他去给长宁把脉。

公孙鄞原本打算过去帮谢征，却见他自己低下头，用牙齿咬住纱布的一端，很快就打好了结，似乎以前没少干这事。

公孙鄞有心打探一二关于樊长玉的消息。他原本觉得，能杀猪的女子，多半膀大腰圆，上次谢征去清平县救人回来后，他私底下问过亲兵见到那姑娘没。

亲兵的回答却让公孙鄞很是费解：长得很好看，单手拎起个成年男子能扔出好几丈远。

公孙鄞想象不出是怎样一个姑娘。

他一度觉得谢征的亲兵在选女人的癖好上可能跟谢征是一致的，才会觉得那样的姑娘好看。

今夜见到长宁，知道她是樊长玉的妹妹，公孙鄞突然又怀疑起自己之前的猜测：妹妹五官都这般标致了，姐姐应该长得也不赖才对。

所以之前亲兵说的那个杀猪的姑娘挺好看应该是真的？

对于樊长玉的长相，他越发好奇起来。

军医的药箱里备着不少伤药和风寒药物，他给长宁把完脉后，怕这么小的孩子熬不住，便去让亲兵想办法生个火煎药。

山洞里只剩谢征和公孙鄞，公孙鄞轻咳一声，对谢征道："完好无缺地把这小孩儿救回来了，你带着这一身伤去见她姐姐，那姑娘得心疼得掉不少泪呢！"

谢征望着雨幕不答话。

公孙鄞不好表现得太明显，只好继续拐弯抹角地问："这小孩儿，你打算如何安置？"

谢征看了一眼额前被军医搭了块帕子的长宁："她姐姐在蓟州，等她风寒好了，就送她回蓟州。"

公孙鄞问："你不同去？"

谢征忽而转眸看向他，小心思被看破，公孙鄞赶紧直起身子，摇扇看向山洞外的雨帘："哎呀，这雨下得可真大，要是水坝那边一切顺利，围卢城的那五万崇州军，这会儿该尽数葬身水府了。"

谢征收回目光，不再理会他，眉峰却微拧着，显然也忧心卢城的战况。

巫河上游。

水坝已被炸毁，浑浊的大水漫过河床，借着暴雨之势，翻腾着涌向下游。

暴雨如瀑，一场血战后的营地只余遍地尸首和一片压抑的沉寂。

活下来的兵卒们在冒雨清理战场，一老者和负责修建这拦水大坝的将军一同立在雨幕里，望着咆哮而去的洪水和这一夜战死的新兵，脸上都是一种说不出的沉重。

许久，那将领才问那老者："太傅，您说，这洪水放去下游，还有用吗？"

跟樊长玉一起被困于这营地多日的，正是辞官归隐多年的陶太傅。

雨水沿着他皱巴巴的眼皮滑落，他背着双手，望天道："且尽人事，听天命吧。"

前方清理战场的兵卒忽而停下了手上的动作，望着一个方向，发出细微的议论声。陶太傅和那营地主将朝着声音的源头看去，只见一女子驭马自昏沉的雨幕中缓缓走来。

电闪雷鸣中，待那女子走近了些，众人才瞧清她身后还跟着几骑，骑马的人都穿着蓟州兵服，马背上挂着几颗被暴雨冲干净了血迹的头颅。

那女子正是樊长玉。

陶太傅大概猜到了什么，抬起一双苍老的眸子同她对视，眼中有三分意外，三分赞赏，还有四分没看错苗子的自得。

几骑抵达跟前，马背上的兵卒下马，跪在雨地里禀报军情，脸上的喜色怎么也压不下："将军，我等去追杀那逃跑的三名斥候，却发现他们已尽数被这位姑娘截杀！我等便将斥候的头颅带了回来。"

负责监督修建大坝的将领一惊后，顿时大喜，冒雨上前几步，对着樊长玉抱拳道："女侠阻了这些反贼回去报信，便是救我卢城万千军民于水火，唐某代卢城的百姓和将士们谢过女侠！"

樊长玉牵着一匹从斥候手中夺下的枣红色战马，说："将军客气了，民女也是受矿场那边那位将军临终所托。"

雨珠子从那将领的眼皮上坠下，他长叹一口气，沉痛地道："那是安定北安将军。"

安定北？樊长玉想：这真是个大将军该有的名字。

死在这个雨夜里的将士们，不管是将军还是小卒，知道他们这一夜的厮杀终究没有白费，应该都能安息了吧。

她此番跟着回来，主要是为了拿回自己的包裹。她之前为了横翻巫岭去截杀那三名斥候，把包裹放在了马背上，回来时，战马已不在自己上山的地方，她想着老马识途，大抵是回了军营，这才跟那些前去追杀斥候的骑兵一并回了营地。

短暂的寒暄过后，樊长玉便说出了自己此行的目的，但这一夜实在是太过混乱，没人注意到是不是有一匹马自己从外边跑了回来。

营地主将给樊长玉单独置了一顶帐篷，让她暂做休整，然后吩咐底下的人去寻她的东西。

樊长玉在雨夜翻山越岭，身上的确有不少磕碰处，一身衣裳更是湿透了，也需要收拾一下，便谢过主将应下了。

　　军营里没有适合她穿的衣物，主将命人拿了一套新的兵服给她，那兵服是最小号的，樊长玉穿上正好合适。

　　她一收拾完，就迫不及待地亲自去营地里的马厩找自己的包裹，陶太傅来寻她都扑了个空。

　　这一晚暴雨如注，哪怕已传回了捷报，军中上下仍顾不上休息：清理战场，寻找伤员，挖坟冢，统一埋葬战死的将士……

　　就连马厩这边都忙得不可开交。有的战马被砍伤，有的是在作战时马蹄踩到了锐物，军营里的兽医们跟军医一样，忙得水都顾不上喝一口。

　　樊长玉正在问一名官兵安将军的战马被关在何处，便听到一道苍老又熟悉的嗓音："这马蹄里扎进了木楔子，给我拿把钳子来。"

　　樊长玉探头一看，大喜过望，忙唤道："赵叔！"

　　赵木匠正在给一匹战马看伤，乍一听见樊长玉的声音，还以为自己听错了，眯着一双老眼朝外看去，瞧清当真是樊长玉时，亦惊喜万分，发现她穿着身兵卒的衣裳，又瞬间变了脸色。

　　他指挥着帮自己抬起马腿的那名官兵："你去拿钳子来。"

　　那名官兵走后，他又招呼着让樊长玉上前去帮忙，领着樊长玉来马厩这边的小卒正要推拒，樊长玉却说她跟赵木匠是同乡，已经热络地上前说话了。

　　赵木匠快急红了眼，借着让樊长玉打下手的名头压低了嗓音问她："你怎么来了军中？要是叫旁人发现你是个女儿家，那可是要杀头的！"

　　樊长玉换上干爽的衣物后，把头发也拆下来擦了一遍才重新绑上。

　　这是军营，她穿着一身小卒的衣裳，总不好再梳个姑娘家的发髻，就胡乱地把头发束了起来，并非刻意女扮男装，但她的眉宇间带了一股英气，乍一眼瞧着委实有些像个五官秀气的少年。

　　樊长玉见赵木匠误会了，忙把这些时日里发生的事简要说了一遍。

　　赵木匠得知她并非女扮男装从军，悬着的一颗心才放下了，但听说清平县被山贼烧杀，老伴儿还受了伤，心中极不好受，频频抬起袖子揩眼泪。

　　处理好了那匹马前蹄上的伤，二人暂且找了个地方继续聊着。

　　樊长玉问："赵叔也被发配来修水坝了？"

赵木匠叹气道："我原本是在卢城造城防器械的，后来燕州要借兵两万，我这把老骨头也一并被送来了，跋涉了好几天，大军在此处落脚，我才知是要修水坝。这一路上战马总有个生病的时候，驮运石块的骡子的蹄子时不时卡进石子儿，也要人医，我来这儿，主要就是给牲畜看病的。"

樊长玉之前被看管起来采挖土石，压根儿没来过军营腹地，赵木匠也没去过她那边的营地，二人这才没碰过面，一时间都感叹不已。

樊长玉想起言正，又问了句："那赵叔进军营这些时日，可有言正的消息？"

一说起这个，赵木匠有些犹豫地看了樊长玉一眼，道："他是最初被借给燕州的那一批兵卒，你托我带来的东西，我都让人转交给他了。我原先以为他也在这里修水坝，但打听了这么些天，他似乎被调往燕州了。"

燕州紧邻前线，又是跟北族人交手，从某种程度上讲，比卢城还凶险些。

樊长玉沉默一息后，道："他有一身本事，应当能给他自己挣个好前程。"

赵木匠还不知那包裹里有和离书，笑道："他若是有出息了，丫头你也能享福了。"

樊长玉没打算再瞒赵木匠自己跟言正和离的事，抿了抿唇，说："赵叔，我跟他其实已经和离了。"

赵木匠正捧着粗陶碗喝热水驱寒，闻言，差点儿没把碗给摔了，抬起眼皮皱巴的一双老眼，问："怎么回事？"

樊长玉如实道："当初入赘本就是假的，只是为了应付樊大，保住家产。"

赵木匠放下水碗，沉默了好一会儿，消化完了这消息，才长叹了口气，道："长玉丫头，叔瞧着言正那孩子对你倒也不像是无意。少年夫妻总是意气用事些，容易走弯路，将来要是还能遇见，把话说开了才好，可别一把年纪了，还留下笔糊涂账。"

樊长玉想起言正走的那天，自己都没和他好好说一句话，心中也有些不是滋味，垂眼应了声"好"。

帐外的官兵又牵来一匹受伤的战马，吆喝着让赵木匠快去看看。

樊长玉找到了自己的包裹，闲着无事，便去给赵木匠打下手。

陶太傅在军帐那边左等右等，不见樊长玉回去，亲自过来找她，就见她半点儿不嫌脏地在马厩里帮一个兽医老头子抬马腿，那股热切劲儿跟对着自己时，简直判若两人。

陶太傅面上顿时有些不好看：自己教这丫头东西，她不肯拜师也就罢了，难道眼光差到转头要跟个兽医老头子学艺不成？

他站在马厩外咳嗽了好几声，奈何马厩内嘈杂，又有雷声，成功地把他的咳嗽声盖了下去。

一个兽医在拔战马腿上的箭镞时，马儿突然受了惊，踢到那兽医不说，还在马厩里横冲直撞，带倒了马厩的一根木柱，让整个马厩棚子都塌了下来，一时间，战马全都受了惊往外疯跑，官兵想拦都拦不住。

樊长玉手疾眼快地拽着赵木匠往外跑，躲开了倒塌的棚子，一抬头却见那老头儿也木愣愣地站在门口，还有马匹朝那边撞了去，她想也没想，忙冲过去把那老头儿带到空旷处。

樊长玉把人放下后，狼狈地抹了一把脸上的雨水，问陶太傅："您老怎么来这边了？"

赵木匠问："这是？"

樊长玉道："这便是我方才同您说的，我被扣在这里采挖石块结识的那位老先生。"

陶太傅几乎是被樊长玉扛着狂奔过来的，这会儿胃里翻滚不说，脑袋也有些发晕，顾忌着体面，忙整理着自己的衣摆，压根儿不想搭理她。

受惊的战马尽数被驯马的官兵们安抚了下来，为首的将领还就近腾了一处军帐，暂且给受伤的人看伤。

樊长玉打算扶赵木匠和陶太傅过去避避雨，一碰赵木匠的胳膊，却引得他"哎哟"一声。

樊长玉忙问："是方才被我拽伤了？"

赵木匠摆摆手："老骨头，不中用，关节经常一碰就伤着。"

樊长玉心知大概是自己情急之下拽狠了，才让老人家关节拉伤了，心中愧疚，进了军帐就找了把椅子让赵木匠坐着。

被马蹄踢到的兽医被官兵救了出来，这会儿正躺在军帐里接骨，叫得又凄惨又大声，樊长玉瞧着似乎还有一阵才能给他包扎好，便打了盆热水，拧了帕子，给赵木匠的胳膊先敷着。

陶太傅进帐站了半天，看樊长玉忙前忙后地照顾赵木匠，而自己完全被晾在一边，压根儿没赵木匠的待遇，不快得嘴角的胡子都往下撇着。

他走到赵木匠对面的椅子上一坐，也"哎哟"一声，声音甚至盖过了那名被马腿踢到的兽医。

樊长玉忙得跟个陀螺似的，听到声音，扭头问："您怎么了？"

陶太傅闭着眼说："老夫头疼。"

樊长玉道："定是淋雨感染了风寒。"

她转头又托付军医给陶太傅也把脉开药。

跟陶太傅一起来的亲卫知道他的真正身份，不敢让他有闪失，忙说带他回主帐那边再请军医给他看病，奈何陶太傅死活不肯走。

等军医终于去给陶太傅把脉，才发觉这固执老头儿已经发起热来了，忙让手下的小卒回去拿一包治风寒的药煎着。

煎药的人手不够，樊长玉主动揽下了帮赵木匠和陶太傅煎药的活儿。

因为陶太傅死活不肯回主将单独拨给他的军帐，一定要挤在伤兵帐里，底下的小卒见他和赵木匠都是老头儿，还把他们的床位安排到了一起。

赵木匠为人和气，陶太傅因为头疼脑热，脾性愈发古怪，赵木匠主动同他说话，他都不带搭理的。

在樊长玉去煎药时，他才忍着头疼道："老夫的药一定要先煎！"

樊长玉只觉得这老头儿跟个小孩儿似的，在这种事上都要争个先后，无奈地道："两口锅一起煎的，不存在先后。"

陶太傅这才不作声了。

赵木匠半点儿没察觉出陶太傅对自己莫名其妙的敌意，还同陶太傅聊着："长玉落到军中也能遇上个夫子，是她的福气，也是老先生肯结这善缘。"

陶太傅听着这些话，心中舒坦了些，问："你是那丫头什么人？"

赵木匠说："十几年的邻居了，那丫头是我看着长大的，就跟自家孩子一样。"

陶太傅突然觉得：这看着好说话的老头儿，是在不动声色地跟自己炫耀他同那丫头关系亲厚？想到自己收徒不顺，他气闷地不吭声了。

赵木匠说着，倒是又叹起气来："多好一个丫头，可惜命苦啊，没了爹娘不说，还跟招赘的夫婿和离了，如今妹妹也不知被人拐到哪里去了……"

陶太傅原先只觉得樊长玉心性比旁人坚毅，听赵木匠说了她的身世，不由得多了几分怜悯，连带对她拒绝拜师的怨气也消了一点儿，道："我有个学生在军中，也算是我半个儿子，他当了个官，那丫头将来要是找不到好人家，我让那臭小子从他手底下寻个踏实上进的后生娶那丫头。"

赵木匠一听这老头儿愿意管樊长玉的终身大事，越发觉得他是樊长玉的贵人，一番感谢后，二人倒是越聊越投机。

没了偏见，陶太傅觉得这兽医老头儿虽不识几个字，为人却通透，听他讲大半辈子当兽医和木匠的见闻，也觉出不少野趣来。

等樊长玉煎药回来，二人一副相识恨晚、相谈甚欢的样子反弄得她一头雾水。

她还不知自己已经被他们安排了一个"踏实上进的后生"夫婿。

第二日下午，卢城一战告捷的战报便被送到了营地里，燕州军在一线峡伏击崇州军也大获全胜，还生擒了长信王世子，军中士气大振，一片欢欣鼓舞。

只是春雨引发了泥石流，燕州军眼下被困在了山上。长信王得知卢城兵败，燕州借兵是计后，大概被逼急了，直接剑走偏锋，率崇州余下兵马围了一线峡，扬言要把燕州军和武安侯都困死在山上。

营地主将得了斥候带回的消息后，赶紧召集麾下所有部将，商议解围之法。

前来修大坝的两万将士都是新兵，没有作战经验，前一夜面对崇州军突袭的时候才手忙脚乱，生生让斥候跑掉了三个。

一线峡山上地形复杂，下过雨，又才发生过泥石流，他们若贸然前去一线峡救人，万一不小心钻进了崇州军设的套子里，全军覆没都有可能。

众人一筹莫展之时，风寒稍退的陶太傅拖着病躯进了中军帐，提出"围魏救赵"一计。

他道："屯于河口的这两万大军，主力部队前往崇州，围而不攻，不怕长信王不掉头回去保老巢。毕竟崇州都没了，他就算杀到山上去屠了燕州军，也于事无补。"

主将喜道："此计甚妙！本将军这就下令拔营！"

陶太傅风寒未愈，哑声低咳片刻后，补充道："燕州军被困于山上，粮草应当也所剩无几了，还得另派人马送些粮草过去。"

燕州同崇州打的是一场野战，并未带多少物资，只因得胜后不巧遇上泥石流被困，才让崇州又抢占了先机。

主将都快急昏头了，被陶太傅这么一点，忙道："太傅所言甚是！只是运粮的队伍太大了，难保不会叫崇州斥候察觉，暂且拨一千人马带粮草过去应急吧。"

调兵令和运粮令很快下来了，大军都在收拾东西准备拔营。

赵木匠得跟大军一起去围崇州，樊长玉本想一起去，但她一个女儿家，目前落脚于这里，一是立了功，二是还有一些活下来的流民暂且被留在这里照顾，她若一直待在军中，便有违军规了。

她截杀了那三名斥候，主将依然只能给她赏金，没法儿封她个军职什么的。

她自己上路也不是不行，只是樊长玉现在有些犹豫，长信王率兵去山上围困武安侯，崇州城必然是紧闭的，她去了也没法儿进城找长宁。

赵木匠说言正好像在被燕州借走的那一千人里，一场血战后，山上又因大雨而爆发了泥石流，不知言正如今是死是活。

她要不要先去一线峡的山上找言正？

陶太傅准备回去，见樊长玉立在帐外出神，问她："丫头，老夫要随军给山上的燕州军送粮草，你要不要跟老夫一起去？"

樊长玉这两日才知道这怪老头儿姓陶，并且因为有些真才实学，似乎成了军中的幕僚，连主将都对他很是礼遇。

她看着陶太傅那张满是褶子的老脸，认真想了想，终是点了头。

再去见言正一面也好，他要是死在了那里，她就把他埋了，帮他立个碑。

他家中似乎没有旁人了，他们好歹相识一场，做了几个月名义上的夫妻，以后逢年过节烧冥纸，她给他也烧一份好了。

他要是还活着，她们之间应该还不至于老死不相往来。

运粮的军队先走，赵木匠前来送他们，让樊长玉茫然的是，赵木匠跟陶老头儿道别说的话竟然比对自己说的还要多。

为了避开崇州军的斥候，运粮军队得在山中绕路走，饶是如此，还是碰见了好几拨斥候，幸好军中有随行的弓箭手，追出十几里地都要射杀斥候，一路行军的消息才没太快叫崇州军察觉。

樊长玉因为横翻巫岭杀了三名崇州斥候，在这些新兵里倒也小有名望了，有时候弓箭手追击斥候，她也会被邀一起去。

她不擅使弓箭，跟着弓箭手学时，力气虽大得能直接拉毁一张弓，但准头极差，还没有从地上捡块石头掷砸得准。

樊长玉怕浪费兵器，索性不学了，路上看到有个弓箭手射中野兔给大家加餐后，又有点儿眼馋，直夸那弓箭手厉害。

资历稍老些的将士却都笑道："樊姑娘，你是没见过咱们侯爷射箭，那射艺才叫一绝，百步之内莫说兔子，柳叶都能射中。"

樊长玉听过百步穿杨的典故，百步穿柳倒是头一回听说，柳叶那般纤细，隔着百步，怎么射中？

震惊归震惊，那位能征善战的武安侯的形象在她的心中又高了一大截。

运粮队日夜兼程，赶路赶了一天半，总算抵达了一线峡山口。长信王约莫是已经听说了两万大军前去围崇州的消息，将守在山下的兵马往回撤了些，瞧着并不多，但也不是他们送粮的这一千人马能应付的。

要想把粮草送上山，为今之计，只有里应外合，打崇州军一个措手不及，撕个口子钻进去。但他们兵力薄弱，能不能撑到山上的人发现他们，来跟他们里应外合还是未知数。

陶太傅和此次领兵的小将正一筹莫展，正好遇上燕州那边的援军，两方兵马会合，有了两三千人，便声势浩大地从山脚被崇州军守住的一个要道往上冲。

这动静果然引起了山上燕州军的注意，他们立马配合援军从山上合攻这处崇州军，很快就撕出一个进山的口子，粮草和一些伤药全都被抢送到山上去了。

送粮的援军却并不跟着一起上山，等山上的军队搬完东西，守在别处的崇州军扑过来时，他们又撤军钻入了密林里，和崇州军躲起了猫猫，为的就是后面山上的燕州军攻下山时，他们能在外边接应。

樊长玉原本是和陶太傅一起观战的，看抢搬物资上山太慢，看得心急，没忍住，去一起搬，等扛着大袋小袋的粮食上山后，才发现出口又被封住了，她和其他运粮上山的兵卒只能留在山上。

樊长玉倒也没多气馁，她本就打算来找言正，正好可以在山上打听打听。

被困在山上的燕州将士已两日没吃过东西，这又才开春，山上长出来的野菜并不多，他们只能靠打猎猎到的那点儿野味炖个汤，尝点儿肉腥味。

眼下有了米，将士们立马热火朝天地生火煮饭。

伤兵营里的情况更不容乐观，不少将士因为淋了雨，发起了高热，但军医带的那点儿药材根本不够用，还有在战乱和泥石流中受了伤的，也没药物止血，只在伤口处缠着用撕裂的里袍做的布带，姿态各异地躺在伤兵帐里。

现在有了药材，军医连忙让人煎药给伤兵服下。

樊长玉看到这些伤兵的惨状，有些不忍，他们不知是谁的父亲，谁的儿子，谁的丈夫，也不知还能不能活着回去。

她从前照顾长宁和言正，也算是有煎药经验了，看军医忙不过来，便自告奋勇去帮忙煎药。

军医在有药后，第一时间拿去给谢征换。自从两日前遇上泥石流，他们被困于山上，生生叫反扑的崇州军给堵住了下山的路，谢征几乎就没合过眼，一直在同公孙鄞制定御敌之策。

他身上的伤极为严重，但因为药物紧缺，这两日便没换过药，让军医把伤药先紧着那些伤势重的将士。

长宁身体也争气，当日那服药喝下去后，烧就退下来了，只是因为一直没有吃的，明显消瘦了不少。

亲兵们打来的猎物，没有盐和其他调味料，煮出的汤腥味很重，她闻着就想吐，根本吃不下，谢征让人用草汁涂在烤肉上，她才勉强吃了一点儿。

公孙鄞知道谢征自己有伤在身，不方便照顾长宁，他的住处又时不时有部将前去议事，于是便把小孩儿带到自己住的地方，让亲兵看着。

此刻军医前去劝谢征换药。知道将士们眼下食物和药材都充足后，失血过多的眩晕和两日未曾合眼的疲惫齐齐涌上来，谢征只觉得自己闭眼就能彻底睡死过去。他抬手按了按额角，眼中全是血丝，道："本侯尚撑得住，先给底下的将士们用药，伤兵帐那边人太多，也可迁一些将士到主帐来。"

山上的军帐也不够，不少将士都是现场砍伐树枝，临时搭起一个避雨的棚子。

军医担心谢征的身体，忙道："侯爷，伤药够用的，您的身体才要紧……"

谢征忽而抬眸看了军医一眼，军医被那个冰冷又倦怠的眼神盯着，低下头去，所有劝说的话也堵在了喉咙。

他心知自家侯爷虽凶名在外，却极爱重手底下的兵将，叹了口气，离开军帐，寻思着回头还是得让公孙鄞先生来劝。

公孙鄞听了，只让军医把包扎好的伤兵转移到主帐去。

军医一头雾水地照做了，才明白公孙鄞是想着谢征见到那些伤兵，便相信伤药是够用的了。

谢征实在是疲乏至极，军医离去后，他用手撑着头，本想继续揉按隐隐作痛的额角，却没抵住倦意，就这么睡了过去。伤兵们被转移进主帐，他听见动静，才又醒来。

亲兵们在主帐里摆上数张临时用树枝搭建起来的简易军床，让谢征去一张空出的军床上先歇会儿。

谢征见自己坐在主位上引得伤兵们频频看来，便点了头。

他伤在胸前，着战甲会压着伤口，只穿了单衣。

进帐的伤兵大多是底层小卒，几乎没近距离见过谢征，稀里糊涂就被转到了这边的军帐，见他没着甲，身上又有伤，还以为他也是受伤被转过来的。

谢征既然把主帐借出去让这些伤兵养伤，自然不愿让他们在自己的眼皮子底下战战兢兢地躺着，交代亲兵们别透露自己的身份，和衣躺下后开始补眠。

亲兵们怕他着凉，又不敢把厚锦披风给他盖着，再三思量后，只得寻了件残破的小卒兵服给他搭上。

樊长玉煎好药，得知有一批伤兵被送到别处去了，问清地点后，过来送药。她从门口的军床开始，挨个儿递上药碗。伤兵们发现她是个姑娘家，都有些腼腆，小声地同她道谢。

守着谢征的亲兵往外瞥了一眼，在看到樊长玉时，一双眼瞬间瞪得有如铜铃大。

他没认错的话，这是他们侯爷前不久才亲自去清平县山匪窝里找的那位姑娘？

她怎会穿着蓟州兵服出现在这里？

亲兵顿时脑补了一出肝肠寸断的千里寻夫戏码，看看沉睡的谢征，又看看还在送药的樊长玉，犹豫着要不要叫醒自家侯爷。

没等他纠结太久，樊长玉便端着药碗递到了谢征跟前。

谢征嫌光线太亮，是侧着脸朝里睡的，大半张脸都埋进了阴影里，樊长玉一时没认出他，只瞧见他半身衣裳都被血洇湿了，缠在身上的纱布也被染红了一大片，不像是才包扎过的样子，人似乎还晕过去了。

她忙冲帐外喊："军医，这个人的伤口似乎崩裂了，得重新包扎。"

几乎是听到她的声音的瞬间，谢征就猛然掀开了眼皮。

樊长玉正准备帮这个伤势颇重的人调整姿势，转到床另一边去，不期然同谢征的视线对上，她整个人明显愣住了，好半晌，才不确定地道："言正？"

这个名字一叫出口，再看他浑身是血的样子，樊长玉鼻尖突然有些发酸。

原来他真的差点儿死在了这里。

谢征看着她，没说话，眉头下意识地锁着。旁人瞧不出什么，熟悉他的人才知道，他这是蒙了。

亲兵深思熟虑后，默默地挪远了一点儿。

其他伤兵以为樊长玉是千里寻夫来找谢征的，纷纷投来艳羡的目光。

谢征看了樊长玉许久，似乎确认了她是真的来了这里，才声音沙哑地问出一句："你怎么来了？来这里做什么？"

他两夜未眠，嗓子有些哑。

樊长玉没想过再次见到谢征是在这样的情形下，看着他身上那些血迹，眼睛莫名其妙地有些发涩，道："我来找你啊。"

这是真话，她得知他也在这支燕州军里，怕他有什么闪失，才跟着来送粮。

谢征听到这话，瞳仁微不可察地缩了一下，心脏像是突然被一把钩子钩得紧紧的，刺疼，又升起绵密的痒意，仿佛有什么东西想在那团血肉里生根发芽。他漆黑的眸子一眨不眨地望向樊长玉："找我？"

樊长玉已帮他拆开了纱布，望着他那道横贯了大半个胸膛，混着草药汁和发黑血迹的狰狞伤口，眼眶更红了，没顾上回答他的话，抿紧唇角，压下心酸，问他："怎么伤成了这样？"比她捡到他时身上那些伤还要可怕。

谢征头一回瞧见她眼中露出那样的神色，像是雨后雾蒙蒙的山林里照进的晨曦，温暖、温柔、璀璨，又充满怜惜。

心口的那把钩子钩得更紧，心口疼，又痒，像是伤口在生出新芽。他指尖动了动，下意识地想触碰什么，随即又移开视线，道："伤口看着吓人，没那么严重，没伤到肺腑，躺几天就能养得差不多了。"

樊长玉自然不会信他这套说辞。她看着他还沾着血的苍白脸颊，突然觉得很难过，说："你别从军了，跟我回去，我杀猪养你。"

公孙郢和军医刚走至帐外，正要掀帐帘，听到这么一句，不由得齐齐顿住了脚步。

军医之前跟樊长玉接触过，知道她在找人，骤然听到这么一声，心中替樊长玉捏了一把冷汗，心说：武安侯也在帐内，叫他听见樊长玉撺掇手底下的兵卒逃跑，还不知要怎么治樊长玉的罪呢。

他正想赶紧进帐去打断樊长玉的话，公孙郢却拦下了他，脸上挂着意味不明的笑容冲他摇了摇头，又做了个噤声的手势，侧耳细听起帐内的动静。

军医的一颗心都提起来了，心说：那女子不知军规，一时失言罢了，怎么就连军师也一副看热闹不嫌事大的样子？

他心惊胆战地站在帐外，生怕下一刻就传来谢征让人进帐把樊长玉拖出去罚军棍的声音，但帐内却传来一众伤兵的起哄声，有人道："兄弟，我要是你，有这么个姑娘跋涉千里来找我，老子死在这里都值了！"

"也不知你小子几辈子修来的福气，咱们只盼着打完仗还能全须全尾地回去，年纪大了，说媒都不一定能说上，你倒好，人家姑娘直接来找你了！"

也有人劝慰樊长玉："大妹子，咱们知道你是心疼你家汉子，不过这话可别在军营里乱说，当逃兵，那是要杀头的！你也别担心，他伤成这样都没死，将来定有后福。"

樊长玉当然知道不能让言正当逃兵，她只是看着他身上那狰狞的伤口，想到他是为了不连累自家和其他九户人家才被征兵的带走的，心痛又愧疚，情急之下才说出了这么句话。

她正帮谢征清理他伤口上几天没换过的药渣，血腥味和药味混杂在一起多日，散发出一股难闻的味道，伤口上的新肉和腐肉交织，要是重新上药，只怕还得刮掉那一层腐肉。

一颗豆大的泪珠子都没滑过脸颊，直接从她的眼眶砸了下来，樊长玉才发现自己哭了。

她抬起手，狼狈地抹了一把眼，努力想让自己平静，一开口，嗓音却还是哑了："我没想让他当逃兵，我……"

她看着谢征，又一颗泪珠砸下，最后只哑声说了三个字："对不起。"

若不是假入赘给她，他不会被纳入征兵名册。

要不是为了不连累她和邻居，他也不会被官兵带走。

看他在战场上被伤成这样，樊长玉觉得难过。

谢征还没从她说的"跟她回去"几个字中回过神来，抬眸见到她眼中的泪，苍白干裂的唇角微抿，他说："别哭。"

他知道樊长玉为什么道歉，也知道她心中的愧疚，想告诉樊长玉一切，可眼下时机、场合又都不对，他终是开不了口。

这是他第一次见樊长玉哭，心脏像是被什么东西绞着，又像是泡在了暖融融的温泉水里，很奇异又很陌生的感觉。

他想帮她擦擦泪，再抱抱她，但不知是不是这些天一直绷在脑子里的那根弦松掉了，身体的疲惫和疼痛加倍涌了上来，手脚像是灌了铅，他撑着想半坐起来都艰难。

樊长玉看出他想动，按着他肩膀，把他按了回去，红着眼道："你别动，等大夫来给你处理伤口。"转头又急切地朝帐外喊："军医呢？军医来了吗？"

谢征看着她的侧脸，视线落到她放在床侧的那只手上，指尖迟疑地虚握了上去，又说了一句："别哭。"

樊长玉忍着眼眶的涩意，低头看了一眼他虚握住自己的手，五指用力握了回去，手心和他带着薄茧的大掌贴得紧紧的。她的手暖烘烘的，他掌心本来因虚弱而带着几分凉意，但被她这么紧紧地握着，似乎也有了淡淡的暖意。

他们从相识到现在，这还是第一次牵手。

像是一种无声的默契在这次牵手中达成，樊长玉用明澈又坚定的双眼望着他，说："我没哭。你别怕，我们带了很多伤药上山，军医肯定能治好你的。"

军医在樊长玉又一次叫人时忙看向公孙鄞，公孙鄞似乎没能听到想听的，神情颇为失望，这才带着军医一同进帐去了。

军医心中颇不是滋味，暗道：这军师果真是个面善心恶的，侯爷没责罚那女子，他竟还失望！

公孙鄭总是一身白袍，手上又拿着扇子，极为好认，一进帐，伤兵们明显就拘谨起来。

公孙鄭笑容和煦地道："诸位将士歇着便是，我此番前来，只是看看大家伤势如何，伤药是否够用。"

他的目光却不住地往樊长玉那边看去。

樊长玉听到动静就往门口看去。她也是第一次见公孙鄭，瞧出他应该是个当官的，只是谢征伤着，她无暇顾及其他，直接看向一旁的军医，招呼道："军医，你快给他看看！"

她这一抬头，公孙鄭刚好瞧清了她的正脸，含笑的狐狸眼往上挑了挑，显然很是意外。

这女子模样生得不差，但乍一眼瞧去只觉得老实巴交的，像是那些门阀大族里死了亲娘又不得生父看中，被其他姐妹从小欺负到大的不受宠贵女。

不过不同于世家贵女娇弱得像朵花的"我见犹怜"，樊长玉更是像在路边捡到的一条乖顺小狗，光是看着，就能莫名其妙地让人软了心肠，任谁也不会信她竟是个提刀杀猪的。

公孙鄭想起自己之前听到的那些关于她的话，心中只觉得怪异，视线落到樊长玉的手臂上，眉毛更是拧了拧：这细胳膊细腿的，能拎起一个成年男子扔出几丈远？

莫不是那亲兵胡说的？

公孙鄭的目光扫向挪到角落里去的亲兵，亲兵同他眼神对上，明显没弄懂他的疑问，表情很是茫然。

公孙鄭索性收回目光，不期望能从亲兵那副蠢样里得到什么答案了。

军医已挎着药箱去了樊长玉那边。他一进门就小心翼翼地朝主位上看去，没瞧见谢征，大松一口气，心说：难怪没听到侯爷发怒。

此刻他放下药箱，挽起袖子，正要把脉，看清躺在军床上的是何人时，腿肚子瞬间发软，脑子里也跟打翻了一罐糨糊似的，神情震惊又茫然。

侯……侯爷怎么在此处？

莫非这女子方才的话就是对侯爷说的？

军医狠狠地抽了几口凉气。

樊长玉见军医露出一副惊悚的表情戳在原地，赶紧催促："军医？"

军医回过神来，看了樊长玉一眼，艰难地咽了咽口水，同军床上的谢征视线对上，坐到一旁的简易木凳上去把脉时，不仅手抖得几乎搭不住手腕，两腿也直打摆子。

他听了这么多不该听的，转头该不会被侯爷杀人灭口吧？

樊长玉看军医浑身都在发抖，担心他给谢征把错脉，一脸担忧地问："军医，您没事吧？"

就这一会儿工夫，军医额前的汗珠子都跟滚珠一样了，他抬起袖子胡乱擦了擦，被谢征看着，勉强挤出笑容，道："没事……没事……"

好不容易把完脉，樊长玉当即就问起谢征的情况，军医揩着汗道："侯……"

这个字刚说出口，就看见侯爷的亲卫打了个眼色，军医赶紧改口："后生可畏，这伤离脏腑只差毫厘，实在凶险，只是身体底子好，才能拖这么些天，但还是得及时用药，好生将养。失血过多，这些日子大抵会频频头晕，最好……最好能吃些荤食进补。"

把完脉，要给谢征的伤口清理腐肉，重新上药，樊长玉见军医还是有些手抖，怕他一个不小心伤到谢征，于是提出自己来。

军医手抖只是被吓的，这会儿正在努力平复，他也万不敢让谢征有丝毫损伤，只是又不放心让樊长玉一个生手来操刀。

谢征在此时开口："就让内子来吧。"

军医心中瞬间又掀起了惊涛骇浪：原来这女子是他们那素未谋面的侯夫人！

樊长玉骤然听到这个称呼，也愣了愣，但没说什么。

军医一直到坐到一旁的矮凳上指挥樊长玉刮腐肉时，嘴角的胡子都还在打战。

公孙鄞显然也极其意外，美其名曰关照受伤将士，堂而皇之地留了下来，挨了谢征几记眼刀都没挪动脚步，视线一直在樊长玉和谢征的身上打转。

樊长玉拿起匕首放到火上烤，所有的注意力都放到了谢征胸口的腐肉上，根本没看周围的人。

亲兵拿了干净的棉布帕子让谢征咬着，谢征没要。

樊长玉一只手拿起匕首，另一只手已轻轻摁在了他的胸膛上，问他："怕不怕？"

谢征说："你动手就是。"

樊长玉突然觉得眼窝泛酸。她压下这一刻心头所有的情绪，全神贯注地刮起他胸口的腐肉，下刀极稳，嘴角也抿得极紧。

谢征只眼睛一眨不眨地看着樊长玉，仿佛胸口的伤，自己的性命，都只是无关紧要的事。

二人额角都沁出了汗，却都一声不吭。

樊长玉察觉手心也有汗，找人拿来帕子胡乱擦了擦手和匕首把，便又埋头继续割伤口的腐肉。

谢征浑身的肌肉绷得像石块一样硬，手臂到额角的青筋都凸了起来，有汗水从他的眼皮上坠下，他却连眼都没眨一下。

整个军帐也没人说话，安静得出奇。

公孙鄞持扇立在一旁，眼中的戏谑和嘴角的笑意都收了起来。

很奇妙的感觉。

前一刻，他还觉得，这女子和谢征，容貌上虽般配，可论起家世，这桩婚事于这女子而言也不知是福是祸。

这一刻，他突然又觉得，这世间，除了这女子，大概也没有第二个人能让谢征放心地把性命交出去了。

他连命都可以给她，将来又岂会让她在鱼龙混杂的京中受半分委屈？

至于这女子配不配得上谢征，她都能让谢征心安至此，又哪里轮得到旁人去置喙她好不好、配不配？

他用扇柄在掌心轻敲了两下，嘴角又微微弯了起来。

谢征胸膛上最后一块腐肉被刮完时，樊长玉整个后背已被汗水湿透，她扭头对军医道："好了。"

军医忙撒了一瓶金创药，又把在这期间捣好的草药给谢征敷了上去，交代他这些天最好别下床，在伤口完全愈合前也别拿重物。

樊长玉一直沉默地立在一旁。

公孙鄞看够了热闹，在谢征又一次冷冷地朝他看来时，才慢条斯理地同伤兵们说了几句宽慰的话，给了谢征一个"会替你保守秘密"的眼神后，施施然起身，跟军医一起离去。

人都走了，亲兵怕被樊长玉察觉出异常，不好意思戳在里面，跟着去了外边。

樊长玉这才小声问谢征："疼吗？"

谢征摇头，说："不疼。"

樊长玉的眼眶还是隐隐有些发红。

她之前煎的药就有抑制伤口发炎的功效，谢征这伤也可以喝。她端来一碗，一勺一勺舀起喂给谢征，看他虚弱成这样，她有些难过地道："你早些签那和离书就好了。"

谢征一口药汁呛到喉咙里，瞬间咳得撕心裂肺。

樊长玉忙放下碗去帮他拍后背："怎么呛着了？"

这不拍还好，一拍，谢征直接伏在床边吐出一口暗红色的血来。

樊长玉被吓得不轻，看看自己的手，又看看谢征，扭头就朝帐外大喊："军医！快叫军医，有人吐血了！"

守在帐外的亲兵闻声，掀开帐帘一看，瞧见地上的血迹，拔腿就去追走出军帐没多久的军医。

大帐内的其他伤兵见状，亦议论纷纷，有说谢征这是回光返照的，也有让樊长玉别太担心，等军医来看过再说的。

樊长玉用帕子胡乱地给谢征擦了擦嘴角的血迹，一只手紧紧地攥着他的手，口中"喃喃"道："没事的，没事的……"不知是在说给谢征听，还是在说给自己听。

谢征一口瘀血堵在胸口多日，这一番咳嗽，倒是将那口血带了出来，胸口的窒闷感骤然减轻，连呼吸都顺畅了许多，只是因为咳得太过用力，扯到了伤口，纱布上隐隐又浸出了血。

他看了一眼樊长玉紧抓着自己的手，原本没多少血色的唇因为刚才咯血而多了抹艳色，却衬得他的脸色越发苍白，看得人揪心。

他半垂着眼，有些虚弱地道："你要同我和离？"

樊长玉眼泪汪汪："不离了，不离了！"

她的嗓音里甚至带了几分哽咽："你入赘给我才被抓走去当兵的，要是那天我们好好说话，你签了和离书，官兵就不会带你走，你也不会伤成这样。你别怕，你都这样了，我不会不管你的，来的路上我都想好了，你要是死在了这里，我就帮你收尸，你家里已经没人了，以后逢年过节，我也会给你烧供奉……"

说到后面，她可能是真的怕眼前这人会死在这里，眼泪大颗大颗地掉落在厚锦披风上，砸出一个个小水印。

一只手按在她的后背上，她被用力摁进一个带着血腥味和草药味的怀抱。

樊长玉怕压着他的伤口，两手按着他的肩膀，想推开他，谢征却更用力地收紧双臂，将她箍在自己的怀中，下颌抵在她因为哭泣而微微颤抖的肩头，哑声道："别动。"

樊长玉怕加重他的伤势，不敢再动，可胸腔却充斥着莫名其妙的情绪，闷闷的，眼泪不受控制地滚落，砸在他肩头的衣服上。

谢征说："别哭，你还能来找我，我很高兴。"

顿了顿，他又道："那天的事，对不起。"

樊长玉知道他说的是什么，抿了抿唇，正要说话，帐帘在此时被掀开，亲兵火急火燎地带着军医走进来，公孙鄞怕谢征有什么闪失，跟着过来看一眼，瞧见这一幕，进来的几个人一时间神色各异地戳在了原地。

樊长玉闻声扭头一看，发现其他伤兵也正目不转睛地盯着他们，她脸上一红，赶紧把谢征摁回了床上，因动作太过迅猛，引来他一声闷哼，樊长玉赶紧讪讪地收回手："弄痛你了？"

谢征白着张脸说"没事"。

帐内受伤的老兵笑着替他们解围："小夫妻俩才经历了一场生离死别，后怕着呢！"

其他伤兵也善意地哄笑两声。

军医上前问了谢征咯血之症，又给谢征重新把了脉，不敢托大，只言是体虚所致，身体元气大伤，需要进补调养。

"体虚啊……"公孙鄞揶揄地看了谢征一眼，抬手摸了摸下巴，说："让火头营给受伤的将士们做点儿荤食，都好生补补。"

帐内的伤兵们全都千恩万谢。

公孙鄞又道："伤势重的和伤势轻的分到不同的营帐照料，也方便军医那边煎药。"

他说着，一指谢征："正好下午将士们给上山的蓟州将士新搭了几顶帐篷，离这边不远，这人就转到新帐去。"

谢征一道眼风冷冷地扫过去，公孙鄞贼兮兮地冲他一笑。

谢征有伤在身，几名亲兵扮作小卒，直接连人带床把他抬到了新搭的军帐里。

樊长玉跟过去，意外地发现那边的军帐内虽放置了不少军床，眼下却还没其他人住。

公孙鄞解释说后边发现了伤势严重的将士，会陆续安排到这边来。

樊长玉去火头营帮忙领伤兵营的饭菜时，公孙鄞才坐到了谢征对面的一张军床上，挑眉问他："我是单独再给那姑娘安排个军帐住，还是让她就留在你这儿？"

谢征刚才喝了一碗药，这会儿嘴里还苦得紧，坐起来倒了杯水喝下，捏着杯子，垂眸沉思片刻，说："另外给她安排地方。"

公孙鄞笑道："也行，差点儿忘了还有个小崽在我那里，她姐姐来了，让她们姐妹俩住一起也好。"

想到之前掀开帐帘看到的那一幕，他没忍住调侃道："你这一枪伤得倒也值了，人家姑娘都为你哭了，哪能是没有情意的……"

说到此处，他的话音忽而顿了顿，他看向谢征："随元青知道她和你的关系后，都能想到抓她妹妹来威胁你。若是魏严也听到了风声……他的手段你是知道的。"

谢征捏着陶杯的五指骤然收紧，道："今日的事，封锁消息，一个字也不许外传。"

公孙鄞道："知情的只有军医和你的几个亲卫，那几个亲卫是你一手提拔上来的，嘴严得很；军医我已敲打过了，这两日也让人暗中盯着，出不了什么问题。就是帐内那些伤兵都知道那姑娘是来找你的，若是让他们知晓了你的身份，怕是有些难办……"

谢征说："那就先瞒着。"

公孙鄞又问："樊姑娘那边呢？"

谢征眼皮半抬："我自会找机会向她说明一切。"

公孙鄞道："你有打算就行。"

他离去后，谢征却枕着手臂望着帐顶失神了半天。

他并不确定樊长玉知道一切后，还会决定和他在一起。

樊长玉会接纳那个一无所有的言正，却不一定会选择背负着血海深仇的谢征。

她如今对他好，很大一部分源于对他的愧疚，觉得他是为了不给她和邻居们添麻烦，才被迫从军。

等她知道他原本就是要回军中的，这份愧疚便该荡然无存了。

她有多在乎她妹妹他也知道，但因为他，她妹妹落入歹人之手，命悬一线。

她会不会怨他，他尚不清楚，不过可以肯定的是，如果她选择跟着他，以后应该还会遇到这样的事。

以她的性子，便是为了她妹妹此生能安稳无虞，恐怕也会同他划清界限。她是喜欢平静的，就像她曾经说的那样，寻个踏实谦逊的读书人当夫婿，平平淡淡过一辈子。

眼下她对他的这份好，就像是他偷来的一样。

当了贼，就总有败露的那一天。

他明白后果的，可想起她望着自己哭时的模样，她说的那些话，心口处那团血肉就悸动得不能自已。

他从来没有这么迫切地想得到，又这么害怕失去过什么。

有一瞬，谢征甚至想：他如果真的只是言正就好了。

最终，他只是嘴角扯出个嘲意十足的弧度。

樊长玉端着吃的回来，就见谢征一只手搭在眼前，像是睡着了。

等她走进去，他却又放下手臂，朝她看了过来。

樊长玉冲他笑："你醒啦？火头营那边抓了不少野鸡，给受伤的将士们炖了鸡汤，你快趁热喝。"

她一只手端着大碗，一只手去扶他。谢征因失血过多，脸色显得过分苍白，眼下又因几天未眠而青黑一片，但五官实在是生得太好，都这般了，还有一股颓废憔悴的美感，显得格外脆弱。

谢征靠着枕头坐起来后，本想伸手端过碗自己喝，樊长玉却像之前给他喂药一样，用勺子舀起喂给他。

谢征迟疑了片刻，张嘴喝下，然后不动声色地皱起了眉：好烫。

但樊长玉似乎没注意到这个问题，毕竟在这之前，她也没给人喂过汤药，她爹娘离世那会儿，长宁都五岁了，也不用她操心吃饭、喝药的问题。

之前的药是凉了好一阵的，这汤才从火头营端过来，又是木碗，她不太能感知到温度。

第二勺被送到谢征唇边时，他的唇角动了动，欲言又止，却还是张嘴喝了下去，然后他伸手欲接过汤碗："我自己来吧。"

樊长玉看着他病恹恹的模样，心生怜意，没给，用木勺在汤碗里搅了搅，再次舀起一勺喂过去，说："你伤得这么重，好好休息，我喂你就是。"

谢征看着送到眼前的那一勺热气腾腾的汤，最终还是认命地喝了下去。

等喝完那一碗鸡汤，他的舌头都被烫木了。

樊长玉看着空荡荡的碗，心中却诡异地升起一股成就感。

她把人照顾得真好！

谢征想倒杯冷茶，她也抢着去倒，递过去时困惑地道："你才喝完一碗鸡汤，还是渴吗？"

谢征胡乱扯了个理由："腥味有些重，压压味。"

碗里还剩一点儿汤底，樊长玉抿了一口，发现鸡汤里原来没放盐，腥得几乎难以下咽。

她皱着眉道："大概是火头营那边太忙了，忘记放盐了，你怎么不早些跟我说？"

谢征沉默了一息，脸色变得有些凝重，道："没有盐。"

樊长玉一愣，随即明白了他的意思，他们这支军队本是要打一仗就跑的，粮草都没备，又怎么可能备盐？

蓟州援军送来的，也只有粮食和药材。

在这里，活命都是奢望了，谁还在乎东西好不好吃？

上山前，陶老头儿就同她说过山上的困境了——

一线峡离崇州近，长信王在卢城兵败后，孤注一掷围了一线峡，就是想用断粮的方式把山上的燕州军逼到绝境。

连日大雨，水虽淹了长信王五万人马，却也让山上不少将士淋雨受了寒。

长信王知道唐培义带兵围崇州只是个假象，才只撤回山下一半兵马以防万一，但就算撤回了一半兵马，现在山下也还剩两万崇州军，这时候大军下山，就算有潜伏在外的那两三千援军相助，也是以卵击石。

樊长玉不知道等山上的粮食吃完了会面临什么样的局面，她只看着谢征，认真地道："你别担心，我听说武安侯谋略过人，他打了那么多胜仗，不可能就这么被反贼困死在山上的。退一万步讲，就算咱们吃光了山上的粮食，反贼攻上山来了，只要我还有力气，我就会背着你逃的。"

谢征心中五味杂陈，看着她，问："都到那步田地了，你保全自己就是，带着我做什么？"

樊长玉理所当然地道："我说了以后会养你啊。"

这句话不知道触动了谢征的哪一根心弦，他定定地看了她许久，忽而道："樊长玉，你没必要因为愧疚，就为我做到这地步。

"我从军，不是怕你和你的邻居惹上麻烦，而是我要的权势都在这里。我受伤，也是为了在战场上挣军功，跟你无关。你在愧疚什么？"

这一刻，他的神情几乎是冷漠的。

樊长玉不太明白他为何突然变成了陌生的模样，问他："你不想我来找你？"

谢征黑眸冰冷，强压下那一份奢望："如果只是因为愧疚，你不该来这里，你不欠我什么。"

樊长玉有点儿明白他的意思了，抿了抿唇，道："之前在那边军帐里，我的话没说完。我来找你前，就想过你是死是活两种局面了。你走时，我把你打得那么惨，还说了重话，然后我就再也没见过你了，每次想起来，我都挺难受的，也确实很愧疚。"

她顿了顿，抬起眼看向谢征，像是有些迷茫："但来找你，好像也不只是因为愧疚。你不知道，我也差点儿死过一次。清平县和临安镇都被屠了，之前冒充征粮官兵的那个反贼混在山匪里，找我寻仇，他们人多，我打不过他们，就把长宁和赵大娘他们藏了起来，我被那浑蛋卸掉了一条胳膊，还险些被山匪头子溺死在水里。后来长宁又被人劫走了，我在找长宁的路上遇见了赵大叔，他说你来了这儿，我怕你死在这里，想着不管怎样，来看看吧，你要是死了，我就把你埋了；你要是没死，我就好好跟你说会儿话吧，跟你说长宁不见了，我找不到她，不过我会继续去找的……"

她絮絮叨叨跟他说他走后自己经历的一切，视线莫名其妙地变得有些模糊。她眨了一下眼，一大滴泪珠就这么滚落下去。

真奇怪，明明她从小到大很少哭的。

她看不清面前的人是何神色，下一瞬就被人大力拥入了怀中，他比之前那次抱得还要紧，勒得她身上的骨头都有些发疼。

他按着她的脑后，让她靠在他的肩头，动作凶狠得指尖都泛白了，想说什么，嘴动了动，却又归于沉默，沉沉地闭上了眼，一切都在这个无声的拥抱里了。

血腥味和药味混杂在一起的味道并不好闻，此刻这个怀抱却让樊长玉眼窝里的酸意更甚，胸口充斥着一股从未有过的类似委屈的情绪。

爹娘去世后，她吃过很多苦头，但从来都没对旁人诉过苦，也不会在人前掉一滴泪，只在今日，借着这个拥抱，趴在他的肩头痛痛快快哭了一场。

帐外，公孙鄞领着长宁走到此处，听见里边的声音，进去也不是，不进去也不是，一脸纠结。

长宁辨出是樊长玉在哭，迈着小短腿就要进去，被公孙鄞提溜住了衣领。

她困惑地仰起头，就见公孙鄞对她做了个"嘘"的手势。

公孙鄞领着她走远几步，才半蹲下对她道："让你阿姐跟你姐夫说会儿话。"

长宁乖乖点头，脸上的婴儿肥消下去不少，显得一双眼越发大了。她在不熟的人面前话很少，公孙鄞明显还在"不熟"这个范畴之内。

公孙鄞想起谢征的打算，问她："小丫头，你还记得你姐夫是怎么把你救回来的吗？"

长宁一想起那个雨夜的厮杀场面，小脸就有些发白，当时黑灯瞎火的，她又惊吓过度，记忆都是混乱的，努力想了想，答道："坏人想杀宁娘，姐夫打坏人……"

公孙鄞浅浅地叹了口气，这么小的孩子被抓着上战场，没吓成个痴儿都是她心性坚定了，又哪里还能记得战场上那些细节？他摸了摸长宁的发顶，说："不怕，都过去了，坏人也被你姐夫抓到了。"

听到这些话，长宁的脸色这才和缓了些，她用力点头，"嗯"了一声，随即又仰起头，攥着衣角，紧张地问公孙鄞："我姐夫会死吗？"

公孙鄞"扑哧"笑道："小丫头，你知道什么叫祸害遗千年吗？"

长宁摇头。

公孙鄞以扇掩在嘴角，笑道："你姐夫在旁人的眼中，大概就是那类祸害，他命硬着呢，哪里是那么容易死的？"

知道谢征不会死，长宁就放心了，转过头，眼巴巴地望着帐帘。

公孙鄞趁机问："你阿姐跟你姐夫感情很好吧？"

长宁想了想，点头。

公孙鄞半点儿不以套小孩儿的话为耻，继续问："有多好？"

长宁睁着双黑白分明的大眼睛说道："爹娘不在了，宁娘受了委屈会在阿姐跟前哭，阿姐只在姐夫跟前哭呢。"

这话让公孙鄞愣了愣。

长宁掰着手指继续数："家里来了地痞无赖闹事，姐夫打瘸他们的腿把人赶走。阿姐杀猪卖猪肉赚了银子，就给姐夫买新衣裳、发带。姐夫喝药怕苦，阿姐还给姐夫买糖……"

公孙鄞的表情变得很是怪异：原来之前在卢城他找的那老丈说的是真的，谢九衡真给人当了上门女婿，还吃起了软饭！

他还想再问什么，隔着一道厚实的门帘，忽而也觉得后背发凉。

公孙鄞果断地对长宁道："小孩儿，你自己待在这里等你姐姐出来，我还有点儿事，就先走了。"

言罢，他起身就要走。

帐内。

樊长玉把这段时日里积攒下来的情绪通过这场大哭发泄完后，直起身子，揩了揩眼，道："我好像听见长宁的声音了。"

谢征早就听见帐外的动静了，从帐门口收回冰冷的视线，道："她就在外边。方才没来得及同你说她在军中，你去火头营时，我便托人把她带过来了。"

樊长玉一愣，来不及多问什么，赶紧掀开帐帘往外看去，果不其然，瞧见了两手托腮，乖乖蹲在不远处的地上望着这边的长宁，还有做贼心虚刚迈出几步的公孙鄞。

樊长玉惊喜地道："宁娘！"

长宁看见樊长玉，一双眼也瞬间变得亮晶晶的，奔过去一头撞进她的怀里，两手死死地抱着樊长玉的腰，齉声齉气地唤她："阿姐……"

这两个字一喊出来，她的大眼睛里蓄起的泪珠子就止不住了，"吧嗒吧嗒"直往下掉。

樊长玉问她"你怎么会在这里？"，眼睛却不由自主地瞥向了几步开外鬼鬼祟祟欲走的公孙鄞。

都被瞧见了，公孙鄞也不好再装作若无其事地离开，收回迈出一半的脚，扇面一摇，又是那副羽扇纶巾的倜傥模样："这女童误落敌手，被救后暂收容于军中，听闻是言小兄弟的妻妹，特带了过来。"

樊长玉连忙道谢，又蹲下帮长宁擦泪，看着她消瘦了不少的脸颊，心疼地道："对不起，阿姐没能早些找到你，让你受苦了。"

长宁摇头，趴在她的肩头哭得打了个嗝儿。

樊长玉抱着长宁，邀公孙鄞暂且进帐坐坐，公孙鄞暗忖，谢征都知道自己在外边了，现在走也不合适，便借口探病，一道跟进去了。

进帐后，长宁看到半躺在军床上，胸前缠着带血纱布的谢征，唤了声："姐夫。"继而抹着眼泪对樊长玉道："姐夫为了救宁娘，被坏蛋打伤了。"

樊长玉侧头看向谢征，显然有些迷糊了："你是为了救宁娘受的伤？"

谢征尚未做好在此时告知樊长玉一切的准备，唇角微抿，不知如何答话。

一向巧舌如簧的公孙鄞也清楚这个谎话不好编，正有些头疼，就听长宁抽噎着道："宁娘被坏蛋当成大官的女儿抓走，坏蛋还把宁娘放到马背上去杀人，黑漆漆的，好大的雨，雷声也大，宁娘很怕，后来听见姐夫的声音了，就叫'姐夫'，姐夫来救宁娘时，坏蛋把宁娘往天上扔，姐夫为了接住宁娘，被坏蛋捅了好大一个血口子……"

她说起这些，显然还后怕得厉害，小脸发白，手也紧紧地攥着樊长玉的衣物，像是找到了什么倚靠，以此来抵抗那一夜带给她的恐惧。

樊长玉原本猜测是随元青劫走了长宁，大抵是为了私底下找自己寻仇，却没想到长宁经历了这么多，光是听着长宁说这些，她就恨不能把长宁口中那坏蛋大卸八块。

她心疼地拍着妹妹的脊背，安抚道："宁娘不怕，都过去了。"

她心中却有些奇怪：长宁怎会被误当成某个大官的女儿？

长宁看到樊长玉，心里就踏实了，想起自己被带走时，俞宝儿为了保护她，攥着她的衣服不肯放手，被仆妇们拖拽时，他手上好几个指甲生生被掀翻了，又没忍住，红了眼眶："宝儿也在那里，阿姐，可以救宝儿和他娘吗？"

樊长玉困惑地道："你是说俞掌柜和宝儿？"

长宁点头。

樊长玉问："俞掌柜和宝儿不是去江南了吗？你在哪里见到的他们？"

长宁抽噎着答："宝儿和他娘也跟宁娘一样，被那群坏蛋关在了那里。"

公孙鄞并不知俞浅浅母子是何人，面上有疑惑之色，谢征却清楚长宁被劫走那些时日是在随元青的手上，眸色微深。

那位女掌柜同长信王府有关系？

樊长玉没心眼儿，迷茫地道："莫非俞掌柜和宝儿也被误当成了什么大官的家眷？"

她看向公孙鄞："这位大人，敢问我妹妹是怎么被误当成大官的女儿被抓走的？"

公孙鄞看了谢征一眼，打起了太极："清平县遭难后，蓟州府那边暂时安置灾民的客栈是官府驿站，一向只接纳到访的朝廷官员，想来是反贼那边情报有误，才错劫走了令妹。"

这个回复听起来是说得通的，但樊长玉想到家中那张不见了的画，心中还是觉得有些怪异。

公孙鄞适时道："军中都是些粗人，不擅照料孩子，在下给樊姑娘在隔壁安排了住处，樊姑娘可先带着幼妹过去安置。"

樊长玉刚找到妹妹，自是有许多话想问，看了一眼躺在床上的谢征，道："那你先好好休息，我带宁娘下去梳洗梳洗。"

长宁退烧后，就一直被放在公孙鄞那边。山上条件艰苦，亲兵们又是一群莽汉，谁也不擅长照顾孩子，只知道每顿尽量哄着长宁吃饭。洗脸什么的，长宁还能自己来，至于扎头发，她头顶的鬏鬏已经彻底成了个鸡窝了。

樊长玉一走，谢征便对公孙鄞道："用海东青给燕州传信，让他们查一查被困于长信王府上的俞姓母子。"

公孙鄞不解地道："那俞姓母子有来头？"

谢征道："我初见那孩子时，便觉得他和当今龙椅上那位有几分像。"

公孙鄞一惊，随即拧眉道："你怀疑那是龙种？"

当今龙椅上那位，是先帝最小的儿子，登基时才八岁，生母乃一低贱宫婢，无任何外戚势力。

皇位能落到他的头上，只是因为魏严选中了他当那个傀儡皇帝，但如今傀儡幼帝也长大了，又有帝师李太傅一党扶持，难免生了扳倒魏严，收回皇权，重振朝纲的心思。

不过明眼人都瞧得出，就算皇帝借李太傅的势力扳倒了魏严，李党在朝中，无非也是成为下一个魏党罢了。

这大胤的皇权，早就被门阀世家架空了，虽然推行了科举，但寒门在朝堂上所占的位置实在是太少了。

再者，龙椅上那位，实在是没有一国之君的样子，在权臣跟前懦弱，在宫人面前又暴躁易怒，难当大任。

谢征道："那赵姓商贾言是为当年死在东宫的皇孙做事，我之前在清平县发现他有一处宅院，就置在那俞姓女掌柜家附近。若皇孙真有其人，通过那俞姓母子，兴许能查出些什么。"

公孙鄞当即道："我这就去传信。"

若那俞姓母子是皇孙的人，被困于长信王府，指不定也是长信王抓她们去威胁皇孙的。

他都快走出大帐门口了，却又回过头看着谢征："九衡，若皇孙当真还活着，你……是要拥立承德太子的血脉吗？"

龙椅上那位在得知谢征和魏严反目后，便想下嫁一位公主拉拢谢征，只是谢征如今仍在西北，京城那边才不好大张旗鼓罢了，但帝王心思，自古难猜。

龙椅上那位虽早就暗示过谢征，扳倒魏严后，魏严的位置就是他的，可真到了那时候，谢征会不会是他下一个想除掉的人，谁又说得准呢？

更何况皇帝身边早有李太傅稳坐一把手的位置。

论起名正言顺，承德太子的血脉在如今的皇室中比谁都更有资格坐那把龙椅。

退一万步讲，仅凭当年的锦州之战，谢征和皇孙都有共同的敌人，就更适合结盟。

帐内沉默了许久，才传来谢征冷淡的嗓音："你看皇帝待魏严如何？"

只一句话，便让公孙鄞意识到了关键所在——

魏严一手扶持了龙椅上那位，虽是想让他当傀儡皇帝，但曾经，魏严也的确是龙椅上那位最大的靠山。

谢征若拥立皇孙，立下的从龙之功不亚于当年魏严对龙椅上那位的恩情，可他本身就已兵权在握，皇孙若登大宝，还能赏他什么？

封赏不了了，猜忌和戒备便会与日俱增。

公孙鄞设身处地地替谢征想了一番，忽而拧眉道："我算是发现了，你如今的境遇，不管坐上龙椅的是谁，成事前都会铆足劲儿拉拢你，可一旦尘埃落定，你又是第一批要被鸟尽弓藏的。"

谢征没作声。

公孙郢丧气地往回走了几步，坐到了谢征的对面，破罐子破摔道："你就给我个准话吧，你到底是怎么想的？你要是没给自己想好后路，我先给自己找个下家得了，省得到时候被你连累。"

暮色深沉，谢征看着帐内跳动的灯火，道："西北一乱，民间十室九空，好儿郎埋骨黄沙。如今的大胤还没到要重整河山的地步，同北族人打也就罢了，为了一己私欲跟自己人开战……"

他冷"哧"一声："对不住那些便是死也该死在关外的将士。"

这话显然是极看不上长信王的行径。

公孙郢挑眉："你想当个纯臣？"

谢征漫不经心地一抬眸："你不觉得，我这样的，该叫权臣吗？"

公孙郢一噎，随即道："权不权臣的，你还是先想想怎么解眼下之围吧！"

谢征问："今日带上山的粮草够吃多久？"

公孙郢道："往饱腹了吃，够半个月；混着野菜煮粥，能撑一个月。"

谢征思忖片刻后道："随元青还在我们手上，山上地形复杂，长信王围而不攻，无非是想把我们困死在山上。他们要是也没了粮草，就耗不下去了。"

公孙郢一惊："你想打长信王粮草的主意？"

第十五章
军 营

樊长玉带着长宁去了公孙鄞拨给她们姐妹二人的营帐后，便先打水回来给长宁梳洗了一番。

她一边给长宁扎小鬏鬏，一边问："宁娘还记得是怎么被抓走的吗？"

长宁掰着手指头仔细回想："阿姐把我们藏在地窖里，后来赵大娘带着宁娘逃，路上遇到了官兵，走了很远的路，把我们送去了一个客栈，赵大娘说那里是蓟州城，咱们安全了。"

樊长玉听出长宁口中的客栈就是蓟州官府那边暂时安置她们的驿站，忙问："后来呢？"

长宁想到自己在驿站被带走的事，还是有些后怕，眼眶又红了一圈："后来客栈突然起火了，有坏蛋砍了赵大娘一刀，把宁娘绑起来，堵住嘴，关进箱子里带走了……"

说到此处，她没忍住哭出声："阿姐，赵大娘流了好多血，赵大娘是不是也死了？"

樊长玉轻拍着她的后背哄道："赵大娘没事，赵大娘现在还在蓟州呢，你回去就能见到她了。"

长宁这才止住了哭声。

樊长玉问她："宁娘被那些歹人装进箱子里，用马车带出城的吗？"

长宁点头，又说："宁娘被放出来时，到处都是山，他们扔掉了箱子和马车，骑马带宁娘走，到了一个很大的宅子，把宁娘关进一个黑乎乎的屋子里，好几天后才有一个很凶的嬷嬷带宁娘出去了，那个嬷嬷让宁娘陪宝儿玩。"

　　樊长玉有些不解："宝儿不是跟你一样被关起来了吗？"

　　长宁想了想，说："是被关起来了，但是那些很凶的嬷嬷、丫鬟又都在哄宝儿玩，她们叫宝儿'小少爷'，不过宝儿不搭理她们。宝儿说，有个坏人把他娘关起来了，他只有听话，才能再见到他娘。"

　　樊长玉越听越迷糊：长宁所说的这类关起来，听起来倒像是幽禁。而且那些下人叫宝儿"小少爷"，难不成俞浅浅的夫婿是那府上的人？

　　樊长玉再不聪明，也知道这事跟反贼沾边了，只怕不简单。

　　长宁倒是仰起头问樊长玉："阿姐，等姐夫伤好了，我们一起去把宝儿和俞婶婶救出来好不好？"

　　樊长玉说："等下山了，阿姐就去崇州打探消息。"

　　长宁这才又高兴起来。

　　樊长玉注意到她的脖子上用红线拴着什么东西，问："这是什么？"

　　长宁把东西掏出来，是个十分精巧的小猪玉坠，她说："离开前，宝儿给我的，他上次给我的那个放在家里了。他说我给他的草编蝈蝈他一直都带着，他重新给我这个小猪坠子，让我也一直戴着。"

　　之前宝儿给的那块玉坠块头有些大，造型又是一把玉锁，俞宝儿平日里挂在衣服外边没什么，长宁挂在衣服外边就显得有些不伦不类。

　　为免惹人眼红，也怕长宁跟巷子里的孩子玩时不小心把玉锁磕碰坏了，樊长玉就让长宁把玉锁放在了家中。

　　她捏起这小猪玉坠仔细看了看，哪怕不懂玉，也能明显感觉到这玉坠的质地比之前那玉锁的质地温润，想来价值不菲，玉坠底部还刻了个"宝"字，像是专门定做的。

　　樊长玉猜测这是俞浅浅从前给俞宝儿准备的什么礼物，至于为何雕刻成小猪造型，看俞宝儿年岁和长宁相仿，大概俞宝儿也是属猪的？

　　她觉得这小猪玉坠对俞宝儿来说，可能比上次那块玉坠还重要些。

　　两个孩子他乡遇故知，大概也把对方当唯一的玩伴了。

　　樊长玉帮长宁把玉坠塞进她的衣领里，说："那你就好生戴着，莫要弄丢了。等救出宝儿和她娘，你再把这玉坠还给宝儿，这份礼物太贵重了，宝儿还小，咱们不能收，知道吗？"

长宁点头："像上次一样，俞婶婶同意了送的，宁娘就可以收，对吗？"

樊长玉笑着摸摸她的头："对。"

长宁这些天都没怎么睡过一个好觉，这一晚待在樊长玉的身边，没说多久话就直打哈欠。

樊长玉哄睡了长宁，想着白天见到言正时，他身上一些血迹都还没擦洗，便打了一盆水去他的帐中。

他一贯是个爱干净的人，若不是伤成这样，肯定忍不了身上那些药草残汁和血渍的味道。

樊长玉过去时，谢征帐内果然还亮着灯。

她不知在她走后，这边军帐有没有转来新的伤兵，在门口喊了声："言正，你睡了吗？"

"还未。"里边传来一道低沉的嗓音。

樊长玉便端着水盆进去了，这一掀开帐帘，才发现谢征赤着上身，正往腰间一圈一圈地缠着纱布，旁边的桌上放了两个倒空了的金创药瓶。

他额前流着冷汗，大概是忍痛让他的心情有些糟糕，往门口看来时，神色有些冷淡，看清是樊长玉，眼神才和缓些："你怎么过来了？"

樊长玉说："我来给你送盆擦身的水。"

她注意到他换下来的纱布又被鲜血染红了一大片，想到之前的那个拥抱，面露愧色："是之前挤压到了伤口吗？"

谢征已打好了纱布的结，披上衣袍，说："不是。"

他虽否认了，樊长玉却还是觉得心虚，想到他是为救长宁才受的伤，更为愧疚，看他有把袍子系带都系上的架势，便道："你先别穿，我帮你擦擦吧。"

谢征的眉头下意识地皱起："你帮我？"

樊长玉只是觉得这种事也不是第一次做了，她刚捡到他那会儿，都直接按着他上药呢，没什么好避讳的，便大方地点头道："你伤口不能沾水，后背你自己又擦不到，你要是觉得难为情，我去外边找个小兄弟来帮你也成。"

谢征已经重新解开了系带，说："你来就是。"

墨色的衣袍敞开，在烛火下拖曳出深色的影子，结实而匀称的肌肤色泽如暖玉，从他的肩头斜缠至肋下的纱布衬着他冷淡的眉眼，让人觉得他脆弱却又强硬。

樊长玉拧了帕子，先一点点给他擦脸。

谢征坐在床头，似乎没料到她会先擦脸，微愣了一瞬。

樊长玉动作放得很轻，极有耐心地帮他擦净脸上的血渍和脏污，笑着说："我捡到你那会儿，你比现在脏多了，一张脸被血糊得看不出原样。"

谢征没说话，只静静地看着樊长玉的一举一动。

她五官是生得极好的，在烛火下，整个人都像覆上了一层柔光，谢征只是看着她，便觉得心中所有的焦躁都平息了下来。

擦完脸，樊长玉重新拧了帕子擦他的上半身，帕子在快擦到缠着纱布的地方顿住，她抬手，隔着纱布轻轻摸了摸那道横贯整个胸口的伤疤，低声道："一定很疼吧？"

谢征依然只答："不疼。"

樊长玉便不说话了，片刻后抬起头来时，眼眶带着淡淡的红色。

谢征抬手帮她把一缕碎发别到耳后，看了她一会儿，忽而垂首在她的眼皮上落下一吻。

这一吻轻得让樊长玉感觉像是被羽毛拂过一样。

她不太适应地眨了一下眼，怔怔地看着谢征，对于这突如其来的亲密，明显很不习惯，但也并不排斥。

她发呆的时候，眼神澄澈又无辜，还带着一点儿很好欺负的老实。

谢征的嗓音在寂静的军帐内显得有些沉："一直看着我做什么？"

樊长玉沉默了片刻，语出惊人："你亲我？"

帐帘没掩严实，山风从外边灌进来，烛火摇曳，二人投下的影子也被扯得凌乱起来。

谢征看着她，轻轻"嗯"了一声，眸色却深得令人心惊。

接下来又是长久的沉默。

直到樊长玉突然直起身子，嘴唇飞快地在他的额头上碰了一下，说："扯平了。"

然后她端起水盆就离开了大帐。

谢征望着她的背影，久久没能回过神来。

他明明更过分地吻过她，这一刻感受到还残留在额前的那一点儿温软，却无论如何也挡不住心底的愉悦，嘴角都浅浅地翘了起来。

樊长玉回去后一宿没睡好，跟言正认识这么久以来，她都是把言正当作家人、朋友一样看待，所以他上次突然轻薄了她，她才那般生气，不仅是因为他的无礼，还因为自己一直信赖他，他却辜负了这份信任。

不过经历了这么多事后，当时那点儿怒气早就消失干净了，她只希望自己珍视的每一个人都好好的。

知道他在山上生死不明，她下意识地想找到他。

至于找到后怎么办，她想的是像从前一样生活，家里多他一张嘴，她又不是养不起。

可今天晚上的事突然让她有些混乱了，他又亲了她，但她并不生气，只是较劲儿地往他的额头上来了一口！

樊长玉烦躁地在床上翻了个身，发现卷走了长宁身上的被子，又赶紧翻回去，把被子重新给长宁盖好。

一直到四更天，她总算浅浅入眠。

天亮后，樊长玉顶着个熊猫眼起床，给长宁梳洗后，去火头营帮伤兵们领吃的时，听火头营那边抱怨这两天没打到什么野味，没法儿给伤兵营开小灶了。

樊长玉记着军医说的谢征的身体得好好进补，不吃肉怎么补？

她打算用过早饭就跟负责打猎的将士们一起去林子深处转转，看能不能猎到什么好东西。

给谢征送药和送早饭，因为昨晚的事，她怕见面了更尴尬，便都交给其他将士去做了。

公孙鄞一大早去找谢征汇报公事，发现他脾气不是一般的臭，旁敲侧击一番打听，得知樊长玉一早上都没去谢征那里，公孙鄞心中很是奇怪，便转悠着去找樊长玉。

樊长玉已经准备好东西要进山了，正打算先把长宁送到谢征那儿去，让他帮忙看着，公孙鄞一过来，她就托公孙鄞把长宁带过去。

公孙鄞得知樊长玉要进山打猎，很是意外，怕她一个姑娘家有什么闪失，暗中多派了两个亲卫跟去。

领着长宁去找谢征时，发现她头顶那两个歪七扭八的鬏鬏丑得实在是扎眼，他没忍住问："小丫头，你阿姐今早没给你梳头吗？"

长宁摸了摸自己的鬏鬏，说："梳了呀，还重新扎了鬏鬏呢！"

公孙鄄："……"

这是怎么做到梳头了比没梳还丑的？

他忍了一路，最终还是没忍住，把长宁头上的鬏鬏拆掉重扎。

面对其他亲兵困惑的目光，跟谢征最久的亲兵小声解释道："公孙先生就是见不得不规整的东西，像那小孩儿头发扎得一高一低的，能让公孙先生难受一整天。"

一场春雨后，山上的草木越发葱郁。

将士们近日时常四处打猎，对附近的树林已很是熟悉，挖了陷阱，也做了一些捕兽器，不过大概是接连多日都在附近狩猎，连着去了好几处事先布置好的陷阱，都没什么收获。

这一路走来，樊长玉甚至连兔子都没看见一只。

带队的小将道："要想猎到好东西，只怕得散开往林子更深处去找。"

他沉吟片刻，把跟来的百来人按每十人分一小队，小部分留在之前狩猎过的林子里继续找猎物，其余人则跟着他去更深处的山脉。

樊长玉和公孙鄄暗中派来的那两个亲兵被分到了一组，一起在外围打猎，明显是得了授意，怕樊长玉跟着去林子深处遇到什么危险。

樊长玉倒是提出过跟要去老林里的兵卒换，但那小将一句"军令"下来，她知道这是在军中，自己还是一副蓟州小卒的扮相，便也不好再坚持。

一行人在林子里兜兜转转走了一圈，只猎到几只野鸡，掏了鸡窝，倒是捡了不少野鸡蛋，一名小卒把衣服脱下来才把野鸡蛋全兜着走了。

樊长玉有过跟她父亲进山打猎的经验，一路上目光都在警惕地巡视周遭，雨后的山地土壤湿软，很容易留下痕迹。

她注意到往深处，林子和灌木交接处有什么大型动物爬坡扒拉地上松针叶的痕迹，对小队的人道："这像是野猪的足迹，跟着这足迹走，指不定能找到猪窝。"

亲兵一看得进密林，有些为难："可是樊姑娘，杨校尉命我等在外围狩猎待命……"

樊长玉想了想，说："要不这样，你们在外边等我，我一个人进去看看，我并非你们军中人，杨校尉的军令自然管不到我，这样一来，就不算违反军令了。"

两个亲兵暗暗叫苦，心说：杨校尉让他们不跟去密林，就是怕樊长玉有什么闪失，他们要是让樊长玉一个人进林子里，那才是嫌命长了。

其中一名亲兵道："那樊姑娘你等在外边，我们找几个弟兄进去找找野猪窝就是。"

军中的斥候心细如发，跟着痕迹找，不会出什么漏子。

他们这百般阻挠的行为让樊长玉感觉自己跟来像是拖后腿一样，她看着那名亲兵，道："我跟着我爹去山里打猎过多次，有经验，你们也不必因为我是女子就百般顾忌。我要是会添麻烦，就不会跟你们一起来了。"

其实樊长玉心中已经有点儿后悔了，觉得这些人婆婆妈妈的，早知道她就自己行动了。

两名亲兵无法辩驳，这一路上也发现了樊长玉并非娇弱女子，走了这么远的路，她甚至连呼吸都不带喘的，显然是个练家子，一番迟疑后，二人跟樊长玉一起进了密林。

古木参天，又是清晨，林间带着些雨后的雾气，两名亲兵不断喊话让后边的人跟紧些。

樊长玉沿着痕迹走一段路，就会用杀猪刀在路边的树干上砍一刀做个标记。

注意到一棵松树上的爪痕时，她忽而顿住脚步，半蹲下去看那痕迹，皱眉道："好像不是野猪……"

她的话音刚落，前方就传来一声石破天惊的巨吼。

一头壮硕的黑熊立在不远处，嘴里叼着半个带血的不知什么鸟儿的翅膀看着他们，眼睛里带着杀气，明显是在护食。

亲兵和小卒们心头发毛，一名亲兵拽着樊长玉的袖子就往后退："樊姑娘快走，是黑熊！"

樊长玉有跟着她爹套野猪、野牛的经验，黑熊却还没猎过。

亲兵们心慌不已，她皱眉却只是在盘算要不要猎。杀这头黑熊得费不少力气，她没吃过熊肉，不知道这东西杀了是不是浑身都可以吃，不然只拿熊掌也太不划算了。

被带着往后退时，她纠结了片刻，扭头同两个亲兵道："要不还是杀了吧，好不容易才找到的猎物。"

亲兵和小卒们都傻眼了，呆呆地看着樊长玉，一时间竟猜不透她是被吓傻了，还是纯粹的无知者无畏。

猛兽之中，素来以熊、虎最为难猎，他们仅十人，所带兵器又不过是些刀剑和普通弓箭，连大弩和长矛都没有，谈何猎熊？

大抵是他们撤走的动作刺激到了黑熊，黑熊突然一甩头，扔开嘴里那半个翅膀，直直地朝他们扑了过来。

众人皆惊，赶紧四散逃窜，让黑熊不便追捕。

一个灵巧些的直接如猕猴一般蹿上了树，黑熊直接以身撞树，撞得碗口粗的大树倒伏下来，攀在树上的小卒也惊叫一声，砸向地面。

为免那小卒命丧熊掌之下，樊长玉明知黑熊四肢灵巧，不便用捆猪索套，却还是摘下腰间的长绳，朝黑熊的脖颈儿套去。

她一脚蹬着一棵参天古木，两手将绳索在手心各挽了一圈，使出吃奶的劲儿往后一拽。

黑熊被套住脖子，一掌没来得及拍下，就被绳索上传来的巨力拽得整个熊身往后一仰，砸在地上，发出"砰"的一声巨响。

惊慌失措的小卒们见状，无不大吃一惊，未料到樊长玉竟有如此神力，回过神来后，纷纷上前去帮忙拖拽绳索。

两名亲兵实战经验更丰富，赶紧拿起武器朝黑熊扎去。

黑熊大掌左右拍打，两名亲卫不敢近身，没能伤其胸腹，只在背部扎了两道血口子，但黑熊皮糙肉厚，这点儿伤要不了它的性命，反而惹得黑熊狂性大发，利爪直接抓断了绳索。

樊长玉和铆足了劲儿拽绳索的小卒们都摔了个跟头。

没了勒喉的绳索牵制，黑熊狂躁地进攻起两名亲兵。两名亲兵明显不能硬扛黑熊，全靠敏捷在熊掌下苟延残喘，却仍冲着樊长玉这边喊话："快带樊姑娘走！"

樊长玉哪能就这么弃他们而走，直接抢起厚重的砍骨刀就向着黑熊掷去。砍骨刀扎入了黑熊的后背，却因进得不够深，没能要它的命。

不过这一举动把黑熊的注意力全都吸引了过来，黑熊转头冲着樊长玉咆哮一声，随即扑向了她。

樊长玉让小卒们四散跑，自己则引着黑熊向竹林那边退去，其间用杀猪刀在黑熊的胸口划了一刀，可惜刺得并不深。

黑熊在吃痛之下，一路狂躁地拍倒周边的灌木。樊长玉退到竹林边上后，便提刀砍下一根粗竹，几下削出一个尖锐的矛尖，不退反进，抱着竹矛直接冲向了黑熊。

竹矛占据了长度上的优势，隔着一丈远的距离，又有助跑的惯性，沿着她之前划出的伤口刺穿了黑熊的心脏，黑熊痛苦地狂啸一声，一爪挥断了竹矛。

樊长玉一脚踏在一旁的竹子上借力跃起，再次将杀猪刀狠狠地送进了黑熊胸口的伤口处。腥臭的血溅了樊长玉一身，她的脸上也被溅到了不少，她却连眼都没眨一下，凶狠得仿佛当真是一头和黑熊殊死搏斗的豹子。

黑熊轰然倒地后，樊长玉才抖了抖杀猪刀上的血迹，近乎自言自语地嘀咕道："猎熊果然更费劲儿些。"

早些年，她爹为了补贴家用，上山打猎时也猎过熊，不过那时候她还不知道猎熊是这么凶险的事。

亲兵和小卒们此时才赶了过来，看着死在地上的黑熊和衣襟上被溅到不少血的樊长玉，一个个下意识地咽了咽口水，神色震惊中又带了几分茫然，只觉得跟做梦似的。

眼前这看起来和善又乖巧的姑娘，竟然独自猎了一头熊？

这个消息传回军中只怕没人会信，这究竟是个什么怪胎？

两个亲兵之前跟着谢征去清平县，见过樊长玉在船上单手扔人，表情尚可控，只是突然不约而同地对视了一眼：今后这姑娘要是跟他们侯爷动起手来，也不知谁输谁赢？

樊长玉用衣袖抹了一把脸上的血迹，眼中的杀气退去，又成了那副老实单纯的样子，问他们："是只砍熊掌回去，还是把整头熊都带回去？"

几个小卒都没什么主意，还是一个亲兵道："山上的粮草本就不甚充足，一起带回去得了。"

大家一致同意，很快砍了竹子和藤条，绑成一个简易拖车，把死掉的黑熊放了上去。

小卒和亲兵们轮换着拉，回去的路上倒也没再让樊长玉出什么力。

只是拉着重物，返程的速度难免变慢，路上遇到猎了头野猪回来的小将，对方得知樊长玉猎了头黑熊，亦差点儿惊掉下巴。

一行人带着喜悦又复杂的心情往回走，刚出林子，就听到山下求援的角声。

那名小将道："坏了！反贼在攻山！"

他很快点了十几人继续把猎物带回去，剩下的人跟他去上山的要道支援。

不出意料地，樊长玉还是被安排继续运送猎物。她本来也不想跟去山下的，奈何她鼻子灵，闻到了烤肉香。

她问亲兵和小卒们："你们闻到什么香味了没？"

许久未曾吃过一顿真正饱饭的兵卒们皆咽了咽口水，在山上吃了多日的清粥菜羹，他们现在一想到咸味，嘴里都能分泌出唾液来，更何况是这么浓郁的肉香。

亲兵找了一名小跑着上山报信的兵卒问话后，答道："反贼一边攻山，一边在山下炙烤肉食，劝我等投诚，以此扰乱我军军心。"

樊长玉觉得这招太损了，也不知陶老头儿和燕、蓟两州的援军在山下能不能想出什么办法。

亲兵看出樊长玉在担心，道："燕州儿郎都是有骨气的，莫说山上如今还有存粮，便是只剩草根树皮，也不会被反贼这等低劣的手段劝降！"

这里正是营地和山林的交界处，视野开阔，往山下看去，甚至能数清山脚下盘踞的反贼的帐篷数量。

樊长玉只觉得崇州军的帐篷比山上的帐篷多出两倍不止，皱眉道："反贼人多，路都被他们封死了。"

亲兵却说："姑娘莫要只看反贼的营帐排布，反贼撤走了一半兵力，本该减少营帐，但反贼并未拔营，一来是怕我们从山上夜袭，多布置些营帐以混淆视听；二来是向新兵示威，让咱们的新兵以为山下人马众多，从而怯战。"

樊长玉在来的路上听陶老头儿说过一些关于打仗的话，不过那时候没有具体的参照物，她听得一知半解的，此时听到燕州军中一个小卒都懂这么多，不由得赞道："你知道得真多！"

亲兵自知一时多言，怕坏事，忙道："在军营里久了，多多少少都知道些。"

樊长玉好奇地问："那你们怎么分辨他们具体的人数？"

亲兵答："看炊烟。帐篷数量可以作假，生火做饭的炊烟却作不得假，只要知道有多少口灶，一估，人数就出来了。"

樊长玉便看了看山下冒浓烟的地方，又看看山后只有寥寥几道炊烟的地方，拔出了自己的杀猪刀，睁着一双老实巴交的杏眸，很诚恳地提议："那边人少，要不我们去那边偷袭？"

远处烽火连天，山上的中军帐内却还是一片沉寂。

公孙鄞快步走进帐中，言语间难掩激动："你让山脚下的将士们刮树皮、挖草根，营造山上粮草告罄的假象，反贼果真中计了，以为我们断粮多日，故意杀猪宰羊，大肆烤肉，以此乱我军心！"

谢征身上的伤并不轻，脸色仍有些发白。他松松垮垮地套着一件外袍，靠坐在床头，里边缠绕在肩头的白色布带隐约可见。他用指尖捏着一张山地的舆图，清隽的眉眼间带着几分慵懒，抬眸问："信给山下的援军送去了？"

公孙鄞道："昨日便让海东青送去了。"

谢征丢开手上的舆图，道："弄出点儿动静，拖住反贼的兵力，以便山下的援军烧粮草。"

他似想起身，但一动之下，胸口处的伤便刺痛得厉害，谢征好看的眉眼间似染上霜雪，问："随元青近日如何？"

公孙鄞说："一直风吹雨淋的，一天一碗稀粥吊着他的性命，昨日他似乎还发热了，我瞧着死不了，便没让军医去看。"

冷风一下一下吹拂着帐帘，淡薄的天光倾斜进来，落在谢征的脸上，他冷冷地一扯唇角："押随元青去阵前，反贼烤肉，你们也烤便是。"

公孙鄞听出他这番话是何意，摇头失笑："这火烤在随元青的身上，怕是得烧到长信王的心上了。有他这么个饵在，不愁反贼不上钩。"

这是一出调虎离山之计，让反贼误以为他们缺粮，前来诱降，又把随元青这个砝码推出去，拖住反贼的大部分兵力，留在山下接应的燕、蓟两州援军就能趁机直捣黄龙，火烧反贼的粮草。

一旦反贼也没了粮草，任反贼屯于山上山下的兵马有多少，再耗个一两日，便该攻守易形了。

公孙鄞离开大帐，正要带随元青去阵前，一名亲兵忽而飞奔回来，哭丧着脸道："公孙先生，大事不好了！樊姑娘往后山偷袭敌营去了！"

公孙鄞脸色骤变，赶紧回望了一眼大帐的方向，确定距离够远，谢征应该没听见，才喝问道："她不是打猎去了吗？怎么又去了敌营？"

亲兵道："咱们在打猎回来的路上听到了山脚告急的角声，樊姑娘一听后山守卫薄弱，就杀过去了。"

公孙鄞来回踱了几步，很快给出应对之法："侯爷重伤未愈，此事先莫要让侯爷知晓，你赶紧带一百轻骑追去，务必保那姑娘周全。"

亲兵半点儿不敢耽搁，得了命令便去点兵。

公孙鄞则有些头疼地"喃喃"道："在这紧要关头，可千万别出什么岔子……"

后山。

樊长玉和剩下的那名亲卫连带八名小卒趴在灌木掩映的土包上，头戴一顶用树枝和藤条编成的简易帽子。

樊长玉盯着那条延伸向山脚的羊肠小道有一会儿了，没忍住困惑，开口："这边都没守军的吗？"

亲卫答："都隐蔽在山林间。"

樊长玉"哦"了一声，正寻思着他们去敌营那边，是不是还得这边山口的守卫同意才行，就见一队巡逻的友军从蜿蜒的山道上走来了，他们兵服上带着新鲜的血迹，一边走一边四处张望，手中的弓上还架着箭，瞧着有些怪异。

樊长玉盯着山路半天，也没看清他们是从哪儿冒出来的，她小声问一旁的亲卫："这是换岗？"

亲卫似乎也觉得有些奇怪，用手掩在唇边发出几声尖锐的鸟叫声，霎时间，乱箭如飞蝗一般朝着这边的灌木丛飞了过来。

亲卫脸色大变，想拉着樊长玉找掩护，樊长玉动作却更快，就地一滚，躲到了一棵大树后边。

也有小卒惊慌失措之下想站起来跑，被射成个刺猬的。

樊长玉看着不久前还一起狩猎的人转眼间就倒在了地上，身上"汩汩"地流出鲜血，眼睛至死都没合上，她的唇角不由得抿紧，心中十分不是滋味，豹子一样的目光投向了射箭的那些人。

她便是再迟钝，也看出这拨人有问题。

他们身上那些带血的兵服，八成是从燕州军的身上扒下来的。

一拨乱箭之后，那群人持着刀剑往这边探来，似想确定他们都死了没。

躲在樊长玉对面一棵树后的亲卫用嘴型示意樊长玉一会儿逮着机会就逃，樊长玉抿着唇，没做回应。

在扮成燕州军的反贼距他们还有数步之遥时，亲卫大喝一声杀了出去，没死的小卒握着刀把的两只手都还在打战，却跟着大喝了一声壮胆，举刀冲了出去。

樊长玉瞧见其中一个看着只是个半大少年的也要跟着往外冲，一把提溜住他的衣领，少年踢着两腿挣扎道："你是个姑娘家，且逃命去！燕州儿郎死也要拉一个垫背的！"

樊长玉瞥他一眼，说："你回去报信。"

她瞅准了方位大力一扔，少年直接被她扔出去老远。

几名反贼发现了她，提刀往这边走来，樊长玉见状，拔出自己的放血刀和砍骨刀，刀锋互相用力一擦，发出刺耳的金属摩擦声，也不避，反而两手各拎一把刀，向着反贼直冲了过去。

亲卫功夫过硬，逼退围杀他的反贼后，担心樊长玉，回头看了一眼，就见樊长玉一刀劈倒一个反贼，虽避开了要害，被她劈过的反贼却半天没能爬起来。

她一个人，手拎两把杀猪刀，跟个小旋风似的在人堆里打转，原本是反贼追杀他们，现在却隐隐有了她追着反贼打的架势。

亲卫看得目瞪口呆，心中不住地感慨：他们侯爷喜欢的，果真不是一般的姑娘！

被樊长玉扔出人堆的少年也看傻了眼，回神后，赶紧一骨碌爬起来，赶回去报信：反贼做了两手准备，在前边大张旗鼓骂阵，在后山偷偷摸摸搞突袭！

那少年跑出没多远，就跟另一名回去报信的亲兵遇上了，看到他带人来，几乎喜极而泣，指着身后道："快！快！反贼假扮成咱们的人上山来了！"

亲兵想到公孙鄞的交代，忙带着一百轻骑赶去帮忙。

有了援军，假扮燕州军上山的反贼很快被制服。

斥候去后山的各处据点探查后，回来心情沉重地摇头道："咱们的人都被乱箭射死了。"

跟樊长玉并肩作战的那名亲兵，气得对着被绑起来的反贼兵头子左右开弓，揍了两拳。

兵头子被打得吐出一口血沫，大笑道："弟兄们上山来，好歹拉了这么多个垫背的，值了！"

亲兵又照着他的鼻骨狠揍了一拳。

一番审问后，燕州军很快问出他们是如何上山的。

这伙人换上从战场上的燕州死卒身上扒下来的燕州兵服，假称是潜伏在山下的那支援军，骗得山上的守军放松警惕，靠近后便以乱箭射杀。

他们此番上山的目的，便是趁着前边大乱，救回随元青。

两名亲兵都提议把这伙反贼带回军营去，交与武安侯和军师定夺。

樊长玉又看了一眼山下冒炊烟的地方，说："他们都上山来了，山下应该没人了吧？"

前去搬救兵的亲兵生怕樊长玉还没死心，道："樊姑娘，反贼兵马众多，在山下的兵力部署复杂，不宜……"

"你等会儿。"

樊长玉突然打断他的话，拎着一名被绑起来的小卒就走远了。

她把那小卒扔到一棵树后，指着山下问："你们山下还有多少人？都藏在哪儿？"

小卒傲气地道："老子不是那等贪生怕死之辈……"

他的话音未落，狠劲儿十足的一拳就砸在了他的鼻骨上。

小卒惨叫一声，鼻孔下方很快流出两管鼻血。

樊长玉虎着脸继续问："说不说？"

"这个山口只余一千人马，守在山下等着接应。"

樊长玉把人拖了回去。被俘的小卒们只听到被打之人的惨叫声，没听到具体的谈话，见被带回去的那名小卒被鼻血糊了满脸，一时间都心有戚戚。

樊长玉又拎了另一名小卒过去问同样的话。

这法子还是她从前听王捕头说的，王捕头说县衙里审犯人，怕犯人串口供，就会分开来审，这样就很容易辨出是真话还是谎话了。

她问了三四个，得到的都是这样的答案后，才对两名亲兵道："这个山口只剩一千人，都守在山脚下。"

两名亲兵对视一眼，其中一人道："樊姑娘且稍等片刻，容我再回去带些人马。"

那名亲兵继续回去搬援兵后，樊长玉和先前一起作战的那名亲兵带着百十来名谢征一手训练出的轻骑摸下了山，暗中观察守在山下的那一千反贼的动向。

山路陡峭，骑兵们都没骑马，但能成为骑兵，身体素质本就比步兵更为强悍，以一敌二不在话下，这也是亲兵放心樊长玉下山来的原因。

他们原本是要等那名亲兵再搬点儿人马来后再动手的，可远处疾驰来一匹骏马，马背上的斥候似乎同那反贼小头目说了什么，守在山脚下的一千反贼忽而"哗啦啦"地掉头跟着那名斥候走了。

樊长玉问："他们怎么走了？"

亲兵也不知是何缘由，只道："兴许是前山出了什么变故。"

打架摇人这个现象樊长玉还是知道的，她当即就道："那咱们得想办法把这拨人拖住，不然前山那边打不过怎么办？"

亲兵尚有些犹豫，樊长玉已经目标很明确地朝着反贼扎在这处山口的军帐跑去了。

亲兵怕樊长玉有什么闪失，只得跟着去，其余兵卒也一窝蜂地冲了出去。

樊长玉冲进反贼的军帐里，啥也没要，只翻箱倒柜地找盐。

等找到反贼囤粮食和盐的地方后，樊长玉扛起两袋盐就跑。

其余将士见状，跟着扛粮食。

反贼刚走远，就瞧见山上的燕州军下来抢粮了，赶紧又撤回来想围剿樊长玉他们。

这只是反贼的一个小屯兵点，囤的粮食并不多，跟来的百十来名燕州军将士，人手一袋都没到。

亲兵跟在谢征身边征战多年，一见反贼掉头，就让大家伙儿赶紧跑，还放火烧了那些空帐篷。

亲兵怕樊长玉扛着两袋盐跑得吃力，又拿过一袋自己扛着。

樊长玉就跟土匪下山似的，一只手上一空，想到长宁和言正晚上睡觉都没个被褥搭在身上，又把人家挂在帐篷里的披风扯了两件。

路过反贼做饭的地方，瞧见有个专程用来馋山上燕州军的烤全羊还架在火堆上，把披风往盐袋子上一搭，又腾出手扯起挂烤全羊的横木。

追回来的反贼看她左手扛一袋盐，右手举着烤全羊还跑得飞快，一时间看得目瞪口呆。

骑在马背上的反贼小头目拉弓就要朝樊长玉放箭。

追上来的斥候大喝道:"将军,山下那支燕州军和蓟州军要烧粮仓,将军莫要延误了战机!"

小头目大骂一声:"山上的燕贼都下山来抢老子的粮食了,把老子的大营都烧了,你看不见?"

那一箭放出去,距离太远,加上亲兵喊了一声"小心",樊长玉直接拿扛在肩上的那袋盐做盾,成功拦下了那支箭。

气急败坏的反贼们好不容易快追上扛着粮食跑的樊长玉一行人了,前去搬救兵的那名亲兵又带着山上的燕州军赶来了。

山上的燕州军以乱箭将反贼逼停在射程之外,最终,那一千崇州军只能气急败坏地看着樊长玉等人扛着粮食和盐上了山。

樊长玉一口气爬到半山腰,才发现远处燃起了浓烟。

她喘着气问:"反贼要烧那边的山?"

亲兵看清那浓烟升起的方位,却大喜过望,直接把一袋盐放在地上,瘫坐下来,笑道:"连日大雨,山上草木湿透,反贼烧不了山,是咱们的人烧了反贼的粮草!"

樊长玉带他们去抢粮,误打误撞拖延了山下那一千人马的行动,无形中帮了去烧粮草的友军一把。

他看向樊长玉,眼中有了敬佩之色:"樊姑娘此番也算立了大功!"

纸终究是没包住火,公孙鄞突然拨了大批人马去后山,让谢征警觉起来,他问:"后山出事了?"

公孙鄞神色一僵,道:"有反贼假扮成咱们的人偷偷上山,不过已全部落网,派人过去只是增防。"

谢征眯了眯眸子:"她打猎还没回来?"

公孙鄞心知瞒不下去了,叹了声,如实道:"樊姑娘在后山。"

谢征目光骤冷,喝道:"胡闹!既然知道那边凶险,还让她留在那边干什么?"

他强撑着就要起身,公孙鄞忙上前按住他:"我已命谢七和小五跟过去了,也派了一百轻骑过去,很快就能带樊姑娘回来……"

谢征沉着脸,正要拂开他的手,一名亲兵却在此时风风火火地进帐来,难掩激动地道:"侯爷,樊姑娘回来了!"

谢征神色稍缓,公孙鄞也松了一口气,片刻后,瞧见一手抱着红绒披风、一手拎着烤全羊进帐来的樊长玉时，二人突然齐齐陷入了沉默。

带着崇州徽记的披风，哪儿来的？

樊长玉回到营地，其他战利品自有管理军需的小将去清点，她便先拿着御寒的披风和烤羊肉来找言正。

一进帐发现公孙鄞也在，她还很是奇怪，道："公孙先生又来探望伤兵了啊？"

她听营地里的其他将士都叫这俊美儒雅的男子"公孙先生"，料想他应该跟陶老头儿一样，是个谋士之类的官，便跟着这样叫了。

公孙鄞干巴巴地答了声"是"。

樊长玉道："正好我带了只烤全羊回来，一会儿可以一起吃羊肉。"

她说完，径直朝谢征走去。今日出去走这一遭，收获颇丰的喜悦早把昨夜那点儿不自在盖过去了，把披风抖开，盖在谢征身上时，她笑眯眯地说："给你找了件夜里御寒的衣物。"

没瞧见长宁，她拿着剩下的一件披风困惑地问道："宁娘呢？"

谢征看着那披风上再明显不过的崇州徽记，好看的眉头皱起，正想问哪儿来的，因为樊长玉的问话，只得先答道："她困了，我托人带她回去歇着了。"

公孙鄞看着樊长玉手上的烤全羊，不太确定地道："樊姑娘这是猎回来一头羊，已经烤好了？"

樊长玉睁着一双老实巴交的大眼说："从山下反贼的手里抢来的。"

公孙鄞险些被自己的口水呛到，谢征面色则陡然难看了起来，视线锁着樊长玉，语气不太好地道："你下山去了？"

樊长玉点头："对啊。"

谢征沉声喝道："胡闹，山下多危险！"

樊长玉知道谢征是担心自己涉险，听他语气不善，倒也没生气，只道："我是想去看看我能不能帮上什么忙。反贼的人都聚在山前，那后山肯定人少嘛，咱们山上不缺吃的，但缺盐啊，下去抢点儿盐回来也好。"

谢征长眉紧锁，知道樊长玉当真下了山还同反贼交过手，整颗心都是提起来的，眼下她人虽好好地站在自己面前，他心中却难免后怕，语气也越发严厉："后山地势陡峭，不利于行军，反贼不到万不得已，不会选择从后山攻上来。今日大军是想火烧反贼粮草，贸然下山抢粮，万一打草惊蛇了，会影响大计。你不在军中，不受军规约束，若是闯下大祸，不知要填进去多少将士的性命，今后切不可再鲁莽行事。"

樊长玉听他说这些重话，脸上的笑容慢慢收了起来，她盯着谢征一会儿后，放下烤全羊，一言不发地出去了。

公孙鄞看着重新合上的帐帘，回头看了谢征一眼，道："人家平安归来了，你还训什么话？你还真把她当你手底下的兵将了？"

谢征沉沉地闭上眼，道："战场不是儿戏。"

公孙鄞叹了一声，心知他这是关心则乱。

那头谢征已沉声吩咐："把谢七和谢五叫来。"

谢七和谢五便是公孙鄞派去保护樊长玉的那两名亲卫，都是跟着谢征在战场上历练了多年的。

不出片刻，还在同军需官交接抢回来的军粮的谢七和谢五便全赶过来了。

二人脸上原本还有些喜色，瞧见谢征面沉如霜，这才意识到问题所在，赶紧收敛了神色，跪下垂首道："属下知罪。"

谢征一想到樊长玉方才负气离开的背影，心口就堵得慌，加上伤口一动就抽疼，让他的心情越发不佳，抬眼时，黑长的眼睫扫出的弧度也带了几分凌厉，他近乎气笑道："知罪？知罪你们还跟着她胡闹？让你们护她周全，你们护着她去了反贼窝？视军规为何物？"

谢五是跟樊长玉留在后山并肩作战的那名亲卫。他唇角动了动，道："侯爷息怒，属下等跟着樊……夫人去后山，本是想让夫人在山上看看就好，怕劝不住夫人，才禀了公孙先生，哪知正巧碰上反贼假扮成咱们的人偷摸上山。属下本想护着夫人突围，不承想夫人竟是个女中豪杰，杀敌甚勇，将上山的反贼尽数拿下后，又审了几名反贼的小卒，摸清山下的兵力布防后，才想着以牙还牙，杀他们一个措手不及，替山上那些惨死的弟兄报仇。奈何谢七回去搬的援军还未至，山下那拨反贼便有回撤之势，夫人担心前山出了什么变故，为了拖住后山的反贼，才贸然去抢了反贼的营帐。"

他顿了顿，继续道："夫人带着我们抢了粗盐五袋、粮食六十二袋，无一人伤亡。属下失职，甘愿受罚，恳请侯爷莫要怪罪夫人。"

谢征听到这些细节，一时未再出言，浓黑的长睫垂在眼睑上，盖住了眼中所有的情绪。

公孙鄞见状道："樊姑娘见机行事，并非鲁莽，下山之举，也是功大于过，侯爷关心则乱，不知情便罢了，既知晓了其中的原委，莫要寒了樊姑娘的心才是。"

谢征半合着眼，这才出声："下去。"

话明显是对两名亲卫说的。

两名亲卫退出去后，公孙鄞看着谢征，道："随元青虽被反贼救走，但挂着他这个饵在前山吊着长信王的重兵，燕、蓟两州的援军才能成功火烧粮草。没了粮草，反贼撑不了多少时日，樊姑娘误打误撞也算帮你完成了这个大计。人已经被你凶走了，自个儿想想怎么哄吧。"

谢征薄唇轻抿，并未出言，但眉宇间明显多了几分自厌的情绪。

公孙鄞摇摇头，出了大帐，想着还是当个和事佬去帮谢征劝劝，跟附近站岗的哨兵打听了樊长玉的去向，得知樊长玉往火头营去了，便慢悠悠地跟了过去。

到了地方，他才发现整个火头营热火朝天的，一群军汉围成一圈起哄，不知在看什么。

公孙鄞走近了一瞧，发现是樊长玉在杀猪。

打猎带回来的那头野猪，是将士们五花大绑抬回来的，没直接给刺死。

连下了多日的阴雨，今天可算出了日头，阳光并不耀眼，洒落下来，在人群里挽着袖子杀猪的樊长玉，仿佛连头发丝都覆盖着一层朦胧的金光。

公孙鄞正觉得樊长玉这一刻的神情沉静又美好，下一刻就见她手起刀落，被捆得结结实实的野猪嚎叫一声，脖颈儿处顿时血如泉涌。

公孙鄞脸色白了白，赶紧别开眼，暗道：这姑娘大概也只有谢征才消受得起。

围观的军士们连声叫好。

"樊姑娘这杀猪的手法好！一刀毙命！"

"瞧瞧这一大盆猪血，咱今天又能给将士们多做一道菜了！"

樊长玉收了刀，听着这些夸赞，觉得是对自己杀猪技术的肯定，也启唇笑了笑。

一抬头瞧见公孙鄞站在人堆里，像是专程来找自己的，她跟伙夫长说了几句，便挤开人堆朝这边走来，问："先生是来找我的？"

公孙鄞不好表现得太过明显，干咳一声，道："来火头营看看，正巧碰上你在杀猪。"

他说到这里，顿了顿，才道出此行的真正目的："你夫婿那些话，你莫要放在心上，他就是个刀子嘴豆腐心，怕你下山去遇上什么意外。战场上凶险万分，你看他那一身伤，便知每场仗都是拿命去搏的，你此番平安归来也就罢了，你要是有个什么好歹，他伤成那样，想去救你都心有余而力不足。"

樊长玉找了个石墩儿坐下，说："我没生他的气，我就是听他说了那些，才发觉自己好像好心办了坏事。就像先生说的，这次侥幸全身而退罢了，要是没能回来，还会害死其他将士，那可就真成个罪人了。那些将士家中也有妻儿老母在盼着他们回去啊，我光是想想，便觉得心沉得慌。"

樊长玉能说出这样一番话来，实在是让公孙鄞意外，他道："樊姑娘虽为女流，心性却不输男儿，樊姑娘所言，正是为将之道。"

见樊长玉似乎有些困惑，他解释道："为将者，所做的每一个决定都关系着底下兵将的生死，但没有哪一场仗是不流一滴血、不死一个人就能打完的，为将者制定的战术，也只能拿少部分人的死，去换大部分人的生。胜败更是兵家常事，若是一场仗败了，主将就动摇甚至退缩了，此生怕是再难有什么建树了。"

樊长玉突然觉得那些当将军的不仅武艺厉害，心性更是令人敬佩。

她看着公孙鄞，道："多谢先生开导我。"

公孙鄞想着以谢征那副臭脾气，大概是拉不下脸来哄人的，道："是你那夫婿怕你恼他，托我过来看看。"

樊长玉捡了根小棍儿戳着地面，闷闷地说："没恼他，他受了那么重的伤，肯定深知战场的凶险，怕我闯祸害死其他人，才跟我说这些。我……挺羞愧的。"

公孙鄞诧异地一扬眉，如实道："他就是怕你出事。"

戳着地面的动作微顿，樊长玉还是低垂着脑袋不说话。

公孙鄞一时间也不知这姑娘在想什么，道："话已经给樊姑娘带到了，我还有些琐事，便先告辞了。"

他正要走，却听到火头营那边的人大着嗓门儿议论道："可惜了，在这山上猎到这么一头黑熊，放山下，作料齐全，老子能做出一道全熊宴来！"

公孙鄞脚下打了个转，往那边去，问："猎了一头熊？"

听到他的声音，火头营的军士们朝他看来，见他一袭白衣，有玉树临风之貌，便猜到了他的身份，忙给他让出一条路来，纷纷唤道："军师。"

公孙郾见那头黑熊体形硕大，没个猛将带头只怕难以拿下，赞道："今日大挫崇州反贼，这熊可真是个好彩头，哪位将军猎到的？"

边上的火头军兴奋地道："樊姑娘猎到的！"

公孙郾蒙了。

艳阳高照，公孙郾看着几步开外的樊长玉，突然觉得可能是自己的耳朵出了问题。

他难以置信般再问了一遍："谁猎的？"

火头营的众人笑呵呵地道："就是樊姑娘啊！"

公孙郾看看壮硕如小山的黑熊，又看看细胳膊细腿的樊长玉，显然很难想象樊长玉是怎么猎杀这头黑熊的。

先前听樊长玉下了山，偷袭了敌营，还抢回了诸多粮食，在公孙郾的认知里，大概也就是樊长玉跟着谢五他们涉险了一趟，出谋划策，指引谢五他们去抢东西。

杀猪因为有之前从赵木匠那里打听来的消息做心理铺垫，方才宰的那头野猪又有不少火头营小卒按着，他只觉得樊长玉不同于一般女子。

眼下突然被告知樊长玉猎了一头熊，公孙郾对自己过往的认知生出了一丝迷茫。他问："樊姑娘怎么猎的？"

现场有一名小卒是上午跟着樊长玉一起去打猎的，当即兴奋地抢着答道："咱们在林子里发现了大型猛兽的足迹，本以为是头野猪来着，跟着那足迹走，想去找猪窝，哪料到竟然摸熊窝里去了！这熊有多大，大伙儿也瞧见了，当时那嘴里还叼着一只禽鸟呢，咬得血肉模糊的，一双凶性未退的黑眼珠子直勾勾盯着咱们，愣是把我吓出一身冷汗来！"

这小卒是个口才了得的，描述起遇到这黑熊时的情景，那叫一个绘声绘色，听得围作一团的火头营众人跟着倒吸一口凉气，心一颤，紧张得不行。

公孙郾也不动声色搓了搓手臂上浮起来的鸡皮疙瘩。

那小卒继续道："咱们哪见过那阵仗，手上拿的也只是些刀剑和寻常弓箭，打起来怕是连熊皮都刺不穿，就赶紧四散跑开。那黑熊一见咱们跑，凶性一发就追了上来，一个弟兄躲无可躲，爬上了树，那黑熊力气大得啊，撞了两下碗口粗的树就直接倒了。咱去打猎的弟兄几个都以为树上那个弟兄必死无疑，不承想，樊姑娘把腰间的绳索解下来，飞快地打了个绳套，一甩过去就套住了黑熊的脖子！"

众人也跟那被捏住了脖子的鸡似的，大气儿不敢喘一下。

小卒还模仿起樊长玉当时的动作："樊姑娘一只脚蹬在一棵大树上，两手拽着那绳索死命往后一拉，嘿呀！那黑熊直接被樊姑娘拽了个仰面朝天！"

火头营的兵卒们爆发出一阵惊叹声。

"那得多大的手劲儿？"

有刚围过来听这故事的，没现场见过那场景，质疑道："真的假的？谁能有那么大力气？何况还是个姑娘家。"

小卒喝道："咱们打猎的那几个人亲眼所见，还能有假不成？"

边上的人帮腔道："樊姑娘可不是一般的姑娘家！我今日跟着樊姑娘去抢反贼的营帐，你是没瞧见，那百八十斤的盐袋子，樊姑娘往肩上一撂就是两袋！还能腾出手去拿披风，顺带把反贼在山下烤的羊也给拿走了！"

有人见过一小卒扛着盐袋子、举着烤全羊跑的英姿，却不知那就是樊长玉，一时间，围作一团的军士们惊叹不已，各种赞扬声不绝于耳。

当初跟樊长玉一起运送粮食上山的蓟州军道："扛百十来斤盐算什么？之前蓟州上游修大坝，要采挖土石，三百多斤的一筐石头，樊姑娘从山上一直背到了大坝边上！当晚那消息就在咱们营地里传遍了，负责采挖土石的那校尉还赏了樊姑娘一只烤鸡！"

众人的惊叹声更大了，公孙鄞握着扇子没说话，但表情明显已呆滞。

樊长玉接受着众人的注目礼，颇有些不习惯，想说什么，又感觉这场合说什么都不合适，只能一脸老实巴交地任众人打量。

方才说话的蓟州军感觉宣扬樊长玉的事迹也是给蓟州长面子，继续道："水淹卢城反贼那一仗，看起来借了天时地利，必胜无疑，可里边也凶险着呢！咱们集中了数万人在巫河上游修大坝，稍不注意就会被反贼的斥候察觉动向，只能日日死盯着反贼斥候，发现一个截杀一个。可大战前夕，反贼派出一支骑兵突袭了咱们营地，掩护斥候跑了！那消息一旦传回反贼军中可不得了啊，水淹反贼这一计就失败了！当时有三名斥候跑了，也是樊姑娘一介女流，在雨夜里只身横翻巫岭，截杀了那三名斥候！"

这项军功无论在哪儿，都算不得小。

一时间，围在火头营里的兵卒们，看樊长玉的目光里全是敬意。

樊长玉瞅着这些神色激动地望着自己的人，只能诚恳又老实地点头致意，内心其实无比茫然。

那说樊长玉猎熊的小卒显然也被樊长玉的功绩震惊到了，磕磕巴巴地说完了后半段："这黑熊……后来被樊姑娘削了根竹矛刺穿了心肺……又被她用方才杀猪的那刀补了一刀……就死透了。"

樊长玉在跟着公孙鄞离开火头营时，就感觉玉树兰芝的公孙先生好像变成了个糟老头子——他背负着双手，走几步又回头看自己一眼，好像认知遭到了什么冲击一般。

在他不知第几次回头看来时，樊长玉终于忍不住开口："公孙先生，您没事吧？"

公孙鄞麻木地摇头："我没事。"

樊长玉皱着眉，很诚恳地道："您瞧着似乎不太好。"

公孙鄞说："是有点儿。"

他看怪物一样看着樊长玉，像是十分不解："所以你下个山，你那夫婿在担心个什么劲儿？"

在知道樊长玉的事迹之前，谢征的担心，他是能理解的。

听说了这些事情之后，他不理解了！

樊长玉动了动唇角，道："他……"

公孙鄞抬手止住了她要说的话，明显还没从一连串的震惊中回过神来，道："樊姑娘，我想先一个人静一会儿。"

樊长玉"哦"了一声，走出老远又回头看了一眼坐在矮坡上发呆怀疑人生的公孙鄞，颇为苦恼地挠了挠头。

她好像给公孙先生带去了不小的困扰？

樊长玉溜溜达达地回了暂住的地方。之前谢征说了一堆教训她的话，她虽然明白谢征说得很有道理，可不知为何，心里还是有些闷闷的，至少眼下是不想再去他那里了，便去看长宁。

午憩的长宁已经醒了，谢五送了分好的烤羊排过来，长宁坐在帐门口的小马扎上，一手拿着根羊排啃着，不过啃得很不专心，两只黑葡萄似的大眼睛只顾盯着谢五，听他讲自家阿姐今日的战绩。

樊长玉隔老远就看到了长宁，因着营地里的人都穿着兵服，谢五又是背对着她的，一时间她也没认出谢五来，只唤了声："宁娘。"

长宁一听见樊长玉的声音，就两眼晶亮地望了过来，兴奋地道："阿姐回来了！"

谢五也面带笑意打了招呼："樊姑娘。"

樊姑娘点头："是小五兄弟啊，你怎么过来了？"

樊长玉今日才跟谢五和谢七熟络了几分，但并不知道他们的姓氏，只知道他们一个唤小五，一个唤阿七，似是兄弟。

谢五道："那只羊，弟兄们重新烤热了，拆了几根羊排，让我给樊姑娘送来，要不是樊姑娘，弟兄们今日可没这口福。"

樊长玉道了谢，谢五便借口还有事，先走了。

樊长玉在他离去后，才摸了摸长宁的头，笑问："跟方才那大哥哥说了什么？高兴成这样。"

长宁拿着羊排都没忍住手舞足蹈："他说阿姐可厉害了！一人就杀死了一头大黑熊！阿姐还杀去坏人那里了，抢了坏人的粮食和烤羊！"

她仰起头，黑亮的大眼睛里满是憧憬："要是能告诉宝儿这些就好了，他说起关他的那个坏人，牙齿就发抖，告诉他，他应该就没那么怕了，阿姐会去救他和俞婶婶的！"

樊长玉也有些担心俞浅浅的处境，宽慰长宁道："嗯，等下山了，咱们就去救人。"

长宁高兴得又啃了一口羊排，边跟着樊长玉往屋子里走，边说："等把宝儿和婶婶救出来了，以后他们继续开酒楼，阿姐盖猪棚，开猪肉铺子，宁娘也跟着阿姐学杀猪，挣好多好多银子！"

樊长玉被小孩子的愿景逗得啼笑皆非，莞尔道："好啊。"

长宁掰着手指头数了数，发现不对劲儿，苦恼地道："那姐夫做什么？"

樊长玉因为这句无忌的童言微微失神了一瞬，长宁却已想到了自认为最好的安排，高兴地道："姐夫去乡下的猪棚养猪！"

门外，去而复返的谢五突然狂咳起来。

樊长玉掀开帐帘一看，见谢五如芒在背地立在门口，困惑道："小五兄弟还有事？"

谢五想到自己回去复命时，说樊长玉也回来了，只是没去他那边，谢征那个冷得能杀人的眼神，赶紧道："言兄弟伤势颇重，身边又没个人照应，刚刚我帮军医去送药，才得知他躺了一天，想喝口水，都没人帮忙烧一壶……"

他有点儿编不下去了，尴尬得就此打住了话头。

樊长玉心说，前不久公孙先生不是才去那边探望过伤员吗？但转念一想，公孙先生毕竟是当官的，言正只是个小卒，怎敢劳烦公孙先生给他端茶送水？

她是见过言正那伤的，一时间心头颇有些不是滋味，道："多谢小兄弟，我一会儿就过去。"

谢五这才心虚地离开了。

长宁也眼巴巴地看着樊长玉："阿姐，姐夫想喝水都没人给他倒吗？姐夫好可怜。"

樊长玉寻思着今日又打了一场恶仗，伤兵帐那边肯定会添伤员的，自己带长宁过去不方便，便交代她："你乖乖待在帐篷里，不要乱跑，阿姐过去看看。"

长宁点头："宁娘很乖的，宁娘哪儿也不去。"

樊长玉这才动身去谢征那边。果真如谢五所言，这边冷清得不得了，别说庆功的人不见一个，就是新的伤兵也没安置过来。

掀帘进去时，樊长玉就见谢征靠坐在床头，面色苍白，合着眼，似在假寐，帐帘被掀开后倾泻而入的天光恰好落在他鸦羽一般毛茸茸的黑睫上，莫名其妙地显出一股孩童般的脆弱来。

大概是感觉到光源，几乎是在樊长玉掀开帐帘的瞬间，谢征便掀开眼皮看了过来，面上那一丝孩童似的脆弱荡然无存，目光冷锐且阴郁，看清来者是樊长玉，他才微微怔住，片刻后垂下眼道："我以为，你不想见我了。"

樊长玉抿着唇，没回话，进了大帐后，径直去拎起桌上的茶壶，入手后发现果然是空的。

她脚下转了个方向，拎着茶壶，就要出去，忽听得身后传来一声："等等。"

樊长玉回过头，看向半张脸都隐匿在光影中的谢征。

背光的缘故，她看不清他这一刻面上是何神情，只能听出他的嗓音比素日低沉了许多："先前对你说了重话，抱歉。"

他骄傲了半生，难得有主动低头的时候。

樊长玉还是没说话，直接掀开帐帘出去了。

谢征望着还在轻晃的帐帘，唇角逐渐抿紧。

片刻后，樊长玉又拎着水壶回来了，壶嘴冒着热气，明显是刚灌进热水。

她没理会谢征脸上那一瞬间的错愕，拿起桌上的木杯，倒了一杯水递过去："喝吗？"

谢征接过杯子，刚烧开的水滚烫，他没把杯子往唇边送，捏在手中，说了句迟来的道谢："多谢你寻来的披风。"

樊长玉看了一眼他搭在身前的那件红绒披风，仍不接话，只问："身上的药换过了吗？"

谢征的大半张脸都陷在杯口升腾的热气里，长睫如扇，他迟疑片刻，摇了摇头，面上泛着冷冷的白，恍若一轮挂在霜林里的寒月，凄清又冷淡，眉眼间镌刻着一份厌世的疏离，一副要在这里自生自灭的样子。

樊长玉觉得这大概就是生了一副好皮囊的好处，见他这般，她心中竟莫名其妙地有些不忍。

她以为是伤员太多了，军医无暇顾及他，一言不发地起身去找军医拿药。

今日一场大战后，山上的确又添了不少伤员，随军的几名军医都在营地里四处奔走，给谢征看诊的那名军医本是要按点去给他换药的，被谢征一句"先去看其他将士"给撵走了。

军医们都知道谢征的脾性，他身上的药又是昨晚才换过的，那名军医便没再坚持，此刻见樊长玉找过来，心里反而大松一口气，赶紧把今日要换的草药和要煎服的药都拿给了樊长玉。

拿着几包药回去后，樊长玉看着靠坐在床头的谢征，硬邦邦地道："脱衣服。"

谢征看着她手中的药，没多问，顺从地脱下了身上那件单衣。

比起樊长玉刚捡到他那会儿，他眼下明显结实了许多，腰腹肌肉形状明显，块块分明，只是那一道道或深或浅的疤同样扎眼。

樊长玉板着脸给他拆从肩头斜缠至肋下的纱布，动作却尽量放轻了。

最里层的纱布被草药汁和鲜血染了色，气味也不太好闻，看到那比起之前稍好了些，却仍狰狞的伤口时，樊长玉心中五味杂陈，别开了眼。

她拿着草药就要往上敷，却被人握住了手，手背传来的温热触感让她头皮一炸，整条手臂的血仿佛都在逆流，她不由得皱眉朝谢征看去。

对方眼中似乎有许多情绪，却又全都看不分明，他只平和地道："伤口瘆人了些，我自己来。"

樊长玉听到这话，唇角下压，手上微微使劲儿，把草药给他敷了上去。谢征看了一眼自己被挣脱的手，垂着眼，不知在想些什么。

敷好药，樊长玉在拿干净的纱布一圈一圈给他缠住伤口时，才闷闷地说了句："我不是怕你那道伤口。"

谢征因为樊长玉这句话微微失神，来不及说什么，便听樊长玉又道了句："把你左肩的头发拨开。"

他因卧床多日，束起的发早乱了，不少碎发垂落下来，要将纱布缠过肩头，得将他散落下来的乱发拂开，樊长玉腾不出手。

谢征照她说的拂开了，却还是有一些碎发残留。

樊长玉把纱布绕过去，接上之前的话："我是怕你死。"

谢征长睫微抬，寒星似的一双眼里似有些许愣怔之色。

眼前的姑娘低喃着："那么重的伤，差一点儿就扎进脏腑，当时得多疼啊……"

谢征眼睛一眨不眨地盯着她的眉眼，只觉得自己心口像是生了一棵长着倒钩的树，树根每往他心底多生长一寸，就带起一寸酸胀的痛意，伸展的枝丫却又让他感受到一种缠绵的温柔，于是越发野蛮地抽枝展叶。

他说："我不会死。"

他还没娶到她，怎么舍得死？

樊长玉好像天生就不会撒谎，明澈的杏眸看着眼前这个虚弱却俊美凶戾依旧的人，道："是人都会死的。"

谢征笑了笑，说："我知道。"

他真正笑起来的时候，是极其令人惊艳的，樊长玉不知他为什么突然笑，被他的那个笑容晃了一下眼，皱了皱眉，继续给他缠纱布。

谢征问她："不生我的气了？"

樊长玉手上的动作微顿，她道："原本也没生气，我不是军中的人，不懂规矩，你说的那些又没错。"

话是说得冠冕堂皇，不过樊长玉想起自己先前的举动，面上也有点儿挂不住。

她的确是生气了，但不明白自己为什么生气。

她下山抢了盐，解决了山上的头等大事后，顺手拿了两件披风时，心里想的是言正和长宁，满心欢喜地回来，等来的却是一顿劈头盖脸的斥责，她知道言正说得有道理，心中却还是控制不住地难受，有一股类似委屈的情绪。

错了就是错了，有什么好委屈的？

樊长玉觉得自己变得很奇怪，甚至有些不像自己了，才连忙躲了出去。

放在以前，她是不会这么和言正计较的，毕竟言正嫌弃、鄙视她也不是一天两天了。

可现在，她会因为他的话难受。

樊长玉不知道是哪里出了问题，她好像变坏了，知错能改才是对的。

谢征听到她这番话，也微微一愣，随即道："是我之前的话重了些，你去后山，并没有鲁莽行事，相反，还撞破了反贼的诡计，功远大于过。"

樊长玉只是腼腆地笑笑，少了二人从前相处时的亲近随意，多了几分对待外人一般的客气疏离。

给他包扎好后，她退开一步，坐到圆凳上，垂下眼道："晚上会有人过来给你送药，你记得喝。明天我也托小五兄弟过来帮你换药擦身，你好生休养，缺什么就跟小五说。听说你同他原本是一个伍的，熟人也好有个照应。"

谢征终于听出了几分不对劲儿，好看的眉头一皱："什么意思？"

樊长玉随意找了个借口："山上受伤的将士增多了，军医们忙不过来，我去帮忙打下手，抽不出空来这边了，宁娘这两天，我都让她自个儿在帐内，不要去外边。"

一直到樊长玉离开，谢征都没再说一句话。

樊长玉心里也不太好受，一个人跑去僻静的矮坡处坐着发了一会儿呆。

她知道以言正那要强的性子，是拉不下脸让她再去照顾他的，就算误会她可能是嫌弃他一身伤了，也不会多问什么，但她现在心里的确乱糟糟的。樊长玉不知道自己这是怎么了，眼下唯一能想到的办法，就是先离言正远远的。

公孙鄞用了一个下午才接受了谢征看上的姑娘跟他一样是个怪胎的事实，去找谢征商议接下来的战事时，为免撞到枪口上，他先问了一直躲在暗处放哨的谢五，得知樊长玉去看过谢征了，还给换了药，心说：再怎么也该把毛给顺好了。

一进帐，瞧见谢征的脸色，公孙郸却恨不得转身就走。

这副死人脸，哪里是捋顺了毛的，简直是用糨糊逆着把毛抹了一遍！

那视线都冷得能掉冰碴子！

公孙郸轻咳一声，问："听说樊姑娘来过了？"

谢征冰冷阴沉的视线一转向他，公孙郸顿觉今晚穿的衣裳太过单薄了，春寒简直能浸入骨头。

他搓了搓手臂，问："你们又吵架了？不是，我追去火头营给你说了一堆好话，谢九衡，你堂堂八尺男儿，就不能服个软，好好哄一哄人家？"

谢征靠坐在圈椅上，案前还摆着没处理完的公文，神色间满是阴郁和自厌："我道歉了。"

公孙郸道："姑娘家嘛，当然得低声下气去哄，你别臭着一张脸给人家赔不是……"

谢征一看过来，公孙郸就噤了声。

好一会儿，谢征才道："我好好道歉了，她也说不生气，但又说接下来都不会过来了。"

公孙郸几乎是笃定地道："这不明摆着还生气呢？"

看谢征神色间似还有些困惑，公孙郸忍不住道："女人不都这样口是心非吗？她说不生气了，其实就是还在生气！她都说接下来几天不会过来了，你还没听出来吗？"

谢征生平头一回喜欢一个姑娘，也不懂女儿家的心思，问："怎样才能让她消气？"

公孙郸想了想，道："其实樊姑娘生气也不是没理由的。她有一身好武艺，来这里之前，蓟州上游修大坝的事叫反贼斥候探了去，她就有胆量一人在雨夜横翻巫岭去截杀斥候。今晨去打猎，又只身猎了一头熊回来。如此悍勇，便是你麾下的悍将里，也挑不出几个来。听小五所言，樊姑娘决定追击反贼，也是探清了对方的兵力后才做的决定，智勇双全不说，此举立下的也是实打实的战功，你不管不顾，劈头盖脸给人一顿训斥，人家樊姑娘能不生气吗？"

樊长玉之前怕谢征担心，对自己在蓟州的经历都是三言两语带过，谢征并不知她的那些事迹，此刻听说了，再得知她只身猎熊，心中不无惊异，却又越发沉默。

公孙鄭见状，叹了声："樊姑娘非一般女子，我知你那日那些话是关心则乱，出于好意，但今后也切莫把鸿鹄当燕雀。我同樊姑娘接触得虽还不多，却也感觉得到她是个心肠极软的姑娘，为今之计，你不如示弱。"

谢征好看的眉眼间露出一抹疑惑之色："示弱？"

第二日，樊长玉果真如昨日对谢征说的那般，去军医那边帮忙了。

她抢盐杀熊的事，昨夜就已在军中传遍了，一去伤兵帐，就有不少将士主动同她打招呼，发现她是个容貌姣好的姑娘家，越发惊讶。

军医知道樊长玉的身份，连包扎伤员都不敢让樊长玉做，把她打发去煎药。

有伤兵道："可惜樊姑娘不是男儿身，否则以樊姑娘这一身武艺，靠着军功都能挣个将军当当！"

本朝也有过女将军，但都是将门出身，寻常女子，就算有一身好武艺，连军籍都入不了，又何谈上阵杀敌，挣取军功？

一汉子道："也不知将来哪位弟兄有福气，要是能娶到樊姑娘，祖坟何止是冒青烟，那是直接起火了！"

当即有人拐了那汉子一手肘，低声道："瞎说什么呢，樊姑娘已经有夫婿了！"

不知情的忙问："樊姑娘嫁人了？"

谢七说是过来帮忙，主要还是暗中保护樊长玉。他端着一锅刚煎好的药进来，就听见一群人议论樊长玉议论得热火朝天，一下子就替自家侯爷生起气来，道："樊姑娘千里迢迢来这山上，就是为了寻她夫婿的。"

立马有伤兵问："樊姑娘的夫婿是谁？寻到了吗？"

谢七神气地一仰脖，正要答话，却被一名听过些许风声的伤兵抢着答了："寻到了，不过听说快死了，还吊着一口气。"

谢七："……"

众人先是感叹，随即又七嘴八舌地议论起来，甚至还有几个在樊长玉进来时，不动声色地理了理头发，那般切的目光，仿佛都在盼着樊长玉那"还吊着一口气"的夫君别再挣扎了，早些断气。

从伤兵营退出去后，谢七没忍住，赶紧去找谢征打小报告。

另一头，樊长玉刚把军医命人送来的药煎上，谢五就急匆匆地来寻她：“樊姑娘！不好了！你夫婿突然咯血了，你快回去看看吧！”

樊长玉心中一惊，忙问：“怎么咯血了？”

谢五不敢看樊长玉的眼睛，只哭丧着一张脸道：“我也不知道，我去送药，一进去，就发现他咯得身上、被褥上全是血！”

樊长玉心说，这么个咯法儿，那还得了，赶紧叫了之前给谢征看诊的那名军医随自己一道回去看看。

跟她一起煎药的小卒，正是之前被她扔出重围的那个少年。

少年看着樊长玉和军医匆忙离去的背影，感叹道：“樊姐姐的夫婿真要死了啊？”

帐内，谢征看着自己衣襟、披风上的鸡血，皱了皱眉：“血会不会太多了？”

公孙鄞一边指挥谢七把那只刚宰掉的野鸡拿去火头营煲汤，一边道：“你又不是没去伤兵营看过，那些伤兵缺胳膊少腿的都有，哪个不是一身血？樊姑娘在伤兵营帮忙，见得多了，不多弄些，唬不到她怎么办？”

说话间，他眼尖地瞅见披风边上还有一根野鸡挣扎时扑腾下来没收拾干净的绒毛，赶紧给摘了下来。

发现谢征脸色虽苍白，眼下也有淡淡的青黑，却一点儿没高热的样子，他又忍不住道：“昨夜你吹了一宿冷风，又用冷水洗了头发，怎么还是一点儿发烧的迹象都没有？”

谢征：“……”

公孙鄞破罐子破摔道：“罢了，罢了，就这样，演一出苦肉计应当也够了。”

帐外响起谢五的声音：“就在里边！”

公孙鄞赶紧退后，坐到了一旁的凳子上，露出一副悲悯的神色。

樊长玉跟着军医匆匆进帐后，一眼就瞅见了谢征，躺在床上，一副苍白孱弱的模样，衣襟上有一大团鲜血，刺目不已。

她心一紧，连忙上前：“言正！”

谢征双目紧闭，薄唇干裂，脸色苍白如雪，碎发乱糟糟地散落在额前，眼下也一片淡青色，看着憔悴又狼狈。

樊长玉只觉得心脏像是被一双大手攥紧了，披风上那一团暗色的血迹刺得她眼窝泛起丝丝酸意。

不过一晚上罢了，怎么昨日还好好的人，突然就这样了？

残存的理智支撑着她让开一步，转头对军医道："您快给他把脉看看！"

军医也被这阵仗给吓到了，生怕谢征有什么好歹，连忙搭上谢征的手腕去探脉，感知到指下的脉搏跳动时，军医神色里露出些许异样，一抬头，却见对面的公孙郁递了个眼神过来。

军医沉吟一声，赶紧露出一副凝重的表情继续把脉，看得樊长玉一颗心"突突"地跳。

好一阵，军医才收回手，道："樊姑娘，你夫婿这病症凶险得很哪！"

樊长玉忙道："军医，还请您救救他！"

军医捋着山羊须，为难地道："他咯血咯成这样，想来之前的伤还是在肺部积了不少瘀血，必须滋阴润肺，外加失血过多又肝火旺，还得养血止血。我且先开几味药给他服下去，但日后身边最好是时刻有人看着，以免他在昏迷中咯血，呛血而亡。"

樊长玉现在整个人都后怕不已，忙道："我会寸步不离地看着他的。"

军医下去配药了，樊长玉看着躺在一片血色中的谢征，鼻尖也开始泛酸，心中不可避免地自责起来。

言正重伤未愈，自己昨日置什么气，为什么要说以后都不来这边了？

言正要是因此有什么好歹，她可能会内疚一辈子。

公孙郁一见樊长玉的脸色，就知这苦肉计是成了，适时地出声宽慰道："樊姑娘莫要太过担心，言小兄弟定会吉人天相的。"

樊长玉一进帐，所有的注意力就都放在谢征的身上了，此时才发现公孙郁也在，道："公孙先生也过来了？"

公孙郁说起谎话来脸不红心不跳："言小兄弟突然咯血，小五一时慌了神，正巧我在附近巡营，便让他先去寻军医，我替他看着言小兄弟片刻。"

樊长玉代谢征向公孙郁道谢，公孙郁笑道："都是我大胤上阵杀敌的好儿郎，留得性命才能继续护我大胤河山，何必言谢？既然有樊姑娘守在这里，我便不多留了。"

送走公孙郁后，樊长玉搬了个小马扎坐到谢征的床边，闷闷地道："你一定要好好的啊。"

大概是离得太近了，樊长玉闻着那披风上的鲜血味，突然用力吸了吸鼻子。

她经常杀猪，对猪血的味道很敏感，这些日子又过着刀口舐血的生活，对人血的味道也不陌生，这被褥上的血，不仅腥味重，怎么还有一股淡淡的鸡毛味？

她凑近了些，正要仔细闻，"昏迷多时"的谢征忽而长睫轻扇，虚弱地睁开了眸子。

樊长玉瞬间把什么都忘到脑后去了，惊喜地出声："言正，你醒了？"

谢征定定地看了她一会儿，才道："你来了。"

他的嗓音破碎喑哑，像是咯得太厉害，伤到了喉咙。

只这么一句话，又说得樊长玉心头颇不是滋味，她给他掖了掖被角，道："军医说你咯血是内伤，需要好生调理，以后我都守在这里，你安心养伤就是。"

谢征苍白的唇上沾着血，愈显羸弱，他缓缓道："我听说了你在蓟州的事。"

樊长玉不知他说这些是何意，一时没作声，只听他有些吃力地继续说："经历了这么多，你早已不是当初临安镇上那个只知杀猪卖肉的寻常女子，你归来后，我一味指责你，是我不对。"

听他又一次因为昨日说的那些重话道歉，樊长玉越发羞愧，垂下眼闷声道："你教训我的话没错，我和下山的那些将士能全身而退只是运气好，如果不是阿七兄弟及时搬了救兵来，我和那些去抢敌营的将士都得被踏死在反贼的马蹄下。"

她做足了心理准备，终于有勇气抬头直视谢征道："被你教训后莫名其妙地生你的气，是我心胸狭隘，我会改的。"

这一刻，她满心都是愧疚，见谢征唇边仍有不少血迹，就要出门打热水来给他擦洗。

谢征看着她离去的背影，眉头轻拧：怎么扯到心胸狭隘上去了？

等谢五端了煎好的药送来，也是樊长玉接过一勺一勺喂给谢征的。

从反贼营帐里拿回来的那件厚实披风，谢征当作了被褥，眼下沾上了血迹，樊长玉知道他爱干净，就回自个儿住的地方，把她和长宁晚上盖的那件披风拿过来，先给谢征盖着，准备把染了血污的披风和谢征身上那件血衣一起拿去洗掉。

谢五生怕樊长玉在洗这些时发现什么端倪，抢着拿去洗了。

到了晚间，樊长玉要守着谢征，又不放心长宁一个人在帐中，眼瞧着这边军帐里还有多余的军床，就把长宁也接了过来，让长宁跟自己一起在这边睡。

重新铺床时，她困惑地道："几个伤兵营帐里都挤了不少人，怎么这边空着这么多床位，却没送人过来？"

几个军医避着谢征都来不及，又哪里敢把伤兵放到这边军帐来？

山上不管是灯油还是蜡烛都宝贵，一到夜里，所有的军帐里都是燃火盆子照明。

火舌舔舐着夜色，谢征半张脸都被镀上一层暖黄色的火光，清隽的眉眼好似用墨笔勾画，脸部轮廓线条分明，他微侧着头，看着铺床的樊长玉，一本正经地胡说八道："不知，兴许军医们自有安排。"

樊长玉对军营的管理也了解不多，没再深思这个问题。铺好床，让困得直打瞌睡的长宁睡下后，对谢征道："你夜里要喝水或要起夜，就叫我一声。"

谢征听到"起夜"两个字，耳尖烫了一下，错愕地看向樊长玉。

樊长玉接触到他的眼神，脸跟着烫了起来，转过身道："想什么呢？你叫我，我去叫附近巡营的军爷来帮忙。"

为了方便照顾谢征，樊长玉带着长宁睡的那张床就在谢征的边上，中间只隔着三尺不到的距离。

她这些日子太累了，几乎是一沾床板就睡着了。

谢征听着姐妹俩的呼吸声都变得绵长后，才转头朝床侧看去。火盆子里还剩一截断木烧着，微弱的火苗一抖一抖的，火光照在樊长玉的脸上，让那张恬静的面容也多了几分说不出的绮丽。

一股悸动在心底萌芽，来势汹汹，像是万蚁噬咬，谢征盯着樊长玉因为侧躺被压得微微嘟起的唇看了许久，眼中的暗色比夜色更黏稠，但他终究什么也没做，移开视线，转向另一侧，沉沉地闭上了眼。

第二日，这边营帐里就拨来了一批新的伤兵，有的伤了手，有的伤了脚，反正不是完全躺在军床上动不了的，彼此之间都能照应。

樊长玉便揽下了给这些伤兵煎药的活儿，也方便白天在这里照顾谢征。晚上她还是带着长宁在自己的帐篷里睡，谢征便被托付给新来的那些伤兵，请他们帮忙照看一二。

新来的伤兵都很好说话，平日里也不怎么吵，樊长玉觉得跟自己之前照料过的那些伤兵不太一样，但想着千人千面，也没当回事。

殊不知是谢征前一夜听了樊长玉的问话后，让公孙鄞把亲卫队里受伤的人都转移了过来。

一转眼，半个月便过去了。

樊长玉照料伤兵，闲暇时便掏出自己包袱里的几本书研读，正好言正就在身边，有现成的夫子，她不懂的就能直接问他。

谢征见樊长玉捧的是一本《孟子》，问："《论语》学完了？"

樊长玉如实道："学完了。"

当初遇到山匪时，她护着李怀安的那一幕幕涌上心头，谢征狭长的凤目微微挑起，问："自己看书学的？"

樊长玉说："里面的文章精妙，许多地方看了注解还是想不明白，我在蓟州上游修大坝时遇到一位老先生，老先生面冷心善，教我学完的。"

说起陶老头儿，樊长玉面上多了几分敬意："你不知道，那位老人家也是位了得的人物，他后来还成了军中的幕僚，就是上了岁数，膝下没个儿女，他唯一的学生又不管他了，怪可怜的，他跟我一块儿在山上挖石头时，天天骂他那学生呢！"

不是跟李怀安学的，谢征心里舒坦了，听樊长玉说起之前被误当作细作抓去挖石头修大坝的经历，心中又有几分微妙。

计策是他出的，但负责修大坝的人马都是贺敬元那边的，他当时人在燕州，还真不知樊长玉被看押在了那里。

最终，他只对樊长玉方才的话点评了几句："他那学生既不尊师，他如今得势了，教训他那学生就是。"

樊长玉看了谢征一眼，不太高兴地说："陶老先生嘴上虽不饶人，胸襟可宽广着呢。"

听到那老先生姓陶时，谢征翻动书页的动作微顿了一下，他问："他叫什么？"

樊长玉说："不知道，他只说他姓陶。"

天下姓陶之人何其多，谢征想了一下樊长玉说的那老头儿天天骂他那白眼儿狼学生，觉得这跟陶太傅可以说毫无干系了。

老师归隐多年，若是出山，也该来找他才是。

他敛下思绪，道："既对你有恩，将来提拔他一二便是。"

话一说出口，就见樊长玉神色怪异地盯着自己，谢征自知失言，来不及补救，便听樊长玉拧着眉道："陶老先生已经是唐将军麾下的幕僚了，你能提拔他什么？你又不是将军。这话莫要乱说，要是叫陶老先生知道了，多不好。"

谢征一噎，随后道："我说的是将来。"

樊长玉的神色似有些无奈："你就这么确定自己能当将军？"

谢征神色微动，从书卷中抬起眼："我若是当了个比将军还大的官呢？"

樊长玉很困惑："比将军还大的官是什么？"

谢征貌似无意地说："封侯拜相。"

樊长玉也不看书了，问他："伤口还疼吗？"

被无微不至照顾了多日的谢征不知樊长玉突然问这话是何意，斟酌着道："还好，只是稍一运劲儿便刺痛得厉害。"

其实他的伤已经好得差不多了，只要不使猛劲儿，基本上不会太疼。

樊长玉把放凉的药递过去："先喝药吧，养好伤再想封侯拜相的事。"

谢征："……"

又过了两日，谢征的伤还是"没个起色"，被一堆军事和京城那边的折子烦得头痛不已的公孙鄞顶着青黑的两眼杀气腾腾地去探病。

樊长玉有些时日没见到他了，骤然见到两眼青黑、双目无神的公孙鄞，吓了一跳："公孙先生这是怎么了？"

公孙鄞将身上的杀气收了收，勉强挤出个温文尔雅的笑容："琐事缠身，忙了些。"

樊长玉道："公孙先生还是要多注意身体啊。"

公孙鄞笑着应"好"，又问："你夫婿伤势如何了？"

樊长玉想了想，道："军医说他内伤颇重，得慢慢养，他伤口处还是疼。"

公孙鄞维持着脸上的笑容，但怎么看怎么像是咬牙切齿："是吗？我去看看。"

正好樊长玉得去煎药，公孙鄞一进帐，就挥退屋内跟着躺了小半个月，伤口的痂都开始脱落，只能缠着绷带继续装病的那些亲卫，看着脸上盖着一本书午憩的谢征，后槽牙磨得"咯吱"响，一把抓掉那本书，咆哮道："你这伤再好不了，老子就得活活累死在那一堆公文里了！"

当初出谋划策的时候有多卖力，现在公孙鄞就有多后悔。

这厮是真休养去了，自己却累得像那拉磨的驴一样。

不！驴都比他轻松！

他这是作了什么孽啊？挖坑给自己跳！

没了遮挡光线的书卷，刺眼的天光让谢征眉头一皱，他懒散地睁开眸子。大抵是这些日子吃得好，睡得也好，恢复了元气，那张脸实在是俊美逼人，看得公孙鄞眼都红了，恨不能掐着他的脖子索命。

曾几何时，他才是玉树临风、仙气飘飘的那个！谢九衡一躲在这里装病，为免叫樊长玉察觉，从此笔墨都不带动的，顶天了叫同样装病的亲卫前去给他传个话，指使他做事。

公孙鄞现在一闭上眼，就是堆在他案前没批完的那堆公文，简直要了他的命了！

谢征坐起来，并未理会公孙鄞的诉苦，瞥了一眼被他抓皱的书，懒洋洋地一抬眸子，目光似已有几分不悦："拿来。"

公孙鄞见他这般，不由得看了一眼封皮，发现上面写着"孟子"二字，只觉得怪异，道："'四书'你开蒙不久便学了，怎么在山上还带着这书？"

他狐疑地道："这么看重，别是什么不正经的书吧？"

他随手一翻，发现里面逐字逐句做了详细的注解，虽然字体做了改换，但公孙鄞还是一眼认出那是谢征的笔迹。

他来不及多看，书便被谢征劈手夺了回去。

公孙鄞顿时更悲愤了："我学你的笔迹替你批公文，手都快写断了，你闲着没事注解了整整一本《孟子》？"

谢征并未过多解释，只道："我书库里七贤的孤本，回去后自取。"

公孙鄞瞬间不号了，手中折扇一开，顶着熊猫眼，笑眯眯地摇扇奉承道："替侯爷分忧，实乃谋臣本分。"

谢征似乎早就知道他是什么秉性了，对这变脸速度半点儿不意外，吩咐起正事："崇州为唐昭义所带的两万蓟州军围着，送不出粮草来，山下的反贼攻了这么多天的山，粮草耗尽，早已疲敝，是时候一网打尽了。"

山上的燕州军这些天在休养，恢复元气，山下的崇州军却从两日前就开始挖草根、刮树皮了。

粮草被烧后，摆在崇州军眼前的尚有三个选择：一是回崇州，二是剿灭山上的燕州军，三是不战先逃，保存实力。

第一个选择回崇州，有两万蓟州军守在崇州城外，山下的反贼不脱一层皮，根本进不去崇州城，就算杀进了崇州，后面等燕州和蓟州的主力军合围崇州，那也是死路一条。

长信王老谋深算，当日只撤回一半兵马，可能就是预料到会有今日的局面，山下的一半崇州军，就是他给崇州留的生路。

蓟州已经稳固，贺敬元正在调大军往崇州来，崇州若保不住，一线峡山下的崇州军只要杀出去，找一座坚固的城池落脚，便又能东山再起，而统领这支军队的，正是长信王的心腹大将石越。

当日为了火烧崇州军粮草，谢征故意以随元青做饵，拖住了反贼的大部分兵力，最后石越拿人头堆到了山口，虽救回了随元青，却也折损了不少兵力，加上粮草被烧，简直是雪上加霜。

石越以为山上的燕州军没了随元青这个人质，又被困多日，早没有了战意，在得知粮草被烧后，他气急败坏地下令连攻了半个月的山，奈何一线峡地势险要，他生生又赔了不少兵力进去。

游荡在山下的那支燕、蓟两州的援军是骑兵，一直在山林里转悠，神龙见首不见尾，便是同崇州军狭路相逢了，那队骑兵打得过就打，打不过就跑，两条腿的步兵又追不上四条腿的骑兵，让崇州将领们气得牙痒痒。

如今山下崇州军的粮草告罄，山上燕州军的防守却还是跟铁板一样，石越也意识到自己终究是没法儿把武安侯困死在这山上，立下这当世奇功，很快调整了作战计划，在夜里行军，先暗中撤走了一部分兵马。

强攻无果，为今之计，当然还是保存实力为上。

山上一下子陷入了备战的紧张氛围，樊长玉在伤兵营和火头营都听到了关于这一仗的各种议论声。

驻军不断地被调往各处山口，她一出大帐，就能看到军旗在营地各处翻滚，军旗下方涌动的人潮在奔向指定的阵地。

所有伤兵，只要是还拿得动刀的，都要各自归营，谢征自然也要。

樊长玉光是瞧这阵仗，便知这一仗凶险无比，但言正身上的伤一运劲儿就刺痛不已，只怕他连兵刃都拿不了，这上了战场不是送死吗？

她想到言正身上那个被戳出的血窟窿，心中就焦虑难安。

第十六章
败　露

大军开拔前，火头营生火做饭，让将士们饱餐一顿。

樊长玉去帮忙杀猪，还在继续传颂她事迹的火头营老兵同别处调来帮忙的新兵道："樊姑娘可有木兰之勇！"

那新兵是个大字不识的，摸了摸脑袋，问："木兰是谁？"

老兵嫌弃地看了新兵一眼："你连花木兰都不知道？南北时期的大英雄，她爹膝下没个儿子，一把年纪遇上朝廷征兵，她怕她爹死在战场上，就女扮男装，替父从军十一载，立下赫赫战功！"

新兵惊讶地道："一个女儿家，是怎么混在军营里十一年都没人知道的？"

这个问题显然把老兵问住了，老兵不耐烦地道："戏文里都是这么写的，人家就是有那本事，最后还得了皇帝钦封呢！"

说者无意，听者有心。

樊长玉从得知大军要开拔，一颗悬起的心就没放下过，此刻听了那老兵说的花木兰的故事，她擦拭杀猪刀上血迹的动作一顿，心中隐隐浮现一个大胆的想法。

她之前见小五对言正似乎颇为亲近，一问才知他们曾是同一个伍的。她知道言正脾气不好，怕言正得罪的人太多，在战场上没个帮衬，问起他们队伍里的其他人，本想帮言正打理好袍泽关系，怎料言正说其他人都死了，只剩他和小五。

此番全军出动，他和小五还得被分去其他营。

重新编队，一个熟人也没有，他在战场上想有个照应越发艰难。

以言正的伤，此番只怕有去无回，若是她替言正去打这一仗，言正帮她带着长宁跟着火头营的后勤军在后边，兴许还能保住性命。

自己顶替言正上战场，他这不算当逃兵。再者，新营里除了小五，没人认识言正，小五肯定会保密的，自己代他上战场肯定不会被其他人发觉，等自己回来后，同言正换回来就是了。

心中这个念头一起，无论如何也压不下去了。

这一路走来，她失去了太多的亲人朋友，光是想想言正被乱刀砍死在战场上的样子，她的心脏就像是被什么攥紧了。

离开火头营后，樊长玉径直去了伤兵营。

军医不在，那个半大少年在给伤势重，迄今下不得床的伤兵们煎药。

少年叫武三斤，听说她娘是在逃难的时候生下他的，大人在逃荒的路上都瘦骨嶙峋的，又怎会有营养给孩子？他生下来只有三斤，他的爹娘都以为他养不活了，没想到他却好好地长大了，他的爹娘便给他取名叫三斤。

他从军后，因为个头儿小，被分配到了后勤军中。

此刻见了樊长玉，武三斤立马热络地打招呼："长玉姐，你是来找韩军医的吗？韩军医出去了。"

韩军医便是给谢征看诊的那名军医。

樊长玉说："我是来找你的。"

武三斤拿着扇火的棕榈扇，面露疑惑："找我？"

樊长玉做贼心虚，脸上的表情却越发正气凛然，她问："你知道蒙汗药放在哪里吗？"

武三斤这些日子一直在伤兵营打杂儿，对于药品放置的地方再清楚不过，道："知道啊，长玉姐，你拿蒙汗药做什么？"

樊长玉继续一脸正气地道："我想去猎几头野猪，等大军凯旋后接风用，把蒙汗药拌进粗糠里做个陷阱，更容易猎到些。"

武三斤不疑有他，很快去帐内取了一包药粉递给樊长玉："这些够猎十头野猪了。"

樊长玉道了谢，把药粉往怀里一揣便离去了。

大帐内，装病多日的亲卫们都已换上甲胄。

谢五向谢征禀报前线的战况："咱们的先锋部队已截住反贼，只等主力军围过去，不过有斥候来报，反贼昨天夜里便已偷偷撤走了部分兵马，随元青亦在其中。"

谢征眸色骤沉："命陈良点一千精骑前去追击。"

谢五抱拳："属下这就去传令。"

守在门外的谢七忽而道："夫人过来了！"

谢征和屋内一众亲兵面色皆微微一变。

樊长玉捧着一盅汤进帐，就发现里边的伤兵全都穿戴整齐，像是随时准备归营。

他们拘谨地同樊长玉打过招呼后，便拿着各自的东西离去了。

谢五瞄了一眼樊长玉和谢征，也起身，道："我也先回去准备准备。"

帐内只剩樊长玉和谢征二人，樊长玉把手中的汤放到桌上，问他："你的东西准备得如何了？"

谢征好笑地道："上战场除了兵器，还有什么要备的？"

樊长玉拿起他挂在床头的那身残甲，看了一眼甲胄的破败程度，眉心皱起："你的甲衣破成这样怎么穿？我给你补补。"

这身小卒甲衣是之前谢五寻来的——伤兵营里的其他伤兵都把甲衣放在自己的床头挂着，他的床头不放身甲衣，难免叫樊长玉怀疑。

谢征原本还在思索战局，目光不经意落到樊长玉的身上，看着她穿针引线的样子，不自觉便看入了神。

上一次他从军，跟樊长玉连一句正式的道别都没有，此番出征，倒是突然体会到了柔肠百转的滋味。

二人谁都没有说话，樊长玉垂着眉眼专心缝补那件残破的甲衣，一缕碎发垂下，贴着她白皙的侧脸，小巧莹白的耳朵在乌发间若隐若现，这一刻的神情温柔而恬静。

当然，如果看那针脚，就不太温柔也不太恬静了。

可惜谢征没看到，他的目光在樊长玉半隐在乌发下的耳垂上停驻了很久，心口似有一头恶兽在横冲直撞。他鬼使神差地抬手帮她把那缕碎发别至耳后，指腹触到她莹白小巧的耳朵时，樊长玉抬头看了他一眼。

心中那股恶念突然就压不住了，本该移开的指尖，忽而用了些力道绕去她的脑后。

他低头吻了她，温柔又不太温柔。

一只手用力插入樊长玉的发间，因为她没拒绝，分开时，他额角的青筋凸起一条，呼吸都是滚烫的，眼睛里透着一层红，整个人像是一头恨不得将她生吞却又碍于时机不得不停下的恶狼。

"等我回来。"他清朗的嗓音哑了。

樊长玉的唇被他咬得有些木木地疼，她想一巴掌拍过去，又忍下了，真心实意地和他商量："言正，我替你上战场吧？"

谢征俊秀的眉几乎立即皱了起来："说什么傻话？"

樊长玉说："你的伤还没好，万一在战场上刀都挥不动怎么办？"

谢征想到之前撒的谎，面上不太自然地道："我是步兵阵里的刀兵，只负责清缴被先锋部队冲散的残兵，没什么危险的。"

樊长玉看他态度坚决，似有些失望，道："那你万事小心。"

她又问："你是刀兵第几营？跟着哪位将军？"

谢征没料到樊长玉在军中数日，对军营里的编制都熟悉了，他知道不该再瞒下去，可如今箭在弦上，只得继续扯了个谎："左卫军第三营李镰将军麾下。"

樊长玉暗暗记下了，又去桌边把那盅鸡汤捧了过来："这是我抓了一只野鸡偷偷给你炖的，你喝了就和小五兄弟一起回营吧。"

谢征不疑有他，几口喝完了鸡汤。

樊长玉看着他，神色似有些复杂，道："我不在的时候，劳你替我照看一下长宁。"

整个世界都开始颠倒，谢征终于反应过来不对劲儿，变了脸色："你……"

但他身体瞬间疲软了下来，刚迈开步子便倒了下去，樊长玉一把扶住了他，对着昏迷过去的人低声道："我不想你死。"

樊长玉怕有人查伤兵帐，查出谢征的身份，背着谢征，先去了自己和长宁住的军帐。

长宁看到樊长玉背上的谢征，白着张脸道："阿姐，姐夫又要死了吗？"

樊长玉微微一噎，道："没，他就是暂时昏睡过去了，大概半个时辰后就能醒来。宁娘乖乖地在帐内守着你姐夫，要是遇上危险，你姐夫又还没醒，你就拿针戳醒他。"

武三斤递给她的蒙汗药，她用了能迷晕一头野猪的量。

主要是言正意志力坚于常人，她怕普通的剂量迷不倒他。

樊长玉递给长宁一根针后，又把绑在裤腿上的匕首解下来递给她："以防万一，这把匕首你也拿着。记住，遇到危险，第一时间戳醒你姐夫，用针戳，别用匕首，他醒了就能护着你了。"

长宁一手捏着绣花针，一手拿着匕首，用力点头，却又忍不住问："阿姐呢？"

樊长玉道："阿姐去打抓走宁娘和宝儿的那些坏人，打完坏人就回来。"

长宁拉住樊长玉的一片衣角，黑葡萄眼水汪汪的，里面满是担心："那阿姐要小心。"

樊长玉摸摸她的头："放心吧，阿姐去给你报仇！"

她交代完长宁，摸出杀猪刀和砍骨刀往腰间一别，便出了大帐，往左卫军大营去，也是赶巧，竟在路上碰上了谢五。

谢五在见她穿着燕州兵服时，心中就已有了个不妙的猜测，结巴道："樊……樊姑娘。"

樊长玉疑惑地道："小五兄弟还没归营吗？"

谢五僵硬地道："我……我去找言大哥。"

樊长玉四下瞄了一眼，一把拽过谢五，低声道："小五兄弟也知道，我夫婿重伤未愈，他上战场无疑是送死。我替我夫婿出征，小五兄弟只当不知这回事，等此战归来，我再同我夫婿换回去，没人会知道的。"

谢五心说：怎么可能会没人知道？！

虽然作战计划是一早就制订好的，几路大军都在有条不紊地往山下行进，可侯爷要是自始至终都没露面，这也说不过去啊！

偏偏他此刻又不敢擅作主张，将谢征的真正身份告知于她，只能劝道："樊姑娘莫要糊涂，这可是犯了军中大忌，要砍头的！"

樊长玉看着谢五，那双偏圆的杏眼诚挚又果决，却又似狩猎的虎豹一般，透着丝丝凉意。她说："抱歉，小五兄弟，我只是不想我夫婿枉死在战场上，他若是没负伤，我也不会出此下策。眼下让他上战场，杀敌还不如我，此举也不会给大军带来什么损失。至于违反军令的责罚，我回来后一力承担就是，我夫婿是被我下药迷晕的。为了不牵连小五兄弟，我把小五兄弟也打晕在这里吧。"

谢五见樊长玉已经抬起了手，赶紧道："我帮樊姑娘保守秘密，我们一起去杀敌，战场上好歹还有个照应。"

樊长玉不解他怎么这么快改变了主意，但他都这么说了，她还是收回了掌，道："那我们归营吧。"

谢五大松一口气，真动起手来，他肯定不是这姑娘的对手。

为今之计，也只能先传消息给其他亲卫，让他们去寻谢征，他自己则跟着樊长玉，以便保护她。

谢五吹出几声尖锐的哨响，樊长玉突然扭头看向他："你吹哨做什么？"

谢五生生被吓出一身冷汗，正好天际有一只苍鹰飞过，他抬手指了指，僵硬地笑道："之前听军营里一个老兵说，驯鹰就是用这样的哨声给鹰指示，我想看看是不是真的。"

樊长玉问："对没被驯过的鹰也管用？"

谢五指着天上那只鹰，僵硬地道："试了一下，看样子没用。"

樊长玉大失所望。她还想着要是有用，回头她也学学，给长宁再抓一只隼呢。

中路大军已经开拔，樊长玉循着旌旗找到了左卫军第三营，她和谢五站到队伍后面时，各伍长正在清点各自所带的小卒人数。

着全甲的校尉则立在阵前，端的是威风凛凛。

队伍最后面的伍长在清点人数到樊长玉和谢五这里时，喝道："你们是哪个伍的？怎么站到老子的队伍里来了？"

谢五半点儿不怵，高声答："步兵营里打散了重编过来的。"

他这么做就是为了把第三营的校尉李镰给引过来。

果不其然，李镰在阵前瞧见队伍后边的骚动，昂首阔步走来，沉声喝道："大军开拔在即，吵嚷什么？"

那伍长道："将军，队伍里多出来两个人，他们说是从别处重编过来的。"

李镰早些年也是亲卫队的，后来能独当一面了，就被谢征下放到左卫营来了，他自是认得谢五的。

· 528 ·

亲卫队里被赐了谢姓的，从前都是死士，无名无姓，他们也是对谢征最忠诚的那一批人。

谢五一个劲儿地冲李镰使眼色，李镰对于他和另一名面生的小卒为何会出现在自己的队伍里便也不问，以为他是要执行什么秘密任务，只骂那伍长："前些日子守山，老子折了那么多人马，好不容易才有人分过来，你还嫌老子队伍里人多了是吧？"

那名伍长被骂了，立马不吭声了。

原本还探头探脑打量樊长玉和谢五的那些兵卒也赶紧站好，不敢再张望。

得亏樊长玉之前打交道的那些兵卒都是火头营和伤兵营的，其他营的人都只听过她的名讳，却没见过她本人。此刻她穿着残破的战甲，低着头站在队伍里，兵卒们只觉得这新来的小子跟个瘦猴似的，也没人多留意她。

李镰负手重回队伍前边，谢五见状，急得不行，正想提示李镰，让他想法子把自己和樊长玉踢出队伍，毕竟总不能真让樊长玉上战场，怎料前方军阵骚动，一名斥候快马回来报信："石越带人把先锋部队撕开了一道口子，正要南逃，传军师之令，左卫军即刻前去支援先锋军。"

左卫军都尉沉声喝道："左卫军前三营，全速行军！"

原本站得整整齐齐的军阵立马五人并行，一路急跑着奔赴战场。

谢征的亲卫队为了传递一些简单的消息，常以哨声做暗号。那类尖锐又急促的，便是说谢征可能有危险。

听到谢五哨声的亲卫们瞬间赶去寻谢征，发现他没在之前住的伤兵帐里，又循着蛛丝马迹在周边搜索，很快就找到了樊长玉姐妹俩的军帐。

长宁一直捏着绣花针守在谢征边上，当她听到急促的脚步声靠近军帐时，赶紧拿绣花针戳了谢征一下。

昏迷中的人几乎瞬间睁开了眼。亲卫掀开帐帘，看到谢征，大喜，顾不得长宁还在场，唤了声："侯爷！"

谢征脸色阴沉得可怕，起身就要往帐外走去，却因蒙汗药的药力还没过，浑身脱力，他及时扶住床柱才稳住了身体。

亲卫忙过去扶他："侯爷，您怎么了？"

谢征瞥见长宁放在床边的匕首，直接拿起，用力划过掌心，鲜血顺着匕首尖部滴落在地。长宁吓得短促地低叫了一声，小脸发白。

这股痛意明显让谢征身上的药力消减了下去，他面色却更沉，问亲卫："左卫军李镰的军队现在何处？"

亲卫答："石越麾下不知何时招了一员猛将，天生巨力，无人可以抵挡，石越以此将开路，硬生生撕开了咱们的先锋部队，军师让左卫军去补先锋军被扯开的口子了。"

谢征便一刻都坐不住了，大步走出营帐，冷声吩咐："取我的战甲来！再点五百精骑！"

他此番派出的先锋在他麾下是数一数二的猛将，若是先锋都没能拦下石越，这场仗怕是不容乐观。

很快便有亲卫捧着他那一套沉重的玄鳞甲前来替他穿上，长宁愣愣地追出军帐来，看到谢征冰寒的脸色，一声"姐夫"到了嘴边又被咽了回去。

她从来没见过姐夫这样吓人的脸色，像是要把谁生吞了一样，都不像她记忆里的姐夫了。

而且这些人叫她姐夫"侯爷"，侯爷又是什么？

亲卫牵来谢征的战马，他系上玄色的披风，冷声吩咐身边的亲卫："传信给公孙郓，让他把后方的口袋扎紧，前锋那边不用调兵过去了。"

翻上马背时，谢征看了一眼小白菜似的立在军帐门口的长宁，对谢七道："看好她。"

谢七抱拳应"是"，谢征已一夹马腹，扬鞭离去，十几名亲卫瞬间跟了上去。

长宁眼里含着泪，想哭又不敢哭：为什么姐夫醒来后变得这么凶了？

谢七也没有带小孩儿的经验，笨拙地哄了哄，长宁大概是确定了他是不会凶自己的人，顿时"哇"的一声哭了出来："我要阿姐——"

谢七没瞧见樊长玉，心中也很是奇怪，问她："那你阿姐去哪儿了？"

长宁哽咽地道："阿姐说她去打坏人了。"

谢七心中一个"咯噔"，继续问："侯爷……你姐夫是怎么到这里来的？"

长宁抽噎了一下："阿姐背回来的。"

谢七一哽，突然明白他家侯爷醒来后为何是那样一副要吃人的脸色了。

他看了看长宁，觉得还是先带小孩儿远离这是非之地为好，道："别哭了，我带你去看野鸡好不好？"

长宁还是抽噎不止。她害怕了，口中就一直念叨着要阿姐。谢七把看野猪、看野牛，山上能想到的野生动物说了个遍，说到看隼时，长宁的抽噎声才一停，她睁着一双泪汪汪的大眼，问："隼隼？"

谢七一看有戏，赶紧道："白头矛隼，张开翅膀有这么大呢，要去看吗？"

长宁看他比画的大小，点头："要。"

为了在最短的时间内获取信件，海东青这些日子一直都是亲卫们在轮流照料，无论日夜，只要海东青带了信回来，就会有当值的亲卫把信呈给谢征。

这两天正好是谢七当值，他觉得把这小孩儿带过去，人和隼一并看好了，倒也省事。

樊长玉不知道两军交战的战场在什么地方，只觉得这一路跑来，开始还是长满绿树的山地，后边就只能看到被踩踏得寸草不生的秃地了，隔老远就能听到前方震耳欲聋的厮杀声，海潮一般，一浪高过一浪。

风刮过山岗，都带着阵阵血腥味。

这是樊长玉真正参与的第一次大规模作战，她没感觉到怕，但心跳就是莫名其妙地加快了，被护腕严严实实裹住的手臂上也浮起一层鸡皮疙瘩。

她和小五站在队伍的中后位置，看不清前方的战场是个什么光景，只听到不知是哪位将军吼破了音大喊一声："骑兵阵冲锋！"

然后又是一片吼声响起，震得人耳膜发疼，地动感从前方的山坳处传来，整个大地仿佛都在跟着颤动。

樊长玉觉得小五似乎比自己还紧张，他对樊长玉道："樊姑娘，一会儿上了战场，你紧跟着我，切记莫要冒险！"

樊长玉应了一声"好"，但他们前边的步兵阵跟着发出了怒吼声，瞬间把她的声音淹没了，所有人都在拔刀往前冲。

这时候每个人已完全听不见军令了，几乎是看到前边的人干什么，自己就跟着干什么。

樊长玉心跳如擂鼓，大概是因为紧张，浑身的血如逆流，甚至连长途奔袭的疲倦都感知不到，她跟着大军如洪水一般注入了战场。

遍地都是死尸，他们几乎是踩着尸体往前冲，跟杀红了眼的反贼短兵相接的时候，那一声声嘶吼，简直就是壮胆用的。

跑在樊长玉前边的一个小卒被一名拿长矛的反贼捅了个对穿，那小卒的伍长正是之前质疑樊长玉和谢五身份的那个人，他面目狰狞地大吼一声，提着环首刀，朝那反贼照脸一刀劈了下去，一时间血沫飞溅。

剩下的三名小卒都猩红着眼，紧跟着那伍长冲杀，一个被掼倒了，几人便合力去救。

樊长玉对于自己劫粮草那日公孙鄞那番话的理解突然更深刻了。

不仅是当将军的会把底下将士的性命当成自己的责任，小到一个伍长、什长，也在尽全力护着自己的兵。

她对着一个个活生生的人还是做不到砍瓜切菜一般刀刀致命地去砍杀，只能避开要害处下手，确保让对方失去作战能力就行。

那名伍长险些被削掉脑袋时，樊长玉替他格开了那致命一刀，他回头看了樊长玉一眼，什么都没说，带着满脸的血继续同反贼拼杀。

反贼中一个骑马的将军冲杀到了他们这群缠斗的步兵里，人借马势，长枪一路挑杀，捅死了不少燕州兵卒。便是没死的，被他挑倒后，他身后的崇州小卒们也会瞬间围上去补刀。一时间，燕州的步兵明显处于弱势。

谢五毕竟是军中人，瞧得火大，眼见樊长玉功夫过硬，周边小卒无人能伤到她，便在那反贼将领冲杀过来时，一把拽住马鞍，整个人借力翻起，手中的长刀劈了下去。

马背上的反贼赶紧拿起手中的长枪挡下这一击，但谢五人已稳稳地落在了马背上，那反贼将领手中的长柄兵刃在此时反而不好使，叫谢五以匕首割喉，推下马去。

"小子纳命来！"反贼中另一名将领见状，冲杀过来，手中的一对钉锤舞得虎虎生风，他这一路奔来，将马下的小卒砸飞出去无数，显然是个力大无穷的。

谢五的功夫以敏捷见长，他不敢与之硬碰，赶紧弃马避开。

李镰见小卒被那名反贼将领杀得太狠，想阻止那名反贼将领，岂料手中的马槊跟对方的钉锤一碰，顿时连人带马后退几步，虎口剧痛，几乎握不住兵刃，李镰的脸色瞬间变了变。

那反贼将领"哈哈"大笑："不痛快，不痛快，这手怎么软得跟面条似的？”

远处不知是哪位将军瞧见李镰在迎战那反贼将领，喝道："李将军当心，那贼子一身蛮力，都尉大人都叫他打落马下了。"

闻得此言，李镰心中大骇，在那反贼将领执锤冲来时，勉强与之过了几招，只觉得此人实在是力大无穷，那一对钉锤不仅重，而且在他的手中格外灵敏，自己一旦被砸中，非死即伤。

在对方再次猛攻来时，他及时横槊抵挡，却不及对方那一身怪力，还是叫钉锤砸到了身上，当即吐出一口血来，好在被卸掉了大半力道，才没当场毙命。

"一个能打的都没有！"

那反贼大将狂妄地大喝一声，第二锤就要砸下时，忽地不知从何处飞来一截绳索，稳稳地套在了他的颈间，大力一拉，反贼将领两脚扣紧马镫，又弃掉一钉锤，用手拽住绳索，同对方拔河，才没被当场拽下马背去。

他斜着眼朝绳索的源头看去，却发现拉着绳子的是一名瘦弱的燕军小卒。

李镰瞅准这机会，用马槊刺了过去，那反贼将领右手执钉锤一挡，李镰手中的兵刃险些被打飞出去。

这一击不成，他也不再恋战，赶紧撤马离开。

反贼将领小山似的一尊压在马背上，凶神恶煞般看着樊长玉，两手抓住绳索用力一扯，试图把他眼中那瘦弱的燕军小卒拽过去。

樊长玉猝不及防被他拽了个趔趄，随即两脚用力往地上一踏，脚下就像是在地底扎了根一般，再不动一步。

那反贼将领不信邪，双手运劲儿发狠猛拽，一名反贼小卒也趁机拿长矛捅向樊长玉，樊长玉瞅准时机松了绳索，再一脚踹开那小卒。

绳索这头没了牵引，反贼将领因为重心不稳，一个仰翻，从马背上摔了下去。

眼尖的燕军小卒们赶紧拿矛去扎，那反贼将领看着肥硕，身体却灵活，在地上一滚，摸了把刀，割断套住脖子的绳索，再攥住一名小卒的长矛，直接连人带矛把那小卒举起来，当作大摆锤抡了一圈，逼退围攻他的燕军后，把人朝着燕军多的地方砸了过去，燕军顿时倒了一片。

燕军损失惨重，小卒们也没了一开始那股不怕死的拼劲儿，明显开始畏怯。

那反贼将领捡起自己掉落的两把钉锤，一边踩蚂蚁似的随手抡锤砸向燕州小卒，一边径直朝樊长玉走来，咧嘴狞笑道："那瘦猴，你倒还有几分力气，让爷爷瞧瞧，你吃得下爷爷几锤！"

谢五砍断一名反贼小卒的脖子，歇斯底里地冲樊长玉大喊："快跑！"

樊长玉是想跑的，但看到那反贼将领手中的钉锤一抡一摆，几名燕军小卒便被砸得头破血流，脑浆迸溅，跟个破布袋一样倒飞出去。谢五为了掩护她，也义无反顾地冲向了那反贼将领，她便无论如何都迈不开脚了。

她弃了手上那柄捡来的环首刀，摸出自己腰间的黑铁砍骨刀和放血刀，一长一短两柄刀的刀锋用力一擦，在刺耳的金属摩擦声里，她疾步冲向了那名反贼将领，目光冷若暴雨里亮白的闪电。

谢五仗着动作灵巧，虽在反贼将领的身上割了一道口子，却被对方用力掼到了地上，顿时只觉得半边身体都失去了知觉，眼见那一记钉锤就要照着他的面门砸下，他想着自己的脑袋大抵也会被砸得红白飞溅，下意识地闭上了眼，然而没等来那致命一击，只听到一道令人牙酸的金属碰撞巨响。

谢五微微睁开眼，便见樊长玉单膝半跪于地，以两柄黑铁杀猪刀交叉，生生架住了那反贼将领即将落下的钉锤。

她牙关咬得紧紧的，半个膝盖都陷入了土里。

谢五眼眶当即就是一热，樊长玉从牙缝儿里对他挤出一个字："走！"

谢五也不磨叽，就地一滚，离开钉锤的攻击范围时，还向着那反贼将领掷了一柄匕首。

反贼将领本要锤向樊长玉的另一柄钉锤，不得已用来挥开那匕首。

樊长玉趁机脱身，同时手中两柄杀猪刀向上一翻，刀锋下压，在反贼将领的手背上切出一道深可见骨的血口子。

反贼将领吃痛，挥锤横扫过来时，樊长玉一个后跃避开钉锤。

反贼将领瞥了一眼自己手背上还在淌血的口子，脸上的横肉绷紧，他喝道："找死！"

言罢，他不再管手上的伤势，锤风越发狠厉，只为取樊长玉的性命。

他手上的钉锤是实心的，重百八十斤，樊长玉方才为救谢五去接那一锤，虎口都被震得撕裂开来，剧痛难忍。

杀猪刀长度不够，重量也不够，跟他的钉锤碰上，实在不占优势。樊长玉便不再去接他的锤，只一味闪躲，实在躲不开，硬碰了几下，虎口流出的血逐渐染红了刀把。又一次避无可避，只能硬碰时，樊长玉手中的放血刀被大力一撞，脱落出去。

反贼将领见樊长玉兵器都没了一柄，越发兴奋，"老子非把你砸成一摊肉饼不可！"

樊长玉用脚尖挑起一柄落在地上的大刀代替放血刀，怎料跟那钉锤大力一撞，那柄大刀直接断成了两截。

左卫军都尉为那反贼将领的钉锤所伤，再也爬不上马背，被亲兵们暂且转移到安全地带，看到战场上樊长玉和那反贼将领打了几个回合，意外地道："那小卒是哪个营的？"

他身边的亲兵皆道"不知"。

左卫军都尉细看后道："他若有件称手兵器，兴许能与那贼将一战。来人，把我的陌刀拿与他！"

亲兵取了他的长柄雕花陌刀正要拿与樊长玉，心急如焚的谢五已径直冲了过来，大喝一声："左卫军都尉严毅何在？"

左卫军都尉认出他是谢征的亲卫，忙带着伤下地道："末将在。"

谢五双目通红，指着樊长玉的方向："快派兵去救夫人！"

左卫军都尉愣在当场："夫人？"

谢五已顾不得那么多了，道："同那贼将交手的，是侯爷的夫人！"

左卫军都尉顿时只觉得自己几个脑袋都不够砍的，但身上的伤实在是重得连兵刃都拿不动，只能点了几名小将带兵去援。

谢五找他要了一匹马，也要赶回去支援樊长玉，左卫军都尉把陌刀塞给他："兴许用得上！"

谢五顾不上那么多了，提着陌刀，一路挥开反贼小卒，朝着樊长玉冲去。

另一边，樊长玉捡了好几把大刀都是被折断的命运，在那一锤又挥来时，一个闪躲不及，头盔叫他的钉锤给刮了去，她发髻没散，但明显能看出是个女儿家。

反贼将领似乎没料到跟自己过了这么多招的是个姑娘家，哪怕狼狈成这样，那模样瞧着也是上乘的，他"哈哈"大笑道："女人？抢回去！崇州将士们今夜人人都可以当新郎官了！"

崇州兵卒们都欢呼怪叫起来，战意愈盛。

那反贼将领似乎也不想打死樊长玉了，只图生擒她，锤风不如之前骇人，却越发难缠。

樊长玉面色冰冷，从一名崇州小卒手中夺了根长矛当武器，武器一长，她的攻势瞬间变得凌厉，招式大开大合，竟逼得反贼将领后退了几步，只是对方一用猛劲儿，她手中的长矛便直接断裂开来。

反贼将领讥嘲一般仰天"哈哈"大笑起来。

樊长玉的脸上被擦出一道血痕，她扔掉手中的断矛，眼神发狠地盯着反贼将领右手的钉锤——他的右手被自己划了一道深可见骨的口子，夺他右手的钉锤更容易些。

她的身后突然传来一声："接刀！"

樊长玉回头一看，便瞧见一柄长柄陌刀向着自己飞了过来。

她探手欲去接，反贼将领却直接抢锤过来，樊长玉若再伸手去接刀，必然会被他的钉锤砸到手。

她索性假意去接陌刀，实则脚尖绷着劲儿，狠狠一脚踹在了反贼抢锤的那只手的腋下，反贼将领吃痛，大叫一声，樊长玉假意去接陌刀的手再顺势夺了他手中那柄钉锤，半点儿不带喘息地抡锤狠狠砸向反贼将领。

反贼将领赶紧挥锤格挡，两个大钉锤碰在一起，发出"砰"的一声金属刺耳鸣响，站得近些的，耳朵都有片刻失聪。

钉锤上的铁钉被砸扁了一片，那反贼将领也被震得踉跄着后退一步，钉锤险些脱手飞出。

反贼将领脸上的横肉颤了颤，他终于意识到了不妙，眼前这女人一旦有了跟他旗鼓相当的武器，还真不一定会输给他。

樊长玉丝毫没有停下来的意思，继续挥锤砸向对方，第二锤便砸得那反贼将领的虎口也崩裂开来。她在反贼将领惊骇的目光里咧嘴笑了笑，讥讽回去："我来教你肉饼怎么砸！"

她言罢，用鲜血淋漓的两手握住锤柄，钉锤狠狠地砸向了反贼将领，对方本能地拿钉锤去挡，却连人带锤都被砸得倒飞出去。

其中一柄钉锤还深深地嵌入了他的腹部，当真是被砸进了肉里。

他挣扎着想坐起来，最后却只喷出一口鲜血，瞪圆双眼，彻底倒了下去。

偌大的战场，似乎一下子寂静了下来。

先前还轻佻地打量樊长玉的反贼小卒们，此刻一个个跟见了鬼似的，白着张脸在战场上乱窜。

别说反贼，就连自己人看着樊长玉都有些发怵。

燕州小卒们围在远处，不敢靠近樊长玉。

几个重伤的将军瘫坐在远处的矮坡处，艰难地咽了咽口水。

其中一人道："不愧是咱们侯爷的夫人。"

另一人小声问："同样是虎齿流星锤，夫人是怎么把那小山一样的块头砸飞出去的？"

这个问题一问出来，几个人便齐齐陷入了沉默。

他们夫人，比反贼找来的这位得力大将，力气还要大？

谢五在确定反贼将领死后，便奔至樊长玉的跟前，问："樊姑娘，你怎么样？"

樊长玉看了面前的人一眼，只觉得自己视线里的一切都像是被蒙上了一层血色，眼前天旋地转，却又晕不过去。

她两手撑膝干呕了一阵，勉强说出一句："还好。"

谢五赶紧从马背上拿下水壶，拧开递给樊长玉："樊姑娘喝点儿水漱漱口，头一回上战场的新兵，回去后十天半月还在做噩梦都是有的。"

樊长玉漱口后，又喝了几口水下肚，总算把那股恶心感压下来了些。

她从来没见过这样大规模又惨烈的杀人场面，但是战场上，你不杀人，就会被人杀。

不远处还有骚乱，谢五看了一眼，提了把刀，走向死去的反贼将领。

樊长玉问他："这是做什么？"

谢五道："割下敌将首级，威慑敌方兵卒投降。"

樊长玉看着自己掉落在不远处的杀猪刀，想到自己手中的刀几次被挑飞，她还被出言侮辱，说："我来。"

谢五听到樊长玉这句话，便让到了一边。

黑铁砍骨刀锋利无比，一刀下去，便身首分离。

谢五拎起敌将首级，朝着远处仍有骚乱的地方大喊："你们的将军已死，放下兵刃归降，饶尔等不死！"

远处的反贼先是面面相觑，随即陆陆续续放下了兵刃。

远处马蹄声滚滚奔来，刚结束了一场大战的燕州军虽然疲惫，却又不得不警觉起来。

好在斥候爬上矮坡看了对方所打的军旗后，朝下大喊："是友军！"

上至将领，下至普通小卒，都长长地舒了一口气。

听到喊声，樊长玉生平头一回体会到筋疲力尽是个什么滋味，现在当真是一根手指头都不想动弹。

马蹄声近了，残阳如血，长空雁泣。

樊长玉看向那扬起漫天黄沙赶来的友军，他们似乎也刚刚经历过一场恶战，马腿上、盔甲上、兵刃上全带着血迹，从他们那边刮过来的风都有一股血腥味。

视线扫过那骑黝黑骏马冲在最前方的将领，本是随意一瞥，却又猛地掠了回去，她眯起眼，拉过一旁的谢五问："你们那个穿麒麟肩吞明光甲，骑着高头大马冲在最前方的将军，怎么跟我夫婿长得有点儿像？"

谢五看着樊长玉，张了张嘴，愣是一句话没敢说。

日暮，战场上斜插着的残旗被夕阳晕成一片带着淡淡金辉的血色，遍地尸首显出无尽苍凉。

迎面而来的那支铁骑像是一柄钢刀，强硬地扎入了这片烽火狼藉的土地，刚刚放下武器归降的反贼兵卒面上越发惊惶，如一群待宰羔羊一般挤作一团。

距离近了些，樊长玉便清楚地瞧见了单枪匹马冲在最前边的那人。只见来人面若冷玉，寒星淬火般的一双眸子正如荒原上狩猎的野狼一般死死地盯着她，同时他狠狠抽打骏马，往这边冲了过来。

樊长玉看得心中一激灵，讷讷地同谢五道："这离得近了，怎么瞧着更像了？"

谢五快哭了，瞧见谢征那副要吃人的凶煞神情，下意识地道："姑娘快跑！"

樊长玉的头盔早就掉了，头上的小髻在同那反贼将领一番死斗后，也要散不散的，乱发飘飘，在一群灰头土脸的兵卒里甚是打眼。

她以为谢五慌乱是见自己女扮男装替言正上战场的事暴露了，心中跟着一个"咯噔"，来不及细想那马背上的将领怎么长得跟言正那么像，拔腿就往人多处跑，妄图先藏起来。

奈何两条腿没跑过四条腿，那比人还高出一头的大黑马奔跑时仿佛带起一股疾风，樊长玉都还没来得及从地上捡个头盔给自己扣上，整个人就被拦腰提上了马背。

她头脚朝下，肚子被搁在马鞍前，一口气没喘过来，战马又往回急奔，一时间，她只看到周围的景色飞快地往后退去。

铁骑中有人大喝一声："反贼主将石越已被侯爷在峡口斩杀！有此人头为证！大军凯旋！"

原本筋疲力尽的燕州军瞬间爆发出山呼海啸般的欢呼声。

樊长玉被劫上马，本能地扑腾了两下，可先前杀敌耗费了太多体力，这会儿疲劲儿上来了，手脚都一阵酸软，摁在自己腰背上的那只手又跟铁钳似的，愣是没让她扑腾起来。

挣扎间，樊长玉闻到那人身上浓郁的血腥味间夹杂着的一股清苦药草味，扑腾的力道一弱，她努力侧过头，看着马背上那俊颜仿佛覆着一层寒霜的人，不太确定地唤了一声："言正？"

谢征垂眸看了她一眼，没作声，目视前方，忽而更用力地一夹马腹，大喝一声："驾！"

这道嗓音虽冰冷低沉又饱含怒气，樊长玉却还是辨出是言正的声音无疑。

她突然就不挣扎了，跟只呆头鹅似的挂在马背上，映着夕阳和山林的一双眸子里全是困惑和茫然。

言正不是小卒，是个将军。

他为什么要骗自己？

谢征的战马已把一众亲随远远地甩在了后面，官道两侧青山流水相依。

发现樊长玉的异常后，谢征便一扯缰绳，让战马慢下来。他伸手想把樊长玉拽起来，却没料到樊长玉会突然发难，手肘一转，避开谢征抓过去的大掌，如豹子一般跃起，将他按倒在马背上，偏圆的杏眼带着怒意盯着他，她喝道："你骗我！"

谢征面上冷意稍滞，道："我可以解释。"

天色愈暗，樊长玉看着被自己拽着领口摁在马背上的人，怒意过后，便是一股自己也说不上来的委屈。

她见他伤重，怕他死在战场上，才想着瞒天过海，替他出征，但他从头到尾好像都是骗自己的。

他真要伤势重，怎么还能单手就把自己拎上马背？

樊长玉抿紧唇，心中怒意和委屈交织，喝问："解释你为何成了将军，还是解释你骗我伤一直没好？"

她手上因为用力，之前崩裂的虎口处又溢出鲜血，谢征察觉到那温热黏腻的触感，未回答她的问题，眸色一变："你受伤了？"

他说着，一只手握住樊长玉拽着自己领口的手，就要翻过来看她手上的伤，却被樊长玉发力继续摁住。

谢征的面色越发阴沉，他的心跳到此时都还没平复下来，不知是骑马狂奔了一路的缘故，还是在后怕什么，眼神里强压着一份薄怒，他道："你说的那些，我都可以解释，我先带你回去看伤。"

樊长玉怒气没消，冷硬地吐出几个字："不用你管。"

没人扯着缰绳，战马小跑一段路后已经停了下来。她松开对谢征的钳制，就要跳下马背去，却不防身后的人突然揽着她的腰，将她死死地摁进了怀中。

樊长玉之前跃起来后，就一直跟他面对面坐着，此刻腰身被箍得快断了，下颌也叫他一只手用力抓住，骨头都隐隐作痛，他的眼睛里笼着一层血色，他几乎是恶狠狠地道："不用我管？那你别用药迷晕我上战场去啊！你知不知道战场是什么？那是不把人命当人命的地方！上回你下山抢粮时我跟你说的话，你忘干净了吗？"

他像是从来都没这么愤怒过，额角青筋凸起，眼神凶狠得像是恨不能生吃了她，箍在她腰间的手却又攥得那么紧，指节都泛着白，仿佛是在死死地护着他差一点儿就失去的最珍贵的东西。

樊长玉本来就因为他的欺骗又生气又委屈，此刻被他一吼，眼窝没来由地一酸，她咬牙喝道："我还不是怕你死在战场上？！"

"就算我死在那里了，你也不该去！"

这句话一吼出来，谢征看着眼眶蓄着泪，却死死地忍，倔强地不肯让泪掉下来的樊长玉，心脏像是被烧红的烙铁烙了一下，那团跳动的血肉一缩一缩地疼，两个人的呼吸都在发抖。

他面皮依旧绷得紧紧的，垂下眼时，嗓音却缓和了下来："我要是死了，你就带着你妹妹离开军营，重新找个地方落脚，开猪肉铺子也好，盖猪棚养猪也好，好好活下去，将来再嫁个你喜欢的斯文俊秀的书生，生儿育女……"

樊长玉那滴死死地忍在眼眶里的泪终于砸在了他的手上，他看着眼前泪珠大颗大颗往下掉落，却哭得无声的姑娘，眼中的血色更重，他突然扣着她的下颌，发狠地吻了上去。

"轰——"

天空一声惊雷炸响，亮白的闪电劈开黑沉的夜幕，放晴了半月，终于在这个夜里又迎来了一场急骤的春雨。

豆大的雨珠子砸下来，樊长玉狠推了好几下都没能把人推开，雨水顺着眼皮滑落，一时间竟分不清脸上的是雨痕还是泪痕，她好几次拿胳膊肘用力击打在对方的身上，听到了闷哼声，扣在她脑后的那只手却分毫未松，他反而不要命一般吻得更凶。

闪电掠过山地，一刹那的光亮后，整个世界又沉入了无边的暗色中。

比起疯，樊长玉是疯不过他的。

胸腔里交织着那些未知又陌生的情绪，她连哭都哭不利索。

一吻结束时，他同她额头相抵，用带着血痂的手轻抚她被雨淋湿的长发，嗓音很轻，眸子黑漆漆一片："我活着，你这辈子就别想替旁人生儿育女了。"

樊长玉已经哭够了，心中那些糟糕的情绪也借着这场大哭发泄了出来，抬起一双眼看向谢征时，毫不留情地一拳打了过去。

她并没有收着力道，谢征直接被她这一拳给砸下马去。

樊长玉都没回头看他一眼，直接一扯缰绳，大喝一声："驾！"

战马飞奔出去，带得泥水四溅。

谢征仰躺在雨地里，一手捂着被樊长玉砸到的左眼，微微吸了口凉气，好一会儿才放下手，望着漫天夜雨，朗笑出声。

樊长玉驭马一路狂奔，路上用手背擦了一下唇，唇一碰就疼，不用想，肯定肿了。

沁凉的雨水迎面打在脸上，面颊却隐隐有些发烫，樊长玉更用力地揩了两下唇，似想抹去什么。

前方官道上，樊长玉遇上了前来寻谢征的一众亲卫，谢五也在其中。

他见了樊长玉，忙催马上前，唤道："樊姑娘。"

见樊长玉骑着谢征的坐骑，他往樊长玉的身后看了看，不见谢征的踪影，又问："侯爷呢？"

樊长玉本以为谢征只是个将军，一听谢五叫他"侯爷"，先是愣了愣，随即恨恨地道："摔死了！"

言罢，她也不管一众亲卫是何神色，直接驭马继续往前走了。

谢五忙点了几个人："你们护卫夫人回去，剩下的随我去找侯爷！"

十几名亲卫分为两拨人，一拨人隔着一段距离，小心翼翼地跟着樊长玉，一拨人则火急火燎地去寻谢征。

等在官道上瞧见谢征时，谢五一行人连忙下了马迎上前去："侯爷！"

松脂火把在雨夜里也照常燃烧，亲卫们瞧见谢征眼角那团瘀青，皆是一愣。

夫人把侯爷给打了？

谢五想到自己跟着骗了樊长玉，再回想反贼大将被樊长玉几锤抢死的惨状，格外艰难地咽了一口唾沫。

回去后，夫人该不会也会打他吧？

谢征并未发觉他的蠢心思，问："她呢？"

这个"她"，只能是樊长玉了。

谢五连忙回神，答道："谢九等人护着夫人回去了。"

谢征便没再问什么，翻上谢五牵来的一匹战马，道："回营。"

公孙鄞此番负责在中路大军压阵，打到一半，忽见一队骑兵杀了进来，冲散了崇州的步兵阵，助他完成了后方的绞杀。

两军会师，公孙鄞见到一身布衣，从容撑伞立于大雨中的老者，讶然与惊喜齐齐浮现在脸上，忙上前拱手道："侯爷先前就同在下说，山下援军里有高人坐镇，未料竟是太傅在此！"

亲卫紧随其后，为他掌伞，雨水顺着伞布飞泻而下，冷风卷起他衣袍的一角，衬得他颇有几分吴带当风的飘逸之感。

陶太傅道："我云游此地，顺道过来看看。"

他打量着眼前的年轻人，面露赞赏之意："早闻河间公孙氏出了一贤，能说动你来他麾下，也是那小子的本事。"

公孙鄞颔首道："侯爷心怀天下，体恤万民，公孙敬佩其气节，甘为其所驱使。"

言罢，他又引着陶太傅往马车处去："石越麾下有一名力大无穷的猛将，撕开前锋军的包围，助石越逃了出去，侯爷追敌去了，想来已在回来的路上，太傅先随我上山，喝杯姜茶祛祛寒。"

已是晚间，这场大战后，将士们也需要休整，眼下山上有现成的营地和防御墙，先回到山上才是上策。

陶太傅道了声"有劳"后，同公孙鄞一道上了马车。雨珠子拍在车篷上，撒豆子似的"噼啪"作响，马车摇摇晃晃地沿着山道前行，陶太傅的嗓音在雨声里也慢悠悠的："还劳烦公孙小友替老夫寻一个人。"

公孙鄞正在给陶太傅斟茶，闻言，和煦一笑："太傅且说便是。"

陶太傅道："半月前护送粮草上山的那批蓟州军里有个女娃娃，算是我半个弟子，她那日贸然上了山，这些日子想来吃了不少苦头。"

斟茶的手一顿，公孙鄞心道：上次运送军粮上山来的那批援军里，也只有樊长玉是女子了，难不成陶太傅说的是樊长玉？还是说现在山上还有个女扮男装的？

他把一盏茶推向陶太傅，问："不知太傅的爱徒叫什么？"

陶太傅道："姓樊，唤长玉，是个敦厚的孩子。"

公孙鄞只觉得自己刚喝进的一口茶霎时变成了百年老陈醋，酸得他嘴差点儿没能张开，好半晌才道："听说您收徒对资质要求颇高？"

陶太傅何许人也，一听公孙鄞这话，便觉得他应当是接触过樊长玉的，没好意思说是自己主动提出收徒，还被樊长玉拒绝了，轻咳一声，摸着山羊须道："那丫头根骨好，在武学上是个百年难得一遇的奇才，就是慧根上差了几分，老夫才说她只算半个弟子。"

公孙鄞得了这话，顿时也不酸了，笑道："您那弟子，晚辈见过。"

樊长玉一回了军营，就去找长宁，没见着长宁，一番打听，才知长宁被谢七带走了。

她当即寻了过去，进帐却见长宁在谢七的军床上睡着了，床边放着一个不知什么用途的竹篓子，里边装了些干草，海东青正蹲在里边打盹，一听到脚步声，立马睁开了一双溜圆的豆豆眼。

樊长玉看到海东青，愣了一下，一时间也分不清这大隼究竟是被言正驯好的，还是一开始就是他的。

谢七也不知自家侯爷的身份有没有暴露，见了樊长玉，试探性地唤了一声："樊姑娘。"

樊长玉看了他一眼，一言不发地抱起长宁往回走。

他这里会有那只大隼，说明他也是知晓言正身份的，自己这些天一直都被他们骗得团团转。

谢七一见樊长玉这副神色，便知她应当是知晓一切了，心中半是心虚半是愧疚，见她要走，也不敢拦着。

长宁感觉自己被搬动，迷迷糊糊地睁开眼，看到樊长玉，叫了声"阿姐"，又趴在她的肩头睡了过去。

樊长玉单手抱着长宁，还能腾出一只手来撑伞，谢七见状，忙上前道："樊姑娘，我来帮您撑伞。"

樊长玉盯着眼前这个僵笑着讨好自己的青年看了一会儿，终究没再为难他——他上边有言正压着，一起骗自己也不是他的本意。

雨水打在伞面发出"噗噗"的轻响，虽是天公不作美，打了一场胜仗的军营里，每一顶军帐却都是亮着的，将士们不便露天庆功，便在帐内好酒好肉地吃了一顿。

隔着一层雨幕，那些声音遥远又清晰。

谢七素来机灵，斟酌着道："樊姑娘，我知道您大概恼侯爷一直对您隐瞒身份，但侯爷这也是无奈之举，侯爷身边一直群狼环伺，长宁姑娘之前就被反贼劫了去，侯爷怕您也有什么闪失，不得已才出此下策。"

樊长玉脚步微顿，问："长宁之前被劫走，也跟他有关？"

谢七一时迟疑，不知该如何接这话，樊长玉却已从他这片刻的沉默中得到了自己想要的答案，一时间心绪越发纷乱。

前方就是她和长宁住的军帐了，樊长玉在门口转过头道："劳小七兄弟送我这一程了，里边没收拾，就不请小七兄弟进去坐坐了。"

谢七忙道："樊姑娘言重了，此乃谢七分内之事。"

樊长玉没再说什么，进帐后，灯都没点，摸黑把长宁放到床上，给她搭上被子，自己则有些茫然地抱膝坐到了一旁，望着黑漆漆的夜色发呆。

整个西北只有一个侯爷，所以言正就是那个令北族人闻风丧胆的武安侯？

从前她觉得言正是鲜活真实的，他脾气坏，嘴巴不饶人，还挑食，但是又很善良，嫌她不聪明，却总帮着她，承诺的事几乎不会食言。

他还读过很多书，明白很多道理，是她见过的最聪明的人。

可能遇到言正的那段时日是爹娘去世后她过得最苦的一段日子，以至于在他离开后，她常常想起他。

有时候是卤了肥肠，想着他若是还在，大抵会皱着眉头下筷，她心中便有些好笑。有时候是翻着他做了注解的书册，一弯腰塌背，想起他曾经说的读圣贤书都没个坐相，她立马就坐直了身体看书。有时候是去糖果铺子里给长宁买松子糖，铺子掌柜的问怎么不买陈皮糖了，家里明明已经没有吃陈皮糖的人了，她还是下意识地再买一点儿回去……

遇到难处的时候，她也会想：要是言正还在就好了，他那么聪明，肯定能帮她想到办法的。

她跋山涉水来找，不惧生死上战场想护的，是那样一个人啊，可那个人根本就是不存在的。

她没法儿把武安侯继续当成言正。

那个称谓背后是赫赫战功，是万民景仰，也是于她而言的遥不可及。

被雨淋湿的头发还没干，水珠从发梢坠下，将她刚换下的干爽衣物濡湿了一小块，湿透的布料贴在身上，有些冷，却也让樊长玉越发清醒。

谢征冒着大雨一回营，便有亲卫上前为其牵马："侯爷，公孙先生方才命人前来传话，让您归营了过去一趟，说是有贵客来访。"

湿透的披风挂在身上很不舒服，谢征解下来丢给亲卫，道："本侯先换身干爽衣物。"

他大步走进中军帐，亲兵早已备好了沐浴的热水和衣物。

谢征简单擦洗了一番后，用干帕子胡乱揩了揩身上的水珠，捡起床边的一套箭袖长袍便往身上套，问："她回来后如何了？"

在屋内伺候的是谢七，他斟酌着道："夫人瞧着还是有些生气，属下劝了几句，但夫人没说话。"

谢征微微皱眉，系好腰带后道："我过去看看。"

樊长玉还坐在帐内发呆，外边突然传来踏着雨水走近的脚步声，听着似乎不止一人。

须臾，那脚步声在帐门口停下，是谢七的声音："樊姑娘，火头营煮了姜汤，我给您送一碗过来。"

樊长玉现在心里乱糟糟的，只说："我身体底子好，用不着，你拿给其他将士吧。"

帐外的人却并未离去，反而直接掀开帐帘，抬脚走了进来。

樊长玉一抬眼，便撞入谢征那双漂亮又凶戾的眸子里。

他端着姜汤进屋，身后的谢七用一只手小心地护着身前的烛台，见了樊长玉，有些尴尬地笑了笑，把烛台放到桌上后便退了出去。

满室的阴冷似乎都被那暖融融的烛光驱走了一般。

长宁一向睡得沉，被猩红的披风裹得只剩一张圆嘟嘟的小脸露在外边，感觉到光亮，翻了个身，背对烛台后，咂巴咂巴嘴，呼吸声又绵长了。

樊长玉看着谢征，他从前穿一身布衣都好看，此刻着一身绣着精致花纹的锦袍，通身的贵气更是掩不住，只不过眼角那团瘀青扎眼了些。

她这会儿已经完全冷静下来了，也想清楚了利弊，知道他好歹是个侯爷，自己当时又气又委屈打的那一拳终究不妥，便抿了抿唇，道："抱歉，把你打成了这样。"

　　谢征颇有些意外地抬了抬眉梢，道："比起上一次打的，这次应该算轻的。"

　　樊长玉当然知道他说的上一次是他被征兵的抓走那次，又说了一次："抱歉。"

　　谢征原本只是半开玩笑地同她说这话，听了她的回答，眉头皱起，说："一直同我道歉做什么？那次的确是我浑蛋。"

　　他黑漆漆的眸子锁着她，散漫的神情像是一条收起了尖齿的恶犬："我读过不少圣贤书，也懂礼义廉耻，但是对你，总控制不住想干些浑蛋事。"

　　他这句话甚至说得有几分自厌情绪在里边。

　　樊长玉下意识地狠瞪了他一眼，沉默两息后，又缓和了语气："言……侯爷，我们谈谈吧。"

　　谢征听到她对自己称呼的转变，眼皮撩起，眸色转深，说："好啊，先把姜汤喝了。"

　　他把姜汤碗递过去。

　　樊长玉端着一口喝完了，一碗姜汤喝下去，确实整个胃里都暖了起来。

　　谢征这才开口："当初骗你，非我本意，我被人追杀流落至清平县，碰巧被你救了回去，如实告知你身份，只怕会招来祸端，这才一直隐瞒。"

　　樊长玉说："我没怪侯爷当初的隐瞒。"

　　她突然摆出一副极好讲道理的样子，让谢征心中莫名其妙地升起一股不安。

　　帐帘没掩严实，冷风灌进来，吹得桌上的烛火摇摇欲灭，整个帐内也跟着忽明忽暗。

　　谢征指尖有些烦躁地在桌上轻叩了几下，清俊的一张脸被摇曳的烛火映照着，眸色也越发晦暗："那是怨我这次瞒你？"

　　樊长玉正想说话，怎料帐内的烛火在此时被冷风完全吹灭，整个大帐瞬间陷入了一片黑暗。

　　她到了嘴边的话便变成了："我先去把烛台点上。"

　　起身之际，她一只手却叫人扣住，不轻不重的力道，却让她轻易挣脱不了。

谢征低沉的嗓音在黑暗中响起："我从前同你说过我有个很厉害的仇家，我上一次险些死在他的手里，就是军中出了叛徒。贸然把你姐妹二人卷进来，只怕他会对你们下手，多一个人知道就多一分凶险，这才在你误会我是军中小卒后，将错就错瞒了你。"他说到此处，顿了顿，"还有件事，也得向你说声'抱歉'，你妹妹被反贼劫走，是反贼误把她当成了我谢家人。"

樊长玉之前听谢七提起这事，就猜到长宁被劫大抵是跟谢征有关，此刻听了谢征的话，面上还是有一瞬的错愕。

帐外照明用的三脚高架火盆上搭了简易的遮雨棚，借着外边的火光，帐内的一切都能瞧见个大概。

谢征将樊长玉面上的神情瞧得分明，道："劫走长宁的那人你也认得，就是之前假冒征粮官兵、怂恿暴民围城的反贼，他乃长信王世子随元青。"

这下樊长玉是真有些傻了，随元青竟是反贼世子！

她大睁的杏眸像是一块琥珀，目光转向谢征时，谢征的眼神微黯了一下。

她问："你胸口的伤，就是救长宁的时候，被他伤的？"

谢征好看的眉头轻皱，他不太愿意承认在随元青那里挂了彩，还躺了这么多天，他松开了扣住樊长玉的那只手，说："我生擒了他。"

若说樊长玉先前听了谢七说的那话，对于长宁遭了这么一趟罪，觉得是自己和谢征走得太近才害了她，心中颇为自责，此刻明白了事情的前因后果，心中便五味杂陈。

若不是为了保住清平县，她和随元青结下了梁子，他不会跑到她的家中去寻仇。

他不去她的家中寻仇，就看不见那幅画；看不见那幅画，便不会认出言正，也不会绑了长宁去威胁言正。

可惜没有如果。而且就算重来一次，她大概还是会选择绑人保住清平县，只不过这次她会下手利落些，直接一刀了结了那反贼的狗命。

樊长玉沉默两息，平复心绪后道："长宁被绑的事不全怪你，我也有责任。而且你为了救长宁，被伤成了那样，早已不欠我什么，无须向我致歉。至于你在山上骗我的事……"

她顿了顿，继续说："你是替我们姐妹二人着想，我也没什么好怪你的。"

她这一反常态的平静，让谢征眉宇间的躁意又重了几分。他隐约能猜到她后边会说的话，光是想想，心口翻涌的郁气便有些压不住了。

他一只手搭在眉心，强忍下心中那份烦躁："你说的谈谈，是打算又跟我说些一拍两散的话？"

樊长玉微微一噎，心道：他们也没说几次啊，何况他之前假入赘也是事先约定好的。

她实诚地道："我们都没在一起过，这应该也算不上一拍两散。"

话音刚落，樊长玉便察觉出身侧的人周身的气息陡然一厉，她的心莫名其妙地跟着跳了一下。

谢征缓缓抬起眼皮，问她："没在一起过？"

樊长玉迎着他压迫感十足的视线，目光温和却坚定："如果你说的是在清平县那些日子，那时候你假入赘给我，咱们是有约定在先的。况且，你用的是假名，世间根本就没有言正这个人，那一纸婚书都作不得数了，自然更算不得在一起。"

谢征没再看她，垂下眼时，浓黑的眼睫像是黑鸦收拢的翅膀："那你还来找我做什么？又为什么让我跟你回去？还自作主张替我上战场？"

勾起的唇角，笑意发冷。

樊长玉看着他，眼神慢慢柔和下来，但那温柔背后似乎又有更强大的东西支撑着她，她说："因为那时候你是言正啊。"

谢征一向冷漠傲慢的眸子里罕见地浮起一丝淡淡的迷惘，他哑声道："那不也是我吗？"

樊长玉说："人没变，但你们背后代表的东西全变了。你是言正时，就只是你而已。你是武安侯，那便不只是你自己了，你是天下人都仰慕的大英雄，也是谢大将军的独子，配得上侯爷的，应当是侯爷曾经说的温柔贤惠、会持家的那类姑娘。我学问不多，只识得几个字，别说琴棋书画，连'四书'都还没读全，自然是不配做侯爷正妻的，但我爹娘生养我一场，我也不能轻贱自己，与人为妾。"

谢征黑眸凝视着她："你怎么就知，我不愿娶你为妻？"

樊长玉因为他这句话怔住了。

开什么玩笑，威名赫赫的武安侯娶一个杀猪女，这传出去，得叫天下人笑掉大牙吧？

她有一瞬的慌乱，道："你可别说这些胡话……"

谢征冷冷地打断她的话："你觉得这是胡话？"

樊长玉皱眉说："那些低门嫁女的，顶了天也就是富家小姐配个寒酸书生，你见过当朝公主嫁寒酸书生的？公主再不济，嫁的也是新科状元。我原先不知你的身份也就罢了，如今知道了你的身份，从前那些话哪还能当真？"

这点儿自知之明她还是有的。

谢征听她拿公主比自己，额角的青筋便跳了跳，再听她说后边这些话，气得冷笑一声："当朝公主嫁什么人，皇帝说了算。本侯娶什么人，本侯自己说了算。"

他垂眼看着樊长玉："我是武安侯又如何？难道是生出三头六臂要生吞了你，才吓得你至此？"

樊长玉被他这些话震得有些心乱，好一会儿才道："我给你讲个故事吧。我小时候，镇上有个豆腐娘子，虽说早年丧夫，但她人勤快，一个人守着豆腐摊子，日子也还算过得红火，加上她人长得好看，不少鳏夫都托人上门去说亲，只不过她一个也没瞧上。后来县里一员外家的公子随友人来临安镇，见了她，从此失魂落魄，隔三岔五就去豆腐娘子那里买豆腐，一来二去，二人便熟络了起来。那公子也并非轻浮浪子，一直都对豆腐娘子守礼，后来还禀了家里人，说想娶她。"

谢征大概能猜出她这个故事的结局，冷硬地开口："莫要拿旁人与我比。"

樊长玉没作答，只继续说着那个故事："员外一家哪儿能同意儿子娶个寡妇？府上的老夫人和太夫人直接给气病了，也把那公子给关了起来，还指使恶霸去砸豆腐娘子的摊子，那段时日，整个镇上都是关于豆腐娘子的闲话。本以为她和那公子就这么散了，谁知那公子以绝食相逼，员外一家疼儿子，到底还是捏着鼻子同意了这门婚事，但只允许豆腐娘子做妾。豆腐娘子二嫁，嫁的又是高门大户，也不图能当正妻，只图那公子对她好。成亲时，虽是纳妾，可那排场堪比娶妻，吹吹打打好不热闹。

"镇上的人都说豆腐娘子命好，这辈子能享清福了。那些年，豆腐娘子每次回到镇上，都穿得光鲜亮丽，人却一年比一年瘦。唯一不变的，是依旧有人艳羡她，也依旧有人暗地里说一些不堪入耳的闲话，说她粗鄙浅薄，不是正经女子，死了丈夫后就四处勾勾搭搭，勾搭上了那公子才嫁入了高门。第三年的时候，豆腐娘子就被赶出员外府了，得亏她从前是良家，若是奴籍，得直接被员外一家发卖了。"

谢征神色显得有些冷漠:"那男人自己变心罢了。"

樊长玉说:"我从前也是这样觉得的,但我娘说,本就是不同道的人,哪怕一时凑在了一起,早晚也是要分道扬镳的。就像一个人在一堆金玉宝石里选了块顽石,世人便都替他可惜,被选中的顽石,有人艳羡,也有人说不配,却不知,选择顽石的人,随时可以重新选择金玉,但顽石再也没有选择的机会了。豆腐娘子便是这样,员外公子喜欢她时,她就比名门闺秀还好;员外公子不喜欢她了,她便和那酒家娘子、茶水娘子没什么区别。"

谢征冷声道:"是那男人心志不坚。我若决定了要什么,钻进棺材里也要跟我烂在一起。"

他在说这话时,黑眸一眨不眨地盯着樊长玉,平和的眼神下却又藏着一股让人心颤的狠意。

樊长玉的心下意识地"突突"跳了两下,但她想起从前母亲说给自己的那些话,目光又变得坚定而清明:"我娘还说过,让他们走到这一步的不止是这些。一个人是没法儿抛下自己的过去的,豆腐娘子曾是寡妇的事实会伴随她一辈子。她不得主母喜欢,在府上会面对形形色色的打量和轻视。大户人家家中的规矩礼仪,也不是她一时半会儿就能学会的。被婆母打压,被妯娌取笑,甚至连下人都瞧不起她,那些声音和身份差异造成的自卑无孔不入,无时无刻不在侵蚀着豆腐娘子。

"她唯一能指望的,就是员外公子对她好。但所有人都说她不好。有些话,听一遍两遍尚能坚定本心,可经年累月一直有人在耳边说着,难保不会潜移默化地被影响,曾经忽视掉的那些不好,在那时候也变得格外刺目起来。员外公子生来富贵,他启蒙读书的年纪,豆腐娘子可能在家帮母亲做家务;他同友人觥筹交错时,豆腐娘子兴许在埋头做豆腐。

"员外公子度的是风月,豆腐娘子过的是日子。员外公子不觉得豆腐娘子做个一饭一羹有什么大不了的,因为他家仆从成群。豆腐娘子也不懂员外公子吟诗作画的雅趣。他们本就不是一类人,又怎么能真正知道对方在想什么?自以为给出了自己最宝贵的东西,在对方看来却什么也不是,细小的矛盾日积月累下来,一回首便是不可逾越的鸿沟了。"

说到此处,樊长玉终于抬眼直视谢征:"侯爷是盖世英雄,也只有王公大臣的千金才能与侯爷相配,我一个杀猪的,侯爷要是娶我,会被天下人耻笑的。"

谢征听她为了婉拒自己，扯了这么个故事，再听她说让自己娶王公大臣之女，怒极反笑："本侯娶妻，干天下人何事？"

樊长玉沉默了好一阵才开口："我以为，我说了这么多，侯爷应该懂我的意思了。"

她的双手却不自觉地握紧，心口闷闷地难受，有一瞬，她甚至在想：要是他只是言正就好了。

一案之隔，二人隔着浅浅的夜色对视，直到谢征开口："我从前同你说的话，你是不是以为也全是骗你的？"

樊长玉一怔，尚未明白过来他这话里的意思，便听他道："我早就同你说过，我家中没人了，只剩我一个。"

说这话时，他的神色甚至有些冷漠，似乎极不愿意提起自己家中的一切。

樊长玉抿了抿唇，回道："我没觉得你说的这些是骗我的。"

谢征意味不明地笑了笑，神色凶戾，却又像是有些受伤，那丝伤痛最终被那份骄傲强压了下去："你说的那故事，套不进你我二人。谢氏尚有几个旁支，你若嫁过来，只有他们削尖了脑袋讨你欢心的份儿，不会像你说的那故事里那样，有蠢人来挖苦为难你。你要是连他们的马屁都懒得听，不见也无妨。等剿灭反贼，手刃魏严，我便奏请驻守西疆，你跟我一起在封地，没个十年八年的，不会进京一次。京城需要你打交道的贵妇，一只手都能数过来，如此一避，这辈子也难聚到一起。

"你怕天下人耻笑，觉得我还有旁的选择，我请陛下赐婚就是。我这辈子只要不谋反，就只能守着你一个。这天下，谁也不敢对这桩婚事有异议。

"至于你说的志趣，我闲来不是习武便是温书，你在武学上颇有天赋，平日里书卷也翻得勤快，如此看来，你我志趣也相投，并无鸿沟之说。"

话说至此处，他终于停了下来，清冽好看的眸子里映着少女的模样，缓缓道："樊长玉，我若娶你，你肯嫁我吗？"

可能是从察觉自己动心起，他便一直在谋划往后的事了，此刻问出这话来，一点儿没觉得不合时宜或者孟浪，只在这片沉寂里，等着那个令一切尘埃落定的答案。

番外一
除　夕

又是一年除夕将至，宫墙的檐瓦上挂着白霜，谢五把着腰间的佩刀立在檐下。须臾，谢征手上拿着一方锦盒从宫里出来，谢五上前道："主子。"

谢征颔首，冷峻的眉眼甚至让人意识不到其清隽，睥睨间尽显威严。他将手上的锦盒递给谢五："长宁给她阿姊的新年礼，北上时一并带去。"

谢五接过锦盒，见谢征神色不悦，跟上他的脚步，斟酌着问："户部的粮款还卡着？"

幼帝继位不久，虽聪颖，但到底年幼，震慑不了群臣，谢征不得已任摄政王，坐镇京中。谁料北族新可汗也刚继位，急需一场不世战功来巩固地位，看准了这契机，当即发动战事，突袭锦州。

樊长玉和唐培义在入秋前已先行北上御敌，可战事并不顺利。

北族新可汗用兵诡谲，便是同北族人打了十几年交道的谢家军，在此番同他们交手时，也节节败退，主帅唐培义还受了重伤，军中士气一跌再跌。樊长玉临危受命，独挑大梁，面对北族人的猛攻，应对得十分吃力。

好在她不是个冒进的，无论北族人如何挑衅，她每一仗都稳扎稳打，暂且同北族周旋，再带着军中将领日夜复盘，推演此番同北族交手的数战，以求尽快掌握北族新可汗的用兵习惯和战术，寻机反攻。

北境守得艰难，朝中的激进派对樊长玉当前只守不攻的战术有诸多不满，甚至在朝会上明讥暗讽，质疑樊长玉领兵的能力，不知所谓地要求阵前换将。

谢征以雷霆手段处置了几个嚷声最大的，那些声音才慢慢消停了下来。有不死心的还想煽动国子监的学子们闹事，以此来施压，好在国子监现在归公孙郢管，公孙郢自是不会让学生们平白给人当刀使，此计也未能成。

京中的这些压力都被谢征一力拦下了，暂时没传到北境去，但下一批军中的粮饷，户部迟迟未能拨下来。

谢征听到谢五的问话，回想起朝会上群臣的吵嚷，以及几名文臣以触柱威胁的情形，眉宇间的寒意比檐上的霜雪更甚，他冷声道："北上前会叫他们拨下来的。"

他已奏请了幼帝，会在年关前自亲往北地一趟，一是鼓舞军中士气，二是前去研究北族新可汗的打法。大胤和北族这半年里打的每一场仗，他都有推演思索过，北族的新可汗绝对是个难缠的对手。

樊长玉目前的决策没错，大胤已连败数场，士气低迷，在没有绝对的取胜把握时，只能先死守，至少不会被带入北族那边的进攻节奏里，要是贸然出战，再败，士气只会更加低落，且败军后的损失也是无法估量的。

但文官们不在战场上，不知其中的凶险，只当樊长玉是怕了才避而不战，对她大肆声讨，恶语中伤，扬言要换个有本事，能打胜仗的将军上阵。

历来武将似乎都饱受这样的争议，不战，抑或是打了败仗，那么无论是在民间还是在朝堂，等着他们的都是无尽的诋毁。

要么赢，要么死，这便是武将的宿命。

谢征看了一眼零星飘着细雪的天，眸中对这权力纷争之地的厌恶更深了些。他抬脚继续往宫门处走，身后却忽而传来一道和煦的呼唤声："王爷留步。"

来人是公孙郢。他如今是帝师，早朝后还得去文渊阁给幼帝讲学，此时出宫同谢征碰上，便猜到谢征应是去了慈宁宫一趟，笑道："去看长宁了？"

谢征颔首："我不日要往北境去一趟，问问她，有什么要带给她阿姊的。"

公孙郾笑着点了点头，随后意有所指地问了句："太后……可有同你说什么？"

谢征微微拧了一下眉头，等着公孙郾继续说下去。公孙郾便道："你也知道，早年李、魏两党斗法时，国库便已被掏空了，长信王造反时，户部是勒着裤腰带，从川西赈灾粮里拨的军饷。好不容易肃清了党争，但国库的缺仍是个无底洞，从李、魏两家及其党羽家中抄上来的钱款，在去年运河决堤和前一次给北征大军拨粮饷时，就已花得一干二净。"

公孙郾说到此处，似也觉得当前的大胤早已是盘烂棋，根本无从落子，沉沉地叹了口气，道："今年的收成又不好，横州几个县遭了蝗灾，征上来的粮，还没收进粮库，就得先拨出去赈灾。去年黄河决堤，开春时淹了沿岸的好几个郡县，如今是枯水季，正是抢修的时候，不然等到开春，去年的惨象还得重演……到处都在要钱，户部如今也焦头烂额。先前已紧着北境的军需，但如今北边的战事僵持，又要拨钱款了，才引得诸多朝臣不满。有些脑袋发昏的，似想效仿当年的李党，已在陛下跟前进了谗言，言你同魏严无异，北境屡屡要钱要粮，指不定就是帮着你掏空国库，蓄意谋反……"

公孙郾自然知晓谢征、魏严这对甥舅有多不对付，也知道那些话有多贻笑大方。他话音刚落，便听到谢征冷笑一声："这些狗东西是想当年的锦州惨案重演？"

无怪他去见长宁时，太后同他说了些大胤都是倚仗他和樊长玉的话，原来是有蠢货在齐煜那里说了这些话，太后急于向他表个态。

任谁都听得出他话中的戾气。

公孙郾知道，当年谢大将军就是在援军和粮草都迟迟未至的情况下死守锦州，最后锦州城破，谢大将军惨死，北族人就着这大开的缺口长驱直入，大胤节节败退，不得已割地休战，背负了十几年的耻辱。

也正是因此，谢征才比任何人都在意锦州的战况，在要钱要粮上异常强势，根本不给户部讨价还价的余地。

话已带到，公孙郾又说了句："陛下很是敬重你。"

谢征眼皮微撩，知道公孙郾专程走这一趟，告诉他这些，是齐煜的意思。幼帝很聪明，主动让公孙郾把这些透露给他，亦是在向他表态，免得君臣之间生出嫌隙。他道："动身去锦州前，本王会把朝中的一切处理妥当。"

　　有了公孙郫给出的那些信息，谢征轻易便揪出了几个在李、魏两党倒台时藏得极深的蛀虫，抄家杀鸡儆猴后，国库的空缺暂时是补上了，户部马不停蹄地拨下了军需，整个朝堂的文武大臣的皮也都紧了一紧，心怀不轨者再也不敢暗地里动什么歪心思。

　　押送粮饷的大军行军缓慢，谢征带着十几名亲卫，先行快马加鞭赶往锦州。

　　唐培义在驻地里听说朝中来人了，忙带伤披甲出来相迎，见着谢征，还以为是朝廷不满北境的几场败仗，要换谢征回来挂帅，他又是羞愧，又是自责，对着谢征抱拳寒暄时，热泪滚下："末将……有负陛下和王爷重托……"

　　谢征一把扶起他："胜败乃兵家常事，将军无须自责。"

　　谢征见随行的几名将军身上穿的御寒的冬袄领口都已磨破，依稀可见里边泛黄的棉花，站岗的哨兵持戟的手已经红肿溃烂，想来在唐培义写军需告急的折子递往朝中时，这边节衣缩食就有一段时日了。

　　没打胜仗，他们也知道没脸管朝中要军需，甚至见了谢征，见他随行的只有十几轻骑，都没敢问朝中拨军资的事。还是谢征主动道："押送粮饷的大军还在路上，晚个几日才到锦州。"

　　随行诸将的脸色才一下子松快了许多，唐培义一双眼红得厉害，喉结滚了好几遭，最后只哑声同谢征道了一声"多谢"。

　　谢征拍拍他的肩："这军中都是我大胤的好儿郎，填饱了肚子，才有力气上阵杀敌！"

　　将士们红着眼吼："下一场仗，咱们一定赢得漂亮！"

　　因为谢征的到来，军中士气涨了不少。他没见着樊长玉，问了唐培义，才得知樊长玉在研究北族新可汗的战术多日后，有了初步的反攻计划，正逢北族又突袭了一边县，樊长玉打算用突袭边县的那一小队北族兵练手，带着千余轻骑往边县截人去了。

　　于是谢征大帐都没进，当即策马往边县去寻樊长玉了。

　　从锦州去往边县，寻常只需半日，但大雪封了路，谢征带着十几名亲卫，足足赶了大半日的路才赶到边县。所有交战的痕迹都已被大雪覆盖，谢征无从得知战况，但边县城楼上插着大胤旗，瞧着似已被夺了回来。

　　谢五上前喊话，举旗对了军中的口令，城内的守军确认他们是友军后，才开城门放行。

暂时驻守边县的小将听说锦州那边来人了，急急忙忙赶来迎接，见到谢征，惊得一头从马背上栽了下去，手忙脚乱地从雪堆里挣扎起来后，仍旧说话都不利索："侯……侯……王爷！您回北境了？"

谢征没解释，开门见山地问："怀化大将军呢？"

小将忙道："大将军？大将军昨日就已离开了啊。"

谢征眉头一皱："去了何处？"

小将道："大将军击溃突袭边县的北族游骑后，又接到斥候探得的消息，说是有一支北族军往芜城那边去了，大将军准备去秋风岭突袭那支北族军。"

谢征一句话也没再说，急急掉转了马头。谢五跟上他，问："主子，咱们去秋风岭吗？"

谢征道："去芜城。"

谢五先是一愣，随即一拍自己的脑袋，道："是了，将军昨日动身去的秋风岭，不管有没有同北族人交手，现在应该都不会在秋风岭了，倒是有可能再往芜城去，提醒那边加强边防。"

风饕雪虐，一行人再次赶了半宿的路，终于抵达芜城，报明身份入城后，总算得知樊长玉就在此处，不过她并不在营地，而是巡视边防去了。

芜城境内的长城说长不长，说短不短，全部巡视下来，再怎么也要半宿，小将也不知樊长玉当前巡视到了何处，只能收拾了几顶军帐出来，让谢征一行人先歇脚，同时派人去找樊长玉。

都到了这里，谢征如何还坐得住，让谢五等一众疲惫不堪的亲兵留在军营，他自己换了匹马，继续找樊长玉去了。

功夫不负有心人，又饮了小半宿的风雪后，谢征总算在一处长城脚下找到了樊长玉，彼时他的眉毛和眼睫上都已挂了一层霜。樊长玉正和几个亲兵坐在火堆旁商议明日的行程，瞧见风雪中有人驭马而来，揉了一把眼，同跟着她来北地的谢七道："小七，我可能累出幻觉来了，我竟然瞧见了你主子？"

谢七也盯着那携霜雪而来的一人一马，愣愣地道："我好像也看见主子了……"

随即，他猛地跳起来："不是！那真是主子！"

谢七跑过去替谢征牵马时，樊长玉还感觉跟做梦似的。二人分别快半年，她像一下子不知如何同谢征相处，等人走到跟前了，她才抓抓头发道："你怎么来了？我方才还以为眼花了呢……"

谢征疲惫地拥她入怀，颇有些咬牙切齿，又似叹气一般道："你可真叫我好找。"

二人无须再说什么，分别数月的生疏，一下子都在这个拥抱里化开了。

谢七已识趣地带着樊长玉的其他亲卫躲开了。樊长玉拉着谢征在火堆旁烤化那一身霜雪，又用小釜给他煮了些吃食，听他说起此番北上的目的，知道他肯定也担心当前的战局，道："你放心，我已想到了对付北族的法子，在边县和秋风岭两战试过后也初见成效……"

她细说着自己的战术，后来发现谢征没再应声，侧首一看，才发现谢征靠着她睡着了。她看了一眼他黑靴上厚厚的泥，知道他快马加鞭赶去锦州，又从锦州辗转去边县，再从边县找来芜城，连日奔波，必是累极了。

她替谢征拢了拢身上的披风。山下隐约传来爆竹声，樊长玉这才记起，今夜应是除夕。军中被连打数场败仗的阴云笼罩着，朝廷又迟迟不拨军需，几乎已没人在乎这个新年要怎么过，只想着要如何抵挡住北族人的下一轮攻势。

不过还好，她已从当前的战局里找到了曙光。

樊长玉任谢征枕着自己的半边肩，用烧掉了半截的木棍拨了拨火堆，嗓音极低地同他说了句："谢征，新年欢喜。"

疲惫得本应已合眼而眠的人回了她句："新年欢喜。"

樊长玉赶紧低头瞧他："你没睡着啊？"

谢征揉了把脖颈儿，坐起来，说："舍不得睡沉。"

樊长玉想笑，又觉得有点儿心酸。二人又有一搭没一搭地说着北地战事的布局，最后在摇曳的火光里安静地接吻。

番外二
兵　器

　　谢征这日从衙署下值回来时，樊长玉正趴在案前，面前铺着张纸，冥思苦想地写什么东西。

　　他解开护腕，从箱笼里拿衣物的动静都没能惊动她，等他沐浴出来，就听见樊长玉在幽幽地叹气，不由得问："怎么了？"

　　樊长玉下巴搁在案上，一副生无可恋的表情，答："松苑那些孩子太闹腾了，这个月已经气走四个夫子了，再这般下去，只怕整个徽州再也无人愿意来咱们府上当西席，我得给他们写个府规。"

　　松苑住着一群小魔星，除却谢从韫和孟行川姐弟，其他孩子都是谢征和樊长玉收养的将士遗孤，个个都有当混世魔王的潜质。

　　二人因有军职在身，时常泡在军营里，没什么时间陪伴这些孩子，便请了七八个乳娘在松苑那边照顾着，加上赵大娘夫妇也在，一开始二人倒也放心，但那些孩子越来越大，淘气的本性也慢慢显露出来，聚在一起简直能翻天。

　　樊长玉想着请个夫子教他们开蒙读书，孩子们懂事些了，应该就不会那般闹腾了，可自开始请夫子以来，整个松苑可以说是鸡飞狗跳。

　　谢征沐浴后，衣带并未系好，此刻单手拿着棉布帕子擦湿发，动作间便露出了大片还沾着水珠的健硕胸膛。他似不懂樊长玉何至于苦恼成这般，道："不服管教，揍一顿不就行了？"

樊长玉一听他这样说，顿时又开始叹气："管教孩子哪儿能一直用揍的？"

　　谢征便不说话了。他时常对樊长玉养孩子的方式感到不解，他就是被魏严疾言厉色地训斥大的，从前在不知锦州一案的真相时，也不曾因此对魏严心怀怨恨，魏严对他吝于嘉奖，他也只当是自己做得还不够好，因此他并没觉得这样养孩子哪里有问题，但樊长玉在他这么训斥过孩子一次后，同他说这是不对的，甚至对他耳提面命，要他今后在孩子们的跟前不能总是板着张脸，在那群小浑球课业完成得马马虎虎时，还要他违心地夸奖一二。

　　他不太懂这样教育孩子有什么好处，不过只要是樊长玉说的，他都会照做就是了。

　　樊长玉还在愁给小魔王们制定府规一事，没注意到在她嘀咕完那句后，谢征没再接话。

　　她抓耳挠腮地想了半天，总算又想出一条，赶紧边写边念："府规第五条，不得在夫子午憩时在夫子的脸上画王八……"

　　谢征听得眼皮一跳，好奇她前几条写的是什么，走近一看，眼皮便又跳了两下。府规第一条写的是："早课时，不得吃花生糖、酥饼、粿条、包子、馒头……但是可以喝水。"

　　他想了想，还是同樊长玉道："你第一条为何不写成'早课上不得吃任何吃食'？怎么还要挨个儿列出来？"

　　樊长玉给了他一个"一看你就没经历过"的眼神，幽幽地道："你当那群三五岁的崽子能理解你说的不能吃任何吃食是什么意思吗？"

　　像被勾起了什么痛苦的回忆，樊长玉木着张脸道："他们会在被告知早课上不能吃他们带去的吃食后，继续问那花卷能不能吃，饴糖能不能吃，杏仁糕能不能吃……哪怕终于明白早课上不能吃任何东西了，又会问那渴了可不可以喝水……"

　　谢征一时无言，难怪她要专程把可以喝水也写出来。他沉默了一息，说："要不等几年，等他们大些了，再给他们请西席开蒙授课？"

　　樊长玉摇头，认命地道："我都问过了，别人家的孩子开蒙，都是三五岁的年纪。"

　　谢征想了想，说："兴许是咱们府上的孩子太多了，才闹腾得厉害？"

　　樊长玉用手撑着头，叹气："或许吧。"

　　谢征便道："既然开蒙读书闹腾，那让谢五先教他们习武试试，把规矩立一立，应会服管教许多。"

樊长玉左右琢磨一通后，觉得这是个法子，心情总算开朗了些，搁下笔，道："成！那就先这么着吧，明日我找谢五，同他说说此事。"

谢征从鼻腔里淡淡地"嗯"了声。樊长玉想伸懒腰，才发现他站在自己身后，一只手撑在案边，几乎是一个将她半圈住的姿势。他的头发还没擦干，湿漉漉地搭在额前，目光清澈，显得冷淡却又魅惑。

樊长玉问他："怎么？"

他把手上的棉布帕子递了过去，说："头发没擦干。"

从他发梢坠下的水珠滴落在樊长玉的手背上，带起充满凉意的痒。樊长玉"噢"了一声，习以为常却还是有些脸红地拿起帕子帮他绞头发时，他便寻机开始一下一下地亲她，从额头到眼睑，再到鼻梁、嘴唇。

直到第二日日上三竿，樊长玉才忍着腰酸爬起来去净室洗漱。同样过来洗漱的谢征从后边拥着她，带着困意在她的后颈上轻蹭，被她给了一手肘后，又单手扣住她的下颌，迫使她仰起头，在她的唇上吻了吻，才松开她去另一边洗漱。

樊长玉对此怨念颇深，吐掉口中的盐水后，忍不住道："你又没洗漱就亲我。"

谢征的长发松散地半束在身后，不少发丝垂落在肩头，眼皮困倦地半奄着，黑长的眼睫乖顺地垂在眼睑上，他慵懒地说："也可以反过来，阿玉每日晨起后先亲我。"

樊长玉一时竟被噎得无言以对。

二人在休沐日，都是去松苑同孩子们一道用饭。等二人换了一身劲装过去，松苑刚摆上饭。一群小毛头无尾熊似的扒在赵大娘夫妇和谢五、谢七一众人的身上，这个嚷着要喝粥，那个叫着要吃饼，赵大娘哄得嗓子都快干了，说让他们等樊长玉和谢征过来后再一道用饭，小毛头们仍不见消停。

还是已长成个半大姑娘的长宁板着脸吼了一嗓子："谁再闹腾，晚些时候就不给谁松子糖吃。"小毛头们才齐刷刷地噤声了。

看得出来，她这个小姨，在一众小毛头中威望极高。

樊长玉和谢征迈步进屋后，小毛头们才"爹爹""娘亲"地叫着冲过来要抱。

素日在军中当值时，二人一向早出晚归，鲜少有时间陪小毛头们，因此每次见面，小毛头们都异常兴奋。樊长玉按照惯例，一视同仁地将每个小毛头都举过头顶抛高，再抱了抱，逗得他们"咯咯"直笑后，才让他们回自己的座位上乖乖用朝食。

今日太阳倒是打西边出来了，一向不怎么逗孩子的谢征，在她抛高抱了两个小毛头后，主动抱起其他还在排队等抛高高的小毛头来。

孩子们明显都怕他，他在陪他们玩时，面上也鲜少有表情，不过被他举过头顶后，腋下依旧被他有力的双手稳稳地托着，这让孩子们心中有了点儿别样的安全感。

他们不敢像对着樊长玉一样冲他撒娇，但在被他放下来后，小毛头们偷偷打量起往日不苟言笑的爹爹时，眼睛都是晶亮的。

在这和谐的亲子氛围里，这顿早饭吃得颇为顺畅，小毛头们难得没闹腾，可把赵大娘夫妇和一众乳母高兴坏了。

饭后，樊长玉在庭院里召集小毛头们，让他们按高矮顺序站成两列，告诉他们从今日起开始习武后，小毛头们一个比一个兴奋，胆大的已经嚷着要学耍大刀。

樊长玉叉腰道："先从基本功练起，你们这会儿连刀都提不动呢！今后你们小五叔叔就负责教习你们武艺，每逢休沐，我同你们爹爹会来查验，练得不好的，得挨罚！"

小毛头中有个年纪稍大些的，记得自己的生父是谁，生母也健在，只是他家中贫寒，才被接到府上一并照料，满心都想着将来要同自己亡故的生父一样从军，一听要开始习武，当即红着眼喊道："我是郭小校的儿子，我要好好习武，将来跟我爹一样，上阵杀敌！"

被接到府上时尚不知事的小毛头们听到他的喊话，都有些茫然。不过府上的下人一直同他们讲，他们有两个爹娘，他们的亲生爹娘已经亡故，谢征和樊长玉是他们的义父义母，一群三五岁的孩童也弄不懂亲生爹娘和义父义母的区别，但听大毛头这么喊了，便也稚声稚气地嚷嚷："我是爹爹和娘亲的孩子，我也要好好习武，将来跟爹娘一样杀敌！"

童稚的声音此起彼伏，一时间倒让樊长玉有些错愕，随即她又慢慢笑开来，冲着一群小毛头朗声道："好！那今日就从跑圈、扎马步练起！"

松苑一早规划出了一片演武场，小毛头们开始热火朝天地习武了。樊长玉还怕他们只有半刻钟热度，尝到习武的苦头后，就会耍性子，哭闹着说不学，但不知是不是有几个心性坚定的大孩子带着的缘故，几日下来，小毛头们哭归哭，却没一个嚷着"不习武了"。规矩立起来后，后边的文课被提上日程，他们也没再如往常那般闹腾，就是在练了一段时间的基本功后，又惦记起让谢五教他们耍大刀。

长宁如今十三岁了，樊长玉替她单独请了西席，她得空就去松苑那边，帮着授课的夫子检查一众小毛头的课业。

小毛头们在赵大娘夫妇和谢五、谢七那里撒娇犯浑都是见效的，长宁却半点儿不吃他们那套，逮到课业完成得不认真的，就拎着对方的耳朵教训。有小毛头想哭闹耍浑了事，长宁就双手抱胸，任对方哭，等对方嗓子都哭哑了，她才轻飘飘地吐出一句："课业重写。"

松苑里最浑的几个小毛头都在长宁的手上吃过苦头，见了她就跟老鼠见着猫似的，乖得不行。对此，赵大娘还很是稀奇，说他们天不怕地不怕，好像就怕长宁。长宁临摹着字帖，轻"哼"一声："我小时候都舍不得这么烦我阿姐呢，他们倒是会犯浑！"

至此，赵大娘就像找到了一众小毛头的克星，有事没事就让长宁去松苑坐镇。

这天，长宁在帮着夫子检查小毛头们的课业时，听见他们在议论开始练兵器后，要选什么兵器。小毛头们有的说要学樊长玉用陌刀，有的说要学谢征用长戟，兴致勃勃地讨论完，又十分失落地发现不论是陌刀还是长戟，他们这小身板都还舞不动。

长宁抱着收上去的课卷站在他们的身后，抬起下巴，高傲地道："你们说的那些才不是什么厉害兵器。"

小毛头们对长宁的话很是信服，一想到还有比他们爹娘使的陌刀和长戟更厉害的武器，都忍不住好奇，问："姨姨，那什么兵器才厉害啊？"

长宁的目光一下子悠远起来，她像煞有介事地忆起往昔："想当年，你们娘亲，我阿姐，手提两把杀猪刀，闯贼窝，杀匪寇，解救被绑县民无数，江湖人送绰号'杀猪西施'，后来又带着那两柄杀猪刀，于两军阵前斩下敌将首级，何等威风！"

小毛头们两眼晶亮，"哇"声一片。

几日后，樊长玉准了小毛头们开始习练兵器。谢五说他们都要练杀猪刀时，樊长玉一脸困惑，还纳罕地同谢征说起此事。谢征想了想，道："可能是听说了你当年的事迹？"

樊长玉："……"